梁晓声文集·长篇小说

9

伊人 伊人

青岛出版社

第一章

没有电影院的当代城市是不可思议的。

没有酒吧的也是。

电影用了一百余年的三分之一左右的年头,使人和它的关系渐渐由电影院确定了下来;用迄今为止三分之二的时间,使电影院渐渐变成了较文明的场所。较文明——而已。

酒吧和中国人的关系也差不多是一百年的历史。

是女人使酒馆变成酒吧的。

从前酒馆只是男人光顾的地方。即使由女人经营,也还是那样。从前男人去到酒馆,目的是很纯粹的,是冲着酒去的。

但这世界的真相乃是——凡男人们喜欢聚集的地方,同样吸引女人们。女人是天生好奇的。她们总是想要知道,对于某些男人,酒为什么是和她们女人一样可爱的?就普遍性而言,男人是地球上唯一敢在智商方面与女人一比高下的动物。男人们为了证明自己在智商方面是绝对优上于女人们的,挖空心思不遗余力,把个原本自然风光比比皆是的地球搞得花里胡哨光怪陆离不伦不类,并且至今还在比赛着此种疯劲儿,为的是更加讨好女人们。结果呢,女人们非但不领情,还搞女权运动来要小脾气。看西方，女权运动起初不是直奔性的主题而去的。女人们才不那么外露那么坦言不讳呢。她们一向是特讲策略特善于迂回取胜的。在公开场合饮酒的权力便是她们起初诉求的权力之一。自以为聪明的男人们猜到了女人们那也是很想进入酒馆的，却又爱面子，怕有失身份。因为自从世界上出现了酒馆以后，她们的身份下等的姐妹才去那种地方。而且往往是由于生存所迫，不得已。再者，酒这么作用特殊的液体，连古代的女人们喝了感觉全都好极了，甚至连猴子喝了感觉都好极了；凭什么不应该受到活在现代的女人们的青睐呢？

微醉的女人尤美。

是男人们先发现这一点的。

之后不久，女人们自己便也发现了。于是她们对酒馆的好奇心更大了。她们中某些敢冒女人之大不韪的，为了满足好奇心，甚至不惜改头换面，偏要乔装成身份下等的姐妹的样子，或者干脆乔装成男人，怀着冒险似的心理混迹于酒馆，与男人们对斟对饮……

看电影还是在电影院里看效果才好，这是被男人和女人都公认了的。一个人叹息和许多人一块儿叹息；一个人惊叫和许多人一块儿惊叫；一个人笑和许多人一块儿笑；一个人唏嘘有声和前后左右的人都那样，感觉是大为不同的。那是电影只有在电影院里放映才能引发的效果。到电影院去看电影的人，心理上对这一点也是有所需求的。人类原本是集群的动物，基因中这一古老的习性促使人时不时地还要体会一下祖先的遗风。尽管是在黑暗的场所，尽管周围尽是陌生者，但集群的感觉，仍能使人类倍觉安慰。如果还是学校或公司包场，尽管同样是在黑暗里，周围却有熟人，甚至亲爱者，于是心生愉悦。即使电影本身没意思，人却能在黑暗里感觉到另外的意思——地球上最高级的动物集体目视前方的那一种意思。否则，电影还在，电影院早就消亡了……

饮酒这一种事情是要由人气来烘托才乐在其中的。

只有男人的地方毕竟算不上最有人气的地方，不过只有男人气味罢了。男人们早就觉出了酒馆这种地方男人再多也还是人气不足的缺点，于是有心将女人们诱到他们享受酒的地方。

同是一种地方，叫酒馆是不行的，叫法得改改。不改，女人们不愿大大方方地去。这对男人们不是什么难事儿。

于是酒吧出现了。

于是它也迎来了女人们。

男人们为了对女人们表示欢迎，在酒吧的情调方面很下工夫。而女人们是极容易被有情调的地方所迷惑的。她们的经常光顾，又反过来烘托了酒吧的情调。

男人们的煞费苦心并不吃亏，他们从前聚集在一起饮酒的地方一经由酒馆而酒吧，目光所及，不再仅仅是男人们自己的面孔了。相比而言，男人们在酒吧里饮酒比从前在酒馆里饮酒的感觉不知好了多少倍。

男人们达到了目的。

但女人们也不吃亏。

现在女人们终于可以大大方方地去到一个公开的场所与酒发生亲密的接触了。并且总会有男人陪着，有男人给买单。

看电影嘛，以看晚场为好。从黑暗的场所走到外边的夜色里，超现实的感觉得以延续，不至于被光天化日一下子照耀没了。真的，白天看电影是很煞风景的。恐怖片另当别论。看晚场电影以看情爱片为好。哪怕是在天寒地冻的夜晚，超现实的感觉那也会延续得比城市里最长的马路还长。

而晚场电影散场时，必是酒吧里人气最旺之时。

酒吧是一个暧昧的地方。

男人和女人关系很明确，通常就不相伴了到酒吧去。男人和女人没什么关系，也不会相伴了到酒吧去。男人和女人还没什么关系却又都想发展出点儿什么关系，才往往到酒吧去。

而有暧昧的地方，便注定了有表演。

男人和女人一到了酒吧那一种地方,便都出色地表演斯文。

而凡有表演的地方,倘在晚上,对灯的光线就有要求。

酒吧里的光线都是半明不暗的。

在戏剧的场景中,半明不暗的光线,是演员们表演起来最轻松自如的一种光线。

舞台上还有本色的演员,酒吧里却没有本色的人。

明明表演着而又似乎没有在表演,这一种感觉,绝对不是酒馆所能给予的,只有酒吧才能给予。男人也罢,女人也罢,一旦表演的是斯文,那自我感觉也会很好。

当男人对面的女人,或女人对面的男人,起身暂时离开那会儿,比如去一下洗手间,剩下的一方,往往会不失时机地睃视周围。即使是表演斯文,表演给对面的一个人看,比表演给舞台下黑压压一片的观众看还有难度。剩下的一方要趁机缓解一下,以便对方回来了接着表演。所以酒吧里常出现这样的情形——当接二连三去洗手间的人多了,默默环顾左右的人也就多了。这样的人的目光一旦对视上了,表情都会有几分不自然。那是肯定的。因为酒吧里的表演都是业余水平,人人心里都不太有底,不知自己将斯文表演得及格还是不及格……

然而每一座城市起码有几处酒吧的情形例外些。

比如 A 城的"伊人酒吧"。

"伊人酒吧"两年多来一直吸引着一半以上的熟客。

从某种意义上讲,它更像是会员俱乐部,但却无须购买会员卡。

对于熟客,"伊人酒吧"其实已是联谊的场所,也是不少人酝酿种种希望和欲望的地方。

是的,那就是"伊人酒吧",在 C 大学后门的斜对面。

C 大学是一所文理学科综合大学,全国百所重点高校之一。在全国它当然不太闻名,但在这座北方城市里,谁家的儿女如果考上了 C 大学,做父母的那还是会谢天谢地,觉得是一种欣慰的。

C 大学的后门开在一条又直又长的马路上。离它大约五十米处，有跨街桥。桥那端，几乎正对着一座公园的前门。那是一座不收门票的公园，两个足球场那么大。内中有一片百余棵老树形成的林子，有小河，还有假山和凉亭。冬季，C 大学艺术系的师生们常到公园里去就地取冰，创作冰雕。

"伊人酒吧"就在公园前门的旁边。

顺着人行道再往前走，依次是省作家协会、省歌舞团、省博物馆、省图书馆、省话剧团、省京剧团……再往前，则是另外一些性质截然不同，足以令一般人望而却步的单位——省纪检委、省检察院、省市两级法院、市公安局、市安全局以及省警备司令部……所以那一条马路相对清静。因为处在前段的单位差不多都徒有其名了。省作家协会的牌子早已不再令人刮目相看，门前冷寂，从早到晚难得看见有人出入；省歌舞团也只在每月发工资的那一个日子的上午，才呈现着一点点毕竟是一个单位的人气；而省博物馆实际上已经改造成了家具展销中心。当然那"中心"也不只展销家具，还展销服装、电器、农副产品，甚至展销过一次比基尼。写有"博物馆"三字的牌子虽仍挂着，但已具有很大的讽刺性。即使不强调其讽刺性，"博物馆"三字的含义也大为不同了。不管展销什么，买卖却一次也没好过。省图书馆的一半租给了私人，成为健身房了，并有配套的按摩、足疗服务项目；省话剧团失了一次火，烧毁了门烧毁了窗，只剩一座烟熏火燎过的空楼架子了；而省京剧团，它的团长副团长会计科长一干人等，不久前因贪污团员们的演出费而被判入狱了。京剧团呀，说多不景气就多不景气的一个文艺单位，而且还是省级的，一年到头演出不了几场呀，居然还能滋生出一小撮贪污犯来，令人难以相信。法院公安局就在同一条街上，抓捕和判决的过程，接近着是"一条龙"的过程，倒也省了些麻烦。一条街上有一些不合时宜的单位，又有一些令一般人望而却步的单位，它不清静才怪了呢……

白天，三处地方出出入入的人挺多——C 大学的后门、法院的门、公园的门。到了晚上,就只有一处地方人气旺盛了,便是"伊人酒吧"。

"伊人酒吧"是一排老旧的俄式平房。原先住着十几户人家,总面积七八百平方米。起初是公园买下了它们,开了一排商店,效益不好,亏得承受不了,只得出租。而成为"伊人酒吧"后,生意却特别火。

老板娘是一位三十六岁的离婚女子,曾是省歌舞团的一名美声独唱演员,还曾当过副团长,姓秦名岑,很男性的名字。

有人说,"伊人酒吧"的生意之所以火,乃因名字起得好。"伊人"嘛,稍有文化的人,都容易被它的女人味儿所吸引。也有人说,是由于老板娘本人的吸引力生意才那么火。的确,秦岑容貌好、身材好、气质好,极善应酬,接人待物,热情周到。只要去过一次那里的人,没有不对她印象深刻的。一般而言,老板娘都是不经常在酒吧里抛头露面的,有心腹管账收款,每星期去视察两次,叮嘱些什么事也就行了。但秦岑不一样,她几乎每天晚上都准时出现在"伊人酒吧"里,像她雇的那些做侍者的农家小妹一样,亲自端来送去,梨窝浅现,嫣笑盈盈,殷勤地招待老客和新客。还有人说,"伊人酒吧"的生意火,其实是由于这一条街一半寂寥,一半肃杀。"伊人"的出现,正可以冲淡了白天的肃杀、夜晚的寂寥。总而言之,是商机看得准。以上种种关于"伊人酒吧"和关于老板娘的说法,秦岑是知道一些的。她对哪一种说法都一笑置之,不予表态。她高兴时,还往往会陪某几位客人饮半杯红酒。接着,客人们就会听到她一展歌喉唱几首歌。她有一副好嗓子,美声唱得,通俗也唱得;老歌唱得,新歌也唱得。曾有与她关系很熟的客人半开玩笑半认真地问她:"秦岑啊,你为什么不去当歌星呢?那不是比经营酒吧活得更加潇洒吗?"

这么问她的,是 C 大学五十七八岁的许教授,教公共关系学的。一个面部白净无须,挺女人相的男人。他每次出现在"伊人酒吧",总是西服革履,且系领带,仿佛出席什么精英荟萃的盛会。他离婚了,对秦岑有想法。颇自信,认为凡事功到自然成。

秦岑当时笑道:"可我已经老了呀!"

许教授说:"难道你没照过镜子呀? 你啊! 正是最有女人味儿的年龄嘛,漂亮着呢! "

秦岑竟脸红了一下,小声回答:"许教授,快别当着客人们开我的玩笑了。咱们酒吧光线暗,若是白天,您就能看清我眼角的鱼尾纹了! 再说,当歌星不仅要嗓子好,还要善于在台上舞。一动不动地站在台上唱,那一种唱法过时了。而我一个三十六岁的女人,如果一边在台上舞着一边唱,成什么样子呢? 在诸位的抬举和关照之下,能将咱们这一家酒吧多经营几年,我就心满意足了! "

许教授原是教中文的,具体说是上古典文学欣赏课的。近年为了适应社会的人才需要,弃文学而趋新潮,改授"公共关系学"。依许教授想来,所谓"公共关系学",前提便是一个人说话的能力,或曰话语艺术方面的天分。倘若一个人无论别人多么下心思去教,到头来还是不怎么善于说话,那么他或她是不太可能真的成为一个"公关"人才的。许教授的苦恼是,选修他的"公共关系学"的学子们,不论男生还是女生,学的心情都挺迫切,皆善于记,也善于背,而且善于考,但就是不善于说。他曾用心良苦地在他的选修课上模拟过两次"公共关系"问答,男女学子们竟一个个笨嘴拙舌,吭吭哧哧。有的甚至答非所问,出言荒唐,令他大摇其头,叹息不止。听了秦岑的一番话,许教授心内暗自佩服——听听,人家一个一天大学也没上过,一天"公共关系学"也没学过的女人,对我的话回答得多么得体多么好啊! 表面听起来,像是回答一个客人的一句话,而实际上,却等于是说给所有客人听的。人家说时,一双眼睛只望着我一个人,仿佛周围再没有第三者似的。可那些普普通通的话儿呢,分明地一揽子将酒吧里每一个客人的心全都不经意似的收买了去。"咱们的酒吧",听听,"咱们的",用词用得多么亲多么巧啊,好像每一个客人都是"伊人酒吧"的股东似的。什么叫说话的艺术? 艺术就艺术在不经意似的。你话一出口,用意一下子就被别人听出来了,品出味儿来了,你脸上的表情也将你的用心呈现出来了,那还有半点儿说话的艺术可言吗?

人家脸上却除了羞涩,还有真诚。羞涩证明人家是一个有自知之明的女人,不是那种谁一旦夸她一句她有气质,她就不知自己几斤几两似的说她正打算参加世界小姐竞选的女人!而真诚,证明人家对问话之人的一种尊敬。如果问话之人还是教授,并是长者,那一种语调真诚,表情也真诚,因而显得百分百真诚的态度,不是一下子就将对方俘虏了吗?都将对方俘虏了,不是什么事儿都好商量了吗?还有一点那就是,人家说话的声调控制得多么高超唯,表面听起来像是说给他一个人听的悄悄话,而实际上那几句话周围每位客人都听到了。许教授不得不暗自承认,最后一点,他是教不来的。即使请老板娘秦岑亲自去上几堂示范课,他的学生们也是学不来的……

总而言之,听了秦岑一番话,许教授不但大加欣赏,而且爱意油然而生,难以自制起来了。他借着三分醉意,对周围人大声道:"诸君耳证,若许某三生有幸,得伊人如秦岑,喜配良缘,共度晚年,则更复何求?为人一世,余愿足矣!余愿足矣!"言罢,将头一转,双眼熠熠闪光地盯视着秦岑的脸,仿佛等于是在公开向她求婚,并立时立刻地期待着她当众欣诺。

那一次,许教授无疑是有点儿失态了。毫不夸张地说,凡是到过"伊人酒吧"的男人,谁不喜欢老板娘秦岑呢?连来过的女人都喜欢她,男人还能例外吗?不喜欢秦岑这样的女人的男人,那还算是正常的一个男人吗?当然,"喜欢"一词,在女人和女人之间是一回事,在男人和女人之间是另一回事。每一个到过"伊人酒吧"的男人,都巴不得有机会向风情万种的老板娘表达自己内心里对她的那一份儿"喜欢";都希望那样的机会是只有自己面对她时的两个人的一种机会;而且,都曾梦想着,在自己单独表达了对她的"喜欢"之后,和她之间会有更美妙的人物关系发生。无须赘言,那一种男人们的梦想,不可能不和性连在一起。男人嘛,意识里"喜欢"一个女人,一向是"喜欢"得直接的……但"喜欢"归"喜欢","喜欢"在肚腹里,彼此心照不宣,关系反而较能保持自然状态,一经当众说出,"喜欢"二字就走味了……

当时,许教授说完他的话后,酒吧里一时极静。一种片刻就漫延开来了的静。先是许教授周围几桌的男女们静了下来,目光不约而同地望向老板娘秦岑。接着一桌桌的男女都安静了下来,目光都不约而同地望向了秦岑。其实后者们并没听到许教授究竟说了些什么话,他们只不过是习惯地顺应气氛而已。忽然感觉到周围静下来了,自己便也不由得静了下来;见别人的目光都望向老板娘了,自己的目光也不由得朝老板娘望过去……

许教授虽然微醉几分,但还是在那一种异乎寻常的安静之中意识到自己是有那么点儿失态了。想想吧,酒吧这种地方,本是喁喁喃喃之声不绝于耳的地方,忽然一下子静了,一下子所有人的目光都望向一个人了,该是多么奇怪呀,会使被所有人的目光都望着的那一个人多么不知所措啊!

然而老板娘秦岑却作出了使所有的人都完全想不到的反应。她放下手中托盘,注视着许教授,缓步走到了他跟前……

许教授以为她会扇他耳光,讪讪地连声说:"喝多了,喝多了,小秦你千万别跟我认真……"

老板娘秦岑却轻轻拥抱住了他,并且和他贴了贴脸颊,并且还在他脸颊上亲了一下。之后她环视着众人说:"诸位师长,诸位朋友,诸位哥们儿姐们儿,大家都知道的,许教授是咱们'伊人酒吧'的常客。他为什么经常光顾,还不是为了给'伊人酒吧'也给我捧场吗?大家也看得出来,他一直像主人一样关注着咱们'伊人酒吧'的方方面面,一直像一位兄长似的关爱着我。而我秦岑有什么了不起呀?才高中文化,不过就凭着形象还过得去,凭着嗓子比较好的先天条件,在文艺单位混着当了几年歌唱演员,有幸受到一位教授的青睐,实在是我的荣耀啊!今天许教授将他内心里对我的喜欢当众说出来了,这使我特别感动。我明白,他的话,也意味着说出了大家内心里对我一向的喜欢和抬爱。没有大家,哪儿有'伊人酒吧'今天生意的红火呢？哪儿有我秦岑今天心满意足的一种活法呢？诸位请举杯,我这里敬大家了！来的都是贵人,今天的账,全免了！……"

于是都快乐地嚷叫:

"'伊人'万岁！"

"秦岑万岁！"

"'伊人'是我温柔乡！"

"秦岑我们爱你！"

酒吧这种地方,本就是荷尔蒙气息弥漫的所在。那一时刻,男的女的,新客老客,真醉的假醉的半醉不醉的,趁着气氛,好一阵骚动。这里那里,响起多次亲吻之声。按说老板娘秦岑的话,丝毫也不包含有怂恿大家那样子的意思。但成对光临的男女们,似乎那一时刻内心里都翻涌起了一种迫不及待地想要当众拥抱当众亲吻给别人们看的大冲动,于是一个个无所顾忌起来。有那形只影单地到这里消磨夜晚时光的男人,没得异性的伴侣可当众拥抱当众亲吻,竟将自己的手背嗑得啪啪响,以示凑趣。更有那唐突的,趁机站起,争先恐后走到秦岑跟前,也不管她乐意不乐意,也不考虑自己是否和她熟到了可以那样的份儿上,一厢情愿地就拥抱她,和她贴脸,甚至亲吻她,还当众大声地或凑着她耳朵小声地说些似乎亲昵其实轻佻的挑逗的意淫的话,把个老板娘秦岑搞得心里好嫌恶好恼！然而她脸上依然笑盈盈的,一副幸福的样子。来者不拒,任人拥抱任人亲。

就在那时,忽然响起了萨克斯管的吹奏之声。就像卤水点注在滚烫的豆浆中,荷尔蒙成分作用下的骚动戛然而止。每一个人的头都循声旋转,仿佛一种在庄重的表象之下进行着的嬉闹的场景定格了,只有萨克斯管的吹奏之声流淌在格外。它圆润、柔亮,音调旖旎,旋律舒缓曼妙,忧郁而又优美。如同静谧的大森林的清晨,有一条活泼却还羞涩的溪,吻石绕树,歌唱着以簇簇浪花为自然的行板……

吹奏萨克斯的男人看上去四十余岁，最突出的特征是一头卷发，还有那张线条硬朗的长方形的脸。

他是与"伊人酒吧"签约的演奏员，叫乔祺。一个沉默寡言的男人。

他不是本市人。没人知道他来自何方。

关于他，"伊人酒吧"的客人们也就清楚以上那么一点点。

他所坐的位置，是酒吧专为他保留的。除了他自己，没谁还坐过同一把椅子。他并不每晚必至。似乎，秦岑与他之间签订的协约，是条款自由的那一类。

他旁若无人，置身度外般的吹着，吹着；音乐之声在肃静中从容不迫地流淌着，流淌着……

这时一位老者从座位上站立了起来。他是所有"伊人酒吧"的客人中年纪最长的，七十多岁了。按说七十多岁的一个中国人，出现在茶馆的多，经常出现在酒吧这种地方的很少。但这条街上没有一家茶馆。因为"伊人酒吧"的存在以及它的吸引力，不可能再有人失去明智地投资开茶馆了。即或有，这位老者也不会去光顾。

他与秦岑的关系有些特殊。"伊人酒吧"开张不久，他便认秦岑做了他的干女儿。或者反过来说，秦岑认他这一位 C 大学的前副校长做了自己的干爸。都姓秦，同姓认亲，似乎是一种虽然错过，却有缘后续的父女关系。毕竟，姗姗来迟的缘分比在芸芸众生中互不相识的好。C 大学离休了的前副校长在"伊人酒吧"这种地方极受尊敬，人们都称他秦老。秦老曾有过一个亲生女儿，一个很令他骄傲本人各方面也确实都挺出色的女儿——他与发妻李老师唯一的孩子。他们的女儿数年前不幸在美国亡于车祸。在"伊人酒吧"里，静静地坐在某个人少的角落，望着秦岑的一举一动，一矜一笑，听她与形形色色的人们雅言周旋，对想念亲生女儿想念得如毒攻心的秦老，未尝不是一种情绪的冲淡，心理的安慰。"伊人酒吧"是他心灵的故乡。只有在这里他所见到的女儿才不仅仅是影集中的女儿。在这里秦岑与他的女儿相互重叠，她有时候省略了一个字直接亲昵地叫他"爸"。而秦岑则连孩子也不曾有过。在这一座城市里,不,确切地说,在这个世界上她已举目无亲。"伊人酒吧"似乎使她朋友多多,但"朋友"二字,在今天已与在从前的年代定义不同。男性的朋友中,对她怀有像许教授那一种想法的人为数不少。而且,还不像许教授是独身,也不像许教授所怀的是一种关于婚姻的想法。毕竟许教授的想法是一种单纯的无可厚非的想法。而另外一些男人们对秦岑的想法,则属于"明修栈道,暗度陈仓"的那一类。至于他们一拨一拨带到"伊人酒吧"来的女人们,表面上因了他们的缘故对秦岑也都敬意有加,但敏感的秦岑心里明白,其实她们中很有些人是嫉妒她的。所以立世孤独的秦岑,也很希望有一位像秦老那么受人尊敬的干爸。多少有点儿遗憾的是,干妈李老师对她并不像干爸秦老对她那么发自内心地亲。终究不是亲母女的关系,从女人心理的普遍性来讲,这是完全可以理解的。李老师仅小秦老三岁,但人们并不同样称她"李老"。因为她退休前的职称只不过是副教授。称老不仅仅是一个年龄够老不够老的问题,这在现实生活中尤其在知识分子中是一件没什么道理可讲的事。

秦老在音乐之声中站起,走到许教授身旁,在他肩上轻拍了一下,俯耳道:"自我控制着点儿,别喝多了。"

许教授将目光从乔祺身上收回,红了脸连连小声道:"放心,放心。"

秦老也不再多说什么,脚步迈向人少的地方,尽量避开别人的目光的注意,悄没声地走向酒吧的门口。

秦岑眼尖,发现了,在门口迎住他,将他搀送到门外。

秦老偏了一下脸,秦岑就和他贴了贴面颊。秦老称赞地说:"女儿,你刚才表现得很出色,我给你打满分。"说完,转身蹬上跨街桥,回 C 大学去了……

现在,我们该说说"伊人酒吧"的常客究竟是哪几类人了。首先是 C 大学的些个教授、副教授们。且莫以为他们皆许教授那把年纪的人,那么以为就大错特错了。如今的大学里,六十余岁了还讲课的人是不多的。管你是不是教授,一到六十,劳资部门人事部门就会刻不容缓地通知你赶快办理退休手续。让你赶快腾出名额好进新人啊! 如今的大学里,教授副教授已很年轻化了。C 大学四十几岁的教授有几十位,其中一小半是博士生导师。三十几岁的副教授们有一百多,他们才是 C 大学师资实力的主要成分。教授副教授加起来的一百几十人中,又有五分之一左右是女性。不知究竟是什么原因造成的,C 大学少壮派的教授们副教授们中,男性离婚的不少,女性未婚的不少。他们和她们,晚上常喜欢相邀了或单独到"伊人酒吧"浅酌慢饮有情有调地聊天。所谓情调,在酒吧这种场景里,掰开了揉碎了说,总是难免和情欲有种可疑的关系的。情调其实是一个意味性感的词。根本没有了那一种性感的意味,情调也就根本没什么情可言没什么调可言了。一个人不论是男是女,即使独自享受着一种所谓情调的时候,意识的深层也是在细细品味着和情欲有关的事态。那有时看起来仿佛和爱好什么艺术的旨趣联系着,其实是人性的表象,心绪处在独自地细细地品味着和情欲有种可疑关系的自我状态中。那或者说明情欲方面的变相的自我排解,自我抑制; 或者说明在情欲方面的自我积蓄,自我培养,自我准备,打算着一旦抓住良机,便会发散一通雄厚了的实力。所以对于中青年的男女,假如他们和她们太过热衷地追求起情调来了,就可以判定他们和她们在情欲方面是有点儿问题了。弗洛伊德的学说虽然并没有涉及这个方面,但此点却基本上是一个人性的真相。撇开教堂、艺术展览馆和专门上演古典音乐的音乐厅这三种通常也会体现某种情调的地方,其他一概被说成是有情调的地方,又究竟有哪一种不是情欲弥漫的地方呢? 尤其那些老处女或离了婚的中青年女子的家,又尤其是她们的卧室,你越感觉到它是有情调的,你便越能嗅出它是弥漫着情欲的。而酒吧,正是治这一种情欲病的地方,所采取的是精神上的温补方法。并且,对于大多数情欲郁闷症患者,其疗法又是基本上见效的,起码可以减缓病症的加重。如此说来,倒好像是在暗指经常光顾"伊人酒吧"的 C 大学的教授们副教授们,分明都是患着什么情欲郁闷症了。没这个意思。完全没这个意思。只不过是想指出，情欲方面比较正常，性欲方面并不特别亏失的男人和女人，是不太会经常地大半夜大半夜地泡在酒吧那么一种情欲弥漫的地方的。C大学的教授们副教授们中，那样的人实际上是很少的。他们在情欲方面并不怎么郁闷，在性欲方面也不多么亏失。恰恰相反，两方面都过剩而已。"伊人酒吧"毕竟是离校最近的一处有情有调的地方，一百几十人，每人每月去一次，他们也就是在"伊人酒吧"里会常见到的人士了。相比而言，他们还不如他们所带的博士生硕士生们去的时候多。通常情况是，男博士生男硕士生请女博士生女硕士生去，偶尔也可见女博士生女硕士生身旁，陪着形形色色不同年龄的男人们的时候。即使在那种时候，她们也不在乎老师或同学就在邻桌。酒吧这种地方的一个吸引某些人之处那就是——它虽然明明是情欲弥漫的所在，但却又是一个人人都对此点讳莫如深的地方。连如今中国已剩很少了的卫道士们，对酒吧这种地方也是口设防线，明哲保身，轻易不会说三道四的。卫道士归根结底也都是"人"士呀，但凡是个"人"士，那就保不准自己什么时候也可能去一次的呀！去了一次，兴许感觉特别好，不久就会去第二次的呀！去了第二次，感觉更加好，兴许自己也会变成哪一家酒吧的常客呀！而C大学的大本生们，出现在"伊人酒吧"里的并不多。不是不想去，一是互相请不大起，二是怕被老师们在那儿看见了。毕竟只不过是大本生，非是硕士生博士生，与老师之间的身份等级差得太多。一旦被老师看见了，先就会感觉到一种无形的心理压迫。即使老师们的目光中并没有什么讶然的成分，他们自己也会别扭起来不自在起来的。如果你仅只是一个人，兜里揣的钱不足一百几十元，那么你最好还是别进"伊人酒吧"的门，"伊人酒吧"其实又是个挺"宰人"的地方。却架不住去的人都是喜欢被"宰"。被"宰"而且舒服着。认为到那儿去被"宰"是一种资格是一种身份。何况现如今的时代的一个特征是，喜欢情欲弥漫的地方的女人，反倒比喜欢那种地方的男人多得多。为了能讨她们喜欢，男人们就没理由不喜欢陪她们到"伊人酒吧"去挨"宰"。更何况,"伊人酒吧"的老板娘秦岑,对于本市的许多男人,比"伊人酒吧"本身更有吸引力。"宰"得舒服不舒服,那也得看被什么人所"宰"呀。被"伊人酒吧"的老板娘所"宰",被"宰"的男人们都觉得被"宰"的性价比怪值得的。倘是做东陪客去的,都觉得被"宰"得光彩。倘所陪之客还是女士,又简直会觉得自己在那女士面前更是人士了。C大学的本科学子们,认为体会那一种舒服的成本太高,故都会舍近求远,到另一个区的酒吧去治疗自己们的情欲郁闷症。是的,他们才是情欲郁闷者。也都自认为性欲方面太亏失。唉,唉,可怜见儿的!那另一个区有一家酒吧消费价格相当便宜,一个人一个晚上四五十元就够了。一名男生兜里揣着一百多元带一名女生去那种地方,能哄得她一个夜晚高高兴兴百依百顺的,兴许后半夜返校时,兜里还剩着十元"打的"的钱……

"伊人酒吧"的另外一些客人们,则是本市的些个身份叫"作家"的男人们,还有歌舞团啦、话剧团啦、京剧团啦那些不景气的文艺单位的个人事业方面也越来越不景气越来越走下坡的男女文艺人士。这些人士凑在一起,往往是为了商讨怎样使自己们的个人事业重新景气起来的法子。没有什么法子可凑在一起商讨的时候,纯粹为了排遣寂寞,彼此安慰寂寞的心理,也去。自然,个人事业方面都不景气着,谁买单就成了一个实际问题。于是他们每次都会邀上一位或公企或私企的大大小小的老板。老板们负责买单,一个实际问题就不是问题了。现而今,些个知名度越来越走下坡的作家和文艺人士们,若企图从什么老板那儿"扎"到一笔钱,哪怕你巧舌如簧,说得天花乱坠,能把死人都说活了,也是痴心妄想之事。但老板们既被诚邀而至,一般也都会表现得比较的仁义道德,轻易不太会用刻薄的话语来伤害他们那早已变得极其脆薄的自尊心。情形往往是这样,他们请他看什么策划书,于是他认真地看;他们轮番对他进行游说,于是他洗耳恭听;他们亢奋地侃啊侃啊,这个侃得口干舌燥了,那个接着侃,而当老板的男人(通常总是男人)不时地插问一两句似明白不明白的话。心里即使明白，也往往装出不甚明白的样子，为的是表示自己对他们所谈的某件事态度很认真，很郑重，很投入，很感兴趣也很有信心。是老板的男人那么问那么表示的时候，其实每在暗想：快拉倒吧你们几个鸟人，当我是二百五哇？就凭你们几个鸟人，难道还能做成功什么赚钱的事儿吗？想让我上你们的当呀？没门儿！即使我亏惨了，你们也还是会从中大捞一把，我才不干你们说的那种傻事呢！现而今嘴上一套心里一套是中国人成熟的标志。但凡是位老板，智商都不至于低到哪儿去。智商太低也当不成老板呀！所以又可以说老板们那都是些特别成熟的男人和女人。老板们日趋成熟了，企图从他们那儿"扎"出笔钱干点什么事儿弄出点儿什么响动的文艺界的背时人士，在他们面前就往往变得很愚蠢，很傻，很可笑甚至很可怜了。但是老板的男人们，一般又不至于使他们陷入到那么一种难堪的境地。等他们的话说到了山穷水尽的份儿上，一个个眼巴巴地望着他期待他表态时，他一般总是会正儿八经地说："好啊，想法不错啊，可以考虑嘛，我要回去和其他人研究研究，听信儿吧！"——是老板的男人的仁义道德，尤其体现在说这种话的时候，他是那么不忍当场就使他们感觉到半点儿希望都没有。他要使他们感觉到一种希望，往往还要使他们感觉到一种特别大的似乎不久即将成为现实的希望。好比极其人道主义的医生，绝不会当场面对面地告诉一个晚期癌症患者他死定了。极其人道主义的医生，往往先告诉患者家属，再由家属酌情委婉地暗示患者，认为那样人对死的恐惧会小点儿，会比较容易地接受自己就快死了那么一种现实。当老板的男人们，似乎都深谙这么一个道理，就是——给人性一段由希望到彻底失望的过程，人则不太会憎恨使自己最终陷于失望的人。否则，是会引起憎恨的呀。双方谈到当老板的男人表完态的时候，也就都没什么话可说了，于是只剩下碰杯喝酒吃东西一件事可做了。如果他们中还有女士，则该女士发挥特殊的作用了。那会儿她将显出全部的女人技能和是老板的男人套近乎，力图画一个圆满的句号。倘她还有几分姿色，是老板的男人就会陪着他们继续东拉西扯逗留到很晚。在当老板的男人这方面，并不觉得有什么损失。不过就是买一次单嘛，不过就是千儿八百的事嘛，小意思。不是他们诚邀，自己也许还不知道本市有这么一处有情调的地方呢！对自己也等于是放松了一次嘛，也等于是对情调的一种享受嘛。人生苦短，该享受就享受哇。何况身旁有竭力讨好自己的些个男人们，还有不让自己讨厌的女人在一个劲儿和自己套近乎！她们既有使命在身，便总不至于是让男人讨厌的女人。

　　情况也有反过来的时候，也就是说不是老板被邀，而是某老板某经理某董事长主动托人邀他们。他们当然都会喜出望外甚至诚惶诚恐起来。既然是老板主动邀他们，地方当然由他们选。他们也当然会首选"伊人酒吧"。不仅他们那些徒有其名的单位在这一条街上，他们的家也基本上都住在这一条街上，离家近啊。再者，秦岑是他们所熟悉的，而她也熟悉他们。两厢熟悉，"伊人酒吧"就使他们感到亲切。主动请他们的老板又缘何托人请他们呢？还能缘何？想干成件事儿，想赚一笔钱呗。打算和他们商量着一块干的事儿，无非也就是这么些个事儿：拍部电视剧啦，拍部电视专题片啦，组织几场演出啦，搞次什么文艺搭台经济唱戏或政治唱戏的活动啦……于是他们都显出极为内行舍我其谁的样子，直鼓励得是老板的男人激动不已。而十次中有八九次，是老板的男人当天晚上亢奋得不得了，睡了一觉，隔了一宿，第二天早晨再就一丁点儿也不亢奋了。自己不亢奋了，倒打一声招呼呀，通常连招呼也是不打的。将可持续性地亢奋着的他们撇闪在亢奋的状态里不管了。等他们一个个都亢奋得不知拿自己怎么办才好了，打电话去问时，对方竟连自己们的名字都忘记了。而这是比贸然拜访，当面去问好的结果。后一种结果，特尴尬。

　　"啊，那事儿啊，我们觉得还是有风险，决定放弃计划了。"

　　就这么一句，说得还不够明白吗？还需要人家再多说什么吗？

　　倘仍不死心，偏要再问，人家就不耐烦了，说忙，一副遭到纠缠的样子了……

想法改变,也许是真的,也许是假的。因为事情也许从一开始就仅仅是一种游戏的性质。它原本可能是这样的——某一个当老板的男人,忽然某一天倍感郁闷了。至于那原因,自是多种多样的。往往只有当老板的男人自己清楚。总而言之,他倍感郁闷就是了。老板郁闷了,身边的人还看不出来吗?既看出来了,能不想办法解决老板的郁闷吗?

于是就有人试探地问,老板想不想到什么地方去消遣消遣啊?

老板如果有心,就会反问:跟谁去? 你们?

只我们几个陪您有什么意思啊? 知道您整天看我们的脸都看烦了,再替您邀几个人呗?

什么人? 别把些个不三不四的人引荐给我啊!

带有警告的意味儿。

看您说的,哪能呢? 有两位咱们省的作家,就是写过那个那个,嗨我这脑子,怎么一时想不起来! 肯定是都发表过东西的两位作家,不骗您。除了两位作家,咱们再邀几位话剧团、歌舞团的朋友? 老板您喜欢听京剧不? 不喜欢? 那也不至于多么反感京剧演员吧? 我跟您说老板,咱们省京剧团的头儿们虽然都判了,团也快黄摊儿了,但团里还真有几位好角儿,唱花旦的那赵……嗨我这脑子,赵什么来着呢? ……

想不起来就别想了! 多大岁数了? 别像上次似的,整位半老徐娘来恶心我……

保证不会的老板! 好歹也跟您这么久了,同样的错误我犯过第二回吗? 人家那赵什么,虽然四十出头了,可人家气质那个好! 她若高兴了,肯定会为您唱一段儿! ……

如上些个老板,大抵是私企老板,资产说多不多说少不少的那类。而且,生意正碰到掰解不开的难题,是而郁闷。诸事顺遂,当老板的男人们也就不郁闷了。即使还郁闷,自己个儿也有更好的去处,更好的排遣方式。生意又难做,心情又郁闷,自己个儿排遣又排遣不了,不排遣又熬不过去，花费太高自己也没心思显摆阔绰，结识些全没半点儿质量的人又会烦上加烦……在这么一种情况之下，有两三作家啦，这个团那个团的几位"过气"了的演员相陪着泡一夜酒吧，不失为权宜之计。起码，不掉自己的价。大腕明星，那也不是自己这类老板想结识就能够结识得上的呀。他心里清楚着哪，知道自己只配结识哪些文艺这个界的人士。他想，管是谁们，反正多结识几个人对自己也没什么坏处……

凑在"伊人酒吧"这种地方了，总得有个共同的话题可谈呀！这当然不必当老板的男人操心，他手下的人已替他"策划"好了，车里坐在他旁边，耳语着悄悄告诉他。什么都不告诉也不行啊，那不是很快就会"穿帮"了吗？而被邀请的些个人士，还以为好事降临，一个自己们能有幸参与的大商机正在向自己们招手哪……

在过去的一年里，也就是在二〇〇三年里，形形色色的老板们和本省几位不甘长久寂寞下去的作家们以及不甘被时代抛弃的这个团那个团的"过气"了的演员们，便也是"伊人酒吧"的主要客源成分。老板娘秦岑真正感激的是她的文艺界同行们。他们自己虽然很少买单，但是他们带来的买单的人毕竟都是老板，非是教授。教授副教授们，消费一超过五百元，结账时往往认真仔细地看半天账单，还往往把她叫过去，涎着脸皮说："钱带少了，常客了，多打几折吧。"比如许教授，就常这样。而自己的文艺界同行们带来的老板们，却一个也没这样过。但凡是位被人称作老板的男人，人家自己是不结账的，更是不看账单的。那都是陪同着的手下人的事。她的那些文艺界的同行们，哪一次不给她留下一两千元的进账呀！而是老板的男人们，每次还都说："真便宜，真便宜！"在她的文艺界的同行们那一方面，其实并不是为她着想，在暗中成心帮着她增加收入。不，根本不是那么回事。果而是那么回事的话，秦岑她欠下的人情可就大了。她们发狠似的使带来的老板"出血"，纯粹是为自己们着想。整整一年里，单位穷得叮当响，连基本工资都开始欠着了，想找点儿能发挥自己特长的事儿干却什么事儿也没干成，整整一年里一分工资以外的钱都没挣着,难道能让这种情况持续下去吗?! 于是着急,人一着急,气就不打一处来。有了气没处发泄,于是就发泄在是老板的男人身上。老板,哼,这年头见过的多了! 哪一个都是瞎忽悠一场,都是他妈的狗屁老板! 估计这一个也是瞎忽悠一场拉倒的狗屁老板! 瞧那德性,装模作样人五人六的,看着就像在成心忽悠我们! ……

"小妹,每人再来份儿法式牛排!"

泡酒吧是洋人教给中国人的一种消费方式,正宗酒吧里的正宗的佐酒菜系,当然是正宗的西餐做法。"伊人酒吧"是本市最具西方风格和情调的酒吧,一份牛排比别处的酒吧贵一倍。

"小妹,再开瓶'人头马'。我怎么觉得你们几位男士都没喝好呢? 这才几点啊,先喝酒先喝酒。一晚上的时间哪,什么正经事儿都一会儿再谈……"

不断地点这要那的,一向总是老板娘秦岺那些文艺界的女性同行,新的一年里她们更成熟了,更想通了,认为自己虽然已是文艺界的下岗人员、弱势群体,但自己的时间多多少少的也得有个价吧? 别赔了时间亏了嘴。没亏嘴就是我的时间的性价比! ……

本市的文艺界人士中,也毕竟有些成了点儿气候的,闯出了本省郁闷的地界,闯到北京、上海、广州去了。甚至有几人闯到国外去了,比如澳洲、新西兰、日本、马来西亚、韩国、泰国等等国家。他们都是些较年轻的男女,二十出头三十来岁四十以下,吹拉弹唱献艺卖舞,至少有一技之长。他们中谁从外地外国回来了,同行们总是要聚一聚的,也总是凑在"伊人酒吧"。岺姐岺妹开的酒吧嘛,凑在"伊人酒吧"尤其亲热啊! "伊人"者何人? 岺姐岺妹嘛! 老板娘秦岺不是酒吧老板娘是美声独唱演员时,在本市的文艺圈子里熟人多,人缘好。故从外地外国回到这一座家乡城的人们都说想她的话时,有几分是怀着真感情说的。

在"伊人酒吧"里,在即将结束的二〇〇三年的每一个日子的晚上,以上诸类人士也轮番出现。落魄者中的某些人,和 C 大学的某些教授们副教授们博士生硕士生们,渐渐地就熟了,成为朋友了。然而他们的朋友虽然多起来了,却仍没有共同做成过一件什么事。时代不再青睐他们甚至根本不屑于再理睬他们似的状况,一点儿都没有改变。他们很羡慕 C 大学的教授们副教授们,对方们每个月五六千元的收入,是他们梦寐以求而又祈求不到的。他们中有些人士,每月才仅仅能从单位领取到五六百元基本工资。他们瞻望人生的前景,往往不寒而栗。"伊人酒吧"仿佛是他们的"希望之吧"。他们总是幻想着某一天在那里终于紧紧抓住了一个什么机会,于是人生有了全面的改观。然而他们的幻想又总是归于破灭。有时候看起来那幻想几乎就要变成现实了,但最终还是没有变成。只有静夜时分想到本市那二十几万无业可就,每月只能领取到一二百元最低生活保障费的失业之人时,他们才觉得自己的命运并不算十分可怜……

在"伊人酒吧"里还偶尔能看到另外一些人士——老板娘秦岑总是预先为他们留好了座位。当然是酒吧的最里边地方十分宽敞的一隅。他们一迈进酒吧,秦岑就会亲自迎上去,笑盈盈地说"张哥来了?"或"李小弟来了?"——而他们一般都只不过点点头,不说什么,也不回笑,表情严肃地跟随着秦岑往预留的座位走。他们绝不会一个人来的。也不会两个人来。比如跟另一个男人来,或带一个女子来。是的,不会那样的。陪他们来的至少是两个人,比如一男一女。或三个,两男一女。随来的女子,又总是有几分姿色的。他们落座后,秦岑亲自为他们服务。他们之间似乎也没什么可谈的。被秦岑称作"张哥"或"李小弟"的男人,尤其显出沉默寡言令人莫测高深的样子,仿佛十二分不情愿来到"伊人酒吧"似的。但他的目光却并不多么安分守己,一会儿从这边扫到那边,一会儿从那边扫到这边。哪边有如胶似漆耳鬓厮磨的情形,他的目光就更加管束不住了,一遍一遍地直往人家那边瞟。这点证明,"伊人酒吧"正是他因为平时来得少而又早就想来的地方。

他们都是那一条街上京剧院前边那一些单位的人士。而陪他们来的是有求于他们的人。那些单位的头头们是一次也没来过"伊人酒吧"的。来过的都是那些严肃单位的小角色。他们角色虽小,由于所在单位特殊,便觉自己们也很特殊了似的。

"伊人酒吧","伊人"在斯,酒在斯,情调在斯,情欲氛围在斯……

这种那种崭新的人际关系在这里不断发生、发展,又不断嬗变,再派生出更多种的人际关系;给只剩下了靠人际关系幻想改变人生状态的人们,带来若有若无的极现实又似乎超现实的希望。而多少有点儿希望对于寄托希望的人们总比半点儿希望都没有的好。

"伊人酒吧",在路之南,在桥之北,在形形色色的人眼里,是个时尚的地方;而在秦岑自己眼里,却又只不过是她人生的一处码头。也许,还是最后的。究竟会不会是最后的,连她自己都不清楚……

第二章

只要有人存在的地方就有它的秘密。

秘密是每一个人的第二性。

"伊人酒吧"的秘密,是除了秦岑和一个男人,再就只有她的干爸干妈知道的事了。但他们一向避讳和她谈及此事。

那秘密便是——其实秦岑并非"伊人酒吧"的真正老板。尽管营业执照上标明着她是法人代表;尽管和工商税务以及一切监督部门打交道,每次都是秦岑出面。

但那个男人本身却不是什么秘密。

他公开得一览无余。

因为他就是乔祺。

他才是"伊人酒吧"幕后的主人。

秦岑起初是他的雇佣者。就像秦岑以酒吧经理的身份雇佣了小俊和小婉等几个她很信任的农家姑娘。秦岑后来,不,应该说是现在,已分享了酒吧百分之三十的股份。那么也可以说,她和乔祺已是股东和控股方的关系了。

乔祺每次到"伊人酒吧"来时,和别的客人一样,先在门口站几秒钟,四下望望,选择自己愿意坐的地方。除了"台"上那一把椅子,酒吧并没再为他保留什么专座。他选好了座位,走过去坐下后,便吸一支烟。而且,一向只吸一支。吸罢,无声地以手势招过来服务员姑娘,要半杯法国红葡萄酒或白兰地。一向,也只饮半杯。他若不以手势招,服务员姑娘不会主动走过去,任凭他独自坐在那里发会儿呆。如果是冬季,饮罢酒,他就会脱棉衣,摘围脖,都搭在椅背上,然后走上"台"去,坐在那把"专椅"上。这时,又会有服务员姑娘走到"台"前,小声问他:"什么?"每一名服务员姑娘都这么问,仿佛是他和她们之间的一种默契,根本无须多问一字,多问一句则显得她们说废话似的。

"大提琴。"

他每次的回答都是如此简单明白。

或者:"萨克斯。"

"箫。"

"手风琴。"

"口琴。"

仅回答乐器的名称,多一个字也不回答。仿佛多回答了一个字,则纯粹是一种语言表达能力的欠缺似的。

于是,他所要的乐器片刻就送到他手中了。

以上乐器,每一种他都演奏得很好。也许,说演奏得很好,有夸张之嫌。那么就说每一种乐器他都演奏得挺好吧。经常光顾"伊人酒吧"的人士中,很有几位是具有乐器演奏方面的专业欣赏水平的人。连他们也都说"挺好",大约就真的是挺好了。

他一开始了,就会连续演奏一个多小时。一个多小时内,至少变换一次乐器。有时,几种乐器轮番变换一遍。而这又往往是他来之前就决定了的。既然来之前就决定了,当服务员姑娘问他"什么?"时,他则肯定回答的是:"都要"。还是多一个字也不说。古今中外的乐曲他都演奏,有些是客人们熟悉的名曲,有些则是连那些具有专业水平的人也不曾听过的。现而今,在中国,不,不仅仅是在中国,在全世界的一切舞台上,已经很少有人再拉手风琴或吹口琴了。小青年们中,已不太有人听过这两样乐器的乐声了。拉手风琴或吹口琴,似乎已成老电影中的历史情节了。至于吹箫,太古代了! 在打击乐电子乐流行的这个年代,简直会给人以恍若隔世的感觉。然而在"伊人酒吧",却深受欢迎。到这儿来的人士,不知为什么,都挺怀旧的……

乔祺演奏的过程,酒吧里鸦雀无声。低声卿卿我我着的男女,也都停止了甜言蜜语。那过程中也没有掌声。倘有新客不合时宜地鼓掌,别人就会轻嘘那个人。久而久之,客人们之间就都达成了一种默契——待他站起身来,一总报以掌声。只要他起身一站,那就意味着"演出到此结束"。倘有人还没听够,请求他再接着演奏,他则会循声望着请求者清清楚楚地说出两个字:"下次。"

倘请求者继续请求:"那么再演奏一曲,就一曲!"

他说的还是那两个字:"下次。"

他望着对方的目光,流露着对人家的请求的无比尊重。甚至,包含着几分感谢的意味。但他那两字之答的语气,却又是那么断然。

他每次都亲自将最后一件乐器放入盒中,接着一步迈下演奏"台",径直走到坐过的座位那儿,先围上围脖,然后一边穿棉衣一边往外走。如果不是在冬季,坐过的座位那儿没有什么衣物,那么他便直接往门外走……

说他演奏乐器那地方是"台",也夸张了。那不过是一处砌成圆形的,高出地面一尺左右的地方。所不同的是,酒吧的地面是大理石的,那个"台"上却铺了块纯毛地毯。"台"上唯一的一把椅子,才是专供他坐的。无论酒吧的服务员姑娘,还是客人,谁都知道那把椅子是专供他坐的,从没人擅自坐过它。倘竟有人不知道这一点,比如第一次到"伊人酒吧"来的人,见没有椅子可坐了,想要搬那一把椅子的话,服务员小俊或小婉就会阻止道:"对不起,您不能坐这一把椅子。请稍等,我们立刻给您安排一把椅子。"

酒吧的服务员姑娘们,没有一个和他多说过什么别的话。她们背地里都认为他是一个怪人。并且因为他怪,都有几分怕他。她们并不崇拜他,因为他毕竟不是"星"级和"腕"级的人物。既非"星",也非"腕",会演奏再多种乐器,那也是白会!"说到底还是水平低!水平要是高点儿,会一种也能成大师,起码成为演奏家!"——她们曾如此这般地议论过他。言下之意是,就他那水平,还差得远哪!在她们看来,他和她们是同一类人,都是老板娘花钱雇的嘛。只不过他比她们从老板娘那儿挣得多罢了。究竟多多少,她们就不清楚了。不知道也好,就那么个让人难以接近的怪人,隔三差五地来酒吧演奏上那么一个多小时,要是每月从老板娘那儿挣的钱是自己的好几倍,自己内心里还会不平衡呢!——她们都如是想。

而他,也从不和她们中谁多搭讪,更从不跟她们中谁拉近乎。

老板娘秦岑对他的态度相当冷淡。他来了,她若正巧看见了,也从不打招呼。仅仅是看见了一眼而已。随之立刻将目光转移向别处,该亲自招待谁接着亲自招待谁。他演奏完了,要走了,她也不太关注他,任他自去。在他演奏时,她就谁都不亲自招待了。她会斜靠着吧台的柱子,一条手臂平伸在吧台上,连每一根手指都伸直着,微微仰起下颏,就那种样子全神贯注地听。像他全神贯注地演奏一样。那时有空座位她也不坐,会一直站着听完。仿佛宁愿站着听。仿佛听乐器演奏这一件事,本就是应该站着听到底的事。一个多小时内,她依柱而立的姿势从不改变。只有平伸在吧台上的那条手臂,会放下来,背在身后片刻。那时,即使有熟客进门,即使她看见了,也是从不打招呼的,更不会迎上前去……

"咱们老板娘也有点儿怪,既然那么喜欢听他演奏,为什么又对他挺冷淡的呢?为什么偏不对他亲热点儿呢?……"

服务员姑娘中,有人曾大惑不解。

客人们也都觉得他有点儿怪。但他们同时又认为,一个人竟会演奏那么多种乐器,怎么要求也应该算是一个有音乐才华的人了。其实,在乐器欣赏方面,一般人的耳朵,与具有专业欣赏水平的人的耳朵,是并没有太悬殊的差异的。前一种耳朵听起来很糟,后一种耳朵听起来却好得不得了的情况,在现实生活中是不太多的。前一种耳朵听起来挺好,后一种耳朵听起来也好,才是较普遍的情况。客人们对他的演奏水平的评价,基本属于后一种情况。却没有一位客人当面对他的演奏水平进行过评价。他们都感觉他肯定不愿意当面听到,哪怕是称赞之词。客人们中的某些毕竟都不是一般百姓,即使命运落魄,也毕竟曾是文艺那个界的人士。故他们看一个人,就和那些服务员姑娘大不一样。他们不但公认他是有音乐才华的人,而且认为他是一个怀才不遇的人。一个人既有才华又怀才不遇,那么他的怪,就不但是可以理解的,而且简直是必然的了。不怪倒是怪事了。他们每次对他的演奏报以的掌声,不无同情的成分。他们以为他每次来去匆匆,是因为还要到别的地方去赶场,在同一个夜晚多挣一笔钱……

"哎,秦岑,你怎么雇到的他呀?"曾有客人这么问。

秦岑被问得一愣,但那一愣只是瞬间的事,她随即郑重地回答:"网上。"

"真的?"

"嗯。"

"不管你怎么雇到的他,千万拴住他。对他这样的人,应该舍得花钱。'伊人'的生意一天比一天红火,他功不可没!"

"明白。"

问的人,显然并不太信秦岑的话,却又没有什么怀疑的根据。

而秦岑当时的回答,竟简短得那么像他。一反她一向说话的方式。

是的,正是他,才是"伊人酒吧"真正的老板,拥有酒吧百分之七十的股份。而作为法人代表的秦岑,只不过拥有百分之三十。

但这还不是关于"伊人酒吧"的秘密的全部。

一个月中少说有十天，老板娘秦岑睡在他的床上；或反过来，他睡在她的床上——同床共枕。

此点才是那秘密构成为秘密的核心秘密。

对于睡在一张床上的一对男女而言，脱下衣服之前说的话，脱下衣服之后说的话；做爱之前说的话，做爱之后说的话；你困我还兴奋着时说的话，同时醒来或先后醒来时说的话，几乎都是人类语言中最"套话"的话。那时一对男女的语言能力普遍表现得低于正常水平。一般而言，大抵只相当于三四岁儿童的水平。即使白天说起话来言隽语俏，句句珠玑的男人和女人，包括是天才演说家的男人和女人，一旦上了夫妻床；或虽不是夫妻，这个上了那个的床，或反过来那个上了这个的床，语言水平也都没有不下降的。而这乃是因为，床对于人类的意识早已成为一种象征。一种要么和睡觉有关，要么和不言而喻的运动有关的象征。它使人的意识在临上床之际就受到它的象征性的强烈诱导，于是语言神经中枢疲软，别的神经中枢亢奋。一个男人牵引一个女人的身体向床接近，或反过来，或不由自主地同时向床接近，成年男女应该都知道的，那不是因为那时他们都有好多好多话要跟对方说，而是因为别的。

有五年以上含五年夫妻关系的男女，他们在以上情况下通常都说些什么话，这里就不费笔墨了，反正都是些根本不必开口一说也罢的话就是了。一切尽在不言中。五个三百六十多天，足以使一概话多而又成了丈夫或妻子的人，脱衣上床之后语言神经系统自行封闭。即使封闭不严，仍留着的一道缝隙，也只不过能勉强挤出些处在语言神经系统边边角角的顶没质量的"话"而已。

乔祺和秦岑虽然不是夫妻，但同床共枕的次数早已相当频繁。一个月内至少有十天他俩晚上睡在一起。有时他睡在她的床上，有时她睡在他床上。歌舞团当年也就是实行房改前给秦岑分配过一套两居室的普通楼房。她去年将它卖了，在近郊以按揭方式买了一套大三居的住房，一百二十几平方米，仅装修费就花了五六万元。在这一座北方城市里，要算是比较高级的装修了。除了乔祺和她的干爸干妈，再没有一个认识她的人知道。而乔祺，在市郊的另一端，也买了一套商品房，比秦岑买的还大，一百四十多平方米。是他自己设计自己选料装修的，效果也足以令人啧啧称赞，却比秦岑少花了一半装修费。秦岑不管什么时候想起来，话里话外的总是对乔祺大有怨词。她觉得乔祺一点儿也不替她心疼她的钱。

而乔祺却这么说："你不是一再提醒我，你的事是你的事，我的事是我的事吗？"

"那你也得区别是什么事啊！我攒笔钱容易吗？能省几百我也高兴啊！"

而乔祺据理力争："但你从来也没具体告诉过我，哪些你的事，我绝不可以当成我的事过问；而哪些你的事，我一定要比关心我自己的事还关心是不是？"

秦岑说不过他，就只有生气的份儿。

见她真生气了，乔祺就好言相哄："别耿耿于怀的嘛，到了年底，如果咱们的'伊人'收入可观，你那笔装修费我从我的股红中全额补给你行不行？"

于是秦岑才高兴起来。

秦岑不太愿意在乔祺那儿过夜。按她的解释是因为——睡在一个不是她丈夫的男人的床上，她会产生一种不够安全的心理。

乔祺困惑，曾追问为什么？

秦岑认真想了想，竟不眨眼地死盯着乔祺的脸反问："你这里如果来了人，你将怎么向别人介绍我呢？"

乔祺当时被问得一愣，接着有点儿激动地说："你怎么到现在还顾虑这一点呢？我已经向你保证过多少次了，啊？那么我再保证一次：第一，我不是这一座城市的人，一年多以来，也没在这一座城市交下什么朋友，除了你根本就不会有第二个人晚上了还敲我这套房子的门。第二，即使我给某人开了门,你在这儿,我也不会允许那个人进屋。"

秦岑又认真想了想,专执一念地继续问:"如果谁非要进屋呢?"

乔祺更不耐烦了,叫嚷起来:"凭什么呀?"

"别犯急。别犯急。我问你,假如是派出所来人了呢?"

秦岑的眼睛终于眨了一下。眨过后,瞪得更大了。仿佛调了一下焦距,因而能用双眼将乔祺的内心活动更加清楚地拍照下来似的。

轮到乔祺生气了。他一生她的气,就不想理睬她了,于是吸烟。

"说呀。"

秦岑问得倒是心平气和,口吻像一位小学老师问一名犯了错误却还不明白自己错误在哪儿的学生。

"我是安分守法的一个公民,派出所的晚上来我这儿干吗?"

乔祺恨不得扇她一耳光。

"我相信你是一个安分守法的公民,但那派出所的也有可能敲开你这儿的门,进屋来问你点什么例行公务的事呀。"

秦岑不禁微微一笑。不是由于自己的一问再问而觉得自己可笑,是因为乔祺那种生气的样子笑了的。在她看来,他越生气,越证明他企图竭力回避什么,越证明她真是问到了点子上。

"那他们也得在门外问!"

乔祺的声调都变了。

"可他们是派出所的。"

秦岑仍心平气和着。

"派出所的怎么了? 要是物业的,我也许倒让进。是派出所的,我偏偏不让进! 如今讲法制,除非他们带了搜查证来!"

乔祺脸红了,脖子也粗了。说时,夹烟的手挥来舞去的,弄得哪哪儿都是烟灰。

秦岑的双眼,此刻变得脉脉含情了。她从乔祺手中夺下烟,替他按灭在烟灰缸里,然后站起身,将乔祺的头一下子搂抱在自己温柔的怀里,轻轻抚摸着说:"噢,我的大宝贝,是我不好,不该把你气成这样!噢,我大宝贝气得身子都发抖了,我再不问了,一句也不问了!……"

于是她双手捧起他的脸,俯下自己的头,开始一往情深地吻他。吻啊吻的,直至吻得他气恼全消,孩子似的将头依偎在她怀里,反复只说一句话:"我们睡吧,我们睡吧……"那时刻,乔祺这一个大男人的样子,像一个困极了的孩子乞怜着大人拍哄入眠……

按说,他们即使不结婚,光明正大地同居在一起,那也是谁都无权干涉谁都管不着的。因为秦岑是已经离婚的女子,乔祺是单身汉。现今,连男女大学生校外租间房子私下里同居,校方和社会都睁一只眼闭一只眼,不闻不问,佯装不知。谁还干涉得着他俩吗?只要不搞出私生子来,人们尚且默认那是一种自由。两个一方无夫一方无妻的成年男女的同居,多与时俱进啊!

秦岑是这样一个女子,虽然十七岁就身在文艺界了,虽然从少女时就是个美人儿,但却一直洁身自爱。在男女之事方面,从没被人背后议论过。是初中生时,也不知究竟有多少男同学为她害过青春期单相思。有的男同学甚至因她而终日心猿意马,学业荒废,补考留级。但那都是他们单方面的事,没她什么责任的。她从不和男同学多来往,和女同学倒是挺善于打成一片。连某些嫉妒心很强的女同学,也从不太流露她们对她的嫉妒。如果她们起先对她的嫉妒有十分那么强,她在和她们的交往过程中,总是会有一套办法将她们对自己那一种嫉妒削弱到只剩三四分。除了好容貌和好身材,其实她就再没有什么足以引起同龄人嫉妒的方面,甚至连令人羡慕的方面也再没有。她学习成绩平平,居中下名次而已。虽然她家住在闹市区的一幢楼房里,但那是一幢已经老旧得楼体外表黑黝黝的一幢楼房,被挡在几幢体面的楼房的后面。解放前,那幢楼里住的几乎全是妓女和将家产挥霍光了的大烟鬼们。解放后,妓女和大烟鬼们经过一番改造都被遣送到农村原籍去了,那幢楼成了本市一家糕点厂工人们的福利性宿舍楼。每家一屋一厨,面积相等。住屋十四平方米,厨房四平方米。孩子多的,厂里出工出料给在屋中打了吊铺。一家三代五口以上的,也有分到两套的。好在那是一幢俄式的楼,每层举架较高。家家的孩子们在吊铺上玩耍,也并不感觉多么压抑。

秦岭的父亲是糕点厂的老师傅,对厂里贡献颇大。他结婚后不久,厂里的领导问他有什么要求没有?他说我媳妇怀孕了,孩子一出生,就多一口人了,能不能给我家也打层吊铺啊?厂里的领导说这没问题,费不了厂里多少工多少料的。老师傅嘛,这点儿不过分的要求理应得到满足,于是也给他家打了层吊铺。所谓吊铺,不过就是用木板将屋子的高度一分为二,旁边架小梯子,上层可以睡觉,人口少的人家,屋子下层只摆家具不必摆床了,显得宽敞。在这一座城市里,在五十年代以前,在某些住解放前老旧楼房的人家里,吊铺是司空见惯的。

秦岭的母亲比秦岭的父亲年龄小很多,怀她那一年和她现在的年龄一样,三十六岁。她原本是农村的一位团支部书记,一九五八年国家号召农村青年支援工业大跃进时进的城,还是一个二十六岁的晚婚大姑娘。在城里人眼中是一个大姑娘,在农村却已被看成是老姑娘了。秦岭她母亲当年也挺漂亮。漂亮而又当过农村的团支部书记,并且已经身在城市了,脱离了周围人将自己视为老姑娘的农村环境了,心理就丝毫也不存在自己已是"老姑娘"的危机感了。她最初在铁路上做卸煤工,那是又脏又累的力气活儿,让年轻漂亮的女子干那种活儿,即使她是农村来的女子,也近乎是一种惩罚,甚至可以说近乎是一种虐待。但那是大跃进的年代啊,将农村青年号召到城市里来,就是因为有些又脏又累挣钱又少的活儿,城里人都躲得远远的,没人肯干啊!何况在当年,煤是城市里唯一的能源。偌大一座城市,没人在铁路沿线卸煤还了得?那城市就瘫痪了呀。还幸亏当年有秦岭她母亲那一批几百名农村青年不怕脏不怕累,每月为了二十几元工资辛苦地在铁路沿线卸煤。当年秦岭的母亲曾是那几百名农村男女青年的总指挥。名曰总指挥,其实就是一个劳动召集人和带头人罢了。每个人的一生都难以避免地要犯几次想法天真的错误。由农村的团支部书记而成为"城市劳动者"们的总指挥,秦岑的母亲头脑里当年产生了极其天真的想法。她不明白,对于城市,他们那一批农村青年,只不过是它急需的几百名临时劳动力罢了。都没有城市户口,就都不是真正的"城市劳动者"。而她头脑里的想法天真就天真在——我这么能干,又这么肯干,不惜将自己一个年轻女子的汗水和力气统统贡献给城市,到时候城市还会不赏赐给我一份户口吗?然而当年的城市有城市的原则。那原则当年在城市里体现得冷酷无情。两年后,也就是一九六〇年,所谓"三年自然灾害"的头一年,城市又要求所有响应号召支援城市大跃进的农村青年必须统统回到农村去了。他们当然都是不肯的。在城市里毕竟还能每月挣二十几元钱,除了保证自己吃上一日三餐的钱,每月还能往家里寄十几元钱。在当年,每月十几元钱对于农户人家意义有多么重大,没谁比他们更清楚。回到农村去,陪家人一起挨饿呀?农民们,已被饿得拖家带口地纷纷到城市里来讨饭了,他们看在眼里,更加对返乡心存恐惧了。于是城市停止发给他们每月的粮票了,也停止发给他们工资了。于是他们也陷入了挨饿的境地。却仍不肯返乡。觉得城市不讲道理,集体去到市政府门前,吵吵嚷嚷要见市长。他们认为,市长该是这一座城市里最讲道理的人了。他们都根本不知道,他们的行为在当年被视为"示威",而那是一种政治性质的罪。在当年,罪名一旦和政治连在一起,便都接近着十恶不赦了。有天深夜,军队配合公安部门,包围了他们的住地。一声哨响,冲入各个工棚,将他们从被窝里从睡梦中拖起。他们被监视着穿上衣服,被逼迫着登上了几节"闷罐"列车也就是封闭式运货列车的车厢。稍有违抗者,即遭五花大绑。已经是二十八岁了的农村的团支部书记,他们的总指挥,因为是女人,也因为身份与他们多少有点儿区别,单独睡在车站存货仓库边一幢小小的木板房里。骚乱声惊醒了她。毕竟曾是团支部书记,她立刻就明白发生的是什么事了。她害怕极了,不清楚她的部下们包括十几个与她同村的青年,将被带到哪里去,进行怎样的处置。一想到前一天她劝阻不成,自己也身不由己地跟着他们去到过市政府门前,顿觉问题严峻极了。慌慌张张地用头巾包起了些属于自己的小东小西,只身逃离,成了漏网之鱼……

那件事发生在冬季。

发生在冬季的一个雪夜。

糕点厂的烘烤师秦宗兴第二天早晨上班时,推家门推不开。使劲推开了,迈出家门,见门旁躺着一个姑娘,正是那"漏网之鱼"姚兰兰。幸亏秦宗兴家门旁有几片暖气片儿,使她能够得以靠着暖气过了一夜。否则,她会被冻僵的。虽然并没被冻僵,但一夜惊悸,又加上饿,她还是昏迷过去了。

秦宗兴将她架进屋里,弄到了自己床上。接着,扶她喝了一大碗红糖水。她缓缓睁开双眼,看到的是一张黑扎扎的瘦削的老男人的脸。秦宗兴已经三四天没刮他那茂盛的络腮胡子了。其实他当年还不算老,起码年龄上还不算老,四十七岁。

她嘴唇微动,说出一句话是:"我不是坏人。"

而他说:"我怎么好像在哪儿见过你呢? ……想起来了,报上宣传过你的事迹,还登过你的一张小照片。你是铁路上卸煤那伙农村人的头儿,对不?"

她说:"我不是……"

他却说:"你不要不承认,是就是嘛! 我记性好得很,认不错你。再说我有证据,你不信我找出来给你看。"

不待她再说什么,他已去找。本市最有名的糕点厂的烘烤师傅,平常也没什么爱好。不吸烟、不饮酒、不下棋,连扑克也没摸过,更不惯与人闲聊;订了份晚报,买了台小收音机,下班后听听广播,看看报,每天晚八点半准时关灯上床。他是个按时睡按时起的单身男人,生活规律得不能再规律。唯一的爱好,就是将报上的人物报道性文章剪下来,一一贴在从厂里要的硬皮账簿内。闲时,看小说似的重看。他识字不多,跳词跃句地,大约也是可以读本什么小说的。却从没读过,认为小说编的成分太大。

"这些文章就不一样了,真人真事。看看别人们遇事怎么想的,怎么做的,自己也学学,有好处。"他常对徒弟们这么说,希望他们和自己有同样的爱好……

他给姚兰兰看的"证据",无非就是几册账簿子中的一册。他走回到床边,翻了翻,指着问:"这难道报道的不是你吗? 这难道不是你的小照片吗?"

确是。

那是半年前城市对姚兰兰的表扬。

她双手一捂脸,哭了。

"你怎么会在我门外呢?"

她不惯撒谎,实话实说。

"你不愿回农村了?"

她摇头。随即补充了一句:"回去连团支书也当不成了,我走后另选别人了。"

"家里还有什么人?"

"父母都去世了……我到城里以后,连一间半小草房也被叔叔家占去了……就算把我押送回去了,我又该往哪儿住呢? ……"

秦宗兴沉吟片刻,低声又问:"那你男人呢? 他怎么偏偏在你这时候不管你了呢?"

姚兰兰就抽泣着说她还没结婚呢!

从前那个年代,即使在城市里,二十八岁了还没嫁过的女子,虽然按年龄方面仍可视为小女子,但从女子人生的阶段来划分,那也是会被直接划到"老姑娘"一堆去的。

寒冬腊月,只穿了件薄薄的贴身小袄,一夜东躲西藏,四处逃窜,惊魂飞去,余悸未消,又加之走投无路,内心绝望,正哭得鼻涕一把泪一把,头发乱糟糟的,脸儿脏兮兮的,再好看个小女子,那时那刻,也好看不到哪去了呀!

秦宗兴端详着她,不禁心生出恻隐来。

他什么话也不再问,从墙角拎起一只篮子,转身到屋外去了。那篮子里有五六个鸡蛋。饥荒年代,鸡蛋是稀罕的、宝贵的。十三级以上的干部,每月才由国家配给。糕点厂已不做糕点,只生产饼干了,叫"大众饼干",按户供应给市民。每户每月三斤,要凭票买的。"大众饼干"也是饼干啊!怎么也得多少有点儿鸡蛋的成分啊!所以糕点厂是储有鸡蛋的单位。糕点厂离不开秦宗兴这一烘烤师傅。那年月烘烤饼干用的还不是电火,而是煤火。若烤焦了一炉饼干那是事故。火候全靠秦师傅掌控着。厂领导倚重他,他身体又不太好,有胃病,所以每月照顾给他三个鸡蛋。每月,三个。他平时舍不得吃,攒着。谁家小孩或老人病了,送几个过去。舍不得多送,顶多只送三个。

秦宗兴在厨房里用两个鸡蛋做成了一碗蛋花,满满一大碗。漂着碎葱叶,还点了几滴香油。他双手端着从厨房里出来时,有好几户人家的人,也都在厨房忙忙碌碌地开始做早饭了。

一个女人问他:"秦师傅,今天是自己生日啊?"

他说不是。

女人又问:"那怎么舍得为自己做了一大碗蛋花呢?"

他说家里来亲戚了。

女人奇怪,因为从没听说过他有什么亲戚,忍不住接着问:"是你什么人啊?"

他犹豫了一下,说是侄女。随即补充了三个字:"表侄女。"

姚兰兰捧起那一大碗鸡蛋花喝时,丝毫没有显出不好意思的样子。她实在是饿极了,连声谢谢也没顾上说,也不管烫不烫的了。喝光了,把碗放在桌上了,才觉不好意思起来。同时内心里也充满了感激。

她双膝一屈,就想跪下给秦宗兴磕头。

他慌忙拦住她，比她更不好意思，红着脸说："姑娘，你可别这样，别这样，只不过两个鸡蛋嘛！……"

她说："大叔，日后我一定来报答你！"说罢，要走。

秦师傅横身拦她，问她去哪儿？

这一问，姚兰兰眼泪又夺眶而出了。她将头一低，小声说出三个字是："不知道……"

秦宗兴轻轻替她叹了口气。

上班时，他将她带厂里去了，安排她洗完热水澡，又把她带到烘烤车间去了。还这儿那儿找到了几块昨天剩下的饼干塞给她。

洗罢澡的姚兰兰，身上穿的虽然还是那一件旧了的小袄，脸儿却毕竟显出好看的模样来了。

秦宗兴看着她，觉得喜欢。但也就是喜欢而已，另外没什么复杂的念头。人家秦师傅是特正派的男人。

他问："别人都说我是个好人，我自己也这么认为，姑娘你信吗？"

姚兰兰点点头。

他又问："那，你愿意留在我那儿吗？"

她抬头看他，见他一脸善良，还是只点头，不开口。

"你也看到了，我那儿就一间屋子。晚上和我住一间屋子，你不怕我？"

秦宗兴问得直来直去。

姚兰兰终于开口道："我看出你不是个会欺负我的男人。"

秦宗兴张了张嘴，自己一时倒没说出话来。

之后，他全心全意尽他烘烤师傅的职责。她一边吃饼干，一边看。一会儿就看出门道来了，帮得上点儿忙了。她显出了勤快的天性，找到一块抹布，将案子，将窗台，将烤炉的前后左右都仔细擦了一遍，连案子的所有的腿儿都擦到了。秦宗兴默默看在眼里，暗想自己同情她这么一位姑娘，那是完全符合社会主义的道德准则的。

中午,他找了几名厂里的徒工,嘱咐他们趁午休,替自己去办一件事。

他带她到食堂去吃的饭,向人人介绍她是自己的表侄女。饭后他又带她见厂领导,问可不可以给自己的表侄女在厂里安排点儿活,每月挣点儿钱。厂领导一听她是农村姑娘,皆摇头说爱莫能助。也确实是那样,当年厂里有规定,绝对不许擅自雇佣没有城市户口的人。农村人在城市里一分钱都甭想挣到,连捡破烂都不允许,所以也就根本无法在城市里生存。"大跃进"一过去,城市对农村人的面孔立刻就变了。

有一位厂领导看着秦宗兴和姚兰兰失望的样子,想了想说,如果不嫌挣钱太少,她可以为厂里糊饼干盒子。一个二分,十个两角。一天糊三十个的话,就挣到了六角钱。那么,一个月就能挣到十八元,和徒工的月薪相等。

秦宗兴没表态。他看姚兰兰。他觉得他没权力替她表什么态。左邻右舍一些厂里的家属,也有糊过的。一天糊二十个,就腰酸臂疼的了。

姚兰兰却喜出望外,连说:"我干!我干!挣得再少我也干!……"

当年城市人买饼干,商店里是不给用饼干盒子装的。用张糙纸一包就给你了。你觉得没太包住,再讨要一张纸,还会遭售货员的白眼哪!

那为什么又要糊饼干盒子呢?而且需要量很大呢?

糕点厂每季度还有援外生产任务。

援助越南。

援助朝鲜。

援助柬埔寨、古巴、老挝……

援外饼干嘛,怎么也得装在个盒子里不是?

连个盒子都没有的话,"中国援助"四个字,那可往哪儿印呢?

……

下午,秦宗兴见姚兰兰有点儿困得撑不住了,就将钥匙给了她。

他说:"你回家去睡一觉吧!"

就这样,姚兰兰遇上好人秦宗兴,一夜四处逃窜之后,竟然又否极泰来地有了个"家"。正所谓"山穷水尽疑无路,柳暗花明又一村"。

她回到家里,见家里多了张俄式长沙发。很旧了,却哪儿都没破。

早年间流亡在这一座中国城市里的俄国人,和中国人一样赶上了饥饿年代。饿得无计可施了,也顾不上多想想回到红色苏联自己的命运究竟会怎么样了,总之是但凡能回得去,就破釜沉舟地回去了。所以旧货市场上的俄式东西特多,特便宜。那么一张沙发,也就五六元钱。

秦宗兴在厂里的工资最高,每月六十几元。为姚兰兰往家里买一件他自己一个人生活其实不必要的旧沙发,他不在乎花那五六元钱。他这人平时花钱很仔细,然而却颇乐于为别人慷慨解囊。只要是个正经人向他借钱,他是没有过封对方口的时候的。还得晚,他从不催讨。不还,他也不提。因为他常这么想,自己一个独身男人,什么时候能讨上个媳妇真正组成个家庭还不一定。也许到死那一天仍是个光棍,身后留下些钱又是所为何人呢?还莫如活着的时候对人大方点儿,死后也多几个念自己好的人。

姚兰兰开了秦宗兴那间屋子的门,第一眼就发现了那件多出来的沙发。她看出了那是为自己预备的一张"床",和秦宗兴的铁架子单人硬板床之间隔着旧方桌。她还没见过沙发,不知那叫沙发。往上坐了坐,软,且有弹性。接着躺下,长短正够自己睡,感觉很舒服。

幸亏有她带领着些个农村青壮年曾在铁道线上卸煤,那一年城市的储煤量非常充足,所以有暖气的楼里,暖气烧得都挺热,房间里已很温暖。

躺在沙发上的姚兰兰,心里默想着秦宗兴的那一句话——"你回家去睡一觉吧!"被一种不找自回的安全感所抚慰,且被一种幸运感所沉浸,不知不觉枕着手臂进入了梦乡。在梦里她还带着些男人们卸煤哪!

秦宗兴回来的时候她都没醒。

他下班后去了一趟寄卖店,也就是解放前的当铺,单的棉的,从上到下,从里到外,从头巾到鞋袜,为她买回了女人一应俱全的衣物,就差没买乳罩和短裤了。他一个男人,怎么好意思替她买那些呢?依他的本愿,是想都给她买新的来着,但他做不到。当年人身上穿戴的,除了口罩,几乎样样要布票,连布面的棉帽子、棉手套也要。他一个单身汉,不比人口多的人家,缺的正是布票。

秦宗兴想得很周到,他在房间里拉了一道塑料帘子。并且,为了姚兰兰方便,在她睡的沙发旁接出了一条灯绳。

姚兰兰很快就与秦宗兴的左邻右舍们熟悉起来了,他们也很快就喜欢起秦师傅的"表侄女"来了。他们喜欢她的勤快。她不但使秦师傅的家有了女人味儿,而且使公共楼道每天都干干净净的了。秦宗兴也是个勤快的人,也是个干净人。他的房间作为一个单身汉的家,以前那也是一切都摆放得有条不紊的,但仅仅是有条不紊而已。自从家里有了个"表侄女"后,窗台上就多了花呀草呀的。床单、沙发罩也换成有图案的了,用鸡蛋换的。虽旧,好看。而且呢,墙上贴了些剪纸。姚兰兰手巧,剪什么像什么。她手也快,一天糊三十个饼干盒,竟玩儿似的。秦宗兴每天下班前,她已将三十个饼干盒交到厂里去了。取来时是一打打压出了折口的纸板,送去时三十个饼干盒一个套一个,所以每天取取送送,对于她倒也不成个问题。等秦师傅下班回来出现在楼道了,姚兰兰已将公共楼道扫了一遍又拖了一遍,在小厨房里扎着围裙做着饭了。秦宗兴再也不必自己为自己做晚饭了。他成了一个一回到家里洗洗手往饭桌旁一坐,干的稀的咸的淡的可以吃现成的男人了。他脸上开始经常浮现着享福之人那一种心满意足的笑容了。

邻居们都说类似的话:嘿秦师傅,你呀,单身的日子总算熬出头了!……

起初,秦宗兴听了只是笑。后来听多了,某种化学反应就在他头脑中起作用了。它渐渐解构糕点厂烘烤师傅头脑之中原先关于"善"的朴素的民间理念,像盐使冰渐渐融化;并在他头脑之中产生另外的足以令他躁动不安的东西,像光合作用使糖分在一只果子的体内一天比一天变浓……

而左邻右舍说的那些话,其实都只不过是日常话。所谓日常话,即一些每天总是会不厌其烦重复的话。说的人不以为是多余的话,听的人也不会觉得听腻了。好比"早啊!""吃了吗?""去上班啊?""还没睡呀!"之类的话。

人靠了经常重复的话语增强良好的关系,如同蚂蚁们要靠不断发出化学性的信息达到沟通的目的。然而糕点厂烘烤师傅的头脑尽管不是人类中一个特别高级的头脑,那还是要比一只蚂蚁的头脑原理复杂得多也先进得多的。

凡复杂的东西就必然产生复杂的现象。

凡先进的事物则总是会对原始的事物——比如人性,这么古老的事物体现出挑战性的。

于是从某一天夜里开始,塑料帘子那一边,糕点厂烘烤师傅辗转反侧,长吁短叹连续不止了。

而塑料帘子的另一边,睡在沙发上的姚兰兰,侧耳听着秦师傅的长吁短叹,屏息敛气着也难以成眠了。

终于她忍不住轻声问:"秦师傅,您咋的了呀?"背人之时,她仍不惯叫他"表叔",而称他"秦师傅"且"您"不离口,极为尊敬。

他说:"没咋的,偶尔失眠罢了。"

隔会儿,她又轻声问:"您是不是有什么心事啊?"

他说:"没有。"停顿了一下,又说,"我一个单身汉,又能有啥睡不着觉的心事呢?"

一阵沉默后,她再问:"是不是……因为我,使您发什么愁了呢?"

她的声音更轻了。

与他那一种自己对自己无可奈何,想要尽量掩饰内心苦楚都掩饰不了的语调相比,她的语调听来略显不安,然而却柔情似水。

他说:"兰兰,不关你什么事。你睡你的……如果我扰得你睡不着,我出去走走……"

他这话,就露出了破绽。证明他还是有心事的。而且,此地无银三百两,进一步证明了他的心事多少还是和她有些关系的。

姚兰兰就又陷入了屏息敛气的沉默。

她不愿在这种时候表现她的聪明,以免使他和自己都觉得尴尬。

她宁肯装糊涂。

经久,她试探地说:"我在农村那些年,跟一位老中医学过按摩,谁家有人头疼脑热,腰酸腿麻,受寒中风的,我给按摩按摩,就会轻点儿。对失眠的人,也管用。要不……"

但听他在塑料帘子那一边否决地说:"使不得使不得,深更半夜的,又不是两口子!你一个大姑娘家,我哪能让你……这怎么行呢!……"

她就又只有屏息敛气地沉默着。

忽然,她又听到了他的一声长叹。

之后他说:"我怎么就无论如何也睡不着了呢?……如果你学的那套,对失眠的人真的也管用……那你就为我按摩按摩。又困,又睡不着,这滋味儿怪折磨人的呢!……"

"也只能说是试试吧……"

于是她缓缓坐起,悄没声儿地离开了沙发,悄没声儿地走到塑料帘子前,将它一挑——并不彻底的黑暗之中,她看出他的身子仰躺着,而头正侧向着她这一边,在看她,在期待……

于是她心房里涌起一股激动又温暖的情愫。

……

一个月后,左邻右舍都说,她明显地胖了,脸儿丰满了,白皙了,眼睛也变得更加闪亮了。而且呢,不知为什么,动辄容易害羞起来了……

又都说,是托了秦师傅的福,尽管在困难的年头,也不至于挨饿。在困难的年头竟不至于挨饿,那还不是托福吗?

她听了,就微微红了脸,承认地低头一笑。

秦宗兴则一副洋洋得意的样子,似乎很有成就感。

三个月后,左邻右舍看姚兰兰的目光,就不那么寻常了。因为,她的身子,分明地是发生着一些显然的特殊的变化了,非一个"胖"字所能概括的了。她自己在人前的模样,也每每显得不那么自然了。秦师傅也是。

这使左邻右舍看见他两在一起时,往往不知该说些什么话好了。以前常说的那类寻常话,是不太可以再说了。再说,性质就相反了,不寻常了。寻常话既变得如此这般了,谁还会说听来比寻常话不寻常的话呢?于是都集体下意识地少说为佳了。

而邻居们跟他们话少了,这使他们感到了一种无形的压力。

有天夜里,姚兰兰在秦宗兴怀中,也不禁地长吁短叹了。

而他安慰她:"别怕,天塌下来有我顶着呢。如果我秦宗兴对不起你,我不是人!"

第二天,他出现在厂领导们的办公室里。

他们都在,仿佛不约而同地是在等他。

他向他们宣布,他要结婚了。

领导们你看我,我看你,都倍觉意外的样子。转瞬又都显出替他高兴的样子。都说,好哇,好哇!秦师傅要结婚了,这可是全厂的大新闻,一定得出面为他好好操办操办。

他说,可是要做自己媳妇的那个女子,她没有城市户口。

领导们面面相觑,一时又都显出爱莫能助的样子。都说秦师傅你这个人究竟是怎么了呢?以前我们都关心过你,为你介绍过的吧?你呢,却总是推三拒四,好像你自己多么喜欢单身汉的生活似的!你说你除了个子长得矮点儿,相貌一般了点儿,另外方方面面的条件,不是挺不错的嘛!你工资挺高,你有房子。你找个什么样的女子不行,为什么非找个没有城市户口的呢?

秦宗兴就红了脸小女子似的扭捏了,犹犹豫豫吞吞吐吐地说出了姚兰兰的名字。

领导们听罢，又都我看你，你看我。

秦宗兴声明地说："我不是来求你们帮着我解决她的户口的。她的户口问题，我也知道那是你们根本帮不上忙解决的事。我只不过是通告你们一下，我要和她结婚了……"

"可……秦师傅，她是你表侄女呀！这就叫我们没法儿替你操办了呀！……"领导中有一位，终于憋出了一句必须代表另几位领导立场的话。

"她并不是……"

于是秦宗兴就将姚兰兰究竟何许人，又怎么成了他"表侄女"的来龙去脉，一五一十地和盘托出。

另一位领导替他忧虑了，说将来有了孩子怎么办呢？母亲没有城市户口，孩子也注定了没有啊！这是城市的死规定，秦师傅你清楚的呀！

秦宗兴说他当然清楚。说自己也是个正常男人啊，沾火就着的时刻，哪儿还顾得上思考那么多呢？说现在她都怀上孩子了，那也只好生下来，顾不上管什么户口不户口的了。

最后他提出了他对厂领导们的唯一的要求。他说他的婚事，是不打算操办的，但是左邻右舍应该知道真相，否则大家会以为姚兰兰她真的是他的"表侄女"呢！但他自己也没资格为自己召开一次说明情况的邻居大会和全厂职工大会呀！所以，他请求厂领导替他对两方面的人们说明说明……而厂领导们回答他研究研究。

又几天后，他在厂里发开了喜糖。

当天，他下班回家时，身后跟随了办公室的一位副主任。名曰副主任，其实也就是个老科员。因为糕点厂才是科级单位，办公室的副主任才是副科级。

那位副主任跟随秦宗兴到了楼里，正赶上家家户户有人在做晚饭。省事，也不用挨门挨户通知了，"说明情况"的一次会，就在楼道里进行了。

秦宗兴却已进了自己的家,与姚兰兰并坐在沙发上。他搂着她的肩,二人安安静静而且处之泰然地听着那位副主任在走廊里大声说明。

一会儿,走廊里悄无声息了。

那位副主任推门进来了。

他说:"秦师傅,厂领导交代的事儿,你希望的事儿,我替你完成了。"

秦宗兴问:"大家伙儿,怎么个态度?"

副主任回答:"也看不大出各个都是种什么态度。我一解释完,默默地都散开了。"副主任言罢,留下一只装在盒子里的瓷花瓶,说是几位厂领导包括他自己的一份儿心意。

人家走后,秦宗兴对姚兰兰安慰道:"你对我好,我对你好,这点最重要,至于别人们对咱俩怎么个看法,咱俩何必理会,随他们便吧!"姚兰兰一声不响地点了一下头,表示完全同意。

然而出乎他们所料的是,八点半后,二人就要安寝之时,有一位邻居敲开了他们的家门。人家是给他们贺喜来的,还送来了一份小礼物。这第一位贺喜者正欲起身告辞,第二位邻居也来了。于是接二连三,顷刻来了一屋子人。这一拨前脚刚走,下一拨后脚到了。不管是糕点厂的或不是糕点厂的,楼里的人家差不多全派代表来贺喜了。有那没来的,托来的人捎话,说一时没什么贺礼可送,不好意思空手来,贺意后补。

那时刻,姚兰兰真正感到,秦宗兴那一间屋子,以后名副其实也是她自己的家了。当年,即使一对城市里男女结婚,能有那么一间屋子,亦会心满意足了。

那时刻,好人秦宗兴一向待人处世的好,在民间,获得到了超值的回报。起码,秦宗兴是这么认为的。他比姚兰兰更心满意足。

不久,厂里派木工来给他们搭吊铺。那天秦宗兴不在家,也不在厂里,而是在陪同市里的领导们接待外宾。接待外宾又怎么会轮到糕点厂的烘烤师呢?因为来的是朝鲜民主主义人民共和国的代表团。他们也正在困难时期,我们当然知道这情况。所以他们一住下,我们就赠给了他们每人一盒中国糕点,是作为国礼正儿八经地赠给的。在当年,那是精包装的一种,那是一份不薄的中国国礼。他们自然都是喜上眉梢,说在他们本国见过这一种高级的中国糕点,在专卖店里,也凭票。他们临行前,请求见一见中国这一家老字号的糕点厂的工人兄弟,合影留念,回国也是个谈资的意思。厂里就决定将秦师傅隆重推出。厂里破天荒第一次有接待外宾的任务,尽管不是来厂参观,只不过是选择一个人,但那领导们也倍觉光荣啊!困难时期,几乎没什么光荣之事了,于是便将秦宗兴也像糕点似的认真包装了一番。秦宗兴活了半世,第一次被那么精包装。西服、领带、皮鞋,都是借的。一时没处借,就向话剧团求援。话剧团的人在服装箱里翻了翻,给凑齐了一套,算是解了糕点厂的急。

来秦宗兴家搭吊铺的厂里的木工们,都对姚兰兰夸秦宗兴,说他穿上一套西装人一下子变得多么有派,说厂里有多少人如何如何羡慕他,怎样怎样地与他分享光荣。

姚兰兰听了自然高兴。一高兴就不想袖手旁观了,就忍不住也要帮着干点儿力所能及的事了。递块木板啦,接根方子啦。也是乐极生悲,一个不慎,被一根方子砸在腰上……

秦宗兴那边,接待任务刚一结束,就有厂里的人等在宾馆的外边,满怀悲痛地向他报告不幸的消息了。

他穿着那套从话剧团借来的演出服出现在姚兰兰面前时,她已流产了。

医生说,像她这样的年龄,头胎就因击伤流产了,最好两三年内先别怀孕了,从生理到心理各方面都需要恢复恢复。

姚兰兰伤心哭泣,感到罪孽深重似的。

幸而秦宗兴很想得开。

他说:"兰兰,只要你平安着,那对于我秦宗兴就是不幸之中的万幸啊!困难年月,孩子没出生就去了,也罢。真要是出生了,落不上户口,也没粮票,没布票,没一概副食票……估计也是孩子自己并不愿在困难的年月来到世上……"

姚兰兰从医院回到家中的第一个晚上,被窝里,秦宗兴将她搂在怀中又温存地安慰道:"我把你当个孩子爱还没爱够呢,就让我把你当个孩子宝贝几年吧!……"在姚兰兰听来,他的话像情诗的诗句。

吊铺是搭上了,人口却没有增加。他们的家,成为整幢楼里最宽敞的家。姚兰兰当床睡的那一张沙发,从此也真正起到了沙发的作用。秦宗兴呢,也真像自己说的那样,比以前更加宝贝地爱姚兰兰了。姚兰兰流产的心理阴影,被秦宗兴的爱渐渐熨平了。有时她想,自己因为没户口而没口粮,如果再添一个孩子也没户口也没口粮,那不是太成为她"老秦"的压力了吗?自己毕竟还不到三十岁,等年光好些了再要孩子也不迟啊!能这么一想,也就情绪好转了。

情绪好了的姚兰兰又开始糊糕点盒子。所挣的钱,除了用于在黑市上买粮票,其余全交给秦宗兴。

秦宗兴起初反对她继续糊糕点盒子,怕她累着。多次大丈夫气概地说,自己完全养得了一个没户口没口粮的妻子。后来见姚兰兰挣了钱特别高兴,也就由她去了。家里多了一层空间,糊糕点盒不像以前那么占地方了。吃罢晚饭,有时他也帮她糊。

夫妻二人相敬如宾,你恩我爱地又过了好几年。

有天夜里,在吊铺上,姚兰兰拉过秦宗兴一只手按在自己小腹上,悄声说:"你摸摸。"

秦宗兴问:"怎么了?"

姚兰兰嗔道:"你个傻老秦,我又有了呗!"

光阴似箭,那一年,已经是一九六八年了。

秦宗兴不禁叹道:"没想到天灾过去了,人祸又开始了。咱们这一个孩子,逢上的也不是什么好年头啊!"

姚兰兰就严肃提醒:"老秦你可得给我记住,刚才的话在家外边千万不能乱说。"

又道:"不管现在是什么年头,这个孩子咱们无论如何要吧,求求你了老秦!"

秦宗兴就搂她在怀,亲了几下之后说:"当然,当然。其实,我也早希望有个孩子了。"

姚兰兰爬起,将一个小小的木匣从吊铺角捧到秦宗兴身边,打开后给他看,并显摆地说:"有这些粮票在,孩子出生第一年,我保证一家三口谁也饿不着!"

接着她就数那一匣子粮票。总计一百多斤,都是她平日用糊糕点盒子挣的钱买了,几斤几斤积攒的。

而秦宗兴则找出一份存折给她看,其上存着五百多元钱。

在一九六八年,一百多斤粮票,五百多元钱,是两大笔财富。

而这两大笔财富,使他们对于一个孩子出生后注定了将没有户口没有口粮这一件事,形成了统一的乐观自信的态度。

是年年底,他们的女儿秦小兰呱呱落地。

幸福啊!

糕点厂烘烤师傅的脸,终日被幸福陶醉得神采奕奕。

娇妻爱女,现在他都有了,能不觉得幸福吗?

邻居们常听他高一声低一声"兰兰""兰兰"地叫,也不知他是在叫娇妻,还是在叫爱女……姚兰兰的脸,也终日被幸福陶醉得神采奕奕。比之于秦宗兴那一种神采奕奕,她脸上还多了种做母亲以后的端庄的妩媚。

幸福啊!

在当年,对于一个农村女子,能在城市里有着一个家,能在那家里有种女主人的地位和身份,而那家又终日由温馨笼罩着,那么对于她,不可能不是一种幸福。

不错,秦宗兴作为一个男人身材未免瘦小了些,给人的最初印象也确实是其貌不扬。但也是一个好人啊！不仅她感到他是一个好人，许许多多认识他的人了解他的人，都交口称赞他是一个好人啊！但他还是一个受人尊敬的人啊！人们尊敬他除了他助人为乐一点而外，还因为他为人的正派、正直，以及在他的厂里无人可以取代的工作经验。那经验确保了一家糕点厂的老字号一直不倒啊！何况他还有一份儿令许许多多城市里人羡慕的工资。在当年，除了科以上国家干部，他属于一个"高薪"男人啊！

从城市到农村，处处都在乱。托福于秦宗兴是一个"高薪"男人，再加上姚兰兰糊点心盒子糊得越来越熟练，这一家三口，乱中取静，乱中窃静，乱中享静，悄悄地过着他们避乱生存的小日子。当年，他们悄悄过的可以说是一种甜蜜的小日子。

"幸福"二字在姚兰兰这样一个来自于农村的没有城市户口而又能基本上安居于城市的小女子的意识里，得到了一种最最普通的，也是最最朴素的现实主义的诠释。

她不可能像今天某些女子一样，对于自己的好容貌怀有估价甚高的标准。而这对于她又未尝不是幸事。她因而获得了实实在在的幸福感。

可不嘛，有那么一个既无怨无悔地养活她又心肝宝贝似的爱她的丈夫；有那么一个小脸儿一天比一天变得漂亮的女儿；有一个在冬天暖气烧得足足的，屋子里温暖如春，并且三口人其乐融融的家，她还能再奢望多要些什么呢？

如果说姚兰兰竟还有什么心事的话，那么仅仅一桩，便是他们的女儿的户口问题。对于自己的城市户口问题，她早已死心，连想也不去想了。

在很久很久以前，人类就开始领教上帝的妒心了。但是许多现象表明，上帝通常只妒那些既幸福得没着没落，又过于显摆他们的幸福，过于春风得意的人。上帝妒心一起，这样的人的人生就出现危机。

然而上帝有时竟也妒小民的寻常幸福。尽管那一种幸福寻常得那么微不足道。没有哪一位神透露给人类这是为什么？所以对于人类这一点至今还是一个谜。上帝想怎样,那谁管得了!

小"兰兰"刚上小学那一年,她的母亲姚兰兰猝死在家中。

那是晚饭后的事,一家三口有两口坐在沙发上,秦宗兴坐在椅子上,正开开心心地打扑克玩。在他们头顶上是吊铺,虽然已经六七年过去了,厚厚的没涂过一刷子油漆的松木板,仍散发着淡淡的松香味儿。

忽然姚兰兰捂着胸口说:"不玩了,哎呀……我不好受……"言罢,一头从沙发上栽倒于地。秦宗兴惊慌失措地将她扶在怀里时,她大瞪双眼看着他,已经张不开嘴说不出话来。她紧抓着他腕子,在他手心写了两个字是——"户口"……而女儿吓得和爸妈抱在一起哇哇大哭……

妻子的死,使秦宗兴相当长一个时期内万念俱灰,自己也不想活了。左邻右舍相劝,没用。厂里的领导、工友和徒弟们相劝,也没用。

竟是女儿的几句话,使秦宗兴猛醒了。

有天中午她说:"爸,做饭吃吧,我饿。"

秦宗兴正独自发呆,心烦意乱地呵斥她:"一边老实待着去,我这会儿没心思做饭!"

不料女儿说:"那你就做最后一顿饭。然后你给我钱,我去买包耗子药,全拌在饭里。咱俩一块儿吃,一块儿也死了算了!……"

秦宗兴抬头看着女儿愣了半天,一下子将女儿拉入怀中,紧紧搂抱住。而女儿哇地哭了……

第二天,秦宗兴起早为女儿做好了早饭,唤醒她,帮她穿衣服,催促她刷牙洗脸,为她梳头扎小辫儿,送她去上学。一如姚兰兰所做的那么周到。

那一年已经是一九七五年,然而没有任何一个中国人知道中国究竟还会乱到几时? 仿佛,要一直到世纪末似的……

秦小兰那时已知道自己是一个和别的城里孩子不一样的孩子了。

她内心里暗暗明白着,对谁也不说,更不问父亲什么。秦宗兴最怕她明白她与别的城里孩子不一样,而她同样怕她的父亲明白她早已明白了这一点。为了使她能像别人家的孩子一样有学可上,秦宗兴四处求爷爷告奶奶。连这一点,秦小兰也明白着了。小女孩一切都清楚,却像善于装糊涂的大人一样时时处处不露破绽地装糊涂。

她的老师开始喜爱她这一个一向文文静静不声不响,总用一双探究的大眼睛默默观察周遭之人和事的女孩儿了。

有一天老师对秦宗兴说:"秦师傅啊,我看得出你对女儿挺上心的。可是现在,你就是把她送到学校里来了,她又能学到什么呢?"

秦宗兴叹道:"那我该怎么办呢? 我是个要按时上班的人,也不能整天陪着女儿待在家里啊!"

老师就点拨他,说省军区司令员的夫人,在部队大院办了一个少年文艺班。怕些个军人家庭的小儿女们散漫在社会上了,学坏了,将他们组织起来,不但教他们唱歌跳舞,也教他们文化课。

秦宗兴说:"我一天军装没穿过,我女儿哪儿有资格啊!"

老师就说,她认识那位司令员的夫人,也许行。又说,她是觉得小兰各方面条件好,漂亮,懂事,不忍心看着她埋没在一个动乱的年代。

于是不久,小兰就真的成了部队大院里的少年文艺班中的一员。八九十名学员分两个班。两个班中仅有十来个孩子不是军人家庭的小儿女。而这十来个孩子中,除了小兰,其他都是政治上正得势着的干部家庭的小儿女。

偏偏那位司令员的夫人,也特别喜欢小兰。正是她给小兰改名叫秦岑的。

司令员的夫人对糕点厂烘烤师傅的女儿说:"小兰啊,回家后跟你爸爸说一下,从今天起,我给你改名叫秦岑了。这个名字好,更适合你。"

糕点厂烘烤师傅的女儿就点了一下头。

"秦岑,岑……小而高的山……寂寞……多好的名字啊!……"司令员的夫人自言自语,接着问,"你自己喜欢吗?"

秦小兰说:"喜欢。"

司令员的夫人又问:"为什么喜欢?"

秦小兰说:"只要是您给我改的名字,我都喜欢。"

司令员的夫人不禁伸手摸了她的脸蛋一下,夸道:"好会说话的一张小嘴儿,我就喜欢你这样的女孩儿。"

小兰回到家里,对父亲一说改名之事,秦宗兴皱起了眉头。

他说:"秦岑,这算什么名字? 叫着多拗口呢! 还是秦小兰叫着顺口嘛! ……你自己喜欢她给你改的名字?"

"不喜欢。"

女儿摇了摇头。

"不喜欢你自己当时为什么不明说呢?"

女儿就低下头,吧嗒吧嗒掉起了眼泪。

"别哭,告诉爸——'岑'这个字是什么意思呢?"

女儿从书包里找出自己的小学生字典,默默往父亲面前一放,小脸蛋上挂着泪珠爬上吊铺去了。

秦宗兴查到了那个"岑"字,看了几遍注解,沉思默想片刻,冲吊铺上大声说:"好吧,既然人家一位司令员夫人给你改的名字,那也是看得起咱们。小而高的山,意思也不错。那女儿你以后就叫秦岑吧。明天见到了人家,别忘了替爸爸谢谢她。就说我很高兴她给你改了一个好名字!"

于是,秦小兰就是秦岑了。

许多人的人生中,确乎是会遇到贵人或被小人纠缠的。而所谓贵人,乃是那些以推助别人之人生为一种快乐的人。这是一般人做不到的事。也是一般人体会不到的快乐。因为大多数人即使有能力也不那么做。因为大多数人不以那一种快乐为快乐。

对于秦岑而言,那一位司令员的夫人,便是她命中的第一位贵人了。

她关爱糕点厂烘烤师傅的女儿,能使她感觉自己仿佛是命运之神。

她不是一位无所沾求的贵人。只不过她沾求的是一种良好的自我感觉。

但对于秦岑而言,没什么实际区别的。总之她的命运由而发生改变,那么对方毕竟还是她的命中贵人。

糕点厂烘烤师傅的女儿,在省军区的禁区大院内度过了她的全部小学阶段。比之于一般的小学,那里教给了她更多的东西。在傲慢的环境中,她比所有她那一代的中国孩子都更早也更深切地领略了什么是"人际关系"。后来这一点成为了她的处世经验,使她受益匪浅,也使她自束茧中。

当她正式在一所中学里上学时,她各方面都显得比同学们优秀了。

当她高一时,已经开始作为业余青年演员登台演出了。

当她高二时,已是八十年代中期了。

她高三一毕业,就顺顺利利地考入省歌舞团。那时她已经拥有了城市户口,是那一位省军区司令员的夫人给办下来的。

秦岑这个名字首次印在省歌舞团正式演出的节目单上时,她十八岁。那一年是一九八六年。

糕点厂退休了的烘烤师傅坐在剧场第三排居中的一个位置上,怀捧一束他一枝枝亲自挑选了搭配在一起的廉价的塑料花,想要演出一结束上前送给他的女儿。是的,他是不会登上台去的。尽管他如果那样,在别人看来完全是正常的举动。但是他自己觉得那是不正常的。舞台使他感到恐惧。女儿站在舞台上也还是不可能削减他对舞台的恐惧。所以他决定演出结束了也不起身,稳坐在那儿等待女儿走到他跟前;然后把塑料花送给女儿拿着;然后说一句夸她唱得好的话;然后让女儿挽着自己,去某家小饭店吃夜宵——这是他们父女俩合计好了的事。

大幕一落,秦岑立刻奔往后台,匆匆卸妆。

待她从侧门走到剧场,见除了父亲仍坐在三排居中的那个座位上,已别无他人。

秦宗兴的头歪着,而且低垂着,一束塑料花掉在地上。

秦岑以为父亲在打瞌睡,轻轻走过去坐在旁边的座位上,捡起塑料花,看着父亲,不忍推醒他。十八岁的女儿那一天发现,业已退休的父亲,已是一个老人了。

她耐心地等啊,等啊,怎么也没想到,她的父亲再也醒不过来了。

秦宗兴死因不明。却也死得"自然",死得安详。虽然不算寿终正寝,却也可以说是无疾而终。

后来秦岑在舞台上红了几年。

红在舞台上的她,又正值芳龄,追求者众。她被他们"围剿"得不知如何是好了,于是选择了团长的助理不张不扬地结婚了。丈夫是个外强中干的男人。床笫间事,"一分钟小说"而已。秦岑倒也从无怨言,更没有觉得上当吃亏过。那个年代中国人在性方面的观念仍很传统。关系再亲密的女性朋友之间也是不怎么谈性事体验的。而在非夫妻关系的男女之间,性仍是忌讳的话题。性玩笑仍被视为洪水猛兽。所以秦岑以为性本就是她和她丈夫之间那样的一种事而已。一种不做不太像夫妻,为了像夫妻而做有点儿意思但意思不大的事。久而久之,她对性事渐渐缺乏情绪,冷淡了。

一九九六年秦岑二十八岁,她和丈夫悄没声儿地离婚了。没有孩子。除了歌舞团分配给二人的一小套两居室的住房,再没有什么所谓"共同财产",离婚离得就像两名长途列车的乘客在某站分开的过程那么简单。一个下到了"站台"上,改变人生路线被另一个女人诱惑到了香港;另一个继续留在"列车"上,也就是那一小套两居室住房里。那一年歌舞团还没实行房改,那一小套两居室住房还不是他们买下了产权的"共同财产"而是团里的公有财产,所以其居住权也只能转在秦岑名下。她当初在众多追求者中选择了团长助理做自己的丈夫,也有一个很实际的考虑那就是——结了婚立刻就有房子。丈夫被别的女人勾引走了,房子归在了自己名下,也算是种瓜得瓜,种豆得豆。

　　离婚后的秦岑,渐渐地,身边又多起了追求者。然而她已实难分清,哪些男人是真心想和她结婚的男人,而哪些男人只不过想和她玩一场感情的游戏。已婚的男人和未婚的男人,年龄小她好几岁,和大她十几岁二十几岁的男人混在一起,三教九流,形形色色,品相芜杂。对于她来说,搞清楚不是那么容易的。后来她被他们纠缠烦了,也不打算费时间费精力费心思搞清楚了,于是心生一计,放出一个假口风说自己患了肝炎,并煞有介事地经常出现在医院里,在传染科窗口前排队挂号,这才巧妙地使自己从他们的围剿之中成功地突围出来……

　　那之后她过了几年清静的孤身女子的生活。登舞台的机会越来越少了,演出费也越来越少了。虽然曾经在舞台上很红过,但因为不是院校出身,文艺级别才评到二级。整个团经济效益不好,没有什么演出任务的月份,七扣八扣,二级演员拿到手里的工资才六七百元。好在还有人热情高涨地拖着她去大宾馆里唱唱,每个月也能挣三四百元。起先她不怎么愿去,觉得跌份儿。后来切身感受到,每月多三四百元或少三四百元,一个人的生活还真是过得不太一样。一经想通,也就不在乎什么跌份儿不跌份儿了……

　　日子就这么样像水一般无声地从身边流淌而过。平淡得不能再平淡。仿佛同一棵树上的叶子。仿佛每一个日子都是前一个日子的一成不变的重复。在寂寞与平淡之中,她觉得什么都留不住,也根本不企图留住什么。没有什么值得再去追求偶尔还想再追求点什么却又不知如何去追求的女人,大抵也就是没有什么可在乎的女人了。唯一还使她在乎的,仅仅是她的容貌和身材而已。爱男人她已没了积极性,爱金钱她又觉得何必水中捞月望洋兴叹,爱出名的她年纪轻轻的时候已出过了,对出名已没什么兴趣了。

　　于是只剩下了爱自己还值得下功夫一爱。爱自己的身体,爱自己的身材,爱自己的容貌。于是渐渐积累了一套秘而不宣的养颜术,以及保持良好身段的宝贵经验。只有当别人惊叹她容颜不变时,她才骄傲于自己是一个不比寻常的女人。而正是在那种时候,她心里喜忧参半。没有一个孤身女人的心灵深处是没有忧伤的。

直到二〇〇〇年她遇到乔祺以后,人生才开始了另一个场次。

那是秋末的一天,树叶乍黄,在夕阳下一派富丽辉煌的金色,在轻微的秋风中沙沙作响。

她从公园里散步出来,驻足在后来是"伊人酒吧"的那一排房子前。经营者们都已搬走了,商店已不再是商店。所有窗子的玻璃上,皆用白漆刷写着"租"字。她站在那儿,看去似乎是在想心事,其实不是。而是在端详映在玻璃上的自己。她穿一件自己喜欢穿的咖啡色呢大衣,围一条白色纱巾,风韵十足。然而那时她内心里隐隐约约地忧伤着,对于自己以后的人生也隐隐约约地觉得迷惘。

"如果有人把这一排房子租下来,他应该干一番什么事情呢?"

她一回头,看见了身后的乔祺。离她三四步远的距离,所以他的身影没有映在窄长的俄式窗玻璃上。

他冲她笑了笑。那意思是——我在问您呢女士,请不吝赐教……

她低头想了想,回答道:"如果开酒吧,生意肯定会不错。"

他又问:"那,五万元,够吗?"

她摇头。

"如果……是美元呢?……"

她打量着他说:"差不多,也许还用不了。这排房子基础不错,在原有的俄式风格上改造改造,装修装修,开酒吧最适合不过了。多好的位置啊,估计一年就能回本……"

她说完,转身欲走。

"请等一下!"

乔祺叫住了她。

他不好意思地,有几分请求似的说:"那,您……能不能帮我?……我人生地不熟,不懂怎么开始……"

"你为什么要信赖我呢?"

她眉梢一扬,满脸诧异。

他说:"我觉得您完全值得信赖。"其言郑重。

而她却说:"我又为什么要信赖你呢?"

他缓缓转身,像她刚才一样端详着窗玻璃上的自己。

而她的目光也投向了另一扇窄长的俄式窗,想走开,又想听听他怎么回答。

他扭头问道:"我的样子,有什么不值得您信赖的地方吗?"

他的样子和他的话,使她忍不住扑哧笑了……

第三章

　　公元二〇〇四年一月二十一日,也就是"三十儿"那一天,从清晨起便下起雪来。那雪一开始就下得很大,纷纷扬扬,漫天飘舞,仿佛动画电影里大雪纷飞的情形。"鹅毛大雪"四个字,长久以来使南方的人们产生着一种误解,望文生义,以为北方的冬季,确乎经常会下鹅毛那么大的片片雪花呢。如果说"鹅毛"指的是鹅的羽毛,那么肯定也没任何一个北方人真的见过什么"鹅毛大雪"。因为雪花根本不可能是羽毛形状的。雪花自古以来就是六角形的,亿万年来不曾改变过的六角的形状。若问为什么,至今还没有任何一条科学道理能解释的特别清楚,令人信服。所谓"鹅毛大雪",其实是形容雪花漫天飘舞的情形。好比一间大库房里这儿那儿散堆着一堆堆白鹅的绒毛,突然,大风将门窗吹开,穿堂而过,想想吧,那时会是一种什么情形? 那就是北方的冬季天降"鹅毛大雪"的情形了。而一个规律是,下"鹅毛大雪"的一天或几天,并不一定格外寒冷。倒是下那么大雪的前几天更冷,或雪后更冷。

　　"三十儿"那一天从清晨起便开始下起来的大雪,正可谓是一场"鹅毛大雪"。若谁站在外边手心朝上当空平伸出一只手去,那么定会分明地看见,接在手心上的片片雪花,小则如一分硬币,大则如五分硬币。那雪下得真密啊！十步以外，就看不清人了，只能依稀看见模模糊糊的人影。竟有那两片三片的雪花，下在半空里时碰着了，于是粘连在一起了。那样的几片雪花落在手心上，看去倒真有几分像鹅毛了。若人的手平伸出去几分钟不缩回，那么瞧吧，他的手已经被一层雪花覆盖住了，从每一指尖到腕部，完全变白了，带上了洁白的手套似的。这一座城市的许多个冬季都没有下过那么大的雪了。若人张大嘴深吸一口气，那么至少会有十几片雪花被吸入到嘴里去。人口中会一阵冰凉，而且不得不咽一下。十几片硬币大小的雪花化在人口中，其雪花相当于人小饮一口什么冰镇饮料。若人避开市声，站在寂静处侧耳倾听，将会听到一阵阵无法形容的，若有若无的声音。在现实生活中，人耳是很少有机会听到那么一种奥妙的声音的。那是纯粹的自然之声，是一层雪花降落在厚厚的雪毯上的声音。现代汉语中，还难以寻找到一个象声词来比拟那一种声音。不仔细听是听不到的。仔细听，一阵阵确乎在周围发出着，真的难以比拟难以形容，有点儿像熟睡的婴儿的呼吸……

　　到了中午，街上的雪已半尺多深了。尽管是大白天，许多行驶着的车辆都开亮了灯，它们的行驶速度比步行还慢，且不停地响着喇叭。每一棵街树的树冠，都变得比盛夏之季枝叶繁茂的时候更大，只不过不是绿的，而是洁白的，又大又蓬松，煞是好看。这一座城市已整个变成了一座银色的城市。看去最为奇特的一点是——为了迎接春节悬挂在这里那里的一盏盏大红灯笼，也几乎都成了洁白的。只有垂在灯笼下边的穗子是半黄半白的。落在树上的麻雀，人眼是极难发现它们了。但人偶尔一抬头，会看见落在头顶电线上的它们，如果那时它们恰巧落在人头顶的电线上的话，看去很好笑，连麻雀们也变白了。它们小小的身体的体温，已来不及迅速融化掉一层紧接一层落在它们身上的雪花。它们似乎认了，一动不动，就那么呆呆地成排地栖在电线上，像串在电线上的一串精白粉的小豆包。它们倒不是被冻成那样了，而是因为雪大，连它们的眼也看不太清东西了，就不敢再飞。好在天气并不多么冷。倘它们感到特别冷,即使一起飞就会撞在建筑物上或电线杆上,撞昏了掉在地上,那它们也还是会为了找到一个暖和的地方而飞走的……

到下午三四点钟时,街上的雪已一尺来厚了。那时雪才小了些,却没停。马路上已经很少有车辆行驶着了,行人的身影更是寥寥无几。"三十儿"嘛,许多单位下午一两点钟就放假了。大多数上班族已经回到家中了。只有少数还出入于几家大商场,为春节进行最后的采购……

北方的城市天黑得早。刚过五点,天已完全黑了。这一座城市也几乎完全地静下来了。而路灯,也一条街一条街地先后亮起来了。那些灯罩被雪覆盖住了的路灯,发出着特殊的光照效果,像公园里的冰灯似的。缠挂在某些商家门前雪树上的五颜六色的一串串的小彩灯,也都争先恐后亮起来了,将那些雪树映得美丽极了。

一场大雪,无疑使这一座城市从"三十儿"晚上到春节假期的每一个夜晚,都变得像童话世界里的冬夜一般浪漫。在那样的夜晚,人待在温暖的屋子里,如果他或她的家还在一条市中心的街道上;如果从窗子可以望见远远近近的灯景和雪景,那么没有什么心事的人也很可能会失眠的。而且他和她也许还宁愿失眠,认为那样的传统节日的夜晚,正应该是人失眠了的夜晚。并且,人还会因失眠而美丽似的……

"喂,听到吗?是我。"

"什么事儿?说。"

"今天晚上,咱们'伊人'还营业吗?"

"你看呢?"

"我拿不定主意。"

"别拿不定主意啊,别忘了你是老板娘。"

"去你的,讨厌!"

"哎,我怎么讨厌了呀?"

"别人叫我老板娘我没法子,不爱听也得装出爱听的样子,但绝不许你以后再叫我老板娘!"

"我觉得我也叫你老板娘是对你很亲切的叫法……"

"别犯贫啊你！我手机就要没电了,快说——今天晚上营业不营业?——就算我求你替我拿主意！"

"去年'三十儿'晚上照常营业的,今年'三十儿'晚上为什么就不了呢?"

"是呀,我也这么想的。"

"那你还问我?"

"那……一会儿你得过来陪我……今年的'三十儿'晚上,不能像去年的三十儿晚上似的,我自己在酒吧照应着,而你在家里架着二郎腿坐沙发上看电视、吸烟,茶几上还摆着红酒和水果……"

"那可是你的职责,不是我的。你有什么抱怨的呢?……"

"你别得了便宜卖着乖！反正今天晚上照常营业,而且,你还必须来！否则,咱俩分道扬镳！……"

秦岑一说完,啪地合上了手机。瞧着掌心那浅粉色的漂亮的小东西,她无声一笑,心情很快乐。无论在任何情况之下,用手机与乔祺通话或接听他的电话,她都是走向一个没人的地方。

此刻,她就是在自己的经理办公室里。办公室里当然是有电话的,但与乔祺通话,她更习惯于用手机,仿佛手机更是他们之间的专用通话工具。只有用手机,她才觉得自己是在跟他说话,才能想怎么说就怎么说,说起来才像一个女人和属于自己的男人说话那么随便。有一次她的手机没电了,不得不用办公室里的电话跟乔祺讲事情,结果说起话来那么不自然,像和一个陌生的男人说话,连语调都不是她用手机和他说话那一种惯常的语调了。搞得乔祺一头雾水,以极其严肃的口吻说:"喂你究竟是谁?我怎么听你说话的语调不像是秦岑的语调呢?你为什么又不说话了?你再不说话我挂手机了啊！……"

她说:"真是我,是你的秦岑。"

而他却冷冷地说:"少跟我来这套！你冒充别人的名字用电话滋扰

人是不道德的行为,而且你也别以为我是一个喜欢用手机和女人调情的男人!……"

他说了几句教训她的话,果然就把自己的手机挂了。等她再改用手机与他说话时,他竟抢先说:"你调查一下,刚才是谁冒充你,在你的办公室里用电话跟我说些不三不四的话?……"

那件事使秦岑幸福了好几天,认为通过那件事足以证明,乔祺他百分百是属于自己的男人。想想吧,如今的男人,尽是些什么东西!哪一个肯白白错过和女人用电话调情的机会呢?还管是不是熟悉的女人吗?她的乔祺却不那样。多么正经的男人啊,多么难能可贵啊!

有时候她也不免想,她和乔祺的关系是有那么点儿怪怪的。两人单独在一起时,彼此什么样亲爱的情状都会淋漓尽致地表现出来,相互间又哪一种挑逗情欲的话语没说过呢?一次他洗澡时,她听着哗哗的流水声,忽而情欲波动,瞬间饱满心房,难以抑制地三下五下脱光了衣服,溜了进去与他同浴。倒是他反而一时不知所措,一米八几的一个大男人,当时的样子腼腆极了,脸和脖子都羞红了。但是经历那一次"洗礼"之后,他显然对她的身体是更加迷恋了。而且,他们各自几乎再就很少单独洗浴了。他曾说,很喜欢拥抱着她浑身上下涂满馥香的洗浴液的裸体,很喜欢用他自己的双手将她的身体抚摸起一团团泡沫来。还郑重地说:"记住啊,再不许你单独洗澡,一次都不许。以后每一次都必须和我一起洗!"当时她反问:"那你呢?"而他说:"那还用问?"还有一次,在床上时,他孩子般地说:"我们洗洗去吧?"她说:"对不起,我在酒吧冲过了。"他则这儿那儿小狗似的嗅她的身体,嗅得她这儿那儿痒痒的,确信她说的是真话了,从她身体上翻下去,由于她的"违约"而使自己蒙受了巨大损失似的说:"我生气了,你不守信用!"她呢,强忍住笑,一本正经似的问:"如果我很守信用,你还打算怎么用我?"他却下了床,而且将她立刻拖下床,一边往浴室那边拽,一边不管不顾地说:"人不为己,天诛地灭!反正你得弥补我的损失,反正你得弥补我的损失!……"她抗议地尖叫:

"哎呀你疯了呀！我连拖鞋都没穿上……"其实眼见一个大男人因贪享自己的身体而心急火燎的模样,心中快乐得没比。而他很喜欢的事情,当然也是她同样很喜欢的事情……

但是在酒吧里,在众人的眼里,她却宁愿自己被视为老板娘,跟他只不过是跟她所雇佣的一名演奏人那么一种隶属关系。在她的房子里或在他的房子里,她感觉自己更是属于他的,也早已习惯了满足着他的种种冲动对他百依百顺;而在酒吧里,情形反了过来,有时她会悄悄对一名侍者姑娘吩咐:"去告诉他,别拉大提琴了,吹几首好听的箫曲。"于是某个侍者姑娘就会走到他跟前悄悄传达她的"指示"。他呢,一向都是绝对服从的。那时,她心理上也会获得一种极大的满足,伴随着极大的快意。在众人面前,胸脯挺得更高了,脸上的表情更加自信了。甚而可以说,接近着是一种春风得意、踌躇满志的表情。在他们的酒吧,已经过去了的两年里,她从没直接走到他跟前亲口跟他说过一句话。似乎那样便与她的经理的身份不相符合了。有时候她独自默想他们的关系,觉得能在七百多个酒吧里的晚上做到那一点,自己隐蔽他们之间真正关系的能力也实在是够高超的。当然,他配合得也好,水平也够高超的。而在侍者姑娘们和常客们看来,她对他的冷淡简直不近情理。两年来他毕竟大多数晚上准时地出现在"伊人酒吧"进行演奏啊,就算仅仅拿他当一个卖艺者来看待吧,两年的时间也该算是一种较长的雇佣关系了呀。对他态度亲近点儿又能使她少了什么呢?何况他除了性格有点儿怪,其他方面比如他行为举止的绅士风度,他的多才多艺那都是挺值得人尊敬的啊!

秦老在认她做了干女儿之后,曾找了个机会以诲人不倦循循善诱的口吻对她说:"小秦呀,对乔祺,你别总是那样!"

她佯装困惑地反问:"我怎么样了啊?"

秦老一脸严肃:"你干吗总是对他不理不睬的呢?你对他要有一种自觉的平等意识嘛!一个可爱的女人,在平等意识的有无方面,应该做榜样嘛!咱们'伊人酒吧'是一个人文的地方嘛!你连对客人都笑脸相迎笑脸相送的,为什么单单对乔祺冷若冰霜呢?你究竟看着他哪一点不顺眼呢?"

秦岑故意没好气似的说:"我讨厌他那副自命不凡的模样!我十八岁就登台演出了,本省的、全国的文艺圈里的什么人物没见过呀?他有什么了不起?不就是到国外去混了几年吗?混得好他会回来吗?您只批评我,怎么不说他?两年来,在咱们'伊人酒吧',他主动跟谁说过句什么话呢?他又什么时候对我表示过好感呢?我是老板,干吗那么卑贱,非反过来和他套近乎呢?……"

秦老连连摇头:"不对不对,女儿你这么看问题越发不对了。他不是自命不凡。他的性格就是那样,你何必怪他?我也不是怂恿你和他套近乎,只不过是提醒你一下,对他的态度,大面儿上要摆得过去……"

秦岑打断道:"这几天我的确越看他越不顺眼了,说不定哪天决心一下,让一位姑娘告诉他以后别来了!……"

秦老急了,不仅大摇其头,而且连摆其手,杞人忧天地说:"女儿,使不得,使不得,千万使不得呀!难道你真的感觉不到,至少一半常客也是冲着听听他的演奏才来'伊人酒吧'的吗?为了'伊人酒吧'的效益考虑,你刚才说的那一种决心下不得的!"

秦岑微微冷笑:"论对音乐的欣赏,我也不至于算是个外行吧?他的演奏水平真的有多么高吗?不见得吧?'伊人酒吧'离了他,就真的会从此冷清,最终倒闭了吗?我看也不见得吧?我就哪一天炒了他的鱿鱼又怎么样?买套高级音响,买十几张原版的中外经典音乐光盘,难道还抵不上他一个人的演奏?……"

秦老更急了,以指点思想误区的口吻说:"错!听音响那是什么感觉?那是什么气氛?有一个够水平的人就在眼前演奏那又是一种什么感觉?那又是一种什么气氛?人们到酒吧这种地方来,图的不就是感觉别处没有的气氛和情调吗?哪一家酒吧还买不起一套组合音响?放音乐光盘怎么能和一个够水平的人的现场演奏相比呢?我并不想把他的演奏水平强调到多么高的地步,但他的水平起码是可以和专业水平相提并论的吧?……"

那一天,纯粹是由于不太忍心看着是自己"干爸"的老教授太为自己着急,秦岑才结束了认认真真地作的一场戏,最后表示一定听"干爸"的话,以后尽量对乔祺亲近些……

听某人郑重地说出对一个经常和自己做爱的男人的比较良好的印象,无论对任何一个女人而言,大约都是一份内心里的得意。这世界上不愿听到那样的话的女人肯定是少的。正是从那一天起,她觉得干爸真的是对自己的事很关心的……

二〇〇四年除夕的晚上,秦岑怀着高兴的心情买了几样东西,大袋小袋拎着敲开了秦老的家门。

"是秦岑呀,真想不到!快请进,快请进!……"

开门的是秦老的老伴儿,先是出乎意料地一愣,接着目光自上而下瞧向她拎在双手里的袋子,于是情不自禁地笑了。虽然,按秦老和秦岑的一层关系来说,自己该是秦岑的干妈,却由于自己和秦岑的关系毕竟还不太熟,所以亲热的态度之中,仍掺有着一般性的待人接物的客气。

秦老正在书房著书立说。他是个很勤奋的人。尽管早已退休,七十多岁了,每天仍给自己规定了所谓"雷打不动"的读写时间。读书的兴趣是越来越杂了,而且出版界畅销着什么书,他便必读什么书。学界热衷于哪方面的讨论,他便有哪方面的文章及时写出。无处发表,就发表在个人网站上。他的个人网站最先是曾有一点儿点击率的,皆是本校师生,成分以退休的教授们副教授们为主。点击率也不高,最多时也就二十几次而已。当时他相当乐观地说:"有二十几次,就有二百几十次,两千几百次,两万几千次。我并不在乎有多少点击率,但是我对人生和世事的看法若能广泛传播开去,继续启智于人,解惑于人,亦晚年一大快事也!"但却不知怎么的,事与愿违,他发表在个人网站的文章越多,内容越广泛,点击率反而越少。几个月后,非但没能由二十几次而二百几十次两千几百次两万几千次，反而一天少几个一天少几个短短几天里于是减少为零。一旦为零，似乎也就将永远为零了。他最后一次在他的网站上"接待"的"访客"叫"蚊子"。"蚊子"就"蚊子"吧，不管是什么，有一个总比零好哇。有一个就有两个就有三个……那时他头脑中又闪过了"千千万万"一词，但立刻又在心里告诫自己，不要再犯乐观主义的错误。千千万万那是可想而不可强求之事，成因多多。由保留住最后一个而恢复到起初的二十几次点击率，就意味着是一场大大的战役的胜利嘛！是的，他真是对那只"蚊子"客气得很，尊敬得很，刮目相看得很。也真是将和那只"蚊子"之网上的思想交流，当成一场"硬仗"来打的。他调动了一个七十多岁的老人思想的全部能量和睿智，本着"有一份思想之热度，发十分解惑之光芒"的精神，决心奉陪到底，进行一场网上持久战。可是才十几分钟之后，那只"蚊子"就无影无踪地"飞"走了。留给他的眼球的最后两个字是"嗡儿……"只见其字，未闻其声。他摘下老花镜擦了擦，重新戴上细看屏幕，除了"嗡儿"，依然别无所获。他心里明白，那只"蚊子"嫌他反应太迟钝。

那是一只患有"思想多动症"的"蚊子"，刚和他讨论"爱和爱情有什么不同"，而他刚打出一行字是"本人认为，爱是个人'行为'，而'爱情'是两个人的共同行为……"对方却又换了一个话题，问他"你喜欢萨达姆哪一点？不喜欢萨达姆哪一点？"——美伊大战的日子里，他虽也和别人热烈地分析过战况，讨论过那一场战争之正义或非正义的性质，但没有一个人问过他和"蚊子"一样的问题，无论面对面还是在网上。"蚊子"所提的问题，使他一时间竟瞪着电脑屏幕发起呆来。而对方紧接着又改换了一个话题是"老先生，那么您认为同性恋更可能持久还是男欢女爱更可能持久？"——他暗吃了一惊，心想真是一只了不得的"蚊子"！才交流了三五句，咋就敢那么自信地断定他是一位老先生呢？关于同性恋的文章，他在自己的网站上发表过。关于男欢女爱的问题，他那些日子里也正打算思考思考。他清楚不涉及此类话题，莫说个人网站，就是全国数一数二的大网站,那也是凝聚不了"访客"的呀。起码那一种凝聚力是没有可持续性的。是的,他还没老糊涂。他心里对许多现象都比较的明白着呢!既然入了"网"这个"乡",那么就暂且忘记自己的年龄,大大方方地随"网"这个"俗"呗!所以他连男欢女爱这一中青年们才特别感兴趣的话题,也是打算进行一番观念前卫的思考的。但是对方提出的问题,却是他头脑之中连偶尔一想也没想过的。他暗吃一惊之后,又是一阵发呆。头脑中一片空白,别说睿智了,连不睿智的思维也完全停止了。就在他那一阵发呆的过程中,"蚊子"它"嗡儿"地"飞"走了,无影无踪。

在网上一个人或一只动物一只虫什么的消失了,那是比在现实中的神速消失还神速的。一眨眼就没处找了。他瞪着"嗡儿"二字,只有继续发呆下去的份儿,许久才缓过神儿来。缓过神儿来以后,竟因那只"蚊子"而心生出几许感动。想想吧,人家可是一只"蚊子"呀。自己反应那么迟钝,"蚊子"却一口都不"叮"自己,多么文明的一只"蚊子"啊!多么绅士的一只"蚊子"啊!多么有上网教养的一只"蚊子"啊!因而也是多么让人怀想的一只"蚊子"啊!若是一只可恶的"蚊子",狠"叮"自己几口也就是用些不三不四的甚至侮辱性的话语伤害自己的自尊心,自己不是也得受着吗?尽管不会真的有丁点儿血被吸去,也不会起包发痒,但被侮辱的感觉对于七十来岁的人那总归不是舒服的感觉啊!唉,唉,才三五句话连三五个回合都算不上,对方就能断定自己是位老先生了,自己却连对方是一只"雌蚊子"还是一只"雄蚊子"都搞不大清,连点儿可供猜测的根据都没捕捉到!从那一天开始,他不得不暗自承认,自己真的是老啦,跟不上形式啦,一心想与时俱进也俱进不了啦,不愿变成一个落伍之人也还是无可奈何地变成一个落伍之人了。那一天他很悲哀,他老伴儿听他在梦中喃喃地念叨说:"蚊子,蚊子……"

虽然那一只"蚊子"那么文明那么有教养那么绅士或那么淑女那么尊老爱老没有"叮"他,但他的心理上意识上仿佛被叮了,还仿佛被传染了疟疾。虽然人并没发烧,精神上却打了好几天摆子。

是"伊人酒吧"渐渐治疗好了他患了的那一种疟疾。他是常客,又是秦岑笑脸相迎笑脸相送的人,所以每次光临,不论上一次买单没买单,"伊人酒吧"总是会有他的座位可坐的。一位教授的退休金,在 C 大学没多少,不过两千多元而已。他老伴儿李老师的退休金更少,才一千七百多元。女儿在世时,并不曾给他们寄过外汇。有时还在电话里要求他们给她寄这寄那。说即使加上邮费,算下来某些东西还是从国内寄给她便宜。一分钱不用花,花的是老爸老妈的钱,当然无论怎么算都便宜喽。那几年,经常给女儿寄东西,是老伴俩不小的一笔支出。但他们从不曾抱怨过女儿。因为他们知道,女儿无疑是好女儿,不怎么好的只不过是女儿在国外的生活……

老夫妇俩的经济状况既然如此这般,"伊人酒吧"又是个消费价格不低的地方,按说秦老他似乎就是个不该经常出现在那里的人了,但是他却隔几天便出现在那里一次。难道他另外还有什么收入不成吗? 答案是——另外任何收入也没了。刚退休那几年另外还是多少能有点收入的,比如给报刊写几篇小稿啦;给企业写几篇广告性文章啦;参与几次文艺活动或经济活动的策划啦;做什么评委啦,总之当年还能多少有点儿别的收入的。但近年是不行了。确切地说,过了六十五岁以后,再就什么别的收入都没有了。但凡能凑在一起绞尽脑汁想方设法挣点儿小钱儿的人,再有什么好事都不带他"玩"了。嫌他老了,贡献不了什么"知本"了,还往往白分一份酬金,还往往固执己见,使别人煞费苦心才得以付诸行动的计划不能顺顺利利地进行下去,所以连以前挺倚重他的些个人士,也只肯陪他闲聊,而不愿和他商议正经之事了。他原本曾心存幻想,以为储存在自己网站里那二百余万字的各类文章,也就是他自从退休以后十年间的心血结晶,肯定是具有极大的发表价值和出版价值的,因而肯定会值一笔数目相当可观的钱。甚至以为,好比是酒,储存的年头越长,售价自然越高。有那企图从他身上也挣点儿钱的人,曾为他热情地联系过几家出版社。对方们表示感兴趣,请他先寄张软盘,待人家看了之后再议。软盘是拷过多张的,也一一寄出了。可是左等右等,喜盼忧盼,泥牛入海,有去无回。后来渐渐地就有些风言风语传入他耳,说他宝贝似的储存在自己网站里的那二百余万字,不过是些纯洁的垃圾,既没什么意义,也没什么意思,既不能给任何出版社争光,也不能给任何出版社增效。自尊心强了一辈子好胜心也强了一辈子的一位退休老教授,那一次是差点儿被彻底击垮了。连些个初中生高中生写的东西,一经在网上发表,都有几家出版社疯抢,而且一开机就印几万册十几万册几十万册,怎么我一位教了三十余年中文的老教授笔下的文章,就既没意义也没意思,只落得个“是纯洁的垃圾”的评价了呢?他想不明白,他困惑不解,他失落到了极点。他亲自去买那些初中生高中生写的畅销书,关在家中足不出户闭门谢客,连续读了几天,最终也没能从那些书中读出什么特别的意义和特别的意思。老伴儿不知他究竟是怎么了,想从他口中套出个所以然,他又守口如瓶只字不说。老伴儿就特别不安了,生怕他憋闷出什么病来,只得暗中塞给另外几位平素和他谈得拢的也已退休了的教授们和副教授们几百元钱,央对方们连哄带劝连拖带拽地将他扯到了“伊人酒吧”。

乃是“伊人酒吧”拯救了他。

那儿的气氛能令他忘却烦恼和苦闷;那儿的酒能使他人醉心也醉;那儿永远有一些人专门爱听他这样的人发表高见针砭时弊;那儿有一些人虽然有的是钱但却只有初高中文凭,他们对他这一位退了休的老教授十分仰慕,而这一点正是他的心理所极其渴望的;那儿有人不时殷勤地毕恭毕敬地请他吸烟;不管他喝多少酒,喝的是多么贵的酒,那儿什么时候都不乏替他结账买单的人;在那儿他能听到别人对时代发的牢骚;能听到别人倾吐心中的那种种烦恼和苦闷;能见到人生比自己更惨淡更加每况愈下的人;能与故交重温旧谊;能结识将他视为才高八斗学富五车之士的新朋友;能不时望见秦岑仿佛永远盈盈微笑着的脸;能听见乔祺拉大提琴或者吹箫……

正因为"伊人酒吧"什么时候都不乏替他结账买单的人,所以尽管全市哪一个区都有酒吧,而他只去"伊人酒吧",而他只对"伊人酒吧"情有独钟。秦岑不许别人替他买单,他却不许她对他一概全免。是的,"伊人酒吧"之相对于他,比相对于任何人都更意味着是心理诊所。隔的日子太久了没去那是不行的,那他心理上的种种病症就更明显了。即使哪一天没个人主动替他结账买单,他走时也断不会有哪一位侍者姑娘拦他的。秦岑早已对她们交代过,没人替他结账买单也要任他扬长而去。并且每一次她还都亲自将他送到门口,笑容可掬地说:"秦老您走好,您的账我替您记在您名下就是了,欢迎再来!"

而他则什么话都不说,只矜持地微微点一下头,知识分子长者风度十足,走得相当体面。他明白秦岑大声地那么说是为了在众人面前周到地维护他的形象,照应着他的自尊。也完全听得出来,她那话的意思是——免单了!一种只有他能从她的话中听得出来的意思。一种他们之间的默契。一种双方根本不曾当面达成过却实际上存在着的默契。如此善解人意的一个秦岑,当她有心做他的干女儿时,他这一方面那还用考虑吗?……

秦岑刚迈进门,秦老已闻声走至门口。

"哎呀女儿,你那么忙!……怎么还带了这么多东西呢,真是的,真是的……"

在"伊人酒吧"里,秦老跟秦岑说话时,一向是有点儿居高临下的口吻的,如同省部级领导干部深入基层,刻意要和普通群众缩短距离打成一片的那种口吻。亲切中有调研的意味儿,和蔼中有关怀的成分。即使谈笑风生,也表现出知识分子长者对晚辈极具吸引力的阅历厚重的气质。但秦岑成为不速之客出现在自己家里,倒反而使他显得不知所措了似的。岂止是不知所措,简直看上去还有那么点儿受宠若惊了似的。

"你哎呀什么呢!你倒是先把女儿手里的袋子接一下啊,我看你才真是的!"

他的老伴,已从秦岑手中接过了两只袋子,放在门厅里的小圆桌上,转身见另两只袋子仍拎在秦岑手里,他也不接,瞧着干搓自己双手,心中不免来气,瞪着眼训他。

秦老这才从不知所措之境得以摆脱,猛醒到了自己该做什么事,该怎么做,立刻从秦岑手里接过那两只袋子,也放在小圆桌上。小圆桌是他们的饭桌,有盘子和碗摆在桌上。秦老放袋子时不小心,将一只碗碰掉了。偏巧那只碗里还剩着半碗粥,碗碎了,粥泼了一地,溅得秦岑那一双美观的黑皮靴上满是白米粒儿……

"哎呀你! 你说你! ……你可真是的,你可真是的……"

他老伴不由得跺了下脚,也不由得"哎呀"起来了。

秦岑笑道:"干妈您别冲我干爸发火,今天'三十儿',摔碎了碗反而吉利,岁岁(碎碎)平安嘛!"

三十六岁的酒吧老板娘,将"干爸""干妈"说得那么亲,干妈望着她眨了眨眼睛,见她一脸喜兴的笑容,自己也就不好意思不笑了。尤其那一声"干妈",使她听了心里特别舒服,格外受用。在她听来,分明是比"干爸"叫得更亲几分的。仿佛秦岑这一位干女儿,首先是冲着她是干妈的关系才叫她老伴儿是"干爸"的。

秦岑想弯下腰去捡地上的碎碗片,秦老阻止道:"别,别,看弄脏了你手,让你干妈收拾就是了嘛!"

秦岑从兜里掏出一小包餐巾纸,抽出两张,想第二次弯下腰去擦自己的靴子,秦老又阻止道:"让你干妈替你擦,让你干妈替你擦,快换卜拖鞋进屋!"

这会儿的秦老,才终于恢复了些出现在酒吧里那位秦老的常态。他一边说着,一边弯下自己的腰去,从摆在门厅墙根的一排拖鞋中挑选了一双看去较新的有黑红格的绒面拖鞋放在秦岑的脚边。那是他老伴儿不久前在摊儿上为她自己买的。而其余的五六双,看去早该扔了。仍齐溜溜地摆在那儿,显然是因为主人还舍不得扔掉它们。其实,它们被齐溜溜地摆在那儿,除了白占一溜儿地面,并无任何是拖鞋的意义。因为他们的家,早已不大有外人来了,根本不必预备那么多双拖鞋。何况是一双双早该扔了的拖鞋。

秦岺将那一双双拖鞋看到眼里,心头掠过一缕悲悯。仅那一双双拖鞋,已能使她判断出干爸干妈的经济状况了。她小时候,她的爸妈也是什么旧东西都舍不得扔的。想不到三十几年前中国百姓的守物心理,三十几年后居然呈现在两位退了休的教授副教授家里。

她没穿那双有黑红格的绒面拖鞋。她是何等精明的一个女人啊!她一看就知道那是"干妈"穿的拖鞋。

她说:"这双拖鞋我穿着可能小点儿,我脚大着呢,穿另一双吧!"

于是她就脱下了靴子,换上了另外几双拖鞋中的一双。刚一换上,干妈已将她的靴子拿起,开始用抹布擦。

"干妈,我自己来,我自己来!"

秦岺真的觉得那是万万不可之事了。

"你进客厅,你进客厅,干妈给干女儿擦擦靴子还不是应该的吗?"

干妈一转身,不让秦岺夺下靴子。

"听你干妈的,听你干妈的!"

而干爸,则轻轻握着秦岺一只手,将她往客厅引领了。

一百二十多平方米的住房,从前不是一般中国人可以想象的居住面积。但到二○○四年,即使在这一座经济很不发达的北方城市,住着的人家也已不计其数了。不少才三十几岁的年轻一代,刚结婚或还没结婚;是什么精英或只不过是徒有虚名的精英;手中已操权握柄或看似远离官场的人;是老板的或只是名片上印着老板的人,也已十分令人匪夷所思地住进了一百五六十平方米的商品楼房,而且装修考究。在这一座城市里,存在着不少专门洗钱的能人。他们有多少钱这种事连公检法都调查不清了。

秦老的家看来当初装修得简单而又仓促,一应家具品质也很一般。电视机老旧了,屏面上蒙着一层灰尘。这儿那儿,到处放着成摞的旧报、旧刊。

二人落座后,干爸问:"第一次来,不好找吧? 你怎么不先打电话告诉我你要来呢? 那我会在校门口接你呀!"

秦岑说挺好找。说问了几个人,看来干爸在校园内鼎鼎大名,问谁谁知道,谁都乐于详细指点她怎么走。

干爸说:"在校园里,我人缘还可以。出了校门,在社会上人缘怎么样,我自己就不清楚了。"

秦岑说她清楚。说干爸在社会上口碑也很好。起码"伊人酒吧"的常客们,谈到干爸时都是流露好感的。说今天是"三十儿",晚上雪又不下了,酒吧离学校又近,心里想到该亲自来拜个年,也认认门,便忙里偷闲地来了。没什么事儿,只是想来看看干爸干妈。坐不了多一会儿的,聊几句就得赶紧走。

秦老问:"都'三十儿'了,还是那么忙?"

秦岑叹口气道:"晚上照常营业啊。去年'三十儿'晚上咱们'伊人'营业来着,想以后年年'三十儿'定下这个惯例。"

干妈这时进了屋子,插言道:"来看看,心意到了就行了呗,何必非买那么多东西啊!"

秦岑笑道:"别看左一袋右一袋的,也没买什么特别能拿得出手的东西。雪太深,路不好走,也打不着'的'了,有那份心,却做不到了。只不过亲自去到离酒吧最近的小超市,给干爸买了双皮鞋、一条围巾,给干妈买了件唐装小棉袄,还买了几盒滋补品。反正等于是提前几小时给干爸干妈拜年了,干爸干妈的不能白叫着呀!"

一番话,说得秦老和李老师也都笑得合不拢嘴了。

闲聊了几句以后,不知谁的话头引起的,干妈抱怨起干爸来。说干爸浪费在电脑上的钱太多了。去年刚更新,今年要换代。上网还要上宽的! 一个退休多年的人了,自己个儿在网上建的什么网站呢? 那可得每月二三百元的管理费呀! ……

秦老皱眉打断道:"这是我的爱好!除了烟酒,我也就只有这么一种爱好了。你以后别总当外人数落我建个人网站的事儿!"

他老伴顶撞道:"秦岑可不是外人!"

他厉声说:"在干女儿面前也不许!"

秦岑见他们眼看要闹得不愉快起来了,急忙打圆场。

她说:"干妈,你索性就由着我干爸得啦。网站的管理费,我每月替我干爸交了。显示器都那么旧了,也确实该换新的。我替干爸换。咱们换液晶的,又薄,又不损害视力。过完春节让酒吧里的姑娘给送过来!就这么定了。"

秦老望着秦岑,一时感动得说不出话。

李老师张张嘴,似乎想说什么,竟也没说出什么话来,只有笑……

秦老跟秦岑说话,一般总是开口必叫她"女儿"的。那有几分是刻意的叫法,以巩固干爸和干女儿的关系。是的,这一种关系一经确立,对于他这一位七十多岁的老人,便日渐地显出异乎寻常的重要性了。好比一株老树尤其需要水分和阳光一样。有,则还能长出几片小小的新叶来;无,则只有顺其自然地枯死着了。而李老师之相对于他,从不曾是水分和阳光。他们年轻时她不曾是;现在,更不是了。有时他看出她想是,他也愿意使她相信她是的。然而那往往却是双方都努力自欺欺人的事。但他有时会叫秦岑"小秦",比如秦岑才一进门时。甚至,有时他还会直呼其名叫她"秦岑"。这样的时候不多,但总之是有的。毕竟老了,一个没有思想准备,就会忘了秦岑她已是自己的干女儿了。

而李老师和他相反。她叫秦岑"女儿"的时候其实是不多的。既叫,通常也是在人前。表现着一种对自己陪衬角色的自觉的认可,尤其想在人前表现出对自己老伴儿的意愿的尊重。至于对秦岑,她实在是打内心里亲不起来的。作为一个女人,她觉得自己早已不再需要水分,不再需要阳光了。无或有,早已对她的活法毫无影响。以前她是视自己的女儿为水分为阳光的。失去了女儿以后,她就变得像一间落了锁的老屋了。

要打开那一把锁是比较困难的事,因为钥匙在屋里头。久而久之,她连对秦老也有些内心封闭了。使秦老更加感到,自己的晚年,等于是和一个陌生的老女人生活在一起似的了。这是他需要秦岑这么一位干女儿的另一原因,也可以说是另一真相。

但今天毕竟是除夕之夜啊,何况干女儿左一袋右一袋带来了许多东西,所以连李老师对秦岑也特别亲热起来了。

三个人欢颜笑语地说了会儿话,秦岑就告辞了。她向酒吧走回去的路上,心情格外高兴,因为干妈对她的那一份儿亲热。更因为,乔祺一会儿要到酒吧来了。

如果一个人是酒吧老板,如果这个人还是一个女人,那么她对酒吧这一种地方,必定会有是另一处家的感觉。

酒吧之对于经营它的女人,和饭店或餐馆与女老板的关系大为不同。一般而言,既曰饭店,面积就不可能太小,常是酒吧的几倍,甚至是整整一层或一幢楼,所以牌匾上又写什么什么酒楼。少则几十张餐桌,多则百余张餐桌,楼上楼下成排列阵,蔚为壮观。倘生意兴隆,一到中午晚上人们吃饭的时候,男男女女成帮结伙,纷至沓来,前呼后拥的情形,司空见惯。更有自以为是贵宾雅客的人,需小姐们伫立迎候,引向包间。座无虚席的场面,虽意味着利润滚滚,虽足以使是老板的女人看在眼里,乐在心里,喜上眉梢,但她却怎么也难以产生那是她的家的一部分的感觉。因为谁的家都不是那样的。因为谁都怕自己的家变成了那样子。对于任何人的家,那无疑都是极为恐怖的一种情形。它效益再好,也只能是它的主人上班的地方。跟工厂的主人对工厂的感觉,超市的主人对超市的感觉,甚至跟饲养场主对饲养场的感觉,不会有什么两样的。

饭店酒楼这类地方,在国外,还是能营造出一种所谓的情调的,有的还会以情调为特色,以情调而闻名,百年不变,似乎会永远袭承下去,保持下去。但是在中国,太不容易。中国人口众多,嘴也多,肠胃肚腹也多。哪怕一座不太起眼的小城市里的几处饭店和酒楼,一有特色,一有情调,到了中午晚上吃饭之时,亦必从四面八方云集来形形色色的食客。使喜静之人心烦意乱的情形,于是开始。哪一桌不吃上两三个钟点呢?在众多爱吃特色,爱吃情调,专吃特色,专吃情调的男女的轮番惠顾之下,无须一年二载,也就被吃得特色全无,情调丧尽了。五星级饭店或外资酒楼自然另当别论。但那些去处不仅是吃特色,吃情调的地方,还是吃身份吃钞票的地方。只有身份而缺少钞票的人士,若不拉着一只买单的手,脚步也是轻易不会走向那种地方的。一般人们不大能经得住它们笑里藏刀的一宰,于是望而却步了。并且,那些地方的老板,就算居然是个女人,也是根本不会在那些地方抛头露面的女人。

赠名片给某些客人的女人,尽管她的名片上赫然印着她是经理什么的,按常识我们也都知道,她只不过是替别人进行经营管理的经营者、管理者,是高级的打工者。那地方和她的家没有什么关系。哪怕那儿有她的一套房间,哪怕她可以像在家里一样整天吃在那儿,睡在那儿,指使和训令那儿的人像某些惯于颐指气使的女人在家里对待女佣一样永无悦色,她还是不能对那儿产生像家的感觉。因为除了那儿发给她的一份工资以及一身服装,她与那儿的一切再就没有任何关系。一切都是饭店或酒楼的,一切都是别人的,是雇佣她的人的。她如果被认为缺乏能力,那么她就只有走人一种选择。她比任何人更清楚更明白这一点。她肯定更愿意每天早点下班回到家里,哪怕她的家很小,那也是她的家,是完全属于她自己的天地。她一卧在自己家的长沙发上,再也不愿去想饭店或酒楼的事,再也不愿去想在那里迎来送往的食客们。她除了将他们一概视为食客,不可能再将他们视为别种人而记住他们。他们到她付出了大量时间和精力的那个地方去,归根到底是冲着那儿的美餐,不是冲着她这个女人。她既非常清楚非常明白这一点,便会觉得自己对他们,还不如菜谱上的一道佳肴吸引力大。

不说他们了,还说某些自己便是那类普通人士们经常光顾的饭店或酒楼的老板的女人们吧。如果它效益不好,门前冷落顾客稀少,今儿亏明儿亏后儿还亏,连月亏,逐年亏,比如已经亏了三年,那么她非但不能对它有一种是家的感觉,常常还会对它有一种是人生陷阱的感觉。她上午去往它那儿时,每心怀着祈祷,希望它那一天能如日夜所盼呈现一种转亏为盈的好情形给她看。到了中午,餐桌还是空着十之七八,她的心情将别提有多么沮丧了。到了晚上,她的希望再次落空,她的心情就不但沮丧,而且对它简直滋生怨恨了。如同某些女人怨恨自己不忠的丈夫,不争气的儿女,无情无义的情人。

一个人假使有几处家,假使每处家都住过了一年半载,那么不得已而卖掉其中任何一处时,这个人都会优柔寡断,举棋不定,不忍不舍。尤其当这个人还是一个女人时,她更会那样。女人不是很容易对一处地方产生是家的感觉的。因为那么一种感觉,对于她们是一种接近宝贵的感觉。故一个女人一旦对某处地方产生了像家的感觉,她就会出于本能将那地方视为家的一部分,或另一处同样能使她体会到一个女人的归属感的家。它也许是旅途中多日滞留的某小客栈的一个房间,但却绝不可能是什么饭店或酒楼。试想想吧,终日服务于一拨又一拨人吃啊喝啊的地方,怎么会是对家天生具有细腻感觉的一个女人觉得是家的地方啊!

小饭馆是否就会使它的主人感觉它像家呢?那也不会。小饭馆经常会迈入酒鬼,有时还不止一个两个,而是三个一帮五个一伙地出现。于是吆五喝六,行令划拳,吵吵嚷嚷,大吼小叫,使小饭馆充满了烟雾酒气,甚至还会呕在当地,或出溜到餐桌底下去爬不起来。常不常的,两伙酒鬼还会对骂不休,进而大打出手。每月结算下来,小饭馆即使能为它的主人带来收入,那收入也不可能太高,而且那钱挣得极不容易。小饭馆仿佛是它的女主人与其勉强结婚的丈夫,凑合着过日子罢了,真爱是谈不上的。离了吧,再找也难。便只有凑合着过下去,过一天算一天。还有一类吃饭的地方叫"酒家",叫"饭庄"什么的,与饭店和酒楼不可相比自不待言,一般比小饭馆大些倒是事实。如果它们的主人也是女人,经营感受与以上女人们大同小异。

真的,一个女人只有是酒吧的老板,如果它效益不错的话,她才有可能对它产生像家的感觉。首先,酒吧不是提供人们吃吃喝喝大快朵颐的地方。去到酒吧的人虽然也吃也喝,但吃喝不是根本目的,与肠胃需求无关。酒吧主要是为了满足感情滋补需求的地方。所以人在酒吧里,嘴即使不闲着,却并不是一直在吃在喝,而是在说。

男人女人一旦坐在酒吧里了,就算平时是个天生的大嗓门,说话时也会不由自主地将声音放低了。好比人在医院病房的走廊里,或在机场候机厅,再缺乏教养,也不太好意思大声喧哗。所以坐在酒吧的人,说话的声音皆很细小。倘一男一女结伴而至,又很可能干脆不怎么说话,彼此凝视,相互比赛用眼睛说话的技巧。人的这一种情状,比无论是在饭店还是"饭庄"、酒楼或是"酒家"的吃相都好。人在那时才显得像高级动物。而吃饭虽然是人每天顶顶重要的一件事情,吃相却是人怎么个吃法也好看不到哪儿去的样子。不雅的吃相比不雅的睡相更要不雅。谢天谢地,酒吧里看不到太不雅的吃相。因为酒吧里供人吃的不过是佐酒零食,几片香肠一盘沙拉一份肉排,就算拉着架势在酒吧里吃什么了。

酒吧的"吧"字,意味着"小"。这一译音汉字与酒字组合在一起,是指古代中国"酒肆"那类地方,包含有非正规的那么一层字意。而人性的一个真相是,它不可能对任何大的场所产生温馨之感。比如宫殿虽然富丽堂皇,但实际上不能使人觉得温馨。展厅也不能。五星级宾馆的总统套房也不能,它只不过给人以奢华的印象。连汽车大了,其空间都难以温馨。比如"奔驰""凯迪拉克""劳斯莱斯"什么的,里边尽管宽敞舒适,却未必能使人感到温馨。但是"奥拓"啦,"奇瑞QQ"啦等微型车,一经成了女孩子们的宝贝,前窗后窗那儿摆些什么她自己喜欢的玩意儿,里外看着都会使人感觉温馨。

这个世界上某些事物其实也和人一样是有性别的。"奔驰"是男性的;"宝马"是中性的;"帕萨特"是女性的;"奇瑞QQ"是女孩儿开的车。比如庄园是男性的;别墅是中性的;小小的江南庭院是女性的,比如林黛玉住过的"潇湘馆"那样式的。不是由于什么性别的人开,什么性别的人住,那些事物才具有了性别似的,而是由于那些事物的意象本身使人产生了它们具有性别的看法。住在"潇湘馆"里的即使是薛蟠,他本身也还是会给人以女性的意味。同样道理,大饭店、高级酒楼是男性的;"饭店""酒家"什么的是中性的;小饭馆老板即使是大老爷们,它本身在意象上其实是女性的。

而酒吧这一种地方,不但是女性的,而且是特别女性意味的地方,而且是特别性感的女性意味的地方。故酒吧这一种地方的老板,最应该是女性,最应该是秦岑这样的女性。经营酒吧,最是她这种女人胜任有余,胜任愉快之事。两年来,她自我感觉说不出的良好,越来越好。

她觉得自己就像变成了"伊人酒吧"的一部分,"伊人酒吧"就像变成了她的家的一部分。三位一体,统一而和谐。在别人看来,她并没必要天天像上班似的按时按点去到酒吧,老板娘嘛,何必那么亲力亲为呢?其实别人有所不知,那都是她的乐趣,那是她人生的滋味。她品咂它,如同第一次含了块奶糖的小孩儿。倘哪一天她当不成"伊人酒吧"的老板娘了,尽管真相是她只不过占有它百分之三十的股份,那么她会感到她的人生没着没落的。

当初,"伊人"二字是她起的。起酒吧名称一事,秦岑曾说:"我文化水平低,起不好。你在国外呆过多年,还是你定吧。"

乔祺理所当然地回答:"对,名称很重要,是得我起。"听那意思,非己莫属,连句假装谦虚一下的话都没说。

可到该注册登记那一天了,他却还没贡献出一个理想的名称来。

秦岑问:"能确定不啊?"

他挠挠头说:"想倒是想出了几个,不满意。"

当时他们的关系还很单纯——乔祺是出资人,秦岑是他聘的经营者。她提出要以她的经营能力占股百分之十。

乔祺说:"我每月给你开三千元的工资,你还要占股?你就是有再大的能力你也没显示出来给我看嘛,不是等于要干股吗?"

秦岑便不高兴了,板着脸说:"但我已经显示出充分的自信给你看了。自信有时候也是能力的间接体现。等我的能力全部显示出来了,你再主动分给我股,我兴许还不稀罕要了呢?"

乔祺笑道:"于是你炒了我这位真正是老板的人的鱿鱼,于是我离了你一筹莫展,干不下去了,是吗?"

秦岑把脸一扭,不愿再理他了似的。

乔祺又说:"看来不答应你,我是太不明智了,前景也很堪忧了?"

他接着爽快又大方地答应了她的要求,秦岑这才高兴起来,转嗔为喜。

当初二人的关系还没发展到现在这么特殊,但说话已经很随便了,而且心里都开始喜欢那一种随便了。

他不能把名称定下来,秦岑只得再问:"那等你什么时候想好了,通知我,我再到工商局去?"

乔祺有点惭愧地说:"名称还是得我起,这一点咱俩无论如何别争。再给我三天时间,三天后我一定为咱们的酒吧想出一个好名称。"

秦岑表情庄重地说:"我和你争了吗?你是出资人,你如果把起名称这件事看成你的特权,那当然就百分百是你的特权啦,与我有什么关系呢?"

乔祺愣了愣,也表情庄重起来,以批评的口吻说:"同志,你的思想方向不对头。我并没把起名称这件事看成为我的特权,更谈不上什么百分百的特权。别忘了,从今天开始,你也占百分之十的股份了……"

不等他说完,秦岑已站了起来,一边往门口走,一边说:"老板,我还得去监督着装修的质量。提醒你一下,咱们在报上都登出营业广告了,一个星期后正式开业。现在是万事俱备,只欠东风了。工商方面也不能拖,是求了人托了关系才反过来催咱们快去办手续的。一拖,就只有等下一批了……"

乔祺陪着她走到门口,开了门,望着她又说:"那,你先别走,咱们一块儿商议商议,争取今天就把名称定下来?"

秦岑说:"你是老板,我听你的。"

嘴上这么说着,人已从门口退回来了。

二人重新坐在沙发上后,乔祺吸着一支烟,将自己想到过的名称一一说出,并问:"是不是都不怎么好?"

秦岑坦率地说:"是,都不好。"

乔祺说:"那你坐着,喝茶,容我再想。"说完,却只是一口接一口吸烟,仿佛不想出一个好名称,永不开口了。

秦岑又说:"有一个比你还笨的人倒是替咱们的酒吧想过一个名称,你愿不愿意参考性地听听呢?"

乔祺盯着她的眼睛呆呆地看起她来。

于是秦岑就说出了"伊人酒吧"这一名称。

乔祺深吸一口烟,按灭烟蒂,又抓起了烟盒。

秦岑将自己的一只手按在他手背上,不许他再吸,又说:"我也说给别人听了。"

乔祺缩回手,终于开口问:"别人什么看法?"

秦岑说:"别人都认为很好。"

"为什么?"

"第一,顺口;第二……"

"说。"

"特女人味儿。"

"为什么特女人味儿就很好?"

"别人都说,酒吧这一种地方,本来就应该是女人味儿十足的一种地方。这是某些男人们都喜欢泡吧的理由,不言自明的理由。名称上体现出了女人味儿,使女人感到亲和,就对男人更加有吸引力了,所以很好。"

乔祺趁她不备,迅速将烟盒抓了过去。

秦岑嗔道:"你就不能忍忍吗? 不怕得肺癌呀?"

乔祺说:"不怕。不动脑子的时候我能忍,动脑子的时候忍不了。"

他将那一支烟也吸完了,决定地说:"那些看法是对的,就叫'伊人酒吧'了,一会儿你可以去登记了。"

秦岑问:"不后悔了? 你一后悔,更改起来手续麻烦,跑腿儿的是我。"

乔祺说:"好就是好。还改什么呢? 哪位朋友替咱们想出来的? 得给人家一笔起名费。"

秦岑又笑了:"远在天边,近在眼前,你打算给多少?"

结果乔祺对她瞪大了眼睛,那副样子既像刮目相看,又像上了一当。一言已出,悔之莫及。

秦岑走后,乔祺心里不禁犯了一阵嘀咕。他暗问自己:乔祺,乔祺,你这是怎么了呢? 明明是自己投的资,工商注册,营业执照什么的,却心甘情愿地任由别人用别人的姓名去办理! 倘是亲人,另当别论。可这个女人她不是自己的亲人呀,仅仅是自己凭着感觉就非常信赖的一个女人呀! 现在可好,她一提要求,你就答应她占有百分之十的股份了! 不答应她不高兴又有什么呢? 你怎么就那么在乎她高兴不高兴呢? 难道你不知不觉被她逮住了不成? 你是一个四十多岁的男人了,国内国外,比她年轻比她漂亮的女人你见过的多了,你太犯不着了呀! 连酒吧名称也是她起的了,你多丢面子啊! 这要是有一天她和你闹翻了脸了,反过来说是她投的资,你只占百分之十的股,甚至说你根本没投一点儿资,你已经花费了的五六十万,不是白白打水漂了吗? 那时你又如何跟她理论呢? ……

现在,乔祺对秦岑已无任何疑虑了。因为两年来,每个季度,她都会按期向他汇报一次财务情况。一笔笔收支账目,清清楚楚。连哪一天哪一位客人借走了一柄雨伞没还,或失手摔碎了一只酒杯,账目上都有明晰记载。不管真相怎样,她的身份毕竟是"伊人酒吧"的女老板。请客人吃饭,乃分内之事。但每一次都有发票为据。发票背面,她还必以她那一笔一画工工整整却又极为幼稚的中学女生般的字体,写明请的都是哪方面的谁谁等人。她一次也没用"伊人酒吧"的"公款"请过不相干的人，账册中一张白条也没有。第一年年底，当她提出将自己的红利也转为股份时，他真的有点儿感到她是一个不可轻视的女人了，同时暗暗责怪自己一直对这个女人的认识太肤浅。那一种责怪中包含着俗话所说的防人之心。

"十万多元啊，你可考虑好了。"

他以研究的目光注视着她，如同将丑话说在前边的人注视着一个孤注一掷而且赌注极大的人。

"当然考虑好了。"

她的话说得不动声色，颇有弦外之音。听来带着这么一重意思——我怎么想的你别多管，那是我自己的事。你只表态你同意不同意吧！

"手里攥着现钱不更好吗？为什么非要把现钱变成股份呢？"

他忍不住又这么问。

"因为我看好咱们'伊人酒吧'的前景。"

她的话回答得倒也实在。

"可是，你最清楚，已经没必要再注入一笔投资了啊。"

"所以，你如果同意，那就等于你自愿抽回几股，而我用十多万元补入几股。"

"那你还不如干脆说，你想用十多万元从我的股份中买走几股。"

"像你这么说，不是会搞得咱俩都怪不好意思的嘛！"

她害羞地一笑，脸还微红了一下。仿佛一个孩子的某种狡猾而又实在不高明的心眼，被深谙心术的大人一眼看穿，于是表现出小巫在大巫面前的不好意思。

"你到底图什么呢？股份多点，虽然分红也多，但我每月以奖金的形式再给你开一份钱就是了嘛！咱俩怎么还不好说？你何必的呢？"

她原本是坐在他对面的，一下子起身坐到了他双膝上，一只手臂揽着他脖子，手指玩弄着他耳垂，而用另一只手的中指，刮了他的鼻梁一下。

"你就同意了吧！又不是我白占你什么便宜的事儿。"

那一天是在她贷款买的那一处房子里,那时他和她的关系已经发展到性亲密阶段了。并非她引诱了他关系才变成那样的。公正地说,她从没引诱过他。在他面前,她一向很庄重,言行无懈可击。也许在别的男人们面前,即那些中年和中年以上年龄的男人们面前,她偶尔也会情不自禁地,无伤大雅地近乎本能地稍稍卖弄一下如花如柳的女人的风情;在他面前,在他们发生性亲密行为之前,她却从没那样过。在四十岁以下的男人面前,也从没那样过。在他们眼里,她一向是一个虽然具有亲和力,但又言行谨束、拒绝轻佻的女人。她和他之间的关系的嬗变,起因实不在她,而在他。是他以一个身高一米八的男人的蛮力制伏了她,才发生了那样的事。当然,后来也是她放弃了反抗,半推半就地顺从了。并且有些正中下怀,求之不得,索性受用起来。毕竟才三十六岁的女人,毕竟是久违性事的女人,不是全没了要求,而是自我抑制着……

关系已然特殊了,不一般了,除了同意,他还能有第二种态度吗?不冲别的,冲那一种特殊了的关系,也说不出不同意的话啊。

于是她的股份占到了百分之二十几。

第二年也就是二〇〇三年的上半年,她又用一笔钱买下了六股,于是从下半年开始,她的股份占到百分之三十。后来他从她的只言片语中听出,那一笔钱是她仅有的积蓄。

有时候乔祺不由得想——这个女人想要干什么?难道她想要一点儿一点儿的,蚕食般的逐年将"伊人酒吧"的股份全都控制过去吗?每当这一想时,他心头会掠过一种不安,同时想到了孔老夫子那句话:"唯小人与女子难养也。"但随即又谴责自己,暗自质问自己,是不是将秦岑想得太计谋多端了。尤其当他们亲爱着时,那一种自我谴责,竟会使他暗觉自己心理太阴暗。压在自己身体下边的,难道不明明是一个温柔缠绵又风情万种,白皙的身体像南方人爱吃的米粉糕一样的女人吗?这样一个令中年男人神魂颠倒的女人,也不太会计谋多端啊! 唉,唉,管它呢! 先做神仙再说。先享受着她再说。即使她真是一个计谋多端的女人,那也要等到她的计谋暴露无遗再与她计较。之前,他想——对于她这个更多的时候着实可爱,并且还有某些可敬之点的女人猜忌多多,作为男人则未免可鄙了点儿。她乃是近十年中唯一与自己发生性亲密关系的女人! 与她发生那一种关系的时候,他的感觉异常好。他觉得她也是。

……

"三十儿"的晚上,雪后的城市分外寂静。仿佛是电影城的一处庞大的假景地,由电影美工师们从一切方面一切拍摄角度,精心营造出了春节到来前几小时的场景要求。之后清场,单等摄制组来。仿佛只有摄制组一干人等届时到来了,各就各位了,灯光亮了,副导演手持话筒大喊"开机"! 场记在摄影机镜头前啪地夹响了一下场记板,寂静才会被打破,气氛才会格外生动起来似的。仿佛连那一场真真实实的大雪都是制景人员不辞辛劳布置而成的假雪似的。

秦岑离开秦老家往"伊人酒吧"走时,七点多了。由于雪大,直接影响了一些"三十儿"晚上照常营业的饭店、酒楼、酒家的生意。往年的"三十儿"晚上,那些地方的停车场是车满为患的。隔着很宽的马路都能望见里边桌桌围客的情形。时代变了,春节的风俗也变了,舍得破费并且也能消费得起的人家多起来了,许多人家的团圆饭已不在家中吃了。但是今年,预先定了饭局的人们,也差不多都因雪大而取消了订单。

远远近近,竟连一声汽车的鸣笛也听不到。

秦岑边走边想,大约整个"三十儿"夜晚"伊人酒吧"也等不来几位客人了吧? 但是她不后悔照常营业的决定。反正如果酒吧不营业,她要是不打算独享清静,便只能和乔祺待在一起。在她那处单身女人的家里,或在他那处单身男人的家里。事实上,自从离婚以后,每年的"三十儿"晚上她都是独自一人过的。坐在电视机前一边嗑瓜子一边看春节联欢晚会。稍感寂寞,就吸一支烟。她是一个颇耐得住寂寞的女人。寂寞之感只偶尔滋扰一下她的心。像摆在阳台的花,偶尔有蝴蝶落上产卵,于是偶尔生虫。连去年的"三十儿",她也是一个人过的。初二是在乔祺那儿过的。初四乔祺是在她那儿过的。初六她打手机试探地问乔祺,他要不要她去陪他? 不料他那头儿却说:"初二初四不是刚在一起来着吗?"于是她大为扫兴,没去。初七他打她的手机,说好寂寞,想到她那儿去。她没好气地说:"初八就开业了,你别来折腾我。我不像你是个闲人。我是有班必须上的人。我得养精蓄锐明天去酒吧工作。我干拿工资不上班你乐意吗?"他那头沉默了一会儿,竟以一下子又不寂寞了又快活起来了的语气说:"那我就不去了。我还有盘碟没看完呢,就是你初二来时我正看的那盘。"听了他的话,她反倒不知说什么好了。于是一时沉默。而他又补充了一句:"我是一个以寂寞为享受的人。我是忽然想到你,怕你正寂寞着。"她则说:"我才没寂寞呢! 我也是一个以寂寞为享受的人。今天晚上你享受你的寂寞,我享受我的寂寞吧!"一说完就生气地挂了手机。

一个单身女人和一个单身男人,只要他们没结为夫妻,那么无论谁待在谁那儿,无论他们各自的住处多么舒适,他们都是不能够感觉到那是他们共同的家的。谁去谁那儿,这一点在他们的潜意识里是分得很清的。有时候,一方可以从另一方那儿拿走任何一件自己喜欢的东西。比如秦岑从乔祺那儿拿走了一幅他自己也特别喜欢的油画;而乔祺从那儿拿走了她自己也特别喜欢的一具仿古台灯座,但她在他那儿还是觉得自己是在别人家里,正如他有次对她说:"在你这儿,我怎么总摆脱不了是客人的那一种拘束呢?"

多么奇怪呀,哪怕是在他们做爱的时候,倘在他那儿,在他的床上,她都尽量本能地不使自己口中发出什么声音来,也不好意思说出那时她最想对他说的话。但如果是在自己那儿,她则放纵多了。

难道只有结了婚,男人或女人才算有一个共同的家吗?

秦岑这么想时,已走到了跨街桥的桥头。那想法使她在桥头站住了。

她对自己那想法认真起来。对于再婚这一件事,她内心里是很矛盾的。

刚离婚的一两年，她不打算这辈子再结什么婚了。回忆夫妻生活，她的体会只有索然。尽管在别人们看来，他们曾是挺般配挺好的一对儿，不争不吵平平静静地过了十几年，分明还挺令别人们羡慕的。但她却有一种离婚是求之不得之事的暗自庆幸的感觉。一种终于解除了某种契约的自由之感。如同某些厌倦了公司环境的男女人士，终于盼到了合同期满的一天，于是一去了之。也许在别人们看来，那公司的上班环境还是不错的，她的顶头上司和同事的关系还是融洽的，薪水也还是可观的。但本人就是不想在那儿继续待下去了。并不是因为什么跳槽不跳槽的念头作怪，而纯粹是因为对人生的一种自由状态的渴望。

一两年后，她却又想再婚了。那自由的状态虽好，没个人疼没个人爱的情况，对任何一个年龄才三十多岁的女人来说，总归是种人生的遗憾。别人也热心地为她介绍了几个男人，她都觉得还不如自己的前夫更适合与自己组成家庭呢。及至和乔祺发生了性方面的亲密关系，她一度认为他才是她理想的丈夫。但那关系的次数一频，她的想法又改变了。她怕真的成了夫妻，那关系反而不如不是夫妻的时候好了。依她想来，未必会比现在这样更好。而不能更好，日久天长，肯定趋于平淡，进而变得相互不复再有什么吸引力可言，就像她和她的前夫结婚几年后的生活那样。既然肯定如此，何必非要结婚？这一种想法一旦在她头脑之中形成，原本并不能百分百肯定之事，按照她的思维逻辑，似乎便成了百分百肯定之事。所以她从没和他谈过结婚这一话题。他也从未和她谈过。在她，并非有意回避，而是从理智上特别排斥。想过几次之后，再就连想都不愿多想一次了。在他，究竟缘何一次也没和她谈过，她就不得而知了，也没打算知道。

这三十六岁的女人，驻足在跨街桥的桥头，忽然又想到了两句流行歌曲的歌词——"何必天长地久，只要此刻拥有"，深觉唱得有理，于是不再困惑，并因自己对自己的认真而不禁自嘲地一笑。她习惯地抬头向马路对面望去,那时正亮着行人止步的红灯。那一条马路那一时刻从未有过的寂静,深雪覆盖的路面上只有几道轮辙。明摆着,整个夜晚也不会再有几辆车过往的。真傻,那还管它红灯不红灯的干什么呢？但她走至人行道沿那儿,正要向马路上迈下一只脚去,却又犹豫了,随即将那只脚收回,重新落定在人行道上了……

深雪没过了她的半截靴腰,这女人又想到了从前的自己——她从小到大,凡事循规蹈矩,还一次也没在亮着红灯的情况之下横穿过马路呢！她知道,在自己站的地方,深雪覆盖的路面上,并没有标着供行人通行的斑马线。再说跨街桥就在自己身旁……

她转身踏上了跨街桥的台阶。台阶被盖在雪下,哪里还看得清呢！凭着感觉估计着阶距往上走罢了。结果几步之后便滑了一跤,膝盖都被阶沿磕疼了。没戴手套,双手插进深雪,弄得两只袖口乃至袖筒里都是雪。站起来揉了揉膝盖,又往马路对面望,红灯仍亮着。那指示灯并不是为了指示行人何时过马路才安装在那儿的,是为了指示从 C 大学后门开出的车辆。她仍决定踏上跨街桥——一手扶着同样积雪的栏杆扶手,两只脚交换地在雪下探着虚实,缓慢地一步步往上走。终于踏上跨街桥,那只手都快被冰凉的扶手冻僵了。她这才见到,桥面上仅有一行脚印。那是她去到秦老家时留下的。

人啊,女人啊,秦岑你啊,多么不可思议啊！在这样情况特殊的晚上,你竟仍像从前一样,即使没人看见,即使万无一失,也不愿违反从前不曾违反一次的交通规则；可是只有现在某些极端开化的女孩们才接受起来全无思想障碍的男女关系的观念,却怎么也深深影响了你呢？

她望着自己留在桥面上的那一行脚印,又发起呆来。

她想——结婚？还是不结？

如果就在今晚,自己对他说:"乔祺,我们结婚吧！"那么他会是怎样的一种反应呢？

他最初的反应会是一愣、诧异、惊讶吗？

他会一时犹豫着不知如何回答才好吗？

他会支支吾吾地说："这太突然了，我一点儿思想准备也没有，让我考虑考虑。"吗？

但最终，她确信，他给她的答复必将是——我们究竟又为什么偏不呢？因为他基本上是那么一种人——如果别人对他的要求是正当而又合情合理的，那么他马上会顺从。

但是且慢，那样一来，也就是他们结婚了的话，现在各自拥有的关于"伊人酒吧"的股份，可究竟该怎么办呢？谁才更是"伊人酒吧"的主人呢？他拥有百分之七十的股份，又变成了丈夫，那么当然他更是了。结果可想而知，现在本已属于她的百分之三十的股份，实际上便不属于她了。那可是三十多万元啊！是她只要想，很快就可以将它变成三十几捆百元钞票，塞入一只皮包拎回自己的住地的。还有每年的分红呢，那也是十来万元呢！

哦对了，还有她的房子呢！结婚了，总不能两个人还像现在这样各有各的家吧？那么应该将谁的房子当成他们共同的家呢？她当然更愿意将自己的房子当成他们共同的家。而他，不消问，肯定跟她相反。但是如果她坚持，他会顺从她的。这肯定是没什么问题的。那么他现在的房子租出去吗？卖掉吗？不租不卖而闲置，太可惜了。每年还要白交一笔物业费、取暖费什么的，那可是要由他们共同的生活费里白白支出的呀！浪费也等于是浪费她的一份儿钱呀！她的钱还没多到白白浪费也毫不心疼的程度呀！或租或卖，回收的钱又归谁呢？原来是他的房子，当然归他？那么事情不就成了这样吗？——她花自己钱买花自己钱装修花自己钱添置家具的房子成了他们共同的家，而他的房子又一次性或分期地变成了钱，那钱还理所当然地存在了他的存折上——她不是明摆着太亏了吗？他不是占了大便宜了吗？难道不是吗？既不但拥有了她这个女人，还坐享其成地拥有了一个宽敞舒适体面的家！连一份儿前期的操心都没操过！连一件居家过日子的小东小西都无须他再买！而她前期又操了多少心？每一个装修的细节都在现场盯着。每一件家具都比了又比挑了又挑选了又选！在结婚这件事上，对于他这个男人，一切未免太轻而易举不劳而获了吧？世上哪有这种道理？按道理完全应该是反过来的嘛！

她觉得自己仿佛面对着一道数学换算题——A+B=C。A是一笔钱，她的；B是一笔钱，他的；C是一笔钱，那将是他们共同拥有的。两加数之和大于其中任何一个加数，这是小学一年级学生都明白的常识。但如果问的是——相加之后属于她的钱究竟是多了还是少了？于是这道题则变得难以解答了。若认为反而少了显然荒谬，C>A呀！若认为多了呢？C已经不是她的了呀，是共同拥有的了呀！连自己原本拥有的A，都"共同"到"C"这个"和"里去了呀！不可以再随便提取出来塞入一只皮包想干什么花就干什么花想带到哪儿就带到哪儿去了呀！好比从前的中国人和中国的关系——人人都是国家的主人，也便逻辑上是一切国有银行、铁路、矿山、商店、工厂的主人，但又谁都不能随心所欲再从那些地方拿走一分钱（除了每月微薄的工资）。

哦，对了对了，还有一个更实际的问题——结婚后她是他的妻子他是她的丈夫了，她还能每月从"伊人酒吧"也就是从丈夫那儿开一份工资吗？世界上哪儿有每月必须给妻子开份儿工资的丈夫呢？世界上又哪儿有每月坚持从丈夫那儿领一份工资的妻子呢？那么样的一种夫妻关系不是太可笑了吗？而自己这位名义上的法人代表女老板，前些日子还在寻思着，二〇〇四年开始了，酒吧在自己的苦心经营之下效益很不错，是不是有理由开口向他提出给自己加工资了呀？按她每天的付出，按她去年一年里创下的可喜业绩，她的工资也应该有所增加了嘛！她确信，只要她开口提，他会爽快而又心甘情愿地答应的。不用多加，每月再加两千元，就是五千多元的工资了呀！那么在这一座城市里，她就是一位收入较高的人士了呀！比C大学校长的月薪少不到哪儿去了呀！可如果是他的妻子了，还能开口要求加工资吗？别说加了，连原先的一份儿月工资也没有了啊！成了妻子固然有成为妻子好的一方面,比如某些男人再也不会对她想入非非话里话外总带着什么居心叵测的暗示了;但每月没了工资却无论如何也不能说同样是一种良好的感觉呀！当然,他不会太限制她花钱。但所花每一笔钱,都是属于两个人的钱了呀！和花百分百属于自己一个人的钱那一种不必征求任何人意见的情况不一样了呀！婚前财产公证如何呢？那太私事公办了。一男一女仿佛都怕被对方坑了似的,那晚上还怎么同床共枕呢？婚后实行 AA 制呢？每人每月拿出同等数目的一笔钱过日子,不够了再均添,剩下了……

她站在跨街桥上,望着自己留在桥面雪层上的唯一一行脚印,不往前走了,打算思考个明白再下桥。因为思考得明白不明白这一点很重要,将决定她今天晚上,也就是二〇〇四年"三十儿"这一个特殊日子的晚上,他出现在"伊人酒吧"时,她究竟应该怎么对待他。如果头脑之中竟产生了突破性的思考结果,结婚的美好前途在头脑中大放光明,那么她将以与以往截然不同的态度对待他;如果没有,那么她也只能像以往一样对待他……

"伊人酒吧"近在眼前,门上方竖悬的一串红灯笼红得格外抢眼。秦岑左望望,右望望,但见整条街上,只有自家酒吧红灯笼上的雪被清除得干干净净,未留半点痕迹。是的,当时她头脑中闪过的正是"自家酒吧"四个字,接着暗自批评自己,怎么可以将它想成是自家的呢？自己才占百分之三十的股份！可是这想法多么令人感觉到满足和欣慰啊！"酒吧""自家",四个字连在一起是她潜意识里的一种梦想。

这时,秦岑又想起,电工安装那串红灯笼时,乔祺正巧在旁。

他说:"你给我安装成能升能降的。"

电工看他一眼,没理他,继续。

他又说:"你听到没有？"

电工停止了,又看他一眼,再望着秦岑一脸不高兴地问:"你俩到底谁说了算？"——那意思是,别谁都对我指手画脚一番啊！

"这件事儿,听我的,明白了吗?"乔祺语气一时强硬起来。

她只好说:"那么,这件事儿,你听他的。"

电工丑话在先地说:"我听谁的都行。可听他的,很麻烦,还得现买升降滑轮。工时费也要加的。"

他也有点不高兴地说:"工钱她给你加,活儿按我的话做。明白了吗?"

不料那小电工却嘟哝:"不明白。"

他就瞪起了眼睛:"你还有什么不明白的?"

小电工是秦岑一位歌舞团同行的儿子,叫秦岑阿姨的关系,仗着阿姨是老板,又在面前,废话便多。他说:"不明白你俩到底谁是老板。"其实不情愿改装,那等于他白忙了一阵。

"你怎么说起废话来没完?还想不想接着干了?不想接着干了立刻从我眼前消失!"

乔祺火了。

而秦岑,觉得他当着熟人太扫了自己是老板的面子(名义上的老板那也是老板啊),一转身悻悻地进了酒吧。

他发现了她表情有变,遂跟入。

她面有愠色地问:"有那种必要吗?"

他又是解释又是坚持地说:"当然有。春天风土,冬天下雪,灯笼挂上去一个月就会脏。脏了不刷洗就有碍观瞻,还莫如不挂。灯泡坏了要及时换,灯笼坏了也要及时换。不改成升降的,是你每次亲自蹬着梯子换,还是你命令那些女孩子们换?无论你还是她们,那安全吗?摔伤了摔残了,归根到底还不都是我的责任吗?……"

"别说了别说了,按照你的指示办行了吧?"她举起一只手制止他说下去。她暗自承认他的话有几分道理,但后边那几句,她又着实不爱听。那是酒吧刚开业不久的事,她对酒吧还没产生多深的感情,对他更没有。她完全是一种干着看的心理,干不了就撒手而去,觉得跟他合不来也会一走了之,一点儿都不打算勉强自己,为难自己。那时她还是一个很清贫的文艺界人士。因为清贫而极其自尊。所以那自尊极其敏感极其脆薄，在别人意识不到的情况下，她的自尊往往已受到伤害了。

现在则不同了。现在的她，不但不再清贫，而且已是这座城市收入稳定又比较丰厚的人士了，不，一位女士了。现在的她做"伊人酒吧"女老板的感觉越来越游刃有余胜任愉快了。现在的她自尊心是更强了，但却再也不脆薄了。即使别人想有意伤害一下她的自尊心，也不容易真正伤害得成了。当然，她还没遭遇过那么一个人。现在的她，即使乔祺想找借口辞退她，她也不会轻言"拜拜"了。那，一些事儿得坐下来双方谈清楚了，比如她的股份怎么办？比如要是她不撤股，是不是有权利想查账时就查查账？比如他该不该给她一笔辞退补偿金……照她和他现在这种虽然无一人知无一人晓但又特殊得没法儿再特殊的关系来看，根本不存在什么他想找借口辞退她的可能性。无论是他，还是"伊人酒吧"，分明地都难以离开她了。

事实证明他当时考虑的还是挺周到的。凡是到过"伊人酒吧"的人差不多都说过，整条街上，只有这儿门上方的那串红灯笼永远红得鲜艳，红得透亮，红得赏心悦目。随时降下，电源一拔，刷洗起来又省事又安全，当然红得那样。那串红灯笼后，是酒吧的招牌，安装了霓虹灯管的那一种，"伊人酒吧"四字是秦老的手笔。秦老的书法，在本市是有些名气的。但按照乔祺的主张，招牌上只仿了"伊人"二字，再就是一个长发女子的头形线条，用霓虹灯管组合成的，没有眉眼没有鼻子和嘴唇，下角是摆在托盘上的酒杯。当时，依秦岑的意思，再怎么简单，也得添上红唇。他说多余，就没添上去。四个字只在招牌上体现了两个字，秦岑怕秦老心生不快，将原字裱镶在一个大框子里，挂于正对门的墙上。这么一来，秦老还特高兴，一点儿异议都没有。乔祺也承认她做得对，曾对她说："你办事，我放心。"——这句话，是"文革"最后一年毛主席写给华国锋的。当年的中国人家喻户晓，后来成了民间的一句流行语。任谁一说，都能会意，还具有了幽默的意味。现在的年轻人，却根本听不出其中的幽默了。后人不知前朝事嘛！当时乔祺那么说时，秦岑会心一笑。那句话在他们后来的关系进展过程中作用很重要。使她对他产生了一种说不清道不明的亲近感。如同一只狗儿从另一只狗儿身上嗅出，它们有同样的血源，是在同一个窝里吃同一位母亲的奶长大的。而她当时那一笑，在他们后来的关系进展中也很重要，也使他内心里产生了一种极想尽快和她亲近起来的强烈欲望。因为那会心的微微一笑，当时呈现在她脸上很美。就像一只小蜜蜂落在马蹄莲的花上，试探着往花心里爬，花痒了，也想笑，却又忍住不笑。是的，她的脸能令稍有点儿想象力的男人联想到马蹄莲，花形开得完全舒展了的时候的马蹄莲。天生丽质，使她的脸比某些皮肤白皙的北方女子的脸更白。那是一个很性感的女人特别女人味儿的一笑。笑得那么人情练达，又似乎格外单纯，仅仅是由于内心愉快想微笑一下而已。他觉得自己当时被诱惑了，尽管她一直也不知道这一点。

二〇〇四年的除夕夜，"伊人酒吧"招牌上的雪却是没法儿清除的，覆盖住了霓虹灯管，使它们的光望去若有若无，朦朦胧胧的，给人一种绰约幽秘的印象。酒吧门前的人行道上，已铲出了一段两米多宽的路面。铲起的雪，培在了路面两旁。看得出，用锨什么的轻轻拍过，齐齐整整，汉白玉砌的一般。右边，还堆了一个一米多高的雪人儿，扎着红围巾，意味着是女性。从跨街桥的那一端望过来，眉眼也看得挺分明，不知用什么弄的。秦岑明白，那都是小俊和小婉两个女孩儿的劳动成果。其他女孩都各自探家去了。只小婉和小俊不走，愿意在春节期间为酒吧加几天班，而她们也是秦岑喜欢的女孩儿。她早已承诺要给她们每人发五百元加班费，也算是对她们一年来的好表现的一种变相的奖励。透过酒吧的窗子，可见她们正坐在酒吧里看电视。秦岑低头瞧了一眼手表，八点过几分了，想必她们正在看春节联欢晚会。她为了避免她们听到，就站在桥的那一端靠着桥栏给乔祺打手机：

"喂，是我，你在哪儿？"

"在路上。"

"怎么在路上呢?"

"那我还能在哪儿? 你不是让我今晚去酒吧吗?"

"你……走来? 干吗不打'的'?"

"雪这么深,又是大'三十儿'晚上,哪儿有'的'可打呀!"

"这……恐怕你要走四五十分钟吧?"

"那我也得去啊! 我要是不去,你能高兴吗?"

"听你的口气,好像有点不情愿似的……"

"有什么不情愿的呢? 大雪使这个'三十儿'的夜晚空气多清新啊! 像呼吸纯净氧。又这么静,一条街一条街的连个人影儿都没有,我走得很高兴。刚才我还高兴得吹口哨来着呢! 再说,总不能让你和两个女孩被大雪困在酒吧里呀! 那我于心何忍? ……"

"咱们今晚照常营业是不是太一厢情愿了呢? 你估计会有人来吗?"

"一厢情愿就一厢情愿,没人来就没人来,管那些呢! 真没人来更好,咱们就将酒吧当家,反正有吃的有喝的有住的地方。哎你在哪儿?"

她犹豫了一下,没实说自己在跨街桥上,而说在酒吧里。

"那你就和小俊小婉一块儿看电视,耐心等我。今天晚上,我要首先向那两个女孩儿公开真相! ……"

"什么真相?"

"咱们俩的……关系的真相! ……"

秦岑的心不禁怦怦激跳,仿佛那真相一经公开,会使她从此在人前抬不起头,无地自容似的。又仿佛完全不是那么回事,而是一种惊喜甚至幸福的感觉充满心房,所以一颗心才怦怦激跳。

"那,你打算怎么公布?"

"简单啊,一见了面,拥抱你,吻你! 口口声声叫你亲爱的,搂着你跳舞! ……"

"不许!"

她觉得自己脸发烧了,然而对他的话爱听得不得了。

"你说不许就不许吗？"

"咬死你！"

"最好当着小俊和小婉的面儿咬才好，那倒省得我用我的方式公布了！"

"哎真的不许啊！你别粗粗鲁鲁地吓着人家两个女孩儿！"

"你若表现温存，我自然就不必粗鲁。至于她们，都二十多岁了，你以为见着一个男人和一个女人拥抱亲吻就会被吓着吗？何况我们是她们再熟悉不过的人。"

"但别忘了她们平时就有点儿怕你！"

"那都是由于我们的关系太不自然，才使我在她们面前变成了那样！"

"咱俩的真实关系，你没权力单方面……"她激动而又幸福地喃喃着。

他，却吹起了口哨，居然吹的还是《月亮代表我的心》！

口哨声在寂静无声的"三十儿"夜晚，听来格外清楚，格外响亮，仿佛带有音响效果似的。

"喂，喂，乔祺你正经点儿，你一向可不是这样的！……"

此时她的心理尤其古怪了。如同一位颇有鉴赏力的画商，明明很喜欢一位画家的一幅画，打算买下来收藏着；却又恐怕那是自己一时心血来潮的冲动行为，真买下来了，反而不喜欢了。于是希望画家主动。画家呢，显然太缺乏主动性，一句巴不得卖出的画也不屑于说，奇货可居，完全不愁卖不出去似的。终于有一天卖画的人也心血来潮不知缘何冲动，痛快地说："我现在决定把这一幅画卖给你了！"画商却有些三心二意的，竟说"我也没打算买呀"之类暧暧昧昧的话了……

乔祺那边只管不停止地吹着他的口哨，秦岑这里"抗议"性质的话再就没法儿多说，无奈只得将手机挂了，同时嘟哝了一句："这个冤家！"

她心情一时好得没比。

其实，世上大多数女人都是如此这般的。现而今，没爱，对于她们那是万万不行的。但没丈夫，却又似乎倒是件很省心的事……

第四章

秦岑走下跨街桥时,又滑了一跤。一进入酒吧,小俊小婉立刻起身。

她说:"你们坐吧,坐吧,继续看你们的!"

小俊说:"哎呀经理,你怎么满身雪呢?"——赶紧抓起块餐巾走到她跟前替她拂雪。

她旋转着身子说:"滑了两跤,摔得膝盖好疼。春节联欢会有意思吗?"

小婉一边沏茶一边搭言:"意思不大,我俩闷得慌,刚打开电视一会儿。经理你的茶就放这儿吧?"

她说:"大年'三十儿'的,又没客人,不看电视解闷儿干什么呢?"

心情好,对小俊和小婉说话的语调,格外亲切。小俊替她脱下大衣,去往她的办公室,挂在衣橱里。再回来时,见她已和小婉并坐着一块儿看电视了。而桌上,多了几小盘黑瓜子、白瓜子、炸薯条、果糖和巧克力点心什么的。

秦岑向小俊招手道:"过来坐在我旁边,这座位是留给你的,我陪你俩看。"

小俊走过去,规规矩矩坐下时说:"我俩陪经理看。"第一次和老板坐在一处看电视,她受宠若惊,怪找不到感觉的。

小婉道:"你可真不会说话!"

小俊觉得自己挺会说话的,心想那话说得多好呀! 乜斜着小婉质问:"我那话怎么了啊!"

小婉白了她一眼,挖苦道:"经理说是她陪我俩,你干吗非强调是咱俩陪经理呢? 你当经理真爱听你那么说啊?"

秦岑笑道:"好啦好啦,你们小姐妹俩不要拌嘴了。谁陪谁,怎么说,不都是一样的嘛! 来来来,嘴别闲着,手也别闲着,边吃边看!"

小俊小婉默默伸手抓东西吃时,秦岑又说:"自从咱们酒吧开业,你们就在这儿上班了。这儿的姑娘换了一拨又一拨,你俩却始终跟着我,也算是我的得力帮手了。去年你俩又辛苦了一年,我是看在眼里,记在心里的!"——说罢,抚摸了小婉的头发一下,接着和小俊贴了贴脸。

两个女孩顿觉幸福。

小婉说:"经理,我俩以后不但要继续做你的得力帮手,还要争取成为你的心腹。"

小俊连连点头:"嗯,嗯,只要经理看得起我们,信得过我们。"

秦岑听了,别提心理有多么受用,感觉好极了。她捏起一根薯条给小俊吃,又剥了一块糖塞在小婉口中,觉得自己真有了两名小心腹似的。一高兴,脱口又说出一句:"等我真是酒吧的老板了,保证给你们俩都涨工资!"

小婉忘了嘴里含着糖,立刻有所表示:"多谢经理!"结果糖从嘴里掉出,一手接住了。

小俊咽下薯条,困惑地问:"你一直是经理,难道还不真是咱们酒吧的老板呀?"

感觉好极了的女人被问得一愣,尽管那问话的语调是小心翼翼而又恭恭敬敬的。她张了张嘴,自知失言,但话已出口,一时不知怎样自圆其说为妙。

小婉干脆将口中的糖吐在手心,对小俊反唇相讥:"你就会说话啦?我觉得经理的意思是……是……"

她想替秦岑自圆其说的动机虽好,但一时也是不知该如何进行解释。

秦岑毕竟不愧是秦岑,短短的半分钟内,她已有话可说。她第二次抚摸小婉的头发,微微一笑道:"我的意思是——一位酒吧的老板,特别是女老板,应该懂得一点儿现代餐饮业的管理学。我打算自费进修进修。等我拿到了什么文凭什么证书,那时候,我才认为我真是咱们酒吧的老板了。现在嘛,管理水平还是差点儿!"

听来,她的话说得又诚恳又谦虚,将刚才由于失言所造成的话语破绽补救得天衣无缝。

小婉连声道:"经理,我正是这么理解的,我正是这么理解的……"

看着小婉又一舌头将手心上的糖舔入口中,小俊嘟哝:"好话都让你抢着说了。你又不是经理肚子里的蛔虫,经理还没说出的话你咋就理解了!"

秦岑笑道:"好啦两位小姐,大年'三十儿'的,不当着我的面拌嘴了行不行呢?"

小俊小婉两个相互瞥视一眼,自知表现欠佳,便也都不好意思地笑了。

三人又看了一会儿电视,彼此陪衬着你照顾我情绪我照顾你情绪可笑可不笑地笑了几阵,就都渐觉无所事事地有些无聊起来。

小婉忽然说:"经理,咱们还有不少窗花和拉花呢,趁这会儿没事,我和小俊给咱们酒吧增添点儿春节气氛吧?"

小俊也说:"对,对,还有好多小纸灯笼呢!"说罢,也不待秦岑说句话,起身跑往库房,转眼连一只大纸箱也捧了来。

那些窗花,其实就是剪纸,背面预先涂了一层胶,将护胶纸往下一撕,便可大省其事地往窗上贴。秦岑看了几幅,无非鹊雀登枝、娃娃抱鱼、神鹿送财、寿星献桃之类,图案中套剪着"恭喜发财""新春福至"等等大吉大利的字,细看剪工倒也巧妙。至于那些拉花和灯笼,是折叠着的。

小俊展开一个纸灯,取悦地问秦岑:"经理你看好看不? 今晚不派上用场,初一到初三咱们休息,过了初四就有点儿晚了。"

秦岑说:"好看。亏你俩这么有心,还为咱们酒吧预先买下了这些。总共花了多少钱? 我双倍给你们! "

小俊说:"经理,我们不能贪人之功。实话告诉您吧,是那个您看着最不顺眼的家伙买的! "

秦岑"哦"了一声,奇怪地问:"谁是我看着最不顺眼的家伙呀? "

小婉说:"还能有谁呢? 说是那个傲得咱们都不愿搭理他的人呗! "

秦岑又问:"你是指乔祺吗? "

小婉点头道:"他一个多月前就买了,说今晚要亲自来布置一番,给您个惊喜! "

秦岑一撇嘴:"他以为我就那么容易惊喜的吗,可笑之极! "——但正因为是乔祺买的,内心里又是一阵禁不住的高兴。

小俊说:"他还有可笑的事儿呢! "

秦岑又"哦"了一声,故意板着脸问:"说来听听。"

小婉抢着说:"您没到酒吧之前,他打过一次电话,给我和小俊拜年。还说根据我俩一年来的突出表现,应予表扬! "

秦岑又一撇嘴:"要表扬谁也轮不到他呀,确实更加可笑了! "

小俊帮腔地说:"就是! 他又不是老板,把自己摆什么位置了! "

秦岑又问:"他还说什么别的可笑的话没有? "

她这么一问,是因为心里有几分发虚。万一乔祺这家伙不甘继续再当影子老板,已经对小俊小婉透露了真相,可笑之人说可笑话的,不就是自己了吗?

小俊诚实地回答:"他再什么都没说,我俩也不爱多听。"

小婉也说:"我俩是经理您的人,又不是他雇的人,跟他啰唆什么呢！"

小俊又说："他电话里告诉我们，他今晚还一定要来呢！"

乔祺并没透露什么真相，秦岑也就放心了。

她仍板着脸说："他最好别来，眼不见，心不烦。"

小俊说："那经理您把他的联系电话告诉我，我给他打个电话，不让他来！"

秦岑又是一愣，随即掩饰道："我平时不和他联系，哪儿有他的什么联系电话！他要来就随他来吧。好歹他也算是咱们酒吧的一名雇员，大年'三十儿'的，人家要来和咱们凑一块儿热闹热闹，我非不许人家来，不是也太不近情理了吗？"

小婉说："还是经理会处理关系！多么不讨人喜欢的人，都善于团结他。小俊，经理多值得咱们学习呀！"

小俊说："是啊是啊，可……这些花花绿绿的东西……"

秦岑说："都派上用场。咱们也不能太辜负了人家对酒吧的一番好心思！你俩布置，我不插手。我要安安静静地坐着吸支烟了。"

于是她就吸起烟来。

于是小婉小俊两个随心所欲，你指挥我，我支使你，这个忽东，那个忽西，忙碌开了，而且不亦乐乎。

秦岑平常很少吸烟。只在心情特别好和特别不好之时，背着人吸一支半支。她这会儿吸烟，自是由于心情特别好。刚才装出一本正经的模样和小婉小俊议论了一番乔祺，并听她俩对他大加臧否，颇多不屑不敬之词，使她倍觉开心。那一种开心，与她和他谁才是酒吧的老板并无关系，不过觉得好玩罢了。女人是很奇怪的，一个男人若在她们心中占据了不同寻常的位置，那么凡是别人议论那个男人的话，她都会极感兴趣。如果他们的关系还不是公开的，而是天知地知你知我知纯粹两个人之间绝对隐秘的事，她听了更感兴趣。而一个男人一旦在女人心中占据了不同寻常的位置，一旦她认为自己已经没法失去和他的亲密的性爱关系了,她则会觉得他渐渐地快变成天下最好起码是最适合自己的一个男人了。这种时候,这种情况之下,她其实更希望听到别人对那个男人的小小不然的不屑的不敬的议论,必须是小小不然的。性质严重的有损人格的议论,她们听了是会替那个男人记恨在心的。但小小不然的,她们听到了反而快活。通常,还会转告给那个男人。他如果特别在乎,生起气来,她会觉得幸灾乐祸,大为开心,会说些"你以为你给别人的印象有多好呀"之类稍微刺激他自尊心的话。他表现出了被刺激的敏感反应,她的目的便达到了。不但开心,而且增添了自信,以为从此可以凌驾于他之上了。男人们却相反,他们听到别人背后议论自己所爱的女人,即使那关系同样是只有天知地知你知我知两个人之间绝对隐秘的事,也难以表现出毫不相干的模样。如果那议论的性质严重,他们是非告知她不可的,想贪污都不能够,也全不顾她的自尊心受得了受不了。而无伤大雅的些个议论,他们则根本没兴趣听。左耳听,右耳冒,绝不会记住了,等两个人单独在一起时煞有介事地转告给她听,并获得一份儿莫须有的快感。在这一点上,男人往往更像女人的父亲,女人往往更像男人总也长不大的调皮女儿。大抵如此。这里指的是那类有趣的女人,比如秦岑这样的女人。至于寡趣的女人们,另当别论……

秦岑一边吸烟,一边想象自己将小婉小俊对乔祺的议论告诉他时,他究竟会是什么模样。她已太了解他了,知道他才不当回事儿听呢!莫说是小婉小俊了,就是在"伊人酒吧"打工的女孩儿有一个算一个,再加上所有酒吧的常客都在背后以不屑不敬的话语议论他,他可能还是不当回事儿。他倒不是根本没有自尊到了那么一种程度。不,不是的。而是因为他活得太自我了。自我到了目中无人的地步。但那其实又非是什么高傲的自我使然。而完全是情愿选择的孤僻的生活方式,于是仿佛到了一种说三道四任由人的境界似的。好比只在夜间活动的动物,根本不在乎人对它们的看法。于是秦岑就进一步想,她得对小婉小俊的话添油加醋,也许才能从他脸上看到几分诧异的表情。他这个人很少对什么事表示诧异。她只记得他诧异过一次,那是因为她告诉他,有几名安全局的人哪天出现在他们的酒吧里过。他当时诧异地耸起了双眉,然而一双眼睛却眯了起来,充满疑惑地看她。后来她打探清楚了,那一天他们只不过是慕名而至,几个朋友凑在一起聊聊天,并没什么公干。当时他那种诧异的表情像极了梁朝伟回眸睇视的表情,让秦岑爱死了迷死了。她渴望再一次见到他脸上出现那一种难得一现的表情……

秦岑正一个人独自寻思得出神,旋转门一转,乔祺来了。他还拎着一个大提包,里边不知装满了什么东西,看去挺有分量。他没戴帽子,羽绒服的拉链一直拉到上端,一掌多宽的高领护着脖子,连下巴也护住了。他的长发上挂了些霜,仿佛鬓发半白之人,看上去历经人生沧桑的形象。

小婉小俊两个仍在忙,都没注意到他进来。只秦岑注意到了。她望着他起身站了一下,却很快又坐了下去。

他放下提包,大步向她走去。

她急忙又使眼色又做手势,那意思是坚决地制止他的接近。

他只来得及向她走过去两三步,犹犹豫豫地站住了。

而她,刚坐下去又站了起来,望着他退到离她较远处去了。

小婉小俊还是没有发现他。

她抛给了他一个吻,接着指指两个女孩儿。

他摇头,表示要按他的既定方针办。

而她,用手指在空中一笔一画写了两个大大的字是——"听话"。接着,还在空中添写了一个惊叹号。

他不能对她的敏感反应置之不理了。他终于点了点头,表示对她的意思完全明白,并且全盘接受了。

那时,这酒吧里四个人的情形颇有剧情意味,两个女孩各自专注地干着她们的事;秦岑和乔祺却相向而立,一动不动地望着对方,如同两个武林高手在暗自较量内功——使情形看去像是被戏剧或影视导演导过的一般。

在秦岑这方面,没见着乔祺时,其实巴不得他别理会自己用手机跟他说的那些话,甚至一路走来已根本忘了她说过的话;进得门来,不管三七二十一,走到她跟前紧紧拥抱住她,吻她,大声对她说:"我爱你!我爱你!"并且紧接着扭头对小婉小俊两个女孩儿大声而庄重地宣布:"我要娶她为妻!我要和她结婚!"——倘他真这样,她也会当着小婉小俊的面热烈地吻他,同样大声表白:"我愿意!我愿意!我早就想和这个男人结婚做他的妻子了!"——那么,什么谁股份多谁股份少呀,什么谁是真正的老板谁只不过是名义上的老板呀,什么结了婚对自己有利还是有弊呀,什么别人们的看法如何呀,总之一切一切曾令她掂量来掂量去的心理障碍,就会全部烟消云散统统见鬼去了。但乔祺真的出现在眼前时,在酒吧这个特定环境里,她的本能却又屈从于两年多的时间内在众人面前表演惯了的习性,一味作出相反的反应了。而她内心里却在急切地对他说:"别管我怎么样呀你这个傻家伙!你还呆呆地站在那儿干什么呢?赶快过来按你的想法做呀!唉唉你这个男人!在你的或我的床上时,你表现得怎么不这么老实这么听话?!……"

在乔祺方面,没迈进酒吧没见到秦岑时,也是将他的决定想像得特别容易实行并且会实行得情绪特别热烈特别饱满特别激动可以一气呵成的。但是在半路用手机和秦岑说过话后,已感到自己单方面之决定的合理性,正受到着严重的质疑了。是啊是啊,结婚非是一厢情愿之事。她不同意,他又怎么可以一意孤行呢?等走到了酒吧门前,原本十分坚定的决心,已动摇没了七分,仅剩三分犹存了。而那三分,进得门后,是经不住秦岑那一种表示的阻击的。彻底瓦解,实属自然而然之事。

乔祺猛地高叫一句:"我来了!"

秦岑望见,他刚进门时明亮明亮的双眼,随着他的话音落地,眼神倏忽地黯淡了。

小婉小俊,这时才发现他的存在。她们从不同的两个方向望了他几秒钟,谁也没说什么。接着,她们不约而同地都将目光望向了秦岑。

秦岑端坐在那儿,不动声色地说:"来了就来了嘛,这么大声地喊个什么劲儿呢? 难道我们还得都赶紧向你请安呀?"

话出口前,她想将她的话说出玩笑的意味。她觉得她是该跟他开开玩笑的,借以补偿他的心理必会感到的沮丧。可话一出口,却连自己听来也变了味儿。无论如何不能说是玩笑,而只能说是嘲讽了。

乔祺呆愣片刻,将头一低,自言自语:"大年'三十儿',我踏雪而来,路上走了一个多小时,都走出汗了,还拎来了一提包礼花鞭炮,没成想你们如此冷淡地对待我。"——说完苦笑,径自走向一把椅子,默默坐下,掏出了烟盒。

秦岑望着他,主动又说:"没谁成心冷淡你呀,我那是跟你开玩笑的话,你千万别想到别处去。哎你看小婉她俩将拉花那么拉上了,好看不好看?"

那会儿,小婉小俊两个,已完成了她们的任务。所有的窗花都贴在玻璃上了,所有的拉花都拉开在空中了,所有的灯笼也都这儿那儿地挂起来了——酒吧里一派喜气。

乔祺说:"很好看。"

小婉这时才开口道:"刚才我俩和经理还念叨你来着,经理说了好几句表扬你的话。"

乔祺的目光望向小婉,什么都没再说,笑笑而已。

小俊也说:"真的,我作证。"

乔祺的目光又望向小俊,仍不说什么,按着打火机,深吸了第一口烟。

秦岑离开座位,走向他放在地上的提包,蹲下拉开来看了看,望着他问:"咱们酒吧在禁放街区,你真打算放呀?"

他默默点了一下头。

秦岑就直起身说:"那咱们就放。这么深的雪,就是惊动了派出所的人,等他们赶来咱们也放完了。无非就是罚款,让他们罚就是。我跟他们都很熟,谅他们也不至于太难为咱们。"

乔祺却只吸了几口烟就不吸了,按灭在烟灰缸里,起身道:"我得去冲个澡,一身汗不舒服。"

秦岑说:"天冷,得接出好多凉水才行,那我先去替你把水温调好。"

她说着,脚步已移动起来。此时的秦岑,已敏感到乔祺的情绪变得极为低落,却不明白他为什么会那样。如果因为她对他的态度,似乎解释不通。只要是在酒吧里,不,不论在什么地方,只要有第三者,她不一向是不冷不淡地对待他的吗? 他对她的态度也一向如此呀。这本是他们之间的一种默契,是彼此心照不宣之事啊。纯粹是作秀给别人看的啊。为什么今天晚上他就表现得那么委屈那么难以承受了呢? 也不能因为今天是"三十儿",今天他来时决定了什么,而她一时还转变不过来,他就认为是她伤害了他呀。这不公平嘛! 不管小婉和小俊会怎么看她,她不想像从前一样不冷不淡地对待他了。她想和颜悦色真情实意地对待他了。如果今天晚上是她大错特错百分之百地错了,那么她想纠正她的错误了。

但是小俊却说:"经理不必您亲自为他服务,我去! "

那女孩儿言罢,已抢先去了。

这一表现的机会也失掉了,秦岑望着乔祺,内心里只有徒唤奈何。那时她的目光温情脉脉,满含着请求原谅的诚意。

可惜乔祺却没有也望着她。他脱掉羽绒服,搭在椅背上,看也不看她一眼,径自往洗浴间走去了。

秦岑站着发了一会儿愣,用手势将小婉招到跟前,低声吩咐:"我办公室的衣橱里,有一件男人衬衫。你去找出来,让他换上。冲完了澡,还穿汗湿了的衬衫,那不照样是不舒服吗? "

她说时,小婉一直以奇怪的目光看着她。显然地,那女孩儿十分不解她这位经理怎么忽然一反常态,对怪人乔祺大为体贴起来了。也许,还疑惑于她为什么会保留有一件男人的衬衫。

等小婉遵命离去,秦岑走回自己坐过的椅子那儿缓缓坐下,抓起桌上的烟盒,吸着了第二支烟。她起初的好心情一下子变得非常不好了。她想,事情真是有点儿他妈的了! 自己这个女人,和乔祺这个男人,只要单独在一起,双方几乎分分秒秒都是愉快的。他的身体是多么贪恋她的身体啊! 她的身体又是多么渴求和他的身体肌肤相亲,销魂做爱啊! 那才算做爱呀! 为了那样的一次做爱,被千夫所指都是值得的。可一旦在人前,却又要假酸捏醋的,仿佛是世界上两个最难以相处的人似的! 仿佛他们的身体之间的关系和他们两个人之间的关系,是性质根本不同的两种关系似的。怎么会成了这样子呢? 这有多别扭呢? 以前还不觉得别扭,还唯恐在人前做戏做得不像,露了什么马脚。可近来,尤其是结婚不结婚的迷惘念头在自己内心里产生了以后,做戏倒是做得天衣无缝不露痕迹了,却越来越强烈地觉得别扭了。又别扭得继续在人前做戏,似乎成了一种强迫症。倘各有夫妻,还则罢了。可他和她都是所谓单身男女,完全不必那样的啊! 别扭不是明摆着自找的了吗?

秦岑心里竟有几分难过了。一行泪已淌在脸上,自己还不知不觉。

“经理……”

一扭头,见小婉站在对面。

“经理,是这一件吗? ”

“对。就说我请他换上。”

“我说了……”

“他不换? ”

“他说……他说……”

“讲啊! 你吞吐个什么劲儿呢! ”

“他说……他穿不惯别人的衣服,哪怕是别人没穿过的……”

“什么别人的衣服不别人的衣服! ”——她夺去那件还包装着的衬衫,想要亲自给他送。并告诉他,那是她为他买的,名牌,原本打算作为春节礼物送给他的。

可她刚站起来,又坐了下去,将衬衫往桌上一丢,有些生气地说:"他不换拉倒,替我放回去!"

小婉拿起衬衫后说:"经理,您没事儿吧?"

她瞪着那女孩儿说:"我会有什么事儿?"

"可是,您在流泪……"

她摸了一下自己的脸颊,手湿了,反应敏捷地说:"大年'三十儿'的,没什么事儿值得我哭! 你没见过别人自己吸的烟熏了自己的眼吗?"

"没……见过的见过的! 刚才他没来时,咱们三个多高兴,有说有笑的! 讨厌的家伙,经理你甭跟他一般见识……"

"别啰唆,该干什么干什么去!"

她几乎要发火了。那诚心"谏言"的女孩儿,顿时吃惊地瞪大了双眼,噤若寒蝉。她平常并不多嘴多舌,她的老板也未如此这般厉声厉色地训斥过她。她不知自己究竟冒犯了老板哪一根神经,简直有点儿不知所措了。分明地,那样子是快哭了。

秦岑见她表情可怜,暗责自己不该言语狠狠地吓着了她,遂起身双手捧住她脸,在她额头上轻吻了一下柔声细语丷说:"别忘了今天可是大年'三十儿'啊,到这会儿还没来一个客人,兴许就整夜一个客人都不会来了。那么,今晚咱们的酒吧就等于是咱们的家对不? 咱们四人今晚要像一家人一样亲亲热热地过'三十儿',谁也不许冷落谁,更不许惹谁不高兴。我带头,大家说话都要和和气气的,明白?"

小婉脸上的表情这才松弛,诺诺连声,从桌上拿起了那件衬衫……

乔祺冲罢澡,走回座位刚一坐下,小婉便替他端来了一杯咖啡。

而小俊亲昵地问:"乔老师,咱们四人玩扑克呀?"

乔祺的情绪似乎也好了点,奇怪地问:"小俊,怎么叫起我老师来了?"

小俊望了秦岑一眼,笑道:"以后,总叫你乔老师了,你高兴不?"

秦岑则没事儿找事儿地在重吊一只纸灯的高度。乔祺望她一眼,自嘲地说："我不过是个会摆弄几件乐器的人罢了,怎么当得起老师二字呢? 你们要是非想对我表示一份尊敬,那还莫如叫我乔师傅。"

小婉咯咯笑了起来。

秦岑将那一只纸灯吊好在她觉得满意的高度,踏下椅子,装出刚才什么也没听到的样子问:"你这孩子,什么事儿使你笑成这样儿?"

小婉忍笑指着乔祺道:"他让我们以后叫他乔师傅!"

秦岑摆正椅子,又说:"那也值得你笑?"说罢,自己也扑哧笑了,自说自话地又说:"工匠人才叫师傅呢! 对他,你们早该称大师了!"

于是小婉小俊两个,对乔祺左一声"大师"右一声"大师"地叫起来,直叫得乔祺不自在了,红着脸说:"好啦好啦,我都是你们父亲辈的人了,别拿我开心了。刚才你们谁说玩扑克来着? 趁着没客人光临,咱们玩呀!"

小俊成心油腔滑调地说:"乔大师,小丫鬟正等着您这句赏脸的话呢!"说着,背在身后的手往身前一出,一副崭新的扑克啪地落在桌面上,差点儿把咖啡杯撞翻了。

乔祺一本正经地说:"多悬! 下次再这么无礼,大师可要家法侍候的。"

小俊吐了下舌头。

小婉对乔祺鞠躬道:"那么大师,劳您驾,请转移到经理那边去吧?"

乔祺起身,秦岑道:"大师已经责怪了,你们还敢劳大师的驾呀? 我识相点儿坐大师那儿去吧!"于是走了过去。

两个女孩兴致勃勃,居然坚持要打对家。

自然是秦岑和乔祺一对儿。

她说:"这样吧,你俩输时,每把牌各输一角;我和大师输时,每把牌各输一元!"

乔祺笑道"看你们经理,大方得多么小气! 那么,她按她的一元输,我却要按十元输!"

　　小婉小俊两个喜笑颜开,便又说些成心逗秦岑和乔祺乐的半真半假的话。乔祺左耳刚听完一通奉承他"乐善好施"之类的甜言蜜语,右耳接着听,显出一副高兴极了的样子,看着秦岑征求意见地又说:"经理,今天'三十儿',难得大家这么高兴,我再勇敢点儿,按二十元输吧?"

　　小婉小俊两个,就拍起手来,齐叫:"好呀!好呀!"

　　秦岑笑道:"收着点儿吧您那!这么大个男人了,俩女孩儿一哄就找不着北了,也不怕人笑话!"

　　小婉说:"经理,我们不笑话他!"

　　小俊说:"经理,您要是怕他输得太惨了,那就你俩都按十元输吧!你们两个高层次的人士一伙,把把输的兴许还是我俩呢!"

　　秦岑忍笑道:"不是钱不钱的问题,是怕你们两个女孩子赢一晚上从此上瘾,以后有了爱玩赌的坏习惯。"

　　小婉小俊两个又齐说:"不会不会!"

　　乔祺洗好牌时,输法形成了一致——乔祺还是只按十元输,秦岑也一样的输法,两个女孩每把牌各输一角不变。

　　同样的空间,被窗花、拉花、纸灯一布置,再被四个人的欢声笑语一烘托,气氛特别温馨。外边大红灯笼的一环红晕映进酒吧,正巧映在他们那一张桌上,将四人的脸都映红着,仿佛四人都微醉在此时此刻的温馨里了。秦岑心生出一种无比美好的感觉,好像自己是一个家庭的主妇,乔祺是自己的先生,而小婉小俊两个善解人意的女孩儿是自己的女儿;又好像自己这一个家庭主妇,是家庭的唯一权威人物,别说女儿,连先生也得看自己眼色行事,处处维护自己的地位并尽量取悦自己似的。她想,明年的"三十儿"还要照常营业,要多留住几个女孩儿,不图别的,图在自己酒吧里过"三十儿"的人气。明年的"三十儿",说不定她和乔祺已经结婚了吧?说不定他们已经有了孩子她已经做妈妈了吧?

　　想得幸福,秦岑不由一笑。

　　四人玩牌玩了两个来小时,乔祺说他还没吃晚饭,饿了。小婉小俊两个已赢了一大堆钱,估计有三四百元,怕已经赢到手的钱再输回去,就一个说也饿了,一个说要负责煮饺子。四人吃罢饺子,再打开电视看时,春节联欢晚会已近尾声。

小婉说:"咱们放礼花去,放鞭炮去!"

小俊和乔祺,便都看秦岑。

秦岑说:"乔老爷,那你就带她俩放,我做看客。"

乔祺说:"遵命。"

看着乔祺带领小婉小俊两个在酒吧门前的雪地上摆礼花,挂鞭炮,秦岑心中那一种主妇般的幸福感,又一次涌满胸间。此时此刻,她觉得酒吧更像自己的另一处家了。而在乔祺的住处,她就没有过同样的感觉。至于为什么?她又没法儿自己对自己作出解释。当礼花在夜空美丽四射,小婉快乐得手舞足蹈时;当挂在树干上的鞭炮响起来,小俊夸张地抱头鼠窜,不知往哪躲,不知往哪藏时;当乔祺的手轻握着她的一只手,二人共同蹲下身点放一盘礼花,而她由于胆小,像小孩一样隐蔽在他背后以图安全时,她真真实实感受到了过春节的快乐。那是一种久违了的快乐。像小学生的第一次春游一样,早已被压在记忆的最底层了。以为再也不会重现了,然而却又从记忆的最底层透出来了。她十分清楚,倘这个"三十儿"晚上独自待在自己那崭新而又舒服的独身女人的家里,她是无论如何也感觉不到此时此刻这一份儿难得的快乐的。若乔祺到她那儿去陪她,情况也许会有所不同。但除了亲爱和做爱,细细一想,又不会不同到哪儿去。她去他那儿陪他呢?横竖还不是一样的吗?亲爱难以为继,做爱差不多变成了一种生理需要。而此时此刻的快乐,今天再现,明天又该到哪里去寻觅?秦岑,秦岑,你到底要什么?她快乐而又忧郁。不完全地快乐着,屡挥不去地忧郁着。

礼花美丽过了,鞭炮响过了,酒吧门前归于寂静。两侧洁白的雪地上,布满了四人混乱的脚印,落下了一层纸屑。悬挂在树枝上的鞭炮的遗骸,一动不动直垂地面,像一条死去的大赤链蛇。

秦岑说:"扯下来吧。否则,明天被人看见还公然挂在那儿不好。"

乔祺就将它扯了下来,之后朝小婉小俊两个一挥,吓得她俩吱哇乱叫。他自己也哈哈大笑。

秦岑自从认识了乔祺以来,还是第一次听到他那么大声又那么"坏"地笑,她也不由自主地咯咯笑了。

她说:"把那些东西都用雪埋起来吧,咱们别成心做坏榜样似的。"

乔祺说:"对,对。只要您说得对,我们就照您说的办。"

于是带头和小婉小俊两个,也不用工具,就用双手,扒开雪层,掩盖那些放过的礼花和鞭炮。秦岑不好意思只站在一旁看,便也帮着用手埋。四人就像四个作案犯法的人共同消除罪证改变犯罪现场似的,七手八脚地忙乎了一通。

他们回到酒吧里,手都冻红了。各自洗过手后,小婉小俊又想看电视了,秦岑和乔祺不想看电视,都说想安安静静地聊会儿天儿。乔祺从提包里取出了几盘碟,说专为她俩挑选的爱情片,肯定是她俩喜欢看的。两个女孩便又决定不看电视了,拿了碟到秦岑的办公室看去了。

整个营业厅只剩下秦岑乔祺二人时,他们反而觉得不自然起来,相互注视,都有重要的话讲,又都欲说还休。

秦岑就笑了。

乔祺低声问:"你笑什么?"

秦岑的脸微微一红,反问:"你不觉得咱们今天晚上的表现都很可笑吗?"

乔祺沉吟了一下,又问:"那要看你说的咱们是指四个人,还是仅指你和我了?"

秦岑坐下后,仰脸瞧着乔祺,悄悄地说:"当然仅指你我二人,关人家小婉小俊她们什么事呢?"

乔祺也在她对面坐下,向她伸出双手,避开话题,语调极其温柔地说:"看你双手冻得现在还红着,我给你焐焐。"

秦岑看了看自己的手,果然仍红着,乖乖地将双手放在了他手上。而乔祺双手合拢,如同贝的双壳似的,将她的双手包住了,目不转睛地凝视她。

她感觉到了一股热乎乎的温暖,从他双手的手心传到了她的两只手背上,接着传遍了她全身似的。

"你还没回答我的问题呢。"秦岑的语调也极其温柔。

他又沉吟了一下,以更低的声音说:"我想先问你一个问题。"

听来,使她觉得那是他早已打算郑重地问她而一直顾虑种种不便当面直问的一个问题。

她想了想,非常诚恳地说:"问吧。我们之间还有什么你不可以问我的问题吗?"

"那么,你到底想要什么呢?"

他凝视着她的目光,流露出了一种对她进行研究的意味儿。仿佛一位心理医生在非问不可时向自己的病人发问。

她的脸又红了。

她企图抽回她的双手,但他反而将她的双手捂得更紧了。如同他的双手是铐,而她的双手被铐住了。

"我要了百分之三十的股份以后,又向你提出过别的什么要求吗?"

她的语调变了,一下子没了刚才的温柔。

他摇头。

"你要是实在觉得太吃亏了,那么我全部放弃,一股也不要了。我干脆只变成你雇的·位经理好了,像我们之间的关系起初那样,那我倒也少操许多心了!"

她已开始在说赌气的话了,然而又不无认真起来的成分。

他仍摇头。

"你摇的什么头呢? 被我说中你的真实想法了吧?"

她不但在说赌气的话,而且是在说有点儿尖刻的话了。

"秦岑,你误会了。"

乔祺的脸竟也微微红了一下,像果然被她点到什么思想要害似的。她只记得少数几次他在她面前脸红过,因为她夸奖他在酒吧里在众人睽注之下伪装得毫无破绽,或因为他做了什么愚蠢的事受到她的嘲弄,比如他自作聪明地用万能胶替她粘一只裂开了底的拖鞋,结果将那只拖鞋牢牢地粘在她家的地板上了。

"那你的问题究竟是什么意思呢?"

她眯起了双眼,似乎那样她的目光就更能看透到他的内心里去了。

"我的意思是,对于一个像你这样的女人的人生,超越阶段地说,也就是说从现在到十年以后二十年以后三十年以后,如果只允许你做一次选择,你获得了什么你就对人生再无奢求了呢?"

他说完,仍那么目光凝视地瞧着她,头却微微低了下来,并用他的双唇轻触她的手指尖儿。她的几个手指尖露出在他合捂着的双手之外,由于血液回流受阻的原因,呈现着一种玫瑰色,看去像几个小小的玫瑰花骨朵。而他抬起头后那一种瞧着她的样子,则像一只草原雄狮瞧着一只羚羊,虽然只消一扑就可以轻而易举地扑倒她,却并不打算那样,只不过对她发生了某种研究的兴趣而已。

秦岑第二次抽自己的双手,而且到底被她抽出来了。她反将他的一只手捂住,表情严肃地说:"我能仅用三个字回答你包含了那么多意思的问题,你信不信?"

他说:"我洗耳恭听。"

而她说:"我要你。"

"我已经是你的了,正如你是我的。"

她摇头。

"我想你不至于怀疑这样一点,除了你,两年来我不曾与任何一个女人有情感之染。并且我确信,你对我同样做到了这一点。"

"我要你成为我的丈夫。"

"……"

"我要你和我结婚。"

"结婚以后呢?"

"我要为你生一个孩子!"

"再以后呢?"

"我们再开一家连锁酒吧!"

"我们已经有两家连锁酒吧了。"

"我不满足只有两家。"

"再再以后呢?"

"……"

"让我来替你回答——你会产生开第四家连锁店的念头。甚至,会雄心勃勃地投资房地产。如果一帆风顺,会搞一家上市公司……"

"对,对,这正是我的想法。"

"可,如果一败涂地呢?"

"事在人为。你干吗总往坏处想呢?"

"可,即使我们不结婚,你要再开一家连锁酒吧,我也不会反对。"

"那不一样!"

"怎么不一样?"

"那,我只不过仍是你的合伙人,兼做……"

"说下去。"

"兼做你的经理。当然啰,那时我公开的身份该是你的总经理了!"

她笑了。

他也笑了。

她说:"我们这是扯到哪儿去了!"

他却说:"你刚才说的并非你的心里话。你心里想的是,你只不过仍是我的合伙人,兼做我的情妇。"

"你胡说些什么呀!"

她双手一甩，将他的手甩开了。

"对？还是不对？"

"不对！"

"你别生气。你到底要什么？其实，这个问题也是我无数次问过自己的问题。不是在大年'三十儿'偏偏用这样一个问题使你难堪，而是诚心诚意想听听你的真实想法。"

"……"

"近来我对人生是如此悲观，寻找不到一种值得我追求的意义。我常想，年轻人之所以令人羡慕，有时还在于他们的追求目标不但是接二连三的，还都是必须的。什么目标一成了必须的，人追求时就有动力了。比如对大部分年轻人而言，学历、学位、职业、高薪、房子、车子、存款、爱情、婚姻……这一切一切对于他们都是必须的，所以无论他们正处于什么境地，追求起来都是一往无前的，活的也就都很生动。哪怕只为追求以上一两方面，他们往往也会不遗余力，锲而不舍。而你我这样的成年人，与他们是多么不一样啊！……"

"你我，是什么样的成年人？"

秦岑的声音有些颤抖了。他第一次以如此认真又如此忧伤的状态和她说话。使她觉得，仿佛他的忧伤也包含有对她的某种失望似的。这进而使她的心理感受到一种无形的压迫。她有点儿惴惴不安起来，又有点儿希望他说下去。因为他从没跟她说过那些内容的话。以往他们在一起，除了说些彼此亲爱的话，再不就是相互逗乐开心的话，或关于酒吧经营方面的话。而他现在说的话，似乎对于他和她，都具有异乎寻常的意义似的。尽管她还不清楚意义何在。他的目光，向他搭着羽绒衣那边的椅子瞥去。

她知道他是想吸烟了。

她从自己兜里掏出了烟，取出一支，递到他嘴边。

他刚叼住烟，她又掏出打火机，替他燃着。

他吸了一口,轻轻吐出一缕烟雾,疑惑地问:"你也吸烟?"

她说:"偶尔。"

她再次脸红,接着又说:"如果你不喜欢我吸烟,我保证从今以后一支也不再吸。"

"你这样年龄的女人,偶尔吸一支烟,不该视为什么恶习。我只是奇怪我们相处两年多了,竟一次也没见你吸过烟。"

"我以为你会不喜欢,所以从来不敢当着你的面吸。"

她的语调又变得极其温柔了。她说的是真话。一想到两年多来,为了使他认为她是一个可爱的女人她所做的种种努力,她一下子想哭,本能地将脸一转。

"我爱你。如果我明天死了,因为和你有过的亲爱关系而对人生不抱遗憾。"

他的话庄重而又真挚。

"你今天是怎么了呢?大年'三十儿'的,你尽说些什么不吉利的话呀!"

他的话使她的心情又一下子温暖起来。她再次凝视着他,重新落座。

"我爱你。苍天可以作证,我对你毫无虚情假意。"

"知道的呀。"

她的表情不由自主地流露出了些许娇媚的样子。

"你在别人面前端庄自重,你将你天生的风情种种给予过我。你擅长情爱而又不水性杨花。你就是男人们常说的那种集母性、情人与妻子……"

他似乎已忘了他刚才在说什么,一味儿称赞起她来。

"好啦好啦,你就别让我在你面前一再难为情了。"她眼角挂着泪珠笑了。她用手背抹了一下眼角,瞧着他又说:"你还没回答我呢,你我,是什么样的成年人?我要听你的高见。"

他弹弹烟灰,深吸一口后,迎住她温柔的目光说:"事实上,你和我这类男人和女人,是很迷惘的男人和女人。"

他只说了这么一句,又不往下说了,将指间那一支烟像一炷香似的笔直地竖夹着,注视着,嘴角浮现出一抹浅浅的苦笑。

她将他的话寻思了一会儿,不解地追问:"我们这样的男人和女人是很迷惘的男人和女人?"

他肯定地点了一下头。

"迷惘,这可是我们成年人对小青年的说法。"

"是啊。但他们的迷惘是表面的迷惘。他们中大多数人所要的,都是人生中必须的、基本的。所以他们一味追求那些东西,有时显得急功近利迫不及待也是情有可原的。然而你我这样的男人和女人,我们追求的已经不是人生中必须的、基本的。房子,我有一处,你有一处。在我们这一座城市里,以单身男女而言,我们各自住着那么一套宽敞的、装修得像酒店套间一样的房子,是令人羡慕的,也是近于奢侈的。"

她点头。

他又吸了一口烟,接着说:"车子,如果我们想买,你买得起,我更买得起,而且一次性付款就买得起。存款呢,你有一笔,我也有一笔。我们合伙经营的这酒吧生意很好,我们的收入没有后顾之忧。所以我经常暗问我自己,今天也当面问你——到底要什么?或者换一种问法,还要什么?如果我们确乎什么都不打算再要了,极其知足了,我们的人生也就再没有了什么能动性。如果还要,又究竟还要什么呢?别墅?'宝马''奔驰'那类名牌车?还要更多的,一生也花不完的存款?那么,我们还要的真是人生必须的、基本的东西吗?连结婚这一种事,在我们之间都成了可结可不结的事……"

她张了一下嘴,做出急于反驳的样子,而他及时竖起一只手制止了她。

"有几次我想对你说,嫁给我吧。我相信你也曾多次想对我说,让我们结婚吧。可我们又为什么都没有对对方说呢?在我这儿,是由于连对结婚这件事也感到迷惘,觉得不结婚也挺好,起码没什么特别不好。我配合你在人前掩饰我们的真实关系,正如你也配合我。我们相互配合得多么好啊,简直可以说像两位优秀的演员。起初我觉得内心里别扭极了,找不到我们非要作假的理由。我相信你也是这样。可后来我在人前作假已成习惯,再也不觉得别扭。已经完全混淆了真假的不同。有点儿分不清哪一个才是真实的自己了,而且也根本不打算分清了。我想,我也说出了你的状态。更要命的是,我竟有些迷恋我们现在这一种关系了。因为我们如果结婚了,我们就跟普通的男人女人们一样了,没什么区别了。而现在这样,你也会承认的,却似乎更能使我们保持着相互之间的吸引力……"

她又想反驳他,可是却不知该用什么话来进行反驳。只不过心里那么想了一下而已。因为他说的差不多是事实,难以反驳。她觉得,他仿佛是一位医生,正在对自己作诊断,也在对她作诊断。对他们各自患了什么病,他心里一清二楚。

而他,只顾背台词般地说着,已忘了吸烟。

她从他指间取下那截快要燃到他手指的烟,按灭在烟灰缸里。

"你看,亲爱的,事情反倒成了这样——明明你是我最亲爱的一个女人,明明没有任何原因足以妨碍我们结为夫妻,我却一遍遍地要为结婚找到一种理由,而且居然找不到结婚更好的理由了。今天晚上,我拎着一只提包,踏雪走来时,我似乎终于找到了一种我们应该结婚的理由。那就是,我以为你一定特别希望那样,所以我说要给你一个惊喜。可我一进入咱们的酒吧,立刻意识到我错了,我太一厢情愿了……"

和他刚才的语调相比,他这会儿的语调,竟连点儿忧伤也听不出来了。而这使她自己格外地忧伤起来。"亲爱的"三个字,在秦岑听来,仿佛具有某种暗讽的意味。

"如果你以上所有的话,都是由于我今天晚上刚见到你时的态度,那么,我现在向你认错行不行? 高兴起来亲爱的,像咱们玩扑克牌时那么高兴,像你在外边放礼花放鞭炮时那么高兴吧。求求你,亲爱的,今天可是大年'三十儿'……"

她和他相反,将"亲爱的"三个字说出特别缠绵的意味,语调是请求式的。

不料他垂下目光说:"我那会儿的高兴是伪装的。"

她周身一阵发冷。

"真的,我那会儿的高兴是伪装的。此刻,我内心里忧伤到了极点。我们,我觉得,我和你这样的男人这样的女人,在中国已经无忧无虑起来了的一些男人和女人,不但迷惘,而且已经都活得迷迷糊糊的了。我们中的某些,只见年轻人迷惘着,有时还要杞人忧天,对年轻人的迷惘大发议论,却不太能有谁清醒地意识到,其实我们比他们活得更迷惘。也没有谁敢于公开承认这一点。好比喝酒的情形,有人看去醉了,其实还没彻底醉。因为他们嘴里还在说着,我不能再喝了,我再多喝一杯再多喝一口也不行了。我醉了。我真的已经醉了。嘴上还能这样说着的人,足以证明他还没醉到十分。七分醉三分没醉而已。这有点儿像现在我们某些青年的迷惘。朝脸上喷一口冷水,便会清醒一多半。而有的人,嘴上在说着,我还能喝,拿酒来,再喝几瓶我都没事儿!我什么时候喝酒喝醉过呢?但其实早已醉到十分了。如果不是坐着,那么站都站不住了。这有点儿像你我这样的成年男人和女人。我们的迷惘不是表面的,是深层的。我们已经快被彻底地物化了。我们之所思所想,所历所为,除了与钱有关,几乎已经与别的一切都无关了。我们已毫无浪漫的心情可言。对于我们,浪漫已成了时尚的代名词。我们已变得无暇关注自己最亲爱的人的愿望是什么,一心只想要自己所要,可所要真的是必须的吗?我们是不是正在为年轻人做很坏的榜样呢?我们是不是太自以为是,以为中国的年轻人统统都学我们,他们就会统统都是成功人士了呢?……"

"够了!乔祺你有完没完?"——秦岑突然拍了一下桌子。她的恼火来得太快了,就像神话里的妖魔鬼怪出现得那般快,以至于自己根本来不及凭借理智的力量镇压住它。手掌拍过桌子后,震得一阵发麻。她看看自己那只手,连自己也吃惊了,觉得那不是自己的手似的。若是,又怎么会对他拍起桌子来呢?自从来到这个世界上,她只见到过别人对别人拍桌子,偶尔有几次别人也对自己拍过桌子,可自己却一次也没对任何人拍过桌子啊!她又本能地回头看了看,没发现小婉或小俊的身影。侧身听听,一片安静,只有她的办公室那儿传来隐约的音乐声。知道小婉小俊还在看碟,并不会偷听到她的话看到她拍桌子的样子,这才放下心来。再回过头来看乔祺时,见他已站起,无声地往他最初坐过的椅子那儿走。

她快步抢到他前边,转身拦住他,双眉一挑指着他又说:"你凭什么又是批判我又是教训我的?我对你究竟犯下了什么十恶不赦的罪过?没有我,你酒吧的生意能这么好吗?"

他微微一笑,语调平静地纠正道:"咱们的酒吧。"

她意识到自己指着他以那么不客气的言辞跟他说话实在是有些过分,于是立刻放下了手臂。虽然放下了,但那只手臂一径向他举起并直指过他以后,似乎便不再是属于她自己的了,无论在身前还是在身后,都显得是自己身体很多余的一部分了似的。身前一下身后一下,始终不知该将那只手臂怎么样才自然些。最后她干脆将双臂交抱胸前,将举起过的那一只手紧紧夹在另一边的腋下,如同夹住一个只对自己熟悉而对他一点儿都不熟,非但不熟悉还充满了敌意,若不紧紧夹住就会猝然蹿到他身上狠狠咬他几口的不大却挺凶猛的活物似的。

双臂交抱胸前的她又说:"不就是你想到西藏去玩儿我没工夫陪你一道去吗?我才占多少股份?到现在不是才占百分之三十吗?按你的想法玩上一个月,是你的损失大还是我的损失大?这个账还用我来教你算吗?不就是你想把中国的名胜之地都旅游个遍而我也没时间奉陪吗?凭什么你认为我有那份儿义务呢?我明明白白告诉你我认为我没有!完完全全属于我自己的事情我还分不过来精力和心思呢!……"

完完全全属于她自己的事所带给她的那些烦愁,此刻一股脑儿同时包围住了她——跌惨了的股票、月月须交的购房按揭……它们像只有她自己才能清清楚楚地看见的怪形魔影,不但同时包围住了她,而且还都朝她张牙舞爪恐吓她……

她肘部一松,被紧紧夹住着的那只手获得了解放,又举了起来。他误会了,以为她又要指着他。他抓住了她那只手,不使它第二次指向自己。其实她只不过是想挥舞一下那只手,觉得那样会将那些怪形魔影挥得无影无踪。而他不但抓住了她那只手,还将她向自己怀中轻轻一扯,结果她猝不及防地倾倒在他胸前了。他轻而易举地将她那只手背到了她身后,同时用他的另一条手臂紧紧搂抱在她腰际,将她的另一条手臂箍得动弹不得。

他的脸颊贴向了她的脸颊,她感觉到他刚刚长出的锐利的胡茬扎疼了自己。他的嘴凑着她的耳悄声细语地说:"我什么也不凭,就凭我认为你爱我。"

仿佛他说出的是一句咒语,她顿时变得像是被催眠了,服服帖帖,一动不动,乖乖地任他那么搂抱住。她以为他紧接着会亲吻她。她微微扬起了脸,微微绽开了双唇,预备迎合他的亲吻。即使在那样的情况之下,她的双耳也还是本能地高度集中着精力,注意地倾听是否有小婉或小俊从什么角落发出的窥视着的动静。当然什么动静也没听到,一片静谧,连刚才隐约的电影音乐也听不到了。

然而他没吻她。他也一动不动。他的下颏抵在她肩上,他的脸颊偎贴着她的脸颊,似乎就那么睡着了。她忽然悟到,无论对于男人还是女人,拥抱或被拥抱,有时是同一回事,满足的是同一种心理需要和情愫需要。正如这会儿,表面看起来,是他在拥抱着她,她被拥抱着;而实际上,真正通过拥抱获得到心灵抚慰的,也许更是他吧?要不他怎么会像一个生病了发高烧了的男孩子紧紧搂抱着母亲的胸脯一样连动都不愿动一下呢?……

"放开我！"

她低声下达了一道命令,使劲儿抽出自己的双手,并用双手猛地将他推开了。用力之大,使他接连向后退了两步才站稳。

他愣愣地呆呆地看着她。

而她的目光望着酒吧的门。旋转门在转,显然有人要进,却又不知由于什么原因被困住了进不来。

她撇下他快步走到门前,帮着小心地旋门,片刻将困住的人旋了进来。那是一个二十几岁的女郎。秦岑对人的年龄一向是判断得很准的。可她一时竟看不出女郎的实际年龄了。也许二十二,也许二十三,也许……还不到二十岁吧？总之,若说她是一个女郎,那绝对没说错。因为她浑身散发着女郎才具有的性感的吸引力。而若说她是一个女孩儿,那也绝对没说错。因为她也浑身散发着女孩儿才具有的纯洁无邪的魅力。她头发剪得极短,脸庞消瘦清丽,穿一件紧身的灰呢大衣,使原本苗条的身材看上去尤显纤细。她一进入酒吧,就开始跺踏穿一双布面棉鞋的脚。

秦岑赶紧掏出手绢,弯下腰替她掸鞋面儿上的雪。

她双脚躲着说："不用,不用呀！"

秦岑直起身,歉意地说："真对不起！"

她看着秦岑眨了眨眼,那意思是你有什么对不起我的呀？

秦岑一笑,又说："是这儿的门不好,卡了您的大衣角。当初就不该安装这种旋转门的,正考虑换了它。快看您的大衣卡坏了没有？"

女郎也一笑,以一种实事求是的态度说："一点儿都怪不得门。衣角卡住了只能怪我自己,我应该将大衣扣扣上嘛。"——回头看着门又说："安装旋转门是对的。开门关门的,冬天不至于进寒风,夏天不至于跑冷气。好端端的门,何必换呢！我这大衣旧了,卡坏了也不会赖上你们索赔的。"

说完,又是一笑。

秦岑道:"难得您这么通情达理。"上下打量了女郎一番,又道,"这件普普通通的大衣您穿着真好看!"

这会儿的秦岑,已完全进入了另一种角色,似乎将和乔祺之间的别扭忘得一干二净了。

女郎说:"谢谢。"——环视着酒吧,迟疑地问,"今天晚上你们营业吧?"

秦岑说:"营业啊。不营业的话,我早告诉您了,哪儿敢耽误您的时间呢。"

女郎也上下打量起秦岑来,以表扬的口吻说:"没想到,'伊人酒吧'有你这么一位吧嫂。叫你吧嫂你不会不高兴吧?"

女郎她将秦岑当成招待员了。

秦岑表情不太自然地一怔,但转瞬便恢复了一团和气,笑道:"行,行,叫什么都行。您是我们'伊人酒吧'今天晚上的第一位客人,也许还是我们唯一的客人。我代表'伊人酒吧'欢迎您。小姐请随我来,我替您选一个好位置。"

秦岑将女郎引到大鱼缸对面的桌子,笑问:"您觉得坐这儿好不好?一边饮点儿什么,一边可以观赏鱼。"

女郎坐下后说:"好。你们的鱼缸真漂亮。你这位吧嫂也使人心情愉快,比某些酒吧小姐还善于招待客人。"

秦岑受到接连的夸奖和表扬,反而没了主意。有心将小婉或小俊唤来一个招待那女郎,又恐对方搞清楚她并非什么"吧嫂"而是经理时,不好意思。不呢,那么就得将"吧嫂"的新角色扮演到底。

"小姐,您要点儿什么呢?"

她嘴上这么说时,心中已经决定了索性就充当一回从来也没充当过的"吧嫂"。平常亲自为客人服务过的,这一点并不使她觉得有失身份。何况她对那女郎心生出了一种特别良好的印象。知情达理之人总是会很快就获得别人的好感的。又何况是大年"三十儿"的晚上,女郎是第一位客人。瞄了一眼手表,已经快一点了,肯定不会再有人来了。对第一位也将是最后一位客人,自己亲自招待一下不算热情得过分。也许自己这种热情,还会换来二○○四年全年的好运气呢!无论对于自己或对于酒吧,好运气总是多多益善啊!

女郎却仰脸望着她说:"我也不知该要点儿什么。我第一次进酒吧。"

秦岑说:"那我建议您来半杯红酒吧,再来一听可乐,兑着饮,口感好极了。"

女郎问:"有这么饮的吗?"

秦岑笑道:"是我们'伊人酒吧'的倡导,现在全市都流行开了,您听我的没错儿。"

女郎也笑了,乐意地说:"那就听你的。"

"小姐请稍等。"

秦岑转身离开时,心中竟对那女郎的到来充满了感激。由于女郎的出现,自己的心情才又好了呀,酒吧里的人气才又祥和了呀。否则,乔祺和自己之间,这会儿不知将别扭到了彼此多么不开心的地步。她终于又想到了乔祺,用目光四下寻找,发现乔祺正孤零零地悄没声儿地坐着吸烟。她想,暂且还是不理睬他的好。又由乔祺想到了自己刚才问过女郎的那句话——"您要点儿什么呢?"——"你到底要什么?"

自己问过女郎的话和他问过自己的话,两句话怎么如此相似呢?怎么意味儿仿佛也相似呢?

"您要点儿什么呢?"

"你到底要什么呢?"

尽管前一句话,是她和小婉小俊们经常问客人的话,但她还是忍不住暗自将两句话进行着对比,并且寻思了一番……

空调机送出的微微热风,使酒吧里暖和极了。

那女郎起身脱大衣时,出乎意料地望见了乔祺坐在角落里的背影。她大衣才脱下一只袖子,犹豫着不脱了。显然是由于发现了一个男人的存在,对自己究竟该不该脱去大衣有了种想法,或曰顾虑。她大衣内穿的是一件高领的黑色毛衣,比大衣更加紧身的那一种,显得两乳高隆,格外性感。窗玻璃映出着她的身影。她单手将已经脱下了袖子的那半边大衣抻开,如京剧中的武士亮相似的,欣赏地左一转身右一转身照了照自己,无声一笑,还是将大衣脱了下来,搭在旁边的椅背上。大约她觉得,那薄毛衣使自己看去挺端庄,挺美,没什么不妥。

她重新坐定后,左右半臂成一线,平放桌上,一手压着另一只手,望着乔祺背影轻轻叫了一声:"嗨。"

乔祺的背影毫无反应。

她稍微提高了点儿声音说:"那位吸烟的先生,我叫您呢!"

乔祺这才朝她扭过了半边身子,目光很是漠然地看她。

她笑着说:"我给您拜年了!"

乔祺说:"谢谢,我也给你拜年。"——他一副心事重重的样子,说时都没礼节性地笑一下,一说完就转过身去了。

秦岑端着托盘走回到女郎身边,将杯啊碟啊一一放在桌上,笑盈盈地说:"小点心和瓜块儿是送您的,祝您新的一年里万事如意!还有什么吩咐,只管开口,我随时为您服务。"

女郎默默点头,从大衣兜儿里取出了一小本袖珍读物,翻开来便看。显然,她的来由并不在酒,对点心和瓜块儿也没什么兴趣。也许,只是为了逃避在除夕之夜感到的孤独,才瞭灯而至,踏雪临门的。

秦岑从旁瞥了一眼,见那是一本英文的书。娇小而又清丽的这一个女郎看书的姿势很优雅。

她将那袖珍开本的书拿在左手,擎于面前,用拇指隔开着书页。而她的右手,托着左手臂的肘部,使书稳得像摆在专供阅读的支架上。以那么一种姿态看书,只有养成了长期的习惯才行。而且,也只适于看那么小的一种袖珍开本的书。女郎那隔开书页的拇指,白皙秀小,像玉的,像专用来隔开书页的,与那袖珍开本的小书浑然天成宛如一体似的。

秦岑忍不住问:"姑娘,还在上学?"

经常光顾酒吧这一种地方的男人们,差不多都喜欢将二十岁以上三十岁以下的女子视为女郎。仿佛他们这么看待她们,才对得起酒吧这一种地方罗曼蒂克的情调。哪怕她们中某些女子,其实一点儿也没有女郎该有的女性光彩。久而久之,连秦岑也大受男人们的影响,惯以女郎看待自己的同性之人了。

然而面前这一个娇小文静的女郎,不但使秦岑忍不住问她,更忍不住脱口说出了"姑娘"二字。她的脸看起来简直还是一个女孩儿嘛!她使秦岑倏忽间回忆起了中学时代的自己,洁身自好,一尘不染,点脂不沾,清纯。

女郎抬头看着秦岑微笑了一下。

秦岑又问:"在对面的大学?"

女郎摇头。沉吟了一下,低声说:"不过我昨天晚上刚在那儿的招待所住下。我是为了找人从国外回来的……"

"哪一个国家?"

"美国。"

"在美国读书?"

女郎又微笑了一下,挺忧郁的一种微笑。

刹那间,秦岑忽然对这女郎产生了相当强烈的羡慕。甚至也可以说,产生了不小的妒意。年轻真好啊!出国留学真好啊!她想到了自己无论如何已不算年轻的年龄,心情不禁怅然。

"那……考什么学位呢?"

"已经……快读完了博士……整个招待所空荡荡的,只有我一个人住着……如果你们要关门了,我坐一会儿就走……"分明地,女郎的语调很是伤感。

"姑娘,随您愿意待到多久都可以……您请自便,我不打扰了……"

秦岑理解地说完她的话,转身离去。

找人——在除夕之夜,一个从国外回来的姑娘,因为找人找得使自己陷入空前的大孤独之境,这真是有点儿令人同情。

于是秦岑觉得,自己对这姑娘心生出的妒意仿佛被对她的同情彻底抵消了。

小婉小俊两个,熬不住,已经回到她们住的小屋,和衣而眠了。

酒吧里只剩下三个人了——女郎安安静静地在看她那本英文的袖珍书籍;不时饮一小口兑了可乐的红葡萄酒,或吃一块点心、瓜块儿。乔祺坐在他的座位上沉思。秦岑呢,像往常那样,背依着吧台的圆柱也是一副心事重重的样子。

如此这般情形过了十几分钟后,乔祺一声不响地站起身,从秦岑面前经过,走到摆放乐器的橱柜那儿,取出了他的大提琴。

秦岑不由得朝女郎望了一眼,担心乔祺拉起琴来,会影响了女郎看书,遭到抗议。那么一来,气氛就尴尬了。

女郎仍在看书,还未注意到乔祺的举动。

秦岑再将目光望向乔祺时,乔祺已坐在他那把演奏椅上了。看得出,他特别想在此时此刻拉一曲大提琴曲,不为任何人,只为自己,根本没考虑秦岑或那女郎这会儿喜欢不喜欢听到琴声。

乔祺刚试了一下弓弦,秦岑已快步走到他跟前,用极小的声音说:"人家那位姑娘在看书呢?"

乔祺经这一提醒,不由抬头向女郎望去。

女郎听到了那一声琴音,也正抬头望向乔祺。

她合了书说:"拉吧。我不是在用功,是为了消遣寂寞才带本书来的。"

女郎说完,就合了书,两肘支在桌上,双手捧腮,做出准备一心一意欣赏的模样。

乔祺收回目光,仰脸看秦岑,那意思是——客人并不反对,就看你批准不批准了。

秦岑也就识趣地默然退回吧台那儿去了。依然靠着圆柱,目光出神地瞪着一只离她最近的纸灯。

乔祺拉的是《红河谷》。他有意放慢了旋律,将大提琴拉出一种亦忧亦怨,如诉如泣的旋律,听了让人直想落泪。

当他再起一段时,秦岑和着琴音小声唱了起来:

　　你可会想到你的故乡,

　　多么寂寞多么凄凉,

　　想一想你走后我的痛苦,

　　想一想留给我的悲伤……

秦岑是按着歌曲的节拍唱的,乔祺却仍按自己的情绪有意放慢着旋律,并不主动配合她。所以,二人是各拉各的,各唱各的。

唱的唱罢,拉的拉罢,前后差了整整一个音节。秦岑结束在先,乔祺结束在后。

女郎轻轻鼓掌,由衷赞道:"好!唱得好,那位先生琴拉得也好。只不过你俩不够配合,我没听够!"

秦岑对女郎报以一笑。

乔祺却对她俩谁也不看,调了调弦,又拉起了邓丽君的歌《小城故事》的曲子。这一次,他按旋律拉了。而秦岑,也又唱了起来。同时,内心又一次涌起了对那女郎的感激。她想,如果不是那女郎说没听够,乔祺也许只拉一曲就不拉了。她希望通过他们二人之间的声乐配合,消除一个小时前那场谈话遗留下来的不快的心头阴影。

二人同时结束,女郎又一次轻拍其手。

秦岑也又向她报以一笑。

乔祺却还是对她们谁也不看。女郎说时,秦岑甚至目光敏锐地发现乔祺皱起了双眉,脸上显出一种厌烦的表情。幸而女郎离他较远,又在他侧面,看不到他那种表情。不知为什么,他站了起来,拎着弓琴向橱柜走去。秦岑以为他就此作罢了,望着女郎无奈地耸耸肩。女郎分明也挺不满足,缓缓地又翻开了书本。

殊料乔祺放回大提琴,却取出了萨克斯。当他坐下自顾自地吹起萨克斯时,秦岑又只有背靠圆柱,瞪着纸灯出神了。她不知道他吹的是一首什么曲子。总之听来还是忧郁的那一类。就是知道,会唱歌词,她也不想唱了。和着萨克斯唱歌,不是那么回事。再说,也许仅是一首曲子,没有什么歌词。

女郎却似乎对那首萨克斯曲极为熟悉。她起先双手捧腮,目不转睛地望着乔祺,全神贯注地听。听了一会儿,起身坐到离乔祺较近的地方去了。又听了一会儿,坐到离乔祺更近的,摆在他正面的一把椅子上去了。她一而再地换座位,显然不仅仅是被萨克斯曲,更是完完全全被乔祺本人所吸引了,那会儿心目中仅有他一个人了。至于秦岑这一位唱歌唱得很专业的"吧嫂",对于她仿佛已不存在了……

乔祺停止吹奏,好一会儿仍沉浸在那结束了的萨克斯曲中,低垂着头,找不回情绪似的。

"哥……"

秦岑听到女郎的声音,奇怪地扭头看她,见她已经站起,一副无比激动的模样。

乔祺却并没听到。他也若有所思地缓缓站了起来,将萨克斯管横放在椅上,一步踏下了他的"演奏台"。

"孙悟空哥哥!……"

女郎突然尖叫一声。

乔祺的目光这才终于向她注视,他的双眼顿时一亮!

接下来发生的事令秦岑目瞪口呆!——几乎是一眨眼间,那小巧玲珑的人儿,已扑在乔祺身上了。不是投怀入抱的一扑,而是整个人扑在了他身上。就像《动物世界》中小猩猩紧搂在大猩猩身上那样!也像外国电影中女郎扑在她们的情人身上,双臂围揽住他的脖子,而两条腿像铁环一样,盘在他的腰际……

那一时刻乔祺的样子又可怜又可笑。身材高大的他,就那么不知所措地呆呆地站立着,垂着两臂,低头瞧着贴偎在自己胸前的她的头,也不用手托抱她一下。仿佛心里非常清楚,只要她不打算主动从他身上下来,那么无论她那么样扑在他身上多久都不会掉下来,根本用不着他托抱一下……

几秒钟后,秦岑从目瞪口呆的状态中挣扎出来了。她认为她应该也有权作出必要的反应。于是她轻轻地干咳了一声。除此之外,她不知自己还能作出什么别的反应。

随着她的咳声,乔祺的头微微向她转了过来,脸上一副无奈的表情。他似乎在用目光对她说:你都看见了的,我能怎么办? 我能怎么办?!

秦岑狠狠地瞪视着他,也用目光对他说:你装傻! 当着我的面一个女孩儿居然跟你这样子! 你该怎么办还用问我吗? 该怎么办你快怎么办呀!……

乔祺却怎么办也不怎么办,似乎他就该那样子像一截树干似的,任那像一只小猴子似的姑娘赖在他身上!

秦岑生气地将脸一扭。

她是真的生气了。这成什么样子嘛! 再有涵养的一个女人也要生气的呀!

"我恨你! 我恨你我恨死你了!"

"小猴子"的声音拖着哭腔。

秦岑故意用胳膊肘将一只酒杯碰掉地上。然而酒杯破碎的声响丝毫也没能影响那"小猴子"继续赖在"树干"上!

忽听乔祺"哎哟"叫起来。

她抬头看去,见"小猴子"在咬乔祺的耳朵,而他疼得原地转圈儿。

"咬死你咬死你咬死你!……"

"小猴子"仍不解恨地说,之后在他身上哧哧笑。这时乔祺终于知道他该怎么办了。

啪！啪！啪！

他的大手掌在她屁股上连打了三下。

"下来！你给我下来！都这么大了你怎么还是恶习不改！……"

听他的声音,他也是真生气了。

他像从自己身上扯下一块皮似的,费了好大的劲儿才将她从身上扯下来。他双手叉在她腋下,将她举着放在了离自己一步多远的地上,低声吼道:"你给我老老实实站着别动！"

"就不！"

她连半秒钟也没老老实实地站着,而是双脚刚一着地就跑向她起先坐过的地方。好像在他将她从身上扯下来,不,更确切地说是硬撕下来的时候,她已经想好了她该怎么办了。她一跑回到自己起先坐过的地方,从椅背上抓起大衣就穿。刚穿上一只袖子,就又急急忙忙简直还有点儿慌慌张张地朝他跑过去。如同他是地球上仅存的一截可以叫作"树干"的东西,而且若不紧抱住不放,转眼便会消失,那么她这只小猴子也就再也不可能是习惯于上树的动物了,也就没有了自己的生存安全感似的。她在跑到他跟前的过程中穿上了大衣的另一只袖子,却仍不扣扣子。如果说她来时是懒得扣扣子,那么现在则显然是顾不上了……

她的双手抓住他的一只手急切地说:"走！走！快跟我走！不在这儿呆了！我要你单独和我待在一起！……"

在秦岑听来,那"小猴子"的话,仿佛是嫌她碍眼。虽然她明白,女孩儿的话中并没有针对她的成分。明摆着,对于那女孩儿,她这位"吧嫂"存在着也等于不复存在。

乔祺用力挣脱了自己的手,严厉地呵斥她:"你这是干什么?！我连外衣都没穿能跟你上哪儿去?！"

她四下望了望,一眼看见他的羽绒服,跑过去抓起来立刻又跑回到他跟前。

"给你,快穿上!"

他不接。

"讨厌!"

她又尖叫了一声,急中生智地用嘴叼着他那件羽绒服的衣领,又双手抓住他的一只手,往门那儿拖他。

他脚下如同生了根,她没拖动他。

她口一松,羽绒服掉在地上;接着,她低头就咬他那只被她的双手抓住不放的手!

他又"哎哟"连声……

此时此刻,那女郎与来时判若两人。来时如同招人喜爱的小天使;而此时此刻活脱像一只小猴子,一点儿都没被人驯化过的小野猴子……

秦岑终于也明白自己该怎么办了。她直起身,将烟灰缸放在吧台上,走过去说:"小姐,别这样,他今夜不能跟你走。"

"小猴子"长睫毛的眼睛眨了一下,以很幼稚似的口吻问:"为什么?"

她投射到秦岑脸上的目光使秦岑敏感到,由于自己进行阻止,对方已经开始不觉得她这位"吧嫂"有多么好了。

秦岑也不打算维护自己在对方眼中的良好形象了,她冷冷地说:"理由很简单,他正在当班时间内。"

"原来是这样。我明白了。请问你们这里雇他一晚上多少钱?"

"小猴子"的语气也有点儿变冷了。

秦岑说:"小姐,这一点与你无关。"

语气更冷了。

"吧嫂,此前与我无关,现在明明已经与我有关了。"

"小猴子"的话说得毫不妥协,显出态度十分强硬的模样。

秦岑张了张嘴,不知该再说什么好。

"小猴子"却从大衣口袋里掏出了钱包,从中取出两张百元大钞,往旁边的桌上一拍:"够不够他今天夜晚的雇佣费?"

秦岑说:"小姐,'三十儿'晚上已经过去了!"

"小猴子"理直气壮地说:"那他就该下班了呀,你就更不该限制他的自由了呀!"

秦岑被她"噎"得一愣,后悔自己不该多说那么一句仿佛尖酸实则愚蠢的话,反倒让对方占了理似的。

"这够不够? 这够不够? 这够不够?……"

女孩儿又接连向桌上拍了三张百元大钞,之后用手指将钱包撑开给秦岑看,以证明她的钱包里再没有大面额的钱了。

"你! 你! ……"

乔祺跺了下脚。秦岑以为他会说出更严厉的话,甚或会以什么粗口之语骂她一顿,不料两个气急败坏的"你"字之后,他说出的却是一句软绵绵的有气无力似的话:"乔乔,你可叫我应该把你怎么办啊! ……"

那话听来可怜巴巴的。

秦岑想,如果他和她之间没有过那种事儿才怪了呢! 毫无疑问,他这是被这个小妖精"锁定"了呀! 显然,他有大麻烦了。而她自己,将面临一件堵心的事儿了……

在她看来,那女郎由"小猴子"而"小妖精"了——一只成精了的猴子! 一只妖猴! 虽小,但是鬼大的妖猴。她想到自己还亲切地叫对方"姑娘",还觉得对方是一个清纯的女孩,不禁产生一种被妖孽的假象蒙蔽了的羞恼! 在这"伊人酒吧"里,自己曾阅人无数的呀! 怎么起初就没看出进来的是一个"小妖精"呢?

大年"三十儿"啊!

她宁肯对方真的是一只小猴子!

真的是一只小猴子那情形倒好了! 一只小猴子溜进自己经营的酒吧,而且粘在自己所爱的男人身上,而且使自己所爱的男人束手无策,那将会是多么开心的事呀!

可却不是小猴子！分明是一个邪性得很的"小妖精"！

而那"小妖精"，竟一下子又扑到乔祺身上去了。还是她表演过的那一种姿态。一种谈不上多么优雅也谈不上多么不优雅的姿态。大衣的下摆垂在两边，使她看去宛如是在一只人立着的大袋鼠的"腹袋"中。

秦岑听到"小妖精"在他胸前低语："别理她，咱们走。"

她刹那间怒从心头起，恶向胆边生，使劲儿推了他们一下，同时嚷道："滚！滚！你们给我滚出去！……"

乔祺就那么身上带着那"小妖精"弯腰捡起了自己的羽绒服，就那么身上带着她一声不吭地走了出去。

转眼，酒吧里恢复了安静。

旋转门仍在自转……

鱼缸里，一条鱼儿跃出了水面一下，啪啦一声……

一切开始得那么荒诞，结束得也那么荒诞。

平地里冒出一个叫她的乔祺"孙悟空哥哥"的"小妖精"，居然在大年"三十儿"的夜晚，不，准确地说是大年初一的凌晨，将属于她的男人当着她的面通过惑术"粘"走了。这……这事儿也太他妈的了！

幸而小婉小俊睡着了。否则……否则她还有脸继续当这"伊人酒吧"的什么经理吗？

秦岑简直没法儿不以为自己是在做梦。

也不能让那"小妖精"如此简单容易的伎俩得逞啊！

她发呆片刻，也冲出了酒吧。

外面的冷空气，使她浑身一哆嗦，于是明白自己并不是在做梦。天穹已经不像子夜时分那么幽黑了，另一个日子也就是大年初一的微明，已经开始像水分似的从那幽黑的背面渗透着了。再过两个小时，黑夜便将完全过去，黎明的曙色就会在天穹上豁然呈现了。

她觉得自己仿佛一下子从一个年月冲到了另一个年月里，因为一个原本属于她的男人被诱惑到了另一个年月里。

此时她才意识到，那一个男人对于她是多么重要，无论在精神上还是肉体上。倘失去了他，不是连挣钱这件事都意思不大了吗？一个除了他在这世界上再无亲爱者的女人，也就是自己，还要许多钱干什么呢？如果自己渴望做爱，谁又来和她做爱呢？任何一个别的男人能代替得了他吗？她的身体已经多么习惯了和他的身体亲爱在一起了啊！"她"还能再接受并重新习惯另一个"他"吗？

她内心里倍感恐慌。

仅仅片刻，马路左边不见了他和那"小妖精"的身影，马路右边也没有！马路的左边和右边，寂静得像两幅照片。他们哪里去了呢？……

难道那"小妖精"不但善施惑术而且竟能地遁，一出了酒吧的门就粘带着他一块儿钻到柏油马路底下去了吗？

她的目光无意中朝跨街桥上一瞟——原来他们在桥上！

他们还是那种样子。或者说，双双一走到桥上，又是那种样子了！就是那种她在酒吧里看得目瞪口呆的样子。区别仅仅是，他身上披着他的羽绒衣了。他的胳膊也不白长了似的垂着了。他竟双手托抱着她的臀部，使她能在他身上粘得更久也更舒服！

这么冷的天，他那双手也没戴手套，怎么也不怕冻？！

她恨得咬牙切齿，还有点儿心疼他的手。

在城市的半空中，在说黑不黑说白不白黑中透白，白又白得有些灰暗的天光的背景前，他们的合二为一的身影被衬映得相当清晰。她看见那"小妖精"高翘着下颏扬起着脸，一个劲儿地想要亲吻他。而他向左转了一下脸又向右转了一下脸，竭力躲避着她的亲吻。最终她的嘴还是吻到了他的嘴。可以说他躲来躲去没躲开，也可以说他是不想再躲了。依秦岭的眼看来，他当然是不想躲了！干脆将她再从身上撕扯下来，高高举起掼到马路上去，看躲得开躲不开？他怎么就不那么做？还是他心里边舍不得？乔祺乔祺，你、你！你要是把她掼死了，我秦岭二话不说替你去偿命！她气出了眼泪。更让她生气的是，他们的嘴一吻到了一起，再就无法分开了似的,她的嘴唇她的舌能分泌出一种万能胶似的！他的身体一动不动,石化了似的。他的头低着,也一动不动,吻得那么投入！他身上粘着个"小妖精"他怎么就一点儿都不觉得累？他的头低了那么久他怎么就不怕得颈椎病？他的嘴唇怎么也不和她的嘴唇分开一下换一口气！"小妖精"呀"小妖精",你是打哪儿的妖洞里来的呢？果然是一只猴气十足的"小妖精"！不但善于往人身上蹿,而且连和人亲嘴都要在显眼的高处！你怎么就不和他躲到个角落去亲呢？那我也眼不见心不烦啊！诱惑了别人的男人还得意洋洋了？还生怕别人看不见呀？

秦岑想喊。张张嘴,不知自己该喊句什么。

生生是气出来的眼泪,从眼角淌到了腮上,冻结在腮上成了一条冰线,她却不觉得。

这时,她自己想喊没喊出声来,耳边倒听到了别人叫她的名字:

"秦岑……"

那声音怯怯的,还很卑恭,有点儿像是熟人的声音。可这种时分,怎么会有熟人出现在附近！

难道又冒出一个能模拟熟人声音的妖精不成？

难道大年"三十儿"的夜晚,不,大年初一天还没亮的这会儿,所有她前世不知怎么得罪了的人,都变成人模人样的妖精跑到现世来报应她了吗？

她从跨街桥上收回目光,本能地防范地退到了酒吧门前,准备随时逃入酒吧。可心思还被跨街桥上那一对儿纠缠着,退时又瞥了一眼,见那一对儿刚才怎样仍怎样着。

"秦岑,别怕。是我……你丈夫……"

丈夫？……

哪儿来的丈夫呢？

有是有过一个的,不是在香港出车祸死了吗?!

那声音不是从别处,而是从她背后传来。

她心头一阵悸动,浑身汗毛乍竖。缓缓扭回头,但见一个穿着破旧绿大衣的人站在酒吧门旁。那种粗制滥造的绿大衣如今城市里早已没人穿了,是牟取不义之财的货贩子们专为坑骗农民工才贩卖的。那人头戴一顶长毛的皮面帽子。那样的帽子如今城市里也不时兴了。朝后翻卷着用帽绳系起了半截的两只帽耳之间,是一张丑陋的似脸非脸的脸。如同人的头像被撕碎了又拼了起来,却拼得很马虎。由于缺失了些皮肉,五官的位置也没对齐。

她吓得几乎失声尖叫。

"别怕,别怕,我是胡宗文……是你丈夫呀!……"

不错,是那个曾是她丈夫的男人的声音,却不再是他的脸。

"我没丈夫!……"

她拒绝相认地说了一句,一推旋转门,闪身入门,进到了酒吧里。

他竟也紧跟着一闪身被旋了进来。

"别靠近我!你靠近我我就喊!我酒吧后边的宿舍住着好几名保安,他们被喊醒了会拿电棍电你!"

她瞪着那张自己又怕又不得不瞪着的脸,说着色厉内荏外强中干的威胁的话。

"那我不怕,我是你丈夫。我来找你,保安敢把我怎么样?"

不错,不错,是那个曾是自己丈夫的男人的口吻。他自知无理取闹而又装得理直气壮,口吻有点儿无赖。不错,不错,一双眼睛也分明是他的眼睛。还有上厚下薄与常人的嘴唇相反的嘴唇,婚后几年间它曾无数次吻过她。不但吻过她的唇,也吻过她身体的每一部分。不错不错,眼确是他的眼唇确是他的唇,它们在他的脸上倒还完整着,却被马虎的手术针线拉扯得都不在原处了。

"你!……你怎么成了这样子?……"

"一言难尽呀……我……我大难不死……是那个可恨的女人她把我害成这样的!其实她根本没有什么遗产可继承,只不过靠坑蒙拐骗弄到手了一笔钱,一心想用来再骗更多的钱……而且又吸毒,又赌……没多久就挥霍光了,就想出了条毒计,谋划了一场车祸,企图由我的死再骗一大笔保险金……事情败露了,被抓起来了,而又预先连房子都成了抵押……可怜我……一文不名躺在医院里,医生凭什么还对我的脸认真负责呢?抢救了我一条命就算尽了人道主义了……我……我是靠乞讨才凑够了一笔回来的路费呀……"

是她前夫的胡宗文说到这里,往地上一蹲,双手捂面呜呜痛哭。

毕竟是和自己生活过了十多年的一个男人,秦岑俯视着他,鄙夷之亦可怜之。

她渐渐冷静下来,希望能三言两语将他打发了,尽量用一种不计前嫌的语调说:"我现在就给你些……"

"钱吗?给我吧给我吧!我知道你绝不会忍心看着我饥寒交迫冻死街头的……"

他一下子站了起来,向她伸出一只脏兮兮的几天没洗过了的手。而他脸上,其实没有眼泪。眼里,也没有。

秦岑掏出钱包,想打开来抽出几百元钱,又一想钱包里总共也就六七百元,连打开也不打开了,走至他对面,一言不发地向他一递。那种心理,像商家的人摊上了胡搅蛮缠的索赔的人,只得自认倒霉。

他却立刻打开了钱包,看一眼后,丑陋的脸上呈现出了一种丑陋的笑。将钱包揣入大衣兜后,目光开始对酒吧东张西望起来。

秦岑着急地说:"你快走哇!你怎么还不走?"

他说:"这就走,这就走……"

他发现那个"小妖精"遗留在桌面上的东西,几步跨过去,先端起酒杯,将半杯红酒一饮而尽;接着端起了小碟用一只脏兮兮的手不停地往口中送饼干,转眼将几块饼干都吞吃下去了。他放下小碟,又发现了乔祺遗留在桌面上的半盒烟,眼神又一亮,奔过去一把抓起,迫不及待地叼上一支,俯身凑向烛火吸着了。

见他毫无自尊到了那种地步,秦岑心中,鄙夷少了,可怜反而多了。她绕到吧台后,找到了一条烟,放在吧台台面上,隔着吧台向他招手。

他奔到吧台前,将那条烟迅速拿起,也揣进了大衣兜。

她央求地说:"你快走吧!天都快亮了,一会儿我的员工醒了,看到你咱们双方都会尴尬。"

他转身盯着她,歪斜的嘴叼着烟说:"是啊,天快亮了,大年初一了……可是你想把我赶到哪儿去呢?……"

他说罢,又走到酒柜那儿,开了柜门,拿出一瓶好酒揣入另一边大衣兜,又拿出一瓶好酒塞入怀里,夹在腋下。

"你!……你到底走不走?!……"

她心中对他的那点儿可怜一扫而光,只剩下了鄙夷和嫌恶,语气也变得严厉了。

他走回吧台前,将一条手臂横置在吧台台面上,丑脸丑笑着,一副无赖腔调地说:"你喊醒你的保安吧,让他们用电棍电你的前夫吧!……"

她不甘示弱地瞪着他的丑脸,态度强硬地说:"我们早已离婚了。我们之间已没什么关系了。我好颜好色对待你,你可别太不识好歹!"

"问题是,我能到哪儿去?你知道除了你,我在这一座城市里无亲无故……"

"那我也帮不了你!"

"你帮得了我。你别谦虚嘛!你今非昔比了,是酒吧女老板了,有钱人了。你帮不了我谁帮得了我?谁又有什么义务和责任帮我呢?你不是又给我钱又给我烟的吗?不是已经在帮我了吗?……"

她低声骂道:"去你妈的,少跟我谈什么义务和责任!"

"你学会骂人了。像你这样的女人,骂男人也让男人觉得舒服。"——他的丑脸又丑笑了一下,笑得又丑又厚颜无耻,停顿片刻,琢磨着她脸上的反应接着说:"要不我从今天起就住在你酒吧怎么样?给前妻打工求之不得。有你关照着我点儿,我也不犯愁自己以后的活路了……"

　　这个命运着实悲惨看着样子也着实让人不无恻隐之心的男人,一旦从寒冷的外边进入到一个十分暖和的地方了,一旦胃里有了半杯酒和几片饼干垫底儿,一旦兜里揣着六七百元钱和一整条烟和两瓶酒,便对自己的人生又信心十足了似的。他那种说话的腔调,不但仍是一副无赖腔调,而且还是一副自作自受又表明自己受得起的无所谓的腔调。好像在他想来,倒是秦岑才存在着受得起受不起的问题。

　　他说完,从嘴上取下被口水弄湿的烟,将老长一截烟灰弹在吧台的台面上。

　　秦岑低声喝道:"你别乱弹烟灰!"

　　他却说:"我这种人,你还要求我有多文明啊? 何况我又不是在生人面前,是在我老婆面前。"

　　"谁是你老婆?!"

　　秦岑顿觉奇耻大辱,脸上充血,红到耳根,红到脖子。

　　"别生气别生气,算我说了错话。那么正确的说法应该是——在我前妻面前。我这么说该算没说错吧?"

　　是前夫的男人说完,头往吧台下一缩,缩到嘴和吧台的台面平行时,噗地吹了一大口气,二人之间霎时烟灰飞扬。

　　秦岑不由得挥着手后退了一步。

　　"乱弹烟灰是不好。看,我已把我弹的烟灰消除干净了,这也该算是文明的行为了吧?"

　　前夫说完,转身离开。她以为他会终于走出去。却未免太天真了,想错了。他只不过从吧台那儿离开了。他开始一张一张地搬椅子,在酒吧中央摆起了椅子的长蛇阵。

　　"你! ……你究竟想干什么?! ……"

　　秦岑急了,从吧台后绕出,企图阻止,但又不知该怎样阻止。她实在不愿和这个丑陋、肮脏而又变成了无赖的男人拉拉扯扯。

　　他装傻充愣地说:"不想干什么不好的事儿啊! 我已经多日没有睡

过一次好觉了。这儿不同于火车站,不会有人驱赶我对不对!"——打了个大哈欠,又说:"这儿真暖和呀,真如天堂呀!我困极了,睡上它一大觉!"——说罢,他从怀中掏出酒瓶子,用以垫在脖子那儿,连腿带鞋直挺挺躺在那排椅子上了。并且立刻闭上了双眼,佯装打呼。

"你浑蛋,我要报警!"

秦岑想喊叫着骂他威胁他,未敢,怕小婉小俊听到自己的喊叫声惊醒,跑来看到她极不愿让她们看到的情形。她的话,在她自己以为具有警告性;在他听来恰恰相反,只不过充满了万般无奈的哀求意味儿。

他闭着眼平静地说:"报警吧。警察又能将一个无家可归走投无路不得不乞求前妻大发慈悲的可怜的男人怎么样呢?"

"你不可以睡在这儿!"

"但是哪里又是我可以睡的地方呢?大年初一的,数九寒冬的,难道只有冰天雪地的马路上才是我可以睡的地方吗?……"

他仍躺着,话却说得振振有词理直气壮。秦岑听罢,心里明白,看来他是打定了主意连住的地方也一揽子赖着她给解决了。

她竟被他质问得无话可说。

"秦岑,我知道你天生善良,对别人充满爱心,何况对一个与你有多年夫妻感情的男人?……"

他虚伪地奉承她,趁热打铁。

她又低声骂了一句:"去你妈的!"

他不装困了,坐了起来,双脚却不着地,随时准备再躺下去的样子——瞥视着她又说:"你怎么骂我我也不生气。我知道你内心里其实很心疼我现在的处境……"

"我心疼你个屁!"

她已经气得再也顾不上自己对自己的语言要求了。

"你别嘴硬。你不心疼我你刚才还流泪?一夜夫妻百日恩,看来此话真不假。你放心,只要你帮我度过春节这几天的难关,以后我再也不出现在你面前让你看着心疼了！好秦岑,你一定有办法,帮我解决个住处吧！别大年初一数九寒冬的让我流落街头……"

他语调呜咽了,还抽泣了几下。秦岑一时竟看不穿他是在继续伪装,还是真的悲伤了。

她此时才又想到了乔祺——他要是在场,她也不至于被动到这种地步！身材颀长健壮的乔祺一瞪眼,一跺脚,对方要不吓得赶紧溜之大吉才怪呢！

她在心里说:乔祺,乔祺,我都被你气得流泪了你知道不知道？你不知和那个"小妖精"去到哪儿里寻欢作乐了,撇下我一个弱女子现在是多么进退两难啊！

她眼中就一下子又涌出了泪。

"秦岑,秦岑,不要太替我难过,不要再为我流泪,只求你为我解决个住的地方。我保证,就住春节这几天……"

是她前夫的男人,将话说得那么饱含感情温文尔雅。

把他"解决"到哪儿去呢？

总不能"解决"到别人家去吧！总不能真的使他流落街头吧？万一他冻死在街头,那不成了本市大年初一的一条大新闻了吗？"伊人酒吧"的女老板秦岑,对自己的前夫铁石心肠,明知若不慈悲为怀前夫下场必定如何而她不发一点慈悲……不论登报的新闻还是街谈巷议的新闻,她哪一种又承受得了呢？

只有一个选择了。

她叹了口气,又走到衣架那儿,从兜里掏出了一把拴在缀上的钥匙。

"给你,这是我住的房子的钥匙,只许你住到初五。"

她交给他钥匙时明知自己近于引狼入室,却也只有铤而走险。

"你住什么地方？"

他还不立刻接钥匙,有几分犹豫地看着她,猜测她在骗他似的。

于是她详细告诉了他一遍她住的街区。

"我不熟悉那地方,恐怕找不到。"

他反倒拿起搪塞来了。似乎她恳求他。此时的秦岑,已经彻底乱了方寸,心烦得都要突然发起疯来了。如果只面对眼前这一件事,以她的理智和精明,还不至于完全没了主张。但眼前这一件事是紧接着乔祺和那"小妖精"的事而发生的,两件事又都发生得那么突然那么大出所料,正所谓一波未平,又起一波。虽然都算不上什么祸事,却极具祸不单行的性质,大大超出了她的应变能力。她已经顾不上左思右想考虑来考虑去的了,只求曾是前夫的丑陋而无赖的疤脸男人立即从眼前消失,为此她甚至不惜从身上割下一块肉来让他心满意足地带走。是的,她确实已经无可奈何到了这样一种地步。

她用餐巾纸迅速画了一份路线图交给他。

他看着图说:"还挺远。"

她说:"你走!你走!"——恨不得上前拉扯他,往门外推他。

他又说:"可我怎么去呢?"

她突然忍无可忍了,从椅子上抓起那瓶酒,照准他的头狠狠砸下去。他机灵地将头一闪,酒瓶砸在椅背上,发出很响的破碎声,酒液溅了他一头一身,也星星点点地溅到了她脸上。她手握半只碎酒瓶,朝他迎面扎去,又被他躲过。

他一跃从椅子上弹了开去,吃惊地看着她说:"你疯了?"

她另一只手朝门一指:"你滚不滚?"

"好好好,你别发这么大火嘛!我走,我走……"

他意识到再纠缠下去与己无益,识趣地向门口退去。退到门口,站住了,仍不怎么善罢甘休地说:"那瓶酒是你砸碎的,与我无关,损失不该由我承担。"——说罢,眼望着她,脚下移动,侧身跑到酒柜前,又取出一瓶酒塞入怀里,这才逃之夭夭。

当旋转门停止了旋转,她长出一口气,觉两腿发软,浑身乱颤,站不住了,就要瘫坐于地似的。

"经理……"

是小婉的声音。扭头一看,见小婉小俊两个,不知何时,肩并肩隐蔽在店后和店前的过道那儿,脸上皆呈惴惴不安神色。

她一手抚额,身子摇晃了一下,碎酒瓶从另只手中掉在地上。

小俊跑到她身旁,拖过一把椅子,扶她坐下,小心翼翼地问:"经理,发生什么事儿了?"

她有气无力地说:"一个醉鬼,闯进来捣乱。"

小俊感到罪过地又说:"都怪我俩睡得太早,让您受惊了。"

她勉强苦笑了一下:"怎么能怪你们呢? 醉鬼非要闯进来,你们两个女孩子也没法啊,还不是得我亲自对付。"

小婉这时已在打扫地上的碎玻璃,一边也问:"乔老师呢?"

她替他遮掩道:"他有点儿事,走了。"

小婉就咒道:"这个家伙,真不识敬! 以为他会待到初一早上,他却开溜了。大年'三十儿'的,有什么了不起的事非走不可!"

小俊也说:"就是! 您还要求我们叫他乔老师,我们再也不叫他乔老师了!"

她又苦笑道:"以后还是得叫他乔老师。当面背后,都得叫他乔老师。不叫他乔老师,又叫他什么呢?"

小婉扫干净了地,接着将一排椅子摆放到了原位。

而小俊,为秦岑端来了一杯茶。

她说:"我想喝点儿酒。"

小俊就为她端来了半杯酒。

她说:"少了。斟满。"

小俊略微一怔,遵照而去。

她将满满一杯红酒一饮而尽。

此时,初一的崭新的阳光洒入了酒吧。酒吧内"三十儿"夜晚的温馨又浪漫的烛和灯营造的情调,暗淡了下去。

秦岑盼了许久的一个特殊的日子,就这样一去不复返了。对于她,不消说,特殊是太特殊了,但却是那种有如噩梦一场的特殊。回想一下神经都会大受刺激。

她说:"你俩将门窗栅板都装上,锁了,想出去玩儿就出去玩儿吧。"

"那经理您呢?"

小婉问得有点儿放心不下。

她说:"我想去睡一觉。"

说罢站起身来。小俊要扶她走,被她轻轻推开了。

小俊也问:"那,用不用我俩给那姓乔的家伙……"

她站住,纠正道:"乔老师。"

"用我俩给他打电话,命令他再来吗?"

"不用。"——她回答得特别干脆。刚走两步,自言自语地又说:"我哪儿有什么资格和权力命令他呢?"

……

秦岑怎么能睡得着!

她腿上盖着自己的大衣,蜷在她办公室里的长沙发上,三忍五忍,忍了又忍,最终没忍住,还是用手机拨通了乔祺的手机……

"你在哪儿?"

"在我的卧室里。"

"不是在卧室里吧?是在阳台上吧?"

"对。是在阳台上。卧室里信号不好……"

"不是因为信号不好吧?是怕她听到吧?"

"不是。"

"你把她带到你那儿去了?"

"是的。"

她的声音很小,轻声细语的。

他也是。

"你们都干了些什么？"

"没干什么。一直说话来着。"

"光说话来着？"

"……"

"回答我呀。"

"反正我们之间没发生你认为的那种事。"

"你知道我认为你们之间发生什么事？"

"秦岑，我以后会慢慢向你解释……"

"你不是人！你一直在欺骗我的感情！我才不需要你向我解释什么！……"

她的声音一下子大了，而且变尖了。像修理音响的人调试时发出的有毛病的声音。

"秦岑，你千万别这样。何必把自己搞得太累也把别人搞得太累？事情并不像你猜想的那样！"

"……"

"我和那女孩儿的关系实在是有点儿……不是这会儿一句话两句话能向你解释清楚的……"

"……"

"她刚睡着，我怕惊醒她。所以才到阳台上来接……"

"乔祺，你给我听着，我们之间完了！一切都结束了！我永远不会再迈进你那套房子的门！你另找一个人吧！……"

她啪地合了手机，已是泪流满面。话说得绝情，心也快碎了。

除了他的床，那"小妖精"还能睡哪儿？

而自己和他，在他的床上，曾云云雨雨地做过多少次爱啊！叫她怎么能轻信，他和那"小妖精"只说话来着呢？除了那张宽大的床，他和那"小妖精"还能在别的什么地方颠鸾倒凤呢？——这想法像饥荒年代的耗子似的一口不停地啃咬她的心。

"一直说话来着……"

在他和自己之间,还有比这更大的谎言吗?

这么虚假可耻的谎言,他怎么好意思对她说出口?

于是好像有另一只大耗子也开始啮咬她的心。

秦岑头脑里一片空白。在她三十六岁的人生中,此前只有过两次这样的情况。一次是小时候失去了母亲那一天;一次是成为演员后失去了父亲那一天。那两个日子对于她是完全黑色的。仿佛突然变成了瞎子,再也看不到生活中还有什么欢乐可言了。

现在,二〇〇四年的大年初一,对于她又是一个完全黑色的日子了。尽管,窗外的天光恰恰相反,正一刻钟比一刻钟更加明亮。

她如同一条被厨子牢牢按在案板上,并用刀背狠狠拍裂了头的鱼。

泪流不止地吸完一支烟后,她的头脑才渐渐恢复到正常状态。然而她首先想的不是究竟应该如何摆脱前夫对她的无赖性质的纠缠,也不是究竟应该怎样处理她和乔祺目前以及日后的关系问题,反倒是一个最不值得她那会儿集中全部精力苦思冥想的问题。

我刚才说的话是什么意思呢?秦岑你明白你自己说的话的意思吗?乔祺他明白吗?

大约一切人处在她当时那么一种情况下,都只有从旁枝末节的方面开始渐渐恢复思想的能力吧?秦岑这一个一向待人温良恭敬的女人,自从来到这个世界上,第一次指名道姓地对别人说"你给我听着"这句话。当然,她早已听惯了别人们之间那么说了,而每一次都给她以很深刻也很愕异的印象。于是她不止一次地想,那么说的人其实是很可笑的。因为即使你是老板你是上司你是在对下属或雇员说话,也大可不必那么高人一等以势压人地说啊!一个人对另一个人说话,明知对方不是聋子,"你给我听着"这一句话不是等于废话吗?以前从旁腹议别人的时候,曾将个中道理看得多么明白呀!却不料今日自己口中也说出了同样的话,这一点不禁使她对自己感到有些震惊。但她倒也不是太后悔,甚至终于开始理解以前别人们为什么那么说了。"你给我听着！"——这话无论谁对谁说都是具有威慑力的。人有时太需要自己能对别人威慑一下了。现在她自己终于也切实地感觉到那样一句话的特殊效果了——当她说完后，乔祺那端半晌悄无声息。由此她不难想像到乔祺拿着手机一时呆住的样子。这使她挺解气。

本来她给他打手机，目的是要讲述一下自己刚刚经历了的精神刺激，获得他的一番抚慰。除了对他讲，从他那儿获得抚慰，她还能对谁去讲呢？还能指望会从谁那儿获得到起实际作用的抚慰呢？当然当然，她可以在电话里对任何一个她所认识的人讲述她的突然遭遇，她的束手无策惊慌失措的感受，而每一个人无疑都会对她说许多许多抚慰的话。在这一座城市里，时刻等待着机会时刻准备着对她秦岑表达友爱的男人们那还少吗？他们中肯定有人还会义不容辞又迫不及待地说："你等着，我马上去你那儿看你！"——尽管现在已是大年初一，也正是许多人都因"三十儿"通宵未眠补觉之时，但那也肯定会有人为了抚慰她而踏着深雪赶到"伊人酒吧"的！可她所需要的并不是别人的抚慰，而是他乔祺的呀！她多么希望听到他说："你等着，我立刻就到你身边去！一切有我呢！"如果他说了，她绝不会忍心让他真的踏着深雪再来酒吧一次的。并且，也会原谅他和那个小猴子似的"小妖精"之间不明不白的亲爱行为。他不解释，她甚至可能不愿多问。他若想解释，那么无论是一种多么破绽百出的解释，她都会一笑置之——只要那个"小妖精"别再出现在"伊人酒吧"里，只要他保证和那个"小妖精"之间不明不白的亲爱关系适可而止……

他却一句安慰的话都没对她说，竟特别在乎那个"小妖精""刚睡着"！——躲到阳台上用蚊子似的声音对她说什么"你何必把自己搞得太累也把别人搞得太累"！

"别人"？——他当然指的是他自己啰！

不累，"伊人酒吧"能由一而三吗？总资产能迅速增长吗？！……

此时此刻的秦岑,她的头脑虽然已经能够重新思想问题了,但毕竟还是多少有些混乱。她一味儿从旁枝末节方面顺着自己的思维定势想下去,不但越想越生气,而且越想越忽略了一个基本事实那就是——她一个字都没提到他离开酒吧以后她所遭遇到的事情,他又哪里会像神明似的理解到她需要他怎么样呢?

虽然她对从自己口中说出了"你给我听着!"这句话一点儿都不后悔,但是她对"你另找一个人吧!"这句话甚为懊悔。

是的,连她自己也不能解释清楚她刚才说"你另找一个人吧!"究竟是什么意思? ——"你另找一个人吧!"这句话首先包含着这么一种意思——你另找一个与你合股开酒吧的人吧,我不再替你充当"伊人酒吧"的影子老板了! 那么这句话同时意味着,她等于是在向他声明,她将要与他彻底解除合股人的经济关系。此话显然还包含着另外一层意思,就是——你另外找一个乐于和你做爱的女人吧! 对于你乔祺我将不再是那样一个女人了! 我要与你彻底断绝我们之间的亲爱关系,或曰以前那一种你好我好双方都好的性关系……

她之所以连自己对自己都无法解释清楚,乃因在她的思想意识里,她与他之间的经济关系和性关系,是早已紧密地粘连在一起根本无法剥离得开的。就像包子饺子元宵麻团儿之类有馅儿的东西倘若被一勺子剜出了馅儿就不再是好吃的东西那样。但是若问她更在乎那些东西的皮儿还是馅儿,更由于喜欢吃皮儿才喜欢吃那些东西还是更由于喜欢吃馅儿才喜欢吃那些东西,她真的是无法回答的。

没有性关系的介入之前,她曾很痴情也很经常地暗想——如果和这个叫乔祺的男人之间不仅仅有一种经济的关系,同时还有一种亲爱的关系那该多好! 那么一来,两个人之间的关系该是多么圆满! 不管是否得以最终成为夫妻,那都是她所一心向往的事。那时,这女人要的是人们习惯上通常叫作"爱"的那一种东西。那时秦岑她认为,他们之间"爱"的关系的有无才决定他们之间的关系的品质如何。没有"爱",只不过是一个女人和一个男人之间的合伙人的关系罢了。也是因为一心想要使他们之间单纯的那一种经济利益的关系升华起来，于是才有了性的关系的介入。后来呢，后来她拥有了股权。性关系使她获得股权这一件比较复杂的事变得极其容易。可谓心想事成，得来全不费工夫。先是百分之十，再后来百分之三十。结果他们的关系在她这方面首先发生了微妙的变化。她开始分不清主次了，反而不清楚自己到底想要什么了。更进一步的"爱"？还是更多几成的股份？她经常困惑又迷惘了。有时候她觉得，在她和乔祺之间，"爱"的关系是"馅儿"，是核心；合伙人的关系或曰经济的关系，只不过是"皮儿"，是因为能包着"馅儿"才有意义的。这么一想，她进而觉得自己作为一个女人不但挺幸运，简直还很幸福。毕竟，以她一个成熟女性那一种不俗的标准来衡量，乔祺是一个不枉许多女人好好去爱的男人。但有时候她又会觉得，自己对"伊人酒吧"业已占有的百分之三十的股份，才真正是他们的关系的基础。如果减少了而不是增多了甚至又丧失了，那么他们的关系不是又将从实质上退回到最初的那一种雇佣关系去了吗？那么一来，他们之间的"爱"，岂不是又一下子变得单薄轻脆了吗？……

第五章

独自郁闷到了早晨八点钟以后,秦岑离开酒吧,决定到干爸干妈的家里去。她已经郁闷到了不对人去诉说诉说就要发疯了的程度。是的,正是那样。哪怕只诉说一部分一点点儿,心口也不至于被那一种大郁闷堵得非常难受,似乎随时会窒息了呀!

当她推门而出,一眼看到人行道上有两行脚印——一行是自己留在雪地上的,边缘不齐,形状失真,看去不太像人的脚印了,而有点儿像某种蹄类动物留下的足迹了。是她昨晚到干爸干妈家一去一回留下的。踩着去时的脚印回来,所以将脚印破坏了。否则,她那双样式秀瘦的皮靴的靴底,本是会在白纸一般的雪地上留下清晰而又好看如图案的脚印的。另一行脚印是乔祺留在雪地上的,清清楚楚,分分明明,一个是一个,连鞋底的胶纹都那么明显,如同等距离盖在雪地上的一行印章。那样的一行脚印,令人对"踏雪而行"的"踏"字印象深刻。

秦岑不由得站住了,低头瞧着乔祺的几个脚印发起愣来。如果不是因为昨夜那个"小妖精"的出现,她对那几个脚印会感到格外亲切的。然而现在,那几个脚印使她心中愤恨又起。而且,还使她被堵塞般的心口又被刺激得一下一下地锥疼。怎么会只有他自己的脚印呢? 啊,是了是了,显然地,他一踏上人行道,那"小妖精"就又像树獭似的吊在他身上了!也许还是他主动背起了她或者抱起了她呢!那他就更加可恨了!除了以上两种解释,难道还有第三种解释不成吗?如此这般地一想,那几个脚印在她看来,便仿佛是一个无耻之徒留在雪地上的了。她自己留在雪地上的脚印与、不,与他们,他俩——的脚印太近了。而她更愿远些,离得更远些。确实还有两行脚印离他们的脚印很远。是她的前夫一来一去留在雪地上的。不但离他们的脚印很远,也离她自己的脚印很远。那是两行理应使她更加愤恨的脚印。她不是没看见。她看见了。却不像对乔祺的脚印那般愤恨,只不过感到嫌恶而已。

因为要远离乔祺的脚印,她没踏上跨街桥,第一次违犯了自己一向自觉又严格遵守的交通法规,踏雪横穿马路。虽然直到那时,这条马路上还是没有一辆车驶过。走上对面的人行道以后,她心生出了一种类乎悲壮的气概。如同一个时时事事严以律己的人被逼无奈迫不得已走上了一条邪路,而乔祺正是那个对此严重后果该负道德责任的人!当然,那个"小妖精"也难逃其咎。

开门的又是干妈。干妈看着她先是一愣,随即诧问:"起得这么早?还是到现在没睡?"——问着让入秦岑,将那双属于自己的新点儿的拖鞋摆到了秦岑脚旁。

秦老刚洗罢脸,闻言猜到是秦岑又来了,拿着一柄小牛角梳一边梳理着稀少而又花白的头发,一边迎到了门厅。

秦岑说:"按老规矩,初一早上拜年才正式。"

秦老说:"你呀女儿,这都什么年代了,何必还讲那些老规矩!"

李老师是个眼里藏不住沙子的人。在门口已从秦岑的脸上看出了她心中必有不快。三人进了客厅,刚一落座,李老师就直截了当地问:"女儿,谁欺负你了?告诉我们,只要你确实有理,我们一定替你做主!"

昨晚秦岑踏雪送来那些春节礼物,使她对干女儿的态度判若两人。

秦老听了,一时不明白老伴儿何出此言,于是起身这儿那儿找眼镜,想戴上眼镜亲眼从干女儿脸上发现答案。眼镜还没找着,耳边已闻秦岑在哭了。

"我眼镜呢?我眼镜呢?"

他急得团团转。

李老师见他着急,自己也着急起来,嗔道:"女儿在这儿哭着,你那儿倒是急着找眼镜干什么呢?不戴眼镜还认不出女儿呀?那不在那儿嘛,电视机上!"

秦老戴上眼镜,近前细看干女儿。但见秦岑一手攥着手绢,已是哭得泪人儿一般。

秦老就默默坐在他坐惯了的一把藤椅上了,表情极其庄严。如同一位老首长,在耐心地期待着下级汇报什么冤情。

李老师不满地瞪着他又嗔道:"你哑巴了?倒是说句话啊!"

秦老低声说:"我还什么都不清楚呢,说什么?让她哭完,让她哭够。"——又对秦岑道:"女儿,哭吧,哭够。哭够了慢慢说。"

秦岑经那一哭,心中郁闷减轻了许多。想想,先将前夫怎样怎样突然出现在酒吧,怎样怎样严重骚扰她的过程细说了一遍。

秦老听得义愤填膺,一忽儿霍地站起,一忽儿顿足而坐,不停地重复着一句话是:"岂有此理!岂有此理!"——待干女儿说完,他安慰道:"就这么一件事儿你也不必哭成这样啊!如今凡事违法,都有法院管着嘛!"

听了干爸的话,秦岑低头沉思片刻,无奈地说:"我一不想告他,二不想带着执法人员把他从我住的地方赶出去。他毕竟是我前夫,现在又落得个人不人鬼不鬼的下场,让人议论我绝情绝义的事,我做不出来呀!"

李老师起身给秦岑沏了一杯茶,放在秦岑身旁的茶几上,移身到秦岑坐着的长沙发上,一手搂着秦岑的肩,望着秦老说:"是啊是啊,那么做是下策,传开了不好。对干女儿不好,对咱们也不好。许多人都知道秦岑她是咱们的干女儿,传开了,爱搬弄是非的些个人,兴许还会说是咱们怂恿秦岑那么做的呢！"

"可大年初一的,他占住了我的房子,叫我住哪儿去呢？"

秦岑一副气不打一处来的样子。

"这不成个问题,就先住我们这儿嘛！"——李老师仍望着秦老,那意思是,情况你已经清楚了,这会儿该拿出个解决的方案了吧？

而秦岑,直到此时才明白,自己初一一大早踏雪来到干爸干妈家里,并不是因为前夫占住了自己房子的事。仅仅那么一件事儿,她才不至于到干爸干妈家里来哭鼻子抹眼泪的呢！她最想对干爸和干妈说的,其实是自己和乔祺之间的事。但这第二件事,又是那么难以开口直说的。怎么说啊,对于干爸干妈,那是一件一直被蒙在鼓里的事呀。他们听了会作何想法呢？若不认为双双被愚弄了才怪呢！啊,一直在我们面前做戏,骗得我们两个老傻瓜似的,还尽当着你这个干女儿的面夸乔祺多么多么好,鼓励你主动去爱他；你呢,仿佛黑眼看不上他白眼也看不上他,总之看着他一无是处的一个男人似的。暗中呢,却早已经和他好得没法儿再好了。现在嘛,你们之间不知打哪儿蹿来了一个"小妖精",你们的关系有危机了,你才想到了我们啊！亏我们还将你当亲女儿一样关心着爱护着！……换了谁,都难免会这样想那样想的呀！是不好说。不好说,也就只有不提。可是连对干爸干妈都不好说,那还能对什么人去倾诉呢？不找个人倾诉倾诉,心口还是堵得慌啊！说又不好说,不说,秦老和李老师,又哪里猜得到呢？如此这般的,三个人两方面,那情形就有点儿像一个打算求卦的人却进了医院的门,不知是谁在误导谁了。两位医生会诊后都道是秦岑你的"病"没什么大不了的,好治。而秦岑她心里却还在急,暗想你们怎么就诊断不出我的病根呢？还非得我自己亲口告诉你们呀？

在李老师那一种又是期待又是嗔怪的目光的注视之下,秦老若有所思地站起,一声不吭地离开了客厅。李老师望着他背影,不知他心里对秦岑的事是怎么想的,也不知他是要去干什么。而秦岑听到干爸的走动声抬起头时,他已走至门厅那儿,从衣架上取下呢大衣,在穿着。她不禁有点儿惴惴不安地看李老师,用目光问——我干爸是不是对我有什么不满了呀?

李老师于是不得不问:"哎,你穿大衣干什么呢?"

秦老一边戴围巾一边说:"我出去走走,一会儿就回来。"

"你怎么连种态度都没有,想出去就出去了呢?"

李老师顿时一脸的不高兴。

秦岑唯恐老两口因为自己的事闹起不快,对李老师小声说:"别管,他要出去就让他出去吧。也许我的事使他心烦了。"

秦老也不往客厅再看一眼,一边弯腰提鞋一边说:"不实事求是。我没有态度吗?我刚才的话你一句没听到?"

显然,他的话是回敬老伴儿的质问的。言罢,直起身,将条长围巾的一端撩在手中,潇洒地往背后一甩,倏然而出。

秦岑和李老师,表情一时就都有些不自然。

秦岑羞愧地说:"干妈,大年初一的,我没带来高兴,反而……"

心中复觉憋屈,吧嗒吧嗒又掉泪了。

李老师握住她一只手说:"别这么想,遇上自己解决不了的事了,不来找我们,去找谁呢?你干爸,他过完春节都七十四了。他怎么样,你都别见怪他。"

秦岑听她那后两句话的意思,似乎是说秦老的头脑有点儿开始老糊涂了。

她噙泪点了点头,心中不禁又多了一种忧郁。

李老师轻拍着她手背又说:"你就先在我们这儿住着,等我和你干爸从容地替你想出个解决的办法。即使指望不上他,还有我呢。我保证替你把事情摆得平平顺顺的。"

秦岑就又点头,低声说:"干妈,我听你的。"

李老师说:"喝茶。"

秦岑就乖乖端起茶杯浅饮一口。

"乔祺他这个春节打算怎么过啊?"

李老师觉着二人沉默不好。还谈秦岑那件事儿吧,自己一时又不能替秦岑决定什么,于是没话找话地问起乔祺来。

秦岑被问得一愣,随即掩饰地说:"不知道。我哪儿还有心思管他春节怎么过呢?"

李老师又问:"昨天夜晚酒吧不是照常营业吗?他没去?"

秦岑说:"去了。待一会儿就走了。"

"那,有客人吗?"

"只来了一个'小妖精'!"

秦岑的话说得咬牙切齿。

李老师奇怪了:"噢?使你反感?"

秦岑自知失言,补救地说:"也谈不上多反感,有点儿不喜欢罢了。饮了几小口酒,吃了几块瓜片儿就走了。等于没有流水。不过我决定'三十儿'晚上营业,图的不是流水不流水,是为了坚持'伊人酒吧'的一种做法,希望成为以后的传统。经营之道,要形成传统,否则不行。"

李老师欣慰地说:"你能这么想,很好。酒吧嘛,本就是人来人往的地方。内心里再不欢迎的客人,既然踏进门了,那也叫光临,万万不可怠慢了人家。何况是在除夕夜这样特殊的时候,何况是唯一的客人,等于是上帝派来试探你的。"

李老师年轻时特想入党。以为只要入了党,提了干,政治地位就比自己的丈夫即现在的秦老高了,而那会使她这一位助教在丈夫面前感觉良好些。当年的秦老便已然是C大学最年轻的副教授了,这一点使作为妻子的她既得意又有压力。尤其是知道了有人议论她不太配得上她的丈夫时,她希望入党的念头更强烈了。然而事悖人愿,申请了将近半个世纪,直到退休也没能入成。于是不久即在本市最有名的一所教堂接受洗礼,正式皈依上帝,成了一名宗教徒。世界观一变,对许多世事的看法随之改变。不管什么事,在她那儿,似乎总是与上帝发生着联系。至于她对上帝究竟有多虔诚,那可就没谁清楚了。秦老也不清楚。也许只有她所皈依的上帝和她自己清楚。

李老师说话时,秦岑垂着目光默默注视茶杯。茶水已快喝干了,完全泡开了的茶叶横七竖八地沉积在白瓷杯的杯底。仿佛起初是些活的,各自卷藏独属自己的生命秘密的东西,是被开水一沏烫死了才变成片状的。至于它们的生命秘密,已随之溶解水中,大部分被她喝入到自己胃里去了。她轻晃瓷杯,不愿看到茶叶静止不动。因为那太容易使她的头脑中产生种种不良的联想;而那种种不良的联想,又太容易使她陷入惶惶不安的预感之中。似乎一件又一件猝不及防并且足令她的人生危机四伏一败涂地的事将会接踵而来。当李老师最后提到了上帝时,秦岑简直不敢再看着杯底那些被活活烫死了的茶叶悲惨的"尸体"了。

她放下瓷杯,撩起目光望着李老师,将信将疑地小声问:"干妈,你认为上帝是派那个'小妖精'来试探我什么的呢?"

李老师起身为秦岑往杯中续水之后,并没立刻坐下。她从大镜框后摸出一盒烟,微笑着问:"女儿,我陪你吸一支吧?是当年的学生送给老头子的,被我昧下了一盒。"

李老师一谈到上帝就有点儿兴奋,一兴奋就想吸烟,一吸烟就喋喋不休大布宗教之道。而秦老特别反对她将自家客厅变成宗教讲坛,更加反对她吸烟。他认为夫妻二人中只能允许一方是烟民,正如国家提倡一对夫妻只生一个孩子。既然他吸烟已经成为无法改变的历史问题了,那么她就不应该再沾烟的边了。所以李老师自己想吸烟时,往往以陪别人吸一支为堂而皇之的借口。

秦岑那会儿并不怎么想吸烟。昨夜前夫被她驱走之后她吸得太多了。她感到嗓子疼,舌尖麻木,并觉得自己一张口仍呼出着浓浓的烟味。事实也是那样。尽管她来之前考虑到这一点因而刷了两遍牙。她正暗自生羞,深为自己吸了那么多烟之后还来到干爸干妈家里哭哭啼啼后悔不已。但为了李老师可以吸得名正言顺,她犹犹豫豫地接过了李老师递过来的那一支烟。

二人都将烟吸着后,李老师落座在秦老坐过的那把竹椅上,浑圆的身子舒舒服服地向后一靠。

"女儿,你刚才问我,上帝是派那个……你叫人家'小妖精'不对……"

"她就是像个'小妖精'嘛,我看她一身的惑术!"

"你这么说人家可没有什么道理。人家是昨天夜晚唯一光临酒吧的客人,人家惑谁呀?惑你?还是惑乔祺?"

"惑得了我吗?我又没有同性恋倾向!"

"那不得了嘛!也不至于惑的是乔祺吧?乔祺那会儿不是不在酒吧了吗?我记得你刚说乔祺他先走了呀,对不?"

这正是秦岑可以向是自己干妈的女人倾诉自己心中第二件烦恼之事,也是比第一件事更加使她烦恼的事——然而她却低声说:"干妈,咱们不谈乔祺吧。这会儿我没有一点儿谈他的心情,连一想到他都反胃。"

像以往一样,秦岑尽量用一种平淡极了的态度谈论乔祺。但那一种平淡,此刻却只不过是仅仅表现在口吻方面的假象。话一说完,连她自己也感到,所用词语其实已将她对乔祺的怨恼暴露得难遮难掩。而往常她说到乔祺时,即使偶尔尖刻,那也是玩笑成分多多的话。并且,那么说时,她内心里是暗暗快活着的。此刻,她又有点儿不明白自己了——不正是要来到干爸干妈家里述说自己和乔祺之间的事吗?与这件事相比,前夫的骚扰又算得了什么呢?两件事孰轻孰重秦岑你是掂量得出的呀!可你为什么就偏偏只字不提第二件事了呢?

李老师并非笨人,当然从干女儿的话中听出了明显又十足的弦外之音。依她想来,秦岑对乔祺即使无论如何就是喜欢不起来,那也怎么都不应该发展到产生反感的地步。因为以她和她老伴儿两个人丰富的阅人经验来看乔祺,他起码是那种绝对不会做任何对女人有丝毫危害之事的男人。而对干女儿,她和老伴儿更是非常了解的,像彼此了解对方一样——干女儿也分明不是那种动辄与男人发生冲突的女人呀！那么干女儿究竟因为什么反感起乔祺来了呢？李老师百思不解，她大睁着两眼注视秦岑，将干女儿那张业已哭得略显浮肿的脸研究地看了足足有一分钟，忍了几忍没忍住，终于还是试探地问："女儿，你和乔祺之间，在合作方面产生什么分歧了吗？"

秦岑否认地说："那倒没有。我们在合作方面不会产生什么矛盾。"

李老师默默咀嚼秦岑的话，觉得干女儿不仅是在否认，似乎更是在回避什么。她心中由而产生一种身为干妈的女人一厢情愿的责任感，决意打破砂锅问到底。

"那么，你们究竟因为什么事闹别扭了？"

"干妈，我们也没闹什么别扭……但是……我对我们之间的关系开始感到别扭了……"

秦岑心里矛盾极了。想要将自己和乔祺之间的关系的真相和盘托出，彻底向干妈坦白了，却又那么难以启齿。对于她这样一个女性，向任何人述说牵扯到自己与一个男人性关系的隐私，都得克服巨大的心理障碍。何况一分钟前还本能地矢口否认着，又叫她怎么说呢？从何说起呢？这会儿的秦岑，处境正应了人们常说的那句话——死要面子活受罪。可如果这会儿不说，挨到干爸回来了，自己不是更不好意思交代，并请求指点迷津了吗？她特别希望李老师干脆对她采取审问式的逼问式的方式问，比如这么问："女儿，我看出来了，你和乔祺之间早已不再仅仅是酒吧合股人的关系了！你们的关系早已超越了那种关系了！而且你们现在的关系出现大问题了。别再犹犹豫豫遮遮掩掩吞吞吐吐欲说还休的了！在干妈家里，只有干妈一个人，你还有什么不便说不好意思说的事呢？快一来二去一五一十地直说了吧直说了吧！说了干妈才能帮你出出主意啊！……"

如果李老师这么问，她就会竹筒倒豆子毫无保留地说说她和乔祺之间的事了。

可李老师偏偏不像她所希望的那么问。李老师又怎么会那么问她呢？秦岑只不过是她一个干女儿啊！她深知秦岑的自尊心既强又脆薄，她更不允许自己那么问了。

秦岑欲说还休的态度，反而使李老师也犹豫了起来。

她两眼望着屋顶吸了一口烟后，复又注视着秦岑，以老师启发学生思考问题似的口吻问："既然你已经对你们之间的关系开始感到别扭了，我姑且不问你那是一种什么性质的别扭，你为什么不主动尝试改变你们之间的关系呢？"

李老师所问此话，与秦岑内心里对她的希望差距太大，几乎等于什么也没问。秦岑不禁暗自惆怅，反问："干妈，那我究竟应该怎么改变呢？又能尝试改变成另外的哪一种关系呢？"

听来，她的话也是那么的像老师在启发学生。她心存侥幸，以为在接下来的交谈中，李老师仍可能以审问的逼问的方式问她，那么她也就还有作一番彻底交代的机会。此刻的秦岑，已不打算死要面子了，因为她已经实在承受不了那份儿内心里倍受折磨的"活罪"了。

李老师沉吟了一下，循循善诱地说："你为什么不尝试用另一种关系取代你们现在纯粹的合股人关系呢？比如，假如你们成了夫妻，你们现在的关系的性质，不就从根本上改变了吗？"

李老师的话别提问得有多么真诚了。她自认为太了解她的干女儿了；而身为"伊人酒吧"经理的秦岑，长期以来也将自己和乔祺的关系的真相在人前包藏得太高明了，以至于连她的干爸干妈压根儿就没猜测过。

"就算我们是夫妻了，那，我们之间的股份关系怎么处理呢？"

秦岑终于道出了她的一块心病。她确实想听听她的干妈对此有何建议了。

不料李老师按灭了烟，两手一拍，提高声音友邦惊诧地说："那还有什么股份关系要处理的呢？已经是夫妻关系了，股份关系还有什么存在的必要吗？还依然很重要吗？那时候,也就是假如你们成了夫妻以后,你们现在的股份关系就自然消亡了呀,没什么意义了呀！"

秦岑沉思默想一阵,继续以虚心请教的口吻问:"那样了,是对我更有利呢？还是对他更有利呢？"

李老师张了张嘴,一时不知如何回答才好。确切地说,她是没听明白秦岑的话。不,这么说也不对,秦岑那话问得直来直去,并不拐弯抹角;而李老师呢,既不弱智,也不耳背,有什么听不明白的呢？李老师实在是没料到自己的干女儿的头脑之中会产生那么古怪的一种想法。是的,结婚对男女双方哪一方更有利,这是她那一代人婚前也曾考虑过的问题。但她那一代人往往都是婚前共同考虑那样一个未免太过实际的问题。而且,一般还都是情愿站在对方的角度,周到地替对方考虑。比如考虑对于对方的学习、工作、事业的进取,以及个人前途之发展有利还是没利,利多还是利少。如果对于对方有利,哪怕于己百般的不利,往往也都是情愿放弃个人利益不予计较,而力求使对方不陷入为难之境。依李老师的逻辑想来,结婚嘛,当然是由于互相产生了爱情啰。而爱情呢,当然是世界上最使男人为女人或使女人为男人心甘情愿地做出种种牺牲的事啰。没有这么一点儿精神,那还算是爱情吗？没有爱情,还谈婚论嫁干什么呢？如果连前提都不存在了,那么……那么干女儿的话不是问得太过荒谬了吗？——李老师不明白,乃是不明白在逻辑推理的这一个步骤上。在她教了几十年的逻辑学那儿,对干女儿这种完全不符合逻辑的问题是极其排斥的。

李老师愣着的当儿,秦岑一直在注视着她,一副虔诚期待的样子。仿佛她的回答,对秦岑具有绝对的权威性和影响力似的。

但李老师实在是不知怎么回答才好。

李老师又张了张嘴,也困惑地反问:"什么？女儿你指的是哪一方面？"

秦岑吞吞吐吐地说:"就是……反正就是……如果一个男人不但是

我的老板,还居然是我的丈夫了,那不是意味着在我们的关系中,我除了是妻子,再什么都不是了吗?"

"秦岑呀,那你在夫妻关系中,除了是妻子,还希望是另外哪种角色呢?"

李老师的话,听来已不像是在循循善诱地进行启发,而有点儿像是在进行辩论了。尽管,仍是那么和颜悦色,语气也仍是那么一种苦口婆心的语气。

"不结婚,我起码还是'伊人酒吧'的经理。"

秦岑被烟烫了一下,这才想起一直夹在指间的烟忘了吸。不想吸了,一心只想在干爸没从外边回来之前赶紧抓住话题向干妈讨教个明白,便也将烟按灭在烟灰缸里。当着秦老的面,她不好意思那么直来直去地问的。虽然她较长时期以来一直困惑于头脑中那些自己无论怎么思考也还是纠缠不清思考不出个结果的问题,但又觉得那是些不好直来直去地问别人的问题。今天能当着干妈的面问出来,实在是因为已经到了非向一个人讨教明白不可的关头了。

李老师说:"结了婚以后,你也仍可以继续是'伊人酒吧'的经理呀!"

"可是,现在我既是为他在做经理,也是在为自己做呀。做得好,我年终分红就多,也可以要求增加我占的股份。我变成他妻子了,年终我还能向他提出增加我占的股份的要求吗?连名正言顺的分红这一件事,不是都不好意思开口提了吗?"

"是啊,是啊……"

李老师连连点头,表示充分理解。

"如果我分红的正当权利没有了,我要求继续增加我占的股份的正当权利也没有了,那我即使仍是'伊人酒吧'的经理,比起现在还没与他结婚的我来,我不是等于除了是他的妻子再就什么都不是了吗?……"

"是啊,是啊……"

李老师在不知不觉中被秦岑的逻辑绕进去了,似乎也认为秦岑的考虑非常实际,并不是无事生非完全多余的考虑了。

"那,结婚这一件事,不是仅仅成了一件对他乔祺特别有利,而对我一点儿利都没有,只有严重权益损失的事了吗?……"

"是啊,是啊……不对,等等,也不完全是你说的那样吧?你们如果真的结婚了,'伊人酒吧'以及它的两处连锁酒吧,作为资产就理应归夫妻双方共同拥有了呀,没有必要像你说的那样分得那么清了呀!是不是女儿?"

李老师的独立思考能力,终于又从秦岑的那一套理中绕了出来。

"但如果我和他结婚后又离婚了呢?"

"为什么?"

李老师又不明白了。

秦岑耸了耸肩:"谁知道呢,现在这么一个时代,离婚还不是常事呀?兴许两个人一块儿过着过着,忽然有一天他觉得一块儿过腻歪了,不为什么特别的原因,随便找个理由跟我闹离婚,那时我怎么办呢?……"

李老师的头脑又不由得跟着秦岑头脑里的思维方式进行思维了。但她这一次没有完全被秦岑的理绕进去,还保留着一部分独立思维的能力,所以她想了想之后逻辑性很强地说:"第一,乔祺他给我和你干爸的印象,怎么看怎么都不太像是那么一种男人。第二,我承认完全有你刚才说的那种可能性。确实,时代不同了,婚姻的稳定性变得极其靠不住了。所以呢,我和你干爸,对于你和乔祺的关系究竟是现在这样子好,还是结为夫妻好,也都是很矛盾的。不瞒你说女儿,我们老两口还为你们的事发生过激烈的争论呢。但争论也没争论出个统一的看法来。所以直到今天,我们对你们的事,心理上依然矛盾着。一方面,依我们看来,你们是挺般配挺合适的一对儿,似乎婚后会很幸福。另一方面我和你干爸,又谁都不敢为你替乔祺打包票。第三,退一步说,即使结婚了又不得

不离婚,那也有正当的权力要求从法律上分配到你所应得的那一部分
财产……"

"可那究竟应该是多少呢? 到时候他如果说,他曾是老板、控股
者,我的股份当初仅占一点点,因而只能分给我极少的一部分,那我又
能有什么办法呢? 而法律如果真那么判了,干妈你说我心里能平衡得
了吗? ……"

"是啊是啊,这也是完全可能的……"

"还有另一种可能也是必须考虑的啊!"

"噢? 还有什么可能?"

"如果……"

"……"

"如果……干妈你说如果我和乔祺真的结婚了……如果我们过着
过着,如果……忽然哪一天并不是他,而是我……而是我忽然另有打
算了……"

"而是你? ……什么打算? ……"

"比如吧,而是我……爱上了另一个人,而是我主动……又很强烈很
坚定地提出离婚要求……我只是打个比方而已,那么,法律在判决我们
的财产分配方面,会不会有对我不利的倾向呢? ……"

"这……这我可就说不清楚了。你知道的,我从没关心过离婚方面
的法律。跟你干爸呢,我们两个人一生的所谓财产,也不过就是大学分
配给我们的这一套三居室,外加十来万元存款罢了。虽然我们闹别扭时,
气头上也都说过离婚的话,但从来没往什么财产分配方面去想啊! 这也
算是没财产的一种好处吧……"

秦岑鼓足勇气才直来直去地问了那么多,满以为能从干妈那儿讨教
到可以指导自己下一步实际行动——也就是怎样处理自己和乔祺下一
步关系的实际行动的真知灼见,却没从干妈口中听到什么经验之谈,她
感到很失望。

"唉……"——秦岑长叹道:"没想到这么复杂……"

李老师也深受影响地说:"是啊是啊,听你一层层道来,连我也觉得太复杂了。我是贡献不了什么有价值的意见了,你干爸也肯定和我一样。看来是我和你干爸把问题想得太简单了。我们呢,毕竟老了啊,观念跟不上时代了,想与时俱进都与时俱进不了了,按照习惯思维,仍把爱情啦,婚姻啦,视为单纯的感情之事,这不是太落伍了吗?……"

李老师也不由得颓丧地长叹了一声。

之后,二人之间便都一时无话可说,陷入长久的一阵沉默。沉默之中,李老师又吸完了一支烟,而秦岑又喝光了杯中的茶水,又在垂着目光忧伤地瞧着杯底的茶叶发呆。

"秦岑……"

秦岑抬起了头,见李老师正目不转睛地望着自己。

"秦岑,你告诉我一句实话,你呢,到底爱不爱乔祺?"

李老师和秦岑说话,一向很少不叫她"女儿"而直呼其名。在后一种时候,往往意味着那话被李老师认为是特别严肃的。

秦岑立刻意识到了李老师那话的严肃性。她并没躲开李老师的目光,而是迎视住它,默默点了一下头。

李老师又说:"点头不算,我要听到的是回答。"

秦岑沉吟片刻,口吐一字是:"爱。"

"到底有多爱?"

"这……"

"我要你给我一个可以使我得出量化印象的回答。比如十分吧。去掉一个最高分。现而今,满分的爱大概是没有的了。那是太古典的一种诗化的爱。也是忘我的爱。忘我就意味着完全丧失掉了自我。而对于女性,完全丧失掉了自我地去爱一个男人,那自然就接近着是男人的一件附属品了。不值得提倡。这个道理我懂,所以去掉一个最高分。再去掉三个最低分。我认为,对爱这一件事,若以十分来划分程度,三分以下还都不是爱。最多是好感。三分应该是一个界线。三分以上,才沾了爱的边。五分又是一个界线,意味着在心里有特殊位置了,很在乎那样一份爱了。五分以上,爱才开始变得饱满起来。到了六分七分,那就剪不断,理还乱了。处理得不好,双方都会受到不同程度的伤害。爱到七分八分时,我就不加形容了。那么爱过的人,都有切身体会。现在再回答我,你爱乔祺爱到几分?"

秦岑没有想到,六十九岁的干妈一谈论起爱来,竟也那么思维清晰,娓娓道来。而且脸上和眼睛里,分明地大放异彩。她看得出,李老师不但态度严肃,简直还是在调动起活跃之至的智慧在和自己谈话了。这使她心里一阵感动。

她想了想,低声回答了两个字是:"九分。"

"几分?"

李老师将一边脸侧向她,用一只手拢住耳朵。

干爸和干妈,耳朵都有些背了。

"九分。"

秦岑提高了声音。

李老师的脸转正了,眯起眼凝视她。秦岑仍不躲闪李老师的目光。

"肯定?"

"肯定。"

"秦岑,你明白当一个女人承认自己对一个男人爱到九分的程度时,那意味着些什么吗?"

秦岑又想了想,自信地回答:"明白。"

"意味着什么?"

"意味着那个男人对于那个女人而言,是缘中之缘罩定了的东西……"

"什……么?!"

李老师眯着的双眼倏地睁大,同时又向秦岑侧转过一边脸,用手拢住耳朵。

秦岑看出，这一次李老师并不是因为没有听清才那样，而是因为她的用词不当。她也一时后悔不迭，谈到自己爱到九分程度的男人，怎么竟说出了"东西"两个字呢？不像话不像话，也太不严肃了啊！然而她那么说时，天晓得，自己的态度是多么严肃多么庄重啊！她心中暗暗替自己辩解——从古到今，男人们不都是习惯于视他们所宠爱的女人为"尤物"的吗？尤物不就是好东西的意思吗？男人们不是一向将他们认为的好女人和他们认为的好东西连在一起梦想着占有的吗？比如"美女香车"；比如"金屋藏娇"；比如"金钱美女"之类的说法，说出的不都是男人们头脑里最经常产生的欲望吗？那么，对于男人，哪怕是自己爱到九分程度的一个男人，说他时顺口说出了"东西"二字，也不见得是多么值得干妈"友邦惊诧"的事呀！

她内心里虽然如此这般地替自己进行着辩解，嘴上还是赶紧又说："干妈您千万别误解，我绝不是将乔祺他当成一件东西来看待。那我成了一个什么样的女人了呢？干妈我的意思其实是，乔祺他的出现对于我的人生那好比是……好比是……"

秦岑搜肠刮肚，一时不知该比作什么好。

李老师呢，一边的脸还向她侧转着，一只手还拢在耳旁。

"好比是鱼尾！"

李老师的脸终于向秦岑转正了，手也终于从耳旁放下了。睁大的双眼又眯起来了，以先前那种愿闻其详的眼神继续凝视秦岑。

"为什么是鱼尾呢？既然联想到鱼，怎么不比作鱼的中段呢？"

从"东西"到"鱼尾"，李老师觉得，尽管干女儿口称爱乔祺爱到了九分，但实际所爱的程度，显然是大打折扣的。要不，怎么竟连比喻也不比喻得更美好些呢？在李老师那儿，鱼的中段才是营养丰富的部分。

秦岑却说："鱼没有了中段，那还是鱼呀？鱼尾直接连在鱼头上，那不成怪物了吗？所以，第一，鱼是万万不可以没有中段的。第二，鱼的中段一定是我自己。鱼尾是与我连在一起的那一部分。是衬托鱼的那一部分……是……是……总之我自己得是鱼的中段。如果反过来,我好比是鱼尾,乔祺他倒成了鱼的中段,我的每一晃每一摆,益处都体现在他中段的方面了,那我……那我心里不平衡……"

李老师寻思了几秒钟,恍然大悟似的说:"明白了,明白了。我和你干爸困惑了许久的一个问题,今天我总算从你口中获得到了答案。原来你是很爱乔祺的,对不对?"

秦岑点头。

"你对他的爱,也不是那种纯粹柏拉图式的爱对不对? 柏拉图式的爱什么意思你知道吗?"

秦岑又点头,同时心里暗想,还柏拉图式的爱呢! 你干女儿和乔祺做那事时,要是不采取避孕措施的话,几打儿女都早生出来了。

"你也不是完全没考虑过和不和他结婚的问题,对不对?"

秦岑仍一言不发地点头。

"只不过你认为,结婚得给你带来比不结婚更多更大的好处。而这种好处,也应该,甚至主要应该体现在你和他的经济关系方面。进一步说,就是秦岑你认为,结婚这一件事不能使你感到吃亏。而你想来想去,觉得吃亏的几乎注定了必然是你,对不对?"

"对,对! 干妈,我心里郁闷的就是这些。我也知道我头脑里有这些想法怪不好的。可我自己又没法儿从这些想法里挣扎出来……"

秦岑长吁短叹,并且摇头不止,一副羞愧模样。

"唉,老实说,干妈是提供不了什么良好建议的。秦岑,对于你那些想法,干妈的脑筋,已经是太老了。"

李老师也陪着长吁短叹。看起来不但充分理解,而且深表同情,还深感惭愧。

几分钟的沉默之后李老师又说:"秦岑呀,不过呢,我总还是认为,爱情嘛,就像中国画。以最简单的色彩和笔触画出较有意境的图画,这乃是中国画的美点。爱情在中国,也是以这样一种方式来追求为好。毕加索的画尽管也都是名画,据说深刻,但是爱情如果搞到像毕加索的画那么一种地步,立体倒是立体了,可也会因为复杂的同时失去了美感呀!……"

李老师说时,秦岑频频点头。秦岑看出,李老师那种理解又同情的样子,其实主要是为了不使她陷入难堪才做出来的。而李老师最后说的那一番话听来,流露着很含蓄很婉转的批评的意味。她甚至觉得,干妈内心里大概已经有点儿瞧不起自己了。

她正想再解释几句,听到有人轻轻敲门。

李老师说:"准是你干爸回来了。"

秦岑立刻说:"干妈,咱俩刚才谈的,千万先别告诉我干爸。两件事儿搅到一起,他更不知该怎么替我拿主意了。说不定还会对我有不好的看法……"

李老师说:"放心,我不对他讲。你快开窗出出烟味儿。"

于是李老师起身去开门,而秦岑起身去开窗。

秦岑跷着脚推开换气的小窗,还没来得及转身,听到李老师在门厅那儿说:"是乔祺呀!真想不到,稀客稀客。你可是第一次光临。怎么,是给我们拜年的吗?"

秦岑暗吃一惊,定在窗前一时不知所措。

接着听到乔祺问:"李老师,秦岑在您家吧?"

又听李老师说:"在,在,我们正谈到你来着!还站在门口干什么呀,快请进快请进!"

秦岑这才有了反应——她像头鹿似的,抢在乔祺迈进屋里之前,飞快地蹿跃进了李老师和秦老的卧室。她从卧室里探出头侧耳倾听,听到乔祺进来了,听到李老师拍了他哪儿一下,并且用近乎心疼的语调责备道:"乔祺呀,你呀你呀,老大不小的一个男人了,白在世上活了几十年了,怎么还是半点儿都不会来事儿呢?"

而乔祺傻乎乎地反问:"我怎么不会来事儿了?"

"今天是什么日子?"

李老师像刚才启发过秦岑一样,又开始耐心可嘉地启发起乔祺来。

秦岑从卧室里闪出半边身子向门厅那儿张望,见乔祺在换拖鞋。他换好拖鞋,微微扬起脸想了想,傻乎乎地说:"一月二十二号,肯定没错。"

李老师笑道:"说你不会来事儿,真没冤枉你! 你不知道今天是大年初一呀?"——一边说,一边往屋里让着乔祺。

秦岑赶紧缩回身子,将卧室的门关上了。依门想了想,也不知她是怎么想的,还将门轻轻插上了。

她听到乔祺沉重的脚步跟着李老师沙沙拖地的脚步走到了客厅里。

她听到李老师说:"乔祺,随便坐吧。"

又听到李老师说:"大年初一,敲开了别人家的门,先不说句拜年的话,先问别人你要找的人在不在别人家里,你脑子注水了呀? 就是你没心情说那一句拜年的话,那开口之前也应该提醒自己有必要说。说完了拜年话之后再问,不是才符合点儿春节的规矩吗? 所以我责怪你不会来事儿。记住点啊,以后一定要学着多少会来点儿事儿。你这是敲开了我家的门,如果敲开的是别人家的门,一照面就问别人谁谁在你家吗,别人怎么想呢? 这么不会来事儿,又怎么和现如今的女人培养感情呢? ……"

上了年纪的人,如果说是男人,那么他一定希望有一个他喜欢的年龄上可以被视为他的晚辈的女人,允许他可以对她经常表示带有亲爱性质的关怀;如果是个女人,也往往希望有个她喜欢的年龄上可以被视为晚辈的男人,不但允许而且乐于她对他那样。弗洛伊德的学说,在这一种普遍的人性现象之中,通常表现得微妙而又淋漓尽致。一个上了年纪的男人的生活之中有那么一种愉快,那么他对自己的晚年是庆幸的。对于一个上了年纪的女人,情形也是如此。"给点儿阳光就灿烂"——用这句话来形容上了年纪的男人和女人的人性状态,比形容一切别的年龄段的人都恰当。在这一点上,其实上了年纪的人更像儿童。正如秦老一见到秦岑就"灿烂",李老师一见到乔祺也"灿烂",尽管乔祺除了对秦岑,对任何别人都并不是理想的发光体。即使对于秦岑,他的"光"和"热"也是在只有他们两个人在一起的时候才充分散发。我们都知道的,那多半是由于化学反应引起的。

反插了门躲在卧室里的秦岑,听到乔祺打断李老师的话,急切地问:"李老师,你不是说秦岑在这儿吗?"

"噢,是啊是啊,她去卫生间了!"

秦岑听到李老师想当然地回答。

这时候的秦岑,又使自己陷入了被动之境。她从别人家的客厅里躲入到别人家的卧室里,纯粹是受本能心理的驱使。她不愿见到乔祺的第一个原因是,心里正怨恼着他。躲是一切女人处在她那么一种情况之下的普遍做法。而第二个原因是只有少数女人在她那么一种情况之下才会在乎的——形象问题。她知道自己从昨夜到现在哭了一阵又一阵之后,形象肯定差极了。事实也正是那样。头发没心思好好梳理,脸也洗得马马虎虎,更没心思化淡妆。并且呢,眼睛红着,眼睑浮肿着,被手绢反复擦红的鼻尖也没恢复到正常的肤色。总之这是无须别人告诉,她自己心里明镜似的事儿。可是既然已躲入到别人家的卧室里了,还反插上了门,就有点儿不知该以怎样的一种姿态走出去才算自然了。

她听到李老师问乔祺喝茶还是喝咖啡。李老师说茶是好茶,咖啡是上等咖啡,都是她秦岑昨天送来的。听到乔祺说别麻烦了,什么都不想喝。听出了乔祺的语调心事重重,简直还可以说是特别沮丧。李老师说大年初一的,你是第一次到我家里来,我怎么可以不略微表示一下主人的招待之情呢?乔祺,我觉得在茶和咖啡之间,你似乎更喜欢喝咖啡,那我就给你沏杯咖啡吧。乔祺说,好的李老师,那我就喝咖啡……

接着秦岑听到了小勺在杯中搅动的清脆的响声。李老师一见到乔祺,话就特别多。正如秦老在秦岑面前总喜欢高谈阔论。但那是李老师不在场时的表现。如果李老师在场,秦老并不那样。而是每缄金口,话很少的。有意将与秦岑谈话的时光慷慨大方地转让给李老师。秦岑呢,对干爸在干妈面前的姿态也自然是心领神会,便会主动和干妈说这说那。有意要给干妈这么一种印象——在她心目中,干妈比干爸是更加可亲的人。

"乔祺,这咖啡闻着香吧?"

"香。"

"给你放这儿了啊!哎傻孩子,先别喝,烫!烫着了吧?"

"嗯,烫了一下。"

"来,含块梨镇一镇。别嫌啊,这是今早刚开的罐头。罐头一直放在冰箱里来着。别接了,张嘴,多含一会儿再吃……"

秦岑听着他们的谈话,想象着乔祺张大他的嘴,而李老师用牙签插了罐头梨块儿喂乔祺吃的情形,心中竟生出一般莫名其妙的醋意。尽管李老师对乔祺的那一种亲热分明是包含着爱意的,但那也只不过就是长辈之人对晚辈之人的一种喜欢的爱意罢了。不值得醋,但秦岑还是醋了。

"乔祺,你怎么来的?"

"走来的。"

"路上还是打不着'的'?"

"雪太厚,车开不了。再说今天是初一,人家司机们辛苦了一年,是要在家里过初一的啊!"

"那倒是。从你住的地方走到这儿,得走一个多小时吧?"

"我差不多走了一个半小时。"

"我们家好找吗?"

"不好找。都是一个样式的教职宿舍楼,我又不知道具体的门牌号,绕来绕去,又绕了半个多小时。"

"那你打听呀!我们家老头子在这大院里可有知名度了。你都不用提他的姓名,一提是退休教授又是书法家的秦老,连孩子都知道你找的是谁。"

"今天是初一,外边雪又那么厚,上午出家门的人少。碰到了一个常去酒吧的男人,他把我带到了这幢楼前。他也五十多岁了,还自称是秦老的学生……"

"就是喜欢动不动唱几句粤剧的那人?"

"对,是他。"

"我那老头子并没教过他。他以前是教'马哲'的,后来教烦了,现在改教'公开关系'了。他只不过跟我那老头子学书法……"

听着李老师和乔祺东一句西一句地聊着,秦岑忽然觉得自己像密探。她暗想,自己这可算是怎么一回事儿了呢?不是偷听,也有点儿像。不,不是有点儿像,简直也等于是在偷听了呀!这多不光彩呢!也不能自己捂上自己的耳朵呀!不捂自己的耳朵,客厅里李老师和乔祺的交谈,就会一句句往自己耳朵里钻的呀!捂上耳朵呢,躲在别人的卧室里,还反插了门,再为了避嫌自己捂上自己的耳朵,那多发傻呀!就算自己真的那么做了,除了自己知道,又有谁能看见呢?没人看见也就没人作证。没人作证不是自己也就白捂自己的耳朵了吗?该死的厚颜无耻的乔祺!你居然找我找到这儿来!你还有何面目再见到我呢?见到了我你又有什么话可说呢?我秦岑对你又有什么话可说呢?你不是来找我的吗?那你倒是心安理得似的坐在我秦岑的干爸干妈家的客厅里闲聊的什么劲儿呢?干妈也是的,怎么乔祺一来,你这位干妈就似乎把我这个干女儿给忘了呢?……

秦岑不仅不知自己该如何是好,而且生起气来。仿佛自己陷入被动之境,责任并不在自己,完完全全是乔祺造成的后果。是被乔祺所逼的。不但生乔祺的气,也稍带着对干妈不满了。

"李老师,秦岑她……我来都有十多分钟了吧?……"

终于,秦岑听到乔祺问了一句与她有关的话。

"噢!"——李老师拍了下手:"你不提,我倒把她给忘了!"

李老师的话,使秦岑心里好生不是滋味。

"秦岑,秦岑,秦岑你哪儿去了?……"

李老师大声呼问。

秦岑意识到,自己若不应一声,那可就太不对了。叫她的毕竟是李老师,不是乔祺。可她张了张嘴,竟没应出声来。处在那么一种被动之境,她心理上受着多重尴尬的干扰,有点儿像一个失语者了。

李老师迷惑地看着乔祺嘟哝:"真是怪事儿了,她那么大个人,难道会一下子蒸发了不成?"——又大叫一声:"秦岑!"

乔祺也紧接着大叫了一声:"秦岑!"

"听到了!"

秦岑终于成功地克服了一时失语的困难应出了一句话。

她用手拢拢头发,为使自己看起来形象不那么糟糕,掏出手绢擦了擦眉眼,轻轻划开门闩,若无其事似的踱出了李老师的卧室。

李老师和乔祺,便都傻兮兮地瞪着她。

她看也不看乔祺。她直视着李老师,似乎成心连眼角多余的目光都不肯赏赐给乔祺一点点。

"干妈,我刚才忽然犯困了,就进您卧室去躺在了您床上……您要不叫我,我就睡过去了……"

秦岑的话,说得真事儿似的。

乔祺站在那儿,看出了她对自己的轻蔑,表情十分尴尬,而且流露着几分屈辱。毕竟,不是只有他和秦岑两个人的空间,而是在别人家里;而是当着别人的面;而那个别人,又恰恰是他一向所尊敬,又一向对他亲爱有加的李老师。这使他因秦岑对自己的轻蔑暗觉羞恼,恨她也太不将他的自尊心当成一回事儿了。

"啊,啊,我这儿还正奇怪呢。女儿,我们大惊小怪地叫你,没吓你一跳吧?"

李老师说时,目光同情地望向了乔祺。在乔祺面前,她又本能而且

175

自然地恢复了干妈意识,不再直呼秦岑的名字,及时改口亲亲近近地叫她"女儿"了。

李老师那几句话使秦岑的脸微微红了一下。

她装模作样地说:"我什么也没听到呀干妈。"——继而掩口打了个哈欠,又说:"干妈我还困着呢!不待了不待了,我得回去补一觉……"

说着,径自往门厅走去。仿佛直到那会儿仍没注意到乔祺的存在。

李老师实在是看不下去了,上前一步扯住她手,嗔道:"你没看见乔祺呀?他可是从他住的那儿走了一个多小时才走到这儿的,他是来找你的!"

秦岑终于缓缓将脸转向乔祺,语调和表情都异常冷淡地说:"对不起。刚才那一会儿我睡蒙了,没看见你也在。你是来找我的吗?"

乔祺说:"对,我是来找你的。"

"有什么大不了的事儿?非要找我找到这儿来谈不可吗?"

秦岑故作诧异。

乔祺又说:"秦岑,你别这样对待我,这不公平。"

"那么,你认为我应该怎样对待你呢?"

秦岑的态度反而更加冷淡了。

乔祺望李老师一眼,请求道:"秦岑,昨晚的事我非常抱歉。希望你能给我一个解释的机会。换位想想,我也会产生不少误会的。所以,我们出去谈谈好吗?"

李老师看看乔祺,又看看秦岑,对他们之间的话完全不解,以为只不过是关于酒吧经营方面的一些矛盾,于是打圆场道:"哎呀乔祺,大冷的天,你们出去谈干什么呀?产生了点儿矛盾,你们就在我家谈开了,化解了它岂不更好吗?如果是不便当我面谈的,那么我回避。老头子半天没回来了,我得去把他找回来!"

李老师说罢转身便走。

秦岑没加阻拦,她定定地站在那儿,依然以冷漠的目光望着乔祺,又失语似的。

李老师走到门厅,从衣架上取下羽绒衣穿了,围了围巾,弯腰换了拖鞋,穿上棉鞋开门走出去了。

"哎你俩好好谈啊!谁也不许欺负谁,谈得不好可对不起我。啊,替我把窗关上。"

李老师在门口留下了这么几句话。

房门开关之际,冷风从楼道钻进屋里,又从客厅那扇敞开着的窗子冲了出去,在室内形成一股对流着的冷空气,使上身只穿件薄毛衣的秦岑不禁打了个寒噤。

待乔祺关严了窗,转身望秦岑时,她板着脸对他说:"你浑蛋。"

乔祺以包涵的态度说:"你看你,我还没开口说什么呢,你就骂起我来了。李老师不是嘱咐咱们要好好谈谈的吗?你这样,我们怎么能谈得好呢?"

乔祺一边说,一边已走到秦岑跟前,伸出双臂打算温柔地搂抱住她。

不料她双手当胸一推,将他推得连退数步,还是没站稳,跌坐于秦老坐的那把竹椅上。

乔祺愣愣地看着她,几秒钟后才内疚地说:"你是有理由生我气的。那你也坐下吧,听我如实向你解释。"

秦岑默默退后两步,也坐在沙发上,眯起双眼斜视乔祺,仿佛二人刚刚唇枪舌剑过,一副懒得再与他理论什么的样子。

乔祺十指交叉,将双手夹在膝间,身体略微前倾,低下头用罪过似的语调说:"秦岑你听着,我和那个女孩儿,关系非常不一般。否则,我怎么也不至于容忍她当着你的面对我那样……"

秦岑打断道:"你们的关系多么不一般,我昨晚已经亲眼看到了。"

乔祺又低声说:"你看到的只不过是表面现象……"

秦岑再次打断道:"有些事,当事的另一方只看到表面现象就够了。如果我还进一步看到了你们怎么胶糖似的粘在一起,那我也就没一点儿必要还坐在这儿听你的话了。"

"可是……"——乔祺抬起了头,望着秦岑犹豫。分明地,他不知自己接下来将要说的话究竟该不该说出口。

秦岑将脸一转,避开了他的目光。

"你看着我!"

乔祺的声音提高了。

秦岑从茶几上抓起烟,抽出一支叼在嘴角,燃着后猛吸一口。

"你别吸烟了!"

乔祺的话听来近乎训斥了。

"请你别对我大声叫嚷。以你我现在的关系而言,你还没资格连我吸不吸烟都管着。"秦岑的话倒是说得平平静静。说罢,又猛吸了一大口烟。

"我是为你好啊!你看你嘴唇都干什么样了?你掐了烟,喝茶行不行?哪只杯是你的?我替你加水……"

乔祺说着,起身走到秦岑跟前,想从她指间夺下烟。

秦岑身子往旁边一歪,皱眉道:"你别靠近我!再靠近我,我就走。"

乔祺看着她,又是一阵呆愣。

"好,随你便。"他退了两步,又坐在竹椅上了。

"有什么话你快说,一会儿我干爸干妈一块儿回来了,你再说什么我都不想听了。在他们面前,你没有自尊心,我还要保留点儿自尊心呢。他们一回来我就告辞。"

秦岑弹了一下烟灰,乜斜着乔祺,不耐烦地催促。

"我知道。我也有自尊心。我也正是这样想的。那么秦岑,请坦白告诉我,你究竟为什么不愿和我结婚?在你眼里,我真的是一个很配不上你的男人吗?"

秦岑没有想到,乔祺说要解释什么,却又什么都没解释,反而单刀直入地质问起她来了。同样的话,他早已问过她多次了。以前,她每次都以亲爱加狡黠敷衍过去了事。而今天,在那个小猴子般的"小妖精"出现在他们之间以后,她掂量出了他的问话不同以往的性质和分量。然而无论是今天还是以前,他的话又都是她没法正面回答的。在相爱的人之间,钱这种东西的作用一旦发生隐性影响,那么双方就不可能坦诚了。起码一方对另一方不可能坦诚了。这一常识,秦岑也是明了的。所以在她和乔祺进行每半年一次的利润分配时,一向采取迂回达到利益目的之方式,从不逾越底线,避免给乔祺以斤斤计较的讨嫌印象,唯恐因而引起他的反感。

今天,她不但没法儿正面回答乔祺那个问题,而且也没法儿像以往一样靠缠绵的爱意和狡黠轻而易举地搪塞过去了。她已必须作出正面反应。她只剩下了一种策略的反应那就是以攻为守。她认为乔祺采取的正是这一种策略。本来他是应该老老实实交代一番,争取宽大处理的,却反而语势咄咄地质问起她来,这还不是以攻为守吗?这个自己一向以为像熟悉另一个自己似的男人,今天怎么忽然变得如此的善于倒打一耙了呢?

倏忽间她觉得他也是那么陌生了。同时,一种对他的反感也在她心里渐渐弥漫开来。这是真正的反感,与刚才她对他表现出的轻蔑和敌意浑然不同。刚才是做出来给他看的样子,本质是对他进行一种心理威慑,目的还是为了要降服他,最终使他深怀着忏悔皈依向自己。而此刻不是这样了。恼恨一旦转化为反感,她觉得以她的眼看来,他变得可恶了。

"哈!哈!乔祺,你真不要脸。你怎么竟变得如此无赖了?在我们的关系中,平地里冒出了个'小妖精'……"

她的冷笑,比她侮辱性的话语,对他的自尊心更加具有刺激性。现在,他们中间以往的亲爱纽带,仿佛正从根部也就是连着她的心的那一端开始熔断,如同蜡遭到了火苗的灼烤。而那火苗,正是她心里对他的嫌恶。这会儿她心里非常不愿掩饰它,反而希望他切实地体会到它。

"不许你叫她'小妖精'!她是好女孩儿!我一开始就强调地告诉过

你了,我和她的关系非同一般!……"

乔祺的脸由于生气而涨得通红。他神色俱厉地打断秦岑的话。看来秦岑的目的是达到了,他也变得很冲动很不明智了,似乎已忘了他来到别人家里找秦岑,并非是要和她争吵,而是要向她进行解释的。

"哈!哈!我也一开始就强调地告诉过你了,我又不弱智,你以为我还看不出你和她的关系非同一般啊?!……"

秦岑的脸也由于生气而涨得通红。

"但是如果你已经和我结婚了,我们已经是夫妻了,不管我和她的关系多么非同一般,我也肯定不会……"

乔祺最末的话说了一半突然停止。显然,他后悔起来,脸也更加红了,将头朝旁边一扭,同时他的一只手抓进了他的头发里。

秦岑立刻就将他的后悔看明白了,也立刻就作出了准确的判断——他和那个"小妖精"之间所发生的事,绝非仅仅是她的眼昨晚所见的种种情形。

"说下去,肯定不会怎么样?"

她的语调反而又变得相当平静了。如同一匹马的主人猜到了自己的马不是仅仅像自己所不愿看到的那样失蹄栽倒,也不是仅仅摔断了一条马腿,而是死了。马的主人们对马的态度通常都是那样的。马摔残了他们咒天恨地怨他们的马,马若死了他们反而易于接受现实了。

"肯定不会……肯定不会……你明白我的意思你还问什么!……"

乔祺又猛地将脸转向秦岑,几乎是有点儿恶狠狠地瞪着她。

"我不明白。真的。乔祺你说,你们肯定不会怎样?"

秦岑的语调更加平静,像一位法官在耐心而又似乎特别善于地诱供,诱供者们的目的,从来都不是出于从宽宣判的动机,而是下定了从严制裁的决心才那样的。他们需要的是可以确确凿凿写在白纸上的供词。如果秦岑真是一位法官,她也许会从书记员手中夺过去纸笔,亲自记录下乔祺接着回答她的话。

"我不说。还叫我怎么说呢？反正那样的事已经发生了……"

"我不明白。你不说，我怎么会明白呢？说吧说吧，反正哪样的事已经发生了？"

"……"

"说呀！"

"我和她……我和她……那样了……"

"究竟哪样了啊？"

"那样了那样了！你还逼问个什么劲儿啊！我不是在主动地向你当面坦白吗?!"

"你们，做爱了？"

"对！这么明白地回答你满意了吧？"

"你终于能明明白白地回答，是因为我问得明白。可我昨天晚上给你打手机的时候，你说你们只不过说了一会儿话，还说那'小妖精'……"

"请别叫她'小妖精'。"

"行，我接受你的请求，不再叫她'小妖精'了。你不是说她睡了，你们之间什么其他的事也没发生吗？那么你当时是在对我说谎？"

"我当时没有对你说谎。她睡在我的床上，我睡在沙发上……"

"真是委屈你。你那么大的个子，居然宁肯自己缩头缩腿地睡在沙发上，而让那娇小玲珑的她独占一张宽宽大大的床！"

"你用不着讽刺我。后来的情况就是那样。天快亮的时候，我正睡得迷迷糊糊的，她不知怎么的，也睡到沙发上来了……"

"那就委屈你们两个了。再睡上一个她，怎么睡得开！"

"我赶她睡到床上去，她非要睡在我身边。我怕她掉到地上，只好搂着她。后来……后来……我就抱起她走进卧室，和她一起睡到床上去了……"

"对嘛，和她一起睡在床上去多舒服啊！那么你不必再怕她掉到地上去了，却还继续搂着她睡吗？"

"……"

"说呀,干吗又装哑巴呢?刚才不是说得很坦白,也似乎很合情合理的吗?"

乔祺又将他的双手交叉着夹在膝间了,又低下他的头了。

这时的乔祺和秦岑两个人,以及他们的对话,各自的表情,已变得极具黑色幽默的色彩。在现实生活中,一个男人对一个女人像乔祺那样讲述他和另一个女人怎样上了床的过程的事是较少发生的。倘若作为倾听者的那一个女人还是他的性亲爱者,那么就是更少有的情形了。乔祺似乎已经不是在解释,也不是在作坦白交代,甚至也不仅仅是在陈述;分明地,他简直有点儿像是在倾诉了。不,也不是像,根本就是的。那会儿的乔祺,似乎既没有什么忏悔感,也没有了什么自己对自己的懊恼。倒好像是在重温旧梦,并且希望秦岑也能愉快地与他分享美妙似的。他之所以又低下头不说话了,也显然不是由于羞愧,而是由于秦岑的反应不够庄重。实事求是地说,她的表情倒还是够庄重的,尽管那是装的。但她的话语里一直饱含着不庄重的成分,虽然她已尽量要把她的话语说得能给他以庄重的印象。

见乔祺不愿继续说下去了,秦岑缓缓起身走到了他跟前。

"亲爱的,请你站起来。"

她的话说得特温柔。

乔祺疑惑地抬头看她。

她的目光含情脉脉。

乔祺迟迟豫豫站了起来。

穿高跟鞋时的秦岑,与乔祺站在一起也还是要显得比他矮些。一旦穿的是平底拖鞋,那就比他矮半头了。于是秦岑踮起了脚跟,她双手捧住乔祺的脸,并且唇对唇地轻轻吻了他一下。

"秦岑,对不起……"

"那没什么。我现在想通了,我不如那个'小妖精'那么会耍娇嘛……"

"秦岑,她的确是好女孩儿。原谅我,请原谅她。原谅我们两个吧……"

秦岑将一根手指压在乔祺的唇上,接着又踮起脚跟,嘴唇贴着乔祺一只耳悄悄说:"刚才是我最后一次吻你……"

她说着,又一次双手捧住了乔祺的脸,并使她习惯性地向右稍微歪着的头处在两肩的正中。之后,她的一条手臂斜着高高扬了起来。接着,她的上身也朝同一侧倾斜。三十六岁的她腰还是那么柔软,她那一种姿势看去很像一个优美的舞蹈动作。她举在空中的那一只手,居然还呈着莲花指的手势。

啪!

转瞬间,乔祺脸上挨了一记响亮的耳光。

事实证明,正呈莲花指手姿的一只女人的手,如果还举在空中,而非像打坐着的佛家女徒们那样子轻放膝上或平置胸前,那么它要变成巴掌扇在一个人特别是一个男人的脸上时,其实只需要半秒钟足矣。在空中划出一道一米左右长度的弧即可完成那一变化的过程。而且,由一位在身段方面具有表演训练基础的女人来完成,过程还相当优美,效果也是不错的。那一声"啪",以及随后乔祺面颊上出现的指印形的红晕,便可充分地证明效果也是不错的。

乔祺被扇蒙了。他下意识地用手摸了自己的脸一下,嘟哝地说:"秦岑,我想不到你竟然打了我。"

秦岑说:"亲爱的,我也想不到。"

她的语调依然那么温柔,表情也是。

乔祺的脸由于遭到了那记猝不及防的耳光,使他的头很符合力学规律地朝相反的方向偏了过去。秦岑就又郑重其事地双手捧住他的头,将其矫正到两肩的正中位置。之后,他另一边脸也挨了一记耳光。这一记耳光是由秦岑反手进行的了。从事过表演艺术的女人和一般些个女人就是不一样,连扇男人耳光这一件很难体现美感的事,由她们做来其动作也具有观赏性。若用慢速度拍摄了再放出来看,那也是堪称一绝的。

那一只手由下而上挥起着的过程始终是莲花手姿。在它的手背接触到乔祺的脸颊之前那一刹那,居然仍呈现着莲花手姿。它五指伸开之时正是它以手背扇在他脸上之时,出其不意简直还可以说迅雷不及掩耳。只不过那一朵"云"也就是秦岑的那一只手,看去在"天空"掠过得很美,仿佛起先是一朵"祥云"。

乔祺在挨了第二记耳光之后,样子一下子变得凶恶了。

他双目圆睁盯视着秦岑,一头曲卷的发似乎由于羞恼由于愤慨而皆竖起来。那时他看去像一头被自己放肆的牝狮激怒了的雄狮,以一种凶相毕露的样子瞪着眼面前的雌狮——他的大芭比娃娃秦岑。

秦岑则在低头瞧自己的手背。她的手背比乔祺的脸更红。人的手背没有肌肉,薄薄的一层皮肤是比手掌娇嫩的。女人的手背尤其如此。秦岑的手背更其如此。她手背上的皮肤天生白皙细腻,自从当上了"伊人酒吧"的经理以后,越加呵护,与她的脸庞一样开始享受同等待遇。有钱了,所用护肤品逐渐高级起来,价格昂贵的进口品牌也很舍得花钱去买了。当然,这么样的一双手,无论那是主动的还是被动的一种情况,都是会产生疼感的。所以,乔祺的脸只不过火辣辣的罢了,秦岑的手背却像被砂纸擦伤了一般疼。扇乔祺第一记耳光后,她的手掌已经发麻;待到扇乔祺第二记耳光后,她那只手就又麻又疼了。这使她不由得用另一只手去抚摸自己那只手,呆呆瞧着几乎疼得掉下泪来。

"秦岑,我没想到你还左右开弓。"

听了乔祺的话,秦岑抬起头来,见乔祺那么凶巴巴地瞪着自己,毫无惧色而且吃亏了似的恨恨地说:"如果我这一只手是铁的就好了!"

乔祺竟也忽然双手捧住秦岑的脸吻起她来。

那是特别凶狠的吻法。

秦岑起初抗拒、挣扎,双手握成拳在他胸上一通擂打。

然而乔祺只管凶狠地吻她,对她那双拳的擂打不作任何另外的反应。

渐渐地,秦岑不再抗拒也不再挣扎了。手指也伸开了,不再握成拳了。并且手臂软软地垂在她的身体两侧了。同时,她又踮起了脚跟,紧闭着的双唇也不由自主地绽开了,就像离水的蚌又回到水里张开蚌壳那样。对于秦岑,那毕竟是一个和自己有着较持久的也特别良好的性关系的男人在吻自己。她再觉得自己多么恨他,也是不能恨到像恨仇人一样的地步的。事实上,她的双唇一旦绽开,就等于是在本能地配合他对自己的亲吻并进而享受着他对自己的亲吻了。接着就进入了互相深吻的阶段。他从没有那么凶狠地吻过她。她感到自己快要被他吻得窒息过去了。她闭上了眼睛。她连头也不由自主地向后仰去,为的是使他更便于继续吻她。她已被他吻得浑身发软双腿无力,不得不偎靠在他怀里了。

虽然刚才对他满怀敌视的情绪,但这会儿,她竟又觉得被吻得心醉神迷了。对她而言,那一种感觉是以前早习惯了的,而且这一次的感觉比以前任何一次都好……

乔祺却在她全身心投入之际停止了吻她。那一种停止相当突然,她一点儿预感都没有就停止了。她缓缓睁开双眼,见他正以冷漠的目光看她,脸上毫无激情,仿佛刚刚吻过的是一个陌生的女人,仿佛那么凶狠地吻她只不过是一件他必须且不乐意做的事。

"这也是我最后一次吻你。"

他一说完,随即用双手卡住她的腰,毫不费力地将她举起,轻轻放在离他一步远处。接着,他伸出一只手,也将她的头拨正在她两肩之间。她那么做时用的是双手,而他却只用一只手,似乎要成心证明,同样的事在他做来要比她简单得多。

秦岑心里才一预感到有点儿不妙,脸上已挨了重重的一记耳光。她扇他耳光时,虽然自己觉得扇得特别狠,但由于她是女人,动作幅度尽管很大,力度却十分有限。对于他,身体却稳如泰山,纹丝不动。他扇她的耳光结果却大不一样了。他还在心里暗暗提醒自己千万要手下留情,能够达到维护自己尊严之目的就可以了,没想到却一耳光将她扇得摇摇晃晃跟跟跄跄连退数步,身体终于无法稳住跌倒在长沙发上。幸而她是向沙发退去,否则会跌倒于地的。

她脸上顿时也出现了五个清清楚楚的鲜红的指印。

她下意识地用一只手捂住自己挨了耳光的那一边脸,惊恐异常地瞪大了双眼。

这女人在与乔祺私下里的亲爱关系中,是有点儿被他宠坏了。在他们一向的关系中,她若有理,当然便是有理。仅有一分理,她也一向觉得自己有十分理,并且也要他那么认为。即使没有理,她也一向将理硬争到自己这一边,没理也是有理。起码得争到几分理才肯罢休。而她若认为他没理呢,那么他当然便是铁定没理了。有理也是没理。即使仅仅理亏一份,那也等于百分百的没理。并且还往往要求他心口皆服地承认自己百分百的没理。

那是他们两个人之间以性关系为纽带的亲爱关系中的一种内容、一种成分、一种原则。以前,仅仅是昨天晚上以前,他不但全盘接受那一种显失公平的原则,而且是当成快乐原则来接受的。所以,即使让秦岑有三天三夜充分的时间去猜想,她也难以想到乔祺竟会反过来也扇她的耳光。这一次他真的百分百错了呀!他和那"小妖精"已经上床了做爱了并且他已当着她的面承认了这一点,他还不是真的百分百错了吗?虽然他和她还不是夫妻,虽然以她的年龄和对人生的阅历已经可以接受这样一个事实——无论对于男人而言还是对于女人而言,一时冲动理智失控且对方情愿情形之下的性行为,其实像谁忍不住在禁烟场所偷偷吸了一口烟一样,即使不光彩也不是什么大不了的错误,但那也得由她来表示原谅啊!他怎么敢在她没有表示原谅之前反过来也扇她的耳光?!在他那么凶狠地吻她已吻得她情不自禁地偎靠在他怀里时,她内心是正打算彻底原谅算了的呀!她恶言恶语地扇他的耳光那只不过是一种发泄啊!他在感情方面做了严重伤害她的百分百的错事,难道还不允许她发泄够吗?只有当她发泄够了,只有当他请求宽恕的姿态做足了,另外再加上一番百般温存的哄爱,她才会原谅他而且也必定会原谅他,他那么大的一个男人了,怎么连一点儿关于女人的常识都不懂呢?究竟是真不懂还是假不懂?!

秦岑惊恐地瞪着乔祺,在内心里疑问着乔祺是真不懂还是假不懂的同时,觉得自己对乔祺原来也有着根本不懂的方面了。而此前她曾认为,她懂得他就像懂得自己,甚至比懂得自己更懂得他。某些时候她觉得不懂得自己了,却从没觉得也不懂得他。

扇了秦岑一耳光后,乔祺呆在那儿了。只有他那只罪大恶极的手,无处逃窜地垂在身体一侧不安之极地动着。一会儿五指伸开,一会儿握成拳头,看得出他有点儿拿它不知如何是好了。

秦岑瞪着他低声说:"你疯了。"

乔祺张了一下嘴,似乎想回敬一句什么有分量的话。他却仅仅张了一下嘴,一个字都没说得出来。分明地,事情闹到这一步,他已感到再无话可说。

他从她身上收回目光,一低头,走了。

"你站住。"

乔祺在客厅门口站住了,但是并没转身,也没回头。

"从现在起,我们之间,只剩下股份关系了。"

秦岑的话,说得平静而又郑重,却充满最后声明的意味儿。仿佛两个长期合作的生意人谈崩了一笔生意,结果由一方决断地宣布以往曾经互利过的合作关系的终止。平静得虚假郑重得严峻的语调中,有着不无遗憾的成分。听来,那遗憾不是替她自己感到的,也不是替他们双方感到的,而仅仅是替乔祺一方面感到的。

乔祺的头仍低着。

他那颀长的背影一动不动地在客厅门口僵立了几秒钟后,向前一去,从秦岑的视线中消失了。

听到门厅那儿传来房门重重关上的一响,秦岑的身子在长沙发上骤然一抖,像是被震的。

她心里顿时空落落的。昨天晚上以前一度使她对自己的人生倍觉满足的充实感,仿佛一下子被一种无形的抽吸器吸去了绝大部分。如果说确实还剩下着什么,剩下的也只不过仅仅是——股份,百分之三十的股份。

直到那会儿,秦岑自己才也有些后悔起来——他和那个该死的"小妖精"到底有着怎样一种不同寻常的关系?

他本是想当面讲给她听的,可是她没有给他机会告诉自己,因而在自己心里仍是疑团。她意识到,这个疑团以后将会经常折磨自己的。

还有,她所亲眼看到的——那个"小妖精"对他的亲爱行为;以及她虽没亲眼看到,但他当着她的面承认的了——他和那个"小妖精"之间的一次性关系,对她和乔祺之间以往的良好关系,究竟具有多大的实质上的破坏力?是否已经大到了自己非得和他闹到如此这般地步的程度?在自己和那个"小妖精"之间,乔祺的感情倾向又究竟是怎样的?他将最终如何处理他和那个"小妖精"的关系?又将怎样对待他和她之间的关系?……

这些,都是她迫切地想要知道的呀!显然,也是他迫切地想要使她明白的呀!

可是,他一走,也成了与第一个谜团相关联的几个谜团。

难道,我和他之间果真从此只剩下唯一的一种股份关系了吗?

这想法使她的身子不由得又一抖。

像许多人一样,在宣泄了一通之后,在任由非理性的言行闹腾了一通之后,她才变得彻底平静了下来,才变得又能进行较理性的思考了。当然,她能变得这样,归根结底也有他扇她那一耳光的作用。

秦岑头脑中正交织地顾此失彼地想着,门厅那儿传来了开门声。

她以为乔祺返回来了,立即坐端正了。而且,将双腿也并拢了,姿势优雅地斜置在长沙发的前边,就像所谓淑女们对自己的标准坐姿所要求的那样。

她迅速地往上抻了抻毛衣的衣领,还用双手的中指同时抹了抹左右二眉,为的是使自己的样子比刚才显得平和些。

然而回来的不是乔祺,而是秦老。

秦老一边在门厅换鞋一边高声问:"秦岑还在吧?"

这话显然是问李老师的。

一种大的失望一下子笼罩在秦岑内心里了。

自从认识了乔祺,她在许多事情方面都一帆风顺,连在偶而凑趣的麻将桌上的运气都一向较好。失望对于她早已是久违之事了。而它现在来势凶猛,威力劲仿佛要将她整个人彻底击垮在沙发上使她瘫软如泥动弹不得。

"干爸,我没走。"

秦岑礼貌地应了一声,试图站起来走到门厅那儿帮着秦老脱大衣挂帽子挂围巾,以示心里的一份儿敬爱,竟没能站得起来。那一种大的失望和她头脑之中那一个又一个谜团缠绕在一起了,又使她的头脑呈现一片空白的状态,意识也随之又变得迟钝了。

秦老没脱大衣。他只换了拖鞋就走入客厅了。他看着秦岑说:"女儿,你没走就好。事情怎么解决,我已替你拟定初步方案了。"

秦岑呆坐于沙发,怔怔地听着而已。仿佛秦老说的完全是别人的事情,与自己任何关系都没有似的。

秦老问:"你干妈呢?"

秦岑说:"干妈找您去了。"

秦老这才开始脱大衣,并嘟哝:"嗨,这老太婆!外边干冷干冷,我又不是个孩子,还会走丢了呀?她不陪着你说说话,也到外边去找我干什么呢!"

秦岑此时终于克服了内心空虚浑身疲软的感觉,也终于能够从沙发上站起来了。

"干妈觉得您出去的时间太长了。冰天雪地的,怕您不小心滑倒跌伤了哪儿。她是出于对您的关心才出去找您的嘛!"

她说着,将秦老放在竹椅上的大衣帽子围脖一一拿起,转身走向门厅那儿挂去了。

"乔祺来过了对吧?"

她刚挂完,听到秦老的问话,在衣架前愣了愣,之后漫不经心地"嗯"了一声。

"我在回来的路上碰到他了。他是来找你的吧?"

"嗯。"

"什么事儿?"

"没什么事儿……他往酒吧打电话,没人接。我放小婉小俊的假,让她们出去玩儿去了。他又打我手机,我关机了……他有点儿不放心,就找到这儿来了……"

"他对你很好嘛!"

"何以见得呢,干爸?"

"不放心,就是关心嘛。一个男人关心一个女人,还不证明他对她很好吗?"

不能一直站在门厅那儿回答干爸的话,那无疑会给干爸一种很奇怪的印象,秦岑只得转身向客厅走来。在客厅门口,见干爸正望着她,她不由得站住了。为了掩饰自己心乱如麻的真相,她身子一倾,斜靠门框。

"你自己并不这样认为吗?"

作为干爸的秦老,似乎非要问得她承认一种他坚信不疑的事实才肯罢休。

"干爸,刚才我对您说的,只不过是他见了我以后对我的一种说法而已。其实呢,他……是要当面给我拜个年罢了……"

秦岑只得又说起谎来。不说谎,对干爸态度极其认真的问话,她更不知如何回答才好了。

"拜过了？"

"嗯。"

"这小子，大年初一的，我碰到了他，他都没想到也该对我说句拜年话，真是个心目中只有女人没有老人的男人！"

秦老愤愤不平起来。

秦岑觉得，干爸的愤愤不平之中，也包含着几分夸奖。那意思仿佛是——他原先肯定并不这样，是你使他变得这样了呀！

她试探地反问："连句拜年的话都没对您说，那他对您说了些什么呢？"

秦老在竹椅上坐下后说："和你说的一样呗，也只说是来给你拜年的。我问他是不是走来的，他说是走来的，没车可乘，只能走来。多深的雪，难得他对你有此诚心！"

确信了干爸还不知道她和乔祺互扇耳光之事，秦岑暗舒一口气。

她强作一笑，掩饰地说："干爸您也别挑他的理，他那人就那样。"

秦老双臂交叉往胸前一抱，抬杠似的问："就那样？就那样是哪样呢？"

"是……"秦岑边想边说，"他对谁好，装在心里。他……他跟谁发生了利益冲突，从不斤斤计较，总是能让则让……"

她认为自己还远远没说全，微微皱起双眉继续想，似乎还会想到乔祺的某些优点。

而秦老却说："你打住吧，不必再想也不必再说了。这可是你在夸他，不是我在夸他，也不是你干妈在夸他。既然你觉得他起码是个不错的男人，为什么你从不认真考虑我和你干妈劝你的话呢？"

秦岑这才明白自己上了干爸的圈套，整张脸庞一下子红到了耳根。

今天是她第一次在别人面前说乔祺的好话。尽管对方这个"别人"是自己的干爸，她还是对自己有些感到意外。似乎自己和乔祺近两年多的亲爱关系，那一种经常经高超的技巧伪装于人前并且已经伪装得习惯成自然的亲爱关系,因为自己断断续续的几句话而显现出破绽,一下子彻底暴露在干爸面前了。

我怎么偏偏在今天自己也夸起他来了呢?而且竟偏偏是在此时此刻?在我扇了他两记耳光他也还了我一记耳光之后?在我当着他的面宣布和他的亲密关系彻底完结了之后?

秦岑秦岑,你今天这是怎么了你?

她感到自己的心裂开了一道口子似的,就像熟透了的瓜忽然裂开了一道口子。她忽然间明白,自己和乔祺之间的亲密关系,像熟透的瓜一样也早已在自己内心里熟透了。熟透得超过今天,再就没法儿在任何人前伪装了。硬要继续伪装,那就会变成一种非要自己对自己的虐待了!

可我偏偏在今天在刚才亲口对他说了那么绝情的话!

她的心异常尖锐地裂疼了一下,接着仿佛有血从那口子汩汩流出。

"干爸,说点别的吧。"

她的话听来更像是呻吟。

以往,只要干爸和干妈跟她谈到她和乔祺的关系,她总是用同样的话将话题岔开,现在,她又不得不再施惯伎。一想到以后干爸干妈的善意相劝对自己也许变得没了任何意义,她觉得自己心上裂开的那道无形的口子似乎裂得更宽更长了。

也许?……仅仅是也许吗?

她太了解乔祺了。他最难以容忍并且难以原谅的一个人的行为那就是——如果谁不听他解释某事的原委便对他蛮横无理,那么谁在他心目中的印象就会变得糟透了。即使他曾和那个人的关系十分良好,以后他也不会愿意再理那个人了。即使还理,那也只不过是一种表面的礼貌了。

"女儿,你没事吧?"

秦老不安地问了一句。

"我没事儿呀。"

秦岑故意做出奇怪的样子。

"你的脸,刚才一阵红,现在又煞白……"

"最近,医生说我血糖低……再加上我没心思吃早饭……"

她尽量说得很轻松,却已感到头晕,感到身上已在出冷汗,像就要虚脱了似的。

"那还站在那儿!快坐到沙发上去。女儿,现在我要求你保持情绪平稳……"

于是秦岑乖乖地坐到长沙发上去了。如果不,她觉得自己立刻就要在干爸的注视之下贴着门框滑倒于地了。

"腿也放到沙发上去嘛!"

她乖乖地照办了。

"用垫子当枕头,躺一会儿。怎么躺着舒服就怎么躺,在我们这儿你还不随便点儿?……"

她也乖乖照办了。面向干爸侧卧,身体一旦安全了,头似乎也不那么晕了。

"茶几上那盒里有巧克力,吃一块。"

"不想吃……"

"听话。吃一块巧克力你感觉就会好多了……"

她不愿再开口说话了,也不愿再浪费干爸的话了,于是将一块巧克力放入口中。

"现在,我说,你听。我说的时候你别插话,你要情绪稳定地听。我说完了,你自己怎么想的,你再说。"

她点了点头。

于是秦老就开始说起他替秦岑周到考虑之后的几种解决问题的方案来。到目前为止,这一位认为自己义不容辞的老人家,仍以为使他的干女儿心烦意乱的只不过是她的前夫。他说他到外边去,是要亲自看看雪后的交通情况。说已经有撒盐车和清雪车出动了;说他已经打听过了,最迟下午两点钟,全市的主要街道就都可以通车了;说他当年的一名学生,是秦岑家那个区的公安局的副局长;说他已经用手机与对方通过电话了,说对方也给秦岑家那个片儿的派出所所长打过电话了,只要他认为有必要,那派出所所长会随时陪他到秦岑家去,替她出面与她的前夫进行交涉;说他也给在法院做审判长的一名学生打过手机了,只要秦岑愿意,她随时可以以滋扰罪和强占居所罪起诉她的前夫,而他那名做审判长的学生,向他保证将会从快立案,从快审理,从快判决……

"女儿,我只出去了一个多小时,却办成了不少事吧?你干妈还以为我不想大年初一的替你分担烦恼,毫无责任地躲出去了!我怎么会像她想的那样呢!你没和她一样错怪我吧?"

秦岑摇头。

"我只不过不想当着你俩的面动用我当年那些师生关系罢了。我怕你俩你一言我一语的,反而干扰了我进行通盘考虑。我的主张是这样的,既然下午就可以通车了,那么下午我先代替你,去你家与你那位前夫交涉一番。他叫什么来着?"

"胡宗文。"

"胡宗文,胡宗文,我记住他的名字了。放心,我不会和他争吵的。没那个必要。我将心平气和地对他晓之以理,告诉他,他昨天夜晚的行径是犯法的,他以威胁的方式得到了你家的门钥匙,居然还住进了你的家里,使你有家不能回,这尤其是犯法的。如果他多少明智一点儿,乖乖地从你家离开,那么对于他目前的困难,你可以看在从前的夫妻关系的情分上,给予他某些帮助。比如,可以通过给予他一笔钱的方式……我要是这么和他谈,你没意见吧?"

秦岑默默点头。

对干爸的话,她心不在焉地听着而已。左耳听,右耳冒,像一股股水流过水管子。秦老说时,她目不转睛地望着他,似乎听得全神贯注。秦老的话一停,又像水龙头关住了,而她那听觉的管道系统里什么都没存留下,空空如也。与乔祺闹到那么一种关系难以挽回的地步,实非她的理性决定,使她感觉自己如同从前的一个城里人而被注销了户口,面对农村完全不知怎么办才好了。

女人一旦丧失了爱,她的精神世界就会处于一穷二白的农村似的那么一种状态。即使她身价百万千万亿万,她也还是会意识到她的精神世界仿佛一穷二白的农村。女人不同于男人。某些男人或许会直接对金钱和财富两样东西产生像对爱和性事一般迷醉如痴的情感。那时金钱和财富两样东西对于他们也仿佛直接就是有性别的,直接就是最女人意味的,比女人更女人意味的东西。而女人,在他们那儿,则成了他们人生追求的附属品,成了金钱和财富的追加值。这时情形发生了另一方面的变化,那些男人们自己似乎变成了无性的人。即使他们仍表现出对异性也就是对女人的需要,那种需要也只不过体现为一种证明式的需要,一种虚荣心的需要。以证明他们还是男人,以满足性别的虚荣。爱对于他们而言已仅仅是占有之事,就像小男孩为了证明自己是男孩,为了满足男孩的虚荣心,一定要占有普遍的男孩都心向往之的东西一样,比如仿古的刀剑和仿真的枪械,而且多多益善,而且一定要占有精品,但其兴趣比之于普遍的男孩却已绝难持久。这便是被他们所"爱"的女人往往表面春风得意而内心里有苦难言的一个真相。

然而几乎每一个女人事实上都不会变成像那些男人们一样的女人。古今中外之女人们的性别意识,是这世界最难以被异化的事物。如同水无论变成任何形态,冰也罢,雪也罢;无论兑进任何成分,酒也罢,茶也罢,可乐也罢,其分了式中,仍少不了水。这是女人们的性别意识的根性。她们的性别意识即使被扭曲了,也还是比性别意识被扭曲了的男人较容易恢复到正常;即使被压抑住了,也还是比性别意识被压抑住了的男人较容易被重新唤起。是的,女人的性别意识是根本不能被彻底异化的。这是因为,女人不但是有性的人类,还是具有母性本能的人类。母性本能使女人的性别意识成为最根深蒂固的一种意识。金钱和财富最终并不能使女人忘记她们是女人。所以,即使在她们表面上像男人一样充满能力欲壑难填地追求金钱和财富的时候,夜深人静,孤枕难眠,她们仍会感到身为女人的悲凉。所以一个女人即使什么都有了,也还是能够清醒地明白她们不可以没有爱情。即使许多方面都一帆风顺,在爱情这一件事上一旦受挫,她们也还是会倍觉作为一个女人在最重要方面的失败。与此事相比,其他一概之事,往往都会变得无所谓了。

此时此刻的秦岑便是这样。

秦老不晓得她内心里的真烦真苦,只管有条不紊地继续说着:"结果无非两种——一种是,他挺明智,听劝,提出要多少钱,我将替你答应他,他也就从你那儿离开了……你看,多少钱是个上限?"

秦岑怔怔地望着他,没有回答,也没有做出什么相应的表情反应。

秦老就又说:"我在问你,如果只有给他一笔钱他才肯离开,那么你最多能给他多少?你告诉我,我心中也有个数……"

秦岑木讷地嘟哝:"干爸,我……我不知道……"

作为一个女人,与自己有两年多性亲爱关系的一个男人,在毫无征兆的情况之下,一夜之间居然被一个不知打哪儿来的"小妖精"夺去了——这一种羞辱,使她失败得太不甘心了。她头脑中正想着的,与干爸正说着的,根本不是同一件事。

"那,你考虑着,过会儿再告诉我。你听我接着说,第二种情况嘛,无非就是他非常不明智,其表现是,狮子大张口,贪得无厌,一伸手十几万几十万地要。那么,事情的性质就发生了更令人不能容忍的变化了。那他就等于是在敲诈勒索了。又强占他人住所,又敲诈勒索,那就必须要求公安机关出面解决问题了。如此一来嘛,他也许就会被拘留了。当然,还是要看他的表现。如果公安机关一出面,他怕了,我们也还是可以而且也应该退一步,高姿态,仍留给他一种对他有利的结果供他选择,不把他逼到墙角里。但也不排除另一种可能,就是公安机关出面了他也不怕,总之是天不怕地不怕,竟然大喊大叫,闹将起来,闹得左邻右舍都出门围观,结果可想而知,对你的影响就不太好了。人在走投无路的时候,往往会破罐子破摔。以上可能不是完全没有,所以要充分估计到。真那样了,情愿也罢,不情愿也罢,就都得诉诸法律了。我想你肯定有一种心理,怕真那样,怕事情成为某些人茶余饭后的谈资,怕人们背后种种样样的议论,更怕有人把这件事当成你的笑话看。我想他也肯定有一种心理,那就是要充分利用你的怕。他有什么可怕的呢?人沦落到了他那么一种走投无路的境地,也就没有什么可怕的了。而且,你怕什么,他是完全猜得到的。你特别怕而他什么都不怕,他就会在法庭上大要无赖,有证据无证据的事,乱编一通。比如他很可能说,他并非强占他人住所。你现在的那一套房子,是他从香港寄回钱来,求你用你的名字替他买的。即使他拿不出什么证据来,即使法庭对他的话不予采信,而传开了,在别人听来,似乎……"

"干爸,我头疼。"

秦岑的话虽然说得很轻,秦老还是立刻停止了侃侃而谈。

"我想睡一会儿……"

"我先不说了我先不说了,那……"

"我就在沙发上睡一会儿,我头疼极了。"

"还是到你干妈的床上去睡一会儿吧!"

"我不了,我现在连动都不想动一下了……"

秦岑说罢,在长沙发上翻了个身,背对秦老,以靠垫当枕头,闭上了双眼。她确实突然头痛起来,疼得剧烈。

秦老呆望她片刻,起身走入李老师的卧室,拿出一个枕头替她塞到头下。

而秦岑,闭着双眼,默默将靠垫搂抱在怀里。

秦老犹豫了一下,第二次走入李老师卧室,拿出毛毯盖在秦岑身上。

而秦岑,头一挨枕便已昏昏然睡去,她鼻息短促而且有点粗重,胸脯起伏得那么明显,使盖在她身上的毛毯也随之起伏。

看样子,她睡去是睡去了,但是睡得勉强,完全是由于被身心交瘁得支撑不住的困倦所摧垮的一种睡法。

秦老怜惜地低头瞧着自己的干女儿,不由得叹了口气。同时,一种强烈的责任感在他心里油然而生。他决定,无论如何都要亲自出马替干女儿同她那个王八蛋前夫进行交涉。

门一响,李老师回来了……

而此刻,在乔祺的家里,那"小妖精"她又像一只小猴子赖在树上一样,手脚并用地搂住抱住乔祺的身体,赖在他怀里,不管他的样子是多么心事重重,郁郁寡欢。乔祺简直拿她毫无办法,爱也不是,恼也不是,心烦意乱,被缠绕得前胸后背一阵阵出汗。只要他将她从身体上撕扯下来,像放一件易碎的东西似的放在哪儿,她就会站在或坐在哪儿,大睁双眼,以一种无辜又委屈的眼神儿一眨不眨地瞪着他,不吭气儿,也不动地方。那时她像极了一个小女孩儿,两三岁以上五六岁以下别人不娇但是天生的明白也可以自己娇自己,并且特有主意的那类小女孩儿。即使她们的爸爸妈妈,在她们那样的情况之下,往往也是拿她们毫无办法的。然而凡是摊上了这么一个女儿的父母,又总归是逐渐会被她们"磨"出些经验来的。一般都知道,发火是没有用的,吼叫呵斥也是没用的,打更不是办法。行之有效的办法只有一种,那就是得哄。以十二分的耐心不厌其烦甚至百折不挠地哄。

那类以"磨"大人为一大快事一种好玩儿之事的小女孩儿,平素又都是些很善解人意很乖觉嘴很甜因而有多种可爱之点于是极讨大人们喜欢的小女孩儿。故大人们哪一次即使被她们"磨"得来气,看着她们无辜又委屈的模样,想想她们平素有多么乖觉多么可爱,心里那气也就先自消了一半儿了,实难对她们真的凶狠起来。而她们,亦并非完全不讲策略。实际上她们之"磨人",是很有伎俩很懂分寸的。看出爸妈们的忍就快到了极限了,便使出最后一招,从他们的小嘴里说出一句或几句很甜又可怜兮兮的话。她们的那样的话一出口,爸妈们的心顿时软得没了形状,除了还是得亲她们爱她们变得开始诚心诚意地哄他们,再就只有进行自我谴责的份儿了。那时她们的眼里,会不失时机恰到好处地掉下几滴泪珠儿来。于是她们的模样看去是更加无辜更加委屈了,简直还仿佛受到了违背人性的伤害似的。而那时她们的爸爸妈妈,就不仅一味儿自我谴责,竟还会感到自己对待她们的态度肯定是接近着罪过的行径了。表面而论,终归是她们首先妥协了。其实呢,是她们的爸爸妈妈败下阵去,败给了她们最后一招。那乃是她们的杀手锏,没有几位父母能抵挡得住的。所谓"道高一尺,魔高一丈"……

是的,这会儿的乔祺正像那些已被"磨"得心乱如麻无计可施的爸妈;而那个"小妖精",正像如上一类鬼灵精怪专善"磨"人的小女孩儿。

当他又一次将她从自己身体上生生地撕扯下来后,双手插在她腋下,轻松地将她举起,原地转了一圈儿。他四处哪哪儿都将她放过了,这一次不知道该将她放哪儿。确切地说,他对她的放法,得用"摆"字加以形容。好比"摆"一件完全多余的,但对于自己却又具有某种极其特殊的纪念意义的东西。这类东西由于往往联系着私密的情感经历,一般都摆在自己能随时看到,而别人又不太会一眼就能发现,理应享有稳定的位置,位置又不能太中心的那么一种地方。当然,这是他最后一次"摆"放她的心理状态。前几次并不是这样。前几次他将她从身体上撕扯下来随处一放就是了。而这一次他相当郑重其事,一心打算是他的最后一次。起码这是他单方面的愿望。通常人们"摆"放什么东西,一般是哪儿拿起的放在哪儿,这叫好习惯;随处乱放,叫坏毛病。但那"小妖精"毕竟不是 一件东西,而是人。又毕竟不是一个小女孩儿,而是一个半大不小的人儿。并且,他的身体毕竟不是她所在的原处。他不曾是什么有袋动物,她也不曾是他袋中的小兽。在他的家这一个有限的空间里,她这一件"东西"根本不曾有过什么原处。故他每一次将她从身体上撕扯下来之后,心里都会有一种不知该将她置于何处的感觉。这一次那一种感觉尤甚。

"乔祺,乔祺,你该拿她怎么办?该拿她怎么办?……"

他心里默默对自己说着这样的话,举着她原地又转了一圈儿。

如果昨天夜里没跟她发生那种事就好了。

他悔之晚矣。

他暗恨自己意志力薄弱,经不起诱惑……诱惑?不,不,事实完全不是这样!也就是说完全不是她有意识地诱惑了他。当时她确乎是在睡着,而他忍不住久看她的睡相,觉得很好看,很美妙;于是他进而忍不住吻了她——先轻轻吻了一下她的小脚儿,接着轻轻吻了一下她的小手儿,她都没有反应。再接着他轻轻吻了吻她的额头,她还是没有反应。于是他又吻了吻她那双闭着的眼睛,之后他想吻吻她的嘴唇。大约是因为喝了点儿酒吧,她那张白皙的小脸儿两颊红艳,像擦了胭脂似的。她的嘴唇也显得特别红艳,如熟透的樱桃,一指弹破的样子。他一边将自己的嘴唇凑向她的嘴唇,心里一边想,可千万别把她给吻醒了。是的,当时他心里真是这样想的。

她的睫毛是那么长,又那么密,如同贴着假睫毛睡着了似的。倘若他吻了她的眼睛她还是没醒,他吻了她的唇她仍没醒,那么昨天夜里他和她之间便也就相安无事了。正像她直到那会儿一直在熟睡着一样,他也一直没有乱了方寸心猿意马起来。他吻她,只不过因为他心里是非常喜欢她的。他没法儿不喜欢睡在他床上的这一个女孩儿。他认为自己有权在她熟睡的时候通过吻她偷偷流露一下自己对她的喜欢。偷偷地,正是这样。在她浑然不知浑然不觉的情况之下,偷偷地,对她有一定程度地流露一下,这是他的愿望。他只不过想稍微地满足一下自己的这一种愿望罢了,此外别无所欲。起码在当时是那样的。之后他就打算去冲澡,再之后他就打算躺在沙发上看几页书,看到发困时关灯安睡了。然而问题就出在她那双自然而然地闭翕着的眼睛上。它们的睫毛委实太长了,长得很假。他的唇尚未能触着她的眼睑,便已碰到了她的睫毛了。这是他没有料到的。他更没有料到的是,她的睫毛远比她的小脚小手以及前额的皮肤更为敏感。她的头随之在枕上左右摆晃了一下,之后,突然地,她醒了,睁开了她的眼睛。这是他毫无心理准备的,根本来不及远离她,只不过将正低俯在她脸庞上的头抬了起来而已。他吃惊地俯视着她的脸庞,连发窘的反应都没有来得及呈现。

他的卧室的门敞开着,客厅里只亮着沙发后的一盏落地灯。那盏灯的灯罩很大,是羊皮的,不怎么透光。一盏灯的光,几乎全被笼在沙发上以及沙发周围的地面上了。而从卧室的门口映到卧室里映到床上的光,就更加暗淡了,若有若无,是摄影者们称之为虚光的那一种光。在那一种微弱的光亮度下,她那双大眼睛像两枚围棋的黑子。它们目不转睛地自下而上看着他,目光中除了心定神安的意思,再没有其他任何别的内容。在他而言感觉如此,事实上也正是那样。那仿佛是一双小孩子的眼睛——一双小女孩儿的眼睛,一双女婴般的眼睛。或者几乎也可以说,是一双被他所眷养熟了的小猫小狗的眼睛,单纯无邪而又充满信赖地看着他。那是一种在当今极为少见的目光,是当今之人所久违了的可谓稀罕的目光。它足以使当今之人在它的注视之下暗觉羞愧。因为我们大多数当今之人的眼中已很难再有那样的一种目光流露出来。也许我们不看着自己的同类也就是看着别人的时候,我们的眼中竟还会有那样的一种目光流露出来一会儿。而恰恰是我们在看着别人的时候或者是别人在看着我们的时候,我们当今之人的眼中已实难流露出那么一种目光了。尤其是在进行某一场谈话之前或是在刚刚进行完了某一场谈话之后。即使那是一场被我们大多数人认为推心置腹的谈话,我们的目光也还是会向彼此暴露我们已经变得多么的难以推心置腹。即使在我们大多数相爱的男人和女人之间,绝对信赖的目光也已经很少了。即使在儿女和父母之间,绝对信赖的目光也已大打折扣,往往难以避免地掺进猜疑、揣摩、讲前提讲条件、乞付出图报答等等杂质了。

倏忽间,大男人乔祺的心被"小妖精"的目光感动了。

那是他曾特别熟悉的一双眼睛,也是他曾特别熟悉的一种目光。

"孙悟空哥哥……"她喃喃地说,并且,微微一笑。之后,她又闭上了眼睛,将身子朝他这一边一侧,随之收缩双腿,在被底下更舒服地一蜷。

于是他和她之间从前的许多事情,像倒电影拷贝似的,一幕幕在他的脑海里闪现。

而她又说:"有孙悟空哥哥在身边的感觉,真好……"

说完,还发出了一种心满意足的,似娇非娇,听来近乎于拖长了的"啊"也近乎于拖长了的"嗯"的声音。某些男人在品尝了一口好酒之后,也每每不禁地发出类似的声音。那意味着是人对享受知恩图报的一种表现。

乔祺刚想离开,不料那女孩儿猛地一翻身,又仰躺着了;自然,也又睁开了双眼,眸子更加明亮,眼神里多了些许任性。

是的,在乔祺看来,她似乎永远都没长大,永远都是一个女孩儿。无论别人包括他自己某时觉得她多么像一个"小妖精",那她首先也还是一个女孩子。天底下最好的一个女孩儿。像一个好"小妖精"的好女孩儿。

唉,某人在某人心目中,不,心灵中的位置,若是上天注定了的,人奈之何?

她双眼亮晶晶地瞪着他说:"不许走。"

声音很小,却完全是命令的口吻。

他不满地说:"你啊,你使我在酒吧里太尴尬了!"

"不管!"

她笑了。笑得有点儿坏。一副实行了报复之后幸灾乐祸的样子。并且,认为他必须受到报复。显然,因为睡了一觉,她来精神了。

他刮了她的鼻梁一下,也命令地说:"给我老老实实接着睡,明天再……"

他想说"明天再跟你算账",还没有说完,她猛伸双臂搂住了他的脖子,使他不由自主地伏在她身上了。

"别闹!放开我!"

"就不！孙悟空哥哥是我的！"

她极其霸道地说完她的话,立刻用她那猝不及防的吻堵他的嘴,不许他再开口说什么。一如在跨街桥上的情形,他左躲右躲,终于还是没有躲开她的吻……

他渐渐变得情愿了,并在心里不停地说:"乔乔,乔乔,你叫我怎么办？怎么办？……"

那时刻秦岑在他心里根本不存在了。

他也闭上了双眼,任凭欲望冲决理性的堤坝。

"孙悟空哥哥是我的！"

在他听来,她那一句话仿佛也是在向全世界作出的维权声明似的。对于他,最要命的是,连他也认为她说得对,也认为自己的理性倘不服从于她的声明简直是丑陋的理性！

"孙悟空哥哥,你是我的,我的……"

她闭着双眼,似睡非睡地喃喃着,仿佛正面临着一个愉快又幸福的梦境,如果不再睁开一下眼睛,便会被引诱着一步步走入那好梦之中去了；又仿佛并不情愿便那么睡过去,因为还有另一个梦在引诱着她。而另一个梦,却是要睁着眼睛,目不转睛地看着她的"孙悟空哥哥"才做得成的。并且,另一个梦是更好的好梦……

她那张苍白的俊俏的脸儿上,两排长长的睫毛同时忽闪了几次。

乔祺看出,她是本不想就那么睡过去的,然而她又太困了。

"孙悟空哥哥"——这一种她对他的叫法,在别人听来莫名其妙的叫法,令他百感交集,浮想联翩……

……

在北方的另一座城市里,在一个叫坡底村的农村里,乔祺和这个"小妖精"曾共同拥有过一个家。坡底村的村长乔守义,曾是他们共同的不苟言笑又每每喜笑颜开的父亲。喜笑颜开的时候是乔守义和"小妖精"在一起的时候；和乔祺这个儿子在一起的时候,乔守义基本上是不苟言笑的,如同他的儿子也只不过是他那权威领导之下的一个村民,似乎还是一个处处都令他不怎么满意的村民。只有三个人在一起闲聊时,乔祺才得以沾"小妖精"的光,分享到一点儿父亲喜笑颜开的"阳光"……

有天乔祺从外边回到家里,当年还小的"小妖精"冷不丁地蹿到他背上,耍娇耍赖地直劲儿叫嚷:"孙悟空哥哥,快背着我腾云驾雾,腾云驾雾玩儿嘛!……"

乔祺哭笑不得,没好气地吼喝:"从我背上滚下来,别烦我!我如果会腾云驾雾,那还在坡底村呆着吗?"

然而小"小妖精"又哪里惧怕他的吼喝,又哪里管他心烦不心烦呢?她像树獭抱住树干似的,粘在他背上哪肯乖乖地下来,非要他腾起云来驾起雾来不可。

他被磨得百般无奈,只得背着她从地上蹦到椅子上,再从椅子上蹦到炕上;接着从屋里跳跳跶跶地来到院子里,平地一拔双脚,腾跃到一罗土坯上;还要一边做出些猴子的滑稽动作和怪模怪样……

而小"小妖精"也能将就,仿佛承认那便是腾云驾雾了,在他背上乐得嘎嘎咯咯的。

过后他才明白,怪只怪他的父亲乔守义给她讲了"大闹天宫"的故事了。

他背着她埋怨父亲:"爸你给她讲点儿什么故事听不好?干吗非得讲'大闹天宫'?"

而父亲却一本正经地回答:"我要是讲《三国》和《水浒》,你想她能爱听吗?你要是以为她也能爱听,那你就哪天自己讲给她听!"

乔祺没给小"小妖精"讲《三国》听,也没给她讲《水浒》听。他倒是有天从城市里为她买回了一具带有两根长长的野雉翎的孙悟空面具,希望她戴上自己想像自己就是孙悟空,别再纠缠他。她很喜欢戴孙悟空的面具,也很乐于想象自己就是孙悟空,却不愿稍带也想像一下自己腾云驾雾的良好感觉。

"好爸爸,再给我讲一遍嘛!……"自从有了孙悟空面具,她喜欢戴着那玩艺,听"大闹天宫"了。

听的百听不厌,讲的也不厌其烦。

当了三十几年村长的乔守义,仿佛自己也是一个被五行山镇压住了五百年的受害者,面对一个纤纤弱弱的"孙悟空",讲起来比比画画,声情并茂。那情形仿佛是孙悟空他师傅,在教给孙悟空怎么样才能将个天宫大闹得神仰鬼翻,让徒弟替自己出尽胸中的夹板子气。

每当乔守义开讲,乔祺就明智地抽身便走。

然而她又哪儿容他那么容易地就溜之大吉了呢?

趁他转身的当儿,她已飞快地又蹿到他背上去了,对着他耳朵警告:"哥哥不许走!你要走我以后可就不跟你玩儿了。"

听来,仿佛关系反了,经常是他纠缠着她似的。

再不,一声不吭,下口就咬他耳朵。

而乔守义却每从旁说:"你又没什么事非这会儿去做不可,故意往哪儿躲?我讲给一个人听是讲,讲给两个人听那也是讲。你也听听还能听少了你一块肉啊?……"

乔祺便只有背着一个"孙悟空",听他的父亲从容不迫地开讲"大闹天宫。"那时他觉得自己是被"猴哥"捉弄的猪八戒了。听完后,少不得又要背着她像一个跟头十万八千里的"孙悟空"那样腾云驾雾……

回想起从前事,注视着仰躺在自己眼前似睡非睡的这一个"小妖精",乔祺心中爱意翻涌。

他在内心里暗说:"你也是我的!你怎么就不应该是我的呢?……"

他情不自禁地俯下他的头,极想吻她那红润的双唇。在她那张苍白的脸儿上,她的双唇像两片被雨水淋过了的花瓣。

她忽然睁开了眼睛,眸子晶亮。

乔祺顿时大不自然起来。

她说:"孙悟空哥哥……"

乔祺说:"嗯?……"

"你还记得我小时候总爱这么叫你吗?"

"记得……"

"小时候我经常磨得你心烦是不是?……"

"是……"

"现在我还想磨你,就像我小时候那样!"

她猛地伸出双臂搂抱住了他的脖子,同时却又闭了眼睛。

如同一本图画精美的儿童画册,刚翻开了一下,迅速地又合上了。

而她那两片花瓣似的双唇,却缓缓地微微地绽开着了……

第六章

在男人和女人的关系中,这里专指的是既有性的亲爱又以爱为纽带,而非柏拉图式的那一种关系中,我想确乎是有某种也许只能叫作"缘"的定数的吧?太多的人们将"缘"泛化了,以为大千世界,芸芸众生,一男一女之间既发生了恋爱和性事,便总归算是有"缘"了。这么想比较符合佛教的诠释,但不是我这里所要强调的意思。我要强调的意思是——在男人和女人的关系中,如果介入了某种命中注定似的因素,即一方起初不愿认可而最终还是心甘情愿无怨无悔地认可了的因素在起作用,才算是"缘"。而"缘"既是存在的,便必有好的和不怎么好的和坏的之分。不怎么好的和坏的,就不去细说它了。因为那可以唯心主义地理解为上苍对人的考验。既曰考验,人当然可以而且当然有权改变它。不试图改变,或方式愚蠢甚而罪恶,都是人自己的责任。成功地改变了,就是通过了考验。这里只讲那种好的"缘"。它之所以好,乃在于它正是人所向这个世界诉求的。哪怕你起初并不觉得它好,但它一次又一次出现在你的人生里,最终引起了你的重视。而你一旦重视了它,你也就开始对它一次次推入到你的人生里的那一个女人(或男人)重新认识另眼相看了。结果你开始庆幸爱她对你仅有一次的人生无论如何是值得的。

那么她也会告诉你,她同样感到庆幸……

而文艺和文凭,对人有着几乎相同的影响力。一个获得了真的而不是假的大学或大学以上文凭的人,无论男人还是女人,如果原本是城里的人,其后就更像城里人了。对于这个人,按时下流行的说法,那文凭意味着一种"知本"。比缺少"知本"的城里人仿佛多了点儿"知本",不消说,自然比城里人更像城里人啰。哪怕仅仅是多了点儿,哪怕仿佛。如果原本是农村人呢,那么这个人是学子的过程,通常正是他或她渐渐变得像城里人而渐渐不再像农村人的过程。等到获得了文凭,迈出校门,大学已将这个人从方方面面都改造了。他或她融入到城里人的生活中,于是渐渐地特别"是"一个城里人了。因为原本并不是,所以后来特别"是"。撇开刻意"是"不刻意"是"姑且不论,有一点是必须承认的,那就是这个人的文化背景变了。一个人的文化背景一变,这个人想不变想和从前一样都不能够。文化背景是很厉害的"东西",好比一棵葱,在菜篮子里时,除了是葱,不再是别的。但若栽在漂亮的瓷花盆里,摆在优雅的客厅或现代艺术的展厅,即使别人看看那明明是一棵葱,都不太敢直说是棵葱了。没别的原因,葱的文化背景变了而已。

文艺和人的关系也是这么回子事儿,一个人或和"文"发生了亲密的接触或和"艺"发生了亲密的接触,时间一长,久而久之,周身就似乎有了种"场"。在练气功的人那儿,叫"气场";在被文艺熏染了的人士们那儿,叫"气质"。一个人一旦有了那样的气质,往往也比城里人更像城里人了。

乔祺自小生长在坡底村。

秦岑曾多次想要弄清楚,是他故乡的坡底村,究竟在邻省的哪一县境内是一个什么样的村子,但乔祺不愿详细告诉她。问了几次问不出个结果,秦岑她也就再不问了。她爱的乔祺是邻省的男人,一个自小生长在农村的男人;她觉得她对他了解了这些,也就足够了。她倒宁愿他这个自己所爱的男人,对于自己具有一些神秘感。

邻省的坡底村,因五里坡而名。

五里坡,因地貌而名。

它在邻省的省城的西南郊,实际面积不到五里,比五里要小一半。人们就那么叫罢了,顺口的一种叫法。五里坡下有一条河,是松花江的一条细小的支流,叫"弯子河"。实际上"弯子河"的河床并不弯,而是河床挺直的一条河。起码五里坡前的那一段河床是那样。既然河床并不弯,"弯子河"以前就不叫"弯子河",而叫"腕子河"。是指它的细而言的。叫来叫去,就被人叫成"弯子河"了。不过,它也不是那么细。水态稳定的日子里,河面也有二十余米宽呢。春秋汛季和夏季雨稠的日子里,河流吞岸,河面就更宽了。最宽的时候能宽出一倍去。弯子河从五里坡前流过,在五里坡坡势基本收平的地方拐了一个大弯,接着在广袤的原野上又直流出去十几里,沿途孕出大小数十个水泡子。再拐一个弯,归回到了松花江里。这么样的一条河,除了冬季冰封河面,春夏秋三季的河水便都流淌不息,水质清洁。包括河两岸那些水泡子,也大受其益,比原野远处星罗棋布的死水泡子里的水洁净多了。在五里坡底,弯子河边上,有一个一百五十几户人家的不大不小的村子,周围被柳树、柞树、杨树、榆树等等杂树组成的树林环抱,自然生态怪不错的。

乔祺的父亲乔守义,从大跃进的年代起,便是坡底村的一村之长。

乔守义是一九五六年的高中毕业生,十八岁在学校里就入了党。而且,这位当年省城重点高中的团委书记,放弃留在城里工作的机会,带头回农村成为新一代农民中的一个。当年的中国,正为在全国开展一场工业方面的大跃进进行着紧锣密鼓的准备。工业方面的大跃进须得以城市的粮库里堆满了粮食为前奏。所以一九五六年不像两年以后的一九五八年,中国唯恐它的农民少了几个,因而影响了粮库里粮食的储备。

当了整整二十年村长的乔守义,早已被坡底村的人们叫作"老村长"了。某些年长于他的人,也那么叫他,既表示对他本人无可替代的个人威望的尊敬,也表示对二十年这一时间跨度的尊敬。尽管乔守义并不老,一九七八年才四十几岁出头。

一九七八年的乔祺,已经十五岁了。这五里坡中学的初三男生,可不像他父亲二十年前在省城的重点中学那么过早地领略人生之风骚。他母亲在他刚上小学时就病故了,那正是"文革"时期,他父亲整天忙于开会和领导生产,顾不上管束他。基本是任由他随随便便地长到了十五岁。但是他倒也没随便出什么毛病来。这少年性格内向,学习半用功不用功的,贪玩。由于性格内向而不合群,贪玩也只是独自玩。到离村子远的河段去钓鱼,或在小草甸子里水泡子边上到处寻找野禽蛋。再不就待在知青宿舍里安安静静地倾听他们聊城市里的事,或帮他们去干他父亲分派给他们的农活。他很喜欢听他们聊城市里的事。虽然城市离五里坡并不算远,坐上近郊列车二十几分钟就会到城里了,但他还没去过。听知青们讲了许许多多城市里的事,他对城市还是没有什么感性的认识,认为城市只不过是一个人多因而事端也多的地方罢了。当年在五里坡插队的知青,大抵都是 A 市有特殊权力背景的家庭的儿女,否则绝对轮不上到离城市那么近的农村来插队。"文革"前近郊列车的时刻表上是没有五里坡这一站的,"上山下乡"运动以后才有的。五里坡的农民们都说,是城里某些有权力的人们为他们在五里坡插队的儿女们特批的。五里坡的农民们虽然这么不以为然地认为,心里边却还是谢天谢地的。从此他们进城方便多了啊!

插队在坡底村的知青中,有一名叫高翔的。高翔的父亲,是北京某国家乐团的指挥。高翔本人,是北京音乐学院附中的学生。"文革"中高翔一家被逐出北京,先被押送到了"五七"干校,后来落实了政策,但仍不许回北京,被发配到这一省的省城落户下来了。高翔的父亲与市"革命委员会"的一位副主任有感情深厚的私交,使高翔得以受到特别的优待,也插队到了坡底村。那原是北京人的知青将一支叫作"萨克斯"的乐器带到了坡底村,得闲便溜到河边去独自吹一阵。是小男孩儿的乔祺迷上了知青的"萨克斯",进而迷上了那知青本人。每天见不到高翔几次,听不到他吹几曲"萨克斯",小乔祺心里边就空落落的。

于是他成了那知青的影子。于是那知青渐渐喜欢起乔祺这一个迷上了他以及他的"萨克斯"的农村孩子来。终于有一天他主动教乔祺吹奏"萨克斯"了,俨然一位严师,教得郑重其事,极其耐心,可谓超才发挥,倾情传授……

"四人帮"被粉碎的两年后,坡底村的几名知青,人连户口都返城了。高翔是最后走的,那时他与乔祺这一个农村少年之间,业已感情深笃,难舍难分。他的学生则能将萨克斯曲吹得行云流水了。坡底村的少年,对老师那件洋乐器产生了少年维特对夏绿蒂一般的痴恋,高翔走时就将萨克斯送给了他。高翔返城不久,成为少年宫的一位器乐演奏老师,不但教萨克斯,还教手风琴、大提琴……

在高翔的推荐之下,十五岁的乔祺也成了少年宫的一名业余器乐演奏学员。唯一一名来自农村的学员。既不但继续跟高翔学萨克斯,还跟高翔学手风琴,学大提琴。十五岁的坡底村的农村少年身上,越发显示出一种令他的老师惊奇的音乐天赋来。高翔认为那除了用"上帝赐给的"加以形容,简直就没法儿再作别种解释。

从坡底村的地理位置来讲,少年宫在松花江对岸,在城市的江畔街上。离它不远便是江桥。直到成了少年宫的器乐演奏学员以后,十五岁的坡底村的少年的脚步,才终于跨过江桥踏上了城市那条美丽的街道。每星期的一三五下午,风雨无阻。好在五里坡中学初三年级的课时一向排在上午,乔祺的正常学习倒也没怎么受到影响。他在五里坡中学逐渐被视为幸运儿了。而在少年宫也越来越受到器乐班老师们的一致喜爱和夸奖。

转眼到了一九七九年的冬季。乔祺记得很清楚,那一天中午开始下起了第一场雪。他照例去往少年宫,在江桥用枕木铺成的人行过道上印下了第一行脚印。

他没有想到老师高翔会站在桥梯旁等他,怀里抱着一个用小棉被包着的孩子。老师的棉帽子棉袄上落了厚厚的一层雪,怀里的小棉被襁褓也落了厚厚的一层雪。

老师说:"乔祺,我一直在这儿等你。"

老师的表情怪怪的。

他诧异极了,不知说什么好。

老师又说:"乔祺,我要求你一件事,你肯答应我吗?"

他连想都没多想,就值得完全依赖地点了一下头。

"你到我跟前来。"

他走到了老师跟前。

"你看。"老师掀开小棉被的折角,被角下现出一张白白嫩嫩的婴孩的小脸儿,戴着一顶红毛线织的绣球帽,挺香地睡着。

"可爱吗?"

他说:"可爱。"

"是个女孩儿。"

他说:"啊,是个女孩呀!"

"她快一岁了。"

他说:"那该说话了。"

"来,你抱着。"

于是他小心翼翼地从老师怀中接过了那女孩儿,之后紧抱在自己怀里,生怕一失手掉在地上。

"不必抱得那么紧。这样,用小臂担在孩子后脑那儿,这只手臂弯过来,轻轻搂住点儿就行。"在江桥的桥梯旁,在冰天雪地之间,坡底村十六岁的少年第一次学抱孩子。他的心情像第一次学吹萨克斯那般紧张。

此时高翔老师又将被角翻向了孩子的脸。做那小被子的人很有心,那一个被角做得与另外三个被角不同,棉层中显然垫着塑料板或硬纸板,而且形状是微微拱起的。即使盖住着孩子那张小脸儿,也不至于使她感到憋闷。虽然已是冬季,那一天的天气却并不怎么太冷。与前几天

比,分明还要暖上几度。十一月末的那一天,气候倒像是四月初的一个
日子似的。没有一点儿风,纽扣般大小的雪花,几乎垂直地自空而落,稠
密得只要伸出一只手去,片刻就会接满一手心。却毕竟已是冬季了,暖
和的地方随季内敛,落地的雪花是再也不会融化了。蓬蓬松松地一层覆
盖一层,下有半尺许厚了。四周寂静,远景迷蒙。第一次抱孩子的农村
少年,耳边听着雪花落地的若有若无的沙沙声。他不仅因那个抱在怀中
的不到一岁的女婴心理颇觉紧张,同时亦觉快活,自信陡增。那不到一
岁的女婴,使他感到自己仿佛不再是个大人们眼里的孩子了,仿佛一下
子也从各方面变成一个大人了。

他问:"谁给这孩子做的小被?"

小被是红绸面的,上绣着黄灿灿的大朵菊花,衬着几片翠绿的叶子。
包边的被里,白得晃眼,白得似雪。新的,还没拆洗过。他想,为怀中的
女婴做这么漂亮一床小被的母亲,一定特别特别爱她的女儿。肯定是身
为母亲的女人亲手做的呀! 哪一个女人会将这一种体现母亲的天职的
事情轻易让给别人替做呢!

老师回答:"你就当是某一个人吧。"

他不禁抬头看老师,见老师也正看他。师生二人目光一对,老师表
情忧郁又不自然地微微一笑。

"那,这是谁家的孩子呢?"

"乔祺,你就将这孩子看作我的女儿吧。"

他知道老师还没结婚,甚至也没听谁说过老师有对象。所以他心里
一点儿也没将那孩子和老师往一块儿想。老师的话使他大犯困惑。而
老师脸上的表情,那时刻变得特别凝重。

老师一只戴棉手套的手按在他肩上了,按得很有分量。

老师又说:"乔祺,你虽然是一个农村少年,你虽然只不过是我的一
名学生,但是对于我,比来比去,想来想去,我认为也许只有你才是这个
世界上最值得我依赖的人。起码我这么认为,只要我求你的某一件事

你答应了,那么你肯定会对那一件事负起全部值得我依赖的责任。对不对?"

老师的话,说得很慢。一边说,一边想,看得出老师很在乎他那时刻的每一句话该怎么说。

老师的目光始终注视着他。老师的语调和表情一样凝重,像他的父亲有时候跟他说话的语调和表情。而他的父亲只有在对他进行人生教诲的时候才以那样的表情和语调说话。那时候他内心里对父亲会不禁地产生畏惧。此刻,他对站在面前始终注视着他的老师,也快畏惧了。老师那一天变得与以往判若两人。

"我刚才说要求你一件事,而你点头答应了,对吗?"

他清清楚楚地说:"对。"

老师按在他肩上那一只手缓缓举起,轻轻抚去他肩上的雪,接着抚他狗皮帽子上的雪;之后,顺势在他的帽耳朵上拍了拍,表示对他那一种明确态度的极大满意和欣慰。

"现在,小乔祺,你要认真听着我说的每一句话。并且,要将我说的每一句话都铭记在你心里,永远也不忘记。我要求你的事那就是,从今天起,不,从现在起,你抱在怀里的这一个女孩儿,她是你的了。你要爱护她,使她能在你的爱护之下成长起来,像你就是她的父亲那么爱护她!你头脑里根本不要,不,是不许想这个孩子究竟是谁家的!不许你懂吗?不由得不想,那你也只能这么想——她是你的老师托付给你的一个孩子。是啊是啊,根本不许你想,也太难为你了!但是你对任何人都不要提起我们之间今天的事!包括对你的父亲也不能!明白?……"

少年乔祺,郑重地将他的头向老师低了一下。实际上老师说话时,他一直在稀里糊涂地频频点头。最后一次,已不是点头,而接近是行礼了。

老师的双手,抱住了他的头。老师戴滑冰帽的头,与他戴狗皮帽子的头,山羊顶角似的抵住在一起了。

老师又小声说:"现在,小乔祺,你转身,上桥,过桥,回家去吧。今天,老师有些重要的事得办,没时间教你了!"

老师说完,将背在自己身上的书包取下,兜头一套,使他背着了。接着,老师朝后退了一步。

乔祺拂了拂小被上的雪,心里边还是稀里糊涂的,呆呆地愣愣地望着他的音乐艺术启蒙老师。小被上的雪一经拂去,红绸面、黄菊花、绿叶子,在身旁浑天而降的雪幔的衬托之下,三色对比艳丽得使他眼晕。

老师催促道:"快走吧。这孩子午觉该醒了。一醒,如果在这儿哭起来就不好了。"

他缓缓地转过身,踏上了桥梯,下意识地将怀里的女婴抱紧着。十六岁的这一个第一次抱小孩儿的坡底村的少年,觉得自己似乎无论怎么抱着那一个怀里的小小人儿,都有点抱得并不稳妥,都会一大意将那小小人儿掉在地上似的。她使他的心惴惴不安。

"等一下……"

他在桥梯上站住了。

老师也踏上了桥梯。老师再次揭开被角,目光柔情似水,将那小被中熟睡着的小脸儿足足瞧了能有半分钟。老师低头在她额上轻轻吻一下,随之往桥上推他……

十六岁的坡底村的少年,小心翼翼地,一步步踏上桥梯,一步一个脚印地稳稳当当地走在江桥的枕木人行道上。

直到那时,没人从江那边走来,也没人从江这边过去。他来时留在枕木人行道上的脚印,已被雪覆盖住了。却还没有覆盖平,在雪下呈现着浅浅的痕迹,向他证明着他自己确实是从桥上经过的。

他走的真是慢极了,唯恐自己一旦滑倒,怀中的女婴会从高高的桥上掉下去。尽管桥畔拦着铁网,那是不可能的。但他心里就是顾虑着那一种可怕的事情会发生,一步也不敢走快。

当他走到桥中间时,出汗了。头上的汗顺着两颊往下淌,将帽耳朵的绒线粘在左右脸颊上了,痒痒的。身上的汗顺着前胸后背往下淌,也将衫衣湿嗒嗒地粘住在身上了。

他站住了。摇晃着甩了一下汗,侧转身回望——老师也上桥了,站在枕木人行道的那一端目送着他,身影披雪,依稀可辨。在他和老师之间,是他两次留下在桥上的脚印,比桥那端老师的身影清晰多了。

他深吸一口气,继续往前走。一边走一边回想老师对他说过的话。却也奇怪,当时稀里糊涂懵里懵懂的,似乎老师说了些什么话,并没听到耳朵里去。但一经认真回想,有几句话竟只字不差地萦绕耳旁。

"从现在起,你抱在怀里的这一个女孩儿,她是你的了。你要爱护她,使她能在你的爱护之下成长起来,像你就是她的父亲那么爱护!"

又仿佛,站在他背后,站在桥那一端的老师,运用了一种神秘的法术,远远地、默默地,仍能将以上几句话传送到他耳中,播入到他心里。

当他走至枕木人行道的尽头,不由得再次回望时,桥那一端已不见了老师的身影。但他知道老师仍伫立在那儿,因为在洁白的桥面和漫天飘舞的雪花织成的天幔之间,有着一截黑色。像黑色的墓碑。而老师那一天穿的是黑色的裤子。他想,老师眼力再好,那也不可能望见他了。因为他的棉裤棉袄之外,罩的是一身黄色单裤单衣,并且快洗白了。

下桥时,他不慎滑倒。先是单膝跪下了,接着另一条腿也不自由主地跪下了。他怕自己身体前倾,趴在地上,压了孩子,反应迅速地及时向后仰身,结果一屁股坐在自己后腿上了,于是瞬间后背也着地了,像幼儿园里一个仰倒在滑梯道上的孩子,怀抱着女婴,从两米多高的铁路路基上滑将下去,惯力使他的身体滑到了路基底下还未停止,又继续滑出了四五米远。他在雪地上坐起,掀开被角看看,怀抱中那小小人儿醒了,睁开了眼睛。在似乎没有眉毛的小脸上,一双围棋黑子那么黑的眼睛,一眨不眨地瞪着他。他不明白婴孩儿的眉毛是要随着年龄一岁岁大了才能逐渐长密成形的,心中很是奇怪她长有那么大那么明亮那么好看的一双眼睛,却怎么没有眉毛呢?

雪天雪地中,她那仅仅长了四颗牙的小嘴咧开了,冲他咯咯笑了两声。那时她那张小脸的样子使他觉得,她像极了图画书上圆头圆脑的鼹鼠宝宝。

"你笑什么你!不是因为你我能滑倒吗?"

他嘟哝着站了起来。

几片雪花落在那小脸上,融化在那张小脸上,在那张小脸上变成了几滴小水珠。

她又咯咯笑了。

在他听来,她那笑声里,似乎还有种看他笑话的意味儿哪!

而她一笑,她小脸上的几滴水珠,就淌到她脸蛋两边的梨窝里,并且暂时存在梨窝里了。还有几片雪花落在她的小嘴唇上了。上唇落了一片,下唇落了两片,顷刻融化在她唇上了。她竟伸出了粉红的舌尖,舔自己唇上的雪水,看去仿佛很受用。

他将被角盖上,又往前走。孩子哼唧了一声,哭了。

"别哭,别哭,不盖上可不行,那你会冻着的!"

他一说话,孩子立刻又不哭了。

可是只要他不继续说话,她马上就会哭起来。

"你呀,你呀,你连眉毛都没有,你长大了可怎么办呢?哪个男人愿意娶一个不长眉毛的媳妇呀!……"

"咱们不走那条路了吧?我抱你都抱累了!咱们从野地里插过去,那样咱们可以少走五六里路呢,那样咱们可以快点儿找到家。行不行?行还是不行,你倒说句话呀!"

当然,她一个字也没说。只不过不哭了而已……

那一天,那一时刻,性格内向,少言寡语,平素一天也说不上几句话的坡底村的十六岁少年,一边走一边不停地说话,仿佛要将以后几年里说的话一股脑儿全部都超前说完,而在以后的几年里宁愿干脆做哑巴。

没多久,他说话说到了口干舌燥山穷水尽再也没有什么话可说的地步,连胡说八道的话都想不出来了。

可是不说是不行的。不说她就哭呀。于是他只有哼,只有唱;哼他学过的曲子,唱一切他会唱的歌。气喘吁吁的,跑调是在所难免了。

在被角底下,她一次一次咯咯地笑。每次只笑两声,一次也没超过两声。他跑调了她笑,他没跑调她也笑。仿佛在她听来,还是跑调了。仿佛他的嗓音因为跑调了听来再怎么可笑,也只配博得她两声笑。

那时,老师对他说的话,他只能记住重要的两三句了:

"她是你的了……"

"你就像是她的父亲那么爱护她……"

"你对任何人都不要提起我们之间今天的事,包括对你的父亲……"

从江桥那儿到坡底村,大约有十二三里的土路。是乔祺的父亲当年为了表示对"备战"号召的响应率领坡底村人修筑的。它虽然毫无"备战"意义,但却毕竟算是一条路,使农民们进城着实方便了不少。

横穿野地的乔祺,走了半个多小时就开始因自己的决定而后悔莫及。野地终归是野地,比那一条路难走多了。经大雪覆盖,雪下的坑坑洼洼冰冰沼沼看不出来了。他几次滑倒,也几番踏破了雪下的薄冰,双脚陷入冰下冷彻肌骨的泥水中。他想返回到路上去。回头看看,已离得很远,不甘走回头路,只有跟头把式地继续向前。又走了不久,他的情形已狼狈极了。鞋子陷掉了一只,父亲为他买的棉手套也丢了一只。而双膝以上的两截棉裤腿都湿了,还沾满了稀泥。失去了鞋子的那一只脚也被扎了,使他走起来像瘸子了。这一切苦难还都不算,最令他穷于对付的是他的嘴仍不能闲着。不管是像"磨豆腐"的老太婆似的絮絮叨叨,还是哼,还是唱,总之他口中得不停地发出着某种声音。哪怕是吹口哨。说"不停"有点儿夸张,停一会儿是可以的,但超过五分钟就不行了。超过五分钟,她就会哼唧。哼唧是前奏,是警告,倘居然没被重视,她就会哭。因为有了保护她的经验,坡底村的少年虽然自己饱尝苦难的滋味,却一点儿也没惊着她吓着她,更没磕着过她压着她。她竟然毫发未伤安然无恙。令他始料不及也更加糟糕的事到底还是发生了——小被子不知何时被她蹬松了,她的两只小脚丫从被子底角暴露了,已经冻红了。他顿时心疼起来。赶紧掀开盖着她脸的被角一看,她的一只小手也不知何时从被子里挣了出来,正津津有味儿地嘬自己大拇指呢!终于又一次重见天日,这分明是她所盼的,她感激似的冲他咯咯笑了两声……

坡底村的少年除了当机立断,马上脱下棉袄包在她的小被之外,再无良策。

他那么做了。

是的,那一个大雪天那一路上的种种经历,对于十六岁的坡底村的少年,真的无异于是一场苦难。虽然他只不过是一个农民的儿子,虽然他年纪小小时就死了娘,但是从小长到大,却从没像那一天那么责任重大孤身无援过。

那一天他怎么也没想到,抱在他怀里的那一个小小人儿,日后会逐渐与他形成一种撕不开扯不断越撕越扯越发密切的关系。依他那十六岁的少年的头脑推测,恩师至诚相托的这一件事,大概也就是十天八天的事。往长了说,是一个月的事。再往长了说,是半年一年之事。再怎么长,大约也不会长过一两年去。

这农村少年早就巴望能获得一种机会报答恩师对自己的栽培了。现在这一种机会终于降临了,他对自己的承诺无怨无悔。非但无怨无悔,还有几分感到欣然。

他受一种大意志的支配,赤着一只脚,步步踏雪,不管不顾前边雪下的野地还有多少冰窟泥沼,以破釜沉舟一往无前的气概直奔家这个目标而去……

一个半小时后他终于回到了家里,他已快变得没了人样。

冬季的农村照例没什么农活儿,当村长的人也比较闲着了。

他的父亲气管炎犯了,请了假没到公社去开什么对农村基层党员干部进行政治教育的会,正斜卧在火炕上看报。

父亲惊愕地问他:"你?……怎么了?怎么搞成这个样子?"

他还没顾上回答,先将她轻轻放在了火炕上,之后长长地如释重负地出了一口气。

父亲坐起,狐疑地瞅着他那包卷住的泥雪巴叽的棉袄又问:"那……那是什么?"

他打开了棉袄,露出了里面的小花被;掀开被角,露出了那小小人儿白白嫩嫩的脸。

他说:"是个女孩儿。"

"谁家的?"

"不知道。"

他父亲的嘴白张数次才又问出一句话:"那……你你你……你从哪儿抱来的?!"

而这时,小被子已全被小手小脚弄开了,其过程如同卵生的什么小动物弄破它们的壳。随之,身上只着一件小红兜兜的女婴大耍杂技。她动作高超地抱住她的一只小脚,轻而易举地用她的小嘴含住了自己的大脚拇趾。在小红兜兜的衬托之下,她那一节节胖嫩的四肢,柔若无骨,白得像粉皮儿上再撒一层精白面粉。

"捡的。"

十六岁的少年低下了头,声音也小得刚刚能让父亲听到。这是他在路上决定了的回答。并且决定,无论受到怎样的惩罚,都不改变。在他想来,这么回答是唯一最好的回答,虽然明知必将激怒父亲,但只要自己一口咬定,便可大大减少父亲对他的盘问。

他横下一条心,势必得让父亲接受现实。

"再说一遍?!"

父亲果然一下子被激怒了。

"捡的。"

当儿子的脸不变色心不跳,也不弯腰,用他那只满是泥的赤脚,将另一只脚上的鞋蹬掉了。

"你你你……你敢说你捡来的?!"

父亲的手掌,在木炕沿上重重地拍了一记。

大脚拇趾从女婴的小嘴里吐了出来,然而那一只小腿还斜翘空中。她的小脸循声一转,围棋黑子般的一双眼睛瞪着那身为父亲的大男人的脸。

"就是捡来的嘛。不敢说也得这么说,敢说也得这么说。"

当父亲的又白张了几次嘴。彻底地算是白张,一个字都没能再说出来。

儿子似乎蛮有道理地说:"不让我说捡来的,那你让我怎么说?"

"我揍你!"

当父亲的双腿垂下了炕,气急败坏地用双脚探寻他的鞋。

这时,炕上的女婴哼唧了两声。

儿子提醒道:"爸你别这么大声嚷嚷。你会吓着她的。她要是被你吓哭了,我可不哄……"

"浑蛋!……"

父亲的脚穿上了鞋,一步跨到儿子跟前,举起了巴掌。

当儿子的将身子一挺,脖子一梗,紧闭上了眼睛,预备挨一记狠狠的耳光。

哇!……女婴突然哭了。

那一种哭声,用响亮已经不足以形容。那简直是一种嘹亮的哭声。冲锋号似的使人热血沸腾准备前仆后继的一种哭声。

父亲的手僵在空中了,腮上的肉气得直搐。

儿子的眼睁开了。他感激地向她一瞥,觉得是获得了强大的道义声援。

他以策略的一心要化干戈为玉帛的语调说:"看,怎么样?……"

"你你你……别让她哭!"

父亲僵在空中的那一只手,还是不肯善罢甘休地扇了儿子一巴掌。却没扇在他脸上,而是扇在他后脑勺上。

儿子心中窃喜一下。他明白,这意味着局势正朝有利于自己的方面转化。

他几步走到炕前,将上身趴在女婴旁边,歪着头,脸凑脸地对她说:"哎,别哭,别哭。看,有我在这儿呢!你不认识我了吗?……"

围棋黑子般的那双眼睛瞪向了他。她立刻不哭了。

他将嘴凑在她耳畔,又小声说:"你真好,够朋友!……"

她当然是听不懂他的话的。

但她分明已经熟悉了他的声音,而且也分明不讨厌他的脸。

对婴孩儿,熟悉的声音是安心丸。他(她)们首先是通过熟悉的声音来获得安全感的。大抵如此。好比小动物是通过气味辨识母体的。

她咯咯笑了。她其实是一个不爱哭很爱笑的女婴……

那当父亲的大男人,顿感自己在儿子面前下不来台。他哼了一声,退回炕边,相背而坐,卷好一支烟,满心的恼火不得发泄,闷声不响地吸起烟来。

他刚吸两口,儿子抗议道:"爸你别吸了,看呛着她!"

当父亲的扭头狠狠瞪了儿子和女婴一眼,起身离开,躲到另一间屋里吸烟去了。

才又吸了两口,儿子也来到了另一间屋,嗫嚅地说:"爸,她屙了,蹬踹得哪儿哪儿都是屎……"

这样一来,局势更加朝向有利于儿子的方面转化了。矛盾归矛盾,冲突归冲突,到了晚上,父子俩毕竟还是要同炕而眠的。如果弄得炕席上也都是屎,那么损害的就是父子俩共同的利益了。父亲是过来人,比儿子有常识,知道屎要是果真弄到炕席上,那可是挺难擦得干净的。明摆着的事,炕席是一条条席蔑子编成的,缝隙交织,容易藏污纳垢。不可能将炕席拆了,将席蔑子擦干净了再编上。那么臭味就会保持几天。甚至到了夏季,那一小片席面仍会吸引苍蝇……

当父亲的一想到这些,也就顾不上生儿子的气了,立即丢掉卷烟,一脚踏灭,与儿子同心协力地处理起儿子"捡的"女婴造成的突然情况来……

不消说,至此读者早已明白,这个女婴,便是被秦岑叫作"小妖精"的那个姑娘。

而乔祺父子俩将一切处理停当,也就是将一床崭新的小被拆了;将弄在乔祺棉袄上的屎刷尽了;在屋里现拉绳晾起来了;现烧水给"小妖精"洗净了身子;炕上铺了他们自己的褥子。用他们自己的被子将"小妖精"围住;还找了一个干葫芦敬献给她,希望她能安安静静地自娱自乐一会儿时——北方冬季的天,早早地黑下来了。

那"小妖精"玩了一会儿干葫芦,便丢在一边不感兴趣了。她从被子的包围中爬出,又在褥子上尿了一泡,于是父子俩又陷于措手不及的忙碌之际,而她爬到炕沿边,扬着头像嗷嗷待哺的小羊羔似的开始不停地咩咩叫。当然,她叫出的是人话,反反复复只表达两个字是:"饿,吃……吃,饿……"

乔祺怕她冻着,更怕她摔到地上,急忙一步抢到炕边,将她重新用被子围住,硬将干葫芦塞在她手里。

而那父亲,跺了下脚,无奈地摇头叹气:"唉,你!你!你个好儿子!你说你捡回家个什么不好?捡回只小猫小狗都比捡回家这么个'小妖精'强!小猫小狗还知道专找个背人的犄角旮旯屙尿呢!你看这么一会儿弄得这……这……"

当儿子的自觉理亏,只有低了头不出声的份儿。

当父亲的就又跺了下脚,低吼:"你没听到哇?她说她饿,她才屙完尿完,这又要吃,你倒是让我拿什么给她吃?嗯?拿什么给她吃?"

儿子也不知道该拿什么给这"小妖精"吃。他忽然想到了一并带回来的那书包,不禁朝炕另一端的书包看了一眼。

父亲的目光也落在书包上。

他怕"小妖精"等不及东西入口哭起来。她刚才那几声嘹亮的哭声使他脑仁疼。他已十几年没在近处听过小小孩儿哭了,而她竟哭得那么气焰嚣张!

谢天谢地,书包里有一整瓶奶粉,半瓶糖,还有一只带奶嘴儿的奶瓶。

"小妖精"一看见奶瓶,咯咯笑了。

而当父亲也当村长的大男人,立即转身又去烧水,冲奶……

"小妖精"捧着奶瓶自得其乐地喝奶时,父子俩趁机将褥子翻了过来,好让火炕再烘着被尿湿的那一面儿。

"小妖精"吃饱了,睡着后,父子俩才胡乱为自己弄了顿饭吃。

饭后,乔祺洗了脚,坐在炕上用针细拨扎入其足的几处刺。父亲则替他刷洗被泥水弄湿的棉裤腿。

父亲拧干裤腿,将裤子烘在炕头最热的地方,之后站在门外,吸着一支卷烟,接着进行被"小妖精"打断的审问:

"你说你捡的,你撒谎!"

"爸,我没撒谎。"

十六岁的坡底村的少年,村长的儿子,长那么大第一次撒谎。

"我可警告你,你要是偷偷将别人家的孩子抱回自己家里来,那可是犯法的事!"

"爸,她是别人家的孩子不假,却不是我从别人家里偷来的。确实是我捡的嘛!"

"哪儿捡的?"

"城里。"

"城里哪儿?"

"江桥那儿。桥梯的台阶那儿。"

"那你也不该捡!你要是不捡,她这会儿不会在咱们家里!"

"我要是不捡,她还不冻死在那儿呀? 她大小也是个人,是条命!"
儿子振振有词起来。

"你要是不捡,别人看见了也会捡,那她现在就在别人家里了!"
父亲也振振有词。

"那么大的雪,我等了半天也没见个人影走到那儿! 如果不是我,换了是你,你忍心不把她抱回家里来吗?"

儿子以攻为守了。

"你别好像你捡的就有理! 反正咱们家不是这孩子久留的地方。你能把她捡回来,老子也能想法子把她送到别处去!"

儿子刚一张嘴还想说什么,父亲呵斥道:"你给我住口! 这事儿我说怎么办就得怎么办!"

夜里,"小妖精"醒了,哭了,找人;乔祺只得将她搂入自己被窝,她才又睡着。

还没放寒假,但各门课程都已结课了,老师们和学生们终于想到一起了,那就是双方皆不能掉以轻心的期末考试。

然而第二天上午老师们究竟都引导同学们复习了哪些内容,初三男生乔祺半点儿也没记住。四节课上下来,他头脑里一片混沌。他在课堂上只想着一件事儿了,那就是父亲千万别趁着他不在家,一意孤行地将"小妖精"送到哪儿去了。那他可怎么向高翔老师交代呢? 放学后,他一口气跑回家,就像家里有最符合他夙愿的一桩大美事儿在向他频频招手微笑似的。

在家门口,他听到了"小妖精"咯咯的笑声,一颗心顿时安定。迈进家门,见父亲站在炕边,正举着"小妖精"逗她呢。

他也笑了。

父亲放下"小妖精"扭头瞪着他说:"你有什么可笑的? 笑也没用。该怎么办,必须怎么办。"

屋子里温暖如春,而父亲平日是很节省柴草的……

下午,他一如既往地去到了少年宫。在少年宫门口,恰遇一群少男少女走出来。他问他们怎么了?为什么纷纷往外走?没谁回答他。他们的表情告诉他,少年宫有什么不祥之事发生了,而且那事情分明还跟他不无关系。进入少年宫,几位老师正在大厅议论什么。他们一发现他,都缄口不言了。

一位年长的老师说:"乔祺,跟我来。"

他跟着那位老师来到了乐器保管室。高翔老师的大提琴和手风琴,单独摆在一个显眼的地方。

那位老师指着说:"乔祺,高翔老师留下封信,托付替他把这两样乐器送给你。"

他伸手轻轻摸着那两件乐器说:"我不要。老师当年已经送给我一支萨克斯管了。老师还得用它们教学生呢!"

"你必须要。高翔老师既然这么托付了,我们就只能照他的托付来做。"

"高翔老师……他,调走了吗?"

"他……走倒是走了。不过……并不是调走了。在没有老师能代替他教学生这两样乐器之前,你也不必再到少年宫来了……"

"那,高翔老师究竟到哪儿去了呢?"

"乔祺,我知道你和高翔老师之间的感情很深。但是我只能告诉你实话——你再也见不到他了,永远……"

"高翔老师他……"

"被列车轧死了……"

坡底村的少年哇的一声大哭起来。他不知自己是怎么冲出少年宫,冲到江桥上的……

在他兜里,揣着七八页纸。它们四四方方地折叠在一起,其上写着他父亲那秀逸的钢笔字。那是七八份寻人启事,寻找"小妖精"的父母,或她的亲人,以及知情人。他父亲要求他,必须将那七八页纸贴到沿江路人眼经常看到的地方。

他掏出那些纸一下下撕得粉碎。江桥上朔风凛冽，纸片顷刻被刮得四处飞扬，如同群蝶翩舞。桥下的江面，仿佛巨匹的白绢直铺向远处，纯无它色。被刮过铁网的纸屑，飞高的越变越小，渐远渐逝；飞低的衬近江面，一转眼也就看不清了。而那些被铁网挡住的纸片，自然也是稍大些的，在风中焦急般地抖动不止，看去好似一只只被网在网中的玉鸟，徒劳而可怜地拼命扇着它们的双翅。纸片边角扇在网上，发出啪啪的响声。

泪痕在乔祺脸上冻成了两行冰痕。这少年那时心里明白，从此他是"小妖精"唯一的亲人了，也是唯一的知情人了。尽管除了他所敬爱的高翔老师已经被列车碾死了这一点，他另外并不知道什么别的事。

在迈入家门前，他擦了几下脸。他的父亲正在翻箱子，回头看着他奇怪地问："怎么去了一下就回来了？"

他装出若无其事的样子，说高老师病了，器乐班的学生都回家了。

而父亲，竟一点儿也没怀疑就信了，只不过又说："那你应该到高老师家去探望他一下，你跟他别的学生不一样嘛。"

他说他本是那么想了的，但因为一次也没去过高老师家，不知高老师家住哪儿，所以没去。

"你就不会问问其他老师？"

"问了我怕我也找不到，城市那么大。"

"嗨你，你都十六了！"

"再说，我兜儿里一分钱也没有，要是远，我不坐车怎么去？……"

"我看你就是没诚心！我写的那些寻人启事都贴了没有呢？"

"都贴了。"

"你不许骗我！"

"我以前骗过你吗？"

父亲一时语塞，便又继续翻箱子。

乔祺心里隐隐地发生着刺疼。这少年以前从没骗过任何人，更没骗过自己的父亲。显然,父亲不再问什么了,也没从他脸上看出什么值得怀疑的表情,乃是基于对他这个儿子一向的诚实品质的信赖。他暗想,为了"小妖精",从今而后,他将不得不开始学会骗人了,包括骗自己的父亲,首先是骗自己的父亲。而且,还要越来越骗得高明。这是他极不情愿的。这少年从小本能地感到,作为一村之长的儿子,撒谎骗人是可耻的。

父亲从箱子里翻出一小卷花布,一小包棉花,盖上了箱盖。布和棉花是早些年做被子剩下的。父亲将它们夹在腋下,走到他跟前,以谴责的态度说:"没见过这种人,大冬天的,把个光屁溜的小孩儿用小被一包,就抛弃了!对自己的骨肉,真是够狠心的了。我得去求别人家的女人,给她做身连袄带裤的小棉衣,要不怎么过冬呢?"

他心里又隐隐地刺疼了一下,差一点儿就张口告诉父亲真相了。然而父亲还是没从他脸上看出什么值得怀疑的表情,一说完就向外走去。

"爸……"

父亲在门口转过身。

"要是她醒了,我……该喂她奶吗?"

"不,给她点儿水喝就行。水我已经凉在一只杯子里了。别放糖,不能惯出她不甜就不肯喝水的毛病。那对她没什么好处。她睡得正香,你也别找麻烦,闲着没事儿非把她弄醒。她一醒就黏人,那咱俩就得专有一个人让她黏了!"

"知道了。"

"还有,那书包,你别动。里边的钱,你要敢拿一分,小心我剁你手!"

他抗议地说:"我拿过别人的钱吗?"

父亲又语塞了。

望着父亲跨出家门,他脚步轻轻地走到了炕沿前。"小妖精"盖着他的旧被仰躺着,小脸蛋儿睡得红扑扑的,小嘴唇更红;而额头、鼻子、下巴、耳前腮后,却又白皙得像馍,像玉,还有些像蜡,半透明似的那么一种模样。他的被子相对于"小妖精"是显得太大了，只展盖了三分之一而已，另外部分卷在她旁边。被面被里其旧的程度，将"小妖精"那张小脸儿衬托得崭新无比。她的鼻梁，还没来得及隆起，使那一部分成为整张小脸儿上最凹的部分。细眉，也不是根本没有眉毛，只不过太少太淡，像比较长的胎毛，正在由金黄往黑里变的过程。看清了"小妖精"是有眉毛的，这使坡底村的少年心里特别高兴。这少年从那一天起，已经真的开始为她的将来操心了。是啊，没有眉毛的姑娘，将来嫁不出去，自己可究竟该拿她怎么办才好呢？那一天他也开始想到了，看来他对"小妖精"的责任，要比自己所估计的日子长久得多。这一种一下子变长久了的责任感，压在十六岁的坡底村少年的心头，使他不知不觉地变得成熟了。也使一个少年以往那种没有什么思想负担可言的日子，在他不知不觉中——悄然结束了。

"小妖精"的睡态，几近于无声无息，像一个被做成了闭着双眼的样子的大布娃娃。他将耳凑向她的鼻和嘴，这才听到她的呼吸之声，吐纳如丝，均匀而且酣然悄悄，在他听来，挺美妙。

父亲将火炕烧得温热适中。"小妖精"的鼻尖上渗出了几颗细小的汗珠。他想用指尖替她抹去，伸手缩手几次，未敢。又从被角破了的地方扯出了一小片旧棉花，想替她拭去，犹犹豫豫的，还是未敢轻举妄动。

他背回来那只书包，就挂在炕头墙上。他一眼看见它，经不住探究心理的促使，将它摘取了下来。书包里除了一册小小的影集，却再无别的什么东西。影集中全是"小妖精"的照片，从满月到不久前的。或笑或哭或玩着或双手捧着奶瓶的。十六岁的少年，想要发现的是老师高翔留下的信。由于没发现信而大觉失望。他想怎么也应该有一封信的，哪怕是短短几行字的信，写给他的信。但没有。除了影集，再连一页纸也没有。

老师，老师，你不该当我面就说了那么一番让我半明白不明白的话，之后便死！

他有点儿暗暗责怪起老师来,但一想到老师已经死了,而且死得那么惨,又有几分因自己的责怪感到罪过。

也许,信是有的,是爸将信看过后收起来了吧?信上都写了些什么呢?关于那"小妖精",会不会我不知道的,爸反而已经知道得一清二楚了呢?如果爸真的已经知道了,又为什么不告诉我呢?爸究竟对我隐瞒了些什么呢?……

他正这么寻思着,门一响,父亲回来了,而他没来得及将书包挂到墙上去。

"你!……我的话等于没说是不是?"

父亲的话说得很生气。

"我……只不过想看看,有没有封信什么的。抛弃这孩子的人,怎么也该留下封短信啊,是不是爸?"

他尽量装出若无其事的样子,将书包挂回到墙上去了。

"你问我,我还要问你呢!你连封信都没见着吗?"

他摇头。

"会不会被你丢在哪儿了?"

"那,我明天顺着原路找找。"

父亲坐在床沿脱鞋时,儿子问:"爸,你不是说,书包里还有钱的吗?"

"我收起来了!"

父亲脱掉鞋,拖过一只枕头,也躺在炕上了。和"小妖精"之间,仅隔着那一部分卷着的被子。

"那你说在书包里?"

"所以你就翻书包是不是?我告诉你小子,你趁早别想打那一笔钱的什么心思!"

父亲一侧身,顷刻睡去。

而儿子,所以要问钱,不过是对父亲进行的一种试探,企图从父亲口中套出一点儿自己不了解的情况。

甜睡着的"小妖精"当然不知道,由于她的介入,相依为命并且一向彼此信赖的一对农村父子,从此分明变得不像从前那么坦白无猜了。

乔祺默默走到桌子前边,凝视着镜中的自己,觉得自己的脸隔夜间有了些说不清楚的变化。那镜子是父母的结婚纪念之物,由于水银脱落,出现了许多从正面无法擦去的锈斑似的痕迹,还有几道裂纹。裂纹将他的脸切割了,于是变形了。他自己对自己有点儿感到陌生了,仿佛凝视着的只不过是另一个像自己的少年……

第二天第三天乔祺没去少年宫。

第四天,他在少年宫听到了人们对于高翔老师之死的某些议论——说高翔老师与一名还未满二十岁的姑娘秘密恋爱已经三年多了,在他还没返城时就开始了。那是一位安徽省的乡下姑娘。她的父亲一九六二年饿死了,她有一个姐姐。而她的母亲,一直是高翔家的佣人,在"文革"中和他一家共患其难,与他一家一同被发配往农场,之后又一同告别北京落户本市,不久病死于本市。高翔老师的父母感念老女佣的忠诚,想方设法将她小女儿的户口从农村老家办到本市,并安排她到烟厂去工作,视如女儿。但是,当他们的儿子高翔与他们已故的老女佣的女儿之间的秘密恋爱被他们发觉时,他们勃然大怒,认为肯定是那来自乡下的姑娘勾引了诱惑了他们的儿子,认为她对他们儿子的所谓之爱另有动机,目的不纯,简直等于是忘恩负义损人利己。结果她被逐出了高家。然而爱情的种子一经在年轻的心中发芽,除非将它从年轻的心里抠出,并且放在烧红的铁板上焙成一粒碳,否则它是不会自行停止生长的。只要还有百分之几的部分尚未碳化,爱的种芽都会顽强地继续争取活下去的机遇。仅就这一种顽强性而言,爱的种芽对于年轻人的心,有时简直意味着是癌,或是病毒。

爱情依然在"地下"进行活动,也一再地受到警告和"镇压"。高翔的父亲母亲并非特别专制的父母,更非凶暴之人。事实上他们对于儿子高翔,几乎从来都是尊重其选择和决定的。比如他们希望他返城后报考中央音乐学院,以他的音乐特长那是不成什么问题的。而高翔对北京似乎已没什么剪不断的感情,恰恰相反,他倒日渐喜欢起这一座冬季多雪的北方城市来。他宁肯在少年宫当器乐班的老师而不想考中央音乐学院,父母不加劝说就默认了他的决定。但对于他的婚姻大事,父母一反常态。他们有他们的考虑。他们曾是北京人,而且曾是很有身份的北京人。他们无时无刻地盼望着尽快地重新再成为北京人。哪怕不恢复他们从前的身份也在所不惜。尽管这座北方城市也是一座相当美丽的大城市,粉碎"四人帮"后开始理所当然地给予他们种种破格的礼遇,他们内心里还是只不过视这一座城市为他们的流放地。北京是他们的心结,是他们的精神码头,是他们早已确定了的灵魂安息地。不重新回到北京他们死不瞑目。高翔是他们唯一的儿子。当他们离开这一座城市时,儿子必须同他们一起回北京。仅仅这一件事,才是他们无论如何都不会向儿子妥协的事。对于从前的身份他们有完全放弃的心理准备,却从来也没想过可以考虑将唯一的儿子单独留在另一座城市,一座曾是他们人生流放地的城市。不,这对于他们是一件不容商讨的事。他们认为,在这一件事上,儿子若违背他们的意志,那么也就违背了是他们的儿子的起码原则。而儿子的爱情,当然也应该顺理成章地发生在北京。哪怕是北京一家普通百姓的女儿,他们都是打算面对现实的。但就是不可以是自己家已故女佣的女儿,更不可以是一个安徽乡下一无技长的姑娘!她才只有小学四年级文化啊!何况,以他们目前的能力,若将她的户口也办回北京,那将是多么多么难的一件事啊!儿子为什么非要将这么一种难以理解的爱情进行到底不可呢?世上不是只剩下了她这么一个姑娘啊!想来想去,在他们那儿,只剩下了一种解释,那就是——他们唯一的儿子,被他们家已故的老女佣的女儿施展难以抵御的惑术迷住心窍了。结果是那姑娘不久以后被烟厂解雇了。本就是临时工,不需要什么理由。

然而爱情仍在"地下"继续进行,此时爱情已不仅仅是爱情,也是"地下抵抗运动"了。姑娘像她的母亲活着时一样,也在一户人家当起佣人来。爱情之"地下抵抗运动"更加激怒了高翔的父母,他们认为那是对他们是父母的正当权利的蔑视和挑战。而且那姑娘是不折不扣的主谋,他们的儿子不过是被一时迷住了心窍的随从。其实恰恰相反,那姑娘倒是一次次打算知难而退了,倒是他们的儿子破釜沉舟一往无前。于是那姑娘有一天被雇主客客气气地辞退了,谁家也不愿雇一个品质上有劣迹的姑娘做女佣。难道勾引雇主家的儿子不是一个女佣最不能被宽容的劣迹吗?何况她不知悔改,反而继续。这看法是不便直言的,所以才客气而又坚决,只说不需要了。高翔与他的父母因而大吵一场,连他自己也被逐出了家门,只得找了个借口住到少年宫去。当时,在中国,在城市,普遍人家的居住情况别提有多拥挤,谁要租到一间小小的屋子在城市里长期住下去是十分不容易的事。而那时,姑娘已怀孕了。在当年,在中国,在城市,倘若非是夫妻,两性关系只能是一桩双方担惊受怕仓促而又慌张进行的"事件"。所寻觅到的空间,往往足以令人倍感羞耻。也正是这一点,常使恋爱中的青年因他们婚前的性行为产生心理上的"犯罪"感。那一种"犯罪"感使高翔和他所爱的姑娘觉得他们是一对做案了的贼。爱情的果实结成得太不是时候了。在当年,在中国,即使在一座大城市,对于一对未婚青年,避孕的成功与否,其实主要依靠的是女性一方的算术推算能力。除此之外,别无他法。因为当年的中国几乎还没有什么避孕之药公开出售,而买避孕套是要凭单位证明的。遗憾的是,高翔所爱的姑娘,她的数学头脑先天就不怎么好。高翔决定向他的父母宣布真相。而姑娘不同意。她没有勇气同意。由于双方门不当户不对,她在心理上本就是爱得很自卑的。她怕高翔的父母将她怀孕了这一件事,当成是她的又一次阴谋得逞了,进而当成是她的讹诈手段。她坚持要回到她的家乡安徽农村去,她说回到了家乡她自己总会有"解决"的办法的。万般无奈的情况之下,她想她可以将孩子生下来。她以为,家乡的人们,对于她未婚而孕这一件事,也许不但会抱有宽容的态度,而且还会给予一点儿同情。起码,在家乡,她周围不都是冷漠的陌生人。然而这涉世未深的姑娘又一次犯了错误。她在家乡更其不幸地成了一个"道德败坏"的反面教员,连她的亲姐姐,县淮剧团的一位女演员都觉得因她而丢尽了脸。

"我们农村人家,是能和大城市里的人家攀上一种非亲非戚的亲密关系的吗?攀上了多不容易啊!那是咱们给人家做女佣的母亲,用二十几年如一日的忠心耿耿换来的!如果高翔一家迁回北京了,那咱们姐妹就等于和一户北京人家有了特殊关系!北京人家啊!何况高翔的父母非是一般人,原是北京文艺界的名人!文艺界的名人你知道是什么样的人吗?即使不能像亲戚一样经常走动,能对别人说说,那也是咱们姐妹俩的一份荣耀!是咱们的母亲一辈子善心待人为咱们姐妹积下的一份德!人家把你的户口办到城市去了,人家给你找了一份工作,每月三十几元的工资,也算是对得起咱妈二十几年的忠心耿耿了!可你呢?你却不知道珍惜这一种难得的关系,你竟然痴心妄想成为人家的儿媳妇!于是就千方百计勾引人家儿子!那样一户人家的儿媳妇是专等着你去做的吗?现在可好,你把自己搞怀孕了,却回来住在我这儿,害得我也没脸出门,在人前抬不起头来!你叫我拿你如何是好?!……"

当姐姐的一番番用诸如此类的话训斥她羞辱她。那些话也基本上代表了家乡人对她的看法。到了那么一种千夫所指的地步,她反而铁下了一条心,不听任何人的劝,一定要将孩子生下来不可了。

高翔这一边呢,毕竟是人生头一次初恋,爱得就很不懂事。没分开时,山盟海誓的,仿佛世上根本没有什么人什么力量能使他们分开;一旦分开,不必再整天呵护着哄慰着了,便体会到了一种仿佛解脱般的轻松,责任感渐渐地淡了,只不过起初跑到她的家乡去偷偷看望了她一次。时间一久,连信也写的少了,信中也不再出现一行行思念不已的甜言蜜语了。而那正是爱他的姑娘在非常时日里所渴望所需要的。不是他变心了。不,他没变心。只不过初恋的那一种如胶似漆的黏糊劲儿热乎劲儿,由于分开而降温了。

孩子终于是生下来了。

但是第二年，未婚的小母亲投水塘将自己溺毙了……

又过了几天，有一个安徽农村的青年，来到了这一座省城，来到了少年宫。他抱着一个孩子。那会儿高翔在上课，教手风琴。

前几天他刚在少年宫被评为模范教师，还获得了一百元奖金。他正打算给她写封信问问她的情况，并向她报告自己事业上的成就，也把一百元奖金给她寄去。

他被同事从教室里叫了出来。

在少年宫一进门的大厅那儿，当着传达室师傅和他的同事的面，安徽农村来的青年对他说："给你，这是你的孩子！"

对方还没开口说话，他见对方怀里抱着孩子，心中已顿时明白了几分。对方那么说了之后，他呆住了。可想而知，传达室师傅和他的同事，脸上会是何种表情。

他简直无地自容。

对方又说："你不想要吗？你不想要，我怎么抱来的，再怎么抱回去就是。"

对方脸上却没有什么特别使他尴尬的表情，话也说得极其平静。仿佛只不过是受人之托，给他送来一种他可要可不要人人司空见惯的"东西"。

他很机械地伸出双手接过了孩子。

"是个女孩儿。"

"……"

"你永远也见不到她妈妈了。"

"……"

"她妈妈死了。"

"……"

"你的女儿已经半岁多了。你知道在农村，一个没结婚的女人整天怀抱着一个孩子,别人会怎么议论这种事吗?……"

"……"

"半年多啊,任人指点,任人蔑视,她妈妈再也无法忍受下去了……可是她对谁都没有说出过孩子有你这么一位父亲!为了你的名声,为了你的家门的名声!上天有眼,她对得起你……"

"……"

"她是投塘淹死的。我和孩子的姨,已经把她送走了……"

"……"

"现在,她只有你这个父亲了。"

"……"

"如果她妈妈不到这一座城市里来,不到你家,就不会不爱我了,就不会怀上你的孩子,就不会死。那么,我们就是夫妻了。农村里挺般配挺幸福的一对穷夫妻。"

对方说完最后几句话,一转身,头也不回地就离开了少年宫。

从始至终,他自己没说出一句话。

他抱着他的女儿在传达室师傅和他的同事的眈眈注视之下,一时间似乎变成了石头,发呆得连眼睛都不眨动了。而传达室师傅和他的同事,差不多也呆成了那样子。

一分多钟后他也离开了少年宫。

传达室师傅和他的同事眼睁睁地看着他走了,也都没有说一句话,都不知该说句什么话好。

他抱着他的女儿在街上茫然地转悠了一会儿,头脑才有点儿恢复清醒。

他抱着他的女儿回家了。无处可去,只有回家。

他一说他抱着的是他的女儿,他母亲两眼一翻,立刻就昏过去了。他没敢说他女儿的妈妈已经死了是怎么死的,怕他父亲受不了巨大的精神刺激也昏过去。他心里明白,他的父母是断难接受他们有了一个名不正言不顺的孙女这一现实的。

第二天,他将他的女儿送给了他最爱的学生。经过一整夜的思考,他得出一种结论那就是——在这个世界上,他除了他那一名叫乔祺的十六岁的学生,再无另外的一个人可以托付。不知他根据什么确信,他那一名叫乔祺的十六岁的沉默寡言的农村学生,是绝不会使他失望的。

那一夜他还作出了另一项重大的决定——死。

而第二天,下起了冬季的第一场雪。

他将他的女儿托付给他的学生以后,并没下江桥,而是转过身走在两条铁轨之间,无魂无魄似的一直朝前走。

听到前方列车鸣笛,他临时决定了他的死法……

这一切原委,是坡底村十六岁的少年以后才知道的。当他对一些细节也有所了解时,已经二十来岁了。而在当初,他仅能从人们的议论纷纷之中知道一些主要的事情,那就是——"属于"他了的那一个女婴,也许将真的"属于"他了。她是他老师的女儿。他的老师和老师所爱的姑娘,先后自杀了,为了他们事倍功半的爱情,也由于初恋时不懂得爱情……

以后的五六天里,他每天下午照例背着大提琴走出家门。他对他的父亲说是到少年宫去,实际上他没去。但是他也没到别的地方去。他背着大提琴一直走到江边就不再往前走了。隔着冰封的江面,可以望见少年宫的全景。门前左右两边的大柳树依然结满霜雪,像两株巨大的银珊瑚。他或者站在江边拉大提琴,或者坐在桥梯的台阶上拉。一步也不踏上江面,一步也不踏上桥梯。拉时,目不转睛地遥望着少年宫。眼泪从眼中流出,在脸上冻成冰的泪痕,他也没觉出。手指尖冻麻了,两双手都冻僵了,他就交叉揣进袖筒,或塞入怀中暖暖。即使停止了拉琴,他的眼也望着少年宫。江这边,无论春夏秋冬,一切对于他都太熟悉了。江那边的城市,除了少年宫,一切都是他不熟悉的。然而也从没想要多么熟悉它。在极其陌生的城市的背景之前,凸显着他所唯一熟悉的少年宫。那虽不宏伟但是造型很美观的建筑物,如同城市的一种特殊的表情,在他的目光中别有一番意味。前后左右四面八方,似乎只有少年宫值得他久望不厌,而其他景物都不怎么值得他看。那少年宫成了他内心里的一座神殿。供奉着一尊无形的倍遭人们议论的,由而也在所难免地被蜚短流长所涂染所扭曲的神。他一如既往地敬爱和崇拜着的神。这少年当年还不能意识到,在那些日子里,他的琴声中掺入了一缕忧伤的情调。即使他拉的不是大提琴了,而是别的乐器了,比如手风琴、二胡;或者吹奏乐器,比如箫、笛、萨克斯什么的,乐声中也都有一缕忧伤的情调。连是欢快的曲子都那样。本就忧伤的曲子更是那样。而这一点后来影响了他的音乐天分,受到权威人士更充分的赏识;也影响了他的音乐事业的长足发展。这是他的老师高翔活着的时候始料不及的……

他的父亲终究是村长。不能在他离家后变成一个全职的照看孩子的保姆。父亲有时将"小妖精"送到张家去,有时送到李家去,求村人们帮忙照看几个小时。如果他回家早,他去将"小妖精"抱回。如果父亲回家早,便是父亲的义务。

不久,全村的人都知道村长的儿子捡了一个"小妖精"这件事了。

大约是老师死后的第七天或第八天的傍晚,他回到家里时,既不见父亲,也不见"小妖精"。看了父亲留下的纸条,他去到一户村人家里想要抱回"小妖精"。人家却告诉他,"小妖精"被他父亲刚刚抱走了。人家还告诉他,他父亲决定将"小妖精"送到城里沿江街的派出所去。既然是在江桥那儿捡的,送到那一处派出所去也算合情合理。

他跑出村口时,天黑下来了。马车以及父亲坐在车上的背影绰约可见,离他六七十米。

他追着喊:"爸!不可以呀!我不同意,你不可以那么做呀!……"

父亲回了一次头。他看出父亲一手持鞭,一手将"小妖精"抱在怀里。紧接着,父亲连挥几鞭,将马车赶快了。转眼,马车消失在夜幕之中。马铃哗哗,他知道马儿是奔跑起来了。显然,父亲想将他甩下。

他穷追不舍,继续喊。

马铃声却越来越远,越小。

十六岁的坡底村的少年,一口气追了十余里,连歇也不敢歇一会儿。

等他追到桥头那儿,只见马车拴在一棵老树上,两匹跑累了的马在吃雪。哪里还有父亲的身影!父亲早已抱着"小妖精"走过江桥去了。

他也毫不迟疑地登上了江桥……

他气喘吁吁满头大汗地赶到派出所时,见几名值夜班的民警,正轮番逗"小妖精"乐,而爱乐的"小妖精"一阵阵乐得咯咯嘎嘎的。他看得出来,民警们也都挺喜爱他的"小妖精"。他的出现,使民警们很是诧异。

父亲说:"这就是我儿子,他有点儿舍不得这孩子了。"

一名女民警将"小妖精"举过头顶几次,"小妖精"又是一阵咯咯嘎嘎的笑。"小妖精"起初没认出乔祺是谁,待他摘下了棉帽子,她认出他了。于是,无论哪一名民警再抱她,她都不笑盈盈地任凭人家抱了。他们再逗她,她也不乐了。她向乔祺伸出一双小手,一个劲儿单要乔祺抱她。乔祺从别人那儿将她接过去,重获至宝一般地抱在怀里,她才又笑。并且,用一只小手拍乔祺的脸,拍出啪啪的响声,自己觉得怪好玩儿,又咯咯嘎嘎地乐出了声。

乔祺摘下了帽子的头上直冒气。

女民警问乔祺:"你怎么一头汗啊?"

乔祺说:"跑的。"

女民警又问:"你跑什么呢?"

乔祺看看他父亲,不吱声了。

女民警朝他脸上细看一眼,接着问:"你还哭过吧?"

乔祺一转身,抱着"小妖精"躲到墙角那儿去了。

民警们你看我,我看你,心中都明白了八九分。

乔祺的父亲说:"如果再没我们什么事儿了,我们父子就放下孩子走了。"

一名男民警,看样子是个负点儿责任大小有点儿权力的人,慢条斯理地说:"村长同志,你刚才看见了,对这一件事儿,我已经亲自做了文字记录。但是你们如果将孩子放在派出所,一走了之,这不太好。派出所不是托儿所呀,这孩子是个活物,不是别的什么失物,我们可以先把她锁在一个柜子里,一个月,两个月,一年,两年,什么时候找到失主了,什么时候再将她从柜子里取出来,让人家签字后认领了去……"

乔祺的父亲说:"民警同志,有一点您也许还没搞明白。我们虽说这孩子是捡的,但事情明摆着,这孩子不是家长丢失的,是被她的家长抛弃的……"

那民警打断道:"村长同志,不是我也许还没搞明白。对你说的那一点,我很明白。我的同事们也都很明白。"

他说着,扫视着他的同事们。

于是他们一个个点头。

他从桌上拿起记录本,用笔敲点着又说:"你看,我直接记录的就是'弃婴'二字。'捡的',这是我们习惯上的一种说法嘛,以与偷的、抢的、骗的相互区别。对于弃婴,'捡的'实际上就是发现了的意思嘛!看,这儿,我用的是'发现'一词。你把她留在我们这儿,我们这儿以后就乱了套了,就没法儿正常上班了。我们派出所的民警,不能轮流照看这一个孩子呀!我们每个人还都有一摊自己的工作呢!所以,我认为,村长同志,你还是应该将孩子抱回去,前几天怎么照看的,继续先怎么照看着……"

那名女民警插言道:"看得出来,这孩子被照看得不错,否则不会这么活泼。"

一名男民警说:"岂止是活泼啊,简直是欢实!"

其他民警一个个又点头。

负点儿责任有点儿权力的民警说:"听到了吧村长,我们的同志的话,等于是在表扬你啊!当然啰,也包括是在表扬你儿子。这孩子被照看得不错,肯定不会是你一个人的功劳。为什么你还是应该将孩子抱回去呢？第一，你们父子，显然能比我们更好地尽到对这孩子的责任。第二，这也就是对她的父母尽到了一份责任。他们抛弃她，也许是由于一时的错误之念。等他们后悔了，到处找了，终于找到了，一看自己当初抛弃的孩子被照看得白白胖胖的，他们除了对你满怀感激，同时也会感激社会。那么，你等于是为我们的社会在尽责任。第三，这孩子以后长大了，如果还记得她这一段经历，当然也会感激你们的。那么，相处得好，你等于多了一个女儿，你儿子等于多了一个小妹妹。第四，我们派出所的民警也会感激你的。你也等于为我们分担了义务，替我们做了我们肯定不如你们父子做得那么好的事。至于我们，我们一定留意查访，一有线索，会马上通知你们……"

对方的话说完，乔祺的父亲没话可说了。不知再说什么好了。高帽子一戴，任谁，即使多么不情愿的事，也都只能采取暂且如此的态度了。

而乔祺，归心似箭，抱着"属于"自己的"小妖精"，脚步开始朝门口移动了。

负点儿责任有点儿权力的那一名民警，还示意他的同事们全都戴上棉警帽，一起将乔祺父子送到门外。在门外台阶上，他们站成一溜，向乔祺父子敬礼，一个个亦庄亦谐的模样……

过江桥时，父亲大步流星走得很快，乔祺怀抱他的"小妖精"，有点儿跟不上了。所幸父亲走一段停一会儿，一遍遍大声警告："你给我留心别滑倒了！你要是摔着了她，回家我饶不了你！"

下了江桥，坐上马车，父亲也不催马，任两匹马慢慢走着。父亲一路没回头，一路不说话。分明地，心里恼火，不愿搭理他这个儿子。半路，父亲脱下了皮袄，朝后一甩，落在他身上。回去的路顶风，他赶紧用皮袄盖住"小妖精"的小被，也为自己挡住点儿迎头风……

父亲直接将马车赶到了家门口。默默地看着他蹦下车进了家门，父亲才去卸车。等父亲也回到了家里，他已经给"小妖精"喂过了奶。

"小妖精"一路没哭没闹，吃过奶后，满炕爬着玩儿，拨拉得一只葫芦滚来滚去,于是自己开心地咯咯嘎嘎笑,乐得那个响亮。她仿佛已认得"家"了。仿佛觉得,只有在这个"家"里,才是在最适合最安全的地方。没玩多一会儿,她玩累了,爬到炕沿边,朝乔祺伸出一双小手,要他抱的意思。他明白,她是困了。乔祺将"小妖精"抱起,刚刚拍睡了她,父亲回来了。

父亲指着他,低声然而气咻咻地说:"你别以为这事儿就这么完了,没完!"

父亲说罢,脱了鞋,也不脱衣,倒头便睡。

那天夜里"小妖精"照例睡得很香,父亲却经常翻身,还轻轻咳嗽。顶数乔祺睡得不踏实,父亲那边一有点儿动静,他就一激灵地醒了,随之下意识地伸出只手摸向"小妖精",看她还在不在。他怕父亲趁自己睡着了,偷偷将"小妖精"抱出家门,又往什么地方去送。

第二天早晨,父亲发烧了。由于昨天路上将皮袄脱下,冻感冒了。

他说:"爸,那你可千万别抱她了,免得传染了她。"

他的话使父亲狠狠瞪了他一眼。

一白天,父亲果然没抱"小妖精"。她想让他抱他也不抱。甚至,不接近她。到了晚上,父亲夹着被卷和枕头,一言不发,自觉地睡到堆放杂物的另一间小屋去了……

又过了七八天,派出所那边没有任何信息传来。父亲丧失了期待的耐心,又抱着"小妖精"到公社去了一次。

公社的领导们听完父亲的汇报,有一位半开玩笑半认真地说:"乔守义,这孩子不会另有来历吧?我怎么看着,有点儿像你呢?"并问乔祺,"你看这孩子是不是有点儿像你父亲呀?"

乔祺不知那话另有含意,附和道:"像。"他以为这么回答,对"小妖精"归属自己肯定是有利的。

不料父亲扇了他一耳光。

父亲火了,脸红脖子粗,大声嚷嚷:"你这是当领导的人该说的话吗? 你们调查调查,我乔守义在男女问题上可一向是严肃的! 那种不清不楚的男女关系,何时沾过我乔守义的名字?!"

父亲似乎蒙受了奇耻大辱。

于是一干领导们都劝他息怒,说不过是句玩笑的话嘛,何必太当真呢? 说领导也是人啊,跟下级干部开玩笑都不行了? 一句玩笑不跟你们下级干部开吧,你们背后议论领导同志一副装模作样的官僚面孔。终于逮着个机会和你们开句无伤大雅的玩笑吧,你们自己却一点儿幽默感都没有了,搞得领导下不来台,这多不带劲啊!

他们的话,非但没能使尴尬着的领导不再尴尬了,反而使正气凛然的乔守义也陷入了尴尬。在尴尬的气氛之中,另一位领导人物爱莫能助地说:"守义,不是我们不帮你解决你这位村长的难题啊! 城里人抛弃的孩子,我们农村公社想帮你的忙那也帮不上呀! 这牵扯到一个户口问题啊! 如果将一个本应该有城市户口的孩子变成了一个农村户口的孩子,她长大了会恨的呀!"

第三位公社的领导人物说:"守义从来不为个人之事麻烦咱们公社的领导,既然他今天抱着孩子来到咱们面前,咱们怎么也得给他出个主意。守义你看这样行不行? 我们为这孩子特批一个出生指标,那么她在你那儿被收养着,就合法了。至于城市里那边,派出所方面什么时候有了结果,再把指标作废了就行。"

乔祺抢着回答:"行,行!"

父亲威胁地举起巴掌,又想扇他。

父亲反问:"如果城市那边的派出所一直找不到这孩子的生身父母,那她不等于合法地是我乔守义家的一口人了吗? 如果我再抛弃了她,我不是反而要遭人谴责了吗? 弄不好我不是会犯法吗?"

诸领导又和颜悦色地相劝,都说这么可爱的一个女孩儿,你千万别再将她抛弃了呀! 说那不是枉费我们领导帮你忙的一番苦心了吗? 说现而今,计划生育,不管农村城市,一个出生指标是那么容易特批的吗?

许多农民为此贿赂领导你不清楚吗？如果孩子的生身父母一直找不到，你就当成你一个女儿抚养着有什么不好呢？

乔村长斩钉截铁地说不好。说自己五十来岁了，健康情况又差，有一个亲生儿子以后养老送终够了，绝不愿再有一个与自己没有血缘关系的才半岁多的女儿。何况她还说不定是个哑巴！都快一岁了，才只会说"饿""吃"，太让人担心了啊！

最后，乔村长提出一个方案——他说他要为孩子召开一次全村大会，如果会上有谁家表示愿意要这孩子，但凡还有一定的抚养能力，那么请求公社将出生指标特批给那样的一户人家，不论那人家的孩子是否已超生了……

公社的领导们当着他们父子的面商议了几句，原则上同意了。

乔村长真的是有些急不可待了。他当天晚上就召开了全村大会。一百几十口大人，济济一堂地聚集在农县仓库。主要是怕"小妖精"被冻着了，预先支架起来了大铁炉子和烟囱，烧得仓库里暖暖和和的。"小妖精"在全村已经是"名人"了。许多男女是被"名人效应"吸引去的。还有的人家是因为替村长照看过"小妖精"，有点儿喜爱她了，想当场看看她究竟花落谁家。

"小妖精"像拍卖会上唯一的一件拍品，被坡底村的农民们抱过来传过去地端详，评头论足。而她，分明很容易受热闹场面的感染，仿佛还意识到了那个会是专为她召开的，比以往表现得更加生动活泼。人人都夸她，人人都喜爱她。尤其是女人们，她们争相以不容置疑的话语向男人们预言——这女孩儿长大了肯定秀丽！

乔村长以为大功就要告成，如释重负，脸上露出了连日来少有的微笑。乔祺恰恰相反，人们越夸"小妖精"他越想哭。他并不在乎她长大了秀丽不秀丽，只担心她还能否"属于"自己。

也许是冥冥中有哪一位神灵在相助吧，到开始进行声明时，男人女人一时间都沉默了。那一阵长久的沉默，使乔村长的脸又晴转多云了，使乔祺感觉到了事情的变数。于是十六岁的少年的脸转阴为晴。

唉,可惜是个丫头,这要是个小子,我要定了!

男人们如是说。

女孩儿将来出息成个漂亮大姑娘,在城市里是件幸运的事,起码可以凭着漂亮嫁位好丈夫。在咱们农村,却未必是件幸运的事。嫁给谁也逃脱不了农妇的命,整年的脸朝黄土背朝天,风里来雨里去,别人看着心疼,她自己心里也会觉得憋屈。而女人一觉活得憋屈,那就比同样的男人更加不幸了……

在农村,关于人生的思想和见解,尤其是关于女人之人生的思想和见解,更多地也更符合规律地存在于女人们的头脑中。她们要么懒得开口,一开口都有点儿像思想家,往往会说出挺"哲学"的话。

男人们听着女人们的话,没有不频频点头的。某些男人的话代表了村里全体男人对事情的看法。而某些女人的思想代表了村里全体女人的思想。她们的思想进一步巩固了男人们的看法。于是局面急转而下,刚刚还是人见人爱人见人夸的"小妖精",似乎顿时变成了烫手的山芋,谁都不像方才那么愿意抱她了。仿佛谁又一将她抱在怀里,村长就会决定她属于谁家了似的。在此种情况下,她终于又回到了乔祺怀里。仓库里的温度比他家里还暖和,"小妖精"一回到乔祺怀里就犯起困来,没多会儿她偎在他怀里睡着了。小孩儿就是小孩儿,说睡便睡。在她睡着了两三分钟以后,乔村长一声"散会",关于她的命运的一场郑重其事的集体行为,就那么在她自己完全置之度外的情况下草草收场了。

因为她的性别,一百五十几户坡底村的农民,没一户打算抱养她。村长代表公社一言九鼎所承诺的出生指标,也因她的性别贬值,一点儿都没被看好。

那时刻,十六岁的坡底村的少年,怀抱"小妖精"坐在最不显眼的一个角落,将脸压在她的小棉衣上,无声地庆幸地哭了。替她,也替他自己……

第七章

　　村长乔守义五十一岁那一年死在家里。他因肺癌而死。一个当村长的人，在从前，不生病是一位村长；一生病，也就与一个普通农民没什么区别了。住不起医院，一检查出是肺癌就已经是晚期了。既然已是晚期了，他认为治也白治。为了自己多活几年，而在自己死后让儿子背上一笔给自己治病欠下的债务，这样的做法根本不符合他作为父亲的决策原则。他都舍不得花钱抓服中药吃。中药倘能治癌，还会有那么多死于癌症的人吗？他这么想。一服被说成是治癌的中药，再便宜也得几十元。而乔乔一个学期的学费加书本费，便是那么多钱。

　　那一年"小妖精"七岁了，上小学二年级了。她说话晚，但一开始说话，张口就是一句句的大人话，一套套的大道理。家里有台旧收音机，那是她学话的"课本"。从两岁起，她就爱将手臂平放在桌子边上，下颏压在手臂上；或手捧下颏，守着收音机没够地听。几乎一切广播节目都吸引她，包括政治新闻。到她五岁时，语汇总量反而是同龄儿童的几倍了。因为有乔祺这样一位家庭教师，她已经能够在乔村长的生日那一天，给"村长爸爸"写一封洋洋三四百字感情充沛的祝贺信了。乔村长盘腿坐在炕上，优哉游哉地吸着卷烟，看着他的"女儿"肃立于面前，以童声朗读写给自己的生日祝贺信,内心里幸福得难以形容。

是的,乔村长早已接受"小妖精"是自己家的一口人这一现实了。最初接受得很勉强,后来渐渐变得情愿了。随着"小妖精"的年龄一岁岁增长,他反而特别担心某一天会失去这一个可爱又精灵的"女儿"了。对于村民们,他或者嘱咐,或者警告,所以许多人都向村长指天咒地发过重誓,保证不从自己口中泄露他的"女儿"的身世真相。而几乎每一户的家长,也都对自己的孩子们进行过不厌其烦的嘱咐和严厉的警告。所以"小妖精"长到七岁以来,从没因自己的身世真相究竟是怎么一回事感到过困扰,也从没怀疑过"村长爸爸"是不是自己的亲爸爸。而乔祺哥哥,当然是世界上最好的哥哥了。

那一年乔祺二十二岁了。从他二十岁那一年开始,坡底村也实行分田到户了。家里承包了五亩地,两亩种菜,三亩种粮。那时的乔守义已当了三十来年村长,有着广泛的好人缘。农忙时,每有念旧情的人主动前来帮几天。秋季的余粮,顺利卖了也不成问题。而夏季里,乔村长还没检查出病时,他就会担着时令菜蔬走过江桥去卖给城里人。不必进城太远,就在江边那条街上,一上午或一下午也就卖完了,随便买回些油盐酱醋什么的。由农村少年而成为青年农民的乔祺,对音乐的酷爱依然未变,甚而迷恋有加。为了给家里挣点儿零花钱,也为了供妹妹乔乔无忧无虑地上学,他一有空儿也走过江桥去,在沿江街一处报亭旁"卖艺"。开那报亭的是一位城里姑娘,比他大两岁。由于患小儿麻痹,落下了些微的残疾,腿有点儿跛。乔祺在她的报刊亭旁"卖艺",她倒没什么意见。那实际上对她不造成任何损失,反而会将过往行人吸引到她的报刊亭来,促进她的销售。对于乔祺,也是有利之举。他可以将那报刊亭当做根据地,避免了被巡逻的治安警撵来赶去——那姑娘有一位亲戚,是市公安局的一位处长。从这一点上说,那报刊亭不唯是他的根据地,也还是他的庇护所。故而他对那姑娘心怀感激,特尊敬,叫她"姐"叫得很亲。逐渐地,那姑娘对他有了爱意,每买些瓜果梨桃雪糕汽水给他。起初他也没往别处想,以为就是"姐"对他好的一种表示罢了。终于有一天她拉着他一只手将他从外拽入小小的报刊亭,说是要让他看她新买的一件裙子。她刚一将报刊亭的小木板门关上,便紧紧搂抱住了他,接着在他脸上一阵蛮亲强吻,口中喃喃地说:"乔祺乔祺,我爱死你了!"

哪里有什么裙子呢?有倒是有一件,不是她新买的,而是穿在她身上。

那是夏季里一个炎热的中午,她将半瓶冰镇汽水一口口哺送到他嘴里。他稀里糊涂懵里懵懂地就被那个跛足姑娘主动而又强烈的爱欲完全俘虏了,并且莫名其妙地就丧失了他的童贞。而这使他暗觉羞耻。

那一天他回到家里后又一次次凝视镜中的自己。镜子还是那一面有几道裂纹的镜子。家也一无所变,只是多了一个小学生的书包和一些小女孩的衣物罢了。

他的反常举止使父亲和妹妹大为诧异。

父亲说:"你不要拔胡子啊!二十岁了,也该长胡子了。别人看出你长胡子了,才会觉得你是个大人了。觉得你是个大人了,才会觉得和你办事牢靠些。"

父亲的头脑,怎么也不能从儿子照镜子的现象,推断出儿子可能和某个女人有了纠葛;正如当初怎么也难以想到现在已经是自己女儿的乔乔,和儿子的老师高翔有什么关系。此类推断太超出于他这样一位父亲的思维能力之外了,需要他具备脑筋急转弯那么一种聪明劲儿才行。而他天生不善于脑筋急转弯,尽管他当村长当得挺称职,当父亲当得也不愚蠢。

乔祺没回答父亲的话。他并未因自己开始长胡子有过什么烦恼。并且,父亲的一把折式刮须刀,他用起来已得心应手。

站在他身后的乔乔,一下子蹿到了他背上。她双手搂着他脖子,嘴贴着他耳朵,悄悄地问:"哥,是不是有哪一位姐姐喜欢你了呀?"

妹妹的话使乔祺心中暗自一惊。他立刻又想起了以前他和父亲对她的叫法——"小妖精"。她能听懂大人的话以后,他们一次都没再叫过她"小妖精",几乎忘了那一种以前对她的叫法。他脸红了。低下头,背着她便往外走。

父亲的声音在他身后提醒:"大热的天,你要背她上哪儿去呀?你抬起头,看看前边行不行呀?你若把她摔了,磕着了碰着了……"

自从父亲身体不好,卸去了村长和支部书记之职以后,变得唠叨了。不再是村长和支部书记的父亲,精神分明也经常陷于郁闷、迷惘和空虚中了。仿佛,只有两件事能算是他的"精神寄托"了。一件事是写诗词,古体的。七言、五言、"西江月"、"虞美人"等等,隔几天就会写出一首。三十几年不曾之乎者也了。建国初期城市重点高中里当年那一位惹得不少女生芳心大动的校园诗人,虽才五十来岁年纪,却已变成了双手厚茧,满脸褶皱的"老"农。在过去的三十年里,坡底村没因他一直是村长并兼着支部书记而变得好起来,却也没因而更坏下去。他没有任何成就感值得在人前骄傲一下。夜半更深,扪心自问,却也没什么令自己惴惴不安的罪过感。只有种种愿望与效果相背离的遗憾而已。重温昔日是校园诗人的旧梦,好比心理上自欺欺人的返老还童。然而大多数人之人性有时候都特别地需要自欺欺人一下,乔村长也无法免俗。另一件算是他"精神寄托"的事,便是与宝贝女儿乔乔闲聊。是的,乔乔之对于乔村长,已经是宝贝是心肝了。以捧在手上怕掉了,含在嘴里怕化了来形容,未免过分夸张。但乔乔如果患了什么严重的病,必须得换肝、换肾、换脾,哪怕是换心脏,只要医生认为换上他的可以,没问题,那么他会毫不犹豫地说:"别等了呀,我身上现成的,赶快给我女儿换上吧!"

看着听着乔村长和乔乔这一老一小在闲聊,那情形是使人感到非常温馨的。闲聊这一件事,体现在父女俩身上是特郑重也特庄重的一件事。他们手里并不轻松散漫地做着什么无关紧要的活儿,比如搓包米啦,剥豆荚啦,选菜籽啦,不,他们不那样,而仿佛是将闲聊本身当成一桩极须认真对待的"活计"来做。情形常是这样——乔村长坐在小凳上,面前摆着盛烟叶的纸盒子,一会儿抓起一撮闻闻;不吸,只闻。闻一下便放回纸盒里去。乔乔小小的年纪,已经知道吸烟对人的身体有害,是导致父亲咳嗽不止的原因。由于她每态度严肃地进行批评和禁止,乔村长只有背着她才偷吸一支烟了。与她面对面闲聊时,他无论多么想吸,也能克制着烟瘾不吸。不只是怕受到批评,还怕呛着了她。儿子乔祺,在他眼里就从来没有像乔乔对于他一样的权威性。尽管儿子已经是一个大小伙子了。乔乔也会坐在一只小凳上。这是指父女俩坐在院子里闲聊的时候,那通常是在晚饭后。乔村长另一只手还会拿一把破蒲扇,不停地扇,替父女俩赶蚊子。如果是在屋里,那是又一番情形了。往往是乔村长盘膝坐在炕上,双手交叉抱在胸前,看着乔乔,满脸洋溢着幸福的微笑,柔声细语地回答她的每一句问话。而乔乔,则趴在父亲面前,两肘着席,双手捧颐,支着头,一句接一句向父亲提问。问他小时候的生活怎样,问他的父母也就是她想象之中的爷爷奶奶是怎样的人,爱他是不是像他爱她一样? 还问他是怎么与她想象之中的妈妈恋爱的,他和她的妈妈吵过架没有,为什么? 哥哥小时候惹他和妈妈生过气没有,那是由于做错了什么事? ……

"哥哥小时候很顽皮吗?"

"我们的妈妈一定是个很贤惠的女人,对吗?"

"爸爸,你当年和妈妈相敬如宾,对吗?"

乔守义由于患病,双耳已早早地就有些背了。出其不意地听到乔乔小嘴里蹦出些自己久违了的词,总是不敢相信是眼面前这个小小人儿说的话。才上学呀,不是个"小妖精",又是个什么呢?

"啥? 你问啥?"

他每每瞪着她,不禁地"友邦惊诧"。

而乔乔,则不失时机地予以纠正:"爸,你不是一般的农民,你是读过高中,当过三十来年村长的人,所以你要带头讲普通话,就是收音机里说的那种话。'啥''咋的''哪疙瘩',都是土语,有文化的人听了,会笑话你没文化的。"

一种诲人不倦的口吻,自己俨然是个很有文化的人似的。

结果乔守义这位"村长爸爸"便脸红起来。是啊,是啊,女儿说得对,自己当年是个读过高中的人啊!是师生公认的校园诗人啊!唉,唉,要将一个农民变得说起话来文文绉绉的,那可费了劲了。而一个原本说起话来文文绉绉的人,却可以在不知不觉中就变得像一个文盲农民说话一样了!自己当年因为读过高中了,不习惯于说"啥",说"咋的",说"哪疙瘩",说"嘎哈",还多次当众作过检讨呢——那是在语言方面脱离群众的表现呀!

"对,对,我接受我女儿的批评。方才,咱俩说到哪疙瘩了?"

"你又说'哪疙瘩'了!"

于是乔乔就咯咯地笑起来。笑得像那个她从小拨弄着玩的葫芦似的,满炕打滚儿。

而"村长爸爸"的脸,自然就更红了,自己也嘿嘿讪笑不已。

乔乔笑够了,又双手捧颐趴着,高翘脚了,交错踢蹬着说:"爸爸,不过呢,你也别急,别不好意思。一种毛病,要改,总是需要一段时间的呀!"

听听,哪是个才上学的小不点人儿说的话?分明像"三娘教子"了嘛!

父女俩如此这般闲聊时,乔乔问得最多的是关于"妈妈"的事。她连"妈妈"的照片也没见过,从没听过"妈妈"。也许正因为是这样,后来才经常问。既不但问"村长爸爸",也问乔祺大哥哥。可不么,差着十五岁呢,终日里不是抱她就是背她,嘘寒问暖,关怀备至的,使小乔乔觉得,自己的哥哥既是哥哥,又大得不怎么像哥哥,倒有几分像第二个父亲了。起码像是一位叔叔。而且,与父亲比起来,哥哥对她扳起大人面孔的时候竟更多一些。这一点令她对村里几个和自己般般大的小孩子羡慕不已。那些小孩子的哥哥仅比他们大一两岁,最多大三四岁,每和他们一起玩儿,玩起来还往往互不相让。小乔乔认为做那样的一个小妹妹,有那样的一个小哥哥,似乎更快乐更开心。于是自己也每纠缠她的"乔祺大哥哥",强迫他和自己一道儿玩别的小孩子和他们的小哥哥一道玩的游戏。好在乔祺一向极有耐心,任乔乔百般纠缠,不厌其烦,直到哄她玩儿得高高兴兴为止。

家里原本是有几张乔祺妈的照片的,镶在一副相框里。乔乔刚开始会叫"爸"会叫"哥"时,父子俩一商议,连相框用几层报纸包好,收藏在天棚顶上了。小家伙太精灵了呀,他们怕她哪一天忽然指着乔祺妈的照片问是谁? 更怕她哪一天指着又问我怎么一点儿不像我妈妈呢? 女儿不像父亲,父亲可以说她像母亲。小妹妹不像大哥哥,大哥哥也可以说她长得像妈妈。但是如果她发觉她并不像妈妈,无论当父亲的还是当大哥哥的,岂不是无言以对了吗?

在乔乔以小孩子那种一往情深的话语一次比一次更详细的询问之下,在乔守义一次次不厌其烦的回答过程中,他曾有过的那一段极其糟糕的不堪回首的婚姻,逐渐被他自己修正得似乎十分幸福十分美满了。起初他对记忆不忠的修正主义立场,完全是为了使乔乔乐于接受而采取的,七分违心三分取悦。后来意识成分颠倒了,变成七分取悦三分违心了。再后来,似乎已没什么违心的成分了,完全变成取悦的成分了。既取悦于乔乔,也取悦于自己了。并且他竟对人生大开其窍了似的认为,记忆这东西其实是完全可以由人自己予以修正的,只要能带给自己也同时能带给别人某种愉悦,或者反过来说只要能带给别人尤其是心爱的人,同时也能带给自己某种愉悦,那么修正它就不但是值得的,而且是必要的。在自己对自己记忆那一种由违心而情愿,由心理别扭而心理习惯了的修正过程中,他也竟真的不可思议地莫名其妙地获得了一种愉悦,一种接近着训练想象力的愉悦,一种发现自己原来也还具有一定想象力的愉悦。

"你妈妈嘛,嗯,那是坡南村当年出了名的美人啊,哪一个未婚男人都梦想娶她为妻的一朵女人花。在方圆百里的男人中,她唯独相中了坡底村的我,爱上了我。你爸爸我,当年那也是一表人才呀,是全公社最年轻的党员,也是全公社文化程度最高的小伙子。我和你妈妈结为夫妻,那在当年是太般配的一对儿了,人人羡慕人人夸……"

"你妈妈她,不但相貌好,身材好,嗯,品格也好。我们从没因为什么家里外头的事吵过架。夫妻一场,那真是恩恩爱爱,你敬我一尺,我敬你一丈……"

"你问我思念不思念她吗?嗯,当然啰,经常思念起她来,不止一次梦见过她……"

从旁亲耳听着父亲如此这般谈起自己的母亲时,乔祺暗自诧然。作为父亲和母亲之婚姻的最有发言权的见证人,他也开始明智地修正起自己关于父母关系的记忆来。出于对小不点儿妹妹的感受好坏的考虑,出于对父亲的高度同情和怜悯,也出于对自己作为唯一儿子的一种理性要求。

有次父亲还扭头看着他问:"乔祺,我说得对吗?"

当时乔祺正替乔乔包书皮,被问得猝不及防。

"啊,乔乔,爸爸说的话句句属实。我们的妈妈,就是爸爸说的那样……"

他也只有这么回答。话不直接对父亲说,而是对不丁点儿的小妹妹说,仿佛如此一来,就可以回避一个诚实与不诚实的问题了。

乔乔那双黑围棋子般的大眼睛定定地望着乔守义,顷刻涌出泪水。她的黑眼珠还是那么黑,眼白的部分却明显地增多了,将黑眼珠托得更圆,完全符合事实的一双黑白分明的大眼睛。她抽抽泣泣地说:"我想妈妈,真想她,想极了……"

乔守义伸出双手,一下子将乔乔扯过去紧紧搂抱在怀里,自己褶皱的眼角也流下了泪水。他说:"噢,宝贝!噢,心肝!噢,乖女儿!别哭,别哭,你哭得爸爸心里边难受,像有把刀在乱割……"

一颗泪水也吧嗒掉在乔祺正包着的书皮上。

他不由得在心里对他的高翔老师说:"老师,老师,亲爱的老师呀,您如果有灵在天,那么您应当看到了,我已经尽力照您的嘱托来爱您的女儿了!还有我的父亲,难道您没看见,他也是多么宝贝小乔乔吗?……"

由于乔乔的存在,原先仅仅父子二人组成的一个气氛单调的家,于是时常氤氲着情感交织的氛围了。乔守义对待儿子的态度,也越来越和颜悦色亲密无间了。他心里对儿子产生一番番的感激……他有时也就会对儿子这么说:"儿子啊,如果现在别人来把咱们的乔乔领走了,我还真舍不得呢!想想,幸亏当初没把她送掉了。那样,今天谁带给我这么多高兴啊……"

当父亲的似乎要强调,他对儿子的和颜悦色,其实意味着是一种报答。

乔祺则成心不以为然地说:"我觉得没有乔乔,咱们父子俩的日子一定过得很省心。多了一个她,麻烦死了。没有她,我也会想方设法使你天天高兴的,你是我的父亲嘛!……"

"那不一样,那不一样。我不嫌麻烦!你怎么能跟乔乔比?就你,哼!你现在不惹我生气了,那还不是因为受到了咱们乔乔的好影响?……"

父亲在和儿子谈到乔乔时,总喜欢说"咱们"两个字,仿佛要一次次在儿子头脑之中加深这么一种印象——别以为你当初捡了她,她就只能由你一个人现在爱着她了!她叫你什么?不是叫你哥吗?那么我当然就是她的父亲!我也当然有一份爱她的权力!而且我的权力按父亲的权力那合情合理地得排在你的权力的前边!……

确实,乔祺对乔乔的爱,反倒比父亲来得含蓄,不像父亲那么个人表现主义。乔乔上小学一年级下学期时,市里最大的印刷厂发生火灾,无论市里还是农村,学生们在相当长一段日子里买不到作业本。然而乔乔却拥有着足够用到小学三年级的各类作业本,是乔祺亲自坐了十几个小时的火车,为她从别一座大城市买回来的。第二年夏季,雨天特别多,全村的小学生,唯乔乔有一把花雨伞,还是新产品,折叠的。也唯有她有一双漂亮的高腰小雨靴,红色的。乔乔上学放学,撑着花雨伞,穿着漂亮的小雨靴,专往积水处走。走得神气而又显摆。引得别的孩子们,无不以羡慕的目光眼巴巴地望着她洋洋自得的样子。雨伞和雨靴,是乔祺用他在城里做音乐家庭教师挣来的钱给乔乔买的。老师高翔的爱情悲剧以及他的殉情惨死,反而使他死后名声大噪,渐渐竟被说成了本市最有天才也最具伯乐慧眼的音乐人。乔祺的名字,也在自己不知不觉之中,随着老师的名字一起具有了神话般的色彩。高翔生前最得意的弟子,高翔音乐天才唯一的承传者,青出于蓝必胜于蓝,种种人云亦云的说法,使乔祺在老师死后继续因老师的名字受益匪浅。老师的名字,也继续对他的人生发生着重要而深远的影响。他每觉得,自己仿佛活在老师的影子里。但并不是所谓的阴影,而是令别人谈论起来称羡不已仿佛红光紫气的那一种福荫似的。全国的艺术单位艺术院校又都开始录人招生了,望子成龙望女成凤的些个家长们,翘首以待之心又开始死灰复燃。此一点使挣钱这一件事,对于农民的儿子乔祺并不成其为难事。每个月他总有一二百元的收入,多时甚至三百来元。当年这对一户农民而言,是极丰的现钱收入。家里添置了一台新的收音机,三间土坯老屋被翻修过了,窗台以下是砖砌的了,墙和灶台不再是黄泥抹的而是水泥抹的了。乔祺自己,也有一辆曾朝思暮想的七成新的自行车了。他将它维护得看去像九成新似的。在农村,不愁有现钱花的日子不但是令别人家羡慕的,而且是招别人家暗地里嫉妒的。父子俩深谙农民们的心理,陈家的孩子因交不起学费辍学了,只要他们知道了,赶紧替将学费交上去。李家的老人病了,没现钱抓药,父子俩及时将钱送去了。有时,乔祺甚至替人家从城市里将药带回来了。东家儿子结婚了,西家儿媳妇生小孩了,从前的老村长家,必有一份体面的贺礼送去。包括他的接替者在内的村人们,依然尊敬地称他村长,依然在前边冠以他自己并不怎么受用也与他的年龄并不怎么相符的"老"字,以表示对他的亲和的持续性的承认。而他心里清楚,自己所受到的比从前似乎更加真实的尊敬,乃因沾了儿子的光。

乔守义一家三口,在村里依然很特殊。

从前是靠了乔守义一村之长的权威。

后来是靠了儿子乔祺的助人为乐。

而小乔乔,逐渐成为全村大人们都喜爱的一个小女孩儿。这是很自然的,她也沾尽了大哥哥乔祺的光。在农村,助人为乐慷慨大方之人,是口碑最好的一类人。因为那样的人总是比人们所希望的数量少。大人们喜爱小乔乔实属爱屋及乌。而他们的小儿女们喜爱她,则由于她也和她的大哥哥乔祺一样,在小伙伴儿中每以助人为乐慷慨大方普获好感。

当然,这小女孩儿自身,也有格外招人喜爱之点。她天生聪明。那一种聪明是农村孩子中少见的。体现为一种禀赋,一种基因现象。她记忆力极强,一篇课文看一遍,放下课本就背下来了。她有很丰富的想象力,善于讲故事。而一个善于讲故事的孩子,不论是男孩还是女孩,将一大堆孩子吸引在凝聚在自己周围,乃是一件易事。

"乔乔,再讲一个吧!"

"乔乔,上次讲的那一个故事,你还没讲完呢!"

"乔乔,你的故事都是从哪儿来的呀?"

还能从哪儿来的呢?再天生聪明的一个孩子,上帝也不会在其出生之前就将无穷无尽的故事像印书一样印在她头脑里了。或是乔守义讲给她听的,或是大哥哥乔祺讲给她听的,或是从小人书上看来的。到她小学二年级时,她的乔祺大哥哥已经为她买了几十本小人书了。而那对于一般农村的孩子太是精神上的奢侈了。她不久便在乔守义和乔祺的点说之下懂得了一个道理——在农村显摆是招人讨厌的。于是她将那些小人书全分给了村里的孩子们。并且,以后也知道在下雨天去上学时,应该顺路接上一个没有雨具的同学,两人共撑一把伞了;也不穿着漂亮的小雨靴偏在赤脚的同学面前去蹚水了。

然而分到了小人书的孩子们仍时不时地纠缠她请求她讲故事。她以一个小女孩儿特有的悦耳语调和极善比喻的生动语言,能使那些小人书上的故事仿佛光芒四射,使孩子们获得了比仅仅看那些小人书更大的兴趣。

"可是现在不行呀亲爱的乡亲们,我还没完成作业哪,你们也都没写作业吧? 咱们都得先把作业写完啊! 之后你们来找我,我给你们讲一个关于一只特别聪明的狐狸的故事。她是一只外国的狐狸,名字叫列娜……"

她很善于说服别人,也善于掌握拒绝的分寸。并且,她是有诚信的,从不为了敷衍别的孩子而开空头支票。她看重每一件她已经答应了别人的事情。这是受乔守义父子的良好影响的结果,他们本身也都是恪守诚信原则的人。

她富有同情心。村上的大人死了,她竟知道采撷一束野花,跟随在送葬者们后边,去恭恭敬敬地摆放在死者坟头。尽管那大人和她并没有过什么感情交流。之后她将自己平日舍不得吃的整盒整袋的糖果捧送给死者的孩子,自信她能分担那孩子的悲伤。

她多愁善感,花谢了,树叶落了,养在盆里的小鱼死了,谁家的小狗被谁家的大狗咬伤了,都会使她为之忧悒。

她有某种难以形容的区别于农村里孩子们的先天气质。是的,那是难以形容的。即使她站在一百个年龄同样大的农村女孩的队列之中,和她们穿一样的衣服,不论新衣服或破旧的衣服,阅人有术的人,还是一眼就会看出她气质方面的与众不同。

人和犬马一样,有时候我们真的不得不承认血统论多多少少是有一点儿道理的。高翔的父母以及祖父母外祖父母,都是那类艺术和人生糅合得难解难分的人。两代父母双方面的艺术基因,在她身上形成着一种原始的未经开发后来也一直未经开发自然而然的禀赋。它虽未体现于

257

艺术,却体现在她后来的人性质量和成分之中了。而她的人性之中,亦具有她的母亲,那个安徽农村女孩人性之中特别纯情质朴的一面。以及她母亲的母亲,一个忠心耿耿地为她父亲一家做了二十几年女佣的农村女人那种以善为本,宁天下人负我,我不负任何人的可贵品质。而乔守义父子之对于她,除了给予她充分的饱满的父爱和兄爱,还告诉了她诸多做人的一般道理。那些道理正因为太一般,所以常被大人们在教诲孩子时所忽略。比之某些中国家长们教诲孩子时谆谆告诫的圆滑的人生经验,乔守义父子所使她接受了的那些做人的一般道理,对于乔乔这一个女孩儿的成长显得弥足珍贵。乔守义父子非是教育家,他们之所以都认为讲给她听那些做人的一般的道理是他们必须的责任,是他们关爱她的成长的头等大事,也许正因为她并非他们的亲女儿亲妹妹。如果是亲的,他们大约反而没那么大的责任感了。在乔祺这一方面,为的是对得起老师。在乔守义这一方面,为的是维护"农民"两个字的名誉。那是他这一个当了三十来年村长的特殊农民的意识本能。他的阅世经验告诉他,总有一天,不定什么人,会以什么样的一种血缘关系来认乔乔。他希望那时对方们感慨万千地承认——想不到,一户农民,将一个当年被抛弃的城市里的女婴,变成了一个如此有教养的女人。而不愿情况反过来,对方们抱着乔乔哭,边哭边说你怎么被变成了这样!罪孽呀,这户农民将凤种变成了乌鸦!……

乔乔成长得无忧无虑。她活泼、快乐,性格发展极其自由,未受过任何一种压抑,终日幸福得像坡底村爱狗的人家所养的小狗。她开心起来依然会笑得咯咯嘎嘎前仰后合的,能感染得别人也心花怒放。但是她若安静下来,却又往往如泥捏的一个好看的小人儿。那时乔守义和乔祺都不太敢轻易走到她身旁去,认为那时要干扰了她的安静简直是一种大错。

她那么安静的时候往往是她在想诗句的时候。

"写诗,别逗了!你个小破孩儿能写出什么诗来?"

有次乔祺成心泼她的冷水。拿小不丁点儿的妹妹开心也是一件乐事。

"爸爸都写了那么多诗,我为什么不能写出几首诗?"

小不丁点儿的妹妹信心十足。

"嗨,爸爸写的那也叫诗? 那叫顺口溜!"

"不许你背后贬低爸爸,那你就不是好儿子了,也不是我的好哥哥了! 你平常教育我不要背后贬低别人,可你自己怎么背后贬低起咱们的好爸爸来了呢?"

不丁点儿小的妹妹,有时批评起哥哥来,往往毫不留情。

当大哥哥的知道她是很写了一些诗的,只不过不许任何人偷看。

有次乔守义带着她到公社去替村里办点儿事,而乔乔独自溜进了公社广播站的房间。接近中午时分,乔守义与人告辞离开,到处去找也没找不到宝贝女儿。正纳闷之际,一只悬挂在电线杆上的大喇叭里,传出了宝贝女儿朗读诗的清脆悦耳的声音——《献给爸爸的诗》:

> 在我很小的时候,
> 你爱把我扛在你肩上;
> 那时,你像一座山,
> 我像站在山上。
> 我的目光第一次望得那么远,
> 我望到了地平线,很长,很长……
> 别人说你是我的父亲;
> 可是我更喜欢叫你爸爸,
> 就像我喜欢唱歌一样……

那时刻乔守义的心灵被幸福激荡得翻江倒海。里边除了幸福,再有的,还是幸福。

他老泪横流,指着高音喇叭,转过身对送他的人大声嚷:"别说话,别说话,听,这是诗呀！我女儿写的,献给我的,可她才刚小学二年级呀！……"

他猛然间想起,那一天是自己生日。也顿时明白了,女儿为什么非要闹着跟他到公社来不可。她是恨不得让全世界的人都知道她对他的爱啊！——这个"小妖精"！

在当年,那一种高音喇叭,它的喇叭口的直径差不多有二尺那么宽。广播线将一百几十只那样的喇叭串联在一起。全公社一百几十个大村小村,每村一只那样的广播喇叭。在那一天的中午时分,一百几十个大村小村的农民们,和他们的大小儿女们,都不由得放下了饭碗或端着饭碗不动了,静静地侧耳聆听一个叫乔乔的农村小女孩儿献给她爸爸的一首诗……

一只高音喇叭,便足以将声音远播到五六里地以外去。那是"文革"期间为在广大农村加强政治宣传而特别研制的,当年也算是一项科技成果。

那一天乔祺没在家,也不在村里,他进城做音乐家教去了。自从有了自行车,他往返于农村和城市之间快了许多。只不过上下江桥时,须将自行车扛在肩上。

他背着大提琴盒,不紧不慢地骑着自行车回村时,半路听到了乔乔的声音。也不知乔乔那张小嘴儿是如何说服了公社的广播员姑娘的,人家竟允许她在朗读完一首《献给爸爸的诗》后,再接着朗读一首《写给哥哥的诗》:

> 作为我的哥哥,
> 你真是太大了。
> 作为你的妹妹,
> 我倒不在乎更小点儿。

可是,你陪我玩儿的时候太少了呀!

这使我经常感到不那么公平。

你抱我,你背我,

这都是我愿意的事情。

可是一道玩耍呢,

我就只能羡慕别人家的妹妹了……

乔祺一听出是乔乔的声音,他就刹住自行车,呆呆地站在路中间了。听着听着,他扑哧笑了。他在心里说了一句:"这个小妖精!"——而乔乔从来不知道,她在很小的时候,在父亲和哥哥眼里,她曾是一个"小妖精"。她的每一句诗,她那仿佛从远处的天空传过来的声音,使他获得了一种别提有多么甜蜜的情感满足。他觉得他为她做的一切事情,对她的一切关爱,以及准备无怨无悔地为她作出一切牺牲的既定的人生方针,在那一刻都获得了厚重的回报。都是特别特别值得的。他并没像他的父亲一样由于感动而流下泪来。事实上他的心情不是感动,而仅仅是快乐,觉得她的做法未免庄重得好玩儿而心生出的一种快乐。已经二十多岁了的坡底村的青年,已经被江那边的某些城里人多少有点儿崇拜地看待了的农民的这一个儿子,很少有笑得合不拢嘴的时候。而那时刻,他双手扶着自行车把,定定地站在唯一一条从散落四方的农村通往隔江之城的土路上,笑得真有点儿合不拢嘴了。若从后面看他,他那颀长的背着大提琴盒的背影,仿佛背着什么冷兵器的侠士,在镇定地等待厮杀对手的到来,准备决一死战。若从前面看他,他那笑容满面的样子,又仿佛四处漂泊的流浪者,望见了生死之交正向自己走来,并会引自己去往一个如家的地方一醉方休。

在他的前方,既没有什么厮杀对手,也没有什么生死之交,却走来了一个身材瘦小的挑了一担青菜的农民。两大筐青菜对于那一个农民而言,分量未免太重了。担子压弯了,随着农民的步子上下颤悠,发出吱吱的响声。好像那担子在不停地啃咬农民的肩头,还不停地津津有味儿地咂滋味儿。

农民走到跟前时,乔祺笑道:"老乡,歇会儿吧。"

对方犹豫一下,站住了,将中段油亮的宽扁担放在地上,接着坐在扁担上。扁担不仅中段被磨得油亮,前后也各有两处同样的油亮。那是被人手经常搭控而磨亮的。

农民从头上摘下破了边沿的草帽,当作扇子在胸前呼扇着,一边说:"这天,真热啊!"

既然两个人歇在一块儿了,聊几句话总比彼此呆看着好。在那农民,是没话找话,表示一种主动的愿望。他打量着既像农村青年又不像正宗的农村青年的乔祺,猜想乔祺心里也有和自己相同的愿望。

他猜对了。

那时的乔祺,若不与一个什么人聊聊他的妹妹和他的妹妹刚刚在通过高声喇叭读完的诗,心中的快乐简直就难以按捺。所谓满则溢,不溢就有可能胀坏他的胸膛。

他当然不想跟对方聊天气。

他问:"老乡,一路走来时,听到背后大喇叭里的广播了吗?"

对方愣了愣,说听到了,又立刻反问:"你自行车多少钱买的?"

乔祺没回答自行车多少钱买的,继续问:"那你有什么感想呢?"

对方一撇嘴:"感想吗?不知谁家的一个女孩儿崽子,居然在公社的广播站里满嘴胡咧咧!先说她爸像山,怎么好将人比作山呢?山又没胳膊没腿的,你要是像山,不完蛋了吗?接着又抱怨她哥比她大得太多,和她玩不到一起去!头脑里有这些乱七八糟的想法,都是大人宠惯出来的哟!照这么宠惯下去,将来可怎么了得,还嫁得出去吗?……"

没想到对方大加贬损了一通。

乔祺讪笑道:"你一路听到的那是诗哎。诗嘛,不能认真去细抠某些字句某种比喻的。诗主要表达的是感情,能理解能接受……"

对方打断道："诗吗？不懂！不能理解也不能接受！公社广播站，那是多么严肃的地方！怎么可以让一个女孩儿崽子去胡说八道？公社的领导都是干什么吃的？聋了吗？那也不会一下子全聋了呀？居然没有一个人制止，任凭一个女孩儿崽子一通胡咧咧完了为止！这一路走，一路听，一路气！……"

对方立刻变得像一个被诗狠狠伤过的人。

"打住！那是我妹妹！"

乔祺脸红了。他也有点儿生气了。"小女孩儿崽子！"怎么可以说他聪明可爱的小妹妹是"小女孩儿崽子"呢？他如同自己受到了当面羞辱，就要予以凌言厉语的反驳了。

人家哪儿能想到会是他的妹妹呢？

虽然才二十二岁多一点点，但他这个坡底村的青年，个头猛蹿了几蹿，那一年已快长到一米八了，宽肩长腿，一张国字脸已见棱见角，只不过还不甚雄壮，不甚魁梧。而人家那一个农民，个头矮小，精瘦精瘦的。人家见他急赤白脸的样子，人家能不怕吗？这要动起手来，连个劝架的人都没有，人家明摆着吃亏呀。

"是你妹妹你怎么不早说！……"

对方心里发毛，一边嘟哝一边站起，慌慌张张戴上破草帽，挑起担子，拔脚便走。

乔祺却又十分不好意思了，他扭头望着人家背影大声说："哎我没生气，你别走那么快嘛！"

对方的脚步反而更快了，后边的筐里，颤掉了几棵小青菜。

"哎，菜都颤掉了呀！"

对方头也不回，装没听见。

乔祺支住自行车，走去将菜捡了起来。再望那农民时，见已走远。他觉那几棵小青菜水灵得喜人，走回来放进了自行车筐里。回想刚才和那农民之间的言来语去，二十二岁的坡底村的音乐青年，感到了自己的可笑,不禁自言自语:"乔乔,乔乔,你这个小不丁点儿的妹妹呀,看你的大哥哥喜爱你都到了什么份儿上!"他骑上自行车,吹着口哨,怀着好得没比的心情,飞快地往家里骑……

他一进家门,见到乔乔,双手往她腋下一插,一下子将她举过了头顶。

而乔乔还嫌不高,连叫:"哥哥,抛我一下,抛我一下嘛!"

于是当哥哥的将那小不丁点儿的妹妹用力向上一抛。好家伙,乔乔的头都快碰到脊形的屋顶了。所幸屋顶是脊形的。若是平的,那就糟了。

乔乔开心得咯咯直笑。

乔守义从旁看了,半严肃不严肃地批评儿子:"乔祺,她已经不是小孩子了!你还那么抛她,悬不悬?以后再不许了!"

乔乔却说:"我还是小孩子,我还是小孩子!大哥哥,再抛我一次嘛!"

经不住乔乔的纠缠,在父亲不满的盯视之下,乔祺只得又抛了她一下。

和村里同龄的孩子尤其是女孩儿相比,七岁的乔乔,其实长的并不算特别小。想当年高翔是个中等身材的人,她的妈妈也是。七岁的乔乔骨架细瘦,其形纤纤,和同龄女孩儿们相比,看去反而略高一些似的。然而乔守义这一对父子,却都是名副其实的大高个子男人,在他们的三口之家里,确切地说,以他们的眼看来,乔乔似乎注定了是一个小不丁点儿的人儿。乔守义说她已经不是小孩子了,说的并非心里话。他心里想的是另一回事儿。眼见乔乔一天天长大,看得出她对他的儿子乔祺的感情一天比一天加深,一天比一天近于依恋,乔守义心中每每喜忧参半。那喜,是不好说明的。既不好对自己的儿子明说,当然也不好让才七岁的乔乔知道。那忧,更其如此。夜深人静,他常因了心中的喜忧难以入眠。一想到自己的儿子和"捡来"的女儿之间的兄妹关系,不知将来能维持多久,不知好则怎样,不好又则怎样,就暗自感觉忧甚于喜,于是长吁短叹。所以他若看到乔祺和乔乔太过亲密了,便会心生出一种限制一下的本能。

乔祺将乔乔放落于地,捧着她脸蛋,在她眉心亲了一下之后,夸奖地说:"你献给哥哥的诗,哥哥在回家的路上听到了,句句都听到了。"

乔乔说:"我还献给了爸爸一首诗呢!"

乔守义正在编补炕席上的破处,听到乔乔的话,连说:"对,对! 先是献给我的,之后才是给你那一首。儿子你大概没听清,给你那一首题目叫'写给',用词不同的。一字之差,区别大了。"

乔乔又得意起来,绘声绘色地说:"公社广播站的阿姨,开始直往外撵我。等到看完了我的一首诗,不撵我了,跟我说话客气了。问我:'不是有两首吗? 那一首也给我看!'我就把第二首也给她看了。她看完第二首,对我更客气了,从椅子上站起来,让我坐在她的椅子上,对我说:'小诗人,用不用酝酿一下感情啊?'我说:'不用!'——哥哥,我朗读得是不是很有感情呀?"

乔祺说"很有感情。诗写得不错,朗读得也不错。只不过呢,你还不太会用韵,诗是讲究押韵的……"

乔乔扭晃着身子,连连跺脚,受了不公正对待似的大声抗议:"就会,就会! 就押韵,就押韵嘛! ……"

乔守义的双手停止了动作,使几条席篾子竖在眼面前,抬起头谴责儿子说:"你怎么又惹乔乔不高兴呢? 你写过诗吗? 读过诗吗? 懂诗吗? 献给我的诗我听着就非常押韵!"

乔祺立刻对父亲现出自愧弗如的样子,并对乔乔哄道:"是啊是啊,爸爸年轻时爱写诗,是校园诗人。对于诗,还是爸爸的评论权威。哥哥嘛,刚才那是假充内行呀!"

乔乔不依不饶:"那,大哥哥评论错了,该不该受罚呢?"

"该,该,太应该受罚了! 这样吧,来,让我拉一曲大提琴给你听!"——于是乔祺打开琴盒取出了大提琴,自己往炕边一坐,扯着乔乔一只小手,将她拉入到自己怀里,然后将大提琴立在她身子前边。这样,乔乔的身子就被夹在哥哥的胸怀和琴体之间了,而那样一种听琴的位置,正是她自小所喜欢的。可以感觉到哥哥运弓时胸前的肌肉也在微动。可以感觉到琴腔的背面也在因共鸣而发颤。听来,琴音仿佛是从她自己的心灵里发出来的。那是很奇特的一种感觉,能在她头脑之中激发一种很奇特的想象——想象自己这么小的一个女孩儿,如果确有所谓心灵的话,心灵空间也一定很小。而很小的心灵里,居然能发出大提琴那种浑厚低沉而又悦耳的音响,她觉得连自己的想象也和那琴音一样美妙,一样值得自己欣赏了。那时她变得很乖顺,很安静,屏息敛气,凝眸谛听。不但聚精会神地听大哥哥每一下运弓拉出的琴音,仿佛也听到自己的和大哥哥的每一次心跳,穿插在琴音旋律之间的心跳之声……

家中没有专供乔祺拉大提琴而坐的一把椅子。乔祺每次在家里拉琴,总是坐在炕边的。他腿长,火炕的高度,正好适合他拉大提琴时端坐。所以他也就从没想到过为自己添置一把专门在家中拉琴时坐的椅子。

在乔乔渐长到七岁的时光里,乔守义见惯了儿子不同寻常的拉琴的情形。乔乔三四岁时,不是站立在大提琴后边,而是侧坐在乔祺一边的膝腿上,偎在他怀里;乔乔更小的时候,乔祺怕她没人哄哭闹,曾用褥单将她围系在前胸拉琴……

如此这般眼前事,乔守义曾司空见惯,不诧不讶。

但是那一天,那一时刻,他倾听着儿子拉出的洋曲目的琴音,从侧面望着儿子、琴和二者之间的乔乔,眼中又一次流露出了忧喜参半的目光。他停止了编补,默默地听着,看着,渐渐地,目光之中忧多喜少了。

……

吃晚饭时,乔祺捡回来的几棵小青菜,由乔守义洗了,码在盘子里,摆在了桌上。青菜蘸酱,是全家人都爱吃的。

乔祺于是想起了回家路上,自己和那个挑着一担菜进城去卖的农民之间话不投机的经过,讲给父亲和乔乔听,父女俩听得直劲儿乐他。乔祺自己也忍不住边讲边乐。然而,乔守义乐得有些勉强。事实上,他的心情是更加忧郁了,只不过乔祺和乔乔都没看出来。他毕竟是当过三十来年村长和党支部书记的人,不被人从脸上轻易看出自己有什么心事,早已是他久经修炼具备的一种能力,一种内功。

一盘火炕,以前是乔守义因为风湿病腰腿疼睡炕头,乔乔怕热睡炕尾,乔祺睡炕中。火炕夏天也是要烧的。总之只要开火做饭,烟走炕洞,就实际上等于也烧炕了。冬天烧硬柴,就是玉米秸、树枝、蒿杆、木段之类。夏季烧软柴,干草、麦秸、玉米皮什么的。自从乔乔长到七岁,乔守义不睡炕头了,要睡炕中间了。他说总感到心里有股内火,睡炕头也觉燥热了。自然,那是借口。从而,睡在炕中间的这一位父亲,每晚就将儿子和乔乔的褥位隔开了。这一天三口人熄灯就寝不一会儿,乔守义发觉乔乔悄没声地爬了起来,打算从他身上迈过去。他知道她要怎样,以批评的语气说:"嗯!不许再调皮了。都熄灯了,就该好好睡觉嘛!"——一边说,一边伸出只手去捉乔乔的手,意欲扯住她,将她拖倒下去,迫使她老老实实地睡,却没捉住她的手。黑暗中但听她咯咯笑着,已然从自己身上迈过去了。

乔守义只有轻轻叹道:"唉,你呀,你呀,乔乔,都七岁了嘛,得习惯自己睡了嘛!"

乔乔得逞后,复趴下,嘴贴乔守义的耳朵小声说:"爸,我还有话想讲给哥听……"

说完,一条泥鳅似的,哧溜一下钻入乔祺被窝里了。

那一天乔祺乏了,一躺下便发出了轻微的鼾声。乔乔钻入他被窝他也未醒,乔乔的小手,就在他身上各处挠他的痒。乔祺终于痒醒了,往被窝外推她,还说:"去去去,今天晚上不许烦我!你又不是没有自己的被窝!"

乔乔却将被边压在自己身下,双手揪着被角,赖在他被窝里。

乔祺来硬的不行,只得来软的,央求地嘟哝:"好乔乔,好小妹,我嫌你身上热！哥困死了,好妹妹是不烦人的!"

乔乔就转过身,也将嘴贴着乔祺耳朵,小声说:"哥,我有事儿听你的看法,你不是嘱咐我遇到什么难事儿要虚心听听你的看法吗?"

乔祺又嘟哝:"不管什么事儿,明天早上再听我的看法也不迟。"

乔乔也又说:"明天早上我要是着急忙慌地去上学,忘了讲给你听是件什么事儿呢?"

"那你放学后,我主动问你!"

"那就晚了,我这一件为难的事儿,一上学就要面对的呀!"

"那你就快说,说完之后,滚回自己被窝去!"

"那不行,我说完了,还得听你的看法呢!你说完了你的看法,我才回我的被窝。"

"那你快说,快说!哎呀你,我打你屁股了啊!"

乔乔又挠他痒,听话声乔守义感到儿子是真的有点儿生气了。

当爸的插言道:"乔乔,乖女儿,要懂事儿,啊?跟你哥说完事儿,就快回到自己被窝睡吧!"

其实乔乔并不是干躺着睡不着,于是想闹人。她真的忽然想起了一件自己明天一上学就将面对,并且必使自己左右为难的事。

接下来,乔守义更只能隐隐听到乔乔叽叽咕咕的耳语声了。听着听着,他睡着了。

乔乔说的是这样一件事儿——班上有名男生三天没上学了,老师猜他是病了,让乔乔到他家里去看看实情。乔乔一出现在他家里,那男生就立刻神色慌张起来,暗中向乔乔直摆手。乔乔心里也就明白,他肯定是背着家长逃了三天学。她怕他挨打,对他爸妈撒谎,只说自己是要找那男生说说班里卫生值日的事儿。骗过了对方家长,那男生送她走出院子后,她逼问他三天没上学,都干什么去了?那男生只得从实招来——他在小泡子边上捞蝌蚪给小弟弟玩儿时,竟发现了一对儿大水獭!说一只水獭最少也能卖一百多元,要是一对儿都逮着了,那就等于自己给家里添了二百几十元钱啊!

乔祺说:"小妹,这孩子我认识。他家的日子我了解,过得很困难的。二百几十元,对于任何一户农民人家,都是不小的一笔钱啊。你想怎么办呢小妹?"

乔乔说:"我让他明天一定去上学。那我就不向老师报告他是逃学。"

乔祺问:"那你可对老师怎么说呢?"

乔乔说:"我只能替他再对老师撒谎,说他确实病了呀!"

于是乔祺感到,小妹妹明天将面对之事,实在是太难为她了。结果他困意全消。

"那老师以后知道了,可会严厉地批评你的啊。也许,还会影响你评'三好生'。"

"那我就不当了呗。"

"要是……破坏了你一直给老师留下的好印象呢?"

"破坏了就破坏了呗,那我也没法子呀。"

"心甘情愿?"

"嗯,心甘情愿。"

"为什么?"

"他家太穷了,一件像点儿样的东西都没有。我觉得他逃学也是为了他的家,和贪玩逃的学生不一样。"

"那……他听了你的话怎么表示的呢?"

"他却说,至少得逃三天学。说明天就去上学,也许逮不着那一对水獭了。还说他已经编了套子下在两处洞口,如果发现了第三处洞口,就万无一失了。"

"他知道的还挺多的。水獭的洞,最多也就三处洞口。"

"我跟他说,他如果还打算再逃几天学,那我可就想帮都帮不了他了!"

"那他又怎么说的呢?"

"他说我爱怎么怎么！说他又没求我非替他撒谎。还说他才不在乎我怎么告诉老师呢！"

乔乔的一只小手握成了拳，在大哥哥的胸膛上使劲儿擂了一下，仿佛乔祺便是那男生。

"看来，他为那二百多元，有点儿豁出去了……既然他自己都不在乎，那你还替他隐瞒个什么劲儿呢？如实向老师汇报就是了！"

除此之外，乔祺也替小妹妹想不出什么更好的办法了。

"可我……可我还是不忍心。他以前也逃过学的。老师通知他家长一次，他就挨一顿狠揍！……"

乔乔的语调听来又饱含着同情了。

"小妹妹别急，让我单独替你想想……"

大哥哥说着一掀被子坐了起来，在炕上摸索一阵，摸索到什么东西，双手捧着下了地，转眼离开了屋子。

乔乔呆躺了一会儿，不知哥哥干什么去了，自己也悄悄下了地，离开了屋子，去看究竟。

她发现哥哥趿着鞋，正蹲在厨房的灶口那儿吸烟呢。脚旁，是父亲的烟叶盒子。灶内余火，将灶口外映红了一小片，也将大哥哥只着短裤的身子映得发红。

"哥哥你偷偷吸烟？！吸烟不好，明早我要向爸爸揭发你！"

小不点儿妹妹气愤了。

"嘘，我在替你想主意。不吸几口烟我集中不了心思，想不出什么好主意的！"

大哥哥振振有词。

乔乔只有呆立在一旁，看着，期待着。

乔祺吸完指间烟，将烟蒂丢入灶里，小声说："想好了！"——说罢，拿了烟盒，单臂将小不点儿妹妹拦腰一箍，横着夹起，几大步跨回到睡觉的屋里。

兄妹俩又躺在炕上后,大哥哥说:"再让他多逃一天学吧。明天我跟他到那个水泡子去,后天他去上学。以后的事他自己就不用管了,由我替他将那两只水獭逮住,我一分钱也不分他的。"

"你有把握?"

"有八九分把握。"

"万一逮不着呢?"

"如果连我都逮不着,他个小孩子,更别抱指望了。那就是天意。"

"哥,你给我下个保证吧!"

"什么保证呢?"

"一定逮着,两只!"

"我刚才说了呀,有八九分把握。"

"你要保证有十分把握!"

"这……"

"哥你保证嘛!"

"好好好,我保证两只全替他逮着,有十分把握行了吧?……现在,你给我乖乖地睡觉!"

乔乔在他脸上亲了一下,翻转过身,乖乖顺顺地说:"睡就睡。"

"我叫你回自己被窝睡去!"

"不嘛,我也困死了……"

乔乔嘟哝着,将身子蜷缩了,背对乔祺,像只小虾似的,顿时安静无声。

乔祺嫌热,几乎想将她推出被窝夫,却又不忍……

天将明时,乔守义醒了。他不论睡得多晚,总是在那一钟点醒来。一年四季,基本如此。醒后,或者披衣,或者裹被,习惯于盘膝而坐,默想心事。想昨日已做之事,想今日待办之事。这是他三十来年当村长兼党支部书记养成的习惯,也可以说落下的毛病。有那么点儿"吾日三省吾身"的意味儿,也有那么点儿独享寂静的意味儿。天将明时,自然是人世间最寂静的钟点。他觉得，即使没什么心事可想，就那么呆坐到天明对人的身心也是大有裨益的。人虽醒了，灵魂得慢慢醒嘛！

灰白的天光，透过洗薄了的窗帘，霜似的映了一炕。

他看到的情形是——他的儿子乔祺背对着乔乔，将一床旧被子团得像个大球，搂抱在自己怀里。一腿直伸，一腿弯曲，正睡得酣然如泥。而腰身纤纤的乔乔，紧贴着儿子那宽阔的后背，一条削了皮的嫩笋般白的手臂，半搭半搂地横在儿子身上，也睡得香着呢、甜着呢。腮那儿现着浅浅的梨窝，似乎在梦中微笑。儿子只穿短裤；乔乔除了短裤，前胸还罩件绣花的小红兜兜，是他给买的。二十二岁的儿子在父亲眼里也仍是孩子一个啊！一大一小两个孩子的睡相，使乔守义联想到一颗小水萝卜和一条还没长籽的西葫芦摆在一起。

他的目光又变得忧郁了。人真能有那么一天一点儿心事也没有，多么好啊！可世上真有此等有福之人吗？便有，也肯定是万分之几，少得很啊！反正自己注定了不是。能是吗？眼前不就是一桩心事吗？岂止是心事，明摆着是愁事啊！

将来，儿子和乔乔，他们可怎么办呢？

随着乔乔过一年长一岁，他对他们将来关系的忧虑和迷惘，也越来越结成了个死扣般的心结。他耳闻过恋兄情结一说。以他的眼，看得分明，小乔乔对他的儿子乔祺，其亲其爱，便很符合恋兄情结那一说。也难怪这个"小妖精"啊，她主要是由他的儿子从小抱大的啊！一到三岁有空儿就抱在怀里，三到五岁经常背在背上。与儿子相比，他确乎是在极有责任感地做乔乔的父亲，而儿子则太像乔乔的一位母亲了。一切一位母亲应该为自己的孩子所尽的义务和付出的爱心，他的儿子对乔乔那是方方面面周周到到地尽过了，付出过了。从十六岁的乔祺是一个少年时起，到现在二十二岁了的乔祺是一个大小伙子，儿子已整整充当了六年母亲的角色哇！自打将这个"小妖精"在六年前那个大雪天从城里捡回家来，以后儿子就完全忘了自己还是一个孩子啊！十六岁的少年学着充当一位小母亲的角色，不容易呀！以至于现在二十二岁了是大小伙子了的儿子，心性都有点儿变得像女人了。这不仅仅是自己这个父亲的一种感觉，也是不少村民们的感觉。村里某些男人常跟他开玩笑，他们说老村长你家乔祺十六岁之前像头小牤牛，怎么十六岁之后越来越像头奶牛了呢？那当然是没有任何恶意的玩笑，谁都压根儿也没有将他家的乔乔牵扯到那一种玩笑里的意思。若有，他们反而不敢跟他开那一种玩笑了。虽然他已不是村长不是党支部书记了，但在村里的无形威严还在。三十来年的威严，人还活着，那可不是一朝一夕说没就没了的。那一种并无恶意的玩笑，仅仅表明一种对乔祺性格变化的好奇心理而已。他们还认为，准是和乔祺所珍惜的那几件乐器有关。是那些东西使一个从前像小牤牛的少年后来变得像一头奶牛了。只有他这一位做父亲的人心里明镜似的——和那几件乐器倒没任何关系。相反，儿子弄响那几件乐器的时候，一脸严肃，看去反倒男人气十足。只跟乔乔有关系啊！是"小妖精"将自己儿子的性情磨成了现在这样嘛。但平心而论，那也不是她的什么罪过。就算不是人，是只猫狗，被谁从小一口口喂大，动辄抱在怀里，抚在膝上，宠爱有加，呵护备至的，不是对谁也会特别依恋的吗？三十几年前被侥幸知识化了的这一个农民，每当替儿子和乔乔将来的关系发愁时，在心里边仍习惯于说她是"小妖精"。但已全没了嫌弃的成分，而是对她爱到拿自己没法了不知怎么办才好了的一种昵称了。

乔守义看着儿子和小乔乔睡在一起的亲爱劲儿，不禁想到了自己那不堪回首的心头疮疤一般的失败婚姻。像今天普遍的自己没受过高等教育的家长，巴望儿子替自己圆了大学梦似的，他巴望早一天从儿子身上看到一场甜蜜爱情和美满婚姻的发生与实现。是的，这是他留恋人世的一个理由。而乔乔却还这么小；儿子已经二十二岁了；而自己感到身体一天比一天差了。即使乔乔也是一个可以做人妻子的大姑娘了，若要做他儿子的妻子，那也要由人来道破当年那一个秘密呀！由谁来道破呢？由外人吗？那对于乔乔的心灵的后果是不可想象的。一个从小被父兄的双份爱心浸泡着长大的姑娘,一旦知道自己的父亲不是亲父亲,自己的大哥哥不是亲哥哥,自己身世的真相原来是一个弃婴,又让她如何能平静地对待那一种现实呢?由儿子来道破吗?打死儿子,儿子也不肯那么做的。由自己?自己不知该怎么道破啊。面对家中快乐天使般的乔乔,他会不忍道破的啊……唉,唉,自己这是胡思乱想些什么呢?若等乔乔到了可以结婚的法定年龄,儿子都三十五岁了!以自己的身体情况而论,是怎么也活不到那么一天的了。可如果自己早早地死了,儿子和别一个女人结了婚,那做嫂嫂的女人对乔乔不好,并且在儿子耳边搬弄些乔乔的是非,挑拨离间,结果使儿子对乔乔也……他不敢细想下去了。世上哪一个女子又适合做儿子的妻子并且不管他的命运怎样都会始终如一地爱他呢?别看儿子目前在某些个城里人眼中是个虽无地位却有点儿小名气的人物似的,在农民们眼中其实接近着是个"不务正业"的农村青年啊。农民农民,那还是要以务农为本以土地为根的呀。曾有好心人对他说:"老村长,你只乔祺一个儿子,你得替他的将来操点儿心呀。现在整天背着个乐器盒子往城市里跑,也能替家里挣点儿现钱花,还不是个愁。将来咋办?年龄一天天长大了,不是城市里人也不再像农民,庄稼活儿一样拿不起来,怕是连个媳妇都讨不上了呀。正经农户人家的女儿,谁肯嫁他?难道嫁了他以后,整天跟着他到城里沿街卖唱吗?……"

乔守义毕竟不是一般个农民,而是三十几年前回乡务农的高中毕业生。在当年,高中毕业那就等于中国次高级的知识分子。所以他明白,对于农民的后代,城市里能往好了改变他们命运的机会,远比固守几亩土地多得多。无论那是多么高产的几亩土地。而农民的儿子的双手,一旦也能够使几件乐器发出美妙的音响,并由而获得城市里人的青睐,命运再怎么差,那也不至于比双手握一辈子锄把差到哪儿去。

他一点儿都不担心儿子将来的活路。

他常想的是这么一个问题——除了可爱的乔乔,这世上再难有另外一个女子适合做他儿子的妻子了。他真希望乔乔能一年长两岁,而儿子的年龄暂时停止在二十二岁上。果而能这样,儿子和乔乔,他们将会成为多么幸福的一对儿小夫妻啊!分享着他们的幸福,自己兴许能多活几年吧?……

季节是已经入秋了,一早一晚,连屋子里都有点儿凉了。烧的还是软柴,后半夜炕面就不怎么热了,仅仅保持着些微的温乎劲儿而已。乔守义看得出来,小乔乔如果不那么睡,早就冷醒了。

他想将她抱回她自己的被窝去,试着将她的身子和儿子的身子分开,却没成功。一碰她,她则本能地将自己的身子更紧地贴住着乔祺的光脊梁了。她那一条手臂,也本能地将乔祺搂得更不放松了。

他只得作罢,扯过乔乔的小被替她轻轻盖在身上。至于儿子,他没管他冷不冷的。谁让他将被子团成那样自己抱着,而使小乔乔没什么可盖的呢?

……

几天后乔乔班里那名男生在一个中午将军凯旋般地从大草甸子回到村里,身后顿时追随了一群孩子。连比他大好几岁的那些男孩子,也皆以肃然起敬的目光对他刮目相看了。他身前垂着一只水獭,背后也垂着一只水獭。两只水獭都死了,一根绳拴着它们的脖子,使它们能吊在他肩上。此事若发生在今天,那么他虽是个孩子,也已经犯法了。因为水獭乃是国家重点保护的野生动物之一种。但是当年农民们还都没有那一种保护野生动物的自觉意识,农村的孩子们更没有,乔祺也没有。真正的罪魁祸首是乔祺。他为了实现自己对乔乔的保证,几天没到城市里去授业挣钱。

两只水獭垂在那孩子身前背后,尾梢拖地,通身皮毛油光锃亮,果然可剥成两条上好的皮筒。那孩子的神气,仿佛是好汉武松。仿佛比武松还武松还好汉。仿佛肩上搭的非是两只水獭,而是两只锦毛吊睛白额大老虎。武松也只不过打死了一只呀,他一举打死了两只呀,还随身带回了村子,能不神气活现的嘛!

男女大人们也都端着饭碗跑出家门瞻仰英雄风采似的围观他了。

"我儿子可真能耐!这能卖不少钱吧?……"

他妈高兴得泪光闪闪。

他爸将两只水獭从他肩上取下,挂在树上,让大人孩子们摸来摸去地看个够。而自己却顾不上欣赏两只水獭的皮毛,也一下都没上前去摸。

他将儿子扯往一旁,避开热闹,大手不停地摩挲儿子的头。好像儿子因为长期营养不良而枯黄稀疏的头发,摩挲着比水獭那油光锃亮的皮毛手感更好。

他说:"儿子,爸以后不打你了,你再逃学我也不打你了!"

儿子说:"爸我再也不逃学了,你再打我我也不逃学了。"

全村男女老少议论重大新闻之际,乔祺避开那一种少见的热闹场面,绕道回到了自己家里。

他一只手的手背被水獭的爪子挠伤了,一回到家里就处理伤口。家里也没什么药品预备着,只有按照农村人一贯的常识,将那只手浸泡在盐水里罢了。

乔守义问儿子的手怎么搞的?

乔祺说从城里回来过江桥时,被江桥铁网的一处破口刮的。

乔乔背着书包一进家门,见大哥哥正背对着家门,弯腰站在厨房案板那儿,也不管他是在干什么,一蹿就蹿到他背上去了。

乔祺吃了一惊,弄了一案板的水。

他说:"小妹,我要是在切菜,你这么一来,那还不切了手哇?"

乔乔说:"没听到刀刃切在案板上的声儿,知道你就不是在切菜。"——随之将嘴凑向他耳,又小声说:"我看见那两只水獭了。大哥哥,谢谢你。"

她见乔祺一只手浸在盆水里,也吃一惊:"哥你手怎么了?"

乔祺嘘一声,毫不在乎地说:"没事儿。"

乔乔心里顿时明白，看着半盆水中那只伤口翻皮绽肉的手，脸往他肩胛窝那儿一偎，哭了。

乔祺便又嘘道："别哭别哭，你哥说到做到了，你应该高兴才对嘛！我没对爸说实话，你也别。"

乔守义听到乔乔回家的声响，赶紧掐烟，开窗，抓起破蒲扇连挥几下，待屋里青烟全无了，这才背着双手踱将出来，见状发表批评："乔乔，又耍娇，多大了？没见你哥手都破了，还那样？"

乔乔从乔祺背上出溜下来，抿着眼泪说："看见了，我心疼……"

话一说完，哇地哭了。

她还是第一次看见别人的伤口，何况那伤口就在大哥哥手背上。

"噢，我宝贝女儿，别哭，别哭……"

乔守义也心疼起来，不过不是心疼儿子，而是心疼乔乔。"小妖精"被视为"快乐天使"以后，已经很久没哭过了。他将乔乔抱起，走到院子里哄她去了。

乔祺听到乔乔在院子里抽抽泣泣地问："爸，我哥的手，没事儿吧？"

听到父亲这么回答："男人嘛，农村人嘛，谁手上没受过伤，没落下几处疤呢？没事儿，过几天就好了。你看爸的手，这儿，当年在草甸子砍柳条，一镰刀下去……"

不久，那男孩子到家里来，当着乔守义和乔祺的面，送给乔乔一个文具盒、几本作业本和整整一打铅笔。

乔乔一开始怎么都不收，后来听乔祺说了句"人家也是一番心意嘛。"这才只收下了半打铅笔。

那孩子走后，乔祺夸奖道："乔乔，你看他是不是有点儿变了？变得有礼貌了？"

乔乔说："是。在学校还变得守纪律了，老师也夸他变了。"

而乔守义则严肃地问儿子："你为什么说他也是一番心意？他对乔乔表示的什么心意？干吗来送些东西给乔乔？"

当爸的神经过敏,大起疑心,唯恐那男孩子怀的是什么坏念头而讨好乔乔。

乔祺搪塞道:"乔乔帮助他考试及格了嘛!"

乔守义又问乔乔:"女儿,是这样吗?"

乔乔点点头说:"我还送过他好几本小人书呢!"

"那,他是该对你表示表示!"

乔守义这才放心。

……

就在那一年冬天,癌症吸去了乔守义最后的一些生命力。

当日干冷干冷的,炕前聚了许多村人,一个个都在抹眼泪。乔祺蹲着,双手紧握父亲的一只手。二十二岁的青年,平时以为自己是个男子汉了,而一旦即将失去父亲,就又变成了一个大孩子。他泪流满面,不断用他的前额撞着木炕沿。即将失去父亲的悲痛和恐慌,使他那会儿心里都没有了妹妹的存在。

而乔乔,被挡在人们的后边,难以靠近父亲,她已哭得泪人儿似的。

乔守义那会儿又昏迷过去了一阵。

"躲开,你们躲开!让我看到我爸!让我看到我爸!……"

乔乔突然大声哭喊起来,拼命往两旁推开人们,不顾一切地突破着人墙……人们这才注意到她的存在,纷纷闪开。

乔乔一到炕前,穿着鞋就爬上了炕;接着就扑抱在乔守义身上,搂住他头,和父亲脸贴脸,一边哭一边大声说:"爸,爸,你睁开眼看看我呀,我是你的乔乔!爸你别死!我怕你死,我不让你死呀爸!……"

也许,死神那时刻动了一下恻隐之心,乔守义竟被她的哭喊声从弥留之际唤醒过来。他忽然一下子睁开了双眼。他的双眼变得异常明亮。

他眼神定定地将乔乔的泪脸儿看了几秒钟,随之将目光望向了村人们。并且,他那只被儿子的双手紧握着的手,已病得瘦骨嶙峋的手,企图从儿子的双手中挣脱出来。

乔祺不解其意地放开了父亲的手。

乔守义居然凭着最后的一股生命力,将手举到了自己胸前。他望着村人们,用一根手指指了指自己的嘴……接着,他用两根手指,试图从自己的上衣兜里取出什么。然而这种努力没有成功。他的双眼迅速变得黯淡无光,缓缓地,心有不甘而又无可奈何地闭上了。任乔祺和乔乔再怎么放声大哭,再怎么喊叫他,也不睁开一下了……

所有在场的村人们,全明白乔守义临死前指自己的嘴是什么意思。在他们看来,那是他向村人们所暗示的最后的请求;也可以被认为是最后的告诫。甚至,还意味着是一种无言的咒语。这使坡底村人每一想起乔守义临终前望着他们的那种定定的目光,无不心生畏怵。

以后十余年中,全村大人,无敢在背后私议乔家兄妹二人关系者。乔乔的身世,被他们不约而同地、集体地、长久地保密着。而乔乔扑抱在临终前的乔守义身上恸哭失声的情形,许多村人是亲眼目睹了的。并未亲眼所见的,后来亦听人描述了。他们都特别感动于乔乔这一个来历不明的女孩子对乔守义的真情实爱。虽然并非父女,真情胜似父女。村里还有那亲生的大小儿女,父母死时不悲不痛不掉一滴眼泪的呢。他们那一种自愿保密的默契,并不全由于畏怵,一半也是由于感动,以及心底里的善良。

乔守义临终前想从上衣兜里掏出的是一封信,写给儿子的。是用从乔乔的作文本上扯下来的两页方格纸写的。几行硬笔书法般颇耐欣赏的字体,证明着他写时意念的郑重和庄重;亦证明文化教育在一个农民早期人生中所打下的优美印痕,如同皮肤上的胎记,如同深深地刺在灵魂上的刺青,并没有被以后三十余年远离文化的岁月侵蚀得色迹全无。

乔祺:

我死后,不管在什么情况之下,不管你受了多大的委屈,多严重的伤害,都不许做一点点对不起乔乔的事……就是这样。

铭记。

父　绝笔

……

自从乔祺过了十岁以后,乔守义就很少再叫他儿子了,而是直呼其名。只不过叫"乔祺"二字的语调,有时温和有时严厉罢了。他的这一封短短的绝笔信,亦如以往。乔祺看时,难以判断父亲写下自己名字那会儿,心里边究竟是温和多一些,还是严厉多一些。字数太少了,他反复看也看不出来。心情仍被丧父的哀痛笼罩着,也不是太明白父亲留下这样一封绝笔信的深意。信上的日期告诉他,它是父亲半个多月前就写好的。显然,那时父亲已自知寿数将尽。也显然,父亲写前觉得有许多事许多话应嘱咐他这个儿子,肯定是打算将两页纸都写满字的。却不知为什么,连一页纸也没写满,仅仅留给了儿子两三行字。

他回忆半个多月前的那些日子,想起有一天,乔乔大声嚷嚷:"谁扯我的作文本了? 谁扯我的作文本了?"

他说:"大声嚷嚷什么呀乔乔,家里会有谁扯你的作文本吗? 准是你的同学扯的,非嚷嚷不可明天到学校嚷嚷去!"

而父亲立刻坐起在炕上,以惭愧的语调说:"别,明天千万别到学校嚷嚷,是爸爸扯的。"

乔祺和乔乔相视发愣之际,乔守义又说:"乔乔,对不起啊,爸爸以后再也不会扯你本上的纸了。"

乔乔就蹿上炕去,扑抱住他说:"爸爸,对不起啊,我不知道是你。知道我就不会大声嚷嚷了。我还以为是大哥哥扯的呢!"

乔祺佯装生气地说:"以为是我,就该大声嚷嚷了吗? 作业本都是谁给你买的? 还不是我吗?"

那些日子,父亲白天也经常躺着。说肩背疼,躺着被火炕烤烤,舒服些。没过几天,大口大口咳血了。

"这老农,真能忍病!"

医院的一位主治医生这么评价乔守义,而乔祺从那医生的表情看明白了一切。

父亲不许他告诉乔乔……

丧父的哀伤没能将乔祺这个亲儿子彻底击垮,却将乔乔一下子按倒了。家里没有母亲已令她常觉遗憾,她万万没想到,有一天也会失去父亲。而且是爱她如爱宝贝的父亲。她从早到晚地哭。并不哭出声,而是默默流泪不止。结果眼睛哭肿了。嗓子发炎了。再后来发高烧,再再后来转成了肺炎。公社医院离村里近些,乔祺先是天天用自行车推着她到公社医院去打吊针。打了几天吊针还不见退烧,公社医院的医生唯恐耽误了她的病情负责任,建议乔祺及时带着她转到城市里的医院去治疗。

又是入冬后的第一场大雪。比七年前他将乔乔从老师手中接过那天的雪还下得厚,覆地尺许。没法用自行车推着乔乔了。雪下得那一条路坑坑洼洼的,他怕乔乔从自行车座上摔下去。他也学七年前的父亲,驾起了一辆双套马车。乔乔身下铺着褥子,身上盖着被子,斜依在他怀里。他一只手臂搂住着她,另一只手持鞭催马。那一条农村土路的路况实在是太差了,小乔乔若不在他怀里,若不被他的一只手臂搂住着,身子非被一次次颠起来不可。两匹马欺生,鞭子不催就不快走。或者走着走着就不听吆喝拐弯走回头路。总算到了江桥那儿,拴牢马,望着桥梯上厚厚的雪,他不能不坚持背着乔乔上桥。无论乔乔如何如何说自己能过江桥,他都不妥协。在城市里的一家医院打完吊针回来时,他背着乔乔在桥梯上滑倒了 次,所幸没摔着乔乔,只磕疼了自己的双膝。上了江桥,他喘息一下,转身回望那桥梯。六年前老师将乔乔托付给他时的情形,仿佛又历历在目地发生于桥梯下那儿。

"从现在起,你抱在怀里的这一个女孩儿,她是你的了。你要爱护她,使她在你的爱护之下成长起来……"

六年来,老师当年的话,早已深刻在他的头脑中了。想忘都难以忘掉了。不想都会经常浮现在头脑中,或清晰地响在耳畔。

走过江桥,下了那边的桥梯,他又滑倒了一次。

"小妹,对不起。摔着你没有?"

当他这么问时,乔乔在他背上哭了。不过他不知道她哭了。她咬着袖子哭。自从听父亲对乔乔说过"对不起"三个字,乔祺也学了过去,也开始喜欢对乔乔说"对不起"了,仿佛那是会使她听了开心的话。

抖落被褥上的雪,安顿好乔乔,仍使她斜依在自己怀里,挥鞭催马时,天已黑了。两匹马走在回村路上,倒是驯服极了,不必他再吆喝它们了。他索性将鞭子放在车上,双臂将乔乔搂抱在怀里。

他一路回忆起了六年前她是个婴儿时,自己怎么样为了抄段近路,反而多走了不少冤枉路,趔趄在大草甸子上的情形。

他耳边响起了六年前那个漫天飞雪的下午,还是个婴儿的乔乔在旷野上的哭声,笑声,以及十六岁的自己为了不使她哭,而一阵一阵的引吭高歌和一番一番的自言自语……

也忆起了父亲怎样驾着马车抱着乔乔想将她送给那边的派出所去凭他们爱怎么"处理"怎么"处理"的事……

忆起了六年前父亲为她召开的那一次全村大会……

他忆起了许多许多,桩桩件件,仿佛就是发生在昨天和前天之事。

他真想讲给乔乔听啊!

但是却明白,一件也不能讲。甚至也不能当成别人家的事讲给她听。

因为他太清楚,她是一个如同体温计一样敏感的女孩儿。

守口如瓶有时是遵守纪律,有时是心理快感,有时接近着自我虐待。

第一种情况无须赘言。第二种情况比比皆是——当看清他人被暗箭瞄准并且命中注定将被暗箭所伤,于是准备幸灾乐祸一番,这样的人生活中为数不少,这样的人也是我们司空见惯的。第三种情况却相当少有,谁面临着了谁的心灵备受折磨。那就是——你所爱人之绝对有权知道的关于他或她自己的事只有你一个人知道,可是你却不能对你所爱之人说,甚至当其开始怀疑询问到你头上时,你还要用假话欺骗你所爱之人。你这样做完全是由于爱。结果却很可能因为你欺骗和隐瞒得太久而使你所爱之人恨你。

乔祺的心灵当时便受着如此这般的折磨。他尝到了人生第一次精神上自我虐待的滋味。

六七年了,他一直对自己的父亲守口如瓶。是和自己一样爱乔乔的人呀,是自己的亲父亲呀,难道还没有权力知道乔乔的身世真相吗? 哪怕仅知道一部分,哪怕仅知道一点点。然而他连一点点儿也没让自己的父亲知道。然而父亲是心怀着一个百分百的疑团在被自己的亲生儿子欺骗了六七年隐瞒了六七年的情况之下离开人世的。

关于乔乔的身世,父亲是多么想了解一点点啊!

他非常明白父亲心中的这一愿望。

每当看见父亲微皱眉头一口接一口默默吸烟,每当夜晚听到父亲辗转反侧难以入眠并且轻声叹息,他都很清楚父亲那是因为什么。

马铃儿哗哗响……

马蹄踏冰车轮碾雪……

乔乔依偎在他怀里一动不动一声不响似乎睡着了……

他低头看看她,却见她大睁双眼,眸子在雪白的月光下晶亮,脸儿在月光下惨白。

他内心里对父亲感到深深的罪过。

他内心里也对乔乔倍觉内疚。

不能告诉父亲的也一点点都不能告诉乔乔。起码现在还不能。

欺骗和隐瞒了父亲六七年的事情,还将继续对乔乔欺骗和隐瞒下去。继续到以后多久呢? 到乔乔十岁的时候? 到她十五岁的时候? 到她十八岁的时候,一直到她和自己一样二十二岁了是一个大姑娘的时候吗? 什么时候告诉她才是最好的时候? 或者根本就应该将这样的念头像按死一只小虫似的按死在自己心里,才是明智的选择?

马铃儿哗哗……

乔祺困惑。

"冷吗小妹?"

"不。"

"还发烧吗?"

"轻点儿了。"

"想什么呢?"

"想爸爸。"

"……"

"还想你。"

"傻话。我不是搂着你吗?"

"爸爸对我那么好,还没等我长大了报答他,他就走了。从今以后,世上只有大哥哥一个爱我的人了……"

"我会连同爸爸对你的那一份爱也担起来,我保证。"

乔乔的身子在被下一翻,面对着他了。

她也用双手搂抱着乔祺,喃喃地说:"大哥哥,我以后再也不磨你了!"

"又是傻话。七八岁以前的女孩,都爱磨人,也不是什么大毛病。再说,我从来也没嫌你磨过我呀!"

"现在我自己想想,觉得不好。"

乔乔害羞地将头埋在他怀里。

"别搂着我,把手缩被子底下。"

"搂着舒服。"

"冻伤了手!"

乔乔的双手,反而将他搂得更紧了。

于是乔祺一只一只将她的双手拽到被子底下。

"就这么乖乖偎着吧,听话。我唱歌给你听。"

冰雪遮盖着伏尔加河，

冰河上跑着三套车……

茫茫大草原，

路途多遥远……

人们说你就要离开村庄，

要离开热爱你的姑娘……

二十二岁的坡底村的青年，当年他所会唱并且自己真的喜欢唱一唱的歌，无非是几首苏联歌曲再加上几首东欧国家的歌曲。都是听来词曲忧郁的那一类。虽然"文革"已经结束七年多了，但中苏关系仍没有正常化。苏联歌曲仍不可以公开唱，也不可以在舞台上用一切乐器公开演奏那些歌曲的曲子。

夏天的时候，有次他在江那边用大提琴拉了一曲《莫斯科郊外的晚上》，曲罢抬头，竟吃一惊，眼面前里三层外三层聚集了近百人，有人热泪盈眶，有人大鼓其掌。治安巡逻警赶来，驱散众人，警告他以后不许再拉类似的曲子，否则就不要想在沿江路上继续他的音乐"营生"了……

他的老师高翔不但教会了他几种乐器的演奏技巧，教会了他看五线谱，还教会了他唱以上那些歌曲。潜移默化地，他的老师影响了他人生的同时，也重塑了他的性情。老师不在了，老师的影响仍在。老师和音乐，无形中使他变成了一个忧郁的青年。而乔乔，使忧郁的他更加忧郁了。

在那一个冬季，那一个夜晚，在六七年前和六七年后的同一辆马车上，忧郁的大哥哥和快乐天使般的小不丁点儿妹妹，一个依偎在另一个怀里，都觉得他们真是谁也离不开谁。

"快乐"病了，所以"快乐"变得快乐不起来了。

她请求道："哥，别唱了。你越唱，我越想哭。"

"忧郁"斯时倍感孤独。他觉得自己真是离不开乔乔，乃因她是唯一能使他偶尔摆脱一下忧郁的情怀变得快乐起来的人。而他许多时候也是多么需要快乐，如同贪杯常醉之人偶尔也希望自己能清醒一下。

他听了乔乔的话，不唱了。

他在心里说："乔乔，乔乔，我的好小妹，我唯一的亲人，我唯一的小亲人，离开了你，我还会笑吗？如果不会了，那我将变成一个什么人了？……"

他流下泪来。他的泪滴在乔乔脸上。

乔乔不安地问："哥，你哭了？"

他说："是啊，我哭了。乔乔，好小妹，但愿你的病快点儿好起来，哥太想听到你笑了，太想看到你像以前一样笑得前仰后合的模样了！"

……

马车停在家院前时，乔乔在他怀里睡着了。乔祺将她连被子带褥子抱进家里，轻轻放在炕上后，俯下身，将唇吻在她额上。

他直起身时，乔乔睁开了她那双黑白分明的大眼睛。

她说："哥，再亲我一下。"

其实马车一停，她就醒了。她是装睡。病了，她心里就更加自娇了。娇，就更想让大哥哥抱她一下了。

乔祺说："我不是亲你，我是想知道你还发烧不发烧了。"

"那人家都是用手。"

乔乔的大眼睛忽闪了一下。

"我手凉。你小时候我一担心你发烧了，就那样。家里又没有体温计，只有那样。如果那算是亲，六七年以来我至少亲你一百多次了！"

乔祺说完，转身想去往炕洞里添柴，乔乔轻声叫住了他。

她心里那娇，还没够。由于丧父之悲，由于病，其娇与以往不同。像朵蔫了的花，急需浇点水。倘不，便会蔫死似的。起码，她自己是这么感觉的。

她说:"哥,那就真的亲亲我吧。"

她横躺在炕上,朝乔祺微微侧着头。眼神儿中,充满乞求的意味儿。那样子,着实有些令人看着可怜。

乔祺愣愣地望着她,仿佛没听懂她的话。

她又说:"如果刚才一次,连同以前的一百多次都不算亲我,那等于我从小到大,你都没亲过我一次。你还口口声声说你爱我呢!"

乔祺不禁暗悔自己的话说得太绝对了,也不符合事实。事实是在她四岁以前,他没少亲过她。反正不会比一位小妈妈亲自己可爱的女儿的次数少。难道她对四岁以前的事儿全不记得了吗?他往炕前走了一步,细端详她,想要看出她是不是装的。结果没看出来。

他说:"忘了你路上怎么保证的了吗?你保证以后再也不磨我了,对不对?"

她说:"我也没磨你呀,只想让你亲亲我。"

她的声音很细弱,七分由于病,三分是装的。在她,觉得自己并没装,完全是由于病。爱撒娇的小女孩儿都这样。撒娇本就是得装的事。可她们一装,就连自己也分不清自己究竟是不是装的了。

"我得往灶里添些柴,还得烧水。不烧壶开水,你夜里渴了怎么办?"

乔祺说罢,又欲离去。

"哥……"

乔乔的声音听来凄凄切切的,那一种仿佛愿望被漠视了的哀伤劲儿,令乔祺的心顿时软得没有形状了。六七年来,她第一次害重病,而且是在父亲死后不久的悲伤笼罩的日子里。

乔祺站住了。迈不动脚步了。犹豫片刻,复一转身,跨至近旁。他伸出两条长胳膊,双手按在席上,身体前倾,俯视着乔乔的小脸儿又犹豫片刻,接着缓缓低下了他的头。

乔乔闭上了眼睛。小脸儿由于刚从寒冷的外边回到温暖的家里,也许还由于仍在发着低烧,红扑扑的像红苹果。

乔祺在她额上亲了一下。

之后他说:"小妹,我觉得你还是有点儿烧。"

乔乔睁开眼,嘴角微微一动,脸儿上露出了愿望被理解并且被满足的一丝笑意。

"明天去打针,别忘了提醒哥在医院买一支体温计。"

乔祺说罢,再也不犹豫什么,果断地走了出去……

乔乔一病就是二十几天。

医生认为她本应该住院的,乔祺也希望那样。可病床紧张。等终于有病床了,乔乔的病也好了。二十几天里,乔乔更瘦了。乔祺也明显瘦了。顾不上理发,顾不上刮胡子,看去不似一个二十二岁的小青年,而有几分像一个"大老爷们儿"了。

那时,快过春节了。

以往积攒的一小笔钱,为乔乔治病花光了。还借了几十元钱。

春节总是要过的。

并且,要力争在春节的日子里,让乔乔胖起来。

二十二岁的坡底村的青年,那时对"基因"二字尚无任何知识。他总觉小妹的纤瘦证明着自己这位"大哥哥"的失职。

有一天乔祺进城去,又向熟人们借了些钱,买了种种年货。还为乔乔买了一双条绒面的红棉鞋和一包小鞭炮。回到家里时,见乔乔正湿着头发坐在炕边,垂悬着双腿,神情悒悒地发呆。

"家里来过人了吗?"

乔祺有些奇怪。

乔乔摇头。

"那,你自己洗的头发?"

她点了一下头。

"洗净了吗?"

乔乔伸出了四根手指。

她小声说:"打了两遍肥皂,也用清水洗了两遍。"

他说:"记住,以后洗头发,不要用肥皂,要用香皂。女孩子得知道从小爱护自己的头发。"一边说,一边将大包小包放在炕上。

"家里没有香皂了。"

乔乔的声音依然很小。

那一年,洗发液刚刚在中国城市的商场里出现,一般工薪阶层还不敢问津。农民们对于洗发液更是敬而远之,觉得是奢侈品。

"哥买了一块。以后,洗脸洗手都要用香皂。女孩子更得知道从小爱护自己的脸和手,不能早早地就让自己的皮肤变糙了,啊!"

乔乔又点头。

此前,六七年以来,乔乔还没自己洗过一次头发。为她洗头发,一直是乔祺这位"大哥哥"必尽的一种义务,也似乎一直是他的专利。在她被"捡回"家那一年,为了学会怎么样为她那么小的孩子洗脸、洗头、洗澡,他曾特意买过一本书,严格奉行本本主义。六七年来他为乔乔洗头发几乎成了自己的一种爱好。而乔乔的头发一向如城里清洁成规之人家的女孩的头发一样纤尘不染。

"小妹真是长大了,能自己洗头发了。以后是不是就不再用大哥哥给洗了呀?"

他的话中,有夸奖的成分,也有失落的成分。乔乔病着的二十几天里,他是想到了应该给她洗一次头发的。因为她一直发着烧,没敢。买香皂时,又想到了,却不料乔乔已经自己洗过了。

"乔乔,看我都买了些什么! 这是肠,这是鱼罐头,这是一袋果糖,好几种味儿的……"

乔乔却问:"哥,你买酒了吗?"

"酒?……"

乔祺一愣。

"爸爱喝的那一种酒,春节应该给爸爸供上一瓶。"

"是'二锅头'。小妹说得对,明天哥再进城一次……"

当大哥哥的摸摸后脖梗儿,因自己疏忽了不应该疏忽的事而有些惭愧。

"看,这是一包小鞭炮。你不是早就盼着'三十儿'晚上放鞭炮了吗?二百响的。'三十儿'晚上放一半儿,剩下的留着初一早上和正月十五晚上放,好不好?"

"好。"

"看这双鞋,漂亮吧? 来,我给你穿上……"

于是大哥哥那高大的身体蹲下去,替小妹妹脱下她脚上的旧鞋,穿上了新买的红色的条绒棉鞋。

"忘了再给你买一双袜子了……"

"不用买。费钱。我这一双还能穿好久呢。"

"买。反正哥明天还得进城给爸买酒。下地试试鞋……"

乔乔轻轻蹦在地上。

"合脚吗?"

她点头。

见小妹依然神情悒悒,大哥哥一时不知再说什么好。

乔乔却伸出双臂,一下子搂抱住了他,并依偎向他的身体。

她说:"哥,对不起。"

对于七八岁的小妹妹,这二十二岁的大哥哥,实在是未免太高大了。两个人都站着时,她的个子才到他腰那儿。她的双臂,也只能搂抱着他那两条长腿而已。

"对不起"三个字,使乔祺不由得愣了一下。他觉得那话什么时候听什么人说过,可一时又想不起来。他弯下腰,将乔乔抱了起来。

二十二岁的"大哥哥"与七八岁的小妹妹脸对脸地问:"乔乔,你怎么了? 为什么说对不起? 跟哥哥还用得着说对不起呀? 再说你也从没做过什么对不起哥哥的事呀？"

"反正……我心里边就是想说对不起……"

乔乔又用双手搂住了他脖子，并将头歪靠在他肩上。

二十二岁的"大哥哥"倏忽想起，"对不起"三个字是父亲在家里说过的，因为从乔乔的作文本上扯下了两页纸。而用那两页纸中的一页写成短短两三行字的遗书，已被他烧了。作为父亲的遗书，他本打算保留着的。可又不知该收藏在哪里才稳妥，怕乔乔一旦看到起什么疑心，最后还是烧了。自从记事以来，他第一次听父亲口中说出"对不起"三个字，而且是在家里，而且是对仅仅七八岁的乔乔。也不知父亲脱口那么说时，是受一种怎么样的心情支配。在村里父亲也没对人说过"对不起"，起码他这个儿子是没听到过的。因为父亲这位村长兼党支部书记处事待人比较公正，基本上没做过什么对不起别人的事。即使无心或违心地做了，村人之间也另有表示歉意和内疚的话语。"对不起"在农民们之间是不太经常说到的三个字。

"啊，小妹，我知道你又想爸爸了……"

二十二岁的"大哥哥"，不禁将七八岁的小妹妹紧抱了一下。

在乔祺的心里，从他十六岁到二十二岁的六七年中，自己这个儿子仿佛有着两个父亲了。一个是他所独有的；另一个是他和乔乔所共有的。某些时候，比如当他看父亲的遗书和烧父亲的遗书时，乔守义这个名字在他的意识里仅仅是他自己的父亲。另一些时候，比如这会儿抱着乔乔和她说到父亲，则是两个共有的父亲了。这一种从前的意识和目前的意识有时合二为一有时一分为二的矛盾性，每使他陷于无法解脱的困惑——或者完全忘了只有自己才知晓底细的乔乔的身世真相，自欺欺人般地视她为自己的亲妹妹。那时他对她的态度包括他对她的爱心，完全符合"大哥哥"这一种家庭角色；或者忽然一下子想起了乔乔的身世真相，那时他对她的态度包括他对她的爱心，其实便是一种承诺了。更有时，二者像两团面揉成了一团，连他自己也难以区分开来了。比如此时此刻……

那一年的春节,从初一起,家中不断有村人来拜年。乔守义活着时,这个家的人气都没那么旺过。村人们几代以来迷信这样一种说法——谁家在春节前死了长者,如果他或她在人间大体上是个好人,那么阎王爷照例会放他几天节假,让他或她有机会重返人间清算积怨,为的是体现一种对鬼的公平。村人们怕鬼偏偏在春节期间清算到自己头上,与死者生前有怨的也罢,无怨的也罢,都会主动向死者的家人表达友好,以图吉利。

乔乔确乎变了。迎客、送客、敬茶敬烟,见什么人说什么样的拜年话,一切都做得周到而又得体,简直堪称村里大小孩子们的典范。听着村人们当面或背后对乔乔的夸奖,乔祺内心倍觉欣慰。从此也对乔乔刮目相看了。

他特别想向坡底村农民以外的人们炫耀自己有一个多么清丽多么懂事的小妹妹了。是的,那是一种炫耀心理。他觉得有点不好,又觉得没什么。于是初五后,接连几天用自行车驮着乔乔到江桥边,不辞辛苦扛着自行车上下江桥,就这样将乔乔带到了城市里去拜年。乔乔对"大哥哥"此举虽无参与的热忱,却有充分的理解。

当乔祺问她愿意不愿意时,她说:"大哥哥愿意的事,我都愿意。"

而二十二岁的坡底村的音乐青年所认识的那些城市里的人,无非是些乐团的青年演奏员,艺校的青年教师,各行业职工俱乐部的文艺骨干,一心想当音乐演奏家的少男少女以及他们的父母。

乔乔没有料到,在这些人家里,她的"大哥哥"竟受到特别真诚的欢迎和相当礼遇的款待。

爱好能使形形色色的人关系亲密。

对音乐的爱好,不但能使形形色色的人关系亲密,似乎还使他们变为一些看去斯文的、有教养的、彼此尊敬的人。尽管他们的家里那么不同,有的住在独门独院的漂亮的俄式房子里;有的住在有传达室并且传达室里有电话的楼房里；有的住在小街窄巷窗歪门斜的危旧小土坯房里，但彼此尊敬的程度，似乎并不以他们的家怎样也不以他们的身份等级来界定。

乔乔第一次迈入一户户城里人的家门，她对他们本人比对他们的家更感到好奇。但她一点儿也未因自己是一个农村女孩儿而自卑。一方面因为她是乔祺的妹妹，家家户户的人都对她表示出喜欢的态度；另一方面因为她的"大哥哥"在那些人的家里那些人的面前丝毫也不自卑。恰恰相反，他使小妹感觉到他仿佛是一个优秀的人在一些比较优秀的人中间。"大哥哥"是那些人中唯一的农村人，但那些人却似乎皆因此点而在"大哥哥"面前说些惭愧乃至羞愧的话。"大哥哥"大大方方地在别人家里嗑瓜子、吃花生、喝茶，还吸烟，并被要求吹萨克斯，拉大提琴、二胡和手风琴……

有一户人家的六岁的男孩儿是"大哥哥"的最小的学生，跟乔祺学二胡。他的爸爸让他叫乔乔"小姐姐"，而那男孩便很有礼貌地口口声声那么叫。"大哥哥"夸他二胡拉得有进步时，他的爸爸妈妈都喜悦地笑了。那男孩要求乔祺开始教他大提琴或手风琴，乔祺说他年龄还太小，以后才能学，因为他的个子还不及大提琴高，他的双臂还不足以将手风琴的琴页展开。

"那，老师，过完春节开始教我小提琴吧！"男孩儿不达目的不肯罢休。

"小提琴我可教不了你。我虽然也会拉小提琴，但拉不好。不过，春节后我介绍你跟本市最好的一位小提琴手学，行不？"

男孩儿这才不央求他了。

在城市里串了几天门，那一天乔乔第一次从"大哥哥"口中听到了一番"谦虚"的话。否则，她还以为自己的"大哥哥"是什么乐器都能以一流水平进行演奏的人呢！

那男孩儿的父亲是市委办公室的一位副主任，他对乔祺说："以后有用得着我的地方,只管开口!"仿佛在这个世界上,没有他办不到的事。

……

回村的路上,坐在自行车后座的乔乔问:"哥,不少人都跟你提到的那个高翔,他是谁呀?"

乔祺说:"是以前在咱们坡底村下乡的一名知识青年,我的音乐启蒙老师。"

乔乔又问:"启蒙是什么意思呢?"

乔祺说:"就是一个人改变另一个人或者另外许多人的意思。"

"那,那个高翔,他把你改变了吗?"

"是的。要不,我现在只不过是一个青年农民。"

"那,我们怎么不去给他拜年呢?"

"他已经不在这一座城市里了。"

"他到哪儿去了呢?"

"他原先是北京人,他随父母回北京去了。"

"你想他吗?"

"想。很想。"

"以后,你会到北京去看他吗?"

"……"

"你,你说话呀!"

"会……当然会……"

"也带我去,行吗?"

"行……"

"一定?"

"一定……"

坐在自行车后座的乔乔哪里会知,迎风而骑的乔祺斯时心中剜痛,泪如泉涌。

回到家里,乔祺将乔乔一抱,放在炕边,问她冻脚没冻脚? 乔乔说走

路时没冻脚,但过了江桥,坐上自行车后,有点儿冻脚了。于是乔祺就替
她脱下鞋和袜子,轮番揉她的两只小脚丫儿。

他问:"小妹,知道我为什么带你到那个当官儿的人家里去吗?"

"就是那个叫我小姐姐的男孩子家吗?"

乔乔一边反问,一边用一只小手摩擦"大哥哥"下巴上新长出的胡
茬,觉得好玩。

"对。知道我为什么带你去吗?"

"知道。他爸爸也是你们爱音乐的朋友呗!"

"不对。他爸爸不爱音乐,更不是我的朋友。因为他儿子是我的学生,
我是他儿子的老师呀。他指望他儿子将来能进省里的民乐团。所以他
为他儿子着想,也得对我表示些尊敬。"

"哥你的意思是说,他和你认识的另外一些城市里人不一样?"

"嗯。"

"那我就不明白了。"

"记得我们告辞时,他怎么说的吗?"

"他说,你以后有什么难事,只管找他。"

"哥要的就是他这一句话。哥完全也是为了你才结交他的。"

"为我?"

"对。四年以后,你读几年级了?"

"四年以后,我小学毕业了,该上中学了。"

"那么,四年以后,我就会去求他。"

"求他什么事儿呢?"

"求他帮忙,到时候把你办到城里的一所好中学去读书!……"

"我不去!"

"这一件事可依不得你,必须听我的。你也必须在城里的一所好中
学读完初中,接着在城里一所更好的中学读高中。再接着,考大学。乔乔,
你一定要考上大学,你也一定能考上大学! 现在中国的情况与过去不一

样了,可以读硕士读博士了,你还要接着考硕士考博士!……"

乔祺两只手分别握住乔乔的两只小脚丫,不再揉。他抬起头,目光中充盈着希冀,定定地望着乔乔。

"我不!……"

乔乔的小手不再摩擦大哥哥的下巴,还使劲想要挣脱自己的脚丫儿。

"你为什么不? 说,为什么?!"

乔祺反而将她的脚丫握得更紧,表情和语调也都随之变得严肃了。不,事实上刚才就已经变得严肃了。此刻简直有点儿变得严厉了。

"哥你攥疼我的脚了!……"

乔乔抗议了。

乔祺这才松开手,将她的脚丫儿放在炕上脱下自己的棉袄盖住。

"说啊,说说你的理由,为什么?"

"因为……因为那会费很多很多钱……"

"钱的事不用你操心!"

由于乔乔的想法不能立刻和自己的想法达成一致,乔祺表现得有些失去了耐心。

"可是我知道,哥你挣点儿钱不容易……"

乔祺一挥手打断了乔乔的话:"不该你知道的你小小孩儿没什么必要知道! 以后我挣的钱会越来越多,供你读书根本不成问题! 如果到时候你能考到国外去留学,你哥照样有能力供得起你! ……"他显得急躁了。

"可我是农村的女孩儿,为什么非得到城市里去读中学和高中呢? 为什么非得考大学不可呢? 我才不想考什么硕士、博士的呢! ……"

"那那那,那你将来打算干什么? 种地? 当农妇?!"

乔祺烦恼得拧起了眉头。

"种地有什么不好呢? 地里不但可以种庄稼,还可以种花,还可以栽果树呢！将来我要做卖花女！你在江那边拉琴,挣钱。我守在你旁边卖花,再卖几种水果。哥将来我要帮你一块儿攒钱。攒够一大笔钱,把咱们家这房子推倒了,翻盖成几大间新屋。院子里要栽上花和果树,还要搭葡萄架。屋里也要铺地板,地板上也要刷红油,像那个叫我小姐姐的男孩家的地板一样……"

乔乔一口气说了一大番话。她从没那么快地说过话。看来她对将来的生活不但有美好的憧憬,而且自有一套美好的设计和规划。仿佛只要大哥哥同意,不久那一切美好将会变成为现实似的。

"住口！"

乔祺火了。他居然举起了一只手,像是要打乔乔的样子。

乔乔顿时紧闭上了小嘴,一双大眼睛一眨不眨,极度吃惊地瞪着大哥哥。大哥哥从没那么凶巴巴地对待过她。

乔祺的手在空中僵了片刻,缓缓垂落,摸向乔乔的头。

乔乔将头一偏,躲过了他的抚摸。

她眼眶中刹那间满是泪水。

"你的小脑袋瓜里,从什么时候开始,居然有那么多乱七八糟的想法了?"

乔祺的脸仍板着。

而乔乔将身子一扭,不看他了,眼泪吧嗒吧嗒往下掉着了。

乔祺缓和了语气,苦口婆心地说:"乔乔,小妹,你必须给我明白,我绝不允许你的小脑袋瓜里有那些不争气没出息的想法! 总而言之,四年后你的中学非在城市里读不可! 高中也是! 如果你将来连大学都考不上,那你才真的对不起我呢! 所以,你必须比以前更加努力学习! 你听懂我的话了吗? ……"

乔乔眼望火炕一角,不吱声。

"回答我!"

乔祺的声音又拔高了。

乔乔反而躺下了,拖散她的小被,蒙头蒙脸地往身上一盖。

"要睡,就把衣服脱了,好好睡!"

大哥哥将她的小被子扯了开去。

乔乔大使性子,又将小被子蒙头蒙脸地盖在身上。

她从来也没这么任性这么闹别扭地对待过大哥哥。

乔祺真怒了。气得双手发抖,却又毫无办法……

夜里,他听到了乔乔细小的哭声。

其实他也没睡,在黑暗中瞪着屋顶想他满腹的心事。二十二岁的大哥哥将七八岁的小妹妹的话当真了。卖花女!还要陪在他身旁摆摊卖水果!干脆办个执照卖一辈子冰棍算了!他认为她小脑袋瓜里那些乱七八糟的想法,是他绝对要加以清除的。别说她是自己恩师的女儿了,就真是他乔祺的妹妹,她要那样子混人生,也是他绝对不能允许的。现在倘不进行干预,只怕再过两年就晚了啊!他想,他要开始对她负起另一种责任了,那就是管教的责任。

他还在因乔乔的话烦恼着,生气着。

"不许哭!半夜三更的,哭给谁听?再哭把你推到屋外去冻一夜!"

他的话,听来简直是在吼了。

乔乔细小的哭声戛然而止,屋里顿时静极了。

"脱了衣服,给我好好睡觉!"

黑暗中,他看见乔乔的小身影坐了起来,她开始默默地脱衣服。之后,悄没声地又躺下了。

"不许用被子蒙头!"

他的话仍凶巴巴的。

乔乔往下扯了扯被子,露出了头。

乔祺定睛细看,见小妹也和自己一样仰躺着,一动不动。侧耳倾听,听不到乔乔那边儿有半点声音,仿佛她正屏息敛气。

乔祺惴惴不安起来,转而又怕自己对她发那么大火,吓着了她。父亲年根底下去世的,她的病春节前刚好,这一天又仍在春节期间里,为她说了一番不投合自己意愿的话,真应该对她发那么大脾气吗?毕竟她还是一个小女孩呀,才七八岁嘛。是小女孩儿就得允许有小女孩儿的想法啊!何况她的想法也不罪过,完全是由于体恤自己这个大哥哥挣钱不容易才有那些想法的呀!难道自己挣钱很容易吗?不是得既顺应学生的感觉又得看家长的脸色吗?自己从来不说,她小小孩儿体恤到了这一点,有什么不对呢?

"乔祺,你怎么可以这样对待我的女儿,忘记我把她托付给你时说的话了吗?……"

听不到乔乔的声音,却仿佛听到了另一个人的声音。老师的声音。回荡在耳畔,明显有谴责的意味。

"乔祺,你可以把我的遗书烧了,但是你不可以忘了我对你的嘱咐!怎么我一死,你这个大哥哥对乔乔就像变了个人似的?你心里比我更清楚,她并不是我们乔家的骨肉。你若对她有半点儿不好,会遭天谴的!……"

又仿佛听到父亲的话回荡在自己耳畔,比老师的话听来严厉多了。

乔祺于是内疚。

他伸出双手,一只手拽乔乔的褥边,一只手拽她的枕角,轻轻一拖,乔乔的褥子枕头连同她自己,一齐被拖到了他身旁。

仰躺着的乔乔仍一动不动,似乎仍屏息敛气着。

他表示和好地摸了摸小妹的脸蛋,手湿了。

他这才知道她是在屏息敛气地流着泪。

这二十二岁的大哥哥的心,又一次软得没形状的了。

他掀开自己的被子,又一拖,将乔乔拖入到了自己的被窝里。而乔乔,则便顺势缩在他怀中。她的脸紧贴着他的胸,他觉得自己胸前也湿了一片。她浑身发抖,分明,是由于想哭而不敢哭出声的缘故。

她说:"哥,以后我什么事儿都听你的安排还不行吗?可……可你以后再也别那么凶地训我了,我怕……"

她的话,听来有些失声,完全不像她以前总是带着点儿娇气的语调了。她浑身抖得厉害了。显然,还在努力克制着不使自己哭出声来。但是他的胸膛,觉得她的小脸上不断有泪水淌下。

二十二岁的大哥哥,不由得将他七八岁的小妹搂紧了。

他说:"乔乔,小妹,好小妹,你要哭,就哭出声吧。别憋着不哭,会憋出病来的。是哥不好。哥不该不分析你的话,就急赤白脸地对你乱发脾气……"

乔乔终于哇地一下哭出了声。

乔祺眼里,也刹那间涌出了泪水……

第八章

四年这一时间概念，无论大人或者孩子，无论原本是农村的人或者从城市移居到农村的人，都会感觉到比城市里度过得快。因为城里人的时间是一小时一小时一天一天度过的；而身在农村的人，则是一个节气一个节气一个季节一个季节度过的。城市里的时间一概显示在各种各样的表上。表对居住在农村的人却并不是那么重要。城市文明虽然已经发展到了电子表的时代，农民们却还是像几千年前一样，习惯于通过太阳的位置和树影来判断时间的早晚。农村的时间显示在大地上。大地的景象和色彩稍有变化，就证明一个节气该结束了，另一个节气开始了。大地一绿一黄，就证明大半年过去了。农村里的人有时也会觉得时间是漫长的，但这一种感觉主要不是来自于一年这一种时间概念，而是来自于对它的三百六十五分之一也就是一天的感觉。农民往往觉得每一天都是漫长的，却经常觉得一年又一年过得太快了。好比厌学的小学生觉得每堂课的四十五分钟都是漫长的，但一个学期一个学年过去了之后，又难免怅然若失，依依不舍，想要追忆时间从身边流走的细节然而追忆不清。生活在城市里的人恰恰相反，他们度过的几乎每一天都是快速的忙碌的，但一年对于他们却似乎比农村的一年漫长，这一点尤其体现在他们总是盼着年假到来的心理方面。

农民以及他们的孩子生活在季节也就是整块整块的时间里,好比站在漂浮的时间的冰排上,所以对河流的速度不甚敏感了。

城市里人以及他们的孩子生活在钟点也就是每一天都被切割得很细碎的时间里,好比自身便是时间河面的大小漂浮物,终日随波逐流,所以对时间之河的湍急深有体会。

对于乔乔来说,四年的时间,只不过是家院对面的一棵老柳绿了四次黄了四次秃了四次被雪挂白了四次。她每年都要写一篇与那老柳有关的作文,篇篇感想不同。当坡底村小学的语文老师对她照例的第四篇作文照例写下了赞赏的批语时,她读完了小学六年级,十一岁多了,该毕业了,也该上中学了。

在她的第四篇作文中,有一段文字是这样写的:"四年来,我一直牢记着我亲爱的大哥哥要求我好好学习的嘱咐。我望着家院对面的老柳树时不禁想,没有人能比它的生命还长,但许许多多人的生命都比树木活得精彩。这样的人一定首先是些有文化知识的人。明白了这个道理以后,好好学习就不再仅仅是我亲爱的大哥哥对我的要求,而是我自己对自己的一种督促了。"

老师在这一段文字之下用红笔画了波浪式曲线,这使乔乔很高兴。

乔乔的作文还是从来不给乔祺看。

乔祺也从没说过想看一看的话,更没偷看过。

他相信他的小妹的作文是坡底村小学生中最好的。事实也是如此。

乔乔以坡底村小学排名第一的优异成绩升入了中学。不过不是城市里的中学,而是乡里的中学。乔祺四年前教过的那个男孩,经他介绍跟别人去学小提琴后,就不怎么再愿意承认自己曾是他的弟子了。那男孩的父亲,对乔祺的态度也就变得冷淡了。这使乔祺非常恼火。有一天下午他从城市回到家里,喝醉了,吐了一屋地,还吐脏了自己的棉裤和鞋。半夜他从醉睡中醒来,迷迷糊糊地喊着要水喝。乔乔开亮灯,下地将一杯为他预备的凉开水端到他面前。他喝下那杯水后才发现,自己的衣服裤子都洗了,搭在屋内的晾衣绳上。自己的两只鞋也刷了,底朝上烘烤在炕头最热的地方。而砖铺的屋地,被用什么东西刮过了一片,都刮出像新砖一样的红色来了。

那一天他又进城去找了一次那位市委办公室的副主任,可对方根本没见他。将妹妹安排到城市里的一所重点中学读书的心愿成为泡影,他因而酩酊大醉。

那一年他已经二十六岁了。

他已经不再背着小妹吸烟了,也开始往家里买酒了。高兴时,每自斟自饮几小盅。乔乔也不对大哥哥吸烟饮酒加以干涉了。他饮酒时,她还会扎上小围裙,像模像样地下厨亲自替他炒两样菜。十一岁了的乔乔,已经历练得能将一切家务事都操持起来了。做饭炒菜,不在话下。

乔祺也不再背着乔乔用父亲生前所用的刮脸刀刮脸了。每当他刮脸时,乔乔总会从旁以脉脉含情的目光看着他。

有次他扭头问:"小妹,我刮脸你有什么好看的呀?"

乔乔害羞一笑,转身想跑。

他扯住她袖子,追问。

乔乔竟红着脸反问:"哥,你怎么不结婚?"

在乔乔心目中,大哥哥乔祺,已经是一个堂堂男子汉了。从二十二岁到二十六岁的四年间,他的身材又长高了。他进家门时得低一下头了,否则门框会撞他脑袋了。除了他,坡底村再没有第二个二十六岁了还没结婚的男人。而直至那一年,他仅和一个女人发生过一次亲密接触,就是在报刊亭那一次。谈不上有爱可言,也根本没有诱发他对性事的渴望。每次走过城市里那条江畔街,看见那换了主人的报刊亭总会想起,一想起便暗觉羞耻。

乔祺听了乔乔的话,瞧着镜中自己刮了半边,另半边满是皂沫的脸不由一愣。

镜子还是那面有裂纹的镜子。

折式刮脸刀却不但成了父亲留下的最有价值的遗物,还成了儿子隔两三天必用一次的东西。乔祺那半边刮过的脸由青而红了。

他故作庄严地说:"我都不急,你急个什么劲儿?"

"可你的胡子急!急得白天才刮,到了晚上就长出来!"

乔乔说完,猛挣出手跑掉了,屋外响起她银铃般的笑声。比之七岁时的乔乔,十一岁的乔乔不但明显长高了,脸儿更秀丽了,笑声也更好听了。极富感染力的快活的笑声中,细听多了一种亦乐亦羞的成分。那是小女孩儿开始成长为少女时本能的自我感觉方面的变化。

……

醉意消散了的乔祺,看着眼前递杯接杯之际对自己恭敬有加的小妹,内心一时感慨多多。他从小妹的表情和目光中,读出了两个不愿对他这位大哥哥说出口的字是——"心疼"。

他难为情地嘟哝:"几个搞音乐的朋友聚在了一起,哥心里一高兴就喝多了。小妹,对不起,哥再不会有第二次了。"

乔乔低声说:"哥都是大人了,大人一高兴,喝多了点儿是常有的事儿,我不怪你。"

那也真是乔祺第一次喝醉了。

除了那一天,自从父亲去世,四年多以来他从没天黑了才回到家里。不管自己在什么地方,和什么人在一起,正处在什么事中,只要天快黑了,他必会急着回家。那时任何人企图挽留他都是没什么面子可言的。

"不行,绝对不行,非走不可!天都快黑了,我怎么能还把我小妹一个人撇在家里!"他总是坚决地这么说。

乔乔知道大哥哥那一天是专为她上中学的事到城市里去的。乔祺也看出了她心里明镜似的清楚着。

他又说:"我口不渴了。快上炕钻被窝,别傻站着了呀!"

乔乔就关了灯,悄无声息地上了炕,悄无声息地钻入了被窝。

没有父亲隔在中间睡着了,四年里,兄妹俩的褥子,反而渐渐地,离得越来越远了。终于远到了现在这样,一个睡炕头,一个睡炕尾。而乔乔,也不像四年前那样,一关灯就像条泥鳅似的偷偷往乔祺被窝里钻了。

然而她有时还是会调皮一下,比如从乔祺身后冷不丁地蹿到他背上,双手搂着他脖子黏黏糊糊地赖在他背上让他背她一会儿。

"小妹……"

乔祺低声叫她。

"哥,你是不是胃里难受?我下地去给你捞一根酸黄瓜吃?人家说酸黄瓜醒酒。"

黑暗中,乔乔欠起了身。

"不,我胃里不难受了。我要你把褥子挪过来,睡在我身边。"

大哥哥的语调中充满柔情,听来有几分不好意思。

乔乔默默将褥子挪到了大哥哥身边。

"给我握着一只手……"

乔乔刚躺下,又听到大哥哥这么说。

她伸出一只手,摸到了大哥哥的手。大哥哥立刻握住了她的小手。

"小妹,小妹,哥为你做的太少,太少。哥想为你做的事很多,很多。可是,哥虽然二十六岁了,还是个没有什么办事能力的人。这种能力,也要靠一个人的家庭地位和社会地位衬托着。所以,哥是心有余力不足哇。到现在,一年大部分时间,除了每天回家睡觉,都是在城市里四处瞎混。许多城里人还以为我也是城里人呢。可我既无正式工作单位,更无城市户口。要承认自己是农村人吧,田间地里的活,又哪一样也够不上是一个好把式。而且呢,大约以后也变不成一个好农民了……有时,晚上睡不着觉,左思右想,都觉得不配是你的哥哥……"

他的话说得越多,将小妹的手握得越紧。

"哥,我不许你贬低自己!你不是在城市里四处瞎混。那么多城市里人都对你刮目相看,证明你已经是一个值得他们尊敬的人了呀!咱们坡底村的人,周围别的村的人,一提起你,对你也都是很服气的呀!真的哥,我听他们当我面谈过你呢!说你一个农村孩子,出息成今天这样不容易。再说,你疼爱我,宠我,教诲我一定要好好学习,你为我做了那么多那么多的事,咱们坡底村的孩子都羡慕我有你这样一个好哥哥,你怎么还贬低自己呢哥?……"

乔乔的话,听来完全不像一个十一岁的小少女说的。情形似乎反了过来,似乎乔祺变成了一个小弟弟,而乔乔变成了一个善于耐心劝人的大姐姐了。

乔祺不再说什么,只是轻微地叹了口气。

乔乔问:"哥,你特别想要成为一个城里人吗?"

乔祺没回答她的话。

他心想,乔乔呀乔乔,小妹呀小妹,我乔祺光杆司令一个单身汉,在农村有一处家院,在城市里有我爱好的事情可做,比起许多在城市里上班的人,挣钱反而还容易些,我干吗非想要成为一个城市里人呢?城市不就是在江那边吗?骑半个多小时自行车不就到江边了吗?过了江桥不就是在城市里了吗?来来回回于城市和农村之间,我觉得反而比是一个城市里人更好呢!我是特别想要你成为一个城市里人呀!你以后必须是一个城市里人!否则我怎么能算是对得起了你的父亲我的老师?没有你的父亲我的老师,我乔祺又哪儿有今天!……乔祺刚才对妹妹说的话,听来虽然那么沮丧和迷惘,但他内心里,其实是很自负的。甚至可以说,是有些刚愎自用的。

从十五岁到二十二岁再到二十六岁,这农民的儿子对自己当年的音乐启蒙老师的报恩思想,非但没有随着时间的推移渐渐淡薄,反而变得更加明确,更加专执一念了。

疼爱乔乔——在过去的十年中,这他认为自己做到了。

要使乔乔将来幸福——这是他必须现在就开始全力以赴去做的事情!

如果说音乐是他的第一事业,那么以上一件事情在他二十六岁时,似乎便成了他的第二事业。他明白,后一种事业,绝对不是仅仅做成了一件事就能做好的。甚至也不是做成了两件事几件事就能做好的。也许要一件接一件地做成许多件事才能做好。那究竟是些什么事?他无法预见。都有什么样的难度?他也无法估计。

在他二十六岁那一次醉后醒来,紧握着小妹妹的一只小手以缓解自己内心孤独感的夜晚,对于乔乔将来的幸福人生,他其实还只设想了两个事件:

第一是使她受到高等教育。不要使她像自己一样,仅仅成为一个只有初中文化的人。

第二是要替她在江对岸的城市里寻找到一位可以做她好丈夫的男人。不知为什么,连这样一件将来之事,他也一厢情愿地认为,必须由他这位大哥哥来包办代替。他不认为她自己能寻找到。不包办代替他不放心。

"哥,你要是睡不着,听我给你背唐诗和宋词吧?"

大哥哥又将小妹妹的手使劲握了一下,表示愿意听。

于是乔乔就一首接一首背了起来。自然先背的是小学课本上学过的,接着背自己从别的书中看到或从收音机里听到的。

十一岁刚刚小学毕业的乔乔,竟能背许多首唐诗和宋词。

故人具鸡黍,邀我至田家。

绿树村边合,青山郭外斜。

开轩面场圃,把酒话桑麻。

待到重阳日,还来就菊花。

当她小声而又不失抑扬顿挫地背这一首唐诗时,大哥哥握着她的一只小手入睡了,发出了轻微的鼻息声。她的小手被大哥哥的手握出了一手心儿汗。但是她没将自己的小手从大哥哥的手中抽出,怕他忽然一下又醒了。

那一个夜晚,乔乔反而失眠了。那是她长到十一岁时,第一次尝到失眠的滋味。

......

翌日,乔祺又恢复了自信的常态。

那一个夏天对他来说是一个走运的夏天。登台正规演出的机会一次接着一次。节目单上开始印出他的名字。报幕员开始在台上以"青年演奏家"这样的称呼来报他的名字。他谢幕时,开始赢得一次比一次热烈的掌声了。

对于舞台艺术表演者,不登舞台,不面对无数观众或听众,不参与正规的演出,他的才华,如果真有才华的话,就根本不可能发生飞跃式的提高。而舞台对于他们,好比飞机跑道之对于一架架飞机。

乔乔正在度过小学的最后一个假期。如果乔祺某一天晚上要参加演出,就会在下午赶回家去,将小妹接到城市里来。有时,乔乔也会坐村里往城里送菜的马车到达江边,或者乘接菜的货船过江,或者走过江桥。而大哥哥乔祺,要么在江边要么在桥那一端等她……

乔乔有机会沾大哥哥的光,进入那些她从没进入过的文化宫、剧场或演出厅了。清丽的、衣裙朴素而又干净的小少女,时常坐在一等座位之间。坐在那样的座位的人们,不是城市里有些身份的人,便是手持"关系票"的人。而大哥哥乔祺,总是尽量为小妹妹争取到一张最佳位置的"关系票"。

参加那样的一次正规演出,乔祺每次最多可分得三四十元演出费,最少也能分到一二十元。机会起初是他的朋友们为他创造的。他们真是些够朋友的朋友。他们想方设法四处游说,为了使他的名字印在节目单上,各尽所能。后来就变成是他们求他了。因为他一个人可以演奏三四种乐器,会使演出内容丰富不少。

没有演出机会的日子,乔祺白天照例到某些城市人家去做音乐家教。晚上和他的朋友们结伴到某些宾馆、饭店去献艺。在大厅里随意演奏,一小时可得五元钱。钱虽少,却赠点心、面包和饮料。那样的晚上他也会将小妹带去,安顿她坐在大堂舒服的沙发上,吃着喝着他自己那一份东西,或倾听,或看书。

十一岁的小少女身上,渐显出了另一种与她一向调皮得近于鬼灵精怪的天性相反的气质,一种小淑女的气质。那是江彼岸农村的广阔天地里所决然培养不起来的气质,也不是仅仅在楼堂馆所里就能培养得起来的。在后一种环境里,还必须有音乐才行。

乔乔并不独享那一份好吃好喝的东西。她每次总会留起点什么舍不得吃,坐在自行车后架上回家的路上偷偷揣入大哥哥的兜里。

"乔乔,想跟哥学乐器吗?要是想学,从现在起就该学了。"

"可我也扶不稳大提琴呀。"

"那就学萨克斯。不行,你太小,气不够。再说你手臂也不够长,按不着几个键。让我想想你学什么好……有些乐器是专供男人们演奏的,不适合女人演奏。你学琵琶吧,可琵琶哥又不行。小提琴呢,学的孩子太多了……"

一天黄昏时分,自行车行驶在回家路上时,乔祺因确定不了小妹究竟该学哪一样乐器而大发其愁了。

八月的落日,红得像从大红纸上剪下来的标准的圆。它的光芒已经从天地之间退尽了。它周围也没有一丝一毫晚霞的痕迹。它就那么红红的、低低的悬在西边的地平线上。仿佛只要那远处的地平线上有一个孩子,就可以用网口很大的网蜻蜓网蝴蝶的网一跷脚将它网住,或用蛛网将它粘住带回家去,当成一只大气球玩耍。没有云影和晚霞,也不再向大地反射阳光的天空,斯时从南到北从东到西呈现着一种浅浅的干干净净的藏青色,蓝衣服洗到后来再也不会洗掉色了的那一种颜色。或者更像最后一次漂洗蓝衣服的那一盆水的颜色。四野静谧,晚风迎着乔祺的脸习习抚过。坐在自行车后座的乔乔,一手揽着大哥哥的腰,一手拿着圆形的红色的棒棒糖,一会儿口中一会儿口外,一路不停地吮。立秋几天了,大草甸子已经开始呈现斑斓的秋色之美了。这一株那一株的树,叶子已经早早地镶上金边儿了。它们被浅浅的干干净净的藏青色的天空所映衬,树冠看去是更绿了,而一道道月牙似的金边,如同用金粉描绘出的一道道鳞状的线条。每一棵树的树冠,都多多少少"描绘"有那样的金灿灿的线条。秋季的树总是比夏季的树看去更美丽。就像少女摇身一变成了女郎那般吸引人的目光。野花是开得更加热闹了。红的、粉的、黄的、白的,一簇簇一片片的,在高高矮矮的草丛中随风摇曳。风起时,黄绿间杂的野草伏将下去,于是有更多的野花从草丛间闪现出来。风止时,野草又挺直了腰,于是仿佛幕幔,复将那些躲在深闺羞见人般的野花遮挡住了。而野花又仿佛不愿被遮挡,趁着风起之际,一群群漂亮的小姑娘似的,争先恐后从野草的幕幔后探出"她们"的头脸乃至上身,招惹人眼一下又赶快缩入……

乔乔说:"哥你操太多的心了! 我不跟你学乐器。"

乔祺问为什么?

乔乔说:"你的学生已经不少了,我可不愿也当你的学生。我要是进步慢,你又该凶巴巴地训我了。"

"我不就训过你一次嘛! 那都四年前的事了。我保证不训你还不行吗?"

"咱家有你一个人搞音乐就够了,我长大搞别的。"

"那你长大搞什么?"

"哥我长大当诗人好不好? 要不就当画家!"

不待乔祺回答什么话,乔乔又说:"真美呀!"

乔祺似乎知她赞的是什么,刹住自行车,一脚踏地,也环视四野欣赏起美景来。

那时,红红的夕阳半沉半悬。大草甸子仿佛是湖,夕阳沉下的一半,似乎落进湖里了,将周遭的草甸子也染红了。

乔祺说:"小妹,下来。"

乔乔轻盈地蹦下了车。

"在这儿等我一会儿。"

乔祺说罢,转身向草甸走去。

乔乔还以为他是去解手呢,朝相反的方向转过了身。

左等右等,觉得等半天了,于是着急起来,大叫:"哥!……"

"你叫什么呀? 我会失踪了啊?"

听到大哥哥的声音就在背后,乔乔一下子转过了身,并且一下子搂抱住了乔祺。

乔祺奇怪地问:"你怎么了小妹?"

乔乔说:"刚才我心里发毛。"

乔祺更奇怪了:"你心里发什么毛呢?"

乔乔依偎在他怀里说:"怕你把我扔这儿,我以后再也见不到你了。"

"傻话! 看……"

乔乔这才发现,哥哥手里拿着一只大花环。

"给我编的?"

"不是给你编的,还能是给谁编的?"

乔乔笑了。

于是乔祺将花环戴在她头上。

她说:"哥,弯腰。"

乔祺服从地弯下了腰,乔乔在他腮上亲了一下,满心欢喜地说:"谢谢哥。"

乔祺直起腰,端详着她,也赞道:"真美呀!"——之后,他面向原野,朝天空伸展双臂,高声大喊:"乔乔是我小妹! 我的小妹是位天使!"

戴着花环的乔乔被逗得咔咔直笑,结果笑得棒棒糖掉在地上了。

乔祺听到她"哎呀"一声,转身看她。

乔乔想到自己方才说的不愿也变成大哥哥一名学生的话,怕他心中失意,便又庄重地说:"哥,我将来不当诗人了,也不当画家了——我要当作曲家,专为你谱曲! 好不好?"

"好哇!"

乔祺顿时变得如孩子一般满脸都是高兴。

当然,他的高兴还另有原因——那一天他结了几笔演出费,兜里揣着一百多元钱。一九八九年,一百多元钱,对于农村人而言,是一笔数目可观的钱……

第二天,长大了不想当诗人或画家了,想当作曲家专为大哥哥谱曲的小妹妹,竟使大哥哥面对她目瞪口呆。

下午三点多钟,乔祺从少年宫走了出来。少年宫的领导郑重地找他谈了一次话,表示有诚意聘任他为教授乐器演奏的教员,并且替他办理城市户口。

他喜出望外,急问:"也能把我小妹的户口办到城市里来吗?"

对方当即摇头:"那不能。你小妹的户口,那就得你从长计议,以后自己慢慢办了。"

乔祺一听此言,心内欢喜顿时减少大半。他非常清楚,自己所想盼之事,若无一个单位协助办成,仅凭自己的能力,实难实现。

"那……工资多少呢? ……"

"我们少年宫文艺教员们的工资都是不高的。你若肯来,头几年的月工资大约七十几元,后几年可以涨些。"

"能涨到多少?"

"涨到一百多元,我是能保证的。"

"那,我还可以做音乐家教吗? 还可以应邀四处参加演出吗? "

"原则上也没什么不可以。不过你一旦成了少年宫的正式教员,每天就得按钟点上满八小时的班。八小时之后你是自由的……"

犹豫的表情难以掩饰地爬上了他的脸。

"乔祺,别忘了你老师高翔当年也是少年宫的教员。这里的工资虽低,可却是个旱涝保收的单位,教员都享受国家正式文艺单位在编人员的待遇。你也曾是我们这儿的一名学员。现在你小有名气了,少年宫也觉得光彩。但艺无止境,你都二十六岁了,要成大器,还得提高啊……"

对方的话听来苦口婆心。

乔祺连说:"我明白,我明白。"

"少年宫是个能为你提供学艺条件的地方呀。没课时,你可以在这里潜心于自己的演奏水平嘛。别处可没这么好的条件了。总做散兵游勇,现钱倒是会挣得多些,但也容易误了自己的艺术前程啊……"

对方的话说得更加诚恳。而且,也是他自己平时思考过却苦于别无选择的心事。

最后他请求给他几天时间,容他认真想想再做答复。

沿江街上,正对着少年宫的门的地方,传来一个女孩儿的招徕声:"豆角,豆角,新摘下的豆角! 黄瓜,顶花带刺儿的黄瓜! 黄瓜豆角,便宜了,就这些了,快买快买! ……"

他听着像乔乔的声音,不由大步走将过去。至前,驻足别人背后看时,果然是自己小妹。心里好生不是滋味,却也不便立刻发作,踱向一旁吸起烟来。

乔乔的买卖居然还不错。他那边刚吸完烟,她这边也结束了。乔乔只顾低头卷一块铺地的塑料布时,他走了过去。乔乔一抬头看见了大哥哥,慌乱极了,显出无地自容的模样。

乔祺双手往小妹腋下一插,将她举起,让她在江畔的水泥栏柱上坐了下来。

兄妹二人脸对脸,乔乔忐忑不安地低下了头。

"你怎么过来了?"

"中午有马车往江这边送菜,我在家里待着没事儿,就搭村里的马车过来了。"

"菜是哪儿来的？"

"我在江那边帮着往船上装菜，船上的人给我的。"

"怎么卖得这么快？"

"我见船上有小塑料袋儿，要了些，一袋袋分好了。"

"这块塑料布呢？"

"向他们借的。"

"这条街上不许摆摊的，知道吗？"

乔乔不说话了，头垂得更低了。

"卖了多少钱？"

乔乔从兜里乖乖地掏出一把钱给他看，都是些角钞，估计满把也不过才一元多。

"揣起来吧！"

乔乔却将钱往他兜里揣。

乔祺说："别往我兜里揣，我不要。"——说着，反从自己兜里掏出了二十元钱往乔乔兜里揣。

"小妹，听哥的话，以后再不许了。这二十元给你，当零花钱。"

乔乔却已飞快地将自己手里的钱揣入大哥哥兜里了。

"我不要我不要！哥我不要零花钱。我……我都十一岁了，开学都上初中了，我也想帮着哥哥挣点儿钱……"

乔乔双手按住自己衣兜，身子左扭一下右扭一下，不让大哥哥将二十元钱揣入自己兜里。

"听话！"

乔祺终于还是将二十元钱揣入了她的兜里。

"哥，我是觉得……觉得你用在挣钱上的时间和精力太多了……"

乔乔终于有勇气抬头迎视着大哥哥的目光。

"也是用在音乐方面了呀，那是我爱好的事情，还是我的事业。朋友们都说我的演奏水平提高明显呢！"

大哥哥脸上露出了自负的笑容。

"可……可你都瘦了!"

乔乔眼泪汪汪的了。

"是吗?……"

乔祺摸了摸自己脸颊。

"哥你没生我的气?……"

乔祺端详了小妹片刻,缓缓伸出两条长臂,将小妹轻轻搂入怀里了。

十一年来,他第一次体会到被小妹心疼的感觉。他暗暗期待这一种体会的来临已经很久很久了。他感觉它仿佛并不是从一个十一岁的小妹妹的内心里对他流溢出来的,而是大人对大人的,女人对男人的那一种。它使他感到温暖,也使他感到幸福。

他就那样搂着她一动不动地站立了半天,觉得就是和他的小妹一起那样子渐渐石化了,也是心甘情愿的,并且是极其美好的。

江水从他们身旁滔滔流过,远处两条船交错而驶,互鸣汽笛,听来宛如嘹亮的对歌……

第九章

乔家院门正对着的那棵老柳树，又绿了三次黄了三次秃了三次因挂雪而白了三次。

乔乔初中也毕业了。

她十四岁了。

那一年已经是一九九二年了。

是中学生了的乔乔，再也没写过一篇关于老柳树的作文。听音乐的感受开始经常成为她的作文内容了。全部中学里的学生中，唯她一人能写那一种内容独特的作文。是的，对于那些是农民儿女的中学生们，关于大提琴曲和萨克斯曲的作文，确乎独特得令他们无法想象。乔乔的作文依然是同学中最好的，每每被当成范文在课堂上朗读。有时由她自己读；有时由同学们轮流读；有时则由教语文的三十几岁的女老师亲自读。写听音乐的感受的作文，当然必会写到亲爱的大哥哥。在她那些篇作文中，大哥哥乔祺被满怀少女深情地写成集慈父、仁兄与英俊的具有无私奉献精神和细致爱心的白马王子般的种种美好品德于一身的男子。以至于使三十几岁的已婚的有了孩子的女老师，经常好像关心她本人似的，话里话外地问到一些关于她的好大哥哥的情况。连学生们都看出来了,他们的女老师实际上是对他们的乔乔同学的好大哥哥发生了难以掩盖的兴趣。而班级里的不少女同学们,也不约而同地在她们的作文中日记中流露出将来也想当作曲家的强烈愿望⋯⋯

当然,乔祺本人都是一点儿也不知道的。他还是从不曾看过小妹的作文。还是不看也相信她的作文肯定是班级里甚至全年级全校最好的。起码是作文最好的学生之一。他更不曾偷看过小妹的日记。某时瞧见她的日记本就在桌上,而她本人不在眼前,虽然特别想翻开看一看小妹究竟在日记中记了些什么,但最终还是忍住了。

他要求自己要特别尊重小妹的"个人秘密"。那时"隐私"一词还没在中国人中普及开来。⋯⋯

一九九二年,亦即乔乔初中毕业那一年,乔祺二十九岁了。

二十九岁的乔祺,发生了第二次恋爱,对方是省艺校一位教声乐的二十五岁的姑娘。形象不错的一位姑娘。品质和性格也不错。她的父亲是省艺校的副校长,对女儿与乔祺的恋爱关系非但不反对,而且报以热忱支持的积极态度。他曾通过女儿向乔祺间接许诺——等乔祺正式做了他的女婿,他将会帮助乔祺解决城市户口问题,还会将乔祺正式调到省艺校去任教。当一名省艺校的器乐教师,工资比少年宫高五十几元呢!

起初一切都进展得很顺利。花前月下、海誓山盟、卿卿我我、耳鬓厮磨、拥抱热吻,除了性,一切两个恋爱中人该有的事,全都有了。乔祺好几次渴望与她发生婚前的性关系。但出于对她的真爱,每一次他都以强有力的理性战胜了自己的性欲冲动。

一九九二年,爱在中国还没彻底的现代,还保持着些传统的、古典主义的色彩。

痴迷于音乐的乔祺,对传统的,具有古典主义色彩的恋爱关系情有独钟奉若神明。也对那样的一种老派的恋爱关系,怀有类似储蓄般的一种新浪漫主义的超现实主义的想法。他不知根据什么理论自以为是地认为,婚前的冲动储蓄,等于婚后的有息性生活。而那样的性生活肯定是更美满的。这种想法,换一种直白的话说那就是——一棵好果树既已铁定将归我所有了,其上的果子又何必在半青不红的时候就猴急地去摘它呢?

一个农民的儿子一旦在音乐理念方面成为古典主义的信徒,他的恋爱观不但也会是古典主义的,而且注定了是农民式的古典主义的。女人在这样的头脑中被当做浪漫主义的理解时,是一棵树;被当作现实主义的理解时,则便是土地。

乔祺希望他们为爱所付出的时间最好是在花前。因为在花前也完全可以是在白天。天一黑了他依旧一心只想赶快回家。虽然小妹已经是初中生了。坡底村是一个民风淳厚日夜安宁的村子,但天黑了还让小妹独自在家,他仍大不放心。

姑娘却更喜欢在月下品味恋爱的甘甜。因为在月下小鸟依人喃喃低语更使她陶醉。

结果后来两个人之间就经常发生花前与月下的矛盾分歧了。

有次她问:"你总是放心不下你小妹,她多大了呀?"

乔祺回答:"我不是跟你说过了嘛,她才十四呀!"

"是啊是啊,现在想起来了,你是跟我说过的。"——姑娘低头寻思片刻,又问,"那,我们结婚以后,你妹妹怎么办呢?"

乔祺愣了一下,理所当然地说:"当然还是要和我,也就是和我们俩共同生活在一起啦。"

姑娘也愣了一下,又低头寻思片刻,接着抬起头,大睁着一双丹凤眼,单刀直入地问:"我没有自己的住房,你更没有。明摆着我们短时间里难有自己的住房,我们婚后是要和我父母住在一起的。我家三间屋子,我父母一间,我俩一间,另一间做客厅,如果你妹妹也生活在我家,没有属于她的屋子呀。总不能因为你妹妹的存在,我家就没有客厅了吧?"

乔祺再愣,随之垂下了头。对方提出的问题,他还没有站在对方的立场替对方认真考虑过。

姑娘接着说:"她才十四岁,也要和你一起住到我家去的话,究竟得在我家住到多久呢?"

早该由自己考虑到的问题自己却一直忽略了,他难以回答。

"你倒是说话呀!"

姑娘的一只手斯时正握着他的一只手。姑娘那只手使劲儿甩了一下,他的手也被甩了一下。他还是只有沉默的份儿。

"你看这样行不行? 她不是十四岁了吗? 那么高中毕业就该十七岁多了,差几个月十八岁了。等她一满十八岁,就该让她独立生活了。十八岁也该算是大姑娘了,当哥哥的没必要再把她当成个小妹妹照顾在身边了!"

乔祺终于开口了。他说:"那怎么行?!"

他也大睁着一双眼睛,瞪起自己所恋爱的姑娘来,仿佛她在怂恿他形成一种罪过的念头。

姑娘急了,有点生气了。

她大声问:"如果不行,怎么才行?"

乔祺说:"我不能现在就明确告诉你我小妹她将和我一起生活到哪一年为止。总之,一定是在她大学毕业了,有了自己的工作了,找到了一位像我一样爱她的丈夫,并且有能力和他组成一个小家庭那一年那一天为止……"

"够了够了,别说了别说了……"

姑娘打断他的话,不拉着他的手了,还从他面前后退了一步。

"如果你妹妹考不上大学呢?"

"她一定能考上!"

"等她大学毕业了,那是七年之后! 你是说她至少也得在我家生活七年吗?"

"如果你不愿意,你父母也必然反对,你可以和我一起住到坡底村去！结婚前，我一定将我的家翻盖了，再扩出一间，规整得干干净净的，保证让你满意！"

"什么？让我住到农村去？亏你想得出来！"

"我天天骑自行车驮着你上下班还不行吗？无非每天早起点儿，晚睡点儿。农村城里只隔着一条江十几里路嘛。再说住在农村有住在农村的好处，空气新鲜，白天晚上都很安静……"

姑娘又打断了他的话。

她说："对不起，今晚就到此为止吧！我现在想回家了，我得把这个情况及时告诉我父母！"姑娘说完，转身便走。

乔祺呆立原地，等人家走远了，才想到当务之急是应该叫住人家。可白白张大了几次嘴，竟没叫出声来。

几天后他得到正式的通告，是姑娘家通过第三者转达给他的——祝愿他能够另找到一位适合他具体情况的妻子。姑娘家要招的是入赘女婿，但无论如何也不打算同时将一个小姑也引入家门。

一场双方一见钟情的恋爱，于是以相当和平的分手告终。倒也算好聚好散，都没有反目成仇。

二十九岁的乔祺，因此感觉了人生第二次大醉的难受滋味，比第一次醉得还厉害。

他摇摇晃晃，脚步虚浮地过了江桥，于醉态毕露的情况之下，居然还想到了三年前对小妹说过的"哥不会再有第二次"的誓言般的保证，无颜面对小妹，不敢回家，坐在桥梯的最后一阶上，要吐又吐不出来，难受得不断用头去撞桥梯栏杆。

那时已是晚上九点多了。

那是他这个大哥哥第一次晚上九点多了还没回到家里。

十四岁的小妹独自在家越等越不放心，壮着胆子走出家门走出坡底村想在回村的路上迎迎他。结果一迎就迎到了江桥边。

乔乔虽然长高了，但也不过就长到他胸口那么高。她搀扶着勉强还能移动脚步的高高大大的大哥哥,一会儿偏到路这边一会儿偏到路那边地往家走,被拖累得气喘吁吁汗流浃背。

大哥哥一路不住口地说:"小妹,对不起……对不起,小妹,真对不起……"

"别说话了哥,尽量走路中间,啊?你越说话胃里越难受,胃里越难受越走不稳……"小妹心疼大哥哥心疼得又一次流泪不止。

半路,乔祺吐了。

半夜,兄妹二人终于到家。

翌日中午乔祺一睁开眼,见小妹正坐在一只小凳上,双手浸于盆水中刷洗什么。自己昨天穿的那身衣服和裤子,又被洗过晾起来了。和前次不同的是,此次晾在院子里。不用问他也知道小妹在刷他的鞋子。

他只得又一次对小妹撒谎,说是一个朋友结婚,他替朋友"保驾",不成想被喜酒灌醉了。他说到"结婚"二字时,小妹抬头深深地看了他一眼。

她以三娘教子般忧郁的口吻说:"哥,可不许有第三次了。"

小妹那种含有探究意味的目光,使乔祺敏感到,以后再用谎话骗她,看来不是那么容易了。

乔祺内心里的失恋阴霾,居然很快就被一件意外成功的高兴之事一扫而光了。

乔乔初中毕业那一年,城市里的一所重点中学实行了一次招生原则的前所未有的改革——也开始面向近郊的农村中学招收高中生了。名额极有限。或者招收保送的"三好学生",或者招收初考成绩优秀的学生。

学校决定保送乔乔。

乔乔将此事告诉大哥哥后,大哥哥激动得一下子紧紧搂抱住了她,连连亲她额头,亲得咂咂有声。自从她上中学了,那一天以前,大哥哥不曾那么忘乎所以地亲过她。

可她又说:"哥,名额那么少,我不想占去学校一个保送名额,我想自己考。"

"这……小妹,万一你考不上怎么办呢? 机会难得呀小妹! 你可不能一时冲动,说让就让。你让了,你没考上,那时你不管多么后悔都晚了呀! ……"

大哥哥的高兴立刻变成了担心。

"哥,你放心,我一定能考上!"

小妹的话说得无比自信。

大哥哥当即表明自己的坚决态度:"我反对! 我是你哥哥,爸爸不在了,我就是你家长! 这么重大的事,不能你自己怎么想就依你自己怎么去做! 得听我的明白吗?"

可是小妹的态度也坚决得毫不动摇。

她说:"哥,这首先是我的事。我经过慎重考虑,已经作出决定了,并且在学校声明了。即使爸爸还活着,我想他也会尊重我自己作出的决定。"

大哥哥不由得将小妹从怀里推出。

望着眼前表情严肃的小妹,他忽然感到她变得有点儿陌生了。不再是以前那个动辄撒娇,磨着他缠着他乞宠耍娇的小女孩儿了;也不是以前那个为了表现自己是一个乖乖女,只要心情好时,大人怎么说自己怎么服从的小女孩儿了。

她说她"已经作出了决定"一句话时,开始显示出她在对待直接与自己有关的事情方面,自己有自己的主意了,要争取和维护自主权了。

乔祺瞠目结舌。

斯时她终究不是自己的亲妹妹这一点,又像礁石露出海面一样,在他意识的海边一下子呈现了出来。呈现得比以往任何一次都显而易见。

他本能地想起了他的老师。那是一种心理方面的条件反射。老师高翔始终是他的精神上帝,而乔乔对于他宛如上帝的"女儿"。他视自己为上帝所信任的人间女儿的监护人。他爱她业已接近是信仰。而现在,上帝的"女儿"长大了,有她自己的思想和主见了。

"哦,老师,老师,你看,你听,她竟这样作出重大的决定了!我该拿她怎么办?怎么办呢?……"坡底村的农民的儿子默默向他的上帝求助。可是却没有获得到什么及时的启示。面对着上帝的女儿,他只有在心里徒唤无奈……

城市里那一所重点中学,派了本校的一位老师来到江这边的农村中学,对参加竞争的三十几名是农家子女的中学生们进行监考。最终的录取比例高于十比一。

考试在上午进行。那天一早,乔祺坚持陪乔乔走到学校。他的自行车在因失恋而第二次喝醉酒那一天晚上,丢失在江那边的城市里了。乔乔起初不同意大哥哥陪送她,见他快生气了才让步。

在离校门一百多米远处,乔乔站住了。

她说:"哥,你不许往前再送我。"

乔祺只得也站住了。二十九岁的大哥哥,在十四岁的小妹面前,觉得自己仿佛变成了一个五六岁的小弟弟似的,而且是跟屁虫那一类的。他尤其觉得自己对小妹的话听从得简直有点儿莫名其妙了,连自己都对自己难以理解了。

乔乔又说:"哥,你回去吧。你看,别的同学没有一个大人陪送来的,你别让我在同学面前感到难堪。"

乔祺说:"我就站在这儿,一步也不往前走了,望着你进入校门还不行吗?"

乔乔说:"那也不行。我站在这儿望着你往家走。要不,你该在这儿等我了。我不许你在这儿等我。"

她将"不许"二字,说出格外强调的意味。

乔祺听了,心中难免有几分不悦。他怕影响她考试的情绪,什么话也没再说,抚摸了她的头一下,一转身,迈着缓缓的,根本不情愿的步子往家走。

他是打算在校园外等小妹考完的。既然小妹不许,他只得乖乖服从。

他认为不违背她的意愿,也是一种对她的爱。

走出很远,忍不住回头,见小妹仍站在原地目送他。

他朝她招了招手……

回到家里,他不知拿自己怎么办才好,仿佛那一天将会产生的,是一次直接关乎自己以后人生命运的结果。他坐立不安,一会儿屋里一会儿屋外地踱了几遭,最后背起大提琴进城去了。那一天他在城市里并没有什么演出可以参与,纯粹为了打发时间,在江畔拉起了大提琴。他已经很久没在江畔演奏过了,琴声自然又吸引了不少人。

一辆小汽车驶来,停住。车上踏下他的一位朋友,是省歌舞团的一位中年指挥,在全省音乐界很有些名气的人物。对方走到他身旁,拍拍他的肩,接着夺过他的大提琴,另一只手将他拽上了车。

他问人家有什么事?

人家说别急,一会儿车停了告诉他。

车顺着沿江路往前开了十分钟,停在僻静之处。指挥从前座回过头,不以为然地说:"你怎么还像个流浪艺人似的干那种事儿? 你现在已经不至于那么缺钱花了吧? "

他不好意思地说,自己不是为了挣小钱,只不过是为了解闷儿。

人家指挥说那几天到处找他,没想到无意间发现了他。人家到处找他是要亲口向他报喜——省歌舞团决定将他纳入正式编制了!

"真的?! "

他闻言喜出望外。省歌舞团的大提琴手出国不回来了。某次他经朋友介绍,参与了省歌舞团的一次演出,算是救急帮忙,于是给指挥留下了良好的印象。人家主动提出要向省歌舞团推荐他,这当然符合他梦寐以求的愿望,但一想到实现之难,也就只看作是一种友好的表示,并没太认真,更没放在心上过。后来,竟渐渐忘了曾有那么一回事儿了。

指挥说:"乔祺啊,为你我可没少跟领导们谈。班子里的每一位都谈过了。现在终于落实了,连你的户口问题团里也将替你出面解决啊!"

这喜事来得太突然了,乔祺高兴得头都有点儿晕了。

"还有好消息呢! 你回去各方面准备准备,下一个月,几乎天天晚上都有演出任务。上半月在省内巡回演出,下半月到兄弟省份去演出。一个月后,到澳大利亚和新西兰去演出,你可要多练习几首独奏曲目!……"

对方一说到出国演出,自己也不禁喜形于色。

乔祺脸上的喜色,却渐渐收敛了。

他嗫嚅地说:"我……我考虑考虑……"

"考虑? 你还考虑个什么劲儿啊!"

对方诧异了。

"我……我得跟我妹妹商议商议……"

"跟你妹妹商议?!"

"是这样的……我妹妹今年该上高中了……演出任务排得一满,我恐怕在时间上保证不了……"

"可……如果真是这样,团里急着要你干什么呀! 哪个单位不是在正缺人的时候招人啊! 乔祺,你可别让我为你的事儿白费心思……"

"多谢了,多谢了! ……但我,我真的保证不了……我妹妹……我……出国我是特别……"乔祺脸红了,语无伦次了,不知说些什么好了。

尴尬之下,他一手抓琴,一手抓弓,下车了。

"乔祺! ……"

他头也不回,大步而去。如同叫他名字的是债主,而自己是一个已经一文不名的穷光蛋。……

回到家里,乔乔已做好了午饭,正守着饭桌等他。

他问:"考得怎么样?"

乔乔说:"还行。"

他再就什么也没问。

乔乔也什么都没说。

他自然不会跟小妹商议去不去省歌舞团的事。

将才十四岁的小妹整夜整夜地独自撇在家中,这是任什么好事都不能使他作出决定的。以后的半个月里,兄妹间话少了。二人中无论谁,都能隐隐地感觉到家中被一种彼此心照不宣的压抑气氛所笼罩。除了父亲去世前后的日子,那是从没出现过的家庭现象。

一天,他从黄土岗上练琴回来,进了家门,不见小妹的影子。

"乔乔!……"

"小妹!……"

连叫两声,不闻应答。正纳闷着,忽然有人从身后蹿到了他背上,双臂搂住了他脖子,两条细腿夹住了他的腰。

当然只能是乔乔。

"小妹,别闹!吓我一跳!……"

小妹却一口咬住了他耳朵。

"哎呀,疼!我打你了啊……"

嘴上说打,手掌已反打在小妹的屁股上了。

小妹的嘴松开了他耳朵,在他背上哧哧笑。

她说:"哥,背我一圈儿!"

他说:"少来!你当自己还是小孩呀?"

她的嘴紧凑着他的一只耳朵,悄语:"哥,我考上了,接到录取通知书了……"

"骗我!"

他的心怦怦怦激跳起来。

她说:"哥,我从你背后都能感觉到你的心跳加快了。"

"你要是真骗我,我饶不了你!"

他的语音都变了。

"你走到桌子那儿,自己看。"

他背着小妹几大步跨到桌前,果见一纸录取通知书,平展展地放在桌上。"乔乔"二字,赫然入目。

他伸出手去要拿起通知书,乔乔却又咬他耳朵。

"还咬我!让我细看……"

"有什么好细看的,就那几行字。除了我的名字,其他字还都是印的!背我走一圈嘛,背我走一圈嘛,要不我还咬你耳朵!"

"好好好,背你走一圈儿,背你走一圈儿行了吧。唉,我的命啊!"

"你的命怎么了?怎么了?有这么一个争气的小妹妹,你还嫌自己的命不好吗?"

乔乔的话,听来有点儿自命不凡。

于是他背着小妹在屋里踱起圈儿来。岂止踱了一圈儿!嫌屋里地方小,自觉踱到院子里去了。在院子里踱了几圈,怕中午的太阳晒着小妹,便又踱入屋里。一边踱,还一边讲笑话给小妹听。逗得小妹在他背上一阵阵笑。她起初咻咻低笑,后来终于笑得咯咯嘎嘎的了。他已经多年没听到小妹咯咯嘎嘎地笑了。那快乐无比的、响亮的、特有的圆润的笑声,通常被人们形容为"银铃般的"笑声,使他心旷神怡,好情绪饱满于胸,觉得听着是一种享受。什么去不成少年宫的事儿了,什么去不成省艺校的事儿了,什么失恋的事儿,什么去不成省歌舞团的事儿了……一切放弃之事,心灵受创之事,那时刻似乎都被小妹咯咯嘎嘎的笑声所驱除了。像彩虹一出现阴霾的天空便晴朗。

在小妹一阵一阵快乐的悦耳的笑声中,他眼中不知不觉流下了一行又一行泪水。那一天,是父亲去世以来,他感到最高兴最幸福的一天。

是啊,自己恨不能全力以赴毕其功于一役,某一个早晨醒来一下子就向小妹宣布实现了,却又不知从何做起之事;小妹抓住了一个从天而降似的机会,仅靠自己优异的学习成绩,闷声不响地就顺利达到了目的。还有比这更使自己高兴更使自己幸福的事吗?

从那一天起,大哥哥对小妹真的开始刮目相看了。他对她不禁地心生几分钦佩了。甚至,还有几分崇拜了。

……

那一天吃过晚饭,乔祺充满心间的欣喜仍在膨胀。他没有更好的方式释放那喜悦,带上萨克斯管,又悄悄到黄土岗去了。大提琴盒太大了,摆在屋里显眼之处。他怕小妹一发现它不见了,猜到他干什么去了,于是会到黄土岗找他。而装萨克斯管的盒子小些,也摆在不显眼的地方,小妹轻易不会发现它在或不在。

那一天晚上,他特别想一个人独自坐在黄土岗上,痛痛快快地吹个够。

沿江缓缓送过来的风,携带着大草甸子特有的各种野草的气息和各种野花的芬芳,一到黄土岗上,便像脚夫到了乐于歇脚的地方,必要盘旋片刻才继续起程。所以黄土岗是初秋季节凉爽得使人一坐下就懒得再动地方的好去处。早年间的夏天,一到傍晚,村里的某些小伙子就会腋下挟着片席子,纷至沓来。他们将席片铺在岗上,优哉游哉地吸着叶子烟,吃着带去的黄瓜香瓜西红柿什么的,或坐或卧,东拉西扯,再不就齐吼独嚎地宣泄一番胸中郁闷,仿佛一齐都回到了一万几千年以前那一种只要撑饱了肚子就别无所求的生存状态。被阳光晒了一白天的黄土岗,像烧得热度恰到好处的火炕,将身下的席片烘得温乎乎的。而习习的微风从身上抚过,又像有人在为自己扇着蒲扇。目光无论望向哪一个方面,四下里全是赏心悦目的美景,那才叫是一种不花钱的享受。村里还没对上象的大姑娘们呢,因为村里的小伙子们聚在那里,有事儿没事儿地也往往结伴儿在黄土岗上溜达过来溜达过去的,仿佛都在黄土岗上丢了东西。若有小伙子叫她们中谁的名字,她们就会臂挽臂地站住,一齐无缘无故地笑。若小伙子拍着席片请她们过去坐,她们就会笑得更加夸张,接着手牵手一齐跑了,然而并不跑远。又站住后,一齐回头朝小伙子们望。见他们似乎不想理她们了,她们自己却感到没意思了,溜溜达达地偏又向他们凑回来。黄土岗每年都会成全一两桩好姻缘的。七十年代以来村里死了人,再不许往田头埋了,号召送到城市里去火化,结果黄土岗成了某些人家葬亲人的地方,于是丘比特就将这一舞台让了。黄土岗自然也就再不见了小伙子和姑娘的身影。

乔祺之所以喜欢到这里拉大提琴,或吹萨克斯,乃因这里是当年老师高翔教授他音乐的地方。他的意识,对这里保持着难以扯断的亲切感。这里比少年宫给他留下的记忆更为深刻,也更有情味儿。当年一名知青动不动就摆弄形状稀奇古怪的洋乐器,而且还吸引一个农家孩子着迷似的跟着学,贫下中农认为那是一种很成问题的现象。所以在当年老师高翔也只有和他躲到这里来偷偷教他。在四面八方的野地中,凸出于地表的黄土岗,颇像舞台……

乔祺吹着吹着,天在他不知不觉间黑了下来。

当他吹罢一首,寻思着下一首吹什么时,听到身后有轻微的咂唇之声。奇怪地回头一看,见小妹不知何时也来了。她支起着双膝,双手环抱小腿,下颏抵在一只膝盖上,正眯着眼听得出神。她怀里还有一件卷成团的上衣,乔祺一看就知那是自己的。他穿着圆领背心就出门了。毕竟已不是盛夏而是初秋了。他此时才感到身上略有些凉。

小妹见他回头,将他的上衣展开,无言地替他披在身上。

他问:"你怎么也来了?"

她低声说:"怕你着凉。"

他又问:"怎么知道哥在这儿?"

她狡黠地回答:"早就侦察到了你喜欢到这儿来。"

"刚来,还是来半天了?"

"你吹《红河谷》的时候我就来了。"

"那可来半天了。却不吱一声地坐在我背后,为什么?啊?"

他刮了她的鼻子一下。

"人家听入迷了嘛!"

小妹羞羞地笑了。

"来,靠我怀里坐。"

小妹就起身，默默坐在他前边，习惯地往他怀里一偎，将头斜靠他肩上。

"还想听我吹什么？"

"《敖包相会》。"

"好，就给我小妹吹《敖包相会》。"

吹罢《敖包相会》，小妹又让他再吹一首《阿里山的姑娘》。

那时候，香港流行歌曲和台湾流行歌曲，已开始对大陆歌曲形成影响。但在器乐演奏方面，其风姗姗来迟。老师高翔教给他的，都算不上真正的萨克斯曲，更非经典。那只能说是一些也可以用萨克斯吹奏的曲子。但正是那些早已被他吹得行云流水胸有成竹的老歌之曲，使他渐渐懂得了音乐最终发自于心灵的道理。也正是那些老歌之曲，是乔乔无论听多少遍也听不够的。

人的耳朵和人的眼睛一样，是念旧的。

吹罢《阿里山的姑娘》，天更黑了。月亮虽然很大很圆，已升起在他们上空，月光却很微弱。黄土岗的四周，寂静得出奇。不知何故，那一个晚上，水泡子里的青蛙也不鼓噪了，野草间的秋虫也不鸣唱了。

乔乔小声问："哥，看样子夜里会下雨吧？"

乔祺说："嗯。很可能。"

乔乔指着一个方向又问："哥，那是什么？"

乔祺扭头看了看，习以为常地说："是鬼火。"

"哥，我冷了，咱们回家吧……"

乔乔不由耸起双肩，往大哥哥怀里偎紧了。

"不是冷了，是怕了吧？"

乔祺就又刮了小妹的鼻子一下。

乔乔承认地"嗯"了一声，又说："刚才走来，经过东边那些坟，还一点儿不怕。现在，有点儿怕了。"

乔祺说："埋在这儿的，都是和我们一个村的人。即使世界上真有鬼,他们这会儿出现了,我还要主动和他们打招呼,问问他们阴间的情况呢。"

"要是爸爸也葬在这儿,那我也不怕了。爸爸是村长,肯定还管他们,不许他们吓唬我。"乔乔的话,听来满含着思念。

乔守义死后没葬在黄土岗。他是村长,公社对乔祺有要求。他自己生命垂危时,也几次向儿子交代,要带头火化。可是农村里,对死去的亲人,仍讲入土为安。小妹的话,勾起了乔祺的心事。

他征求地说:"小妹,早想跟你商量一件事儿。爸的骨灰盒不是一直放在市里的殡仪馆吗?我打算将爸的骨灰请回来,也葬在这黄土岗。葬的是骨灰,不违反公社对党员的要求。你同意吗?"

乔乔在他怀里连连摇头。

她说:"那不好,那不好。哥,咱们为什么不将爸的骨灰请回来,以后就放在家里呢?那样,我一个人在家的时候,也不觉得孤单了!"

乔祺想了想,决定地说:"行。照你的话办。"

这坡底村村长的儿子,经常去殡仪馆"看"自己的父亲。清明节那一天,也一定要背着人来到黄土岗,给父亲烧几叠纸钱。他一思念父亲,心中对小妹就充满了感激。由于父亲是村长,生前忙碌,父子间是很缺乏感情交流的。自从懂事以后,他一直认为,父亲是既不爱母亲,也不爱他这个儿子的。然而家中有了小妹,父子关系则大为不同了。小妹如同一块胶,将父子关系一天比一天粘得紧了。他也由而在日常生活之中体会到什么是父爱了。倘若没有小妹,对于将骨灰盒摆放在家里这种事,哪怕是父亲的,他头脑中连念头也不会闪过一下的。

"小妹,就照你的话办。"

他将同样的话又说了一遍,不由得搂抱住小妹,低头吻了吻她的头发……

夜里,乔乔将褥子拖到了大哥哥身旁,并将一只手伸入他被窝。

乔祺醒了,懵懵懂懂地将她的手拨出被窝。而乔乔,却抓住了他手。

"别闹,睡觉。"

他将手抽了回去。

乔乔却又将他的手抓住了。

她说:"睡不着,抓着你的手就能睡着了。有一次你还抓着我的手睡过呢……"

毕竟已经十四岁了,再娇、再调皮,也总归还是不好意思往大哥哥被窝里钻了。但她将大哥哥的手拽入了自己被窝,用双手合攥着,习惯地将身子像虾米似的一曲,闭上了双眼。那一夜,她是想到即将在城市里开始的高中生活,心里兴奋,才有点儿难以入睡的……

冬季来临前,乔家彻底变了样。

乔祺已经攒下了四千多元钱。在一九九二年,对于农村人家,那是不少的一笔钱。他用三千元翻修了家宅,重整了院落。还接出了一间二十多平方米大的新屋子,从城市里买了几样旧家具摆在新家里,告诉小妹那今后就是她的屋。乔祺自小就不喜欢土坯的院墙,现在就更不喜欢了。他也不喜欢砖砌的院墙。他喜欢围成院子的是木板栅栏。一征求小妹的看法,小妹和他想到一块儿去了。市里音乐界的朋友们,帮他从木材厂买了些带树皮的便宜木板,用它们围成的院子,不但在村子里与众不同,而且令兄妹二人感觉蛮有生活的情调了。翻修家宅的人,也是市里音乐界的朋友们出面请的。都是市里建筑工程队正规的工人,收钱少,翻修的质量又好。窗台以下的半截墙,砌成砖的了。窗台、灶台,都用水泥抹得镜面似的平滑,还刷了绿油。前后左右的墙根,也用水泥抹出了一米宽的护墙围。三间宽敞的屋子,用洋灰喷得洁白。两铺火炕,铺的都是新席……

村人们都说,看人家乔祺,原以为他心思一点儿不在农活方面,是没正事儿。不成想靠着摆弄洋乐器,倒出息了。看他把个家收拾的,多像样! 话里话外,既夸且羡。

而村里的几位对村长乔守义感情深厚的老人,就替乔祺想得多了。

他们推举一人，找乔祺聊了一次。

"乔祺，你心里究竟是怎么打算的呢？"

人家觉得问得够开门见山也够明白的了。

"大爷，您指什么事儿呢？"

"就是，你和你妹的事儿呗！虽然十四五年了，可我们老人都清楚，乔乔她不是你亲妹。如果你心里对她有打算，到时候我们愿意为你点破。三年后，乔乔高中毕业就十七八了。再等两三年，不就到可以做你媳妇的年龄了吗？由我们撮合你俩结成小两口，那你父亲在黄泉之下也会替你们高兴的，我们也算尽了份儿当年是老哥们儿的义务啊！"

乔祺这才明白老人家们指的是什么事儿，腾地闹了个大红脸。

他生气地说："您胡思乱想什么呢！乔乔她是我小妹！永永远远都是我小妹妹！谁再跟我提当年的事，我跟谁翻脸！要是竟然敢让我妹妹知道了，我对谁不客气。"

人家一位大爷辈的人，也被他的话噎得闹了个大红脸，觉得自讨没趣，悻悻而去。

过后乔祺冷静下来一想，长辈之人都是好心，自己说的话未免太伤人。于是买了些烟酒、点心、罐头什么的，挨家挨户一一送上门去，并一再暗示出自己多么希望当年的秘密被继续保守住的心愿。烟是好烟，酒是好酒，点心罐头更是当年农村人舍不得花钱买的，老者们见他诚实大方，都高兴了，一一承诺继续保守住秘密一点儿都不成问题。

乔祺因之忐忑不安的一颗心，这才又稳定了。

乔祺又买了一辆新自行车。

乔乔上高中的那一所学校，还为家远的农村学生安排好了食宿问题。

那年冬天雪大，从村里到江边的路常被雪封住，本是为了乔乔上学放学少走路才买的新自行车，几乎等于白买了。一冬天乔祺也没骑过它几次。乔乔不愿在学校住宿，怕费钱。经乔祺左劝右劝，最终点头同意了。

乔乔住校,乔祺的演出机会自然比以前多了。出场费也比以前高了。一九九二年以后的乔祺,开始融入到了中国较早的一批音乐"走穴"人的行列。没有单位约束,他的演奏天地渐入佳境,如鱼得水。连外省市的某些"穴头"也与他有颇多联系了。如果他去外省市了,总是会尽量争取在星期五晚上以前赶回本市,并回到家里将两铺火炕烧得热乎乎的使屋里暖烘烘的。星期六中午,去到学校将乔乔接回。万一耽误在外地了,也会想方设法预先通知小妹。而乔乔从无怨言,那她就安心留在学校读书,学习功课。那一个冬季,即使兄妹俩星期六一块儿回到了家里,乔乔也还是没有单独在自己屋里睡过。她要么借口说自己屋里的火炕烧得不够热,或太热了;要么借口说听到有老鼠,怕老鼠钻进被窝咬了她。总之,她还不习惯单独睡在自己屋里,仍愿和大哥哥睡在同一铺炕上……

多雪而漫长的冬天终于过去了。

从高二起,乔乔单独睡自己的屋了。由于乔祺总是羞她,戏言她夜里常常磨牙,影响他睡不好一宿整觉;也由于她自己要强,即使回到了家里,即使是星期六星期日,也经常学习到深夜。哪怕大哥哥不曾"抗议",她自己亦开始萌生独睡的自觉性了。毕竟已经有了属于自己的屋子,毕竟自己都高二了……

兄妹俩的人生,都体现出某种顺遂的迹象来了。前边,也都有某种似乎将越来越顺遂的希望在向他们各自频频招手——除了乔祺的对象还不知隐于何处迟迟不肯向他展露芳容和身份这一点而外。

日子对于顺遂的人生,恰恰是过得快的。"光阴似箭""白驹过隙"之类说法,所指正是顺遂的人生对时间的感觉。

转眼,乔乔上高三了。

那一年是一九九四年。

在那一年,有一位女士从美国来到了这一座城市。她通过法律的程序,将乔乔带到美国去了……

第十章

　　二○○四年的大年初七，"伊人酒吧"正常营业。

　　上午九点多钟，一个男人迈入酒吧。秦岑当时正洗脸，小俊在拖地，小婉在擦灰。她们都挺后悔没有回家去过春节，因为这一个春节是她们过得顶没意思的一个春节。原本以为陪老板过春节，内容一定比回家过春节丰富得多，结果却大失所望。什么同看各类文艺演出啊，邀上乔祺去滑雪场玩啊，四人一块儿去做省电视台的嘉宾啊，请各方各面的朋友在酒吧热热闹闹地联欢一次啊，到郊区少数民族村去住帐篷野营，见识他们的婚礼风俗场面啊……老板预先向她们保证了的，都没兑现。乔祺"三十儿"晚上来酒吧露了一面后，再就不曾出现在酒吧里。按她们的想法，缺了乔祺，老板预先怎么计划的，还是可以由她俩奉陪着怎么去实行嘛！也不能由于少了乔祺，明明依然可以开心地度过的几天春节，偏不开开心心地好好过呀。可老板的情绪却似乎一落千丈。老板并没说过是由于乔祺。老板说是由于她身体不好。有什么病就去医院检查嘛。春节期间，医院里患者少，正是平时忙的人检查身体的好机会嘛，可老板又似乎根本不打算去医院。有时小俊和小婉两个背后猜测，老板心情糟糕精神委靡，大约还是跟乔祺有些关系的。可又都觉得自己的猜测不合逻辑。乔祺在老板心目之中根本没有过什么重要的位置呀！他只不过是一个和酒吧签约了的乐手，人家春节更愿怎么过，那是人家的自由啊！平时关系不冷不热的，他也没有陪老板过春节的义务啊！显然地，只有这么认为才更符合逻辑。可老板那么一个事事明白的女人，怎么在这件事上就绕不开自寻烦恼呢？更令她俩百思不得其解的是，老板自己有家，又不是无家可归，竟一次也不回家！从初一到初六，从白天到晚上，几乎是自行地将自己幽闭在酒吧里了。确切地说，是幽闭在自己那间面积不大的办公室里了。七天中她只离开过酒吧几次，每次都是不一会儿就回来了。不必问她俩也知道，她是太闷了，出去散散步，呼吸呼吸新鲜空气而已。

她们就都有点儿怜惜她了，觉得她简直就是在自己虐待自己，尽管不明其故。

小俊曾说："秦姐，别住在酒吧了，回家去住吧！"

秦岑却说："怎么呢，嫌我住在这儿，使你俩不自由了？"

小婉赶紧解释："不是的呀秦姐，我俩可是为你好啊！你回家去住，兴许就会有朋友登门拜年。在自己家里，陪客人聊聊天，不是强过在这里，整天把自己关在办公室，闷得总吸烟吗？"

秦岑叹道："是我要求你俩留下的，还向你俩保证，这个春节一定使你俩过得特别特别高兴。结果因我身体不好，事与愿违，我又怎么能将你们两个小姑娘撇在酒吧，自己回家去住，还有心思在家里迎宾待客呢？"

小俊接着又说："秦姐，别想那么多嘛。我俩住在这儿，你还有什么不放心的呢？看着你病恹恹的样子，我俩心里难过嘛。要不明天我去医院先为你挂上号，检查检查身体？"

"对。秦姐，你各方各面朋友那么多，还不能为自己预先约好一位专家医生呀？如果检查出来了有什么病，咱们及时治疗嘛。什么病也没有，一放心，情绪不就开朗了嘛！只要你情绪开朗了，我们也跟着高兴了呀!"

秦岑理解她俩都是出于真心实意,很受感动。

她又叹道:"其实我的身体倒也没什么病,这一点我清楚。主要还是因为,又过一年了,就又长了一岁。女人一过三十,每长一岁,心里边就发慌。我今年都三十七了,心里边不仅发慌,有时还发毛。不像你俩,才十八九岁,正在花季,不论怎样,年龄本身往往便是快乐的理由和资本。这个春节,我不知为什么,特别多愁善感。女人一多愁善感,没病也像有病了,也自己觉得有病了。所以,你俩干脆别理我,全当我不在这儿。怎么样能开心,你们就怎么样。想出去玩儿,你们就出去玩儿。春节嘛,即使回来晚点儿,我也不会责怪你们的……"

秦岑一番忧忧郁郁的话,也说得真心实意。

小俊小婉听了,同样很受感动,一时都为之神情惆然。秦岑这一位在她们心目中能力不凡,颇受她们崇敬的女人,以前从没对她们两个小打工妹说过此类自艾自怜而又推心置腹的话。她们也从没想过她竟也有不快乐的原因和理由。尽管她们对她自言有之的那一种"多愁善感"的颓丧情绪难以理解,但还是有点儿同情她了。老板平素待她俩不薄,她俩都觉得有责任在老板连续多日闷闷不乐的情况下,帮助她从莫名其妙的忧郁中解脱出来。她们又说,如果她一个人回家去住也会觉得郁闷,她们也愿意陪着她住到她家去。酒吧毕竟只不过是生意场所,不是家。何况是在春节期间,无人光顾,里外冷清;不似往日那般人来人去,络绎不绝,聚散纷纷,仅那形形色色男女人士此携彼带的蒸蒸人气,就足以使"伊人酒吧"成为一个疗祛伤心的好地方。既然这样,何必非像一位留守将军统帅两名留守兵卒似的,偏要在酒吧无所事事地将春节的好日子呆呆闷闷地闲熬过去呢? 也许离开酒吧,回到自己家里,换了环境,无名忧郁便自行地从心里边消除得一干二净了呢!

在小俊和小婉看来,秦岑的忧郁,纯粹是本没什么烦恼的人放着大好人生不好好享受而自寻的一种烦恼,是本没什么愁事之人心里边无端滋生出来的一种闲愁。她们又哪里会知道,秦岑并不是有家不愿回去。一个人住着三大间一百二十几平方米装修得哪哪儿都非常满意的屋子,她怎么就不愿回去呢?她太想回到自己的家里去清清静静地住着了。和乔祺之间的关系已破裂得不知该怎么对待,使她越发想她的家。也许只有在家里住上几天,才会冷静地而不是轻率地作出下一步的决定和最终选择吧?住在酒吧里是不能的,这一点已被事实所证明了。酒吧里仿佛每一处地方都有乔祺留下的标记,使她动辄回忆起她和他单独待在一起的那份儿各自荡漾心中的情爱。而这种回忆,直接导致的是对他的恨。而对他的恨,甚至几次使她作出偏激的决定——永远不再见他,请律师代替自己和他谈判接下来的事。接下来当然也没有什么别的事了,无非便是她究竟应该再分到多少钱对她才算公平了……

她几乎每时每刻都想回家,但她是有家不能回啊!家被前夫占据着呀!前夫又变成了那么一个丑陋得令她只有嫌恶半点儿都产生不了怜悯的无赖。这一种情况,让她一个是老板的女人,可怎么开口对小俊和小婉说呢?

听了她们的建议,她只有撒谎。她说家暂时是回不去的了。因为当初自己监视得不够,暖气系统的安装出了问题,现在只能将所有的阀门都拧死了,否则就会射水。春节期间,到哪儿去找人维修呢?物业只得临时从外面接了几段管子,使暖气绕过她的家输送往别的人家去……

小俊和小婉竟信了。

于是她们又你一言我一语怂恿她给乔祺打电话。说平常之日,一处什么地方只住着三个女人,几天不见一个男人出现那倒也没什么。但春节可不是什么平常日子啊!无论对一户人家,还是对一处地方而言,春节期间没有男人存在,那就一点儿春节的气氛也谈不上了。说她是老板嘛,乔祺这个男人再凡人不理,再傲气十足,每个月不还是得从她手里接一份钱嘛!她给他打电话,请他到酒吧来陪陪她们,他是肯定要给面子的。让他来为她们拉拉大提琴,吹吹萨克斯,再不就陪她们打几轮扑克,不是也会冲淡一下酒吧的冷清吗？"三十儿"那天晚上,不就是由于他来了,又包饺子又放鞭炮的,才大家都开开心心的吗？

她们一提乔祺,秦岑不由得又叹气了。

她惆怅地说:"我和他,也只不过是每月发一份儿钱给他的关系。我不想利用这种关系,那样做不好。"

小俊就说:"有什么好不好的呀！现在的男人,有几个对女人有情有义的呢？我们也不需要他的真情义,单冲着你每月给他发一份儿钱的关系,他自己就该懂点儿事,再到酒吧来陪陪你。他自己偏不懂事,对他也是种暗示,是教育。教育一个每月从一位女老板手中接一份儿钱的人,知道以后过春节时自己应有什么实际的行动表现！"

小俊一番话,说得振振有词。

秦岑心中苦涩,脸上便只有苦笑而已。

小婉接着说:"小俊说得对！那个乔祺,太不近人情了。对我们两个,他可以全然不放在眼里,我们只不过是两个小打工妹嘛！但是秦姐对你,他可有点儿说不过去！现而今,谁不讨好谁不巴结每月发给自己一份儿钱的人呢？他不就是会摆弄几样乐器嘛,有什么了不起的呀！现在工作的机会多难找啊！若依我,春节一过完,秦姐你就开了他！让他背着他那几样破玩意儿,四处碰壁,再难挣到一份儿钱,最后落个穷困潦倒在街头的下场！……"

秦岑说:"他肯定是不至于落到那么惨的下场的。人家住的是四室一厅的大房子,比我住的房子还多出一间呢！"

闻听此言,小俊小婉两个,都以大为怀疑的目光望着秦岑。

小俊说:"他吹牛！"

小婉说:"没什么资格高傲而又惯在女人面前假装高傲相的男人,都喜欢对女人吹牛！秦姐你别信他的。"

秦岑却不由得替乔祺的人品辩护起来。

她说:"你们也别太贬低他。他这个人,没你们认为的那么差劲儿。

他自己也没对我吹过什么牛,我去过他住的地方。所以我才肯定地告诉你们,他不至于成为一个无家可归、穷困潦倒在街头的人。"

如果是在以前,听小俊和小婉当着她的面贬低乔祺,她是不会太认真地替乔祺辩护的。恰恰相反,她往往会由她们去说,自己听着觉得好笑、开心。有时还会帮腔助势,怂恿她俩说下去。并且,下次见到乔祺时,有声有色地学给他听。学时,更觉好笑,更觉有趣,更觉开心。但以后,还会有那种开心吗?

一想到这一点,她的心疼了一下。同时也觉得,若不替乔祺辩护一下,太对不起他们以前那一种美好关系了。

小俊和小婉的眼睛,一齐瞪大了。仿佛四只眼睛连接着同一旋钮,有一只隐形的手在什么地方操纵着,使她们的眼睛缓缓地发生了那种变化。秦岑不由得想像,她们的眼睛那么样儿眈眈盯着她看的情形,肯定像照相机或摄影机在变着焦距,于是她的脸也在她们的目光中被放大了。并且,由于放大,肯定还使她的脸变形了。

她自知失言,轻描淡写地又说:"其实我也只去过他那儿一次,跟他谈谈双方要不要续签合同的事儿……"

自己的话连自己听来,都听出了掩饰真相的成分。

小俊和小婉的头,又被那同一旋钮控制着似的,一齐地,缓缓地转向了对方。她们目光里的意思,似乎在说,与其怀疑,莫如相信,相信才明智。

"那,又和他续签合同了吗?"

小俊斗胆地问了一句。显然,她是要以此话证明,对于自己老板的解释,不存丝毫疑心。结果她使自己那时的模样看上去半精不傻的。

秦岑愣了愣,以无所谓的口吻说:"目前还没正式续签。续签也罢,不续签也罢,随他的便。反正这个酒吧的老板我是做腻了、做够了、做累了,一直打算换个活法呢!我犯不着求谁。"

小婉却忧患重重地说:"秦姐你千万别换个活法呀!你现在的活法

有多少人羡慕啊！换个活法，又能活出什么花样来呢？你若不当老板了，我和小俊不就失业了吗？"

她的话说得可怜劲儿的，模样也可怜劲儿的。

秦岑苦笑一下，安慰道："放心，'伊人酒吧'若真的关门了，对你俩的去处我也会有安排的。你们已经是我的贴心人了，我怎么也要对得起你们。"

她说得颇动感情，像是已然作出了换个活法的决定，即将与她们分别了似的。她心中越发感到悲凉。细想想，在春节的日子啊！有家难归，和自己关系最亲爱的男人，眼睁睁地在大年"三十儿"晚上被一个不知打哪儿冒出来的"小妖精"勾引走了，并且在初一的上午就和自己互扇耳光，关系破裂得难以再往一起锔了！干爸干妈的家，自己也不太好意思去了。往日友好人士，可想而知，也都沉浸在各自的春节假期期间顾不上关心她是如何过春节的了。大概他们还以为，她的春节过得开心事多多呢！而实际情况却是，她只能自己将自己幽禁在酒吧里，没吃好过一顿，没睡好过一夜，身旁只有两个小打工妹相陪着。还幸亏有她俩相陪着，否则自己会发疯的。

秦岑眼中，竟扑簌簌地落下两滴泪来。

除了在干爸和干妈面前，她多年没在别人面前落过泪。即使那是些关系友好的人，她也不在他们面前落泪。即使在干爸干妈面前，她的眼泪也不会轻易落下来。至于在乔祺面前，自从认识了他，她不是就再没有过什么值得伤心落泪的事了吗？在他面前，她常常是乐都乐不完啊！不是他逗她笑，就是她逗他笑。有时甚至笑得嘴都闭不严了，不得不约法三章，停止互逗。打情骂俏四字，在他们的私密关系中，早已是习惯现象。不那样，反而都有点不习惯了，不知该怎么待在同一空间里似的——当然，那都是大年"三十儿"以前的事儿了，很可能将永远地结束在初一上午了！仅仅是很可能吗？大约注定了吧？……

她因自己竟在两个小打工妹面前落起泪来而觉得难堪，而觉得羞耻。她掩饰地又说："别以为我落泪是由于自己摊上了什么伤心事儿。根本没有那种事儿会摊到我头上。即使摊到了我头上，我也自有能力大事化小，小事化了……"

小俊和小婉两个频频点头，表示完全相信她是一个充分具备那样一种能力的强女人。

她又说："我落泪，是被你俩感动的。我们也不过就是一种雇佣的关系。可经过这几天的相处，我真的感觉到你俩并不是仅仅拿我当什么老板对待。我发誓，我以后要对你俩更好……"她的话，一半是发自内心的。她真的是这么想的。

小俊和小婉两个，听罢她的话，先后垂头，也都吧嗒吧嗒地落泪不止。以后的几天，她们对秦岑体贴得更加无微不至了。幸而有她俩陪伴，秦岑才不至于伤心和郁闷得病倒下去……

原本，秦岑预定初十才正常营业的。

但她看出，小俊和小婉两个，已都在巴望着早一天营业了。一挂出营业灯笼去，白天晚上，就会渐有人来。那样，酒吧的气氛就不令人闷得慌了。秦岑已无心营业。但她比小俊和小婉两个更觉心理压抑。跟她俩一商议，初七就将营业打笼挂出去了。

上午九点多钟，灯笼刚挂出去不久，便有一名拎着公文包的中年男子迈入了酒吧。男子一迈入，在门口拖地的小俊就停下来了，见他的样子不像是一个想独自来酒吧消磨时光的男人，以为他进错了门，于是说："先生，这儿可是酒吧……"

男子说："我正是要到这儿来，'伊人酒吧'对不对？"

小俊点头。

小婉也停止了擦灰，指着靠窗的一张桌子说："先生坐这儿吧，这儿阳光好。"

男子便走过去坐了，从颈上抽下围脖，从头上摘下一顶带黑斑点的海狗皮无舌圆帽，与公文包一起放在桌上。

小婉跟过去,毕恭毕敬客客气气地问:"先生要点儿什么? 我们这儿的酒很全,要不,先来杯咖啡暖暖身子?"

不料那男子反问:"你们老板在吗?"

小婉一怔,再次就近打量他,见他年龄和乔祺差不多,看去颜面保养得极好,白净的微胖的短脸上,几乎没有中年男人的脸上总是多少要有几条的皱纹。这使她暗暗钦佩一个中年男子的养颜有术。也许他的脸年轻时并不短,因为到中年了,毕竟有些发福了,两腮的肉厚了,才显得一张脸短了点儿似的。

他的双手尤其白,像某些天生丽质的女人的手。他问小婉话时,十指弹琴似的分开来按在桌沿上。并且,像桌沿上真有一排琴键似的,各指不停地同时乱动,看得小婉眼乱心也乱。小婉不由得将目光望向小俊。

小俊也听到了那男子的话,目光望向小婉这边,注意听她和他继续问答些什么。

"您……认识我们老板吗?"

小婉口吻谨慎。

那男子摇头。

小婉的目光再次征询地望向小俊,小俊朝她摇头。自从"三十儿"后半夜有秦岑形容的一个"酒鬼"滋扰了酒吧一通的事发生后,她俩都自责过当时酣然睡去的失职过错。对于这个陌生而又问老板在不在的男子,都多了份儿警惕心。尽管他看去彬彬有礼的不像是个心怀歹意的男人,更不像是专来寻衅闹事的。

"那……您找我们老板有什么事呢?"

"自然是有事的。小妹,麻烦你去通知她一声。"

小婉的目光再次望向小俊,小俊也再次朝她摇头。

小婉左右为难,呆立在那儿望着对方,不知如何是好。

那男子微笑了,催促她:"快去呀!"

小婉忍不住又问:"是好事还是坏事?"

对方又笑,拉开公文包,取出一张名片递给她。

小婉接过,低头一看,见名片上写着对方是律师。

"那一定是坏事了!我老板今天不在,您改日再来一次行吗?"

她想替秦岑将对方打发走再说。

"别骗我。现在她肯定在这里,绝不会在别处。这是一件对她很重要的事,耽误了你是要负责任的。"

对方的表情和语气都变得严肃了。

小婉仍犹犹豫豫,委决不下。

"律师带给人的,也不都是坏消息嘛!我再说一遍,请快去通知你的老板。"

对方皱起了眉头。

小婉别无选择,只得拿着名片转身离去。

小俊迎住她,二人嘀咕几句,小俊接过名片,替她去通知秦岑。

秦岑刚洗完脸,正在办公室里对着镜子梳头。望着镜中的自己明显憔悴了的脸,心里对自己充满了怜惜。她寻思着要不要化点儿淡妆。

小俊进来,说明情况后,她头脑中闪过的第一种猜测是——占据了她的家的前夫委托来的律师。除此而外,她一时想不到何以还会有律师来找自己。

"你俩见没见过他?"

她希望是一位自己认识的律师。在"伊人酒吧",她已认识了几位本市颇有名气的律师。而且他们对她还都很友好,常说如果有朝一日她摊上了官司,他们愿为她免费效劳之类的话。一个女人味儿十足的女人,各种男人都乐于有机会为她充当一次护花使者,或男仆。

小俊摇头说不认识,是一个从未到酒吧来过的陌生男子。

秦岑低头看了会儿手中的名片,复抬头对小俊淡淡一笑,说自己想起来了,她曾对秦老说过,要为酒吧聘请一位律师,肯定是秦老介绍来的无疑了。

她说得像真有那么回事儿似的,小俊竟完全相信了,而且放心了。

秦岑拍着小俊的肩说:"去请他吧,我在这儿接待他。没什么特殊的事儿,别打搅我。"小俊去后,秦岑表情顿变。那时她已作出了确定无疑的判断——律师肯定是代表前夫来的!

那个已堕落成了无赖的男人,不知又将玩出什么可耻的把戏! 可如果他竟通过律师来敲诈自己,自己又究竟如何对付呢?

正这么想着,律师推门进来了。他将呢大衣脱在前边桌子那儿了,是以西装形象出现在她面前的。一条紫红色的领带,系得堪称规范。

"苗律师,您请坐。"

秦岑的表情,已变得泰然自若,一副落落大方的样子。"伊人酒吧"所培养的性格特点,顷刻又从她身上体现出来了,那就是从容自若。事实上,自从她入主"伊人酒吧",只有一件事使她方寸大乱——乔祺和她的关系的破裂。

姓苗的律师落座后,她为他沏了一杯茶放在茶几上,之后说:"地方小,请多包涵。"

苗律师说:"'伊人酒吧',全市谁人不知? 谁人不晓? 这条街也算是黄金地段了。在黄金地段开酒吧,舍得面积给自己保留一间办公室,那是得有点儿经营气概的呀。"

秦岑微微一笑:"夸奖了。不少出租汽车司机都知道这里,倒是真的。"

苗律师也笑了,望着秦岑又说:"能为您和乔先生服务,我感到荣幸。"

秦岑一愣,以为自己听错了,或对方说错了,困惑地问:"乔先生? 哪一位乔先生? 是胡先生吧?"

苗律师眨了几下眼睛,也发起愣来,几秒钟后才缓过神儿,随即庄重地说:"是乔先生,乔祺乔先生。我是代表他来的。您误会了吧?"

苗律师的话,一句是一句。每句话的字不多。每句话说完都略作停顿。仿佛只有那样说,秦岑才能听得字字清楚,句句明白。话音虽然不高,但在秦岑听来,如同有人在耳旁擂鼓,震得她的头嗡嗡直响。

在秦岑目瞪口呆之际,苗律师又说:"好歹我也当了十五六年律师了,绝不至于连委托人的姓名也搞错了。"

苗律师的话说得颇为不悦,仿佛已经被秦岑无端地轻视了似的。

秦岑的脸倏地红了。她略带歉意地说:"啊,啊,是我搞误会了,是我搞误会了。我和一位胡先生,有点儿经济方面的纠纷,小小不然的一点儿纠纷。我还以为您是代表他来的呢。"

此时的秦岑,不但觉得头脑里仍在嗡嗡直响,亦觉心中有团乱麻在横缠竖绕,并且越缠越绕越乱越大,仿佛那颗心都塞得满满的,鼓鼓胀胀的。

她怎么也没料到,大年初七,春节假期还没过去,竟会有一位代表乔祺的律师坐在自己面前!对方将代表乔祺与她进行何种内容的谈判呢?剥离股份?分清产权?然后以控股人的身份请她走人?他自己从幕后来到台前,亲自主管"伊人酒吧"?是啊是啊,关系都闹到了互扇耳光的地步,那就连今后在一起继续共事都不可能了呀!这几天里,自己应该想到这一点啊!为什么竟连想都没朝这方面想呢?秦岑,秦岑,你看你现在处于多么可怜的地步了呀?最后除了能获得到一笔钱,你还能再获得到什么呢?

她觉得身上一阵阵发冷,从心里往外。

在她说完话竭力要求自己不动声色,而双手已开始微微颤抖时,苗律师拉开了公文包,取出一封信用双手呈递给她。

他说:"这是乔先生让我带给您的信。"

秦岑也用双手接那封信。不是出于要与对方相应的礼貌,而是怕若伸出单只手接,自己的手会抖得被对方看出来了。

那封信是封了口的。秦岑将它放在了茶几一角。

苗律师又说:"您现在就得看看乔先生的信,否则我们不好开始谈。"

秦岑只得又将信拿了起来。她不知乔祺在信中写了些什么。她缺乏勇气当着对方的面撕开那一封信认真看。

苗律师望着她,期待着。

"其实,他只要给我打个电话,告诉我您是他委托来的就行……"

她起身离开沙发,坐到了桌子那儿,拉开了个抽屉,推严,又拉开了另一个抽屉……

"您也近视吗? 不知戴我的行不行?"

苗律师以为她在找眼镜,从公文包里取出自己的眼镜盒,再从眼镜盒里取出自己的眼镜,表情殷勤地朝她递了过来。

秦岑并非是在找眼镜。她从没戴过眼镜。她的眼睛一点儿都不近视。她的手作出的是下意识的动作。苗律师对她的注视,使她感觉大不自在。尽管她看得出,这个代表乔祺而来的,是律师的男人,对她这个女人不仅怀有好感,还怀有着敬意。虽然坐得离对方远了些,她还是怕对方发现自己拿信的双手在发抖。

"啊,我不……您的眼镜多少度? ……"

"三百度。"

"那我戴着不行,更看不清字了。我只不过稍微有点近视,才一百五十多度……"

秦岑说罢,对苗律师报以感激的一笑。接着,只得撕了信封将信纸抽出,展开,铺在桌上。她双臂交叉,两只手夹在腋下看那一封信。就如同某些人心不在焉地看一份可看可不看的报那样。

无格的白纸上,乔祺的字潦草而又间架端正。只上完了初中的坡底村农民的儿子,对自己写的字怎样比对自己在舞台上的演奏姿态怎样更重视。三十几年来他一有闲暇就练字,竟也能写出一手很耐看的硬笔字了。横撇竖捺透着一股倔劲的男子气,像他这个男人本身。有几个字的笔画都快将纸戳破了,看得出他写时的心情并不平静,但是意念又那么决断。

岑：

请一切按苗律师的要求去做，我将永远感激。我知道我肯定对你造成了伤害，但我绝不是成心的。在我们认识以后，在今天以前，我自忖没有在任何方面做过对不起你的事。但现在我显然作出了对不起你的决定。但我只能。也许以后有机会当面向你解释。也许没机会。如果没有，请宽恕我。想想我曾多么爱你。他没变。拜托了！千万别为难苗律师。我是经过考虑才找一个你我都不认识的律师。我打听过，他可靠，可信任。并且向我保证了，不到处乱讲。

祺

即日

前边的字写得太大，后边的字写到背面去了。秦岑只得将纸翻过来接看着。写在背面的字一行比一行小，"祺"字和"即日"两个字，勉勉强强才挤到了纸上。前边还用了几个逗号，后边则干脆只用句号了。话也不太完整了。秦岑边看边猜。她想"他没变"，一定是指他们之间的爱没变。当然用"他"，也不算错。她倒宁愿接受那个代表男人的"他"字。找一位无论他还是她以前都不认识的律师，他这一种良苦用心，秦岑也完全能够领会。经常到酒吧来的几位律师，他也是熟悉的。他不请他们中的哪一位来处理自己和她之间的事情，显然是为了将口舌限制在最小的范围⋯⋯

私密的亲爱关系建立了两年多以来，秦岑第一次看一封乔祺写给她的信，而且是在旁边坐着一位他委托来的律师的情况之下看的。手机时代似乎使以信沟通的方式显得太古典了。尤其是亲笔信更加给她这样一种感觉。如果一切不愉快都没发生过，那么自然旁边也就不会坐着一位律师，那么信的内容也就不会是这么一种内容⋯⋯将会是什么内容呢？若是一封爱意泛滥的信多好啊！在初七这样一个春节的假日里，在冬季上午的阳光慷慨地洒满一屋的时刻,在他和她共同拥有,并且每年带给他们各自一笔稳定可观的收入的酒吧里……安安静静地看一封他写给她的情书般的信,而不是看手机短信息,那将会是多么幸福的感觉啊!……秦岑竟忘了苗律师的存在,也竟忽略了那并非一封情书般的信这样一个不争的事实,不由自主地陷入了一种一厢情愿的超现实的想象中去了……

"我可以吸一支烟吗?"

被遗忘在一旁的苗律师,不得不巧妙地证明自己的存在。

"哦,对不起,对不起。吸吧吸吧,我偶尔也吸一支的。刚才心思跑了……这几天事太多……经营方面的操心事……"

秦岑的脸又一下子红了,双手终于从腋下抽出,做着些自我掩饰的表意不明的手势。

"那么……"

苗律师将手中的烟盒向她递去。

"啊不,不……这会儿不想……"

秦岑勉强一笑,接着将信折起,塞入信封,再放入抽屉,还从兜里掏出一串钥匙,将抽屉锁上了。

等她抬头看苗律师时,苗律师已在吸着烟了。

苗律师当然不清楚乔祺都在信中写了些什么内容。他以律师那一种特有的,不动声色而又善于察言观色的目光,研究地望着秦岑的脸,企图从她脸上有所发现。

他以为他的目光是不值得敏感的。职业使这个男人的目光变得似乎毫无内容,使他的眼看人时变得像鱼的眼。他靠这一种高级的假相研究别人的脸,而又能使别人全无察觉。

但秦岑敏感到了他目光中那一种稀释得仿佛根本就不存在的研究意味。

看过了乔祺的信,她心里反而平定了许多。

他在信中写的是"岑",而不是"秦岑",这使那封信在她心中引起了一种亲切感。从初一到初六心里边没被什么事物引起过的一种亲切感。

"他没变"三个字,尤使她倍觉安慰。

何况,他还在信中请求宽恕。

尽管她没猜到他已作出的是什么决定,但"他没变"三个字,对她起到了一种暂时的麻醉般的作用,以至于使她认为,他已作出的是什么决定并不太重要了。

是的,她镇定多了。

善于控制自己情绪的自信又回到了她身上。

她的双手也不在微微发抖了,她却还是将它们夹到了腋下。似乎那是一种唯一能使她在乔祺委托来的一位男律师面前更有效果地保持自信和镇定自若的姿势。

她说:"他在信中请求我按照您的话去做。我当然将不折不扣地落实他的请求。现在,我洗耳恭听。"

她从笔架上取下一支笔,将一本信纸摆在自己面前,打算随时做笔录的样子。然而之后她又将双手夹在腋下了。她似乎不明白,她那么一种姿势,将她前一种样子所表现出的认真态度,差不多抵消殆尽。

苗律师轻轻点了一下烟灰,慢条斯理地说:"就两件事,也都不太复杂。第一件事,他要求你从你们共有的账号上提取三十万元,转存到他指定的一个卡上。这里写着他那个卡的号码。"

苗律师又双手向秦岑呈交过去一个信封。

秦岑接在手看时,见信封也是封了口的。

"我绝对没有拆开看过。"

苗律师的话像是在开玩笑,也像是庄严的声明。

"这……"

事关三十万元,秦岑沉吟了。

"如果您还有什么疑虑,不妨与乔先生通一次话问问……"

苗律师作出一副完全可以理解的表情。

秦岑的一只手缓缓放在了电话上，但立刻又收了回去，再次夹到腋下。她不知如果一拨就通，当着苗律师的面，她第一句话该怎么说，怎么问。

"我在这儿不方便的话，我可以暂时离开，回避一会儿。"

苗律师说着欠了欠身。

"别……您坐着。没什么方便不方便的。只不过……我的心思又走了……今天是假后开业第一天，雇员还没回来，酒吧里只两个小妹照应我不太放心。您先稍候，我出去吩咐一下就回来……"她说着，也不管苗律师作何反应，忽然起身匆匆走了出去。

酒吧里还没迎来第二位客人。毕竟才初七，正是人们在春节期间不得已而为之地应酬了几天之后，想方设法躲到什么地方图清静的日子。无处可躲的人，也都会找各种借口推搪掉聚集和拜访。对于城市里的人，春节的假期往往从初六才刚开始。

冬天里也有阳光明媚的日子。

二〇〇四年的初七这一天便是。

阳光慷慨地遍洒在酒吧里，一派明亮，温暖如春。

小俊和小婉坐在最里边靠窗的地方，拉上半边红色的窗帘遮挡住耀眼的阳光，一会儿分开一会儿交头接耳地说悄悄话。

秦岑朝她们望了一眼，犹犹豫豫地站住了一下，随即快步走出酒吧。门响动时她们才停止了闲聊。

小婉说："是那律师走了？"

小俊说："不会，他东西还在。"

于是二人奇怪地向外张望，见秦岑仅穿着单西服在外边掏兜儿。那一身西服衣裤是她在酒吧营业时间里才穿的职业装，在酒吧外边是转眼就会被冻透的。

她俩无法知道，秦岑是在掏手机。然而她的手机不在兜里；放在办公室的桌上没带着。秦岑没从兜里掏出手机,一时不知自己下一步该怎么办才好了。她失去主意地转身朝酒吧里看,于是和小俊小婉两个的视线隔窗相对。

小婉站起来说:"我也出去一下吧?"

小俊竟扯了她一下,示意她坐下。

小婉再朝窗外望时,见到的已是秦岑背影。她脚步匆匆地走在人行道上,不知将要去向何处。

小婉又说:"她会冻着的!我给她送大衣去吧?……"

小俊摇头道:"那律师还在她办公室里,那么她出去不了多一会儿的。如果她需要大衣,刚才在外边冲我们做个手势不就得了吗?可她并没有。所以呢,你也不必取了她的大衣去追她。那样做也许还给她添烦了呢……"

听了小俊的话,小婉迟豫不决,再转脸向窗外望时,已不见秦岑身影了……

秦岑是找有公用电话的地方去了。好在她因为冷而走得特别快,一拐过街角,就发现报刊亭那儿有,跑了过去。

报刊亭主人是个老头儿,穿件厚棉袄,袖着双手坐在里边。他是认得秦岑的,而且对她心怀感激,因为"伊人酒吧"每天都从他的报刊亭买报,一买就是十几份。每月还从他那儿买各类杂志。他明白秦岑是有意关照于他。见秦岑跑来,他以为酒吧里出了什么事,她是跑来向他请求帮助的,便赶紧起身离开了亭子,迎向秦岑。及至弄明白她只不过想打电话,心里好生奇怪。

"哎呀,秦老板,那您也别穿这么少就跑出来啊!快进里边,快进里边,里边总归比外边强点儿!"

老头儿恭恭敬敬地将秦岑让进了报刊亭,而秦岑则抓起电话就拨号码。

她拨的是乔祺的手机。一拨即通,两次鸣音响过,电话那端传来了乔祺的声音。

"秦岑,是你吧?……"

连续六夜难眠之后,终于又听到了乔祺的声音,尽管是在电话里。秦岑心中五味混杂,鼻子一酸,差点儿哭了。

她强忍满腹积怨和伤感,尽量用一种平静的语调说:"对,是我。我已经在接待你委托的律师了……"

电话那端,乔祺打断她道:"秦岑,我不是成心让一位律师出面,非把我们的关系搞到更加不好的地步不可。我是没有勇气见你了……但我又急需那一笔钱……"

秦岑也打断道:"先不说我们的关系了吧,以后再说。不能让苗律师坐等太久,我只不过觉得自己有责任进一步确认一下……"

她已冷得开始发抖了,人家老头儿就脱下棉袄给她披上。

电话那端,乔祺没话了。他是不知说什么好了。

秦岑不愿这么放下电话,她压低声音问:"乔祺,能不能告诉我实话,你需要那么一大笔钱干什么用?"

秦岑说时,已冷得上牙直磕下牙了。

乔祺反问:"你在哪儿给我打电话? 在外边是不是? 穿得少是不是? 我怎么听出……"

秦岑再次打断道:"怕我冷,那就快回答我的话……"

连她自己都清清楚楚地听到了自己上牙磕下牙的声音。

"那我告诉你……我……我想,我需要掌握在自己手里一笔钱,心里才踏实……"

"三十万元,那可是一大笔钱啊!"

"是啊是啊……"

乔祺的话说得迫不得已,而且等于什么也没回答。

"不是你自己需要,是那个小……是她需要吧? ……乔祺,这事你可要三思而行……"

"秦岑,别多说了,只管按照我的要求去做好吗?"

"那……我明白了……"

"秦岑,你还什么都不明白!……你要经营好'伊人酒吧',从此以后,它是你一个人的了……"

轮到秦岑无话可说了。

"秦岑,我得作出对不起你的决定了。我要和她出国,我……还要和她结婚。我必须那样,我只能那样!……"

"好,就说到这儿吧。"

秦岑啪地放下了电话……

她跑到街角那儿,对着一面墙站着,任眼泪刷刷地流。她竟感觉不到冷了,一直到无泪可流为止……

当秦岑回到酒吧回到自己的办公室时,无论是小俊小婉还是苗律师,竟都没有看出她的眼睛哭过,只不过见她的鼻尖冻红了。

在街角那儿,她从地上抓起积雪,忍着冷将自己的双眼冰了几分钟。

"太对不起了苗律师,实在不应该让您等这么久……"

她不得不伪装自己,快速而且不露破绽地进入另一种角色——一种自己极盼早日获得人生的大成功,而又始终像吸附在各类船只底下的螺一样,被压在所谓"成功人生"的水平线以下难见成功之天日的男人心目中的成功女性的角色。

苗律师便是这样的男人中的一个。

他说:"没什么,没什么,应该的。当老板的事情多,我理解,很理解……"

秦岑倒宁愿听他说出几句不高兴的话,宁愿他脸上也出现明显不高兴的表情。她觉得他有理由那样。若真是那样,反而会引起她的尊敬。

乔祺就从不孜孜以求什么男人的成功的人生,对她有时候太过刻意地扮演一位成功女性,往往还大不以为然,觉得一点儿必要都没有。甚至多次对她进行过惜花怜玉式的戏讽。而她在乔祺面前也从不需要伪装,特别放松,特别自我。

秦岑从苗律师脸上看到的是一种谦卑的、不无仰慕之意的表情,这使她心中涌浪似的涌起一排高耸的悲哀。它越涌越高,随即哗地扑落下来,在她的心海中跌成无数小波浪,又很快地化作一片泡沫——她刚刚失去了一个和苗律师完全不同的男人……

她强作一笑,尽量以轻松的易如反掌的口吻说:"第一件事,我已经明白了。那不成任何问题。请转告你的委托人,我今天下午就会按照他指定的账号打过钱去。"

苗律师谦卑一笑,奉承地说:"秦女士果然是位痛快人。第二件事嘛,更简单了,您只需在这一件文本上签上您的名字就行了。乔先生已经签了。我以律师身份作为见证人也签了。您签上名字之后,我还会代表你们二位去公证部门公证一下。"

苗律师说着,从皮包里又取出了几页装订在一起的纸递给秦岑。

秦岑以为,那一定是份要求审核"伊人酒吧"账目,进而要求划清股份、剥离合作关系的东西了。接过一看,却不是。前后两页无字白纸所夹第三页纸,只不过是一份字数不多的声明,其上写着:

> 本人从即日起,在没有任何压力的情况下,完全出于自愿地放弃对"伊人酒吧"以及两处连锁酒吧的股份拥有权。从即日起,一并放弃"伊人酒吧"及两处连锁酒吧账目上的全部款项。从即日起,与"伊人酒吧"及两处连锁酒吧相关的一切有形或无形资产,完全归秦岑女士一人拥有。并且,是永远性的。

这份声明上的字也是乔祺亲笔写的。比之于他的亲笔信,声明的字略小,笔画工整。从每一行字都能看出他写时认真之极的态度。

秦岑拿那几页纸的双手,又开始微微发抖了。

她听到苗律师以表功似的口吻这么说:"是我要求他一定要亲笔写

的。而且要求他一定要尽量写在一页纸上,留有足够我们三人签字的空白。这样,就一目了然,不存在任何可质疑之点了。"

秦岑因自己猜测错了纸上的内容而倍觉愧疚。她呆呆地看着那声明,头脑中一片空白。

"这对您来说应该是一件百分百值得高兴的事对不对?用我的笔签名吧,我特意为您带了一支签字笔来……"

秦岑感觉到有什么东西从旁向自己伸过来,转脸一看,见是一支笔尖翘起的笔,拿在苗律师胖乎乎、细皮嫩肉而又白皙的手里。

秦岑看不惯男人的手居然是那样的。

乔祺的手就不是那样的。乔祺的手大而瘦,手指特长。指关节有棱角,是那种有力的而非看去软绵绵的手。被乔祺的手所爱抚,一个女人才会感觉到自己是被男人爱抚着。他的手的每一次爱抚,都曾使她像酒醉了或被催眠了似的难以自持。那是一双总能唤起她燃燃情欲的手……而她以后再也不能享受到那双手的爱抚了!

和她作为女人的巨大的损失相比,那份声明所赐给她的价值——它们大约值三百余万元,简直不足论道了。而且,使她内心里感觉到了侮辱,受了严重的伤害。

她的脸,缓缓地又转正了,目光又落在了那份声明上。

苗律师在她转脸的那一瞬间,从她的目光中敏感地阅出了嫌恶的意味。他不明白她何以嫌恶他特意带来的那一支签字笔。它下水流利、笔尖软硬适度,虽然不高级,非名牌,但也算是一支无可挑剔的签字笔。这位是律师的男人智商不低,然而他怎么也不能将秦岑目光中的嫌恶意味和自己的手联系起来。就男人而论,他一向认为自己的手是一双体面的手。

他略微有点尴尬,不知是该将自己拿着笔的手缩回去,还是应该继续伸向秦岑。他干咳了一声,自言自语地说:"当然,您如果更愿用自己的笔,也可以的。但签名呢,还是用签字笔好些。"

秦岑这才意识到自己太冷落了他的殷勤。她又向他转过脸去,同时伸出了自己的手。

她说:"别误会,我是在想……"

接笔在手之后,她头脑中才终于形成了一种态度。

"可是我不能签名!"

她的话说得非常坚决,声调也很高,近乎是叫嚷了一句。

她将接在手中的笔放在桌上了。

"不,我不能签名! 绝对不能。他没有必要非这么做! 他做得太过分了! 我怎么能不明不白地在这样一份声明上签上我的名?! ……"

由于激动,她的脸涨得绯红。

"也不是不明不白啊! 每一句都是我帮他推敲过的。作为一份声明,表意很严谨,很明白嘛!"

苗律师实在难以理解秦岑的态度,只有天字第一号大傻瓜才不打算在那样一份声明上签名!

"这第二件事,恕我难以从命。请你转告你的委托人,我要求他首先回答我为什么!"

秦岑的态度更坚决了,仿佛那声明并非对她有利,而是对她有害。

"那,您可就等于是为难我了。"——苗律师看了一眼手表,沮丧地又说:"乔先生今天就离开国内。现在,他应该是在去机场的半路上了……要不,您打他手机,亲自向他表明您的态度? 我想,您一定有他的手机号码。您如果没有,我有。我立刻为您从我手机里调出来? ……"

苗律师不再说下去,缓缓从兜里掏出手机,掀开了盖儿。而他的目光,乞怜似的望着秦岑,仿佛希望获得同情。

这男人的手机是紫色的。漂亮、时尚,体现着一种半成熟不成熟的少女般的性感,当下的女孩子多喜欢用的那类。

几乎在他掏出手机的同时,秦岑向他伸出了一只手,竖着手掌,做出果断制止的手势。

"别,让我再考虑考虑……"

秦岑的脸上,也呈现出了一种希望获得同情的表情。

那是内心活动的难以掩饰的暴露。

苗律师将手机盖轻轻合上了。

他又说:"乔先生再三嘱咐我,两件事比起来,第二件事尤为主要。如果我没完成,我这位律师,就等于辜负委托人的信赖了。我没法向他交代啊!而且,他即使人在国外,心肯定还是被拴在国内,牵挂着我没能替他圆满完成的事。秦女士,设身处地替他人考虑考虑,您也应该在他的声明上签上您的名字……"

秦岑竖着手掌的手,缓缓落在桌角上了。

如果他身在国外,心里依然牵挂的不是他的声明,而是其实依然深深爱着他的我——如果事情是这样多好啊!

但他身边相陪着那么一个"小妖精"啊!不,显然是他陪着她出国了呀!而且他还要和她结婚了……那"小妖精"怎么会对他那么理性的人具有如此大的异性诱惑力呢?她究竟精通什么高超的惑术呢?

秦岑长长地叹了一口气。

"我以律师的诚信向您保证,乔先生的声明是实心实意的,背后绝不会隐藏着企图算计您的任何阴谋诡计。您应该比我更了解他,他根本不是您以为的那种男人啊!……"

秦岑皱眉道:"我没那么以为。"

"对不起,我用词不当……"

苗律师的脸也一下子窘红了。

"没什么,我理解你的心情……"

秦岑嘴上说着宽宏大量的话,心里却暗自想——你他妈的理解我的心情吗?!

……

几分钟后,苗律师穿上他的大衣,戴上他的围脖,站着一口气喝光了一杯小婉端给他的咖啡,大功告成轻松愉快地走了。

那时,"伊人酒吧"里已坐着几位客人了……

办公室里的秦岑也披上了大衣。

阳光饱满,暖气很热,仅穿着她那套职业西装正合适。但是披着大衣的秦岑,开始觉得身上冷了。她又将双手夹在了腋下。似乎那样就不会觉得冷了,也会坐得稳了。是的,她感到有点坐不稳了,想立刻躺到长沙发上去。然而,她已经感到没有力气站起来了,像一个体弱的人又刚刚大量失血。

她清楚,自己发烧了。

那一种冷,仿佛一阵比一阵甚地从身体外往内心里侵袭,也仿佛一阵比一阵甚地从内心里往外散发冷气。

苗律师说得对,乔祺的声明当然是实心实意的。这一点无须任何人告诉,她自己也看得明明白白的,知道得清清楚楚。什么阴谋诡计,什么话啊?她深深爱过也深深爱过她的人,即使已决定和另一个女子结婚了,也是绝不会对她耍什么阴谋诡计的!她秦岑能和那样的男人保持两年多的私密的亲爱关系吗?!

为什么?还有必要那么激动地说些要求他回答为什么的话吗?!

他觉得对不起她啊!

他企图通过他实心实意的做法减轻他的负疚心理啊!

他是那种一旦觉得对不起别人,就恨不得不顾一切地去补偿别人的人啊!

何况他觉得对不起的是她!

……

小俊轻轻推开办公室门,探进头说——酒吧里来了四位熟客,问她在不在,请示该怎么回答。

秦岑默默摇头。

小俊犹犹豫豫地又说,都是省歌舞团她原先的同事。

"是经常来的？还是不经常来的？"

"每年都结伴儿来几次的，不怎么经常……"

小俊仍身在门外，头在门里，期待着她的最后决定。她从小俊脸上的表情看得出，四位来者猜到了她肯定是在的，非让小俊去对他们撒谎，小俊觉得为难。

"秦姐，正因为是不怎么经常来的，最好别得罪人家是不是？一旦得罪，兴许人家以后再也不来了。给人家一次高兴，人家以后也许会是常客的。"

小俊的话，说得特别懂事。

"那好，去告诉他们，我处理完一点儿事就陪他们……"

秦岑无奈，只得如此。

为了不使内心里的幽怨、伤感、沮丧和失落一览无余地暴露在脸上，她又用温水洗了一次脸，之后细致但却不过分地化了一番淡妆。虽然是淡妆，虽然不过分，然而对于她，那已经是一件较为复杂的事了。她的脸，一向不沾脂粉，也不描眉，不夹睫毛，淡淡地涂一下唇膏，就算化妆了，而且显得端庄秀雅。

当她出现在她原先的四位同事们面前，他们都对她欣赏不已：

"哎呀秦岑，你有啥奇方妙法哇？咋把自己保养得这么新鲜呢？介绍介绍经验呗！……"

"秦岑你让我们嫉妒死了！你怎么就越活越水灵了呢？你看我俩，老成啥样了？这一比，真有想死的心了！不好意思出现在你面前了，以后再不来了再不来了，伤心啦……"

四位以前的同事，二男二女。文艺界的女性，一快接近中年，不是变稳重了，反而更喜欢贫了。她们故意用小品腔调跟秦岑说话，表情夸张，大大咧咧，招得酒吧里的其他客人，几乎都将诧异的目光投向她们。她们各比秦岑大几岁，仗着当年和她关系好，在她面前毫无顾忌。她们曾是唱东北民歌的，所以嗓门儿大。现而今没谁再喜欢听东北民歌了，她们也就只有提前"内退"闲在家中了。

秦岑久未见到她们了。她确实觉得她们又老了。所以与她比起来，她们脸上的妆化得够浓艳的。秦岑不禁对她们心生怜悯。

她头脑中忽然闪过了"人生几何"四个字。

由而想到了自己的年龄。

都说漂亮女人的漂亮的脸，一过四十岁，那就像十月份的树，看着叶子还是绿的，风一吹，发出的响声已经和春夏季节不一样了，听来有干叶子摩擦那一种"柴"音了。再过半个人生的季节，就会大势已去一败涂地了。她还听人讲"女人四十一枝花"这话的意思，其实是说女人在四十岁上，那还算是一枝花，那还算得是漂亮的女人，一过四十，就不再属于鲜花，将渐变为干花了。有女人对她讲过这类话，也有男人对她讲过这类话……

秦岑内心里也不禁生出一种本能的对自己年龄现实的恐慌感。不，岂止恐慌，简直是恐惧。一旦失去了乔祺，她觉得它对自己的精神压迫，比以前强大多了。尽管还被人羡慕着。

"瞧你们说的，还越活越水灵呢！我不是也化妆了嘛……"

秦岑低声和她们周旋着，将自己当年的四位同事引向了最里边也最安静的位置。那位置隐在半堵隔墙后边，不是老熟客根本不知道，知道的一般也不愿聚坐在那儿，会使人觉得视线受阻，感到压抑。她之所以那样，是因为发现酒吧里有几张新客的生面孔。唯恐当年的同事们将见面气氛搞得太过热闹，影响了为图安静才光顾的新客们所要的情调。她希望他们以后成熟客。初七营业，未遭冷清，熟客踏来，新客出现，使她觉得是好兆头。

四位当年同事中的两位男士，一位的年龄和乔祺差不多，曾是小号手；另一位是当年团里唯一的作曲，差几岁六十了。总而言之，四位男女都是过气之人了。只不过他们显得很持重，有心事的样子。不像两位女同事，已经过气了还张扬劲儿的，反而活得更生猛了似的。

　　及至落座,秦岑忽而心生反省,扪心自问,又觉自己竟能立刻进入"伊人酒吧"操盘人的角色,实在是有点儿连自己都难以理解。我怎么是这样一个女人了呢? 她想,秦岑,秦岑,你不是刚刚彻底失去了爱你的男人吗? 你不是刚刚还陷在万念俱灰之境难以自拔吗? 怎么一眨眼又好像什么伤心难过之事都没发生过,心思又被酒吧全部占据了似的呢? 是啊是啊,这"伊人酒吧"从此是我的了! 还有另外的两处连锁酒吧,从此也是我的了。它们的每一物,每年每月每天每一小时的营业利润,从此都是我的了! 我是它们的真正主人了。不是仅占百分之三十股份的影子主人了。我真正的是一位成功的女人了! 以后再有谁在我面前显出仰慕我的样子,说些奉承我的话,我心里也不必感到自己名不副实感到是影子主人的难与人言的惭愧了。我值得人仰慕了,值得人奉承了……尽管爱我的男人离我而去了……但是作为女人,当男人不爱我,我就爱别的吧! 许多男人不是一个个变成了爱官位爱金钱爱所谓事业甚至爱古董爱收藏爱赌博爱酒爱毒品超过爱女人的男人了吗? 许多女人爱高级时装爱高级化妆品爱小猫爱小狗爱自己,不是超过于爱她们的丈夫她们的情人吗? 我秦岑上无父母下无兄弟姐妹,却有一处全市最有名的酒吧和两处同样很火的连锁酒吧,我不是更有天经地义的资格和理由从此只爱自己了吗? 我的失去真的比我的所得更值得我伤心难过吗? 一个男人真的抵得过一处酒吧和它的两处连锁酒吧吗? 它们虽谈不上能带来滚滚财源,但每年总共也有七八十万元多则一百来万元的利润啊! 在这一座三百余万人口的城市里,每年有这么一大笔收入的男人有几位呢? 人们谈论起来似乎很多,但税务局的朋友告诉过她,其实真正成功的男人并不太多。更遑谈女人了!

　　此时此刻的秦岑,很想自己对自己暗暗下出一个结论,那就是——我如此这般快速地从个人的感情"事件"中挣身而出,仿佛任何感情打击都没有遭受到,几乎不露任何破绽地一如既往地又扮演起"伊人酒吧"女老板的角色来,而且,居然因为酒吧里出现了几位新客的生面孔就多少有点儿沾沾自喜,这究竟意味着我真是一个很"强"的非一般女性可比的女人呢,还是意味着其他呢? 如果意味着其他,那又意味着些什么呢? 但是她不能下出结论。

她在自己对自己产生着相当矛盾的难以确定的评价的状态之下,与她当年的同事们彼此寒暄,应酬自如。起码表面看起来她也是谈笑风生的。她的两位男同事话不太多,显得有几分拘谨。他们当年和她仅仅是一般同事关系而已。当她问他们的近况时,两个男人都有点儿支支吾吾,答非所问,顾左右而言其他。于是她心里明白,看来他们的人生与以前相比,负担不是轻了,反而重了。日子也显然过得不怎么省心。在秦岑的记忆中,四位当年的男女同事之间,除了一般同事关系,本是另外没有什么特殊的人物关系的。东一句西一句地聊着聊着,她才搞清楚其中的一男一女,也就是当年的作曲与当年经常在台上和她手拉手二重唱的那一位女同事,已经完成了一次婚姻方面的二次组合。这使她大为惊讶,暗暗感慨人生的不甘守旧变化多端。

"怎么? 小岑子,我俩的事儿,你居然一点儿不知道哇? "

一小杯红酒入腹,曾经"手拉手"的那一位显得更加"开放"了,似乎忍不住要娓娓道来细说端详。

秦岑苦笑道:"也没人特意告诉我啊! "

"嘿,真是的,敢情我俩的事儿,连点起码的新闻价值都没有了吗? "

对方装出倍觉失落的模样,仿佛不是在谈自己的婚变,而是在谈自己的一次演出的反响如何。虽然,她已没有正式登台演出的机会了。

"你啊,聊点儿别的行不行呢? 我们的事儿是主题吗? "

她的二茬丈夫柔声细语地制止她,像一个大孩子制止自己以公开家庭隐私为乐事的母亲。那话听来有几分无奈,也有几分恳求。年近六十的男人的前妻秦岑是认识的,是团里的会计。歌舞团解散了,它的会计现在也就不知干什么去了。"手拉手"的丈夫秦岑也是认识的,原是某银行分行的副行长。秦岑还知道,"作曲"是很怕他的前妻的;而"手拉手"

则特善于"捯饬"她的前夫。那位副行长虽然其貌不扬,但是不管出现在哪儿,总是西服革履衣冠楚楚的。按今天的说法,"有派"。当然,那是以前。看着对面徐娘半老的"手拉手",秦岑心想——也不知她的前夫现在没有了善于"捯饬"自己的原妻,是不是仍保持着衣冠楚楚的"派"。

"手拉手"瞪着她的二茬丈夫呵斥道:"你当你是谁呀?轮着你管我啦?小岑子又不是外人,我和她说说我们的事儿怎么啦?"

年近六十的男人噤若寒蝉,低下了从前那颗高贵的头。在秦岑记忆中,他的头从前那是轻易不会在凡人面前低下的。从前的他,呵斥起唱他谱曲的歌曲唱不准调的歌唱演员,尤其女演员,比他的第二任妻子刚才呵斥他自己还要声色俱厉。对于凡人,当年他谱曲的歌曲,不练多遍,那是根本唱不准调的。而他当年常自鸣得意,说"阳春白雪"都是令凡人难唱的。当年"手拉手"就没少挨过他的训。现在,正应了那句话——一报还一报。现在,他从前那一头潇洒的长发已所剩无多。当他低下头时,已遮挡不住光亮的头顶了。秦岑发现,他的中式祆的前襟尽是油渍,早该洗洗了。看来,他的第二任夫人,并不像以前爱"捯饬"自己的前夫一样爱"捯饬"他,她已变得只爱"捯饬"她自己了。而他呢,显然地,惧怕自己的第二任夫人甚于惧怕自己的第一任夫人。秦岑对他们居然组合在一起的奥妙,百思不得其解。她并不想听那奥妙。

她问:"你们想不想喝点儿度数高的呀?难得你们一起来看我,今天我请了!"

于是她的提议受到一致拥护,秦岑亲自去取来了一瓶"人头马"。

秦岑仍觉冷。不,更觉冷了。她不能不陪他们,也不能披着大衣陪他们,那会使他们认为她太娇贵。说自己正发烧,她想他们是不太会相信的。何况,刚才"作曲"的话中说到了什么"主题"不"主题"的。不耐下心来听他们切入主题,她想那也许就彻底将四位当年的同事得罪了。"伊人酒吧"开业,他们前来捧过场的。两处连锁酒吧开业,他们也前去充当过嘉宾的。

秦岑决定今天把欠他们的情偿还了,尽管自己正发着烧。

她试图通过度数高点儿的酒,驱除自己感到的一阵阵寒冷,以及内心仿佛就要结成了块垒了的那一种压抑。

好在另外一男一女两位当年的同事表现得比较安静,从旁不断提醒这里是酒吧而非街头巷尾的小酒馆,使女高音孤掌难鸣,一心打算热闹一番却终究煽动不起来,自己便也渐渐地安静下来了。她一安静了,交谈也就很快切入"主题"了。

四位当年的同事是来请求秦岑友情赞助的。二男二女四个从前的文艺界"才俊",现而今在街道领取微薄退休金的落魄之人,说他们想要组建一个中老年街道合唱团,但那也需要些经费不是吗?

"岑子呀,我们不像你,你现在生活得多风光啊! 三处酒吧的女老板,后半生享福的钱已经攒足了是吧? 而我们算什么了呢? 才四十几岁,就什么也不是了。甭说钱够花不够花了,整天闲在家里,闷啊! ……"

女高音一安静下来,又开始倾吐人生低迷之衷肠了。

"刚谈到主题上,你又跑题了……"

过气了的"作曲家"比刚才更小心翼翼地制止她。

"别一口一个小岑子的,秦岑不比从前了。现在是老板了,小心让她手下那两个小妹听到了不好,会影响秦岑的老板威严的……"

另一位当年的男同事仍继续扮演提醒者的角色。

"秦岑,帮帮我们,组建起来了,我们也算有件正事儿可做了。街道只口头支持我们,却不肯出一分钱。我们几个想,如果办好了,以后政府搞群众文化活动时,也许会依靠我们,那我们也有机会为自己创点儿收了……"

另一位当年的女同事,把话挑明到了不能再明白的程度。

秦岑内心里对他们同情得一塌糊涂。

她眼睛潮湿地问需要多少钱?

四人你看我,我看他,沉默有顷,由六十岁的男人吞吞吐吐地说,两万元他们心满意足；倘秦岑为难，一万元，也感激之至。

秦岑不禁又问："你们四个人，就真的到了连一万元也凑不齐的份儿上了吗？"

这一问，将四人问得低下了头。半晌，还是由"作曲家"开口回答了。

他说："也不至于是真的到了那个份儿上。存款，谁都还总是有些的。可是小秦啊，我们这样一些人，一旦没有歌舞团托着，就再也上不了舞台了；一旦再也上不了舞台了，就都差不多是废人了。这一点，想必你也是清楚的。所以各自都有的那点儿存款，都当成是防病养老的保命钱，哪敢轻易动啊！不是觉着你现在发达了，万儿八千的不太在意了吗？……"那话，说得极其平静。唯其平静，在秦岑听来，更觉悲怆。

同类相怜，秦岑眼泪都快掉下来了。

她说："今天是初七，还在春节里，你们虽然是一起来求我的，也等于是一起来看我的。证明你们心里有我……"

四位当年的同事便都默默点头。

秦岑接着说："现而今，一万两万的能买不少东西，可是能干成件什么事呀？你们既然当面向我张了一次口，我就不可以对你们太小气。这样吧，我干脆给你们开出张十万元的支票吧，你们中谁明天来取？你们也别搞什么中老年合唱团了，那是得不断搭钱维持着的事儿。合伙做点儿小生意吧！哪怕能合伙开好一家小包子铺，以后每月也都能分点儿收入啊……"此一席话，又使四人低下了头。

女高音的一只手，紧紧抓住秦岑的一只手，嘴里不住地重复四个字："哎呀秦岑，哎呀秦岑……"

以往他们聚在一起，仿佛永恒的一个谈话主题那就是，诅咒现而今"乱七八糟"的演出市场，声讨那些一首歌十几万元几十万元的男女歌星。这一天谈话主题变了，也就忘了诅咒，忘了声讨。

秦岑喝了点儿"人头马"，身上热起来，居然也忘了自己正发烧，居然还将四位当年的同事送出了酒吧的门。即使是冬季里的一个阳光很明媚的日子,但气温毕竟在零下二十几度,时不时地也不知从哪儿刮起阵阵寒风。望着那四人的身影走过跨街桥去,又一阵寒风刮来,她打了个冷战。转身面对"伊人酒吧",内心难以不想到乔祺。

现在,它是她的了。

他是别人的了。

她有一种接受了至亲之人的遗产的感觉。虽然乔祺活着,而且活得健健康康的,肯定已在出国的飞机上。但她今后只有当他死了。不这么样想又能怎么样想呢?

回到办公室,她盖着大衣在长沙发上躺下了。

她又冷静一想,若不是在乔祺那份声明上签上了自己的名字,她今天断不会对四位落魄了的当年的同事们那般大方!凭什么?自己有什么权力呢?可酒吧已是自己一人的了,自己是真正的老板了,情况则不同了,想大方一次可以自作决定地大方一次了。她对自己的大方并不后悔,只不过事后吃惊。十万元啊,对干爸干妈也没如此大方过啊!可话又说回来,干爸干妈也从没在钱事方面求过她。今天以前酒吧也不是她自己的……

能在当年的同事们求到自己时慷慨大方的感觉真是挺不错的。

做一位名下有一笔相当可观的资产的女人真好。

这么一想,她对乔祺不那么耿耿于怀地怨恨了。

金钱真的能补偿感情的损失吗?

看来真能。

否则自己为什么不那么怨恨乔祺了呢?

……

中午时分,小婉端了些吃的送来,见秦岑盖着大衣蜷在沙发上睡着了,没惊动她。

晚上,秦岑发起了高烧。

小俊小婉两个慌了,打电话告诉了秦老。

秦老和李老师匆匆赶来了。

李老师一摸秦岑额头,烫手。

"'小妖精'……'小妖精'……"

秦岑昏迷中不断说着呓语。

"她这是在说谁呢?"

秦老好生奇怪。

小俊急说:"不是我!"

小婉也赶紧说:"不是我!"

李老师说:"知道她不是在说你俩,怎么会是说你俩呢? 也许谁都不是。肯定烧到三十八度以上了,说胡话呢!……"

李老师和秦老一商议,都觉只服点儿退烧药太让人不放心了。当机立断,决定送秦岑去医院。两三个小时以后,秦岑住院了。医生说她肯定不仅发烧一天了,起码发烧三四天了。也许她自己对自己太粗心,没量过体温。

她已经烧出轻微的肺炎了。

秦岑在医院里住了十二天。

十二天里,小俊小婉自然是常去看她的,向她汇报酒吧的情况,以使她放心。秦老夫妇也没少去医院看望她。初十春节假期结束后,"伊人酒吧"的员工纷纷回来上班了。秦老和李老师轮流替她当起了临时代理老板,一切竟也管理得有条不紊。秦岑很担忧酒吧的生意会冷清了,秦老、李老师、小俊和小婉都让她放心,说生意一如既往,好着呢。两处连锁酒吧她倒不太惦着,承包出去了,"旱涝保收"。

一次秦老单独看她,问她和乔祺之间究竟发生了什么不愉快的事? 否则,她住院了,他是该来看看她的。

她说也没发生什么严重的矛盾。说乔祺要提前解除合同,她起初不同意,后来拗不过他,只好同意了。

秦老又问她乔祺到哪里去了?

她说他出国了。

"都四十五六岁的人,又不是什么音乐大师,充其量是一个玩音乐的人,怎么想一出是一出呢?"秦老就批评起乔祺头脑发热,缺乏自知之明来。接着又谴责乔祺是冷血动物,无情无义。他说:"不跟别人告别一下,起码也应该跟我打声招呼吧? 只初一最后见了一面,还连句拜年的话都没对我说,就这么就走了! 我可是经常当着别人夸他的啊! 做人不可以做得这么不像样子嘛! ……"

秦岑有心替乔祺解释几句,却不知自己的话该怎么说,默默听着而已。

秦老又问她"小妖精"是个什么人? 是个小女人对不对? 怎么侵犯了她或伤害了她?

秦岑说自己高烧情况之下说了些什么胡话,自己根本不记得,也根本没个什么小女人侵犯过自己或伤害过自己。

"干爸,我什么时候和女人过不去过呀? 又什么时候招惹过女人和我过不去过呀? ……"

秦老一想,确实。半信半疑的,也就不再问什么。

秦岑的情感承受力,并非像自己以为的那么强大。

权当乔祺死了,她还是会经常想他。

他明明没死。

真正能成功地做到自欺欺人的人,其实是很了不起的人。因为自欺欺人对谁都是一件难度极大的事。秦岑根本没那么了不起。

十二天里,最经常到医院看望他的,既不是小俊小婉,也不是秦老和李老师,而是苗律师。他比他们四个人谁来得都勤。

头一个星期还隔一天到医院看望她一次,后一个星期就每天都来了。有时居然一天看望她两次。每次必带束鲜花。秦岑住的是单人病房,有把椅子。他一来就坐在椅子上,那么秦岑只得躺在病床上。她没什么话跟他说,他似乎也不觉得二人之间明明没话可说多么别扭,长时间地眼巴巴地看着她。他带去的鲜花病房里根本没处放了,秦岑只得让护士们随意处理掉。

她说:"求求你别来看我了,护士们都误会我们的关系了。"

他却说:"我不怕被他们误会。"

她说:"我怕。"

他却说:"你也别怕。"

她说:"求求你别往这儿带花了,你前几天带的花护士都扔出去了。太多了,护士认为花香太浓会引起我呼吸道过敏。"

他却说:"不会的。她们小题大做。"

她说:"我手下的两个女孩子和我干爸干妈也会误会的。"

他却说:"误会是生活中常有的现象。"

有一次她干脆冷下脸来问:"你究竟企图把我们两个本没什么关系的男人和女人之间的关系搞成怎么样的一种关系呢?"

这一句长长的绕口令似的话,由她嘴里说出来时竟一点儿都不绕口,因为在她心里憋得太久了,已默背得滚瓜烂熟了。

他眨眨眼,品味了一下,慢条斯理地说:"我欣赏你。"

她终于发火了,拍着病床大声说:"我他妈的有什么值得你欣赏的?"

他身子一抖,不但不觉得尴尬,反而显出害羞似的样子,腼腼腆腆地说:"我对你心生一片情。"听来像一句流行歌曲的歌词。

秦岑终于忍无可忍,大叫:"你给我出去!"

护士闻声赶来,将苗律师客气地请了出去……

秦岑之所以一忍再忍,不因别的,乃因他是乔祺委托的律师。

而苗律师之所以敢步步为营地企图"攻"下她,乃因她对他说了句不该对他说的话。

那句话是:"记住,如果你希望我不反感你,那么以后请别在我面前提到乔祺。他在我心里已经死去了。"

话一出口,她后悔莫及。

而苗律师心中于是产生了无边无际的希望的光芒。

因为十二天里苗律师天天到医院去烦她,她便天天夜里梦见乔祺。有时是欢喜梦,从梦中笑醒;有时是伤心梦,从梦中哭醒。哭醒后,任眼泪滴湿枕头,难以抑制。

夜深人静万籁俱寂时分,她对自己有了更深的了解,那就是——对于她这样一个女人,感情上的损失,是无论任何东西都弥补不了的。心灵上的伤口,也根本不是一处酒吧两处它的连锁酒吧能填平的。尽管心才拳头般大。

拳头般大的心,它的伤口往往会像一条大峡谷那么深,那么长。

十二天里,她对"心灵"二字也有了不同以往的理解。

这种理解形成在十二个难眠之夜。

出院后,秦岑还只能住在酒吧里。

苗律师不屈不挠地纠缠她。当着她的面他只说:"我欣赏你。"可是他一天里会给她发无数次短信息,每条短信息都是表达他如何如何怎样怎样爱她的……

又一个月后,秦岑结婚了。

对方是派出所的一位所长。秦老当年的学生,叫刘方。

刘方是位好民警,也是派出所的好所长。派出所所长没有不是党员的。刘方二十六岁入党,党龄已经八年。有了八年党龄的刘方所长,比秦岑小两岁多。而他当上派出所所长,也整整两年。

出院后的秦岑,又过了几天,才总算有精力和心思处理她与前夫胡宗文之间的事了。秦老和李老师因为她住了两个星期的院,义不容辞责无旁贷地轮流替她管理酒吧,也都把干女儿的住房被占据了那一件令人恼火的事儿忘到脑后了。

对于秦岑,住了两个星期的单间病房,在她当时那种具体情况之下,其实也不失为一件好事。如果排开苗律师天天到医院来滋扰她这一点不论的话。第一，医院里的病号饭吸取了营养方面的考虑，不似在酒吧，不按顿，想吃就吃，不想吃就不吃；饿了，吃的也只不过是零食，或方便食品。饿也不吃，小俊小婉两个又哪里管得了她。在医院里，护士既是白衣天使，也差不多等于是白衣女王。

"哎你不吃饭可不行啊，吃！必须吃！这是对你的要求。肺炎又不是胃炎，吃不下饭纯粹是借口。医院不是幼儿园……"

年轻的护士小姐动辄严肃起来，板着脸训人。说医院不是幼儿园，训起人来却又像幼儿园的阿姨训不听话的小朋友。还强调说是人性化服务的体现。不仅按时为你打针、送药、开窗换空气、清洁病房，而且要求你作为病人更需按时吃饭，难道不够人性化服务的吗？

自从成了酒吧女老板，三年多里秦岑何曾被谁训过呢？奇怪的是，小护士训她，她非但没什么意见，反而觉得挺受用。仿佛作为病人被护士所训，本是交住院费的一大所图。每当小护士表情一严肃，秦岑立刻变得像一个听话的乖乖女。按时按顿地吃饭了，春节前后消瘦了憔悴了的脸庞，十二天里又渐渐恢复了往日线条优雅的轮廓并且渐渐润泽了。而第二个好的方面是，与干爸干妈的关系更加亲密了。本就没什么不愉快的事情发生，只不过初一那一天闹出了点儿小小不然的尴尬。如果都不是敏感之人，那一种小小不然的情节，其实是算不上尴尬的。偏都是对自己的形象表现有较高要求的人，一旦互相间闹出了点滑稽可笑的言行举止，便都觉形象受损，有些不太好意思再见面了似的。秦岑这一住院，秦老和李老师极为重视，双双出马，事必躬亲，哪里还顾得上什么好意思不好意思呢！正所谓困难时刻，方见人间真情。乔祺既然已经出国，秦老和李老师，也就不再对干女儿提起他了。他们自己也不再说到乔祺，似乎他根本就是一个他们不曾认识过更不曾给他们留下良好印象的人。

多亏有刘方所长协助解决，秦岑和胡宗文之间的事相当顺利地就了结了。都没用秦岑出面，胡宗文就乖乖地离开了秦岑的住所。并且，也不是兴师动众的那一种解决方式。基本上未被人知，未被人晓。

当日胡宗文开了门后，见门外站着秦老、刘所长和一名年轻的女警，顿时也就既明白又心虚了。

是秦老先开的口。

他问："小胡，春节过得可好？"语调随和，一点也听不出兴师问罪的意味。

胡宗文退入室内，神色惶惶地嘟哝："能好吗？无家可归，借住别人的房子过了次春节。整天把自己关在这地方，没脸出去见人。"

刘方所长接着礼貌地说："公民，我们是按照这位老先生的请求，前来协助他要将您从这套不属于您的住房中请出去的。作为派出所民警，我们有责任和义务维护在本治安辖区内的居民的合法权益不受非法侵犯。所以我们是在执行公务。如果您不介意的话，我们可以将您刚才说的话记录在案吗？"

胡宗文眨巴着眼睛问："什么……什么话？"

刘所长说："您刚才自己也承认，是借住别人的房子过了次春节。具体而言，是借住本治安辖区内的居民秦岑女士的房子过了次春节。我们只想记录这么一句话。"

胡宗文连连挥舞着一只手臂叫嚷道："我抗议，我抗议！我是秦岑的前夫，秦岑是我的前妻！这是我们两个人之间的事，任何人也无权过问和干涉！"

刘所长微微一笑，态度仍很礼貌地说："不，如果前夫非法占据前妻的住所，我们派出所的民警在后者请求之下，是有权过问和干涉的。"

而秦老就从兜里掏出了秦岑的委托书，展开来出示给胡宗文看，同时说："小胡，你看这是秦岑写的委托书。委托我全权代表她，请你从她的住所离开。她倒不是连见你都不愿见你了。她初七起病了一场，还住了两个星期的医院，身体至今有些虚弱，所以全权委托我。而我呢，就怕你不讲理，所以才要求派出所的同志协助我。你得清楚这么一点，我们今天来找你，无论我这一方面还是他们两位民警，可都是有理有据的事。"

胡宗文的手臂又挥舞了几下,还干张了几次嘴,却没说出什么话来。

在秦老对胡宗文说话时,刘所长背着手,逐个房间都走到,看看这里,观察观察那里;待秦老的话说完了,他也走回到了胡宗文跟前,摇头道:"公民,你看你将不属于你的住所,住得多乱多脏。你用房主的床单擦鞋了是不是?你干吗往墙上按烟头呢?裱墙纸是含有易燃的化学成分的,万一引起火灾,你不是自己犯罪也牵连房主了吗?……"

胡宗文更加说不出话了。

"还有女性来过吧?别急,别急,听我把话说完,我不调查这一点。我要说的是,既然卫生巾堵塞了马桶,你借住在这里,就应该及时疏通了。就让卫生巾那么不雅观地漂着,让马桶那么长期堵塞着,让积水散发着恶臭味儿,你自己住着就反而舒服吗?你如此这般地借住别人的住所,莫说是你前妻的住所了,就是欠了你债务的债主的住所,你也是违背起码道德的吧?……"

"反正我离开这里就没地方去住。你们非要把我赶出去,你们就是不人道。"

胡宗文只有又开始耍无赖。

刘方所长表情变得极其严肃了,语气不温不火地说:"据我所知,秦岑女士是位很有人道之心的可敬女士,近年为社会公益之事很热心地做了不少奉献,何况对你了。她交代给我们的一个大原则那就是,一定要对你尽到人道安排。至于你离开她的住所的具体条件是什么,是否突破了她能够考虑的底线,那就要看你和秦老先生谈的结果怎样了。毕竟是秦老先生全权代表秦女士,而不是我。"

于是秦老揪住胡宗文袖子,将他从客厅扯入到一个房间里去。

秦老还煞有介事地关上房门,之后才小声说:"你刚才说你无家可归,这一次春节没能过好,那你以为秦岑今年的春节就过得很好吗?当年可是你抛弃了她的!你现在无家可归落到这种地步是你自找的!秦岑她今年的春节没过好却完全是被你搞的！这是她的家,她至今有家不能归,还不是出于对你的怜悯？如果你不是她前夫,你凭什么？……"

"我不听你扯这些！扯这些对我没任何意义！我只谈条件！一百万！答应给我一百万元,我立刻走人！……"

胡宗文欺老,又嚷嚷起来。

秦老瞪着他,一时不知说什么好了。

房门一下子被推开,刘方所长倒背双手站在门外,厉声道:"胡宗文,我警告你。你占据他人住所赖着不走,这是违法行为。而你刚才的话,等于敲诈,是犯罪行为。既违法又犯罪,我现在就可以将你押送到公安部门,对你依法进行惩办的！……"

"那……那就五十万元也行！她既然怜悯我,就应该……"

男人一旦变成无赖,就只有将耍无赖作为最强的一种生存能力来施展,并在施展的过程中提高技巧,充分发挥。那进退之间,每显出厚颜无耻的策略。

秦老只有用目光默默地向刘方所长求援。

刘方所长一转身,向那位年轻的女警下达了命令:"把他的话记录下来！"

"别记,别记！三十万元！……要不二十万元！不给我二十万元我只有从窗口跳下去死了算啦！……"

几分钟内从一百万元降到了二十万元,这给了秦老一线可以继续和他谈下去的希望,于是朝刘所长丢了个眼色。

刘所长会意,退出去,仍将房门替秦老掩上了。

几分钟后,秦老出来,悄悄告诉刘方所长,最终以十万元人道帮助达成"谈判"结果。

三人离开,走在路上时,刘方所长对秦老说:"请您向秦岑女士转达我的看法,毕竟曾是夫妻,该怜悯还是得怜悯,能帮助还是以帮助一下为好,就算也是为社会做了一次慈善的事吧！"

秦老去到"伊人酒吧",将"谈判"结果以及刘方所长的看法告知秦岑后,态度明确地说:"我和刘所长的看法是一样的。"

秦岑诚恳地说了些感激的话,接着表示完全同意。

当天晚上,秦岑给干爸打电话,说想请刘所长吃顿饭,秦老答应替她问问刘方所长哪一天有空闲。

隔日,秦老给秦岑回电话,说刘方所长也让谢谢她。但吃饭的事,刘方所长说就免了吧。秦岑更加觉得过意不去,要了刘方所长的电话号码,亲自给他打了一次电话。

"秦女士,您是我们治安辖区内的一位公民,我是这一治安辖区的派出所所长;您的合法权益受到非法侵犯,我有责任和义务保护您,谈不上什么感激不感激的,是我们分内的工作。再说,我听秦老介绍,您为人很善良,又是独身女性,轻易不肯求人,我们又怎么能不出面保护您呢?如果我们派出所的人,为治安辖区内的居民尽了一点儿什么责任,就心安理得地应邀赴宴,那是不对的,也是违反警纪的。我是所长,要以身作则啊!您说对不对?"

直到那时,秦岑还没见过刘方所长。电话里听来,他的语调特别亲切,话也说得既有原则又特别诚恳。这给秦岑留下了深刻又良好的一种印象。

又过了几天,快到秦老生日了。

秦岑对秦老的这一个生日很重视,要亲自替干爸操办。失去了乔祺,她才意识到干爸和干妈对自己多么重要。如果和干爸干妈的关系也渐渐淡薄了,她觉得自己在这个世界上就活得太孤独了。至于与一般所谓朋友们的关系,她认为那不过是人生在世的交际现象,白云苍狗,不足以用世间真情来形容的。秦老和李老师,十分理解她内心的孤独和她的想法,也乐于将生日之事交由干女儿去张罗。尽管,他们都是不在乎自己的生日过与不过的人。

给干爸过生日,实际上已成了秦岑尽干女儿的孝心的一种方式,别的方式还真的很难以表达好对干爸的感情倚重。

秦岑为秦老的生日之事亲自到秦老家去了一次,商议在哪儿过,怎么过,请哪些人。

秦老说想过得简单一点儿。李老师也是这个意思。

秦岑想了想,试探地问:"干爸,如果只请您的学生刘方所长,就我和我干妈,再加上他,三个人为您过一次生日,您觉得怎么样呢? 是不是人太少了点儿,太没气氛了?"

秦老说:"好哇,好哇,这样最好! 过生日又不是开联欢会,搞那种热闹的气氛干什么呢?"

李老师也当即表态,说如果不以过生日的名义来请刘方所长,恐怕还请不到他。他太忙,而他们老两口,也早想跟这一名从前的学生坐一块儿聊聊天了。

秦老又说:"我亲自给他打电话请他。女儿,你不是还没以一种什么方式感谢过他吗? 他是个爱读闲书的人,我生日那天,你不妨买些书送给他。我知道你不愿欠人情,借我的生日,你也可以了了一份人情嘛!"

秦岑承认自己亦有此意。

当时,无论是秦岑自己,还是秦老和李老师,都没料到还会引发出一段姻缘来。

秦老的生日是在自己家过的。秦岑让一家饭店给送了几样菜,自己又扎着围裙,像模像样地下厨切切拌拌、炒炒煎煎,添了几样菜。

刘方所长如诺而至。

秦岑就将带来的一套精装的《资治通鉴》和一套《古文观止》送给了他。

刘方所长喜出望外地收下。

他也没空着手,给秦老带来了一管上品的毛笔和一匹宣纸,给秦岑带来了一只景泰蓝的化妆品盒。

李老师说秦岑平时不怎么化妆的,即使偶尔化妆,也不过是意思意思。

刘方说,那要送得多余,就还给他。他如果送给所里某个年轻的女警,对方不知会多么高兴呢!

秦岑说她也同样高兴,说着收进了包里。

李老师说:"刘方,你这样的单身汉所长,记住别乱送给属下年轻的女警们小东小西的。防止人家觉得你另外有什么意思,你说不清楚!"

秦岑扑哧笑了。

李老师自己也笑了。

刘方被她俩笑得红了脸,秦老就立刻加以保护,说自己的学生是个腼腆人,已经当了所长,大小是位科级官儿了,不得随意取笑。

秦岑就又笑了。

刘方的脸就更红了。

从"三十儿"晚上起,近两个月的时间里,秦岑没笑过。那日,她两个月来第一次笑。

刘方跟秦岑说话,开始叫她"秦岑同志",不但秦岑自己听了笑,秦老和李老师听了也笑。他又改口叫她"秦岑女士",秦岑和秦老和李老师还笑。

刘方红着脸说:"那我可就实在不知道该叫你什么好了。"

秦岑一本正经地说:"你小我两岁,该叫我姐。"于是刘方口口声声叫起她"秦姐"来。反倒叫得秦岑大为发窘,一阵阵自己不明所以地脸红了。

刘方所长个子不高。如果秦岑不是穿拖鞋而是穿着高跟鞋,两人并肩而立的话,他肯定还要比秦岑略矮一点儿。他长方脸,眉眼挺精神。在一身庄严的警服的衬托之下,即使不戴警帽,还是给人一种无言亦威的印象。

秦岑对这位派出所的"小所长"很快便心生好感。她暗暗将他和乔祺相比,觉他虽不像乔祺那么高高大大,一表人才,具有时下中国男人们身上较少的忧郁气质,却也不失为一个"可爱"的男人。当然,这是她从一个女人的角度来看的印象。乔祺属于那么一种男人,无论穿什么,哪怕穿跨栏背心和短裤,也会令女人们多看他几眼。不知这"小所长"穿便服会变成一个什么样的男人?

秦岑正暗想着,听到刘方对她说:"秦姐,房子的事已经解决了,你怎么还心事重重的?"她一抬头,见刘方在盯着她看。

"我在想……要不要我再到厨房去做一盘菜呢?"

秦岑红着脸敷衍了一句。

……

那一天,四人合了几张影。

秦岑还单独与刘方合了一张影。她将它放大了,镶在框里,摆在办公桌上。

她时常呆呆望着那张照片出神。觉得自己居然与一位派出所的"小所长"合了一张影,仿佛很搞笑。起码,是件幽默的事。她也总是要将刘方和乔祺相互比较,比来比去的,结果渐渐发生变化——乔祺在她心目之中似乎也不那么一表人才不那么有气质了;而"小所长"刘方,似乎越来越是一个很精神气质也很特别的男人了。究竟特别在哪方面,她又说不清。不知何故,合影前,刘方还戴上了警帽。他俩合影,是秦老和李老师怂恿的。秦老和李老师都叫刘方摘下警帽,"小所长"却说还是戴着合影好。也不知他是怎么想的,为什么觉得戴着合影好。戴着警帽的派出所"小所长",看去是更有一股威严劲儿了。秦岑认为,那其实也应该说是他气质特别的方面……

结过了婚,离过了婚,和乔祺那一类难以使女人忘怀的男人保持过两年多私密的亲爱关系的秦岑,每觉仅仅比自己小两岁的刘方并不是一个男人,而是一个青年,一个小老弟般的青年。

除了干爸干妈,人生中又多了一个小老弟也不错。何况,这小老弟还是干爸早年的学生!她因认识了刘方而欣慰。

失去了乔祺,拥有了三处酒吧的产权;住所一度被侵占,却由而认

379

识了一位是派出所所长的小老弟;春节才一个多月,二十万元无效益支出已是有去无回,但同时却赚了一百二十万元——因为有一位韩国外商,将她的一处连锁酒吧的经营权高价买了去……

诸般伤心的烦恼的事付出的事与紧随其后的截然相反的事搅在一起,彼此抵消,最终使个秦岑伤心也伤心不到哪儿去了,高兴也不怎么高兴得起来了,解脱了也还是不觉得如何的轻松,说有压力呢又再没哪一种压力了……只剩下了惆怅。

绵长的惆怅像一张蛛网罩在身上,不能夸张地说那是多么束缚人的,但是丝丝缕缕地黏着人,使她腻歪。

苗律师又到酒吧来拜访过两次。

第二次她干脆对他说:"请你不要再来纠缠我,你死了心吧,我就要结婚了。"

像秦岑这样的女人,天生的善忍。对于一个"追求"自己的男人,再怎么忍无可忍之时,也还是会竭力忍住并不急赤白脸地发作。之所以对乔祺反而表现得失去了理智,她自己最清楚,没什么另外的解释,只有一种解释——两年多以来乔祺将她爱成了那样,将她惯成了那样。她和乔祺之间的年龄差距,使她每觉自己是小女人。而此种感觉是她非常喜欢的感觉,也是非常享受的一种感觉。像男人吸惯了一种品牌的烟饮惯了一种品牌的酒,吸着饮着时的享受。这一点,与刘方所长在她眼里是一位"小所长"恰恰相反。

苗律师不信秦岑的话,认为她骗他。

本来就是骗他的话,她干脆一骗到底,指着照片上的刘方严肃地说:"你看,就是他,一位派出所所长。"

苗律师还是半信半疑,再问是哪一所派出所的所长。

秦岑也没多想就告诉了他刘方是哪一所派出所的所长……

两天后刘方所长来电话,问她认识不认识一位姓苗的律师?

秦岑一听就明白刘方为什么来电话了,心中将苗律师恨得咬牙切齿。

她未审自招,解释说苗律师只不过是一位和她的酒吧有点儿寻常业务关系的律师……解释了几句,接下来更该解释的反而不知如何进行解释了。

在她支吾起来,话儿反复掂量,怎么说出口都觉欠妥之际,刘方在电话那一端开口了。他说:"我明白,那位姓苗的律师,他经常滋扰你。你不得已,就拿我当挡箭牌是不是?"他等于替秦岑进行了核心内容的解释。

秦岑连道:"是啊,是啊,刘所长你不会生我气吧?"

"你不是让我叫你姐的吗? 你怎么反而叫起我刘所长来了呢?"

刘方在电话那端问得极其认真。

"他也去派出所滋扰你了吧?"

秦岑以问代答。她急于知道苗律师对刘方说了些什么。

"是啊,在我的办公室里,他当面问我,我和你是什么关系? 问得我一愣。我问他有什么权力来问我这种话? 他倒也老实,承认他正在加紧追求你,而你说要和我结婚了,他于是找我当面核实一下……"

"那,你……怎么说? ……"

"我一听心里就明白七八分了呀! 我说,真抱歉律师先生,我比你早了一步,我和秦岑女士的确就要结婚了……他一听,脸色别提变得有多难看了,那样子都快哭了,搞得我还怪同情他的……"

"可我不喜欢他那种不男不女的男人……"

"秦姐,你也不能总做单身一族是不是? 人生一世,无论男人女人,该结婚还是得结婚啊! 我看苗律师那人,也算是个正派人,脾气想必也挺好,职业也不错,不妨予以考虑嘛……"

秦岑打断道:"去你的! 小刘方你再给我出这种馊主意,我可不认你这个小老弟了!"

"弟弟就是弟弟嘛,还非加个老字! 当姐姐的还独身着,当弟弟的当然操心啦！你这位姐一天不结婚,我这个弟一天不谈恋爱……"

"你！……"

刘方在电话那一端开心大笑……

那天晚上秦岑又失眠了,几乎整夜未睡。

第二天一早,李老师接到了她的电话。

她说:"干妈,我想结婚了。"

李老师说:"好哇,这是正常的想法呀！需要不需要我和你干爸为你介绍呢？"

她说:"需要。"

李老师便问:"那你希望中的男方是什么样的呢？"

她说:"小刘方那样的就行。"

李老师一愣,沉吟着说:"信干妈的,给你做丈夫的男人,还是以乔祺那样的男人为好。我和你干爸俩人,这一辈子阅人也不计其数了。以我们看人的经验而论,乔祺肯定是个特别懂得疼爱女人的男人……"

秦岑打断道:"干妈,不再提乔祺行吗？ 我俩要有缘,不早就成为夫妻了吗？"

李老师叹道:"是啊,是啊……"

"干妈,如果那个小刘方也愿意的话,那么……那么我就决定和他结婚……"

秦岑只得把话挑明了说。

李老师又一愣,接着将话筒捂住递给了秦老,悄说:"咱们干女儿看上刘方了……"

秦老就说:"女儿,你考虑成熟了吗？ 我和你干妈可声明在先,我们在我生日那天给你俩拍了一张合影,当时没什么别的目的。"

秦岑说:"干爸,当时我也没有。"

秦老说:"我估计,刘方不会不愿意。你那天能看出来的,他在你面前很腼腆。他在别人面前可不是一个腼腆的男人。一个不腼腆的男人在一个女人面前忽然变得腼腆了,那就证明对这个女人产生爱意了……"

秦岑又打断道:"干爸你别犯经验主义,拜托您还是试探地问一问他嘛!"

听来,她想结婚的愿望还很迫切。

秦老连说:"好,好……一会儿我就问!"

秦老放下电话,奇怪地问李老师:"刘方是我的学生,女儿她怎么先跟你在电话里说?"

李老师想了想,启发道:"还用奇怪吗? 她是要向我证明,我这位干妈在她心里边,比你这位干爸还有位置。"

秦老立即表示异议:"为什么非要证明这一点呢? 这不符合事实嘛!"

李老师就又叹道:"你呀,对咱们这个干女儿,你可不如我了解得全面。她凡事思谋得太过周全了,太过仔细了。而人一这样,没有活得不累的。即使表面活得轻松,实际上也未免活得太累心。"

秦老师想了想,表示间接同意地说:"刘方是个粗线条活法的男人。他俩成了夫妻,也许思维方式互补,相得益彰! 我这就给刘方打电话!"

刘方听完秦老的媒言,在电话那端哈哈直笑。

秦老问:"你笑什么? 这是严肃的事,有什么好笑的? 没人给你介绍过对象啊?"

"老师,您是认真的呀?"

刘方的语气也严肃了起米。

"难道我还跟你开玩笑不成吗?"

秦老的语气更严肃。

"老师,您得先征求一下人家秦岑同志愿意不愿意吧?"

刘方跟他商量。

"你别管她愿意不愿意! 我现在问的是你!"

秦老如同在强行摊派任务。

刘方说容他考虑考虑。

几分钟后,刘方回电话了,他说他太愿意了。

李老师夺过话筒问:"秦岑她比你大两岁,你也考虑过了吗?"

刘方说:"这和她比我小两岁,又有什么区别呢?"

秦老也夺过话筒说:"你考虑了还不到五分钟!"

刘方说:"我一会儿就要开会了。这种事儿,考虑五分钟和五个小时,五天,都一样的呀!如果我考虑了五分钟后说不,再考虑五个小时五天后,结果不会变的嘛!五分钟后的回答才最真实。"

······

七八天后,秦岑和刘方结婚了。

李老师做的主婚人,秦老做的证婚人。请了双方几位朋友,在一家最好的饭店包了两桌席。席罢,就算完成了结婚程序。总之,是特低调的婚礼。

婚后第三天,派出所的同志来向刘方请示工作,刘方对她说得到所里亲自去处理一下,结果一去就是一天。第四天秦岑由于不放心酒吧的经营,不敢给自己多放假,对刘方说到酒吧去吩咐吩咐,结果也是一去就是十几个小时,快半夜了才回家。于是第五天他们都照常上班了。不久刘方又去参加"三讲"学习班,一学习就是整整一个星期。

等刘方再回到家里,秦岑对他竟觉陌生起来。

她一失口将他叫成了"乔祺"。

刘方奇怪地问:"乔祺是谁呀?"

秦岑的脸倏地红了······

第十一章

所谓大雪,那就意味着一旦下起来,经常覆白东三省!

乔祺告诉苗律师说他要出国,实际上是在骗苗律师。当然,最终是为了骗秦岑。那是他第一次骗她。不骗她,怕她到处找他,并且很容易地就将他找到了。

他不愿在他们二人之间再发生什么使彼此难堪的事。

更不愿使乔乔在他们面前感到难堪。

他是和乔乔一块儿回他们的家乡去了。

乔乔想坡底村了。

她说她特别特别想坡底村。

当他们双双站在那一座他们都无比熟悉的跨江大桥前,仍然漫天飞雪。

大约,那是二〇〇四年冬季的最后一场雪了。

而最后一场雪,不下到半尺深,往往是不会善罢甘休的!

从"三十儿"到初六,短短七天,接连两场大雪铺天盖地,间隔也太紧凑了。在乔祺的记忆中,似乎还没逢上过这样的冬季。

乔乔显得很兴奋,从江桥台阶上捧起一大捧雪,双手颠倒着攥啊,攥啊,转眼攥成了一个雪球。她笑着向乔祺举起了它,想打在他身上。笑得一如小时候那般烂漫,那般无邪,而又那般调皮。乔祺看着她,也笑,但眼神儿里尽是忧伤。他竭力想掩藏,藏来藏去的,怎么也藏不住,结果全都集中在眼神儿里了。那是最后可藏的"地方"。

"哥,你怎么了呀?"

一个"呀"字,拖着一股娇调;乔祺觉得自己看着的,仿佛又是从前那个鬼灵精怪但又特别懂事的小妹妹了。

就在此时,就在此地,他真想将她一把拖入怀里,搂抱住她,亲她冻红了的脸颊。然而他竭力克制住了那一种非常强烈的冲动。

他掏出了烟盒。

他说:"没怎么。"

"那你为什么不高兴似的呢?"

雪球从乔乔手中掉下,落在江桥梯阶上,碎了。乔乔的话语,听来有点儿惴惴不安,仿佛不但已经认定乔祺不高兴了,还进一步认定了是由于自己。一如小时候那般烂漫,那般无邪,而又那般调皮的笑靥,渐渐变成了一副端庄的表情。

"我没不高兴。我只不过想起些从前的事。"

乔祺将烟叼在了嘴上。

自从十年前乔乔知道了自己和乔祺并非亲兄妹以后,二人之间的关系,就分明发生着变化了。那变化的实质是——他们都找不回从前那一种亲爱的兄妹关系了。尽管那是虚假的,但是他们曾在那虚假的关系中互相亲爱得多么真实,多么自然,多么幸福啊!而真相一经裸露,亲爱无所适从。尤其是,在"三十儿"的后半夜,在他的住处,在他那张单身汉的宽大的床上,与乔乔之间发生了情不自禁的性事之后,罪过感像一把钳子似的钳住了他的心。既对秦岑有罪过感,更对乔乔有罪过感。双重的罪过感,无处可以进行忏悔的罪过感,使他恨死自己了。

然而乔乔却相反。

在那一件双方都情不自禁的事情发生之后,她的眼睛变得异乎寻常的明亮。它们看着从前的"大哥哥"的时候,无限地脉脉含情。幸福和快乐使它们明亮,同时也使它们丧失了以往的敏感,以至于使她没有发现"大哥哥"的眼神儿里藏着些什么。

能不能找回从前那一种又虚假又美好的兄妹关系她已经根本不在乎了,觉得不那么重要了。她也不愿仅仅一味怀念从前了。

她终于明白她要在自己和从前的"大哥哥"之间找到一种更新的东西,使它变成二人之间一种更新的关系。她要看着它,使它发生。并且,还要全身地细细地感受它。享受它。

那是一个二十六岁的小女子,对这世界上唯一一个与她有过最亲爱的关系的男人的爱啊!

是的,她是为爱而不远万里回到中国的呀!

对于乔乔而言,除了乔祺,她已不可能再爱上别一个男人。不管对方是什么明星、亿万富翁,还是某国王储。

如果她如愿以偿,那么她将死而无憾。

否则,她死不瞑目,并将怀着对她的命运的痛切诅咒而死。

她从他的目光里发现了一种别样的,在他们还是兄妹时,他看她的目光里从不曾有过的成分。她认为那是一个男人看一个亲爱的小女子时的目光。这使她暗自庆幸,惊喜万分。是的,她很庆幸自己已经二十六岁了,在从前的"大哥哥"心里仍是亲爱的。但是她不知道,她从他眼里发现的,并不是他企图掩藏起来的全部"东西"。

乔乔走到乔祺跟前,在他又要将一只手伸入兜里之前,她抢先将自己的一只手伸入他兜里,替他掏出了打火机。

当他俯下身,低下头,双手拢着打火机火苗吸着烟时,她一眼看到了他左手背上的疤痕。那是当年被水獭抓伤留下的。

他说:"陪我在这儿吸完这一支烟,行不?"

如果现在他还是她的"大哥哥",同样的意思,从他口中说出的肯定是另一种话。话中肯定有"乔乔"或"小妹"二字;也不会说"陪我",而肯定会说"陪哥"。

她很能理解他的心理——他也明知自己和她的关系是再也无法一成不变地回到从前了。在他这一方面,首先就已经回不去了。他还明知她也回不去了。她看出他实在是不知怎么办才好。七天,不,六天半的时间里,他对她的态度一直处在矛盾之中。一忽儿他表现得是想回到从前;一忽儿他明知回不去了,于是企图一肩撞碎那无形的屏障;一忽儿他又顾虑重重地放弃了企图,似乎打算维持目前的现状,但又对目前这种现状感到沮丧。她自以为理解得很多,却唯独理解不到钳住了他的心的那一种罪过感。

乔乔是那么想帮他,可是不知怎么帮。

她自己也同样需要他的帮助,她深信他是看出了这一点的,然而同样不知怎么帮她。

她将打火机揣入他兜里后,握拢他的右手指,将他的手举起来细看他的手背。

她小声说:"哥,这疤,再也去不掉了吗?"

她叫他"哥"时,那语调听来仍是非常自然的。

"是啊,永远去不掉了。"

而他能不叫她"小妹"或"乔乔"时,似乎宁肯省略了不叫。

"哥你这是怎么了嘛! 人家口口声声叫你哥,你凭什么不叫人家小妹啊? 如果我惹你不高兴了,你倒是说出来嘛! 你三天前还不是这么冷淡地对待我的! ……"

乔乔生气了,双手成拳,在他胸膛上一通捶打。

乔祺一言不发,忽然伸出一只手臂,将乔乔搂在了怀里,搂得很紧,很紧。

乔乔顿时一声不响,小鸟依人。

"你不住在原先的城市里了,你也不住在咱们的坡底村了,你换手机了,你一封信都不给我回! 你成心让我没法儿和你再联系! 你想彻底把我忘了! 你知道我不是你亲妹妹了,你就该把我忘了吗? 我长大了不再是小乔乔了,你就该把我忘了吗? 我有了一个姨妈,你就该把我忘了吗?!……"

三天前,乔乔恨恨地声讨过他。

他被声讨得理屈词穷,内心却叫屈不止。

是乔乔的姨妈,当初要求他远离乔乔的人生的。后来那要求变成了一种责令。

她曾说:"乔祺,乔乔的另一种人生已经重新开始了。你不适合再充当她的什么大哥哥了。该结束的关系就得尽早结束,你对她的付出,我会用使你满意的方式偿还你的。"

他问:"什么方式?"

她说:"还能什么方式呢? 你明知故问嘛! 有没有乔乔这样一个比你小十五岁的,毫无血缘关系的妹妹,对你究竟有什么要紧的呢? 但是如果你获得到了几十万美元的补偿,那么你后半生的幸福不是全有保障了吗?"

乔乔的那一位姨妈,是她唯一的姨妈。也就是她母亲当年那一位在县剧团唱黄梅戏的姐姐。她跟随一名唱黄梅戏的男演员去了美国。不久二人在美国分道扬镳,各奔东西。后来她嫁给了一位从台湾过去的老华侨。再后来她的老丈夫去世,她继承遗产成了一位特别富有的孀妇。

十年前,正是她亲自回到中国,成功地一举便寻找到了乔乔。

她出示了乔乔母亲的一封遗书,用指血写的,托付她这位当姐姐的,有朝一日出人头地有条件有能力了,一定要替她将女儿从高家再夺回来,并收为自己的养女。

当姐姐和姨妈的已经成了富孀的女人,万万没有料到,自己面对的并非是高家人,而是一个户口仍在农村的,说农民已不是农民,说音乐家又名不正言不顺的高大男人。

这男人高大却一点儿都不威猛。非但一点儿都不威猛,反而还给她特别通情达理也特别容易对付的印象。

那么高大的个男人,当时搂抱着乔乔哭得泪人儿似的。

由于他不争,法院在验明一应证据后,将乔乔判给了非争到她不可的华侨富孀。

刚上高二才十七岁的乔乔,面对自己人生的重大抉择以及亡母的血书,哪里还能有什么个人主张可言呢? 当法锤敲下,她才明白自己在晕头转向之际,已糊里糊涂地表达了一种对大哥哥乔祺不利的态度。她那种表态不是因为觉得富孀姨妈才算是真正的亲人,而是因为对方代表着她的亡母的遗愿。若作出相反的决定,对她实在是太难的一件事了。但若让她从此便与"大哥哥"乔祺离别,则对她不但是太难的一件事而且分明是太冷酷的一件事⋯⋯

结果她也哭得泪人儿似的。

法官见状,颇为同情地说:"乔乔,如果你真的后悔了,我们是可以重审重判的。"

乔乔就哭着说:"法官,求求你重判吧! ⋯⋯"

一听此言,富孀姨妈也掏出手绢,将一张整容过的脸一捂,呜呜哭了起来。

她哭她那可怜的妹妹。当然,她并没有哭诉出妹妹的死因,只不过口口声声哭道:"可怜的妹妹呀,你不应该呀! 你撒手一去倒是省了心了,可你这个女儿不领我这个姨妈的情,我费尽周折找到她,图的什么呢? ⋯⋯"

乔乔一听此言,不由得扭过头去,泪眼相望。而乔祺,也就只能强忍心中的万般不舍,将乔乔向她姨妈那儿一推再推。

于是乔乔又身不由己地扑入姨妈怀中,与之抱头痛哭。那时刻,在她,姨妈仿佛便是生母了。悲怆之状,不必形容。

连那位法官,也从旁看得颇为动容。

乔祺呢,则拭尽泪水,连连向法官摇头摆手,那意思是不要重审重判了。

……

当日,乔乔仍随乔祺回到家中。

她一进家门,就扑倒炕上。身子一贴炕,就两天两夜没起来过。

她病了,比乔守义死后那一次病得还重。那一次是有发烧的病症的,这一次什么病症也没有。这一次生病的是她的心,或可称之曰"心灵中风,心窍梗阻"综合症。一点儿东西都不吃,连口水也不喝。

乔祺急得像是一只迷失了回巢路线的蚂蚁。

虽然乔乔已经有了属于自己的新接盖出来的屋子,但是她还没养成一回到家里先进自己屋子的习惯。她总是先进以前熟悉了的老屋,有时得乔祺三番五次地撵她,才留恋不舍怏怏而去。就像小猫小狗还不习惯于有了一个新窝,尽管在主人看来那新窝比老窝舒适得多。

两个白天,乔祺一会儿屋里,一会儿院子里。在屋里则守坐乔乔一旁,反复相劝。在院子里则长吁短叹,或大口吸烟。

"乔乔,好小妹,你要听哥哥的话。她不是别人,是你亲姨妈呀!她代表的可是你母亲生前的意愿啊!美国有什么不好呢?现在许多人做梦都想去美国呀!……"

横劝竖劝,总之是如此这般的一些话。

他一这么劝,乔乔就闭上了双眼。

或者,瞪大双眼,目不转睛地仰视着他,低声说:"别人是别人,我是我。"

"可是……"

乔祺这一只迷惘之极的大蚂蚁,想要寻找到的并不是回归巢中的路线,而是一条能直达小妹妹乔乔内心里的路线。如果真有,他宁愿变成一只蚂蚁,甚至变成一只比蚂蚁更小的小虫子,沿着那样的一条路线直达乔乔内心,看看她的心哪儿出了问题,立竿见影地将那个问题解决了。

倘能,纵然是变成一个只有在显微镜下才能看到的微生物,纵然一旦变成了就再也无法恢复为人,他也在所不惜。

"哥,你不想要我了是不是?"

乔乔口中一出此言,乔祺的眼泪便刷刷而下,心都难过得快要破碎了。

"可是……"

"可是乔乔觉得,她的大哥哥是不想要她了……"

"不!不对!……"

"那……你为什么不在法庭上争我呢?你几乎一句都没争……"

乔乔将责任全都推到了他身上。

"可是对方是你亲姨妈呀!"

"那你呢?对于我,难道一位我十七岁了才见着的大姨妈,会比你是更亲的亲人吗?"

"可是法庭是根据你最后的表态……"

"你该争不据理力争,是我亲姨妈的女人非争到我不可,哥我不那么表态,又怎么表态呢?

"我不清楚你当时心里是怎么想的呀!再说我自己当时心里乱成了一团,完全没有了主意……"

"小妹,这么个结果,你也不能全怪哥哥呀!……"

"法官说可以重审重判的时候,我看见你对法官摆手和摇头了……"

"小妹,我是为你将来的人生着想。我……我一个没有稳定职业的人,能和你富有的姨妈相比吗?这么简单的道理,你怎么就绕不过弯子来呢?……"

"哥,你不会是为了我姨妈说的一笔补偿吧?……"

显然,乔乔对他还心存猜疑。

再怎么劝呢?没法劝下去了。

乔祺就只有走到院子里伤心哭泣去了。不敢大声哭,怕被乔乔听到。

如此对话,反复多次。

"哥,哥!……"

只要乔祺在院子里待的时间长了点儿,乔乔就会在屋里叫他。她一叫他,他就赶紧抹去泪进了屋。

"哥,坐我身边……"

于是乔祺坐到了她身边。

"离我近点儿……"

于是乔祺坐得离她更近。

"哥你哭了?"

乔乔的目光那时特别温情,语调也是。

"嗯。"

"大哥哥"不想隐瞒事实,也并不觉得羞耻。

"哥你生气了吧? 我刚才说的是气话。我知道我是在冤枉你。我是在故意惹你生气。如果我跟我大姨妈走了,什么时候再有机会惹你生一回气呢? ……"

眼泪也从乔乔的眼角流了下来。

"小妹,我没生气……"

乔祺那一颗将碎未碎的男人心,又多了一道裂纹。

"哥,你要是真没生气,那你就亲亲我。"

"大哥哥"乔祺,便向她俯下身去。

她在被吻时,不闭眼,也不眨眼。仿佛要将她的"大哥哥"吻她额头时的表情,通过双眼清清楚楚地摄入脑海,再印在心上。

"哥,我保证,以后我会经常回国来看你的!"

"哥相信。"

"你以后也要保证经常到美国去看我。"

"我保证。"

"拉钩……"

乔乔首先伸出自己的一只小手指。

于是乔祺也赶紧伸出自己的一只小手指。

两人的小手指紧紧钩在一起时,乔乔庄严地说:"拉钩,发誓。一百年,不后悔。"

乔祺点头而已。

"只点头不行,哥你也要说一遍。"

乔祺便也庄庄重重地说一遍。

两个白天里,每当乔祺伤心、委屈到了极点,幸而乔乔也颇善于反过来劝他一番。

"哥,我今晚要睡在这间屋里……"

"哥,我今晚还要睡在这间屋里,别让我睡到自己屋里去……"

"哥,睡不着。你握着我的手我就能睡着了……"

两个黑天里,乔乔都提出了同样的请求,一副可怜模样。可怜得楚楚动人。

"行……"

"那就睡在这间屋里……"

"把手伸过来……"

乔祺对她百依百顺。

"哥,哥!带我回家!……"

夜里,乔乔多次喊醒过来;一手心汗,也将乔祺的手心弄湿了。

第三天她姨妈亲临坡底村来看她。富嫱从宾馆包了一辆高级的出租车,是连车带人从江上摆渡过来的。时光荏苒,岁月如梭,坡底村还叫坡底村。村里有人办起了砖厂,"近水楼台先得月",大部分人家的土坯房被砖瓦房所取代,这是它作为一个村子最显著的变化。当年的大小青年成了中年人,乔守义的同辈人都已经成了老头老太太,这是它作为一个村子的内在变化。这一种内在变化决定了坡底村对它当年的秘密不再负有继续保密的责任了。新时代的人和以前的人们的一个很大的区别在于——认为替他人保守秘密是很可笑的事,倘竟长期地没有任何利益可图地替他人保守秘密,那么简直就等于是特别吃亏的事了。坐着一辆很高级的小汽车出现在坡底村的女人,使坡底村当年的往事一下子变成一出特有看头的戏了,而且没锣没鼓的,直接就从中折开演了。如同一股龙卷风,谁家也没危害,单单只将乔家的房顶、门窗、四壁摧毁了,使他们的家变成了露天舞台,使兄妹二人变成了舞台上的对角演员。

"原来不是亲兄妹,哈!哈!……"

"难怪乔祺这小子三十好几了还不结婚,嘻嘻……"

"我亲眼看见乔乔有一个星期天自己从学校回来,一进院子就蹿到乔祺背上了,撒娇作哆地让乔祺满院背着她走!……"

"我也亲眼看见了,还亲耳听到乔乔问乔祺:'哥,想没想我?想没想我!'……"

"快别说了,臊死人了,那乔乔还怎么好意思在高中里冒充三好学生呢?……"

"难怪只两个人,还要单为乔乔接盖出一间房来,把全村人都当大傻瓜骗哩!……"

乔祺的同龄人,尤其那些成家了是丈夫和父亲了,一心巴望将日子过得好点儿却又缺乏能力没有任何指望的男人;以及那些曾经梦想乔祺娶她,请媒人递话遭到他的婉言拒绝,亲自向他表白同样以失败告终的女人,说起如上一些话来,心里感到非常快感。

看电视连续剧看多了,使他们对男女间事的想象力变得异常丰富,每一个人的想象力似乎都能达到编剧的水平。起码是二三流编剧的水平。

乔乔的姨妈是来当面告诉乔乔的——她的护照就要到期了,她必须回美国去了。她说她一回到美国,就会加紧在美国替乔乔办理好一套去美国的手续寄来。

乔乔说也不必那么急着办,因为她还在读高中……

"乔乔,等你高中毕业了再去美国那可不行！那你还会找借口说你想考大学……"

姨妈一点儿也不给乔乔商量的余地。

"姨妈,我是想考大学的！"

乔乔也不肯让步。

"为什么不可以在美国考大学呢？美国的好大学是世界著名的呀！清华北大倒也算在世界上多少有点儿名气,但那考上得多难呢？一个省也考不上几人呀！乔乔,还是到美国考大学去吧！乔祺先生……"

"他是我哥！"

"啊,我说错了我说错了,你别激动嘛乔乔,你哥告诉过我,说你聪明,学习又勤奋、努力,那么考上一所美国的好大学是绝对不成问题的。姨妈会在美国给你安排一位有水平的辅导老师,保证你的英语水平短时期内就会大大提高！而且,而且姨妈多希望你能早点儿去到美国和姨妈共同生活在一起啊！……"

姨妈说着拥抱她,亲她的左脸,又亲她的右脸。

乔乔低声说,那也不必姨妈在美国办手续。自己什么时候去,哥会替她都办好的。

于是姨妈的脸转向了乔祺,一句紧接一句地问他："你办过出国手续吗？没出过国吧？没办过吧？那是很麻烦的,得到北京去办。还得耐心等着审批下来,使馆批不批还不一定。你办能保证不误事吗？……"

乔祺老老实实地承认,自己一次也没出过国,一次也没办过出国手续,一点儿也不知道究竟该如何办。

"可是我在美国替你们办起来就容易多了也顺利多了,只要从美国……"

姨妈的话还没说完,被乔乔打断了。

她急急地说："姨妈你把刚才的话再说一遍！"

"乔乔,跟姨妈说话要有礼貌,不要打断姨妈的话,要听姨妈把话说完了自己再说。"乔祺及时批评起乔乔来。

当姨妈的,向乔祺投过了赞赏的一瞥。那一时刻,她对自己外甥女出身卑微社会地位难以确定的"大哥哥",终于算是产生了一点儿好感。尽管她自己以前也是农家女,县剧团的一名唱地方戏的普通演员,社会地位也算不上多么高贵。

"我说,我在美国替你们办起出国手续来那就容易多了也顺利多了……"

她重说了一遍说过的话。

"那,我可以和我哥一块儿去美国了?"

乔乔的眼睛一亮。

姨妈却怔愣了。

"乔乔,说什么呢? 不许使姨妈为难! 我到美国去干什么呢? 我为什么要跟你一块儿到美国去呢? 我对你表示过也要去美国的意思了吗? 我……你简直胡闹! ……"

乔祺的话接近着训斥。他有些生气,也感到尴尬,脸都红了。

姨妈的目光,从乔乔的脸上迅速一移,盯视在乔祺脸上了。盯视了几秒钟,又缓缓转向了乔乔的脸。她怀疑在乔乔和乔祺之间,发生过什么旨在于共同对付她的合谋。然而她善于察言观色的经验又明明在告诉她,纯粹是她多心了。

受到乔祺的训斥,乔乔低下了头。

她被伤害了似的嘟哝:"哥,如果你连送我到美国去都不愿意,那我从今以后不要你这个哥好了,我也更不需要什么姨妈了! 我独自一人漂流四方就是了,你们谁也不必管我了! ……"

"放肆! 我白劝你那么多话了吗?"

乔祺竟吼了起来。

乔乔一转身,紧咬下唇,潸然泪下,立刻就会哭出声似的。

姨妈看出,乔祺是真的恼火了。而乔乔的话,也断不可以全然当成儿戏。

"好啦好啦,乔祺,你用不着发火。乔乔,你也别耍小姐脾气。让你自己去美国,我还真是挺不放心的。这样吧,今天,咱们就三人当场对面作出个决定,到时候,乔先生陪你去美国,也省得我亲自回中国来接你了!……"

姨妈反而在乔乔和乔祺之间充当起调解者来。竟然有此机会,她暗自高兴。总比她和乔乔之间不断发生矛盾与分歧,不断由乔祺来调解的好。她这么认为。

"我们三个人之间没有什么乔先生,只有一个男人,他是我哥。"

乔乔似乎打定了主意要大获全胜才肯罢休。

"行行行,明白了,记住了,以后我也当他是你哥,高兴了吧?"

姨妈一再让步。

"他本来就是我哥嘛!"

乔乔破涕为笑。

那天她第一次主动拥抱了她的姨妈,并且与姨妈贴了贴脸颊。

……

姨妈走出乔家的小院时,看到远远近近站着不少坡底村的人。他们或三个五个地聚在一起,或形只影单独立一处。他们全都以研究的目光望着她,仿佛她是某一历史事件中作用最为特殊的角色;而他们似乎皆意识到,自己正幸运地成为坡底村那一历史事件的见证人。

"诸位老乡多谢啦,多谢你们多年以来对乔乔的关照呀!……"

她作秀地微笑着和那些个陌生的农民打招呼。他们使她联想到了自己所熟悉的那个农村的农民们。她和他们主动打招呼倒不是由于亲近感,而是由于不安。他们的目光使她有些心慌。些个小孩子们围在大人们身旁,一个个很有耐性地期待着发生点儿什么非同小可的事,于是有场热闹可看。最好是场面激烈惊心动魄的事,他们的眼对那样的事流露出渴望来。

乔祺和乔乔也感觉到了那一天村人们的异样。乔祺立刻就明白了几分,而乔乔困惑之极。

乔祺对乔乔说:"小妹,你别出院子了,我替你送送姨妈就可以了。"

他说着,将万分不解的乔乔推入院里,并关上了院门。

乔乔呆立院中,环视院外的村人们,也已敏感到了他们的不友善和大不安分。

"乔乔,别站在院子里了,进屋去吧。听话,啊?"

乔祺不放心地在院外看着乔乔。待乔乔转身进屋了,才若无其事地对乔乔的姨妈说:"我们村里的人爱看热闹,谁家来个陌生人他们也会觉得好奇,您别见怪。"

乔乔的姨妈强作一笑,司空见惯地说:"农村人都这样。"

她将她的挎包扯到胸前,用染了指甲的双手紧紧按着,仿佛怕被抢夺了去。

乔祺陪她走至车旁,替她开了车门。

那女人坐入车里后,暗舒一口气,降下车窗对乔祺说:"如果我有什么做得不对的地方,你多包涵。我觉得你是个难得的好人。冲着乔乔,我想我们以后也会发展出一种良好的关系的。"

乔祺说:"会的,会的。乔乔的人生中能及时出现您这么一位姨妈,我不但替乔乔,也替我的老师感到欣慰。"

那女人却说:"别提他,也别提他的父母。再提,我们的关系就不会良好了。"

汽车开走时,有人大喊:"乔祺,你不是东西!"

乔祺循声望去,见是一个叫留根的半大青年,而对方也正是自己当年替之逮住两只水獭的那个孩子。他比乔乔大一岁,已经十八岁多了,快长成一个结结实实的小伙子了。没考上高中,在村里的砖厂做小工,每月能挣二三百元钱了。

乔祺装没听到,一转身大步往家走。

"你就不是个东西！整天拉琴吹管的也不是个东西！"

背后，留根的话像一只仗势欺人的狗似的追吠。

乔祺不由得站住在自己家院门外了。他扭头朝留根狠狠地瞪去，那半大青年迎视着乔祺的目光，一副有深仇大恨的样子。而其他村人们，包括女人们，皆无声地笑，用集体的笑对留根的公然羞辱加以怂恿。已经因为没看到什么热闹散去了的孩子们，又一个个跑到他们的家长的身旁，也望着乔祺笑。往日在他们心目中有点儿神圣不凡的一个村人，遭到公开的羞辱使他们暗觉吃惊，也暗觉开心。遭到了而没表现出强烈的反应，还使他们有理由轻蔑似的。他们都觉得很快活。

在村口，出租车停住了。几个男女围住车头，显然在告诉乔乔的姨妈一些什么事。乔祺有些不放心，正犹豫着要不要去替乔乔的姨妈解围，他们中已有人发现了他在望他们，这才你拉我，我扯你地闪到了路旁。

望着出租车又开走了，乔祺的脚终于迈进院子。他刚要进屋，门开了，乔乔和他相互堵在门口。

乔乔满脸通红地说："哥你让我出去！……"

乔祺轻轻将她推入屋里，关上了门，却仍挡在门口，不许乔乔出去。

"哥你让我出去嘛！他凭什么？凭什么啊！"

乔乔两眼泪光闪闪，企图将乔祺从门口推开，冲出家门。

"乔乔，听话。哥不跟留根一般见识，你也别跟他一般见识。一句话两句话的，忍一忍不是就过去了吗？"

乔祺双手捧住乔乔的脸劝她。

"他才不是东西呢！在中学时他就给我写那种不要脸的纸条，我都没向老师汇报他！有次你不在家，他还闯到咱家来纠缠我呢！当年只不过给他面子，收过他几支铅笔，他反而有了什么借口似的！哥当年要不是你帮着，就他能逮住两只水獭吗?!……"

乔乔说着说着，眼泪流下来了。

乔祺不禁将她搂在了怀里。他明白小妹不告诉他，是怕他找留根去算账。

"小妹,那也没什么嘛。好看的女孩儿长成大姑娘的过程,你说的事儿是免不了的啊!"乔祺这么劝时,心里意识到,从前的小妹,真的快长成一个大姑娘了。而且,真的更加懂事了。他忽然又将乔乔从怀里轻轻推开了。因为他的胸膛,刹那间对乔乔那隆起的胸脯产生了不同以往的敏感的反应。它竟是那么富有弹性,像有一对小球和自己的胸膛紧压在一起。

"好啦好啦,哥怎么说的? 恶言恶语,人一忍它,它就变成耳旁风。来来来,咱们看看你姨妈带来了些什么礼物! ……"

乔祺的脸红了。他内心里其实并没产生什么敏感的想法。使他脸红的只不过是他胸膛的一种反应。然而那使他暗觉可耻和惶惑。他想从门口离开。

乔乔却不愿被从怀里推出去。她反而用双手搂抱住了他的腰,习惯地依偎在他怀里。

他说:"放开我乔乔。你听,灶上烧着的水快开了。"

而乔乔说:"那就让它开。"

他又说:"听话,多大了? 还这个样子,好吗?"

乔乔低声说:"好。"

乔祺无奈了,只得由着她那样。

乔乔又说:"以后,我想这样,都没机会了。"

她的话很伤感。

乔祺情不自禁地低下头,吻了吻她的头发。

乔乔仰起了脸。

她问:"哥,是因为我吗?"

他明白她在问什么,佯装不懂,反问:"什么因为你不因为你的?"

乔乔打破砂锅问到底地说:"村里的人,还有留根。"

乔祺说:"不是因为你。怎么会是因为你呢? 他们是因为……大概是觉得我傲气点儿吧?"

"不。哥一点儿都不傲气,遇见了谁都客客气气的……"

"乔乔,别胡思乱想的了。"

"哥,对不起……"

乔祺顿觉眼中一热,忽然想哭。乔乔哪天一走,坡底村这个费心营造的家里,就只剩下自己一个人了。而乔乔将去美国一事,已成定局,只不过早一天晚一天罢了。连村人们都不念乡情了,几乎集体地背叛了他对他们往日的友好。为什么呢? 不论凭什么不凭什么,凡事先得有个为什么啊! 他心中结成老大一个疙瘩。本是兄妹俩从父亲口中学来的,听后彼此说来说去的,就像一句共同的口头语一样,自己已对妹妹说惯了也听妹妹对自己说惯了的"对不起"三个字,今日听来,竟有点儿永别之语的意味了似的!

他顿时感到那么孤独。

他不由得再一次低下头去,见乔乔仍仰着脸,眼里也又泪汪汪的了。

"哥,我知道……是因为我,他们才对你那样的……"

眼泪在乔乔眼中渐渐溢满,缓缓滴下。她的模样,看去也真像就要和他永别了似的悲伤。他感觉到她的双臂,将自己搂抱得更紧了。

"还瞎说!"

他也想搂抱一下乔乔,可连手臂都被乔乔紧紧地搂抱住了。抽了一下,竟没抽出来。

于是在乔乔额上又亲了一下。

"哥你怨我吗?"

"为什么要怨你呢? 你也没做错什么事。"

"那,我去美国以后,你会想我吗?"

"会啊,当然会了!"

"你要是想我,你会到美国去看我吗?"

"这我们不是都说好了吗? 你要是想我,你就回中国来看我。我要是想你了,我就到美国去看你。"

"我回到中国来看你,那还比较容易……"

"我到美国去看你,也不会是什么难事啊!"

"不,对哥哥不那么容易。我指的是钱。听说到美国的一张机票很贵很贵……"

"我会每年先攒下一笔钱,存着不花。什么时候想乔乔了,什么时候就立刻买张机票去看你!"

"那你也做不到,不是说办齐了手续,最快也得两个月吗?"

"人是有预感的呀。如果预感告诉我,就快想你了,那我就提前两个月办手续。哥是那么傻的人吗?会非等到想你想的不行了才去办出国手续吗?"

"听你的话,好像你一年只会想我一次似的……"

"当然不是那样!乔乔,听我说,我会经常想你的。但是你必须明白,无论哥多么想你,最多也只能一年去美国看你一次,这一点哥不愿骗你!"

"那,这样行不行?如果我特别想你了,就让我姨妈替你在美国办好手续,还让她把买机票的钱预先寄给你。那样你不是又省事,又省钱,又可以经常到美国去看我了吗?是我姨妈使我们分开的,所以她也得承担点儿义务呀!再说,她不是个有钱的女人吗?而且还是美金……"

乔祺终于从乔乔的搂抱之中使劲抽出了自己的胳膊。

他双手捧住乔乔的脸,表情极其严肃口吻也极其严肃地说:"乔乔,小妹,你给我听好,你给我牢牢记住——你刚才的话,跟哥说说是可以的,但是我绝对不允许你跟你姨妈流露刚才的意思!一次也不行!一句也不行!而且,我还要求你,必须将你那想法从你头脑中清除掉!如果连这一点你都做不到,我就只能当我以后没你这个妹妹了,也不会到美国去看你了!……"

乔乔的脸,渐渐变得苍白了。她那双大眼睛里充满了危机感。眼泪又从她眼中流出来了,顺着乔祺的手指流到了他手腕那儿,在他手腕那儿一滴一滴落在光滑的水泥地上,滴滴有声。乔祺看出乔乔被他的话和他极其严肃的样子吓住了。他心软了。但他又认为他的话是非说不可的,也是乔乔非牢牢记住不可的。

他加重语气问:"记住没有?"

乔乔不回答。

"记住没有?"

乔乔被他捧住着脸颊的头,勉强点了一下。

"点头不算! 回答我的话!"

乔乔用自己的双手,将他的双手拽了开去。

她说:"你把我的脸捧得那么紧,我还能说出话来吗? 你这么凶干吗呀! ……"

她哭出声了,猛转身想要离开他。

乔祺一把抓住她的手,又将她扯入自己怀中了。

灶上的水早就开了,他也没心思去灌到暖水瓶里。

他搂抱着乔乔仍问:"说,记住没有?"

"记住了……"

乔乔偎在他怀里哭得分外伤心。

……

乔乔不再到学校里去上学了。

是乔祺陪着乔乔到学校里去与同学们和老师们告别的。无论是同学们还是老师们,还没有任何一个人知道他们不是亲兄妹。老师们都有些因为失去了乔乔这么一名他们普遍喜欢的学生而感到遗憾。乔乔的同学们则都很羡慕她。从有的同学的眼神里看出,还挺嫉妒她的。

"乔乔,永远也别忘了你哥哥对你多么好啊! 他一无权,二无钱,居然能使你到美国去上学,可想而知,他为了办成这样的一件事该费多少精力多少心!"

一位五十多岁的女老师当着乔祺的面对乔乔谆谆教导。

乔乔虔诚地点头不已。

而乔祺,不便解释什么,只有苦笑。

兄妹二人走出校园时,一名男生追上了他们,交给了乔乔一个笔记本。

他说:"全班同学都签名了,留做纪念吧!"

说完一转身跑入了校园。

乔乔翻开笔记本一看,密密麻麻各种字体的签名,签满了前三页。

乔祺说:"小妹,你看你同学关系多好啊!哥为你感到高兴。"

乔乔却说:"我宁愿和羡慕我的那几个女生换一换,让她们中的谁顶替我去美国,做我有钱的姨妈的外甥女,而我自己还留在坡底村做你的小妹妹。永远,永远,永远……"

她惆惆怅怅地接连说了三个"永远"。

乔祺摸了她的头一下,不以为然地说:"你怎么长大了,反而常说傻话了呢?即使没有你的一个姨妈出现,即使你不去美国,你也不能总是做我的小妹妹。"

乔乔认真地问:"为什么不能?除非是你不想做我的大哥哥了!"

乔祺说:"你没听明白我的话。我的意思是,你不能总做我的小妹妹。小妹妹那是会一年年很快长大的。再过几年,你就根本不再是一个小妹妹了!"

他的话也惆惆怅怅的,把"小"字说出特别强调的意味。

"不是小妹妹又怎么了呢?"

乔乔同样也把"小"字问出特别强调的意味。

"不是小妹妹……"

"说呀说呀,不是小妹妹怎么了怎么了?……"

乔乔瞪大双眼看他,伶牙俐齿口吐连珠似的反问。乔祺感到,她是真在困惑,很急迫地希望获得一个令自己信服的回答。

"不是小妹妹嘛……就不好玩了……"

话一出口,乔祺大窘,脸立刻红了。他没想到自己憋了半天,会在小妹的追问之下憋出那么一句可笑的话。那话并不能代表他真正要表达的意思。或者确切地说,有几分他要表达的意思,但不全是。而主要的意思,他又觉得自己连一点点也没说清楚。也有些说不大清楚,更有些不能说得太清楚。

"哥你说的什么话嘛!你怎么连和我说话都变得这么不认真了啊!……"

乔乔当然不满意他的回答。她双手抓住他的一只手连连摇晃,看来是非要他再给出一个令她满意的回答不可。她还像小女孩儿似的左左右右地扭着身子,使贴胯而垂的书包在她身上拍出啪啪的响声。

乔祺正不知如何是好,乔乔那一名男同学第二次跑出了校园。他跑到乔乔跟前,不好意思地说,笔记本上还少一个签名。少的不是别人的签名,正是他自己的签名。

乔乔不好意思起来,赶紧从书包里掏出笔记本递给那男同学。

当对方签名时,她红着脸小声说:"千万别告诉同学们啊!"

对方还给她笔记本时,眨着眼问:"什么事啊?"

乔乔脸更红了,羞羞地说:"就是你看到的呗!"

对方又眨着眼说:"我也没看到什么啊!"

乔祺笑道:"我妹指的是,她刚才正跟我要娇,不成想被你看到了。"

"那算什么要娇啊!我们班的女生,一个个都可会在父母面前要娇了!一旦要起娇来,那叫个黏!她刚才那不算要娇。"

那男生一本正经地更正着乔祺的话。

乔乔的脸还红着,她小声说:"那不一样啊,他们不是对爸爸妈妈嘛……"

那男生却已将目光转向了乔祺,将乔祺从头到脚从脚到头审视地看了两遍,由衷地脱口说出一句话是:"乔乔,全班女生都说,你有这样一个大哥哥真好！"——说完，转身朝校园里跑去。

乔祺又笑道："你们这些孩子呀，都是高中生了，分别了也不知道互相道声再见。乔乔快喊声再见！"

乔乔经他提醒，叫着那男同学的名字，冲他背影喊了声"再见"。

那奔跑着的男生，脚步一下子停住了。他一动不动地站立了几秒钟，才缓缓转过身，挥着手大声喊："乔乔再见！"

乔乔将笔记本贴胸按着，神情又是一阵迷惘和惆怅……

过了江桥，乔祺一边响亮地吹着口哨，一边轻快地蹬着自行车。乔乔那一名男同学说到他的话，竟使他忘了大大小小不愉快的生气的失落的事，有点儿飘飘然地得意起来。仿佛生活并没有发生什么重大的将使他陷入空前孤独的改变，而且以后也不会发生似的。

"哥，别吹了，吹得人心里烦。"

坐在自行车后，双手搂着他腰的乔乔，声音细小地发出了请求。

乔祺的口哨声戛然而止。他的好心情一下子被破坏了，思想又回到现实。这个当了十七年"大哥哥"的男人，不得不再次向自己承认，他太怕失去了他的"小妹妹"了。失去她以后的日子里，那一份孤独是他一想就有点儿不寒而栗的。

乔乔问："哥，刚才我班上的那名男同学的话，你听到了吗？"

乔祺反问："他说了好几句话，你指的是哪一句呢？"

他以为小妹指的是那句使他得意了一阵的话。

乔乔却说："就是那几句关于耍娇的话呗！我们班的女生都爱耍娇的，这下你知道了吧？"

乔祺回答："是啊，知道了。"

乔乔又说："和她们相比我根本不算爱耍娇，也由那名男生当着你的面证实了吧？可你以前总是板着脸训我：'多大了？多大了？'所以，你是训得没有道理的。你对我的要求未免太高了。如果你想要求我十全十美，那我怎么能做得到呢？"

乔祺反驳:"那名男生是由于没看到你在家里跟哥哥耍娇的样子!冷不丁从背后蹿到我身上,赖着不肯下来,非得背你走几圈儿。有时候晚上睡觉还得握着你一只手,他如果知道了这些,那就该对你作出另外的评价了。"

"怎么了怎么了?别的女孩儿可以和爸妈耍娇,我就不可以和自己的大哥哥耍耍娇了?那要你这么一个大哥哥干什么呢?"

乔乔的声音提高了,振振有词。

乔祺笑道:"不讲道理,也是耍娇的一种表现。"

乔乔反唇相讥:"那你有次睡不着,还让我握着你的一只手呢!"

"先别说我,这会儿只说你。乔乔,你还真得认真对待这个问题。以后到了美国,和姨妈住在一起了,你一定要改一改。如果你也在姨妈面前耍娇,她可能不太习惯你呢! ……"乔祺的话,仿佛谆谆教诲。

忽然他刹住了自行车。他看见村里一个叫杨广勤的老汉,背着双手,从黄土岗那边慢慢悠悠地走到路上。老汉也望见了他,在路中央站住。

乔祺说:"乔乔,下车。"

待乔乔蹦下车,乔祺支稳车,让乔乔在原地等他,自己单独朝广勤老汉走去。他看出老汉是在等他,似乎有话对他说。

他走到老汉跟前,恭敬地问:"大爷,干什么去了?"

老汉脸上毫无表情地说:"去看了看你父亲,想他了。埋你父亲骨灰的那块土上,都长草了,我替你拔尽了。"

老汉说着,将背在身后的双手伸向了乔祺。那双黑瘦的老手被草汁染绿了。老汉的目光中不无谴责。

乔守义的骨灰,并没有像乔乔所愿望的那样,供在家中。村人们说,还是入土为安。最终,乔祺依了大家的主张。

乔祺摸摸脖梗,惭愧地解释:"这些日子,因为乔乔的事,心里乱极了……"

老汉低声问:"知道村人们对你的态度为什么变了吗?"

乔祺摇头。这也正是他想询问个究竟的。

"不是村人们不对,是因为你自己太让大家犯猜疑了!乔祺,你为什么三十几岁了还不结婚?凭你,还娶不上个女人吗?乔乔一年年快长成个大姑娘了,你到了早该结婚的年龄又迟迟不结婚,你不是成心让大家犯猜疑吗?都是农民,不是圣贤。猜疑了,就要背后议论。越背后议论,越猜疑!就是这么个理!实话告诉你,自从乔乔上了高中,村里就有些闲言碎语了!所以呢,乔祺,赶快抓紧时间给自己物色个女人,和她结了婚吧!你结婚了,乔乔以后从国外回来看你,大家还会当你们是兄妹的。对你好,对乔乔也好。要不,我们些个曾和你父亲关系亲密的老人,都不知该怎么替你辩护!就这话,你自己思量思量吧!……"

老汉说完,依然倒背了双手,慢慢悠悠地顺路朝前走去。

而乔祺,愣愣地呆在了原地。

乔乔推着自行车走到他身旁,疑惑地问:"哥,他跟你说了些什么?"

乔祺搪塞地回答:"他关心咱们,问你走前,有没有什么可帮忙的事儿。"

他朝乔乔转过了脸,看出乔乔没信。张张嘴,想圆几句话,一时又不知再说什么好。而乔乔,虽然没信,却也再没问什么……

接下来的日子,乔祺有时带乔乔到大草甸子四处去玩儿,有时带她进城去逛。不管多么难得的演出机会,一概回绝。往年,他是绝不允许乔乔到大草甸子去玩儿的。怕她被虫叮了,被蛇咬了,掉进水泡里了,或被什么古怪之物惊着了吓着了。现在,乔乔要离开,乔祺希望她对坡底村周围的水水土土留下深刻的印象。采野花、钓鱼、逮青蛙、捉蝴蝶、找野鸭蛋……还从村里牵出一匹马,让乔乔坐在身前,和她一块儿骑着在大草甸子上奔来驰去。那是些乔乔最开心的日子,她都快玩疯了。而在城里,则主要带乔乔看电影,看文艺演出,逛书店,陪她吃遍一切她想吃的东西;或在大街小巷没有什么目标地走,就自己所知,给乔乔讲点儿或可曰之为"史"的事情……那也是乔乔喜欢的。总之,"大哥哥"整天陪着她玩儿、逛,使她觉得特别满足,特别快乐。

乔乔的姨妈将出国手续寄来了。

怕误事,乔祺没让她往村里寄,而是让她寄给一个朋友。

那天,乔祺将手续从城里带回,一进家门就对乔乔大声说:"小妹,你看!出国手续收到了!"他尽量显出高兴的样子。

乔乔却没接。

她嘴角微微一动,似乎也想显出高兴的样子,尽量笑一笑。

然而她的努力失败了。

她的双手一下子捂在脸上,转身无声地哭了。

乔祺急忙说:"是咱们两个人的手续啊!你姨妈果然说话算话。想不到哥沾了你的光,也可以陪你去一次美国了!……"

乔乔这才破涕为笑,一把将大信封夺过去看……

乔乔的姨妈想得很周到,同时汇来了五千美元。否则,乔祺就得借钱了。五千美元,使兄妹俩顾虑全无,一人一个房间住在一家条件较好的宾馆里,不着急不上火地耐心期待签证批下来。乔乔的姨妈在信中提了两点要求:一,不许在国内给乔乔买穿的,她要在美国亲自为乔乔买全。二,不许住三星以下的宾馆饭店。至于为什么,没有说明。兄妹俩经过一番商议,决定遵守第一条,决定对第二条阳奉阴违。

在北京的几天里,该参观之处,该玩儿的地方,乔祺基本上都带着乔乔去参观了,去玩儿了。其实也说不清是谁带了谁了。因为在北京乔祺时常分不清东西南北,晕头转向。说是乔乔带着他四处参观四处玩儿,反而更符合事实一些。

那几天里,乔祺格外高兴。他内心里也每每涌起一阵阵满足感,幸福感。如果不是因为有乔乔这么一个妹妹,他不一定哪一年才会来到北京呢!来了也舍不得花钱住进一家条件较好的宾馆里呀!更不要说,几天以后还将和小妹妹一起乘上飞机去美国了……

"哥沾了你的光"一句戏言,对于乔祺似乎具有了"事实胜于雄辩"

的意味。

　　然而也有时候,一片阴霾漫上心头,像墨汁滴在棉朵上,将满足感和幸福感污染得无法清除。

　　北京——这是老师高翔的出生地啊!北京有老师的小学母校和中学母校啊!还有老师从前的家啊!十七年了,老师的父母都还健在吗?倘都健在,他们还会肝肠寸断地思念起他们的儿子吗?失去了唯一的儿子,以后的晚年,他们又是如何度过的呢?思念起他们的儿子时,他们也会联想到他们家那个忠心耿耿的老女佣的女儿吗?联想到她时仍憎恨她吗?抑或自己们也因当年之事万分追悔?他们如果知道,他们的亲孙女,唯一的亲孙女,唯一的第三代已在北京,他们又会做何想法呢?是会相搀相扶地来到宾馆希望一见继而希望领走呢?还是心如铁石明明知道了也无动于衷?……

　　每当乔祺这么想时,若乔乔恰在身旁,他就会目不转睛地,不被她觉察地端详她,欣赏她。于是暗暗惊异她是那么秀丽,那么阳光,那么清纯无邪又那么楚楚动人!她是如此漂亮的一个小妹妹,自己以前怎么一直漠视了呢?难怪!难怪!难怪他们一起走在北京的街道上或与坡底村一江之隔的那一座城市的街道上时,许多行人总是回头看着他们!他曾以为是在看他。他知道自己是那类可以被称为"一表人才"的男人。是的,他清楚这一点,也早已得意又矜持地习惯了这一点。后来他恍然大悟,人们不是看他,而是在看他的小妹。起码,不仅仅是看他。如果他独自一个走着,或出现在什么地方,从未吸引过那么多的目光!于是他也明白了,自己的满足感、幸福感,不仅仅是因为沾了小妹的光来到了北京,而且即将去往美国,还因为小妹是如此秀丽可爱的一个小妹啊!

　　……

　　当二人坐在机舱里,先后系上安全带后,心情都不禁有些激动起来。毕竟,都是第一次乘坐飞机,第一次出国。

　　乔乔的姨妈家在芝加哥郊区,是一幢前后有院子的三层别墅。前院很大,有游泳池,有花圃,有修剪得整整齐齐的夹道树墙;后院没什么特别美观之物,无非是近百棵松树组成的一片林子,以及一幢小木屋和狗舍。狗舍如同一般动物园囚禁猛兽的铁网笼子,狗窝在舍内。姨妈家养着三条狼犬。那小木屋是养犬人住的。养犬人是一个魁梧的秃头的中年黑人,样子挺令人惧怕的,其实心地很善良。他有两方面的任务——一是饲养三条狼犬,训练它们绝对服从他的指令;二是天黑后将它们从犬舍里放出来,自己肩背一支双筒猎枪,带着它们在前后院巡逻,保卫别墅,具体说是保卫姨妈的安全。别墅是姨妈的亡夫留给她的遗产之一。而她并不喜欢住在郊区,尤其不喜欢住在芝加哥的郊区,更不喜欢住在那幢据说有一百多年历史的别墅里。从外观看,它很古老。砌成它的每一块巨大的石头,似乎都在散发着古老的气息,尽管在美国,在芝加哥郊区,有一百多年历史的别墅比比皆是,它的历史还远算不上多么古老。别墅的正面暴露凹凸不平的石头的部分并不多,它的正面几乎全被爬藤茂密的叶片覆盖住了。乔乔和乔祺初到时,正值秋季。许多叶片镶上了金边,许多叶片开始变红。深绿之间,金金红红,还有一朵朵白色的花开着,使别墅的正面非常烂漫,如同披了一身美丽的羽毛。别墅的门窗却是改造过的。窗是永远不锈的铝合金的那一种;门是一寸多的硬松木拼成的,雕着花,上方有监视器。别墅的内部却是极现代化的装修,处处都体现着奢侈。一层住着一名厨师、一名女管家、一名女佣,都是中国人,且都是姨妈从家乡的农村和县城百里挑一挑来的。雇他们工钱便宜,也使姨妈觉得可靠。二层空闲着。姨妈独自住三层。乔乔和乔祺来了以后,乔乔住在三层,房间在姨妈房间的隔壁。所谓姨妈的房间,不仅仅是卧室,还与卫生间、洗浴室、化妆室、健身房和书房、客厅在一起。书房里的书一排排一架架,但姨妈从未抽下一本看过。她喜欢看的是时尚杂志和小报,女佣或厨师每天为她从外边买回来。乔乔的房间也有不小的洗浴室,也有阳台。乔祺一个人住二层。二层有一间放碟的小放映室。但姨妈没在二层看过碟。长久空荡无人的二层曾使她心里害怕,连上下楼梯经过二层时也会加快脚步。乔祺住在二层后,姨妈有次对他说:"乔祺,我觉得我多了一名忠实的保镖,现在住在这里的感觉好多了。"

是的,姨妈很不情愿住在那幢别墅里。她总想把它卖了,然后在纽约市区买套大面积的公寓房,带着女佣、女管家和厨师住过去。但她又不可以那样做。她的亡夫在遗嘱里对她有要求,那就是她必须终生守住在别墅里。否则,将取消她的一概继承权。这些关于姨妈的事,乔乔是从女佣、女管家和厨子口中听到的。她讲给乔祺听了,他严肃地训了她一通,告诫她以后再也不许向任何人询问关于姨妈的任何事。乔乔说她没询问过,是他们主动对她讲的。乔祺要求她以后再遇到那种情况,就立刻转身走开。

女佣们还说,姨妈从没到后院去。那片松林无论白天夜里都使她心生莫名的恐惧,总想将它们伐光了。但遗嘱里同样有规定,院墙范围内的一切,只有维护的义务,没有改变更没有破坏的权力。至于姨妈的亡夫为什么将偌大的一幢别墅和几千万美元的遗产留给姨妈,而又在遗嘱中立下一条条苛刻的前提,就不是女仆们的头脑能猜得到的了。据他们说,姨妈有次不无幽怨地对他们承认,连她自己左思右想也不明白。

姨妈不喜欢三条狼犬。确切地说大狗小狗什么样的狗她都不喜欢。所以她也不喜欢那名养犬人。但是姨妈明白,她在别墅里的生活最离不开的,是养犬人和三条凶猛的狼犬。她不喜欢养犬人但对养犬人最好,常以各种名目赏给他红包和价格不菲的礼物,并一再嘱咐他要将三条狼犬饲养得更雄壮一些,训练得更勇敢一些。但乔乔和乔祺却很快就和养犬人交上了朋友,而且和三条狼犬也厮混得稔熟起来。乔祺一句英语都不会说,三条狼犬也只服从英语指令。乔乔充当人和人之间的翻译、人和犬之间的"传达器"。不久三条狼犬也能听懂乔祺的中国口令了,令养犬人大为诧异。白天乔祺和乔乔经常溜到后院,进入犬舍,和三条狼犬打得一团火热。出来时,要相互摘尽衣上的犬毛,还要往身上喷些乔乔揣在兜里的香水,以防乔乔的姨妈从他们身上发现犬毛,或闻到异味。

乔乔和乔祺为姨妈寂寞的生活带来了大大超出她希望的新内容,也为四堵有电网的院墙内增添了前所未有的人气。

早上,第一个起来的是乔祺。他到院子外面去跑步,跑回来后扫尽院中夜晚落下的叶子,用拖布拖一遍门前台阶,或修剪花木。

姨妈第一次看到时阻止道:"先生,我可不是雇你来当杂役的。"

乔祺说,他总得找点儿什么事做啊,要不闲得慌。

姨妈笑道:"那我应该付你工钱。"

过后她果真正儿八经地付给乔祺很高的"工钱"。乔祺哪里肯收呢?

"你不收,我不是太过意不去了吗?你是乔乔的哥,我是乔乔的姨,那么我也是你的姨。你别当成是工钱,就当成是姨给你的零用钱嘛!"

姨妈整整大乔祺十岁。她似乎开始喜欢乔祺了。常装出庄重的样子跟他开玩笑。他脸一红,她就欣赏地微笑。

但乔祺从没跟乔乔的姨妈开过半句玩笑。乔乔曾私下里批评他在她姨妈面前太拘谨了。

他却说:"小妹,她只是你的姨妈,并不是我的姨妈。"

乔乔说:"你不好意思也当她是你的姨妈,当她是亲戚也可以随便点儿啊!"

乔祺就叹道:"你姨妈是好人,但是她和我这种人太不一样了啊,叫我怎么能随便得起来呢?"

乔乔说:"有什么不一样的呢?大家都是中国人,你和她从小又都是农村的孩子。"

乔祺固执己见地说:"以前是以前。乔乔,我估计你往后也会变的,变得越来越和我不是一样的人了,越来越和你姨妈是一样的人了。"

他说得很忧郁。

乔乔瞪着他说:"往后我会不会变,变成什么样,我也不知道。但是有一点是肯定的,那就是我永远是你的妹妹!"

她见乔祺还是一副闷闷不乐的样子,就在他脸颊上亲了一下。

不成想站在三楼阳台上的姨妈看到了。

当她从院子里回到别墅里，走向自己的房间时，姨妈在走廊上拦住了她。

姨妈严肃地说："乔乔，你以后不可以再跟乔祺太亲密。他不是你的亲哥哥，你也不是他的亲妹妹。对于你，他只不过是一个比你大十五岁，有恩于你的男人罢了。"

姨妈一说完，就走向自己的房间。她在自己房间的门前站住，沉思片刻，扭头又对乔乔说："我的话，你要记住。我才是最值得你亲的亲人，这一点你也更应该明白。"

乔乔一头雾水。她不解姨妈为什么自己对她的"大哥哥"的态度越来越好，却要求她与"大哥哥"划清感情界限。

早上第二个起来的是乔乔。她洗漱完毕，和乔祺一块儿吃过早点，姨妈为她请的英语家教老师就到了，于是开始两个小时的英语学习。家教老师是位退休了的中学女教师。有一半英国血统的那位美国老太太，在姨妈面前，多次对乔乔的进步极尽夸奖。姨妈一高兴，有时就留下她共进午餐。

姨妈爱睡懒觉，起床时往往十点多了。等她出现在一层，也就快到用午餐的时间了。而整整一上午，那时乔乔和乔祺才算终于有机会第二次面对面地说话了。餐桌是长方形的。姨妈坐一端，乔乔和乔祺坐两侧。如果家教老师也留下了，便坐乔乔旁边。午餐时姨妈的表现挺活跃，动辄开乔祺的玩笑，还亲自为他夹菜。姨妈在午晚两餐时爱饮少量葡萄酒。乔祺对酒无嗜好，却似乎具有无穷的酒量。葡萄酒对于他如同饮料。然而他乐于奉陪，自觉地认为那是他责无旁贷之事。午餐后，倘若家教老师在场，三个人就聊天。姨妈回忆她当年在县剧团的岁月，并问乔祺一些坡底村的风土人情。二人有一个共同的语言，那就是农村，中国的农村。在姨妈的回忆中，她的农村家乡仿佛变成了令她终生难忘的优美地方。而乔祺有一次则对乔乔说："你姨妈只捡好的方面讲，她撒谎。"

乔乔便说:"你别背后说我姨妈撒谎。她怀念家乡,你得理解。"

该维护姨妈形象的时候,乔乔的立场一点儿也不含糊。

有时三个人能聊到一个多小时那么久。看出姨妈和"大哥哥"聊得投机了,乔乔就高兴。通常她只能充当唯一的也是表现良好的"听众",插不上几句嘴。

之后乔乔回房睡一会儿午觉。下午她还要将自己关在房间里自修别的课程。姨妈要求她报考哥伦比亚大学,不管哪一个院系,总之是哥伦比亚大学。这使乔乔感到压力巨大。但是她的学习劲头很高,内心里特要强。

乔乔回到房间去以后,通常姨妈还会让乔祺陪她到院子里去散步。有时乔乔会站在阳台上看他们一会儿。姨妈一向挽着乔祺的手臂,边走边继续向他讲什么。乔乔觉得二人的身影,尤其他们的背影,望去很优雅,很和谐,身材很般配,像一对情侣。两个自己最亲的亲人关系也那么亲密起来,使那时的乔乔内心里一片阳光、一片温馨,无比庆幸、无比安慰。有几次她情不自禁地想象那样子挽着她的"大哥哥"的并不是姨妈,而是她自己,于是因自己的想法而独自害羞,颊上飞起一片红晕。

姨妈散过步后,又要睡下午觉了。"大哥哥"没什么事可做,就从书房里取走几本书,回到自己的房间看一下午……

直到晚餐时,三个人才又聚在一起。

姨妈也喜欢看起碟来,但需乔乔和乔祺相陪。她喜欢看老电影中的爱情片,那种情节缓慢但却表演细腻的爱情片。比如《魂断蓝桥》《翠堤春晓》《巫山云》之类。看时特投入,攥着手绢,唏嘘有声。乔乔看过的影片不多。她也觉得那些影片很好,也常感动得落泪。乔祺从不言自己不喜欢看。但是他时不时出去吸一支烟。过后三个人谈论起来(通常在第二天的餐桌上),他也会说几句关于音乐的感受。结果可想而知,令乔乔和姨妈都大失所望。

"先生,我们要听的是,您作为一个男人,对于片中男主人公的那一段爱情是怎么看的!"

有次三个人谈论起《海上钢琴师》时,乔乔姨妈忍无可忍地打断了乔祺的话,使他对于钢琴弦能否被弹得产生高热,以至于燃着卷烟那一细节的质疑吞咽而止。

"有爱情吗?……对不起,我一点儿没看到……可能,因为我出去吸烟了吧?……"

乔祺说着站了起来。

"哥,你干什么去?坐下陪我们聊会儿嘛!"

乔乔以请求的目光望着他。她觉得每天和他在一起的时间太少了,希望他能理解她的心情。

"你们聊,你们接着聊爱情……我到外边去吸一支烟……"

他却还是离开了。

乔乔和姨妈你看我,我看你,便都很索然。

姨妈说:"我终于明白他为什么三十好几还没谈过恋爱了,他对爱情的反应太麻木。"

乔乔嘟哝:"那倒也不见得。他是为我才拖到现在。"

姨妈瞥她一眼,挖苦道:"小姐,别太自作多情了。一个男人为了一个不是自己亲妹妹的妹妹耽误爱情这种事儿,只有在小说和电影里才那样。"

姨妈说完,擎起高脚杯,缓慢地深饮了一口。

乔乔的脸倏地红了。她想反驳姨妈一句,张张嘴,没想出什么充分的论据,只得充聋作哑。

而在院子里站在龙爪树下吸烟的乔祺,正满腹忧郁。

他想家了。离开了坡底村那个家,他才明白它对他有多重要。

家里储藏着回忆。在那一种回忆中,父亲、乔乔、他自己,三位一体的关系如同是黏米粥里兑蜜,坡底村人认为养人。

而在这里,每一个过去的日子,似乎已不再有什么特别值得回忆的片断了。

但是他又难以撇下乔乔一走了之,内心矛盾极了。

白天或晚上,姨妈也偶尔唤来女管家,四人打扑克。如果是白天,通常打到晚饭前。姨妈不打麻将,她说讨厌麻将的场面,听不得洗麻将的声音。说玩扑克很好,洗牌抓牌,手指与牌面的接触,那种感觉很舒服。十二张牌在手,像小扇子一样,状态也雅。

打扑克时,乔乔偏不愿和"大哥哥"对家。她开始暗暗喜欢一种置"大哥哥"于输方的角色。或反过来也好。总之觉得比与"大哥哥"同输同赢更有意思。至于为什么,连自己也莫名其妙。

"那,只有我和你对家了!"

姨妈每每显出几分同情的样子。

有次乔祺不知怎么多抓了一张牌,而且恰恰是"大王"。

乔乔眼尖,发现了,高叫:"乔祺,你耍赖!"

乔祺的脸顿时一红。接着,渐渐白了。

姨妈和管家都没注意到,只乔乔一人注意到了,所以她连出错牌。

第二天清晨,乔祺跑步回来,在院子里碰见了乔乔。

她是有意在等着让"大哥哥"碰见自己。

她说:"哥,天凉了。别只穿背心跑步了,小心感冒。"

乔祺却问:"小妹,昨天玩牌时,你叫我什么?"

乔乔低下头说:"哥,我错了。我不是成心的!"

经常听姨妈叫"大哥哥"乔祺,她的听说神经不知不觉受影响了。

乔祺板着脸追问:"倒也没什么错,我本来就叫乔祺。我只不过想明白你怎么会那么叫我。"

这是无法解释清楚的。

乔乔只好小声再说:"哥,对不起。"

"小妹,我求你一件事。"

乔祺的话,说得那么客气。

"哥你说!"

乔乔抬起了头。

"我想咱们坡底村的家了。非常想,想极了! 我求你跟你姨妈说说,让她给我买票,我得走了。"

乔祺摸了她的头一下,转身离去。

乔乔呆住了。尽管分离是早一天晚一天的事,但她还是呆住了。

从小到大,乔乔听惯了乔祺对她说"哥"怎样怎样;"我想……""求你""我得走了",这种说法使她难以接受了,尤其在"大哥哥"决意与她分离的时候。不,不是难以接受,简直是难以承受。

乔乔觉得"大哥哥"是在对她进行报复,因她脱口而出叫了他的名字。

而在乔祺这方面,也确实不无报复的成分。

乔乔呆呆地望着他进入别墅,怅然若失……

"姨妈,我哥他想家了,要走。可你千万别让他走啊! 他要是一走,我心里空落落的,那你也别指望我能考上哥伦比亚大学了。"

然而乔乔对姨妈是这么说的。

午饭时,姨妈问乔祺:"乔乔告诉我,你想走,是吗?"

乔祺点点头。

姨妈笑道:"先生,你来得容易;走,可就不那么容易了。我外甥女没考上哥伦比亚大学之前,你不能走。"

乔祺沉默。

他的一只手,那时放在桌角。姨妈的一只手,轻轻握了他的手一下。

姨妈又说:"我是个无所事事的女人,已经习惯了无所事事,也根本想不出有什么非值得我做的事。你不像我。这我理解。整天无所事事,你当然会不开心的。我替你安排一件你喜欢做,又有些报酬的事怎么样? 比如,教几家美国人的孩子学学乐器……"

乔祺双眼一亮,随即目光又暗淡了。

他低声说："可惜,我什么乐器也没带。"

姨妈又笑了。

"这好办。改天,我亲自带你去买。"

她的手,又握了一下乔祺的手。

隔日,姨妈亲自驾车,带着乔祺和乔乔直奔洛杉矶市区。乔乔听管家说,姨妈很少亲自驾车外出,心里对姨妈充满感激。乔祺也是。他独自坐后座,一路不停地说:"这多让我惭愧,这多让我惭愧。如果你们愿意让我留下,其实不必替我安排什么工作,我也是可以再住一段日子的……"

姨妈望着车前镜中乔祺那副受宠若惊老大不安的样子,愉快地笑道:"可以再住一段日子,和高兴再住一段日子,你的心情不同,我们的心情也不同。我们都希望你能高高兴兴地再住一段日子。当然,更希望你能乐不思蜀! 是吧乔乔?"

乔乔也愉快地说:"是。"

那天,姨妈带乔祺和乔乔去了洛杉矶最有名的乐器店,为乔祺买了大提琴、小提琴、萨克斯管和二胡。

按乔祺的想法,就不买大提琴了。他说小孩子家学大提琴,会受身高的限制,教、学两不便。姨妈说:"美国孩子个子高。大提琴是你拉得最好的乐器,怎么能单单不买大提琴呢?"于是一并买了。

见乔祺的表情更加不安,又说:"别太在乎我为你花几个钱,谁跟谁呢?"

听她这么说,乔祺的表情才渐渐释然。

离开乐器店,姨妈又带他俩到体育用品店去,让他俩各选了一辆自行车。捎带着,又买了一副羽毛球拍。

姨妈去付款时,乔乔对乔祺说:"哥,你看我姨妈对我们多好啊!"

乔祺忧心忡忡地说:"是啊。这人情我以后可怎么还啊?"

乔乔学姨妈的口吻说:"还什么还呀? 她是我姨妈,谁跟谁呢?"

姨妈回到他们身边,郑重地问:"以后,你们愿不愿陪我打羽毛球?"

乔乔说:"愿意!"

姨妈望着乔祺继续问:"先生,您呢?"

乔祺说:"当然,当然愿意!"

姨妈笑道:"这还差不多!"

两辆自行车没法带回去,姨妈留下了小费,叫给送到家。

几天后,乔祺开始在乔乔的陪同之下,背着乐器,骑着崭新的自行车,到附近某些美国中产阶级人家里去教他们的孩子学乐器。那些美国孩子的父母,都是认得乔乔的姨妈的。他们对乔祺表现出十二万分的欢迎的态度,并再三对乔祺强调他们对乔乔的姨妈的好感,说她是位极可敬的女士。这使乔乔很因姨妈而荣耀,也促使乔祺教得格外认真。不久,他也学会了些英语。怕耽误乔乔太多时间,影响她考哥伦比亚大学,他就不许乔乔再陪他去了。

陪乔乔的姨妈打羽毛球,成了乔祺的义务。乔乔偶尔站在阳台上看着他们打,很眼羡。考哥伦比亚大学的压力在身,看一会儿就只得快快地回到房间里去做功课。

一个月后,姨妈已呈富态的身段,竟明显地开始恢复当年的苗条了。她不再慵懒,而开始体现活力了。甚而,看去年轻了几岁似的。

有天吃晚饭时,乔祺居然还没回来。

乔乔饿了,想先吃。

姨妈阻止道:"乔乔,等他一会儿嘛!"

乔乔明知故问:"等谁呀?"

姨妈说:"还有谁,你哥呗!"

"姨妈,我盼着你说他是我哥,盼了很久了。"

乔乔狡黠地一笑。

姨妈瞪了她一眼,正欲说什么,乔祺回来了。

他刚一坐下,就从兜里掏出几叠美元放在桌上,发愁似的说:"你们看,这叫我怎么办？这叫我怎么办？……"他说那是几户美国人家付给他的学费,每户给一千美元,共六千美元。

姨妈笑道:"每月六千美元的收入,在美国算中等收入了。你应该高兴,我们应该恭喜你,你怎么反倒发起愁来了呢？"

乔祺说:"给得太多了呀！都叫我不好意思收。乔乔你替我挨家退回去些吧！我每户只留二百三百的就行。反正我闲着也是闲着。别叫人家美国人觉得我这个中国人心安理得似的。"

姨妈问:"那你对他们表达你的意思了吗？"

乔祺说:"表达了呀！尽管我的话他们不能全懂,但意思肯定是明白的。可他们非要我如数收下不可。我不如数收下,就不让我走。"

姨妈说:"那你就可以收得心安理得了呀！快揣起来吧,别摆在桌上了。"

乔祺看着那些钱犹豫。仿佛它们虽是纸的,却是些很厉害的东西。碰一下,会咬他一口。乔乔默默起身,绕到"大哥哥"这一边来。从桌上拿起钱,替他揣入了兜里。

她说:"哥,听姨妈的。"

"大哥哥"一个月挣了六千美元,乔乔心花怒放。只不过当着姨妈的面,不愿流露出她那股高兴劲儿罢了。即使"大哥哥"带回的是一万美元,她也不会像他似的仿佛觉得是件愁事。将美元亲手揣入"大哥哥"兜里,她觉得那一种感觉真是好极了。揣入自己兜里也不会有那么好。

无论乔祺,还是乔乔,谁都不知,那六千美元的学费,其实是姨妈替那些美国人家付的。是她预先将钱一一交给了他们,要求他们不可泄露天机。有一位经可靠人士介绍的大个子中国青年教自己的孩子学乐器,还兼教了华语,还有人替付学费,他们当然都乐得不得了。如此这般好事,美国何曾有过啊！他们当然也就对乔祺特别欢迎,而且乐于对乔祺表扬乔乔的姨妈是位可敬的女士喽！至于那些美国的大小孩子们,他们更是很快地都变成了乔祺的朋友。因为乔祺身上,具有一种仿佛天生的喜爱孩子的人性特征。其实那也不是天生的。是由于从十五岁起就因为乔乔而充当尽职尽责的小父亲，一当就当了十七八年的比较自然的结果。

当乔乔归回到自己的座位，乔祺喃喃自语："真没想到，美国人这么大方。"

乔乔看着姨妈说："我也没想到，太大方了！不过呢，肯定也是觉得我大哥哥教得用心，感动了他们。"

姨妈批评道："哥就是个哥，不必非叫成'大哥哥'嘛。你以前那么叫，是因为在他面前你太小。现在你已经不是小女孩了，记住以后要改改口了！"——脸朝乔祺一转，换了一种尊重的口吻问，"乔祺，你认为呢？"

乔祺怔了一下，附和道："是啊，是啊。乔乔，你姨妈说得对。"

乔乔则难为情地嘟哝："我也不是总叫'大哥哥'呀。"

姨妈的目光却一直注视在乔祺的脸上，一副想笑又忍住不笑的样子，这使她的表情看上去意味深长。

她慢言细语地说："其实呢，以我生活在美国多年的经验而论，普遍的美国人在钱的问题上，非但不大方，反而特小气。丁是丁，卯是卯，分文不让。只不过少有的几个比较大方点儿的，都让你碰上了罢了。你只能当成是你运气好，啊？"

一番话，说得乔祺疑惑顿解。

他终于如释重负地笑了。

见他笑了，乔乔也笑了。

见乔乔和乔祺都笑了，姨妈也笑了。

她自嘲地说："树老根多，人老话多。得着教诲别人的机会，像小孩子得着了哗啦棒，且得玩一会儿才肯罢休呢！瞧，你俩装出规规矩矩的虚心模样听我训导，也不好动筷子，饭菜都凉了。那就多忍会儿，热一热再吃吧！"

于是姨妈轻轻拍手唤来女仆，吩咐将饭菜撤下去热一遍。等着饭菜重新摆上餐桌的时候,三个人东一句西一句又聊别的话题。这种时候,乔祺一向沉默有余,很少主动开口。不知为什么,住的日子越多,他越发感到自己只不过是一个外人。即使往特殊了说,也只不过算是一个客人。尽管,乔乔的姨妈对他的态度,明显地已经变得越来越亲切,越来越良好,越来越不拿他当外人了。但是他内心深处的失落感,却并不是乔乔的姨妈对他越来越良好的态度所能抵消的。有时,他不由自主地总是会这么问自己——乔祺,乔祺,你得承认,血浓于水,乔乔和她的姨妈毕竟是有血缘关系的。她们是亲外甥女和亲姨妈的关系啊!而且,对于她们双方,一个是唯一的外甥女,一个是唯一的姨妈。你又算谁呢? 你只不过是乔乔的父亲当年的一个学生罢了呀! 你只不过是一个受托将乔乔关爱大了的人罢了呀! 你能使乔乔拥有这么一个人人羡慕的家吗? 你能供得起乔乔在美国上大学吗? 当年你千方百计想使她成为城市里一所中学的学生你都没办到啊! 后来还是她凭自己的学习能力考上的! 可是她的姨妈改变她的人生易如反掌! 所以,乔祺,乔祺,你一定要摆正在乔乔和她的姨妈之间的位置……

他摆正他的位置的大原则那就是——力争做一位不惹主人反感的客人。而他的人生常识告诉他,那样的一位客人要在主人说话时认真倾听,不管主人说的是些什么话;主人不问自己的时候最好不开口;更不要和主人抬杠,哪怕是在主人和自己说话的时候。

他基本上这样做到了。对于他并不是什么难事,并不需要刻意而为。因为他天性上本是一个少言寡语之人。

话题不知怎么聊到了体育锻炼。

乔乔的姨妈说,由于自己以前是演员,整天不是练功,就是这里那里演出,体形一直是好看着的。可自从到美国,不必练功了,没戏可演了,养尊处优了,就渐渐地腰也粗了,人也懒了,自己对自己的体形绝望了……

乔乔说:"姨妈,对于你这个年龄的女人,你现在的体形够苗条了!

所以你还是要多运动。"

姨妈喜形于色地说："是啊是啊！我对自己又恢复信心了。管家她们都说我有活力了，年轻了，有味儿了……还说我眼睛都比以前明亮了，真的吗乔乔？"

乔乔说："真的姨妈！管家她们不是在奉承你。"

乔乔的姨妈，就极为温柔地看了乔祺一眼，由衷地说："都是你的功劳，谢谢。"

乔祺没有想到话题最后竟结束在自己身上，腾地闹了个大红脸。

他发窘地说："我也没起什么作用啊！……"

于是乔乔和姨妈都因他不知所措的窘态而扑哧笑了……

第二天，乔乔的姨妈吩咐管家去买了七套运动服和运动鞋，连管家、女仆、厨师、司机在内，一人一套。乔祺在，她就让乔祺陪她打羽毛球、跑步；乔祺不在，管家仆人们中的哪一个陪她，她也能将就。而晚饭前，她和乔祺和乔乔一块儿跑步。以前她总是坐在车里才离开院子。似乎院子外的某处，潜伏着什么危险的野兽，如果不坐在车里，那野兽会冷不丁地扑现出来伤害她。而有乔乔和乔祺相陪，最主要的是因为有忠勇骑士般的乔祺相陪着出院子时，她心中就对外边的街道和树丛不害怕了。

居住在那一带的美国人家，不仅都喜欢像园林师一样勤于修剪屋前屋后的花园，还经常清扫他们的房顶。那些瓦片古老的红褐色房顶，看去永远洁洁净净的。其间某些铁皮房顶，则漆成白色、黄色或银灰色，与周围的绿化环境形成鲜明的色彩对比。更有的人家，甚至经常用高压水龙头冲洗房顶，仿佛那不是他们的房顶，而是他们的窗子。

穿了运动服的乔乔的姨妈和乔祺每天下午跑步的一条路，不是柏油的，也不是水泥的，而是石板铺成的。每块石板都有半个多世纪的历史了。石板和石板的缝隙，长出着绿茸茸的石苔，那一个秋季的洛杉矶地区多雨，所以出现那一种情况。一些美国小孩子们，每每一块儿剥那些石苔，觉得好玩儿。他们用小刀沿着石板与石板之间的缝隙轻划，然后将石苔小心谨慎地挑起。有时他们居然能将十多米长的路面上的石苔一处也不断开地完整剥下,令那一条路的一位老清洁工特别惊讶。

老清洁工其实不是清洁工,是一位退休了的邮政员。他被称为"打扮电线杆子"的人。那一带的电线杆子皆是圆木的,历史大约和铺路的石板一样长久了。每一根电线杆上都有专为放置鲜花的铁丝编的花篮,鲜花每星期换一次,而那就是"打扮电线杆子"的人的工作。他的工钱微不足道,但他乐此不疲。他因而格外受人尊敬。至于鲜花,是家家户户从花园里剪下来捐献的。

每天下午,"打扮电线杆子"的人自己,也喜欢在那一条路上散步,于是他对乔祺和乔乔的姨妈熟识了。每当他俩从他身旁跑过或迎着他跑来,他总是友好地向他俩跷大拇指。

人如果连跑步都跑不动了,那就不得不承认自己真的是老了。而这样的人,对在跑步着的人,总是会心生羡慕的。企图掩饰羡慕,于是只有跷大拇指。他一跷大拇指,乔乔的姨妈便高兴,于是跑得快了,仿佛变成少女了。而往往地,刚一转弯,不会被跷大拇指的人看到了,立刻就不跑了,一手搭在乔祺肩上,气喘吁吁地说:"哎呀妈呀,这一通跑,累死我了,累死我了……"

乔祺则往往说,立刻就不跑了可不好,反而容易岔气儿的。于是牵着她一只手,再陪她慢跑一段路。

一次乔乔的姨妈跑着跑着崴脚了。

乔祺问她那只脚还能不能着地了? 如果不能,他搀她回去。

她试了一下,皱眉说一着地就疼。

乔祺无奈,只得将她横着抱了起来。像半大不大的乔乔在坡底村的家里洗完脚,将乔乔抱到炕上那样。

那一天是星期日。

开着一辆小卡车"打扮电线杆子"的人,正在往电线杆上的花篮里插鲜花。他居高临下,望见了乔祺横抱着乔乔的姨妈走来,立刻下到车上。

原来他总是随车带着一架照相机，而且是立显的那一种。等乔祺走近，他喀嚓喀嚓对乔祺按起快门来。

乔祺被拍愣了，不由得站住了。

而乔乔的姨妈则笑。

"打扮电线杆子"的人呢，转眼将一张照片递给了乔乔的姨妈。之后二人说了几句英语，乔乔的姨妈就笑出了声。"打扮电线杆子"的人又跷大拇指，还连连对乔祺大声说："OK！ OK！……"

乔祺走过那儿后，问乔乔的姨妈她和"打扮电线杆子"的人说了些什么？

乔乔的姨妈说："他说他愿意开车把我们送到家里。"

乔祺说："那好啊！"

他说着站住，似乎想转身。

不料乔乔的姨妈说："可我对他说，我更愿意让你抱回家。你累了吗？如果不累，那就辛苦你了。如果真累了，也别逞强。"

幸而乔乔的姨妈经过一个时期的锻炼，苗条多了。然而那也一百多斤啊！乔祺的胳膊确实酸了。但再有一两分钟就走到家了，他逞起强来，故作轻松地说："不累。"

乔乔的姨妈又说："他还说，他嫉妒你。一个男人能像你这样抱着一个女人走，是值得骄傲的事。"

乔祺说："证明一个男人胳膊有劲罢了，有什么值得骄傲的呢？"

"他还问你是不是我先生？我回答他——当然是！否则我怎么允许你这样呢？"

乔乔的姨妈说完，自己忍俊不禁扑哧笑了。

而乔祺一声不吭了。

离别墅院门还有几十步远时，乔乔的姨妈说："别抱着我了，让下人们看见了怪不好意思的。"

乔祺说:"你的脚怎么上楼梯呢?我把你直接送到房间吧!"

乔乔的姨妈坚持道:"不必。让乔乔看见了,我更不好意思了!"

乔祺随她。

她双脚一落地,竟快步走在他前边进了院子,看来脚崴得并非自己一步也不能走了。

乔祺甩着双臂,回想她和那"打扮电线杆子的人"的对话,自己也无声地笑了,觉得乔乔的姨妈变得如此爱开玩笑了,对乔乔实在是一件可喜的事。乔乔哪里会习惯和一位整日板着脸严严肃肃的姨妈长期生活在一起呢?

日子流水似的一天天过去了。

乔祺又挣了六千美元。美元却安慰不了他思乡的情绪。

然而最不开心的还是乔乔,她在学习方面一向的自信,遭到了首次打击。

她没能考上哥伦比亚大学。

这打击无疑对她是很严重的。除了她的自信,还有她的面子。

她整整一天将自己关在房间里垂泪。似乎无地自容,似乎没脸见"大哥哥"乔祺,更没脸见姨妈了。

傍晚,姨妈终于敲开了乔乔房间的门,乔祺在她背后随入。

姨妈倒一点儿没失望,爱抚乔乔,还亲了她几下,安慰地说:"哭什么啊小姐,这就值得哭呀?哥伦比亚大学那是全世界许多国家的人做梦都想考入的大学。如果那么好考,就不是哥伦比亚大学了。不是才差几分吗?明年再考嘛!明年还考不上,后年接着考嘛!你一到美国来,就进入了备考状态,心理压力够大的。正好,姨妈带你们全美国玩玩,放松放松。"

乔祺不禁问:"我……还得住下去吗?"

在乔乔备考的日子里,乔祺也替她感到很大的心理压力,而且无法分担。

听乔祺那么一问，乔乔抬起头，乞求地望着她。

姨妈也将目光转向了乔祺，淡淡地说："那你自己掂量着办吧。"

乔祺沉吟片刻，下定决心地说："好，我继续住下来。"

乔乔阴云密布的脸儿，这才稍见开朗。

过后，乔祺问乔乔的姨妈："非得让乔乔考上哥伦比亚大学不可吗？"

姨妈回答："那倒不是，考上耶鲁也行啊。乔乔自己说她喜欢西方文艺史学，哥伦比亚大学这个学系出名，所以才鼓励她考哥伦比亚嘛。"

乔祺又问："可不可以让乔乔考一所比较好考的美国大学呢？"

姨妈说："好考的美国大学，当然也就是一般的美国大学。乔乔她非得考上一所美国的名牌大学不可。"

乔祺再问："为什么？为什么非把对她的要求定得那么高呢？"

姨妈的表情一下子变得严肃了，以不容再议的语气说："我要求，自有我的道理，以后再告诉你。即使我对她没有更高要求，她自己也应对她自己有高要求。"

乔祺就不说话了。

二人想法矛盾，有点儿不欢而散。

以后一个月里，姨妈说到做到，果然带乔乔和乔祺去美国各地旅游了一圈。返回时，三人都晒黑了。

姨妈的专车一开入别墅院子，乔乔高兴地叫道："到家喽！"

姨妈笑道："这话姨妈爱听，因为你终于把这里当成家了。"

乔祺的表情却因之一阴。他怕乔乔和姨妈看出，车刚一停，就下车吸烟去了……

日子又恢复到了先前的样子。

乔乔备考；乔祺教美国的小孩子学乐器；姨妈变得更加活跃，打羽毛球、跑步、游泳、看碟，还让乔祺将那些美国孩子带到家里来，热热闹闹地开了几次"派对"。而乔祺，又增加了两名学生，每月的收入由六千美元而八千美元了。乔乔的姨妈曾打趣地恭喜他，说他的收入在美国已经达到中等水平了……

第二年,乔乔考上了哥伦比亚大学。

收到录取通知书那天,姨妈破例地召集了管家、女仆、司机、厨师以及那名专门养犬护院的黑人,共进晚餐,为乔乔庆贺。

乔乔也饮了些红酒。那是她第一次沾酒。

晚餐后,乔乔要"大哥哥"教她游泳。那一年她还不会游泳。

她在池中接连呛了几口水,不停地咳嗽,看样子有点呛懵了。乔祺这才明白,自己教乐器还行,教别人游泳则太笨了。他怀着自责的心情将乔乔抱上岸,正巧乔乔的姨妈也来游泳,见乔祺横抱着乔乔,而乔乔软弱无力地用双臂搂住他脖子,一副很喜欢被那么抱着的样子。

姨妈训道:"乔乔,多大了?"

她的话使乔乔顿时怀念起了以前的生活,在坡底村那个家里的生活;怀念起了虽不是亲父亲,却比亲父亲还疼爱自己的那一位当过村长的父亲;怀念起了自己和"大哥哥"从前那一种使她快乐的关系……

而那一种关系正在变。变得快乐少了,拘束多了。

因为是在美国,不是在坡底村。

因为是在有管家、有女仆的别墅住宅里,不是在那个自己所熟悉的是农家小院的家里。还因为有了个分明地一心要对她实行彻底的改造计划的姨妈。

乔祺替乔乔解释:"她呛水了。"

因为"大哥哥"替自己解释了,乔乔就认为自己仍有正当理由赖在"大哥哥"身上。

姨妈的脸一沉,有些生气地说:"还能走不能走?能走就自己走回房间去,我看不惯你们这种黏黏糊糊的样子。"

乔乔哧溜一下泥鳅似的从乔祺身上滑落,将头一低,跑入了别墅。

乔祺不满地对乔乔的姨妈说:"今天是她最近一段时间以来最高兴的一天,你何必呢?"

乔乔的姨妈说："你看你不抱她,她不是自己也能回房间吗? 你又何必呢?"

她说完,转身要离开乔祺。

乔祺一把握住她手腕,也将脸一沉,低声然而气恼地说："你什么意思?"

"放肆!"

她用另一只手使劲甩开了乔祺的手,瞪了他几秒钟,扑通一声跃入池中……

几天后,乔祺态度坚决地离开了美国——乔乔的姨妈托故没去机场送他,只乔乔自己去送的。

当乔祺快要进入检票口时,听乔乔叫了一声："哥!"

他一回头,见乔乔在流泪。

他又十分不忍地回到了她身旁。

乔乔一下子扑到他怀里,紧紧搂住他腰,哭着说："哥,我舍不得让你离开我! ……"

乔祺他是太不习惯在公开场合被乔乔那么地依恋了。

他又一狠心推开了乔乔,教诲地说："乔乔,你一定要明白,你的家,今后在美国了,不在坡底村了。你最亲的亲人,今后是你的姨妈了,也不再是我了。今后你要学会讨姨妈喜欢,而不要这么依恋于我! ……"

他还想多说几句,又觉得该说的话已经都说了,再没什么别的话可说了; 猛转身,头也不回地大步走入了检票口。

当飞机起飞时,乔祺眼中也流下了泪水。他如同一位母亲,不得不将自己唯一的没长大的孩子遗弃在了异国……

半年后,乔乔"病"了。

乔祺第二次飞往美国。

乔乔和姨妈一块儿去洛杉矶机场接的他。乔乔并没病。她又长高了一些,头发剪得很薄,很短。乍一看像个阳光少年,细看方是精神烂漫的女孩儿。

乔祺觉得乔乔变得更秀丽更可爱了。事实如此。

当着姨妈的面,乔乔欲前不前,似乎对乔祺感到陌生了。

姨妈将她轻轻向乔祺推了一下,并说:"看你这是怎么了?该亲热的时候反而不亲热了!"

乔乔这才与乔祺拥抱了一下,拥抱得有几分不好意思。

在车上,姨妈一边开车一边说:"乔祺,用不着对乔乔看起来没完。放心,她好着呢,一点病也没有。她是太想你这位'大哥哥'了,所以我只得再次把你请来,要不怕她都没心思好好学习了!"

她似乎早已将自己与乔祺之间的小小的不愉快忘得一干二净了。

而坐在乔祺身边的乔乔,红了脸,难为情地笑望窗外。他看得出,小妹满心喜悦,仿佛大功告成。

一到别墅,乔乔便说:"我带我哥去他的房间!"

乔祺还被安排在二楼他住过的房间。

房间的门一关上,乔乔就一下子扑到了"大哥哥"身上,还将自己的双腿高盘在乔祺腰部,搂着他脖子,嘴对着他耳朵小声说:"哥,我想死你了!"

乔祺说:"别撒娇,快下地。这样可不好,忘了你姨妈怎么训你了?"

……

此次乔祺被一留再留,又在美国住了半年多。乔乔开学后,按期归校,每星期回来一次,每次回来都跟"大哥哥"有说不完的话。毕竟已是美国名牌大学的学子了,即使在"大哥哥"面前,即使二人独处之时,乔乔也根本不是从前那个"小妖精"式的小妹了。她渐渐变得像一位端庄的年轻女士了。偶尔,才又显现一下当年鬼灵精怪的情状。这使乔祺有点搞不清楚,自己是更爱当年那个"小妖精"式的妹妹呢?还是更爱现在这个端庄的年轻女士般的妹妹?

乔乔喜欢挽着"大哥哥"的手臂,边走边聊。经常走着聊着,就走出院子了。而即使在院外幽静的路上,完全避开着姨妈的目光,乔乔也不复再像以前似的动辄耍娇了。她似乎觉得每星期一次的见面太少,对"大哥哥"总有说不完的话。或者是往返见闻,或者是校园趣事。二人经常会在路上遇到乔祺的美国"弟子",以及他们的家长。对方们都友好地主动和他们打招呼,以为他们是一对中国亲兄妹。这使他们在坡底村被伤害过的心灵,在美国获得到了一种疗治。然而他们谁也不提那些不愉快的事儿,仿佛没发生过。

乔乔有时也问"大哥哥"的终身大事进展如何?

乔祺就苦笑道:"总得让我从容地选择一个合适的呀。急中有错,一旦选择错了,终身大事就不能终身了。"

再不就半开玩笑半认真地说:"哥要参加完你的婚礼之后,自己再结婚。这个基本方针,我已经确定下来了。"

而乔乔则同样半开玩笑半认真地说:"那好,你不急我急吧!我再不急,哥的好年华就过去了。"

乔乔一回到家里,姨妈总是理解地尽量独处两日,使她获得更多些的时间和乔祺待在一起。乔乔依然喜欢让乔祺陪着到后院去逗三条狗玩儿。而它们竟依然认得乔祺。那养犬的黑人,也依然视乔祺为朋友。受乔乔和乔祺的影响,姨妈也不再远离那三条为她和别墅的安全忠心耿耿地担负保卫使命的狼犬了。她也愿意亲自去喂喂它们了。独处得太闷了,还会牵着它们中的某一条到院外去散步。

乔乔星期六晚上返校,陪伴乔祺的任务就又落在姨妈身上了。明明是,乔祺一结束他的乐器授业,就尽量陪伴着她,不使她烦闷。叮她往往反着说。说时满意地微笑,仿佛在强调自己是一位善解人意、唯恐冷落了客人的主人。

……

半年多的时间里,乔祺又挣了将近五万美元。他对可观的美元收入,已没有当年的忐忑不安了。渐渐心安理得习以为常了。

当他又坐在回国的飞机上的时候,回忆在美国的半年多的日子,因和乔乔的姨妈关系又相处良好了而倍觉欣慰,也因和乔乔在一起的时间太少而有些遗憾。甚至觉得,自己第二次去美国,仿佛更是去探望乔乔的姨妈并努力修好着一种似亲非亲似戚非戚的关系。那一种关系既已得到修好,乔祺心里还是很高兴的。更使他高兴的是,乔乔已不再是个需要他经常提醒"多大了"的小女孩儿,而真的开始具有文化女性的气质了。就像一朵花的花瓣儿终于绽开了,能使人闻到花蕊散发的香气了……

乔乔大三那一年,姨妈陪她回国看了一次乔祺。她们从北京转机直抵 A 市,住在沿江新建的一座五星级宾馆。初夏的沿江路,柳绿花香,江风润凉,是江两岸最美丽的季节。

依乔乔和姨妈的想法,乔祺也应该陪她们住过去的。乔祺当天陪她们吃了一顿晚饭后,怎么也不肯住下,说住不惯那么高级那么豪华的地方。

乔乔不以为然地问:"那姨妈的家不是也挺高级的吗?你不是挺住得惯的吗?你在我姨妈家住的房间,比这宾馆的房间还大呢!"

乔祺说:"那不一样啊!那是在国外。这是在熟人很多的城市里。出来进去的,万一经常碰到熟人,还以为我怎么了呢!"

乔乔的姨妈忍不住插话道:"听不懂你的话,莫名其妙。你不过是住在一座五星级饭店里,即使经常碰到熟人,那又能以为你怎么了?"

乔祺还是执意要走。

乔乔说:"那我也和你回坡底村去住!其实,我可想回咱们的家里住几天了!"

姨妈双眉一蹙,大不悦地说:"我老远的从美国飞回来,现在你们就把我一个人撇在宾馆里?"

"姨妈,我说着玩儿哪!"

乔乔赶紧转身轻抱姨妈一下,表示自己不会真的那样。

……

乔乔和姨妈回国，也是要为坡底村办一件事情。确切地说，是乔乔想为坡底村办一件事情，她央求姨妈满足了她的愿望。就是——她要为坡底村改建成一所好点儿的小学，而姨妈将要为她向坡底村捐献两万美金。

捐献仪式是在坡底村举行的。或许是两万美金起到了神奇的作用，坡底村的男女老少，无不对已经成为了哥伦比亚大学女学子的乔乔表示欢迎。说不清是沾了乔乔的光还是沾了两万美金的光，与坡底村人的关系已很疏远了的乔祺，似乎又成了坡底村人眼里的香饽饽。人人赞美他当年对妹妹的那一份爱心那一份奉献那一份责任那一份牺牲，仿佛他和乔乔不但是亲兄妹还简直就是同胎所生的一对兄妹似的。当然，受到坡底村人有史以来最高规格礼遇的，那还要数乔乔的姨妈。当乔祺代表坡底村人从乔乔的姨妈手中接过那两万美金时，他从口中连连说出的谢谢，别提有多么发自内心了。那一刻他倏然明白，其实他和乔乔都应该感谢她的姨妈。因为没有她的姨妈，就没有那两万美金，坡底村也就不会由而对他和乔乔刮目相看……

送走乔乔和她的姨妈之后，坡底村又成为乔祺倍感亲切的一个农村了。三年中他曾那么不愿再回到坡底村；而后每当他从城市那边踏过江桥，走在回村的路上，会又情不自禁地吹着快乐的口哨了……

乔乔成为哥伦比亚大学西方文艺史系研究生那一年，乔祺第三次去到美国。

对于乔祺这个农民出身的中国民间卖艺式的音乐人，美国这个远隔重洋的国家，似乎越来越将成为他的第二故乡了。这使他每每产生一种奇怪的感觉，好比一只中国蜂，隔几年就要到美国去采撷一次花粉，酿成一种特殊的蜜，以满足自身营养成分的需求。而若缺失了那一种特殊的蜜，它自身的营养成分就会严重失调。

乔乔的家，或者严格地说是乔乔姨妈的家，对他仿佛已不再是陌生的别人的家了。那个院子里的各处他都已非常熟悉。那个属于他的房间，已使他感到亲切和习惯了。那幢别墅，对于他就像是第二个坡底村了。整幢别墅里，只有一处地方是他的脚步还不曾走到过的，便是乔乔姨妈的卧室。那里使乔祺倍觉禁忌。

有一天是乔乔姨妈的生日。那一天是星期三。在大学里的乔乔，没法赶回来陪姨妈过生日。乔乔前一天在电话里嘱咐乔祺，希望他能够为她姨妈的生日营造一点儿欢乐的气氛。

乔祺对乔乔的嘱咐特别当成一回事。他问乔乔的姨妈，她想怎么过自己的生日？

她淡漠地说："女人一过四十，生日就好比一道咒语，不过也罢。"

乔祺说："可乔乔来电话嘱咐了，让我替她为你好好操办一次生日。"

徐娘半老的女人耸耸肩说："那，全权交给你办了。你怎么办，我都高兴。即使不怎么高兴，我也会装出几分高兴来的。"

乔祺想了想，郑重地说："我一定让你真的高兴。"

她双肩耸耸，睥睨地说："那看你的了。"

翌日上午九点多，乔乔姨妈起床后，穿着睡衣，照例先到院子里去散步。这一种习惯，是自从她的生活里出现了乔乔和乔祺才培养起来的。

她一走出别墅，在台阶上愣住了——但见迎阶坐着两排少男少女，有白皮肤的孩子，有黑皮肤的孩子，还有混血儿——想必都是乔祺教过的弟子们。他们怀中手中各有中西乐器，俨然是一支小小的乐队。乔祺呢，也不知从哪儿搞了一套燕尾服，浓密的卷发上还抹了摩丝，定了发型。

他那双长长的手臂平行伸展开来，接着缓缓挥舞，于是中西乐器齐奏《祝你生日快乐》。站在台阶上的诧异的女人，渐渐笑了，笑容特别优美。那一时刻，"女人四十一枝花"这一句话，体现在她身上绝对是真实的。

她当即唤来管家，命她立刻驱车去买些东西分给孩子们。孩子们奏完了《祝你生日快乐》,又奏了几首欢乐的舞曲。在舞曲声中,喜笑颜开的女人向乔祺伸出一只手臂,请他伴舞。乔祺哪里会跳什么舞呢? 更是一次也没伴过女人跳舞。他脚步错乱、姿态笨拙,惹得乔乔的姨妈一阵阵发笑。

她说:"乔祺,你使我很快乐。"

他说:"乔乔不在,我应该的。"

孩子们离去时,每人获得了一个礼品袋儿。里边有点心、巧克力、各种各样好玩儿的小礼物。孩子们也很高兴。

用午餐时,乔祺陪乔乔的姨妈饮光了一瓶葡萄酒。起先,乔祺预感到她会过量的,但一想是她的生日,没好意思劝阻。等到发现一瓶葡萄酒饮光了,他才觉得自己也有点儿过量了。她看起来已经不能自己迈上楼梯去了,他只得挽扶着她将她送回卧室。

在她卧室的门前,乔祺停住了脚步,从她臂弯里抽出了他的手臂。

她却说:"怎么,怕我的卧室里藏着个妖精活吃了你呀?"

说罢,拉住他一只手,将他牵进了她的卧室。

她一进入卧室就扑倒在床上了。

乔祺见她那样,转身想要退出。

她一翻身,仰望着他命令地说:"不许走,我有重要的话跟你说。"

乔祺说:"你先睡午觉,以后再说吧?"

她扯过枕头,垫在头下又说:"是关于乔乔的话,你不想现在听我说?"

乔祺就默默坐在沙发上了。

他这才看到,床头柜上摆着一个小小的铜制相框,内镶着的照片上,正是美国那"打扮电线杆子的人"为他俩拍的——他横抱着她,她的双腿在他臂弯那儿下垂着;她在笑着。

他立即将目光转移开了。不仅因照片,也因她那一种匕斜着他的眼神。她的眼神开始使他心烦意乱。那并不是火辣辣的眼神,也不含情脉脉。只不过,给他以迷幻的意味而已。

她也看了一眼相框,轻声说:"相框是镀金的。我喜欢这张照片,像美国老电影的海报。"

乔祺微微抬起头,瞧着屋顶。

她欠起上身,又拖着一只枕头垫在腰际,两眼望定乔祺,以莫测高深的语调问:"知道我为什么非要让乔乔考上哥伦比亚或耶鲁这样的美国名牌大学吗?"

乔祺摇头。

"我一定要让乔乔受到美国一流的高等教育!之后我要让乔乔成为美国的上流女士。我还要亲自为她物色一位有身份的丈夫。并且,我要求他们婚后第一年就有孩子出生。我相信,不管男孩女孩,都将是一个又漂亮又可爱的孩子。再之后,我要陪他们三口人回中国,去北京,找到那个男人的父母……"

乔乔的姨妈说到这里,不说下去了,目不转睛地注视着乔祺,观察他脸上的表情。

乔祺虽然听出了她说的"那个男人"是谁,还是忍不住问:"就是我的老师的父母?"

"对。"她肯定地回答。

乔祺又问:"有那种必要吗?"

她说:"有。我认为有就有。我要当着你老师父母的面,指着乔乔和她的丈夫和她的孩子对你老师的父母说:'看,这就是你们当初认为不配做你们儿媳妇的那个可怜的乡下女的女儿!她现在已是美国公民。夫妻双方都是美国的上流人士。从血缘上讲,乔乔她是你们的亲孙女,唯一的亲孙女。但她可不是前来认你们这一对爷爷奶奶的。她是要当面亲口地告诉你们,她恨你们!而且,连她的孩子,她的孩子的孩子,也将是恨你们的!'是的,这就是我一直压在心底的打算。乔祺,因为你不是外人,所以我今天要向你交个底。我这个打算,我还只字没向乔乔透露过,还不到时候……"

由于饮了过量的酒而脸色艳红的女人,她的话说到后来,几乎字字冰冷,与她好看的脸色恰恰相反。

乔祺不禁叫嚷:"我不许! 我坚决反对! 我一定要阻止你!"

她眯起双眼看了乔祺一会儿,冷笑着问:"为什么?"

乔祺说:"对我的老师不公平! 我的老师,他自己当年并没有什么对不起你妹妹的地方,他……他不是也为了当年那一段爱,把自己的命搭赔上了吗?!"

"你说得对。对你的老师,是有点儿不公平。我知道你的老师当年是爱我妹妹的。这一点我知道……"

她的话说得相当平静。只不过因为酒醉了几分的缘故,两句话之间,停顿的时间较长。

"那你还要那么报复!"

乔祺大为激动。与斜靠床上的她相反,他脸上微红的酒色退了,反而由于激动变白了。

乔乔的姨妈又冷冷一笑,解释道:"你误会了。我的打算,当然不是为了向你的老师进行报复。他和我妹妹一样,都是泉下之人了。当年又很爱我妹妹,我为什么要报复他呢? 我没有一点儿理由报复他。我不但替我妹妹,替乔乔,也是替你的老师,向那两个做父母的人实行报复。我要让他们后悔得肠子都绿了。"

"但是等乔乔结了婚,有了孩子,我老师的父母还在不在世都难说了! 即使都在世,那也肯定是两位老人了! 烟不会越吸越长,恨也不应该越久越深!"

"够了! 我将内心的打算告诉你,完全是出于对你的信任,不是为了听你当面教训我的! ……"

于是,气氛一时为之凝重。二人你看着我,我看着你;目光都冷,表情也都冷。

乔乔的姨妈忽然又笑了——不再是冷笑，而是和解的亲爱的笑。她朝乔祺伸出一只手，语调软软地说："拉我一下，我想去洗把脸。"

乔祺默默起身，走到床前，握住她的那一只手将她轻轻扯了起来。

他同时说："求求你，从心里彻底打消那种念头吧！你那种念头，也会伤害到乔乔的呀！"

她眯起双眼注视着乔祺说："你的话，我倒不是根本不可以考虑。但有一个前提，只要你答应我……"

她似乎仍站不稳，身子摇晃了一下。

乔祺赶紧扶了她一下。

她顺势偎在乔祺怀里。

她喃喃地以柔情似水的语调说："乔祺，别再回中国了，留在美国吧！留下来陪我！虽然，我不能和你结婚，但是……但是……那又有什么关系呢？我保证，我会使你的人生从此无忧无虑……你、我，还有乔乔，我们的关系不是会更……"

乔祺猛地将她推开了。

他那苍白的脸顿时又窘红了。

他说："你醉了！"

她却第二次扑到他怀里，紧紧搂抱住他，用甜蜜的语调央求："乔祺，我需要你！就在今天中午，我想拥有你！我想你替我脱光衣服，我想你和我疯狂地做爱！之后我想你搂我在怀，抚爱着我让我安然入睡……"

她的话说得又甜蜜又快。

乔祺第二次将她推开并不容易。

他对她低声说出两个字是："可耻！"

而他脸上立刻挨了一记耳光。

她朝房门一指，悻悻地说："滚！不识抬举！……"

星期四上午，当她醒来时，女管家告诉她，乔祺正在收拾东西，要回中国。

　　她匆匆奔向乔祺的房间,在门口碰到乔祺拎着皮箱走出来。

　　她红着脸向他道歉。

　　他却面无表情地说:"但是我想,我确实应该滚了。"

　　他说完,从她面前大步迈过,走下了楼梯。

　　当他走在院子里时,听到她在阳台上大声叫他:"乔祺!"

　　他站住了,然而没有回头望她。

　　他又听到她说:"如果你走,你以后就休想再来我这里了!也请你以后不要再和乔乔有任何联系了!……"

　　回到中国的乔祺,不久收到一笔十万美元的酬谢金,是一位叫"迪克"的美国父亲辗辗转转曲曲折折通过一家驻北京的美国商务机构兑换成现金,派专人找到他,当面交付的。同时交给他一封感激信——对他救了对方的孩子那一件事千恩万谢。乔祺在美国时确实救过一个美国男孩儿。那男孩儿脚踏滑板从高台阶上跌落,腿骨粉碎性骨折。他第一个发现了那情况,抱起男孩儿拦住一辆车,及时将男孩儿送到了医院……

　　在美国时那位叫"迪克"的父亲已经亲自去到乔乔的姨妈家感激过他了,他实在不明白对方为什么又委托人当面送给他这十万美元?

　　他起初坚决不收那不明不白的钱。

　　可他的拒绝,等于成心为难受托之人。

　　最后,双方妥协,他写了收条,只留半数。

　　他哪里知道——那是乔乔的姨妈做的文章。

　　她觉得她和她的外甥女毕竟欠他的太多了,于是企图用十万美元从他那儿赎回一种良心的平静。而乔乔,却从此失去了她的"大哥哥"。用一种惯常的说法那就是——乔祺似乎从世界上蒸发了。那一年手机还没有现在这么普及。乔祺坡底村那个家里,也未安装电话。乔乔想与"大哥哥"联系上的方式,只能是古老的跨国书信。一封、两封、三封、十封、二十封,皆如泥牛入海,有去无回……为了联系上"大哥哥",乔乔只身回到中国一次,却还是一无所获。她问坡底村的人们,他们说乔祺很久没回村了。她问一切可能知道她"大哥哥"下落的人,他们都说已经很久没见到乔祺了。乔乔在坡底村,在她从前的家里孤孤单单地住了几天,亦忧亦悲地离开了中国……

乔乔大病一场。

姨妈看在眼里,疼在心中。

她后悔死了。没使别人后悔得肠子发绿,自己的肠子却后悔得发绿了。但是,为了维护自己在乔乔面前的脆薄的自尊心,她一直没有勇气告诉乔乔,她的"大哥哥"究竟是为什么不辞而别就走了?……

第十二章

在北方的民间,对于大雪早年有另一种说法叫"豪雪",是指气势而言的,大约是从什么唱本上后来流传开的。"豪雪"一下,那就不但漫天漫地,冻山冻河,而且下得无边无际,有时下白了整个北方。"天无私覆,地无私载"一句古语,便获得了大感觉大印象的诠释。真个是千里冰封,万里雪飘。

当乔祺和乔乔坐在列车上时,从初六又下起来的"豪雪",还在下着。

当他们回到家乡,来到江桥的桥阶前,那一场"豪雪",仍在下着。

江桥的桥阶前那个地方,对于乔祺,是记忆中一个最容易引起他伤感情愫的地方。二十六年前,就是在这里,老师高翔,将不到一岁的小乔乔托付给了他。而之后,当十六岁的他怀抱着小乔乔深一脚浅一脚踏雪走在大草甸子里时,老师却是死心铁定地迎着一列列车从容走去的。死前相托,那是一种怎样的信赖啊!所以他每一次在此处上下江桥,心情都会特别沉重,脚步也会不由自主地放松、放慢。只自己一个人时是这样,何况现在乔乔就在他的身旁!

更令他心如刀绞般难受的是,他已知道乔乔将不久于世了!

初一上午,在他的家里,当乔乔兴奋地用手机告诉姨妈她已经找到了乔祺之后,她将手机递给了他,说她的姨妈要和他通话。

乔祺犹豫一下,缓缓接过了手机。他已经多年没听到过乔乔姨妈的声音了。

她说的第一句话是:"乔祺,我向你道歉!"

乔祺说:"我也后悔了……我当年都不跟乔乔告别一声就走了,我做得也不对。"

见乔乔正看电视,他边说边走到了阳台上,怕乔乔听他口中说出什么蹊跷的话,心中起疑,追问他什么。乔乔是多么信赖他啊,似乎从来也没想过他也有可能对她说假话。甚至,对他所解释的自己"蒸发"多年的原因,也全盘相信了。

在阳台上,他听到了乔乔姨妈的第二句话。

她说:"乔祺,我已经彻底打消了当年要报复的打算了……"

他说:"这就对了,这样才好。就当乔乔并没有爷爷奶奶在世吧。"

她问:"乔祺,乔乔在你身边吗?"

他说:"乔乔在看电视,我在阳台上。阳台的门关着,有什么话您只管吩咐,乔乔听不到。"

"乔祺,咱们的乔乔……咱们的乔乔她……她活不了多久了呀!……"

乔祺从手机里,听到了悲伤的哭声。

他第一次从乔乔姨妈口中听到"咱们的乔乔"这样的话,却万万料想不到,这样的话和一个五雷轰顶般的噩讯连在一起!

"你……你说什么? ……你别哭……我没听清……"

乔祺本能地压低了声音。

乔乔的姨妈咽咽泣泣地告诉他,乔乔患了晚期肝癌,已经扩散了。医生说她最多只能再活半年了……

"她……她自己知道吗? ……"

乔祺扭头朝屋里看了一眼,声音更低了——电视机前已没有了乔乔的身影,她又进入乔祺的卧室了。乔祺这才恍然大悟,自己此次见到的乔乔为什么脸色那么苍白,为什么动辄就愿躺在床上……

"也许她自己已经知道了……也许她自己还不知道。她的样子,似乎什么都不知道,自己还蒙在鼓里。我想……她也可能是装的,怕被我看出来,她已经知道了自己生命的情况……"

乔乔的姨妈,又哭了。

"别哭,请你别哭! 快告诉我,我该做些什么事? 怎么做? ……"

乔祺觉得阳台似乎开始摇晃。而且,似乎开始往下掉着。他不由得将背贴靠在墙壁上,否则,也许会因晕眩栽倒于地。

"乔祺,你注意听我的每一句话。你可要听好,听明白。咱们可怜的乔乔,她还没爱过啊! 她还没被人爱过……"

"我爱过她!"

乔祺的声音不由得提高了,仿佛在更正一个被歪曲的事实。之后,又不停地自言自语:"我爱过她,我爱过她,我爱过她……"

在美国那边,乔乔的姨妈打断了他的话。

她说:"我当然知道你爱过她! 我也爱她! 这都是不用强调的! 但我说的是另一种爱,男女之爱! 乔乔她没被检查出来癌症前,我给她介绍过几位优秀的青年了,主动追求她的也大有人在,可是她对哪一个都没动过心! 乔祺你还不明白我的话吗? ……"

乔乔的姨妈的话,已经不再说得咽咽泣泣的了。她的语速变快了。虽然快,但却每一句都说得清清楚楚,听来像一位体育赛场上的评论员。

乔祺自言自语地说:"不明白……"

"你弱智啊你?! 她心里暗暗爱上的是你! 自从她知道你不是她的亲哥哥了,你们的关系在她那儿就变了! 连我都早就从旁看出这一点了,你怎么一点儿都感觉不到?! 你把她从小呵护到大,你为她作出了那么多人生的牺牲,你爱她远超过许多亲哥哥爱亲小妹! 那么这世界上只要有你存在着,咱们的乔乔她还能爱上别人吗?! 乔祺,你别把自己想象成一个冉·阿让那么老的男人! 对于咱们的乔乔,你哪里有那么老?!

现在,三个多月过去了!如果没有什么奇迹发生,乔乔她还有两个多月的生命了呀!乔祺,我请求你,别太愚蠢,别太顾虑别人们怎么看怎么说,赶快把男人对女人的那一种爱给予咱们的乔乔!乔祺,乔祺,你可千万要多多地给她啊!你如果真的原谅了我,那么你现在就立刻答应我的请求吧!你快说你答应了呀!……"

"我答应……"

乔祺听到自己口中说出了这三个字,仿佛不是自己的声音。口说答应,其实并没太明白自己究竟答应了什么,也更不明白自己究竟应该怎样实行自己的诺言……

在阳台上,他只不过感到意外,感到遭受了某种沉重的袭击,感到一阵阵晕眩而已。他的第一反应,他所问的话和所说的话,还都是特别理性的。他急切地想要搞明白的,还仅仅与责任和义务有关……

当他离开阳台,走入卧室,见乔乔果然仰躺在床上,而且还盖着被子。

他坐在床边,望着她的脸,低声问:"小妹,你冷吗?"

乔乔说:"有点儿。"

房间温度并不低,乔祺还觉得有点儿热呢。

他起身去关严了换气的小窗,并开了空调,好使温度再提高几度。

当他再坐在床边时,乔乔说:"我听到你在阳台上和我姨妈说的话了。"

乔祺心中暗吃一惊。

乔乔微笑着又说:"只听到两句。前一句是,'我爱过她';后一句是,'我答应'。哥你对我姨妈说你爱过谁?你又答应了我姨妈什么事儿?"

乔祺向她俯下身,刹那间目光变得温柔无比。他注视着她的眼睛,内心里充满爱意地说:"乔乔,你听到的第一句话,那当然指的是你。除了咱们的父亲,在这个世界上,我从来爱的只有你一个人,而且从来也不曾改变过。"

乔乔说:"我也是。"

她的目光中也饱含着温情,那是乔祺似曾相识的。在美国的时候他从乔乔的眼中发现过,但是那时他不愿承认它的内容是与以往不同的。现在,他才倍觉它是那么弥足珍贵。他心灵战栗,悲伤而又幸福。

"你明白我的话吗?"

乔乔细声细语地问。

乔祺默默点了一下头。

他觉得只点头还根本不足以表明,又肯定地说:"乔乔,我明白。"

乔乔苍白的脸上泛起了淡淡的红晕,幸福感也同样饱含在她的目光里,洋溢在她脸上了。

她问:"那……现在呢?"

乔祺说:"现在,我答应你的姨妈,我要比以前更加爱你。"

"我姨妈,她都对你说了些什么呢?"

"她希望我……希望我……不要再把你当成一个从前的小妹妹来爱……"

"就这些?"

"就这些。"

"是啊,我都二十七岁了……"

乔乔的双眸的深处,也有一种悲伤,从幸福的眼神的背面,渐渐透现着了。

乔祺无言地将一只手伸到乔乔身下,将她的身子扶起来,拥抱在自己怀里。他仍注视着她的眼睛,她的头担在他的手臂上,她那苍白的脸上红晕犹在,显得妩媚而又圣洁。自从她五六岁以后,乔祺就没有这么将她拥抱在怀里过了。

他说:"乔乔,我的乔乔,从今天起,从现在起,我是你的,你是我的。你也明白我的话吗?……"

乔乔的眼里,一下子充满泪水。

她说:"嗯。"

乔祺低下头,心灵战栗不已地吻向她的嘴唇。

而她的嘴唇正期待着。

那是这世界上再寻常不过的一次深吻。它几乎每时每刻都在这世界的各个地方发生。但那也是这世界上很不寻常的一次深吻,因为足以令男人和女人双唇一触,随即双方都会觉得被吻在心上了的吻,委实已经很少发生了。

……

"乔乔,如果你找不到我呢?"

"找不到你,我就会一个人回到咱们坡底村的家去。自己做饭自己吃。晚上,将火炕烧得热乎乎的,躺在被窝里,回忆从前的事,想念你,想念咱们的父亲……"

他们真的同床共枕了。

但是,谁都没好意思脱去内衣。或者更正确地说,谁心里都没产生另外的冲动。在他们坡底村的家里,他们能那样子相亲相爱,已都感到是一种对方赐予自己的莫大的幸福了。他从后边搂抱着乔乔,乔乔微微收曲了双腿,以使自己的身子整个儿偎在他怀里。

"那,你半夜不会害怕吗?"

"我想,我肯定会害怕的。但那我也还是要住在坡底村咱们的家里。我绝不会住在什么宾馆里的。因为我这次回来,就是为了找到你,就是要让你陪着我,回坡底村咱们的家里住几天。实际上我想初一就回坡底村的,喜出望外的是居然在除夕夜晚发现了你……"

乔祺不由得将乔乔的身子搂抱得更紧了。

"要不是发现了你,那么,我现在一定是独自一人,躺在咱们坡底村家里的炕上了。肯定地,在默默地流着泪……"

乔祺的心,都要碎了。

"乔乔,乔乔,乔乔……"

他只有反复地说着她的名字。同时,不停地吻她的后颈,吻她的肩头。她穿的是一件红色的薄薄的小内衣,没有袖,像一条刚刚变红了一半的红鲤鱼。

他一吻她,她就停止不说了。全身一缩,像小毛虫被触了一下作出的反应似的。当他停止了吻,她的身子才重新松弛,才开始再说。

"也不知道咱们坡底村的家里,有好劈的木柴没有?如果没有,连引火的干柴草也没有,这么冷的冬天,我自己回来了,那我可怎么办呢?……"

"乔乔,乔乔……"

他就又吻她,眼中默默流下着泪水。

当乔乔睡熟以后,他悄悄起身,走到了院子里。

他不敢哭。

雪后的夜空,很高,很深远。

然而月亮却悬得那么低;离大地很近,离人间很近。月亮它像是一面用冰磨成的圆镜,被魔法定在了那农家小院的上方,而且将会永远定在那儿似的。在它的水银般的月光下,乔祺仰望着它……他在心里默默地说:"老师,老师,老师呀!您看到了吗?您看到了您的女儿已经长成了多么可爱的一个小女子了吗?您当年将她托付给我时,您曾对我说:'乔祺,你以后可一定要好好地爱她。'我做到了!可现在,我却要失去她了!如果能够,我宁愿替她去死!可这又怎么能办得到呢?老师啊,我的恩师,我的命里已经不能没有她了呀!只要她活在这个世界上,我可以忍住几年听不到她的声音,见不到她一面的痛苦,却很难承受永远失去她的打击!即使死神是要将她带到您那儿去,使你们父女在另一个世界团圆,那我也还是舍不得她!……"

是的,当年包在小被子里的那个女婴,如今已长成了二十七岁的小女子。对于她,除了她的名字,不叫她小女子就没有别的更贴切的叫法了。她的身高长到了一米六五多一点儿以后,就停止了增长。与某些亭

449

亭玉立的女人相比,尤其是与秦岑那类身材高挑而又丰腴的女人相比,乔乔就显得更是一个小女子了。若以她的年龄而论,二十七岁正是应该被叫作女郎的时候。但乔乔的样子和"女郎"两个字实在是搭不上边儿。从她的穿着到她的气质,丝毫也没有女郎们的时尚和她们那一种仿佛个个都是公主似的良好感觉。她的穿着寻常得不能再寻常,她的气质纯然是天生与学府环境相一致的那一种满脸书卷气的气质。只不过脸上多了种无法掩饰净尽的忧悒。若以她的容貌而论,将她视为女人又似乎将她看大了。因为她的脸儿看去仍像一名高二高三或大一大二的女生,总而言之是五官秀丽却又小模小样的那一类女性的脸。她的身材小巧而又苗条好看。她生理上已经成熟为女人了,心理上似乎还是少女。她的身材已经处处凸显着女性特有的优美妙曼的线条了,而她的脸儿却仍像刚刚开放在花季的花朵一样,有一种还不曾被世上男女之事所诱惑过的修女般的圣洁意味儿。虽然她已经在美国生活了多年,但美国所给予她的仿佛只不过是学识。或者反过来说,她向美国所吸取的只不过是学识。虽然她是在坡底村长到十七八岁的,但是北方农村那种惯喜将男女之事当成茶余饭后话题的环境,也丝毫没有对她造成什么不良的影响。因为十七八年间,无论是乔守义还是乔祺,都谨慎小心地防范着那些话题对她的侵害。他们都不曾意识到,他们是在尽量地将她培养成一位从小长大在农村的淑女。他们从不知淑女该是一类什么样的女子,但他们确确实实都是本能地那样做着的。是的,二十七岁的乔乔,心性的一方面确乎是一个罕有的淑女型的小女子。但她心性的另一方面,却依然是调皮的,爱闹的,动辄喜欢撒娇磨人的大女孩儿。在这个世界上,只有乔祺一个人知道她的心性中还有与她在别人面前截然不同的另一面。另外她的姨妈对她心性的另一面发现过几次。但即使是她的姨妈,也根本无法想象,她的心性的另一面当只有她和她的"大哥哥"在一起时,往往会表现到何等淋漓尽致的程度。而在任何别人面前,包括在姨妈面前,她却总是那么端庄,那么沉静,坐有坐相,站有站相,还经常容易羞涩起来。

"哥……"

乔祺扭头向窗子看去，以为乔乔醒了。家里却再没有乔乔的声音传出来——他是在幻听。

"哥……"

乔乔在江桥那儿的顽皮模样，清晰地浮现在乔祺眼前——她又攥成了一个雪团；又笑盈盈地举着；又想要投到他身上……

那幻象清晰极了，如同熟睡在炕上的乔乔，不知什么时候醒了，穿整齐了衣服，悄悄溜出家门来在院子里了……

他当时也笑了一下，默默摇头。

而乔乔的笑靥，凝固在脸上了。她举着雪团的手垂下了，有点儿不开心地转过身去。仿佛不许她将雪团投到他身上，等于禁止她开始一种愉快的游戏似的。

当乔祺向她走去时，她忽然又朝他转过身来，又高高举起了她拿着雪团的手……

他还没来得及有所反应，那个雪团已碎在他胸前。

"上当了吧？"

乔乔终于觉得开心，咯咯笑出了声。她的笑声一如小时候那般清脆。

"多大了？还这么顽皮！"

乔祺已走到了她跟前。不知为什么，她圆睁双眼注视着他的脸，眼中渐渐充满泪水。

"怎么？只不过说了你一句顽皮，就委屈得受不了啦？"

乔祺爱怜地刮了一下她的鼻子。

"不是因为委屈……"

眼泪从她眼里流了出来。

"那是因为什么？"

"因为……我已经很久没听到你跟我说刚才那种话了……"

刹那间，乔祺双眼一湿。

他不由得又一下子将乔乔紧紧搂抱在怀中。而乔乔,一动也不动,身子随之一软。乔祺感觉得出,她那是在贪婪地享受他紧紧的搂抱。

在雪花漫天飘舞的情形之中,他们静止的样子看去像是雕塑。

也不知过了多久,乔祺终于开口说:"乔乔,我背你过桥。"

乔乔小声说:"不,我已经不是小孩子了,都二十七岁了!"

"那又怎么样!那你昨天还自己往我背上蹿过呢!"

乔祺一转身,也不管乔乔再作出怎样的反应,弯下腰就将乔乔背了起来。

而乔乔倒也听话,乖乖地伏在他背上,任他背。

背着乔乔踏上桥阶,走在江桥中段时,乔祺脸上的泪痕粘住着雪花,半冻不冻的,渐粘渐厚。下了桥,乔祺还要继续背她,乔乔却再也不肯了。

她从乔祺背上溜下,看着乔祺的脸问:"哥,你的脸怎么了?"

乔祺并不知道自己的脸已变成了什么样子。他摸了一下,摸在手掌一层湿雪花,这才明白那是由于自己脸上流过太多的泪的原因。

他煞有介事地说:"我也没觉出背着你累呀,怎么会出了一脸汗呢?"

再向脸上伸手时,乔乔及时抓住了他那只手。接着,她用自己的另一只手,轻轻的,一下一下地将"大哥哥"脸上的雪花擦尽了。

她这一只手将落未落之际,乔祺也用另一只手抓住了她这一只手。

于是,他们就那么手牵着手,默默地走在回村的路上。在他们前边的雪路,洁白无瑕,没有一行脚印。一如二十六年前那个大雪纷飞的下午,乔祺怀抱才半岁多的乔乔回村时的情形。在他们身后,他们留下的足迹很深很深。仿佛洁白无瑕的雪毡上,绣出了一条花边。他们一路无话回到了家里。

一进家门,乔祺便将乔乔抱起放她坐在炕沿了。接着,替她脱去鞋子。

"把脚放到炕上。"

乔乔乖乖地那样了。

　　乔祺拖过一床被子,盖住她双脚,之后命令道:"就这么待着别动。我去劈柴,一会儿就会把火生起来!"

　　乔乔温顺之极地点了一下头。尽管,家里很冷,到处都是灰尘,但乔乔的脸上,还是呈现着终于又回到自己梦魂牵绕的这一个家里了的无比喜悦。她的双眼闪烁着一种大夙愿到底实现了的光彩。乔祺脱下羽绒服,走到灶房去拎起了大斧。

　　当院子里响起他的劈柴声时,乔乔在屋里下了炕。

　　当乔祺抱着一大抱劈柴回到屋里,但见乔乔的背影正站在灶间。

　　"小妹你干什么呢?"

　　乔乔一转身,乔祺看见她手中拿着湿抹布,她背后是水盆,放在案子上。她的一双小手冻得彤红。

　　乔乔小声说:"我在擦灰呀。"

　　"嗨你,也没点儿热水,缸里的水多凉啊!"

　　乔祺放下柴,走到水缸那儿掀开缸盖一看,缸里已经冻了厚厚一圈冰,只有一圈冰中间的一部分水还没被冻实。

　　他从乔乔手中夺下抹布,丢在了水盆里。接着轮番抓起乔乔的两只手,搓,举到嘴边哈。刚放下她的这一只手,立刻又抓起了她的另一只手。

　　"哥,你还像我小时候那么心疼我!"

　　乔乔笑着说,很满足的一副模样。

　　乔祺说:"废话!"——话一出口,顿时后悔,赶紧又说了一句,"对不起。"

　　乔乔说:"对不起,岂不对,张三李四来相会!"

　　她笑得更甜了,模样更满足了。

　　乔祺也不由得笑道:"我和你,可不是什么张三李四来相会!"

　　那时,乔乔已将里间屋擦得一尘不染了。

　　半点钟以后,灶膛里、炕洞里的火,熊熊地燃烧着了。他们这一个曾经共同拥有的家,开始变得温暖了。

炕面热了。乔乔的脚再不必用被子盖着了。

她将被子铺在炕上,压着双腿跪坐在炕窗前。

她满脸幸福地望着乔祺,一副欲笑不笑,欲庄还欲娇还欲谑之模样。

乔祺双手撑住炕沿站着,也望着乔乔微笑。脸上在笑,心中在悲、在哭。

他问:"乔乔,你饿不饿?"

乔乔摇头。

他又说:"家中有土豆、地瓜、南瓜,还有老玉米,都是村里人家送来的。你即使不饿,我也为你现在烤点儿什么?万一你一会儿又饿了呢?"

乔乔点头。

"那,乔乔究竟想吃什么呢?"

"烤两个地瓜吧。"

"两个?你吃得下两个吗?"

乔乔笑道:"我吃时,哥也得陪我吃一个呀!"

"行,烤两个!"

"哥,你可得仔细挑。挑那种烤熟了又甜又软的,不是可别怪我不吃!"

乔乔的话,听来又是那种被宠惯坏了的小女孩儿的语调了。

乔祺在灶间答道:"那我吃那个不甜不软的。"

而他立刻又听到乔乔在里间屋说:"那也不行!"

听来似乎还有点儿霸道了。

……

当乔祺烤上两个地瓜,洗净了手时,乔乔轻拍着被子说:"哥,求你陪我在这儿坐一会儿!"

乔祺什么也不再说,默默脱了鞋,默默上了炕坐在了乔乔身旁。

乔乔又说:"哥我坐累了。"

乔祺默默拖过了一只枕头。

"可我也不想躺着。"

乔乔似乎要开始耍娇磨人了。

乔祺小心谨慎地问："那你想怎样？"

"你还不明白呀?!"

乔乔脸红了,看起来是害羞了,也仿佛是快要生气了。

乔祺愣愣地看了她一会儿,忽然也就明白了。

他张开双臂,将她搂在怀里,使她的背,更为舒服地靠着自己的胸膛。

灶洞里,飘散出了烤地瓜的香味儿。

由于一入冬就没生过火,家里长期并无水气,窗上没结多少冰。透过窗子,可以望到远处的黄土岗,白皑皑的,像一道长长的银堤。堤上这样那样的树,缀雪挂霜,像一株株巨大的银珊瑚。远处,白雪覆盖的原野,如同从飞机上看到的下方的洁白云层。更远处,冰封的大江,宛如玉带。

乔乔望着窗外,低声问："哥,春节前你给咱爸烧纸钱了吗？"

乔祺反问："乔乔,你相信有另一个世界？"

乔乔说："不信,可我真希望它是存在的啊！"

乔祺说："春节前我没给咱爸烧纸钱。但我在埋咱爸骨灰那地方摆了些供品,包括一瓶酒。肯定都被大雪盖住了。"

乔乔说："哥,如果我死在你前边了,如果真有另一个世界,如果我在另一个世界里想你了,我会托梦给你。你在这个世界想我了,你就给我写封信,烧在什么十字路口的地方……"

乔祺打断道："乔乔,你胡乱说些什么呢！"

乔乔说："每个人都会死的呀,谁什么时候死,那不是能由自己决定的。也许我就真的死在你前边呢。其实我挺想由自己来证明,看究竟有没有另一个世界。果然有,我就能见到两位爸爸一位妈妈了,多好。可我又那么舍不得离开这一个世界。因为这一个世界有你……"

一滴泪水,落在了乔祺的手上。接着,又一滴……

听了乔乔那些话,乔祺心里明白——对于她的命运,乔乔自己肯定已是十分清楚的了。

"乔乔,乔乔,今天还不到十五呀,还在春节的日子里呢,不许再胡思乱想了……"

乔祺除了这么说,除了将她搂抱得更紧,不知再说什么好,不知再该怎么做。他唯一明确的一点那就是——要在乔乔面前时时刻刻地、尽量地装出自己还什么都不知道的样子。万一被乔乔看出他已知道得一清二楚了,那么,连乔乔最后的一些日子,也将注定是凄凉悲惨的了。而她从美国回到中国,千方百计地寻找到他,并请求他带她回到坡底村这个他们共同拥有过的家,可不是为了让他陪着她凄凉悲惨的呀!

乔祺的脸上,也又一次滴下了眼泪,幸而一滴也没滴在乔乔的后颈上,只不过一滴滴连续地滴在了自己的毛衣上……

他们又沉默了。就那样坐在炕上;坐在窗前;一个偎靠在另一个怀里;一个双臂轻轻地搂抱住对方,双手轻轻地握住着对方的双手,长久地、安安静静地望着窗外他们所熟悉的家乡的雪景,望着埋了他们共同的亲人骨灰的那一道银堤,并想象着它们春媚夏绿秋荣时的种种美丽。

是的,对于乔乔,坡底村这一个平常得不可能再平常的北方农村,已毫无疑问地成为了她的家乡。它的一位叫乔守义的老村长,已毫无疑问地成为了她的父亲。

她沉浸在一种落叶归根般的感觉之中,虽然她才仅仅二十七岁,正是芳华的年龄。她也沉浸在一种新春佳节合家团圆般的温馨而又幸福的感觉之中,虽然这个家里只有她和她所背依着的一个似兄非兄亲爱她呵护她胜过亲哥哥的男子。

那一时刻,对于乔乔,世界上仿佛只剩下她和乔祺两个人了。就像世界之初只有夏娃和亚当两个人一样,孤独而又庆幸。

乔祺的心情,和乔乔完全相同。

夜幕降临了。除了江对岸城市里的灯光,窗外一片黑暗,再也望不到别的什么景物了。

满屋里弥漫着烤地瓜的香味。于是他们开始吃地瓜。两个地瓜烤得都很软,也很甜。他们将地瓜吃得只剩下了薄薄的皮儿了,互相取笑对方的馋相毕露。

乔祺怕乔乔只吃地瓜,夜里会烧心,下了炕又去弄点儿吃的。家里没有什么现成的东西可吃,他决定做点儿疙瘩汤。那是他在做饭方面的"至高本领"。

他正在开水锅前弄得两手都是面,忽听乔乔在屋里放声大哭起来。惊愕地擎举着双手进屋一看,见乔乔站在桌前,抽屉拉开着一截;桌上是信,地上是信,乔乔的手里也拿着一页信纸。

乔祺顿时呆住了。

那全都是乔乔写给他的信,而他一封也不曾复过。他将那些集中收藏在抽屉里的信忘到脑后去了,不成想被一时闲着没事的乔乔无意中翻出来了。

他擎举着沾满面粉的双手呆呆地看着乔乔放声大哭,不知所措,想不出一句话可说。而乔乔,并没背过身去。相反,她也看着他,分明是感到被欺骗了,哭得可怜死个人。

乔祺终于作出了一种反应——他跨到乔乔跟前,用两只胳膊肘轻轻夹住她的肩,盯着她的脸说:"乔乔,乔乔,别这么大声地哭,会哭伤你身体的呀!……"

而乔乔的两只小手攥成了拳,左右打击,一双鼓槌似的擂着他的胸脯。

她边哭边说:"你怎么就这么忍心,你怎么就这么忍心!……"

"乔乔,小妹,你听我解释! 不是我不愿回你的信……"

"那你为什么?"

"因为……"

乔祺将头一扭,避开了乔乔那一种逼视般的目光。仿佛一个罪犯,对自己的罪行拒绝交代。

"哥,你看着我。"

乔乔的话终于说得平静了,但模样显得非常严肃。似乎只要乔祺再说一句谎话,她就会毫不犹豫地冲出家门,离他而去,使他在这个世界上永远也寻找不到她。

"别叫我哥!"

乔祺生气了,脸更红了,又和乔乔面对面了。四目相对,他的样子竟显得有些可怕,似乎要用双眼将乔乔吞掉似的。

"如果你不能给我个明白,那么从现在起我也不想再叫你哥了。"

乔乔的话说得还是那么平静,然而使乔祺觉得,分明在警告他了。

"因为我后来已经爱上了你! 这就是我给你的答案!"

两句话从乔祺口中凶巴巴地喊了出来。同时,他的臂肘将乔乔的肩夹得更紧了。他低下头,更近地看着乔乔的脸。确切地说,是更近地瞪着她的眼睛。好像要从她的眸子里看清另一个自己,另一个他们不那么情愿接受的自己。

"后来……是什么时候? ……"

乔乔的眼睛一眨不眨地迎视着乔祺的目光。好像也要从他的眼睛里发现另一个乔祺,另一个不仅仅只是"大哥哥"的乔祺。

"是……当我第二次去美国时,我已经有点不知拿自己怎么办才好了……"

乔祺长长地叹了口气。他觉得自己确乎像一个罪犯,终于彻底坦白了罪行,反而顿时获得了解脱,如释重负。他那方才还剧烈起伏的胸膛,由于长长地叹了口气,随之平定。

"乔乔,是你逼我说的……"

"罪犯"在期待着不知怎样的一种判决之前,喃喃地进行着最后的申辩。

乔乔左一扭肩,右一扭肩,摆脱了钳制。被秦岑扇过耳光的乔祺,不由得后退了一步。然而乔乔却向前一耸，扑到了他的身上。她用双臂搂抱住他的脖子，挂在他的胸前。紧接着，她又在他的胸前往上一耸，将双腿盘在了他的腰部。这么一来，她就比乔祺还高出一头了。

她双眸晶亮，嘴凑着乔祺的耳朵，声音极小语速极慢语调极其温柔地说："哥，那你就好好地爱你的乔乔吧！从今天晚上起，你无法想象这是我多么愿意的事啊！其实……我也在我姨妈出现以后就爱上了你呀！你也不想想，既然你不是我的亲哥哥，那么在这个世界上，除了你，我还可能爱上别人吗？可能吗？……"

乔祺仰头望着乔乔的脸，见她双颊绯红，梨窝浅现，眼睛比平时显得更大，不但晶亮，而且深如幽潭。他觉得那一时刻，她的模样美丽异常，楚楚动人。

而他自己，却已是泪流满面，只有无声地哭泣……

乔乔用一只小手替他一下下擦尽了脸上的泪。

她缓缓低下头，吻开了乔祺的双唇。并将自己软软的舌尖，送入他口中。

乔祺一动未动。一动未动的仅仅是他的身体。他的心灵，却战栗得如同接通了一股强大的电流。那是不一样的吻呀！

那是他的乔乔在吻他啊！

和他在自己另一个省城里的另一个家里的床上，他第一次吻她的感觉是那么不同！

乔乔闭上了眼睛。

乔祺也闭上了眼睛……

他想抱住她，又不愿弄乔乔一身面。他就那么样地擎举着双手，微闭着双眼，任心灵一阵比一阵猛烈地战栗着，持续地与他的乔乔相互深吻着。

他想起了老师高翔二十六年前将才不到一岁的乔乔托付给他时说的一句话："她是你的了……"

想起这一句话,使他感到,在自己和乔乔之间,似乎有一种宿命的关系,乃是先天注定着的了……

疙瘩汤煳了,然而他们吃得都很香。

在二○○四年,在正月十五以前,除了中国某些极穷困的人家,很少有谁家的人只各自吃了一个地瓜,喝了一碗疙瘩汤,就算是一顿饭了。

然而他们都觉得心灵上享受到了人世间真正的美味佳肴。

当乔祺在灶间刷锅洗碗时,乔乔从屋里走出,脚步轻轻地走到为她接盖出的那间屋子的门前,推开门往里看了一眼,回头看看乔祺道:"我的屋子也没法睡呀,墙上都有霜了!"

乔祺说:"我没烧你那屋的炕。"

他不回头看她。

她凑到他身边,又问:"那我可睡哪儿呢?"

声音小得乔祺刚刚能听到。

他说:"当然和我睡一个屋了。"

他的声音倒挺大,仍不看她。

"那,我去铺炕吧?"

乔乔的声音还是那么小。

"去铺吧。铺好,就脱了鞋上炕,连袜子也脱了。我接着要烧水。一会儿你烫烫脚,那样睡觉才舒服。"

乔祺的话,听来仍那么的像兄像父又有点儿像一位母亲。

乔乔轻轻地"嗯"了一声,默默转身进屋去了。

乔祺先在灶间自己洗罢了脚,然后才端着一盆热水进屋。

他见乔乔已将炕铺好了。乔乔她将两条褥子铺得紧连在一起,之间未隔半寸席。她正趴在自己被窝里看《宋词三百首》。那是她上中学以后,乔祺为她买的。她去美国之前,怎么找也没找到。因为乔祺将它藏起来了,要留做纪念。

他将水盆放在炕前,瞧着她说:"乔乔,趁水热,泡脚。"

乔乔又温情地"嗯"了一声。

她撩开半边被子,乖乖地坐在了炕沿,将两条腿垂落下来。她已将衣服脱得仅剩上身那一件紫色的无袖无领的内衫了。她的双腿赤裸着,大腿小腿匀称好看,白皙得晃乔祺的眼。乔祺嗔怪道:"看你都这样了,自己还怎么洗啊,我给你洗吧!"

说着,就将乔乔的两只小脚丫按在水盆里了。

乔乔叫道:"烫!"

乔祺按住她的两只小脚丫说:"别动,乖点儿。不至于那么烫。"

于是乔乔的两只小脚丫老实了,任凭乔祺轻轻地洗它们。

乔祺去倒了水再回到屋里,乔乔已重新趴在被窝里了。

他说:"乔乔,那些宋词你几乎都能背下来了,别看了,我要关灯了。"

乔乔第三次"嗯"了一声。她听话地将《宋词三百首》塞在枕下,仰躺着了。

当乔祺关了灯,也躺在被窝里后,他轻轻叫她:"乔乔……"

她答道:"嗯?"

他说:"过来……"

几秒钟后,她却坐了起来,打算脱去她上身那一件小衫。

他制止道:"别……"

她就停止了,在半明半暗中,她坐着的身影扭头看他。

而他,抓住她的一只手,轻轻一拽,乔乔便顺势钻入了他的被窝。

他也将嘴凑近她的耳朵,无限温存地说:"被窝外还是不如被窝里暖和,我怕你冻着……"

他就在被窝里替她除去了那件小内衫;而她,默默配合得十分情愿。

他的头脑之中已再无它想,只剩下了一个念头那就是——他要和他的乔乔做爱。他要使他的乔乔享受到做爱的销魂滋味儿。他自己也要。他们,他和他的乔乔,从心灵到肉体,都要水乳交融。这念头非常强烈,但并不是如饥似渴的那一种,而是温存有加惜花怜玉的那一种。乔祺这一个男人,那时刻心柔似水情柔似水。仿佛连他整个人都变成了一塘暖水,能给予乔乔这一条小白体鱼儿幸福感觉的一塘暖水……

他将她搂抱在自己怀里。如同一条长出手臂的大海豚,搂抱着自己的小海豚。而乔乔,她又像一条体形多么瘦溜多么美妙的小海豚啊!不,宛如一个小美人鱼!

这是一种年轻的生命的奇迹现象,是那么异乎寻常,那么不可思议!当它被美国的医院的权威医生断定只能再活半年多了,当三个多月过去了只剩不到两月了,它竟还是那么美好!它的肌肤竟还是那么柔润、细腻,富有弹性而又白嫩。仿佛它的内脏和身躯实际上分成为互无联系的两部分似的;而受到癌魔侵害的,仅仅是内脏那一部分。它的身躯部分,又似乎一直被一种信念所营养着才会如此,那信念就是爱。就是被叫作性爱的那一种爱。它似乎只有在尽情地享受到了它所期望所渴望的事情带给了它无限的欢愉以后,才会听凭命运的发落。而在此之前,它将仍会靠了信念奇迹般地保持着柔润、细腻、富有弹性而又白嫩的状态。

是的,正是这样。乔祺他搂抱在怀里的乔乔的身体,正是这样的一个娇小美好的身体。他柔声说道:"乔乔,我的乔乔,我从没对你说过'我的乔乔'这句话是吗?你小时候我也没对你这么说过是吗?……"

乔乔偎在他怀里小声说:"是的……"

她的双手合在一起,像是一种祈祷的手势,这使他们的身体不能很亲密地紧贴在一起。

乔祺又说:"从现在起,我要叫你'我的乔乔'了,你乐意听我这样叫你吗?"

乔乔在他怀里点头道:"乐意……"

乔祺更加温柔地说:"我的乔乔,你知道吗?对于你,那会有些疼……"

乔乔仍小声说:"知道……我不怕疼……我想要……就是想要……"

……

当乔祺被一股微烟熏醒后，天已蒙蒙亮了。白底蓝花的窗帘，已变得透明了。屋里，已能看清东西了。

他发现乔乔不在被窝里了，奇怪地叫了一声："乔乔……"

"我在这儿……"

他一翻身，见乔乔赤身披着他的羽绒服，正蹲在炕洞前烧她写给他的那些信。

"乔乔，你这是干什么？……"

他吃惊了。

乔乔抬头朝他一笑，将手中的最后一封信也投入了炕洞。随即扑上炕，甩掉羽绒服，一条泥鳅似的哧溜钻入了他的被窝。

"有点儿冷，快暖暖你的乔乔……"

她在被窝里打了个冷战。

乔祺赶紧将她那凉丝丝的娇小的身子拥抱在怀。

他问："全都烧了？"

乔乔说："嗯。"

他责备地又问："就不愿给我留下一封做纪念啊？"

话一出口，顿时失悔。觉得自己那话，说得未免会使乔乔多心。

不料乔乔却莞尔一笑。

她小声说："你的乔乔被你记在心里就行了。"

听了她的话，乔祺不知再说什么好了，只有沉默，只爱抚她。

乔乔大约也意识到了自己的话会使乔祺多心。

她又小声说："其实，你到了应该忘记你的乔乔的时候，就必须把你的乔乔忘了。比如，以后哪一天你有了自己的女人的时候……"

乔祺不容她再说下去，他吻她。

拂晓之际的天光，在北方，在冬季，是锡箔色的。如果仿佛从背面渗透着微红，预示着人们将获得一个好天气。那时的太阳，虽然还慵懒着猫在地平线以下，但已偷偷撩开了自己的帐子。即使太阳的金帐仅出现一条缝隙,人间亦由而开始温暖。

窗帘的花样,看去已很分明了,乔祺他也能看清乔乔的脸了。他刚一吻她,她便将她小小的软软的舌儿送入他口中,犁窝浅现,模样堪宠。

他就又徐徐翻身,轻轻将她压在身下了。

他在她一边的梨窝那儿亲了一下,温柔地问:"还想要吗?"

乔乔闭着的双眼缓缓睁开了,又变得亮晶晶的了。

她什么都没说,只将她的双腿默默分开了。同时,一口轻轻咬在他胳膊上……

感觉着乔乔娇小的身子在自己的身体之下像条小蛇一样扭动,俯视着她那张双眼微闭的楚楚动人的脸儿,乔祺像一个饮着气息芬芳的米酒的人一样,明知已醉了,但还是要没够地饮下去。

因为,他知道他的乔乔也正是那样……

坡底村的人们,对于乔家的烟囱冒烟了,对于偶尔在村里看见乔祺和乔乔了,并没表现出太大的讶然。

他们对乔祺表现得很亲。对乔乔则表现得特别尊敬。

他们相互间的说法是——"人家乔乔回来探亲了!"

这语焉不详的说法,不久就成了一种普遍的共识。

小学生们见了乔乔,甚至有站住行队礼的。

他们称她"乔乔阿姨"。

而这使乔乔很快乐。

于是她内心里也充满了对她的姨妈的感激。

受人福祉的人们,对慷慨的施予者总是友善的。

乔祺到处暗中打听偏方,不间隔地抓回来一包一包的中草药,不厌其烦地亲自熬了给乔乔喝。

他说:"听你姨妈告诉我你胃不太好,都是养胃的药。"

乔乔说:"是啊,在哥伦比亚大学总是吃西餐,胃不习惯。"

那时,他们都已猜到对方实际上已清楚些什么了,只不过是彼此心照不宣,各自都避而不谈罢了。

"养胃的药"是一剂比一剂苦了。然而乔乔每次都是捧起碗,一饮而尽,喝得毫不迟疑。每次喝完,还向乔祺亮一亮碗底儿,为的是使他高兴。

在她面前看着她喝药的乔祺,便及时地将一杯糖水递给她。

他思忖再三,决定还是不带乔乔到医院去。因为他问过一些专家级的名医,他们也都认为,没有再带乔乔到医院看病的必要了。

乔乔的姨妈别提有多关心她的情况了。乔祺的手机一响,他就猜也许是乔乔的姨妈打来的。而十之七八,果然那样。

她说她很想回国来看看乔乔,说她日夜思念着乔乔。但一考虑到乔乔在他身边的每一个日子都是极其宝贵的,一次次打消了念头。

乔乔也经常主动和姨妈用手机通话,向她报平安。说自己在坡底村住得很愉快,打算多住一个时期,劝姨妈不必替她操什么心。

也不知是哪一剂偏方起了作用,或爱本身起了神奇的作用,两个月后,乔乔起先那张苍白如绢的脸儿上,竟出现了淡如小羞的红晕。而且,饭量也渐大了些。身上也似乎多了点儿力气。不复像起先那样,动辄恹恹地卧着了。对做饭之事,她甚至表现出了主妇般的兴趣。虽然水平难以褒奖,却极富热情。

天转暖了。满世界的冰雪开始融化了。乔乔也开始喜欢在乔祺的陪伴之下,经常到户外甚至到村外各处走走,看看初春的景象了。

这使乔祺暗暗地大喜过望。

由于回来得仓促,他没有随身带回一件乐器。当时也完全没有那一种的心情。眼见乔乔的病情不但得到了控制,而且开始奇迹般地朝好的方面发展,乔祺的心情也一天比一天变得开朗了。他不知从哪儿借到了大提琴和萨克斯管,还买了一台影碟机和几十盘影碟、音碟。

两个人的度假般的生活当然是悠闲的。除了做饭和熬药几乎再无任何事可做。乔祺经常为乔乔拉大提琴或吹萨克斯管听。而在乔乔小的时候,她从没像现在这么安安静静地听过。现在,她是满怀幸福地当成只为她一个人举行的专场演奏会来欣赏的。每一次都是那样。有时，乔祺也会放一盘经典的音碟，将乔乔反拥在怀，安安静静地与之共同欣赏。到了晚上，乔祺则也每选择一盘乔乔喜欢看的情感片或带有喜剧色彩的故事片放着。而二人早早地洗漱了，趴在被窝里看。不时地，乔乔会将目光从电视机上收回，情不自禁地扭头与乔祺亲吻一阵，耳鬓厮磨一阵，以反应乔祺对她身体的爱抚。

对于他们，做爱的感觉是更好了。可以用如鱼得水来形容。在乔乔而言，乔祺是水，宛如一条河，一片湖，或是水库。只为她这一条小鱼，饱含着爱的成分。而对于乔祺，乔乔这一条小鱼使他时时都难以平静。哪怕是她的鳍儿的每一次轻微的摆动，都足以使他水波荡漾起来……

然而乔祺是那么怜惜乔乔这一条小鱼。即使在他极其想要她的时候，他也还是会竭力克制着，仅仅以久拥和深吻来平复自己的情欲。他已经记不清自己有多少次满怀爱意地吻遍乔乔的全身了。而她的身体的每一处，也早已被他的双手爱抚得稔熟了，就像爱人的眼睛对爱的人的脸儿的那般稔熟……

到了六月，草绿花开了；也下过了几场雨了；坡底村周围的大地变得赏心悦目了。有一对新燕，相中了乔家房檐，飞来衔泥筑巢了……

可是乔乔在一天晚上吐血了。

乔祺吓坏了，手忙脚乱，立刻就要送乔乔去医院。

乔乔却制止了他。

她说："哥，把我抱在你怀里就行了。"

乔祺孩子似的哭了，就将乔乔抱在怀里，眼泪一滴滴掉在她脸儿上。

乔乔倒显得异乎寻常的镇定。

她望着乔祺说："你在我心目中曾经是一个亲爱的大哥哥；现在你是我的爱人；可有时候，在我面前，你还是那么像一位父亲。大我十五岁，也只能算是一位小父亲对不对？那么实际上我多幸运啊！爱我的人和我爱的人，同时还是大哥哥，还像父亲……哥，我的爱人啊，我和你如此相亲相爱了一场,在我就将离开这个世界的时候,我已没有多少遗憾。何况呢,现在你抱着我,我是在你的怀里,这么死去,不是也很幸福吗?哥,所以你不必太为我难过,不要为我哭泣……"

乔乔说完一大番话后,甚至还微微地笑了一下。

可是乔祺无声地哭泣着,心里难受得一句话也说不出来。

乔乔问:"哥,你早已清楚我得了什么病是不是?"

乔祺一手揽着怀中的乔乔,一手捂自己脸点了一下头。

"哥,我也早就看出你是什么都清楚的了。我明白,真难为你了,对不起……"

乔乔说完这一句话,片刻后就昏在乔祺怀里了。

乔祺的眼泪仍一滴滴落在乔乔的脸儿上。他不断地亲吻她,想要将她吻醒。只要乔乔一睁开双眼,他就对着她的耳朵小声而又温柔地说:"乔乔,我是多么爱你!我的老师,你的父亲,当年将你托付给我,我是多么幸运啊!……"

他一刻也没有将她放下过。

天亮时,乔乔平平静静地死在乔祺怀里。奇迹仿佛要证明它就是奇迹似的——直至那一天,甚至可以说,直至乔乔的身体渐渐冷却在他怀里之前,她那娇小的身体仍是那么美好。

对于爱得太深的男人和女人,上苍往往是慈悲的。

……

几天后,乔祺将乔乔的骨灰也葬在黄土岗上,葬在他父亲,不,他们的父亲的骨灰旁。

对于乔乔的死,坡底村的人们,表现出了极大的叹息。都觉乔乔这一个来历不明的女孩儿,不唯给坡底村留下了一座美观的小学,还留给了坡底村一段近似童话的故事……

第十三章

在北方,无论城市抑或农村,三月都是一个不受欢迎的季节。从节气上讲,早已立春了,然而哪哪其实都看不到一点点春的迹象。

而春节前一个星期一直到初五,确切地说是一直到初六的上午,A市处在西伯利亚寒流的侵袭之中,天天风势凛冽。

现在是下午四点多钟,寒流终于肆虐过去了,风也多了,一阵有,一阵无。然而天气仍干冷干冷的。

C大学后门所临的那条马路,夏季里新铺过了。它被风刮得干干净净,仿佛黑地毯从远处铺来,为着迎接喜欢黑色的冥王似的。天空也被刮得干干净净,一派容易令人眼厌倦的灰色,预示着就要黑下来了。

人行道上站着几个人,等着出租车的出现。在他们对面,在"伊人酒吧"的原址那儿,酒吧已不复存在,只剩一片焦墟。在离那一大片火灾垃圾三四十米处,有一张旧长椅,绿漆斑驳,中间的木条,被"伊人酒吧"的烟囱倒下时砸塌了,像一匹断了腰的可怜的老斑马。它原本在酒吧的后面,酒吧变成了一片火灾的垃圾,它于是呈现出来了。

在那样的一张长椅的一端,坐着一个人,一个女人,穿一件黑色皮大衣,一双长筒黑皮靴,头上却围着一条白色的长围巾,遮住了半张脸,几乎只露一双眼睛。如果她并没围那一条白色的长围巾的话,那么她的存在,和那一大堆焦黑的废墟是很协调的。倘以舞台美工的眼来看,可视为那废墟的活的陪衬物。她的白围巾真够长的,在颈上交叉绕了一环,竟还有很长的两端垂在胸前。

她双手插在皮大衣兜里,已经一动不动地在长椅上坐了很久。

她身下垫着一张报纸。多余出一半儿,被一阵阵倏然而起的风刮得沙沙作响,却丝毫也没使她分过神。

她一直在注视着废墟。

她分明沉浸在一种什么难解的心结之中。

"请问,这儿怎么了?"

她循声望去,见一个身材颀长的男人站在离她几步远的地方。他的脸朝向着废墟,她看到的是他的侧面,但她还是一眼就认出了他。

"乔祺!……"

那个男人正是乔祺,他穿的仍是去年那一件羽绒服,还是在冬天也不戴帽子,只不过竖起着羽绒服的高领。

而那个女人自然是秦岑。

当乔祺向她转过脸时,她将遮住着自己脸的围巾往下一扯。

她非常激动,却没站起一下。不是不打算站起来,不是要成心在乔祺面前显示矜持。实际上她很想站起来,很想立刻走到乔祺跟前去,告诉他一年中她有多么思念他,思念得多么苦。然而意外像一根钉子,将她牢牢地钉在一张破损的长椅上了。

"秦……岑?!……"

乔祺显得特别意外,但脸上几乎没有什么激动的表情。自从乔乔死去以后,他变成了一个很难再因什么事而激动的男人。也许那一时刻他内心里也是很激动的。但被意外抵消了。他看去老了好几岁,头发也稀了。被风吹乱了。这当年的坡底村的少年,曾在气质方面被城市潜移默化地改造得比城市人还像城市人。而那曾是他的一份得意。现在,他的

469

样子又像一个半老不老的、心灵疲惫的、穿羽绒服的农村人了。农民的那一种 "土里土气" 的魂,似乎又牢牢地附在他身上了。而且,他似乎也认了。他的眼神向秦岑传达着这一点。自然而然地传达着。

在二〇〇五年的这一个时候,他从坡底村来到这里,只不过想隔着 "伊人酒吧" 的窗子,看看里边他所熟悉的情形。还渴望再看到秦岑一次,隔着玻璃。看看就走,赶最后一班列车连夜回到邻省,回到坡底村自己的家里去。是的,他企图从他的记忆中抹去 "伊人酒吧",抹去一个叫秦岑的女人。他明白那对于自己谈何容易!但是他相信他能做到。如果不回来看看,根本做不到。回来看过了,就做得到了。他这么以为。他想清理他的记忆,清理出更多的空间,留给乔乔,和他的父亲。没有乔乔,这一个坡底村的农民的儿子,也许至今不知父子情深是怎么一回事。他是怀着对乔乔的感恩情愫打算清理他的记忆的。以后也不打算再往里边装什么了。他怎么也没想到在这儿看到的是一片火灾后的废墟,还不期然地看到了他打算从记忆中抹去的女人……

他问:"你的酒吧……怎么了?……"

秦岑眼中的激动,刹那间游走了一半,因为 "你的酒吧" 四个字。

她指指长椅另一端,低声说:"你也过来坐下吧。"

乔祺略一犹豫,走过去坐在了长椅的另一端。

秦岑将身旁多余出来的那半页报纸齐齐撕下,递给乔祺。

她说:"椅子脏。"

他说:"没事儿,我这一身该洗了。"

她说:"那也还是垫着吧。"

于是乔祺默默接过,垫在身下。

她又说:"乔祺,你别对我不满啊?"

乔祺望着废墟问:"为什么?"

秦岑说:"快整整一年没见到你了,见到了也不主动站起一下……我在这儿坐得太久,腿麻了……"

乔祺收回目光，瞧着她的脸说："你瘦了。"

秦岑眼中顿时泪光闪闪，将脸一转。

乔祺伸出一只手，在她靠近他这一边的大衣兜那儿，使劲按了一下。

他问："'伊人酒吧'怎么了？"

秦岑低声说："失火了。"

乔祺似乎再不想问什么了，又将目光默默地望向废墟。

"伊人酒吧"并非毁于一场不慎之火，是人为纵火。纵火者是秦岑的前夫胡宗文。他在短短的几个月里便将秦岑道义救济他的十万元挥霍尽净，听说秦岑结婚了，而自己的人生却那么支离破碎，一败涂地，于是心妒万分，于是纵火。那事件发生在国庆之后。乔祺不再问什么，秦岑暗觉庆幸。他若问怎么失的火，她还真有点儿不知究竟该如何回答呢。随口编一个谎话搪塞过去，她还是完全做得到的。但，这是他们分离整整一年的第一次见面啊，而且是多么不期而遇的一面啊，她又怎么能用假话骗他呢？

她从大衣兜里抽出一只手，伸向乔祺，也将乔祺的一只手握了一下。

"不过你放心，咱们的酒吧上了保险，没有太大的损失。"

她将"咱们的"三个字说出很强调的意味。话一说完，她想将手收回去。尽管她那么不愿放开他的手，却也不太好意思一直便将他的手握下去。没等她的手收回去，乔祺已反过来握住她的手，并且连同他自己的手一齐揣入了羽绒服兜里。

他说："秦岑，酒吧是你的。从去年春节起，酒吧就是你的了。以后，你不要再说咱们的酒吧了。"他也将"是你的"三个字说出强调的意味。

"反正你的股份，你的股红，我都替你存在银行里呢。不管到任何时候那也都是……"秦岑的话说得别提多么郑重，语速也十分急迫，仿佛那是她此时此刻最想对他说的话。

而乔祺打断了她。

他说："谈点儿别的吧……秦老还好吗？……"

"他……去世了，突发心脏病。原先一点儿征兆也没有……"

"李老师呢？"

"也去世了。两个人磕磕绊绊地过了一辈子，从中年起就分床而眠了。谁也没想到，连李老师自己也没想到，秦老一走，她自己活在世上的意思劲儿一点儿也没有了……她是服安眠药死的……"

乔祺不禁转脸看秦岑，见她的脸也正转向着自己，见她眼中泪光闪闪。

"你干爸干妈，他们都是好人。我心里一直很尊敬他们……秦岑，你自己呢？……"

"我……结婚了……"

羽绒服兜里，乔祺的手，将秦岑的手放开了。

"三个月后，又离婚了……"

"……"

"不是我提出来的……是他主动提出来的……"

"他……是什么人？……"

"不想告诉你。"

"为什么是他提出来的？"

"他觉得，其实我对他没感情……而他，不愿自欺欺人，和一个对他没什么感情的人长期做夫妻……"

"他……是那位写过《市场竞争谋略大全》的教授吗？……"

"你怎么会想到是他呢？"

秦岑反问了一句，随即又苦笑道："不是他，真的不是他。我不会告诉你是谁的，起码这会儿，你也别乱猜了。你猜不到的。他呢，把小俊娶走了……"

"他……和小俊？他们怎么可能呢？"

"为什么不可能？什么事情都是可能的，有时候根本不是谁自己所能操控的。比如'伊人酒吧'失火了，比如一年前，我怎么也没想到平地冒出个……"

羽绒服里,乔祺的手,又将秦岑的手握住了,并且使劲攥了一下,而这使秦岑的话没说完。

"那,小婉呢?"

"放心,亏你还惦着她俩。我给小婉找了一份工作,挺稳定的,收入也可以。可是,她和小俊结了仇了似的,不来往了。"

"她俩又是为什么?"

"嫉妒呗。小婉觉得,那么好的事儿,不该落在小俊头上,而应该落在自己头上。"

"什么好事?"

"嫁给了一位大学教授,终于住上宽敞的房子了,还有私家车坐了,对于一个农村女孩儿,那还不是梦寐以求的好事儿吗?嫉妒之心,人皆有之啊!我也有的啊!比如我就特别嫉妒那个小……对不起……能告诉我她叫什么名字吗?"

"乔乔。"

"和你同姓?"

乔祺点头。

秦岑叹道:"我嫉妒她。"

她再次将目光望向"伊人酒吧"的废墟,沉吟片刻,又说:"你了解的,我这个人,从不嫉妒谁。可一年来,我每一想到你那个乔乔,内心里就嫉妒得要命。不是因为这一份嫉妒,我也不会那么对自己不负责任,也对别人不负责任地仓促结婚一场……"

乔祺内心顿时充满内疚。

他低声说:"秦岑,去年的事……请你宽恕我。"

秦岑小声问:"一年来,你一直和那个女孩儿在一起?"

乔祺也长长地叹了口气。

他说:"没那么久。六月份,我们就分开了……"

"你们分开了？……你们又是为什么？"

秦岑诧异了。

"她……六月份死了……"

乔祺的另一只手,从兜里掏出了烟……

于是,各坐那张破旧的长椅一端的乔祺和秦岑,一个吸烟,一个沉默。吸烟的,每一口都吸得很深;沉默的,低垂着头,耐心地沉默。

乔祺接连吸了三支烟。

秦岑一直低头沉默着。

当乔祺终于将烟盒揣入兜里时,秦岑抬起头,转脸望着他问:"难道就不愿对我讲讲你和你那个乔乔的事吗？"

"真想听？"

乔祺也朝她转过了脸。于是,他们才第二次互相望着。尽管,他们的手在羽绒服里只稍微分开了一下,之后便互相紧握在一起。

秦岑点了一下头。

"那讲起来,会很长……"

"我有时间坐在这儿,你呢？"

"你不冷？"

秦岑摇头。

她微笑了一下,笑得又苦涩,又温柔。

羽绒服兜里,她的手,从乔祺手心里抽出,反过来轻轻握着乔祺的手了。

天,这时已经黑下来了。马路那边,路灯成行地亮了。

"秦岑,你让我从头讲给你听……"

于是,隔着破旧的长椅中间塌断的地方,乔祺向秦岑娓娓道来地讲起了乔乔……

也不知他讲了多久,时间过了多久,当那一大堆"伊人酒吧"的焦黑的废墟和夜的黑暗重叠在一起,连轮廓也看不清了,乔祺才终于这么说:"该讲的,都讲完了……"

他的另一只手,又掏出了烟盒。

她说:"别吸了。我替你数着呢,你都接连吸了三支了。"

乔祺犹豫一下,将烟盒揣入了兜里。

秦岑又小声问:"如果乔乔出现的时候,我们已经结婚了,情形会怎样?"

乔祺微微扬头看了一会儿夜空,语调缓慢地回答:"那也许会不同吧。但是,只要乔乔提出,那我也会陪她回坡底村去住。即使你反对,我也会不顾的。而你要是跟我闹,我就会跟你结束我们的关系……"

羽绒服兜里,秦岑将他的手轻握了一下。

她说:"我不会跟你闹的。我怎么会跟你闹呢?那我也会陪着你们回去,天天为你们做饭,替你分心,帮你照顾可怜的乔乔……"

秦岑的声音更细小了。

而乔祺,不再仰望夜空了。他又长长叹息了一声。

"我们还能重新开始吗?"

秦岑沉默片刻,问出一句语焉不详的话。

乔祺扭头看她。

她也扭头看他,期待着回答。

乔祺摇了摇头。

他低声说:"不能了。起码,今年是不能了。我已经承包了属于坡底村的一片荒地,包括一道黄土岗。我以后要将那一片土地变成一处美丽的地方。秦岑,你应该明白,我在音乐方面,仅仅有三四分天分而已。往多了说,也超不过五六分去。又那么不专一,这种乐器也摆弄,那种乐器也试把。到头来,表面看,似乎样样通,是个全才似的。其实呢,哪一方面的水平都有限。自我陶醉一番,或登一般性的舞台,也许还能唬唬人。但是欣赏能力高的人一听,就什么毛病都听出来了。现在,真有音乐才华的人那么多,我已经不太好意思再登上舞台了。我在城市里很多余了,差不多是个废人。我想,我还是扎根农村的好,做一个有点儿与众不同的农民吧……"

等他缄口了,秦岑问:"说完了?"

他点点头,转正了脸,又仰望着夜空了。

秦岑说:"乔祺,我指的不是酒吧。指的……是我们之间的关系……"

乔祺的头,就那么仰望着夜空,一动不动地定住了。

"如果你想回答使我失望和羞愧的话,那么我请求你先别说出口,考虑一段时期再正式回答我,行吗?"

她的话说得很慢,很慢。

她的手,在羽绒服兜里,将乔祺的手很紧很紧地握住了。

那是一种下意识的本能的反应。

乔祺感受到了那紧紧一握的不同寻常。

他态度郑重地说:"行,我一定认真考虑。"

"我们走吧,我的脚都冻疼了。"

"怪我。一说起来,就跟你说了这么久。"

乔祺首先站了起来。

秦岑将那只一直揣在他兜里的手抽出,也站了起来。

她说:"可是这只手出汗了。"

她向他伸着那只手。

乔祺看她一眼,在路灯银辉的映照之下,见她两眼晶亮,有什么发光的东西在眼中旋转似的。他又抓住了她那只手。

他说:"我也觉得身上冷了。我们各有一只手暖和点儿也好啊!"

于是,他将他们的手,再次共同揣入了羽绒服兜里。

当他们离开了几步时,背后的废墟上,发出了些响动。

乔祺不由得站住了一下。

秦岑说:"是野猫。也不知这城市里哪儿来那么多野猫,这地方倒成了它们撒野的一处好地方了!"两只,不,不仅仅是两只,似乎同时有几只野猫在废墟上相视为敌,互扑互咬,凶叫之声不绝于耳。

乔祺说:"秦岑啊,我们俩不是一样的人。我对生活要的很少。这一点,你早就应该看分明了的。"

秦岑说:"现在,经历了一些以前不曾经历过的事以后,我已经变成和你差不多的一种人了。我也希望你,不要用以前的眼光看待我。"

"不好,这可不好。你是你。你为什么要变得像我一样了呢?秦岑,听我说,你要好好经营另一处酒吧!兴许什么时候,我又想到你经营的酒吧去演奏乐器了呢!你经营得好,其实我看着心里是替你高兴的啊!现在你就给我一个保证可以吗?"

他又站住了,看着她的脸。

她迎视着他的目光,张张嘴,想说什么,却又没说,只点了点头。

他又说:"如果以后有什么需要我的地方,告诉我。"

她又点点头。

马路静悄悄的,偶有车过。

他们的身影,在马路那边的人行道上伫立了很久,没拦到出租车。

于是他们向前走去。

大约,都以为在前边的某段路,能比较容易地拦到车。

下雪了……

二○○五年春节的夜晚,终于也下雪了。

在清冽的路灯光辉的照耀之下,有些雪花变得亮晶晶的,像是银屑。

他们的身影走在路灯的光辉里,走在奇异的雪花里,顷刻也镀了层银似的,也亮晶晶的了。但是他们还是没拦住一辆出租车,只有继续走着,走着;也不知走到什么地方才能共同坐入一辆出租车里,或分手……

图书在版编目（CIP）数据

伊人 伊人 / 梁晓声著 . — 青岛 : 青岛出版社 , 2014.12
（梁晓声文集 . 长篇小说 ; 8）
ISBN 978-7-5552-1319-2

Ⅰ . ①伊… Ⅱ . ①梁… Ⅲ . ①长篇小说—中国—当代
Ⅳ . ① I247.5

中国版本图书馆 CIP 数据核字（2014）第 283755 号

责任编辑　　常　红
特约编辑　　代　敏